É… dans
l'… mme
l'une des grandes dames du roman policier féminin. Elle a reçu le Grand Prix des lectrices de *Elle* en 2011 dans la catégorie Policier pour *La Maison d'à côté*.

Paru au Livre de Poche :

DERNIERS ADIEUX
DISPARUE
FAMILLE PARFAITE
LA MAISON D'À CÔTÉ
LES MORSURES DU PASSÉ
PREUVES D'AMOUR
SAUVER SA PEAU
TU NE M'ÉCHAPPERAS PAS
LA VENGEANCE AUX YEUX NOIRS

LISA GARDNER

Arrêtez-moi

ROMAN TRADUIT DE L'ANGLAIS (ÉTATS-UNIS)
PAR CÉCILE DENIARD

ALBIN MICHEL

Titre original :

CATCH ME

Paru chez Dutton, New York, États-Unis.

ISBN : 978-2-253-11203-7 – 1re publication LGF

Prologue

La petite fille se réveilla comme on lui avait appris à le faire : vite et sans bruit. Elle prit une inspiration, un hoquet étouffé dans le silence de la nuit, et ses yeux se fixèrent sur le visage anxieux de sa mère.

« Chut, murmura celle-ci, un doigt sur les lèvres. *Ils* arrivent. C'est maintenant, petite. On y va. »

La fillette rejeta ses couvertures et s'assit dans son lit. La nuit d'hiver était froide ; elle voyait son haleine, comme une brume glacée dans le clair de lune lumineux. Mais elle était prête. Sa grande sœur et elle dormaient toujours tout habillées, avec plusieurs couches de tee-shirts, pulls et manteaux, quelle que soit la saison. On ne savait jamais quand *Ils* risquaient d'arriver et d'obliger leurs proies à quitter leur refuge douillet pour une nature semée de dangers. Des enfants mal préparés auraient rapidement succombé, victimes du froid, de la déshydratation, de la peur.

Mais pas la petite fille et sa sœur. Elles avaient prévu une telle éventualité. Leur mère, dès qu'elles avaient su marcher, les avait entraînées à la survie.

La petite fille attrapa son sac à dos au pied de son lit. Elle passa les larges bretelles sur ses épaules en même temps qu'elle glissait ses petits pieds dans ses tennis aux lacets desserrés. Puis elle suivit sa mère sur le palier du premier étage, plongé dans l'obscurité. Cette dernière marqua un temps d'arrêt en haut de l'escalier, un doigt sur la bouche, et scruta les ténèbres du rez-de-chaussée.

La petite fille s'arrêta un pas derrière sa mère. Elle jeta un regard vers le bout du couloir, où sa sœur dormait habituellement. La petitesse de leur maison ne permettait pas à sa grande sœur d'avoir une chambre à elle, ni même son propre lit. Non, elle dormait par terre, avec son manteau en guise de matelas, et son sac à dos lui tenait lieu d'oreiller. Comme un bon soldat, disait sa mère.

Mais ce coin au pied du mur était vide : pas de sœur, pas de manteau, pas de sac rouge usé jusqu'à la corde. Maintenant tout à fait réveillée, la petite fille ressentit un premier frisson de peur et dut réprimer l'envie d'appeler son aînée.

Les instructions de sa mère sur ce point étaient formelles : elles ne devaient pas se soucier l'une de l'autre, ne pas s'attendre mutuellement. Non, elles devaient sortir de la maison et s'enfoncer dans les bois. Tout de suite. Une fois qu'elles auraient réussi à fuir, elles se retrouveraient au point de rendez-vous convenu. Mais la priorité des priorités était de sortir de la maison, de ne pas se faire attraper.

Car en cas d'échec…

Comme leur mère le leur avait répété bien des fois, avec ses traits fins tirés, son visage prématurément vieilli : « Courage. Tout le monde doit mourir un jour. »

La mère de la petite fille descendit la première marche en serrant le mur à sa droite, du côté où la contremarche risquait moins de grincer. Dans ses mouvements, son manteau de laine trop grand ondulait autour de ses jambes, comme un chat noir qui se serait coulé autour de ses chevilles.

La petite fille suivit dans son sillage ; à chaque pas elle posait le pied avec le même soin et guettait les bruits qui monteraient de l'obscurité. Leur petite maison était une ancienne ferme. Elle se trouvait à l'écart du village, au bout d'un long chemin de terre, sur une parcelle brun cendré en lisière de forêt. Elles n'avaient aucune attache dans la région, aucune relation avec leurs voisins.

Tout ce qu'elle possédait, la petite fille le portait sur elle. Ses vêtements, une bouteille d'eau, des fruits secs, un vieil exemplaire d'un roman de Nancy Drew acheté pour dix cents dans un vide-greniers et le morceau de quartz qu'elle avait ramassé deux ans plus tôt au bord d'un autre chemin dans un autre village où sa mère les avait aussi réveillées en pleine nuit, sa sœur et elle, et plus jamais elles n'avaient revu cette maison-là.

Sans doute que les autres enfants avaient des jouets. Des animaux domestiques. La télévision. Un ordinateur. Une école. Des amis.

La petite fille avait son sac à dos, sa grande sœur, sa mère, et ça.

Sa mère était arrivée au rez-de-chaussée. Elle leva la main et, sans un mot, la petite fille s'immobilisa. Elle n'entendait toujours rien, mais regardait les grains de poussière argentés tourbillonner autour des pieds bottés de sa mère.

Alors elle entendit un bruit dans la nuit. Des vibrations, suivies de deux chocs sourds. La vieille chaudière s'était enfin aperçue qu'il faisait froid et elle démarrait. Au bout de quelques instants, les coups lointains cessèrent et le silence retomba. La petite fille observa. La petite fille écouta. Puis, incapable de déceler le moindre signe de danger, elle interrogea gravement du regard le visage blême de sa mère.

Parfois, la petite fille le savait, ce n'était pas à cause de ces démons infâmes, de cette menace sans nom tapie dans l'ombre, qu'elles fuyaient en pleine nuit.

Parfois, elles fuyaient parce que l'entraînement ne laissait pas le temps de travailler et donc de gagner de l'argent pour payer le loyer, se chauffer ou se nourrir. *Ils* usaient de nombreuses stratégies, mais faire en sorte que la famille de la petite fille soit affamée, frigorifiée et épuisée était la plus efficace de toutes.

À ce stade de son existence, la petite fille était capable de se déplacer aussi silencieusement qu'une ombre et de voir dans le noir aussi bien qu'un chat. Mais il se pouvait que son estomac gronde ou que son corps frissonne. Il se pouvait que, au bout du compte, l'excès de faim, de froid et de fatigue suffise à lui faire trahir sa famille.

Sa mère sembla lire dans ses pensées. Elle se retourna à demi et la prit par la main.

« Courage, murmura-t-elle. Petite… »

Et sa voix se brisa. Cette manifestation d'émotion, rare et inattendue, effraya la fillette bien davantage que l'obscurité, le froid, la maison trop calme.

Comprenant qu'il ne s'agissait pas d'un exercice, elle serra la main de sa mère aussi fort que sa mère serrait la sienne. Elles n'étaient pas là pour s'entraîner. Ou pour se préparer.

Il s'était passé quelque chose.

Ils les avaient retrouvées. C'était du sérieux.

Sa mère avança. Entraîna la fillette vers la petite cuisine, où la rangée de fenêtres laissait passer un rayon de lune qui illuminait le sol et dessinait tout autour des séries d'ombres fines comme des doigts.

La petite fille ne voulait plus partir. Elle voulait faire de la résistance. Arrêter cette folie. Remonter en courant et se cacher sous les couvertures.

Ou bien se sauver à toutes jambes. Fuir sa maison, cette tension, le visage sévère de sa mère. Elle pourrait courir jusqu'à la vieille maison blanche à l'autre bout de la forêt. Un jeune homme vivait là. Elle l'observait de temps à autre, elle l'épiait depuis le chêne monumental. Deux fois, elle l'avait surpris à l'observer en retour, l'air pensif. Mais elle n'avait jamais dit un mot. Une petite fille sage ne parle pas aux garçons. Un soldat ne fraie pas avec l'ennemi.

Sis. Elle avait besoin de sa grande sœur. Où était Sis ?

« Tout le monde doit mourir un jour », disait sa mère entre ses dents.

Arrivée au milieu de la cuisine, elle s'immobilisa. Elle semblait étudier le clair de lune, peut-être guetter des bruits annonciateurs d'autres dangers.

La petite fille prit pour la première fois la parole : « Maman…

— Chut, petite ! Ils pourraient être juste devant la cuisine. Tu y as pensé ? Juste là. Au pied de cette fenêtre. Dos collé au mur, pour espionner tous nos mouvements. Sadiques et déjà impatients à l'idée de ce qu'ils vont nous faire.

— Maman…

— On devrait y mettre le feu. Incendier le mur. Les écouter hurler de fureur, les regarder danser de douleur. »

La mère se retourna d'un seul coup vers les fenêtres. Le clair de lune tomba en plein sur son visage, révélant ses yeux, d'immenses trous d'eau noirs. Puis elle sourit.

La fillette eut un mouvement de recul et lâcha la main de sa mère. Mais celle-ci lui agrippa fermement le poignet. Elle allait faire quelque chose. Quelque chose d'horrible. De terrible.

Une chose qui était censée leur nuire à *Eux*, mais dont la petite fille savait d'expérience qu'elle leur ferait en réalité du mal à elle et à sa grande sœur.

Elle poussa un gémissement plaintif : « Maman, essaya-t-elle encore en scrutant ces yeux trop noirs, en y cherchant une lueur familière.

— Allumettes ! » s'écria sa mère.

D'une voix qui n'était plus feutrée, mais retentissante, presque joyeuse. Elles auraient pu se trouver à une fête d'anniversaire, sur le point d'allumer les bougies d'un gâteau. Qu'est-ce qu'on s'amusait ! Quelle grande aventure !

La petite fille gémit à nouveau. Elle tira sur son bras, voulut arracher son poignet à sa mère, lutta avec plus d'énergie.

Mais c'était peine perdue. Dans ces moments-là, les doigts de sa mère étaient des serres et de tout son corps émanait une tension, une force nerveuse impossible à briser. Elle ferait ce qu'elle voudrait.

La mère ouvrit le premier tiroir de la cuisine. Le poignet de la petite fille toujours serré dans la main gauche, elle fouillait le bric-à-brac de la droite. Un déluge luisant de couverts en plastique blanc s'abattit sur le sol en lino décrépit. Jets de sachets de ketchup, de dosettes de moutarde, de paquets de croûtons gratuits que la petite fille descendait parfois manger la nuit en cachette parce que sa mère pensait que la faim les endurcirait, mais elle donnait surtout des crampes d'estomac à la petite fille, alors elle gobait les croûtons et tétait le ketchup avant de bourrer les poches de son manteau de moutarde pour sa grande sœur qui, elle le savait, était aussi affamée mais n'arrivait pas se déplacer aussi discrètement dans la maison.

Sauce soja. Baguettes. Serviettes en papier. Lingettes. Sa mère fourrageait furieusement, tiroir après tiroir, entraînant la petite fille derrière elle.

« Maman. Je t'en prie, maman.

— Ah, ah !

— Maman !

— *Voilà qui va leur apprendre, à ces connards !* »

Sa mère brandissait une pochette d'allumettes. Rabat argenté brillant, grattoir noir jamais utilisé.

« Maman ! essaya de nouveau la fillette, désespérée. La porte d'entrée. On peut sortir par là. Vers la forêt. On court vite, on peut y arriver.

— Non ! s'insurgea sa mère. Ils doivent s'y attendre. Sûrement qu'ils ont déjà trois, six, dix hommes qui guettent. C'est tout vu. On va mettre le feu aux rideaux. Dès que le mur sera complètement englouti par les flammes, ils ficheront le camp. Bande de lâches !

— Christine ! » La petite fille changea de stratégie, se mit à hurler d'une voix aiguë. Elle se campa sur ses deux pieds, se grandit autant qu'elle le pouvait. « Christine ! Ça suffit ! Ce n'est pas le moment de jouer avec les allumettes ! » dit-elle du haut de ses six ans.

Un instant, elle crut que ça allait marcher. Sa mère cligna des yeux, perdit un peu son air illuminé. Elle regarda sa fille et son bras droit retomba mollement le long de son corps.

« La chaudière s'était arrêtée, déclara hardiment la fillette. Mais je l'ai réparée. Alors va te coucher. Tout va bien. Va te coucher. »

Sa mère la dévisageait. Elle avait l'air perdu, mais c'était toujours mieux que folle. La petite fille retenait son souffle, le menton volontaire, le torse bombé.

Elle ne savait pas s'*Ils* existaient. Mais sa grande sœur et elle avaient passé leur courte vie à se préparer, à échafauder des plans et des stratégies pour survivre à leur mère. Certaines fois, il fallait entrer dans son jeu. Mais d'autres, il était nécessaire de prendre le contrôle de la situation. Avant que leur mère n'aille trop loin. Avant qu'elles ne doivent réellement fuir parce que celle-ci aurait commis l'innommable pour combattre ses démons intérieurs.

Des années plus tôt, la petite fille avait souffert de cauchemars. Elle entendait un bébé pleurer et ce bruit la hantait. Sa mère, plus calme à l'époque, plus douce, plus ronde, venait dans sa chambre pour la consoler.

Elle repoussait les cheveux de l'enfant et chantait, d'une jolie voix triste, des chansons sur des lieux lointains où l'herbe était verte, le ciel ensoleillé, et où les petites filles, le ventre plein et bien au chaud, dormaient jusqu'au matin dans de grands lits moelleux.

Dans ces moments-là, la petite fille avait aimé sa mère. Quelquefois, elle aurait voulu faire des mauvais rêves rien que pour l'entendre chanter, sentir la douceur de ses doigts qui effleuraient sa joue.

Mais la petite fille et sa grande sœur ne faisaient plus de cauchemars. Elles les vivaient.

Le garçon, dans les bois. Peut-être que si elle secouait avec assez d'énergie l'emprise de sa mère, si elle courait assez vite…

Elle se redressa. Elle ne croyait pas réellement qu'un garçon pouvait la sauver. Ça n'était jamais arrivé. Ça n'arriverait jamais.

« Christine, va te coucher », ordonna-t-elle à nouveau.

Sa mère ne bougea pas. Elle lâcha son poignet, mais elle tenait toujours les allumettes.

« Je suis désolée, Abby », dit-elle.

La petite fille dit d'une voix plus douce : « Va te coucher. Tout va bien. Je t'aiderai.

— Trop tard. » Sa mère ne bougea pas. Elle parlait d'un ton calme, triste. « Tu ne sais pas ce que j'ai fait.

— Maman…

— Je n'avais pas le choix. Un jour, tu comprendras, petite. Je n'avais pas le choix.

— Maman… »

L'enfant tendit la main. Mais il était trop tard. Sa mère s'éloignait déjà. Se précipitait vers les rideaux de dentelle jaunie. Pochette ouverte. Première allumette arrachée à sa prison de carton.

« Non, non, non ! » La petite fille se précipita dans le sillage de sa mère, voulut s'accrocher à l'immense manteau, attraper l'épaisse étoffe de laine pour la tirer en arrière.

Elles dansaient, virevoltaient dans les rayons de lune, pirouettaient au milieu de longues ombres frémissantes, mais la mère était plus grande, plus rapide, plus puissante. Elle tirait sa force de sa folie, alors que la fillette n'avait pour elle que le désespoir.

La première allumette s'embrasa, belle langue orangée dans le noir.

Sa mère s'interrompit comme pour admirer son œuvre.

« N'est-ce pas, que c'est magnifique », murmura-t-elle.

Puis elle lança l'allumette vers le rideau. À l'instant même, la sœur de la petite fille surgit des ombres du salon pour frapper leur mère à la nuque avec une lampe en cuivre.

Leur mère vacilla. Leva les yeux au ciel. Sis lui asséna un nouveau coup, à la tempe gauche cette fois-ci. Leur mère s'affala lourdement.

La vieille lampe tomba par terre à côté d'elle, cependant que dans un chuintement l'ourlet de dentelle prenait feu.

La petite fille attrapa le rideau la première. Elle étouffa le feu à mains nues, écrasa les flammes contre le mur sale, leur donna des claques jusqu'à ce que, avec un crépitement calciné, l'incendie s'éteigne et que seules les paumes de ses mains brûlent encore.

Le souffle court, elle se retourna enfin vers sa sœur ; toutes deux se tenaient de part et d'autre de leur mère inanimée. La petite fille leva les yeux vers son aînée. Celle-ci baissa les yeux vers elle.

« Où tu étais ? » demanda la petite fille.

Sa sœur ne répondit pas et ce fut alors que la petite fille remarqua autre chose : la façon dont sa sœur se regardait le flanc gauche ; cette tache sombre qui s'épanouissait sur le nylon gris de son manteau d'hiver.

« Sis ? »

Cette dernière se tenait le côté. Elle écarta les doigts et du noir jaillit, envahit le gris de son manteau, éclipsa le clair de lune dans la pièce.

La petite fille comprit alors pourquoi sa sœur ne l'avait pas rejointe sur le palier. Parce que sa mère l'avait réveillée en premier. L'avait fait descendre en premier. Avait écouté les voix qui lui disaient quoi faire à sa fille aînée, en premier.

La petite fille ne dit plus rien. Elle tendit la main. Sa grande sœur la prit, flageola, tomba à genoux. La petite fille en fit autant, sur le sol crasseux de la cuisine. Elles se tenaient par la main, au-dessus du corps immobile de leur mère. Combien de fois étaient-elles venues ensemble dans cette cuisine pour chaparder de la nourriture, se cacher, juste pour se retrouver, juste pour être toutes les deux, parce que tout le monde a besoin d'un allié en temps de guerre.

La petite fille n'était pas idiote. Elle savait que leur mère faisait souffrir Sis davantage et plus souvent. Elle savait que Sis acceptait les punitions parce que, quand leur mère était mal lunée, il fallait que ça tombe sur quelqu'un. Alors Sis, en bon soldat, protégeait sa petite sœur.

« Désolée », murmura Sis.

Juste un mot d'excuse, juste un soupir de regret.

« S'il te plaît, Sis, s'il te plaît, supplia la petite fille. Ne m'abandonne pas… Je vais appeler le 911. On va venir t'aider. Mais attends. Attends-moi. »

En guise de réponse, sa grande sœur lui serra la main plus fort : « Ce n'est pas grave. » Le souffle la quitta dans un murmure saccadé. « Tout le monde doit mourir un jour, hein ? Courage. Je t'aime. Courage… »

La poigne de sa grande sœur faiblit. Sa main tomba au sol et la petite fille se jeta sur le téléphone pour composer le 911 comme Sis le lui avait appris parce qu'elles savaient qu'elles risquaient un jour d'en arriver là. Mais elles ne pensaient pas que ça viendrait si vite.

L'enfant donna le nom et l'adresse de sa mère. Elle demanda une ambulance. Distinctement et sans émotion parce que, à ça aussi, elle s'était entraînée. Ensemble, sa grande sœur et elle s'étaient préparées, avaient échafaudé des plans et des stratégies.

Leur mère n'était pas folle sur toute la ligne : c'est vrai que tout le monde doit mourir un jour et qu'il faut toujours du courage.

Sa mission accomplie, la petite fille reposa le combiné et retourna en courant vers sa sœur. Mais le temps qu'elle la rejoigne, Sis n'avait plus besoin d'elle. Ses yeux étaient fermés et rien de ce que put faire la petite fille ne les rouvrit.

Sa mère, au sol, commençait à bouger.

Elle regarda sa mère, puis la vieille et lourde lampe en cuivre.

Elle ramassa celle-ci ; ses bras maigres peinaient, ses yeux fixaient les rayons de lune argentés qui jouaient sur sa surface ternie.

La mère poussa un gémissement, elle reprenait conscience.

La petite fille repensa aux berceuses et aux allumettes ; elle se souvint des câlins tendres et des nuits de famine. Elle songea à sa grande sœur, qui l'avait sincèrement aimée. Elle empoigna le pied de cette lampe sans abat-jour, se dressa au-dessus du corps de sa mère et, une dernière fois, la leva comme une massue.

1

Je m'appelle Charlene Rosalind Carter Grant.

Je vis à Boston, je travaille à Boston et, d'ici quatre jours, il est probable que je meure dans cette ville.

J'ai vingt-huit ans.

Et je n'ai pas envie de mourir tout de suite.

Tout a commencé il y a deux ans avec le meurtre de ma meilleure amie, Randi Menke, à Providence. Étranglée dans son salon. Aucune trace de lutte, aucune trace d'effraction. La police de Rhode Island a pensé un moment que son ex avait pu faire le coup. Je crois qu'il y avait des antécédents de violences conjugales dans le dossier. Rien dont Randi nous ait jamais parlé, à moi ou à la troisième de la bande, Jackie. Jackie et moi avons essayé de nous consoler avec cette idée, alors que nous pleurions toutes les deux à son enterrement : nous ne savions pas. Nous ne savions pas, sinon, évidemment, nous aurions… fait quelque chose. N'importe quoi.

Voilà ce que nous nous disions.

Avance rapide jusqu'à l'année suivante. Le 21 janvier. Un an jour pour jour après le meurtre. Je suis chez moi avec tante Nancy dans les montagnes du nord du New Hampshire ; Jackie a repris sa vie de cadre supérieur chez Coca-Cola à Atlanta. Elle ne veut pas commémorer l'assassinat de Randi. Trop morbide, m'explique-t-elle. Plus tard, pendant l'été, on se retrouvera pour fêter l'anniversaire de Randi. On pourra, pourquoi pas, faire l'ascension du mont Washington, emporter une bouteille de whisky. On se soûlera un bon coup, on pleurera un bon coup et on cuvera tout ça en dormant au refuge de Lakes of the Clouds sur le sentier de randonnée des Appalaches.

Le 21, j'appelle quand même Jackie. C'est plus fort que moi. Mais elle ne décroche pas. Ni sur son fixe, ni à son travail, ni sur son portable. Nulle part.

Le lendemain matin, comme elle ne se présentait pas au bureau, la police finit par céder à mes instances et passa chez elle.

Aucune trace de lutte, lirai-je plus tard dans le rapport de police. Aucune trace d'effraction. Juste une femme seule, étranglée au beau milieu de son salon un 21 janvier.

Deux amies inséparables, assassinées, à exactement un an et à peu près deux mille kilomètres de distance.

La police locale a enquêté. Même le FBI s'est penché dessus. Ils n'ont pas pu établir de lien concluant entre les deux meurtres ; d'ailleurs ils n'ont rien établi du tout.

Malheureux hasard, a osé me dire l'un d'entre eux. Simple malchance.

Aujourd'hui nous sommes le 17 janvier de la troisième année.

Quelle dose de malchance vous croyez que je vais avoir le 21 ? Et qu'est-ce que vous feriez à ma place ?

J'avais huit ans quand j'ai fait la connaissance de Randi et Jackie. Après ce dernier drame avec ma mère, on m'a envoyée vivre chez ma tante Nancy, dans un coin perdu du New Hampshire. Elle est venue me chercher dans un hôpital du nord de l'État de New York : deux parentes, deux inconnues, qui se rencontraient pour la première fois. Tante Nancy a posé les yeux sur moi et fondu en larmes.

« Je ne savais pas, m'a-t-elle dit. Crois-moi, petite, je ne savais pas, sinon il y a des années que je t'aurais recueillie. »

Je n'ai pas pleuré. Je ne voyais pas l'utilité des larmes et d'ailleurs je n'étais pas certaine de la croire. Si j'étais censée vivre avec cette femme, alors soit. De toute façon, je n'avais pas d'autre endroit où aller.

Tante Nancy tenait une maison d'hôtes dans une jolie petite station touristique de la vallée du mont Washington, où les Bostoniens aisés et les New-Yorkais huppés viennent skier l'hiver, randonner l'été et profiter des couleurs de la forêt en automne. Elle avait une employée à temps partiel, mais elle comptait surtout sur elle-même pour accueillir les clients, faire les chambres, servir le thé, préparer le petit-déjeuner, indiquer des itinéraires et accomplir le million de petites tâches diverses et variées que suppose une activité hôtelière. Quand je suis arrivée, j'ai pris le relais pour le chiffon et l'aspirateur. Je pouvais passer des heures à faire le ménage. J'adorais l'odeur du détergent. J'adorais la sensation du bois fraîchement encaustiqué. J'adorais récurer le sol encore et encore et le voir chaque fois reluire comme un sou neuf.

Faire le ménage, c'était contrôler. Tenir les ombres à distance.

Pour mon premier jour d'école, tante Nancy m'a accompagnée elle-même au bout de la rue. Je portais des vêtements neufs tout raides, notamment des chaussures babies vernies noires que j'ai polies de manière obsessionnelle pendant six mois. J'avais l'impression d'attirer les regards. Trop nouvelle. Trop récemment sortie de mon trou.

Je n'étais pas encore habituée à tout ce bruit, à la clameur indissociable de la vie de village. Des voisins, où que je pose les yeux. Des gens qui vous regardaient en face en souriant.

« Ta théière est ternie », ai-je dit à ma tante, comme nous arrivions à ma toute première école. « Je vais rentrer te l'astiquer.

— Tu es une drôle d'enfant, Charlene. »

Je me suis arrêtée de marcher et j'ai massé mon côté, cette cicatrice qui me démangeait encore parfois. J'en avais d'autres, des cicatrices, fines comme des toiles d'araignées, sur le dos de la main gauche, sans oublier la vilaine suture à mon coude droit, les traces de brûlure sur ma cuisse droite. J'aurais parié que les autres enfants ne portaient pas de telles marques sur leur corps. Que leurs mères ne les « aimaient » pas autant que la mienne jurait m'aimer. « Je ne veux pas y aller. »

Ma tante s'est arrêtée à son tour. « Charlie, il est temps que tu ailles à l'école. Alors je veux que tu franchisses fièrement ce portail. Je veux que tu marches la tête haute. Et je veux que tu saches que tu es la petite fille la plus courageuse, la plus solide que je connaisse et qu'aucun de ces enfants ne t'arrive à la cheville. Tu m'entends ? Aucun de ces enfants ne t'arrive à la cheville. »

Alors j'ai fait ce que me disait ma tante. J'ai franchi le portail. J'ai marché la tête haute. Je me suis assise à une table au fond de la classe. Et la petite fille à ma gauche s'est tournée vers moi en disant : « Bonjour, je m'appelle Jackie. » Puis la petite fille à ma droite s'est tournée vers moi en disant : « Moi, c'est Randi. »

Et voilà, nous étions amies.

Mais je ne leur ai jamais tout raconté.

Vous voyez ce que je veux dire, pas vrai ?

Parfois, même à vos meilleures amies, même à vos sœurs d'élection, qui rient et pleurent avec vous, qui connaissent le moindre détail de votre premier béguin comme de votre dernière peine de cœur, vous ne pouvez quand même pas *tout* raconter.

Même les meilleures amies ont leurs secrets.

Vous pouvez me croire, moi qui suis la dernière rescapée et qui viens de passer deux ans à faire la terrible découverte de nos secrets respectifs.

Nous avons grandi à une époque où l'enfance, la vraie, existait encore. Nous passions nos étés à vagabonder dans les bois, où nous construisions des forts à l'aide de branchages et donnions des réceptions à base de soupe de glands et d'entremets à la pomme de pin. Nous organisions des courses de bateaux en feuille dans les remous des ruisseaux. Nous découvrions des trous d'eau secrets pour y nager. Et, en guise de téléphones portables, nous utilisions des boîtes de conserve reliées avec de la ficelle.

L'été, j'aidais tante Nancy matin et soir. Mais les après-midi m'appartenaient et j'en passais chaque minute avec mes deux meilleures amies. Déjà à l'époque, Jackie était le chef d'orchestre. Elle organisait tout et, si nous l'avions laissée faire, elle aurait sans doute mis sur pied un plan marketing et lancé une étude de marché sur nos futures possibilités de jeu. Randi était plus calme. Elle avait de beaux cheveux blonds comme les blés, qu'elle coinçait derrière ses oreilles. Elle préférait jouer au papa et à la maman dans le fort, où elle savait toujours apporter la touche finale parfaite à la décoration, par exemple avec un montage créatif de baies et de feuilles ; grâce à cela, nous nous sentions comme chez nous au milieu de ce tas de branchages à moitié pourris assemblés au petit bonheur.

J'ai vanté son savoir-faire auprès de tante Nancy et, pendant une grande partie de nos années de lycée, Randi a donné un coup de main à la maison d'hôtes le week-end, pour installer les guirlandes de Noël, confectionner des centres de table pour la salle à manger, refaire la déco du salon. Jackie aussi venait ; c'est elle qui a configuré le premier ordinateur de tante Nancy et, le moment venu, qui lui a fait faire ses premiers pas sur Internet.

Je n'avais ni le dynamisme de Jackie ni les talents artistiques de Randi. Je me voyais comme le ciment du groupe. Tout ce qu'elles voulaient faire, je le faisais. Toutes leurs passions, je les adoptais. Dans ma petite enfance, on m'avait appris à suivre, alors c'était ce que je faisais le mieux.

Mais j'y mettais tout mon cœur. Je les aimais. Après avoir grandi dans le noir, j'avais trouvé la lumière en venant dans les montagnes du New Hampshire. Randi et Jackie riaient. Elles me demandaient mon avis, me félicitaient quand je tentais quelque chose, souriaient quand j'entrais dans une pièce.

Peu m'importait ce que nous faisions, du moment que je le faisais avec elles.

Bien sûr, les enfants qui grandissent dans de petits villages ont inévitablement des rêves de grande ville. Jackie avait commencé le compte à rebours dès notre entrée au lycée. Elle n'en pouvait plus des voisins trop curieux, du théâtre amateur et du bureau de poste qui était aussi le principal lieu de rendez-vous des commères. Elle avait jeté son dévolu sur Boston College, elle irait dans la grande ville et mènerait une existence de paillettes.

Randi la discrète lui a soufflé la vedette. Par un week-end neigeux du mois de janvier, elle a rencontré un étudiant en médecine de Brown University sur les pistes de ski. Nous avons fini le lycée en juin et le 1er juillet elle était mariée ; elle a rangé son enfance dans quatre cartons et elle est partie pour Providence, ravie d'avoir devant elle une vie de femme de médecin.

Jackie a décroché sa bourse. Elle est partie en septembre et, pour la première fois en dix ans, je n'ai plus su quoi faire de moi-même. J'ai décapé, poncé et ciré les parquets de tante Nancy. J'ai nettoyé tous les rideaux à la vapeur. Shampouiné tous les sièges. Entrepris de classer les livres de la bibliothèque.

Fin septembre, tante Nancy m'a prise par la main.

« Pars, m'a-t-elle dit, avec douceur mais fermeté. Envole-toi et, plus tard, quand tu seras prête, reviens à la maison. »

J'ai atterri à Arvada, dans le Colorado. J'avais suivi un type que je n'aurais jamais dû suivre. J'ai fait des choses qu'il vaut mieux que tante Nancy n'apprenne jamais. J'ai découvert à mes dépens qu'on ne peut pas toujours se contenter de suivre. Tôt ou tard, il faut trouver qui on est, même quand votre tante chérie et vos deux meilleures amies ne sont plus là pour vous guider.

Après ma rupture, bien décidée à ne pas rentrer piteusement à la maison, je me suis portée candidate à un poste d'opératrice dans un centre de gestion des appels au 911. Principal attrait de ce travail : il n'y avait pas besoin d'un diplôme universitaire, il suffisait d'avoir celui du lycée, des doigts qui tapaient vite et une capacité innée à réagir dans l'urgence. Étant donné que c'était à peu près mes seules compétences, j'ai décidé de tenter le coup. Pour trente mille dollars par an, j'ai fait des horaires de dingue, j'ai renoncé à tout espoir de vie privée et je me suis littéralement découvert une vocation.

Je travaillais dans un centre opérationnel équipé de vingt-deux lignes téléphoniques et de quatre radios, où aboutissaient près de deux cent mille appels par an. Qu'on cherche à joindre la police, les pompiers, les urgences médicales, la fourrière animalière : tout était acheminé vers nous. Nous transférions les urgences médicales et les incendies à un deuxième centre de régulation, mais il nous revenait de traiter tout ce qui était fourrière, police, appels de plaisantins, appels incohérents, appels réellement affolés ou hystériques.

Un jour, pendant ma permanence, un collègue a sauvé la vie d'une femme en lui demandant de hurler jusqu'à ce que les individus qui s'étaient introduits chez elle paniquent et prennent la fuite. Une autre fois, un collègue a réussi à faire décrire par une adolescente grièvement blessée la voiture qui l'avait renversée. La victime est décédée avant l'arrivée de la police, mais son témoignage, enregistré chez nous, a permis de faire coffrer le chauffard ivre. Je pleurais avec les gens. Je criais avec eux. Une fois, j'ai chanté des berceuses à un petit garçon de cinq ans enfermé dans un placard pendant que ses parents cassaient de la vaisselle et se lançaient des insultes à la tête.

Je ne sais pas ce qu'est devenu ce petit garçon. Mais il m'arrive de penser à lui. Plus que je ne devrais.

C'est pour ça que, au bout de six ans, j'ai quitté Arvada et je suis rentrée dans les montagnes. Je crois que j'avais perdu du poids. Je crois que je n'avais pas très bonne mine.

« Oh, Charlene Rosalind Carter Grant », m'a dit tante Nancy d'une voix douce à ma descente d'avion.

Elle m'a prise dans ses bras. Debout au milieu de l'aéroport, j'ai sangloté.

Ma tante avait raison à l'époque : il fallait que je m'en aille et maintenant c'était bon de rentrer. J'ai salué les montagnes ; j'ai retrouvé avec bonheur mon village, où j'étais entourée de voisins et où tout le monde vous regardait dans les yeux en souriant. Tante Nancy était devenue ma seule famille et ce village-là était en fin de compte devenu mon village.

Je n'avais pas l'intention de repartir. Mais il faut croire que quelqu'un d'autre n'était pas de cet avis.

Pendant les obsèques de Randi, je n'ai pas éprouvé la moindre sensation de danger. Mon amie d'enfance était morte, mais plus Jackie et moi en apprenions sur son ordure d'ex-mari, plus nous pensions connaître l'assassin. Le fait que la police ne puisse pas l'inculper ne signifiait pas que l'ex violent et alcoolique n'avait pas sa mort sur la conscience. En tant que médecin, il en savait sans doute assez en matière de médecine légale pour effacer les traces de son crime. Et puis Randi était du genre à se laisser attendrir. On l'imaginait bien ouvrant la porte à son ex, même si le bon sens aurait dû l'en dissuader.

J'ai passé un certain temps à plaider la cause de mon amie auprès des enquêteurs de Providence. Jackie nous a offert les services d'un consultant, un ancien agent du FBI installé dans l'Oregon, pour qu'il se penche sur la scène de crime. Ni elle ni moi n'avons obtenu le moindre résultat.

Et puis, un an plus tard, Jackie… qui vivait dans le centre d'Atlanta, qui était une vraie citadine aguerrie par la vie en entreprise et, à bien des égards, avertie. Qui avait-elle pu inviter chez elle ce soir-là ? Par qui s'était-elle tranquillement laissé étrangler dans son propre salon, sans même opposer de résistance ?

Certainement pas l'ex-mari de Randi.

Autrement dit, l'ex violent n'était peut-être pas le meurtrier. Autrement dit, c'était peut-être quelqu'un d'autre.

Quelqu'un qui connaissait à la fois Randi et Jackie. Quelqu'un qu'elles connaissaient et en qui elles avaient confiance.

Quelqu'un qui, par définition, devait forcément me connaître aussi. Parce que Randi et Jackie ne formaient pas un duo. Pendant dix ans, au village, on nous avait toujours surnommées : Randi-Jackie-Charlie. Comme ça. Un seul nom pour une seule entité. Les trois mousquetaires. Un pour tous, tous pour un.

Deux d'entre nous étaient mortes : est-ce que cela signifiait que j'étais la prochaine sur la liste ?

Contrairement à ce qui s'était passé aux funérailles de Randi, j'avais les yeux secs devant le cercueil en merisier de Jackie et je dévisageais l'assistance dans le petit salon funéraire meublé avec goût dans le style victorien. Je scrutais les visages de mes connaissances, voisins, amis endeuillés.

Je me demandais si, en ce moment même, quelqu'un qui se tenait non loin de moi comptait déjà les jours nous séparant du prochain 21 janvier. Mais pourquoi, comment, qui ? Tant de questions. Je me disais qu'il me restait trois cent soixante-deux jours pour y apporter des réponses.

La cérémonie s'est achevée à vingt et une heures. À vingt et une heures quinze, j'étais en voiture. Valise dans le coffre, la sensation du baiser sec de tante Nancy encore sur la joue.

J'ai roulé jusqu'à Boston. Largué la voiture, jeté mon téléphone portable et tourné le dos à tante Nancy, à mon village, aux montagnes et à la seule chance que j'avais eue de mener une vie normale. Comme on dit, espérer le meilleur n'empêche pas de prévoir le pire.

Alors c'est ce que je fais. J'espère que la police fera son boulot et coincera le salopard qui a assassiné mes meilleures amies. Mais le 21 janvier prochain, je prévois que, vers vingt heures, à en croire les rapports de police, quelqu'un pourrait bien venir s'en prendre à moi. Parce que, de Randi-Jackie-Charlie, nous sommes passées à Jackie-Charlie, puis juste à Charlie. Et peut-être que bientôt il n'y aura plus aucune de nous.

Je n'ai plus d'amis. Je ne cherche pas à nouer de relations. Je vis à Cambridge, où je loue une chambre à une veuve à la retraite qui a besoin d'arrondir ses fins de mois. J'assume seule la permanence de nuit au standard téléphonique d'un commissariat qui compte un effectif de trente agents dans la banlieue de Boston. Je travaille jusqu'à l'aube, dors toute la matinée.

Je cours quinze kilomètres quatre fois par semaine. Je prends des cours de tir au pistolet. Je fais de la boxe.

De la musculation. Je me prépare, j'échafaude des plans, des stratégies.

Je crois que, dans quatre jours, quelqu'un va essayer de me tuer.

Mais il faudra d'abord que ce salaud m'attrape.

2

Le commandant D.D. Warren de la police de Boston était sur une affaire. Et ça ne l'enchantait pas.

C'était inhabituel. Bourreau de travail, D.D. ne vivait que pour son métier. Rien ne la ravissait tant qu'une retentissante affaire d'homicide qui exigeait d'innombrables nuits au cours desquelles son équipe et elle se nourrissaient de pizza froide et enchaînaient les heures à la poursuite de leur proie.

D'accord, elle était devenue maman et le petit Jack se révélait aussi insomniaque que sa mère. Les dents ? Sans doute pas à dix semaines. Des coliques ? Possible. Les bébés ne sont pas livrés avec le mode d'emploi. La veille au soir, D.D. avait essayé de lui chanter une comptine. Il avait pleuré de plus belle. Pour finir, elle l'avait bercé en pleurant avec lui. Ils s'étaient tous les deux endormis vers quatre heures du matin ; le réveil de D.D. l'avait réveillée à six. Mais ces deux heures de sommeil n'étaient pas la raison de sa mauvaise humeur.

Certes, sa vie avait connu un autre bouleversement majeur : quand, à sa grande surprise, elle avait découvert qu'elle était enceinte à l'âge de quarante ans, elle avait décidé de tenter le coup du bonheur familial et de s'installer pour de vrai avec le père de son enfant. Elle avait vendu son loft du North End, dit bye-bye aux trois ou quatre meubles dont elle avait pu faire l'acquisition au fil des années et emménagé dans la petite maison de banlieue d'Alex. Il lui avait de bonne grâce cédé tout le placard. Elle s'efforçait de ne plus monopoliser la couette. Ils adoraient tous les deux la chambre d'enfant.

Alex la soutenait, il était attentionné et, surtout, en tant que spécialiste des scènes de crime et instructeur à l'école de police, il avait le bon goût de lui laisser beaucoup de liberté pour exercer son métier. Il venait de passer toute la nuit à la relayer auprès du bébé, donc Alex n'était en aucun cas la cause de sa mauvaise humeur.

De fait, c'était aussi sa première affaire importante après ses huit semaines de congé maternité, mais, vu les quinze jours de paperasse qu'elle venait de se farcir, une enquête de terrain était la bienvenue et clairement pas non plus la raison de sa mauvaise humeur.

Franchement, elle n'avait pas envie d'en parler. Elle avait juste envie de passer un peu ses nerfs sur les autres.

Elle se fraya un chemin dans la foule des badauds qui se pressaient toujours plus nombreux sur le trottoir et montra sa plaque à l'agent en tenue posté devant le ruban de scène de crime. Il nota consciencieusement son nom et son numéro de matricule dans le registre. Puis elle passa sous la rubalise, enfila des surchaussures et une charlotte avant de gravir enfin l'escalier en bois dont la peinture s'écaillait.

La scène se situait au premier étage de l'immeuble gris terne. Un deux pièces, dans un logement social. La victime était un homme blanc, la quarantaine, ce qui, pour autant que D.D. pouvait en juger, faisait de lui le seul Blanc à plusieurs rues à la ronde. Il vivait apparemment seul et la police n'avait été appelée que lorsque les voisins s'étaient plaints de l'odeur.

D.D. avait une sainte horreur des logements sociaux. Si on avait pu peindre le désespoir et lui donner la forme de quatre murs, un toit qui fuit et très peu de fenêtres, ça aurait à peu près donné ça. Elle détestait les jeunes voyous qui la toisaient avec effronterie à son arrivée, déjà tellement sinistres – autant faire chier un flic puisqu'ils n'avaient plus rien à perdre. Elle s'agaçait de voir des mamies rabougries de quatre-vingts ans obligées de se coltiner de gros sacs de courses jusqu'au troisième étage pour retrouver une glacière en hiver et un four surchauffé à cinquante degrés en été. Elle était désespérée par les meutes de petits sauvages qui la regardaient avec méfiance depuis le pas de leur porte parce qu'à l'âge de quatre, cinq, ou six ans, ils avaient déjà appris à haïr tout ce qui représentait de près ou de loin l'autorité.

Les relations interraciales à Boston. La situation socio-économique dans les quartiers déshérités. Collez-y l'étiquette que vous vous voudrez : ces cités étaient pour D.D. un constant rappel de la proportion significative de la population dont son travail ne parvenait pas à améliorer la situation.

Un type avait été assassiné ici. D.D. et son équipe allaient enquêter. Ils arrêteraient le coupable. Et, pour tous les habitants de cet immeuble, la vie resterait aussi merdique demain qu'aujourd'hui.

Le commandant D.D. Warren était de mauvaise humeur. Mais elle n'avait pas envie d'en parler.

Neil, son collègue, l'accueillit sur le palier du premier étage. Ce rouquin dégingandé de trente-deux ans avait été ambulancier avant d'entrer dans la police et il leur servait donc d'expert à demeure chaque fois qu'il y avait crime de sang. À l'instant présent, il se bouchait le nez et la bouche avec un mouchoir, ce qui parut de mauvais augure à D.D.

Un seul regard à l'air renfrogné de celle-ci et il eut un léger mouvement de recul.

« Le bébé ? demanda-t-il timidement.

— Pas pour ça que je suis de mauvaise humeur », rétorqua-t-elle.

Neil s'accorda un instant de réflexion : « Alex t'a quittée ?

— Oh, je t'en prie… » Elle adorait son équipe et son équipe l'adorait. Mais le simple fait de travailler à ses côtés suffisait à les convaincre qu'Alex, qui vivait avec elle, devait être un saint. « Pas pour ça non plus que je suis de mauvaise humeur.

— Tu n'es pas obligée de rentrer dans l'appartement, hasarda Neil. Au cas où tu t'inquiéterais de l'odeur ou, ou… »

Il ne termina pas sa phrase. Réduit au silence par le regard menaçant de D.D.

« Mes parents débarquent ! lâcha-t-elle.

— Tu as des parents ? »

Elle leva les yeux au ciel : « En Floride, marmonna-t-elle. Ils vivent en Floride. Où ils jouent au golf, au bridge et font tout ce que font les vieux. Ça leur plaît d'être là-bas. Ça me plaît qu'ils soient là-bas. Ce n'est pas parce que j'ai un bébé qu'il faut saboter une affaire qui marche. »

Neil approuva, attendit. Quand il fut clair qu'elle avait dit ce qu'elle avait à dire, il se pencha légèrement en avant.

« Ils ont des prénoms ?

— Patsy et Roy.

— Oh. Tout s'explique. On pourrait parler de la victime maintenant ? S'il te plaît.

— J'ai cru que tu ne poserais jamais la question. Ça se présente comment ?

— Deux balles dans la tête. La mort remonte sans doute à trois ou quatre jours. »

D.D. s'étonna : « Gonflé, ballonné ? demanda-t-elle à propos du cadavre.

— Avec ce froid de gueux, ça va encore », la rassura Neil.

Exact. Dans la moiteur ambiante du mois d'août, D.D. aurait flairé un cadavre de quatre jours à plusieurs immeubles de distance. Mais en l'occurrence, à trois mètres de la porte, elle ne sentait qu'une vague odeur rance. Dieu soit loué pour les températures polaires qui règnent mi-janvier à Boston.

Puis une idée lui vint : « Et le chauffage de l'appartement ?

— Éteint. »

Tiens donc.

« Par la victime ou par l'assassin ? »

Neil haussa les épaules : à ce stade, il ne pouvait évidemment pas connaître la réponse, ce qui ne voulait pas dire qu'il ne s'était pas posé la question. D.D. réfléchissait souvent à voix haute, ce dont, par pur instinct de survie, son équipe avait appris à ne pas se formaliser.

« Qui est là ? » demanda D.D. en parlant des autres enquêteurs.

Neil énuméra plusieurs noms. Le troisième membre de l'équipe, Phil, le père de famille nombreuse. Quelques techniciens de scène de crime qui relevaient les empreintes, le photographe, les services du légiste. Pas trop de monde ; D.D. aimait autant. Les lieux étaient exigus et les agents en surnombre, même soi-disant experts, mettaient souvent la pagaille. D.D. se plaisait à exercer un contrôle strict sur ses scènes de crime. Si par la suite il devait y avoir un problème, ça lui retomberait dessus. Mais elle préférait prendre la faute sur elle plutôt que d'avoir à surveiller tout un troupeau d'agents.

« Qu'est-ce que je dois encore savoir ? demanda-t-elle à Neil.

— Je ne te le dirai pas », répondit celui-ci d'un air buté.

Elle le regarda, interloquée. Le troisième de l'équipe, Phil, lui tenait parfois tête. Mais Neil rarement.

« Si je te le dis et que je me trompe, tu vas t'énerver, expliqua-t-il, le regard fuyant. Si je ne te le dis pas et que j'ai raison, tu pourras être fière de toi – et en retirer tout le mérite. »

D.D. secoua la tête. Neil ferait un excellent enquêteur s'il n'était pas tout le temps en train de se planquer derrière elle ou Phil. Il semblait se satisfaire de leur laisser les premiers rôles tandis que lui passait ses journées à superviser des autopsies à la morgue.

Elle se demanda si le légiste, Ben Whitley, était présent. Neil et lui sortaient ensemble depuis un peu plus d'un an. Ce n'était pas à proprement parler une idylle entre collègues, mais ça restait dans le même milieu professionnel. De sorte que D.D. s'inquiétait de ce qui pourrait se passer s'ils rompaient. D'un autre côté, mère à quarante ans d'un petit garçon de dix semaines, et sans être mariée, elle se sentait mal placée pour donner des conseils en matière de vie personnelle.

L'existence suit son cours. Il faut seulement se cramponner.

Elle soupira, se pinça l'arête du nez et sentit tout le poids du manque de sommeil lui tomber dessus d'un coup. Jack était blotti dans son maxi-cosi quand elle l'avait quitté ce matin. Grands yeux bleus et grosses joues rouges. Quand elle l'avait embrassé sur le crâne, il avait agité ses petits poings grassouillets dans sa direction.

Est-ce qu'un bébé de dix semaines en sait suffisamment pour que sa maman lui manque ? En tout cas, l'inverse était vrai.

D.D. soupira une dernière fois, redressa les épaules et se mit au travail.

La première odeur qui assaillit ses narines fut la puanteur extraordinairement astringente de l'ammoniaque. Elle fit un bond en arrière comme si elle avait percuté un mur ; déjà des larmes lui montaient aux yeux et elle brassait frénétiquement l'air devant elle dans un mouvement instinctif parfaitement inefficace.

Elle baissa les yeux et découvrit le fin mot de l'histoire : toute une série de tas de crottes, accompagnés d'une bonne douzaine de flaques d'urine.

« Qu'est-ce que c'est que ça ?

— Un chiot, expliqua Neil. Une adorable femelle labrador couleur sable avec des oreilles tombantes. Restée enfermée plusieurs jours avec le cadavre. Pas idéal pour l'apprentissage de la propreté. Elle a survécu grâce à l'eau des toilettes et à un paquet de biscuits apéritifs qu'elle a rongé. La fourrière l'a déjà embarquée, au cas où tu voudrais un petit chien pour Jack.

— Jack dort, mange et c'est à peu près tout. Qu'est-ce qu'il ferait d'un petit chien ?

— Oh, dit Neil d'un air docte, c'est sûrement passager. »

D.D. enjamba précautionneusement les ordures laissées par le chiot et traversa le petit séjour derrière Neil pour gagner la cuisine, plus petite encore. Elle salua au passage quelques techniciens de scène de crime, les contournant en souplesse dans ces pièces étriquées. Chacun lui rendait son salut, mais sans interrompre son travail. Vu l'odeur, elle ne pouvait pas les blâmer de vouloir plier l'affaire au plus vite.

Dans la cuisine s'ouvrait une porte qui donnait apparemment sur l'unique chambre. D.D. y découvrit son autre coéquipier, Phil, assis à un petit bureau, dos tourné à la cuisine. Il portait des gants et ses doigts galopaient sur le clavier de l'ordinateur portable de la victime. Expert technique de l'équipe, il était le plus qualifié pour se livrer à une première exploration de données. Par la suite, naturellement, il remettrait l'ordinateur aux cracks de la police scientifique pour une expertise plus poussée. Mais il était toujours crucial d'agir vite dans une enquête, alors Phil aimait bien voir ce qu'il pouvait découvrir tout de suite plutôt que d'attendre un rapport exhaustif qui ne leur parviendrait qu'au bout de plusieurs semaines.

« Hello, Phil », lui lança-t-elle.

Il jeta un coup d'œil par-dessus son épaule et leva une main distraite pour la saluer, puis, découvrant sa mine lugubre, se retourna pour de bon.

« Jack ? » demanda-t-il.

Phil avait quatre enfants.

« C'est pas à cause de lui que je suis de mauvaise humeur, dit-elle entre ses dents.

— Alex…

— C'est pas lui non plus !

— Ses parents débarquent, expliqua Neil derrière elle.

— Tu as des parents ? »

D.D. fusilla Phil du regard. Il se hâta de reporter son attention vers l'ordinateur, ce qui permit à D.D. de diriger la sienne vers la cuisine. Accolée au mur du fond, la petite table en bois était flanquée de deux chaises en bois branlantes, dont l'une était actuellement occupée par un cadavre.

Le légiste, Ben Whitley, était penché sur le corps. Lorsque D.D. s'approcha, il leva les yeux, mais elle remarqua qu'il prenait soin de ne pas regarder Neil.

Oh, eut-elle envie de dire. *C'est sûrement passager.*

Elle se concentra sur la victime, un Blanc, soit vraiment obèse, soit vraiment ballonné, avec des cheveux bruns tout gras et deux trous dans la tempe gauche.

« Personne n'a entendu les coups de feu ? » demanda-t-elle. L'odeur fétide de l'urine lui piquait encore les yeux. Elle comprenait maintenant le mouchoir de Neil, et elle se força bravement à ne pas avoir de haut-le-cœur.

« Dans ce quartier ? » ironisa Neil.

D.D. fit la moue : un point pour lui.

La masse considérable du mort commençait juste à se tordre dans son jean, qui lui moulait les jambes comme des boudins, et dans sa chemise à carreaux rouge. La violence des coups de feu avait fait basculer sa tête en arrière et, sous l'effet du phénomène de rigidité cadavérique, les traits de son visage s'étaient sans doute figés deux à six heures après le décès. Mais au bout de deux ou trois jours, cette rigidité s'était estompée, les muscles s'étaient relâchés et la chair de ses bajoues avait coulé sur son visage comme de la cire sur une bougie. Étape suivante du processus de décomposition : la putréfaction. Dans les vingt-quatre heures qui suivent le décès, l'activité des bactéries hébergées par le corps produit des gaz, qui engendrent un ballonnement et une odeur très particulière que connaissent les enquêteurs et les médecins légistes du monde entier. La peau de l'abdomen et du bas-ventre prend une teinte bleu-vert et le contenu du tube digestif se répand par la bouche, le nez et l'anus.

Le processus de décomposition n'est pas joli à voir, si bien que, l'un dans l'autre, D.D. était agréablement surprise par l'état de conservation du cadavre. Les bactéries commençaient seulement à faire leur œuvre, alors qu'elles auraient dû être en train de ravager les intestins du mort. Ça rendait la scène plus soutenable, même si, pour autant, D.D. n'aurait pas eu envie d'être aussi près du corps que le légiste.

« Tu dates ça de trois ou quatre jours ? » demanda-t-elle à Ben, sur un ton qui laissait percer ses doutes.

Il fit la moue, pensif. « Le froid inhibe le processus de décomposition. Vu la fraîcheur de cet appartement, il me semble que ça expliquerait la lenteur de la putréfaction. Mais je n'aurai de certitude que quand je l'aurai ouvert.

— Premières impressions ?

— Le décès a très probablement été causé par les deux balles dans la tempe gauche. Un doublé, à bout touchant. Tu remarqueras l'anneau de peau brûlée autour des orifices d'entrée, et la proximité des plaies. À peine un centimètre entre les deux.

— Une exécution ? s'interrogea D.D. en s'approchant malgré elle. Des blessures de défense ?

— Négatif. »

D.D. avait une totale confiance en Ben ; il était l'un des meilleurs légistes que la ville ait jamais eus. Mais elle ne put s'empêcher de jeter un œil aux mains de la victime parce que l'absence de blessures de défense n'avait pas de sens. Qui se laisserait abattre comme ça, assis à sa table de cuisine ?

« Tu es sûr que ce n'est pas un suicide ?

— Pas d'arme sur les lieux. Pas de résidu de poudre sur ses mains », indiqua le légiste. Puis il ajouta, comme pour lui reprocher courtoisement de mettre en doute ses conclusions : « À moins, bien sûr, qu'il n'ait porté des gants et qu'il les ait bien gentiment retirés après s'être flingué et avoir caché l'arme. »

D.D. ne se le fit pas dire deux fois. Elle se retourna vers Neil. « Effraction ? »

Le rouquin secoua la tête. L'air satisfait. « Les premiers intervenants se sont fait ouvrir la porte par le gérant de l'immeuble. Aucune trace de crochetage de la serrure. Les fenêtres sont intactes, d'ailleurs elles sont tellement gauchies qu'on ne peut pas les ouvrir. »

D.D. toisa son équipier : « Tu ne vas pas me le dire, hein ?

— Non.

— D'accord, d'accord, marmonna-t-elle. Je relève le défi. »

Elle poursuivit son examen de la scène de crime. Les plaies sur la tempe de la victime étaient bien rondes. Étant donné l'absence d'orifice de sortie, elle pensa à une arme de petit calibre, un 22 par exemple. Un pistolet facile à dissimuler jusqu'au dernier moment, surtout en cette période de l'année où tout le monde est emmitouflé dans de gros blousons d'hiver. En même temps, c'était un choix discutable pour qui voulait commettre un meurtre : pas très percutant, un 22. Les aficionados des armes à feu appellent ça des pistolets pour tireurs du dimanche. Tout juste bons à dézinguer des boîtes de conserve ou des écureuils, voire à être balancés à la tête de l'adversaire en dernier recours. Quantité de gens blessés par un 22 en réchappent, donc ce pistolet de petit calibre n'est pas le plus adapté à une exécution.

D.D. poursuivit son analyse : l'assassin était très probablement connu de la victime. Celle-ci lui avait non seulement ouvert la porte, mais l'avait laissé entrer chez elle. En outre, s'asseoir à la table de cuisine était un signe d'hospitalité. Qu'est-ce que je peux vous offrir à boire, ce genre d'ambiance.

D.D. s'approcha de l'évier. De fait, dans le bac en inox dégoûtant se trouvaient deux mugs bleus ébréchés. D'une main gantée, elle prit le premier et en examina le fond. Aucun résidu sec visible, donc soit les mugs avaient contenu un liquide transparent, soit ils avaient été rincés.

Elle les reposa, pour qu'ils soient ensachés et étiquetés par les techniciens, et prit conscience d'une anomalie.

Les mugs avaient été rincés et posés dans l'évier. Mais rien d'autre dans l'appartement ne semblait avoir été rincé, épongé ou lavé de quelque manière que ce soit depuis au moins six mois. Les plans de travail étaient poisseux et sales. Idem pour le sol souillé d'urine, la couche de crasse sur le plancher et les murs constellés de taches.

Elle considéra de nouveau la table en bois, dont la propreté parfaite lui parut également suspecte. Elle passa un doigt ganté sur son plateau balafré. Oui, elle était vieille, d'accord elle avait fait la guerre, mais elle était propre. Donc, deux mugs rincés, une table en bois nettoyée.

Elle leva les yeux vers Neil, qui affichait un sourire encore plus épanoui.

« L'assassin a fait le ménage derrière lui », murmura-t-elle.

Il refusa de répondre, mais comme on lisait en lui comme dans un livre ouvert, c'était inutile.

Ensuite, D.D. ouvrit le réfrigérateur. Elle découvrit une boîte de pâtée pour chien entamée, qui empestait encore plus que le reste de l'appartement, un pack de six bières, des canettes de soda au vin, des Hostess Twinkies, des boîtes contenant des restes de repas chinois, une demi-douzaine de condiments et les rogatons d'un poulet rôti daté de dix jours.

Donc la victime aimait les plats à emporter et avait un faible pour les sucreries.

D.D. ouvrit certains placards, découvrit des assiettes en carton en guise de vaisselle, des couverts en plastique en guise d'argenterie, ainsi que de multiples étagères de chips, biscuits apéritifs, céréales et cookies industriels. Le dernier placard était dévolu au chien : sacs de croquettes pour chiot et autres boîtes de conserve.

D.D. affina son profil psychologique : homme, blanc, célibataire, la quarantaine, qui vivait en vieux garçon dans un logement social.

Pourquoi cet immeuble ? Un Blanc devait forcément faire tache, se sentir mal à l'aise. Souffrait-il de la solitude ? Ce qui expliquerait qu'il ait adopté un chiot ? Il avait des visites, cela dit. Il avait reçu quelqu'un, qu'il avait peut-être invité à prendre un verre – viens donc chez moi voir mon nouveau petit chien. On prendra un verre, on grignotera un biscuit ou deux.

D.D. éprouva un pressentiment familier. Une sensation particulière qui, chez toute bonne enquêtrice, prend naissance à la base de la colonne vertébrale et remonte en un éclair le long de son échine jusqu'à sa nuque, où ses poils se hérissent et la font frissonner.

Elle lança un regard à Neil, qui avait toujours le sourire jusqu'aux oreilles.

« C'est pas vrai ! s'exclama-t-elle.

— Oh que si.

— Qu'a trouvé Phil ?

— Dans l'ordinateur, je ne sais pas, mais on a déjà découvert deux boîtes à chaussures pleines de photos planquées sous le lit.

— Fiché ?

— Aucune touche pour l'instant, mais on en est encore à chercher son nom et ses empreintes dans le fichier national.

— Mais les photos ?

— Rien que des garçons, tous de moins de douze ans, noirs pour la plupart, mais pas que. Je dirais qu'il choisissait ses victimes en fonction des occasions qui se présentaient sans s'arrêter à leur couleur de peau.

— Salopard ! Un pédophile. Monsieur installe sa petite entreprise au cœur de sa population cible : des gamins mal aimés, mal surveillés, éminemment vulnérables. Il attire leur attention en promenant son petit chien et les invite à monter prendre un cookie, des chips, une bière. Salopard.

— D.D. »

D'un œil noir, elle considéra le mort, les deux trous dans sa tempe, le visage de cire fondue.

« Un gamin s'est vengé, marmonna-t-elle avant de repenser à la table méticuleusement nettoyée. À moins que ce ne soit un parent, un grand frère, un ami. Quelqu'un a pigé et il a payé. Tant mieux.

— D.D.

— Quoi ?

— Il y a mieux.

— Mieux que d'apprendre qu'il y a un pervers de moins dans cette ville ? »

Phil sortit de la chambre, retira ses gants en latex.

« Tu lui as dit ? demanda-t-il à Neil.

— Me dire quoi ?

— Tu étais en congé maternité, répondit Neil comme si ça justifiait tout.

— Me dire quoi !

— Ce n'est pas seulement un pervers de moins qu'on a, se réjouit Neil. M. Tu-veux-voir-mon-petit-chien est le deuxième. »

Pour D.D., Phil et Neil durent reprendre toute l'histoire de zéro. L'affaire remontait à quatre semaines, donc à l'époque Jack en avait six ; c'était un petit être potelé qui passait ses journées recroquevillé contre la poitrine de D.D., comme une bouillotte, sauf qu'il était fragile et avait besoin d'une attention de chaque instant, alors elle passait des heures entières dans le rocking-chair avec lui, à compter ses doigts, ses orteils, à caresser les mèches incroyablement soyeuses qui lui ceignaient le crâne… alors, non, en aucun cas elle n'avait regardé les informations parce qu'elle avait été *présente* pour son bébé comme jamais elle n'avait été présente à aucun moment de sa vie. Totalement. Complètement. Sans un mot, ni une pensée, ni aucun intérêt pour quoi que ce soit d'autre. Tous les soirs en rentrant du travail, Alex les regardait, Jack et elle, dans le rocking-chair et il lui souriait comme jamais aucun homme ne lui avait souri.

Et elle éprouvait un étrange sentiment. Le sentiment d'être à sa place. D'exister. Un sentiment de plénitude, peut-être.

Pendant les huit semaines de son congé maternité, elle s'en était repue.

Donc, quatre semaines plus tôt, D.D. faisait son nid avec son bébé à Waltham quand un délinquant sexuel de niveau 3 avait été abattu dans son appartement près de l'hôpital de Suffolk County. Pas dans sa cuisine, précisa aussitôt Phil. Dans l'entrée. Comme si, dès qu'il avait ouvert la porte, boum, boum. Deux balles de 22, bien placées.

Pas de témoins, même si quelques voisins avaient signalé avoir vu rôder un jeune homme, peut-être un adolescent. Les fouilles menées au domicile de la victime avaient permis de découvrir des vidéos porno et une collection considérable de photos sur son ordinateur : toutes montraient des filles et des garçons âgés de six à douze ans en train d'accomplir divers actes sexuels.

Le simple fait de posséder un ordinateur contrevenait aux conditions de libération conditionnelle de la victime, Douglas Antiholde, et les enquêteurs estimaient donc qu'on pouvait sans trop s'avancer penser qu'il s'était écarté du droit chemin et avait recommencé à piétiner de jeunes existences.

« Des pistes ? » demanda D.D.

Phil était désabusé : « Si tu croises un homme blanc âgé de seize à vingt-cinq ans en blouson d'hiver foncé et bonnet de laine bleu marine, tu nous préviens.

— J'imagine que les gens se précipitent pour donner des infos en téléphonant au numéro spécial.

— Tu penses, les voisins ont fait un feu de joie quand il est mort. Il n'était pas franchement apprécié et, ça, c'était *avant* qu'on découvre le contenu de son ordinateur. »

D.D. méditait : « Il avait un chiot ? »

Phil secoua la tête.

« Il va falloir comparer les photos stockées par les victimes », songea-t-elle tout haut, et elle eut aussitôt un mouvement de recul. Passer de Jack à ces images…

Elle hésita. À ses côtés, Phil, le père de quatre enfants, semblait tout aussi mal à l'aise.

Neil prit la parole : « Je m'en charge. »

Phil et D.D. le regardèrent.

« Ce n'est pas que j'en aie une folle envie, dit-il en haussant les épaules avec embarras. Mais je n'ai pas d'enfants. Alors que vous… Je ne sais pas, ce sera sans doute plus facile pour moi de travailler dessus. D'ailleurs, c'est toujours moi qui m'occupe des cadavres. Ça ne doit pas être tellement plus difficile ?

— Si, infiniment plus, le détrompa aussitôt Phil. Pour les morts… le pire est déjà derrière eux. Tandis que ces enfants… »

Neil haussa de nouveau les épaules : « Il faut bien que quelqu'un le fasse, non ? Mieux vaut que ce soit moi plutôt que vous. »

Phil hocha lentement la tête : « Je crois qu'on finira par tirer quelque chose du petit, dit-il à D.D.

— Manifestement, notre éducation porte ses fruits », renchérit-elle.

Neil leva les yeux au ciel : « Des conseils à me donner pour une première fois ?

— Ne te contente pas de regarder les victimes, lui expliqua D.D. Croiser leurs identités est une première étape, mais il faut aussi examiner l'arrière-plan de chaque photo : cherche s'il y a des éléments récurrents, les rideaux, les tapis, la literie. Parfois, ce ne sont pas les personnes mais les lieux qui sont communs. Dans un cas comme dans l'autre, ça nous fournira un lien entre nos pervers. Quand tu auras fini, on enverra les clichés au Centre national pour les enfants disparus et exploités : leurs experts recommenceront, mais en comparant les images à une banque de données nationale. Ils utilisent aussi un logiciel de reconnaissance faciale, ça aide. »

Neil était impressionné.

« Il faut qu'on t'envoie à l'académie du FBI », dit D.D. à son jeune collègue, comme elle le faisait au moins une fois tous les six mois.

L'académie du FBI à Quantico dispensait des formations de haut niveau sur dix semaines et ces stages étaient considérés comme un passage obligé pour tout agent promis à un brillant avenir. Lorsque D.D. y avait été élève, elle avait passé une journée entière au Centre national pour les enfants disparus et exploités – l'occasion pour elle non seulement de mieux comprendre les moyens que le Centre mettait à la disposition des polices locales comme celle de Boston, mais aussi de se féliciter d'être enquêtrice dans une police municipale plutôt qu'une criminologue qui ramerait à contre-courant pour venir en aide aux enfants victimes d'abus sexuels.

Elle interrogeait Neil du regard. Il détourna les yeux, comme chaque fois que la question de l'académie venait sur le tapis.

« L'assassin est droitier, dit-il entre ses dents pour changer de sujet. Vu l'angle de tir.

— Ça ne réduit pas des masses l'éventail des suspects, rétorqua D.D.

— Les meurtres ont eu lieu en plein jour.

— Qu'est-ce qui te fait dire ça ?

— Dans ces deux quartiers, personne n'ouvrirait sa porte à la nuit tombée.

— Mais on n'a pas de témoins, objecta D.D.

— Parce que, dans les deux quartiers, répéta Neil, les gens ont appris à ne rien voir. Et dans le cas contraire, plutôt crever que de nous le dire.

— Pas faux. » D.D. se tourna vers Phil : « Pendant que Neil s'occupera des photos, il faudrait que tu m'auscultes les ordinateurs des deux victimes. Les pédophiles agissent en réseau. Ils vont sur des forums, postent sur des blogs, cherchent leurs semblables. Même si nos deux victimes ne se sont jamais rencontrées en chair et en os, ça ne veut pas dire que leurs chemins ne se sont pas croisés sur Internet. Si on trouve le dénominateur commun, on pourra peut-être tirer le fil.

— L'ordinateur d'Antiholde a déjà été analysé. Donc il ne nous reste plus qu'à disséquer celui-là et j'aurai toutes les cartes en main.

— On va requérir les vidéos du quartier », réfléchit tout haut D.D.

Elle voulait parler des caméras de vidéosurveillance qu'on trouvait à tous les coins de rue, propriété de la ville de Boston, d'entreprises ou même dans certains cas de citoyens inquiets et désireux de se mettre à l'abri de la criminalité.

« On ne sait jamais, si on trouvait des images d'un homme blanc de seize à vingt-cinq ans avec un blouson d'hiver foncé et un bonnet de laine bleu marine. »

L'idée fit sourire Phil et Neil, mais D.D. reprit.

« Je ne plaisante pas ! Oubliez la tenue et la tranche d'âge. Pensez : jeune Blanc. Vous en voyez beaucoup dans la rue ? Dans ce quartier, les Blancs se comptent sur les doigts d'une main. Il faut en profiter.

— On met les médias sur le coup ? » demanda Phil.

D.D. n'avait pas encore réfléchi à la question.

« Peut-être, si on obtient un portrait-robot plus précis de l'assassin. En attendant, je n'en vois pas l'intérêt. »

Neil parut surpris : « Mais on a deux meurtres, et le second remonte déjà à trois ou quatre jours. Alors peut-être qu'en ce moment même, un assassin est en train de cibler une troisième victime.

— Un troisième pédophile, tu veux dire », murmura Phil.

D.D. était plus circonspecte : « Les deux homicides seraient l'œuvre d'un seul et même assassin ? Tu en es sûr ? Tu as un témoin qui a la certitude d'avoir vu la même personne ici et là-bas ? Tu as un rapport des services balistiques confirmant que les balles retrouvées sur cette scène de crime sont en tous points semblables à celles qu'on a retrouvées chez Antiholde ? »

Neil reconnut que non.

« Dans ce cas, déclara D.D. avec énergie, n'allons pas trop vite en besogne. Je ne voudrais pas affoler inutilement les citoyens de notre bonne ville. Et puis… peut-être que je ne voudrais pas non plus encourager les pervers de Boston à se montrer exagérément prudents. »

Neil ouvrit de grands yeux. Comprenant ce qu'impliquait la décision de D.D., il jeta un regard vers Phil, dont le visage était aussi implacable que celui de sa collègue.

« Eh bien, murmura Neil. Moi qui me demandais si la maternité l'adoucirait… »

Au moment même où il disait cela, le benjamin de l'équipe réalisa qu'il aurait sans doute dû garder cette réflexion pour lui.

Mais D.D. se contenta de lui administrer une tape dans le dos : « Toi aussi, tu m'as manqué, lui dit-elle avec bonne humeur. Bon. Ne le prenez pas mal, mais il faut que je sois rentrée chez moi à dix-sept heures, ce qui nous laisse, conclut-elle en regardant sa montre, environ six heures pour coincer un assassin. En piste. »

3

Des heures plus tard, D.D. finissait de superviser le traitement de la scène de crime. Elle avait depuis belle lurette cessé de prêter attention à l'odeur d'ammoniaque dégagée par l'urine et les émanations fétides des crottes de chien. Mais en descendant à pas lourds les escaliers de l'immeuble, elle pensait à plusieurs choses à la fois : il faudrait bientôt qu'elle rentre chez elle, qu'elle contacte le responsable de l'enquête sur le premier meurtre, il faudrait aussi demander qu'on effectue d'urgence les tests balistiques sur ce deuxième meurtre pour pouvoir faire des comparaisons avec le premier. Quel pourcentage de chance y avait-il que son supérieur, Cal Horgan, lui accorde un agent en renfort pour aider au visionnage des vidéos ? Peut-être qu'elle allait être obligée de faire ça elle-même. Phil, après tout, allait avoir besoin de plusieurs jours pour passer toutes les données informatiques au crible. Neil finirait sans doute par tomber en dépression à force de regarder toutes ces photos – le genre de travail que Phil et elle avaient déjà accompli et devraient sûrement accomplir de nouveau à l'avenir, mais le plus tard serait le mieux. Même si on adopte un regard objectif et analytique, les photos d'enfants ne laissent pas indemne. Elle ajouta donc à sa liste : surveiller Neil, voir comment il s'en sortait avec sa mission. Aurait-il besoin de voir un psychologue ou même d'une petite soirée thérapeutique autour d'une bière ? Un officier est responsable de ses troupes autant que de ses enquêtes et D.D. était fière des unes comme des autres.

Elle descendit le perron et, retrouvant l'air frais, en inspira plusieurs goulées. Aucun flash ne l'accueillit ; un meurtre dans les logements sociaux attire rarement les médias. Évidemment, dès que les journalistes auraient vent de ce qu'on avait retrouvé dans les boîtes à chaussures de la victime et que, fines mouches, ils auraient fait le rapprochement avec le meurtre du mois précédent…

Mais pour l'instant, c'était le calme plat, et D.D. comptait en profiter tant que ça durerait.

Elle se fraya un chemin entre les derniers badauds ; la plupart semblaient s'ennuyer, une véritable enquête criminelle n'étant en rien aussi palpitante que ce qu'on voit à la télé. D.D. rentra les mains dans ses poches, la tête dans les épaules pour se protéger du froid mordant de ce mois de janvier, et remonta le trottoir vers sa voiture.

Elle l'aperçut à cinquante mètres de distance : un objet blanc, comme un amas de neige, contre son pare-brise. Mais le vent le souleva, le fit claquer, et elle comprit qu'il s'agissait d'une demi-feuille de papier coincée sous son essuie-glace gauche.

Un prospectus ou un tract, peut-être. Elle ne pressa pas l'allure, continua à marcher du même pas, recroquevillée dans son blouson réglementaire pour se réchauffer.

Arrivée à la hauteur du capot, elle découvrit qu'il ne s'agissait pas d'un prospectus : les lettres étaient tracées à la main. Elle hésita, ralentit. Les poings toujours dans les poches, elle se pencha sur cette demi-feuille pour l'examiner de plus près.

Les lettres étaient fines, presque des pattes de mouche, mais curieusement aplaties à la base, comme si la personne s'était appuyée sur une règle pour écrire droit. Le message ne comportait ni adresse ni signature. Il se composait de deux phrases :

Tout le monde doit mourir un jour.

Courage.

Aussitôt, D.D. leva les yeux, regarda autour d'elle. Là, sur le trottoir d'en face, une silhouette en doudoune noire qui disparaissait au coin de la rue.

D.D. s'élança.

Alors qu'elle traversait la rue à toutes jambes, D.D. eut deux idées en même temps : primo, courir n'était pas indiqué pour une femme qui venait d'accoucher dix semaines plus tôt ; ce ventre mou qui tressautait, elle ne connaissait pas ça un an auparavant, et c'était franchement inconfortable. Deuxio, prendre en chasse un suspect potentiel en solo n'était pas non plus indiqué pour une jeune maman qui espérait embrasser son petit garçon d'ici trois heures.

Mauvaise nouvelle : les agents en tenue sont équipés de portatifs radio, mais pas les enquêteurs. Autrement dit, il aurait fallu qu'elle reste dans sa voiture pour passer un message radio, ou au moins qu'elle crie à un collègue de la rejoindre.

Oh, et puis merde. D.D. tourna au coin, vit la silhouette véloce sur le point de traverser la rue suivante et joua son va-tout : « Police ! Arrêtez ou je tire. »

On était à cent lieues d'un usage proportionné de la force, mais, comme la plupart des administrés avaient été élevés au lait de l'inspecteur Harry, au nom de quoi auraient-ils contesté la pertinence d'une telle menace ? La silhouette noire s'arrêta docilement et se retourna.

« Arrangez-vous pour que je voie vos mains ! » cria D.D.

Elle ralentit, passa au petit trot, la main droite dans son blouson, sur la crosse de son pistolet qui se trouvait encore dans son étui d'épaule.

L'individu interpellé tendit les mains et écarta des doigts gantés de noir comme pour dire comiquement : « Ce n'est pas moi, madame. »

D.D. repassa au pas, s'approcha plus prudemment. Elle se focalisa sur le pâle visage ovale qu'elle apercevait à peine entre le haut col de la doudoune noire et le bas du bonnet de laine de la même couleur. D'aussi près, elle voyait que les traits étaient trop fins, trop délicats pour être ceux d'un homme. En fait, elle s'aperçut que, si elle faisait abstraction du gros blouson d'hiver, la personne qu'elle avait devant elle ne devait pas faire plus d'un mètre soixante et dans les cinquante ou cinquante-cinq kilos.

Une femme. Jeune, disons entre vingt et vingt-cinq ans. Blanche, avec des cheveux bruns et des yeux bleus caves qui en cet instant paraissaient à la fois méfiants, apeurés et rebelles. Attitude classique face à un policier. Le premier réflexe (*ce n'est pas moi, madame*) luttant contre la conscience profonde (*je ne suis quand même pas tout à fait innocent*).

D.D. s'immobilisa à trois pas de la jeune femme. Le regard toujours sévère, la main toujours posée sur la crosse de son arme.

« Votre nom ? demanda-t-elle sèchement.

— Pourquoi ? »

D.D. plissa les yeux : « Vous êtes toujours insolente avec les policiers ?

— J'aimerais voir votre plaque », dit la jeune femme avec fermeté, mais sa voix trembla sur la fin.

Teigneuse, mais pas tant que ça.

D.D. ne dit rien, ne fit rien. Toujours la meilleure attaque.

En réaction, la fille soupira et prit elle-même la pose. Une jeune femme à qui on ne la faisait pas.

D.D. laissa une longue minute s'écouler. Puis, lentement, posément, de la main gauche, elle détacha la plaque de la ceinture de son jean et la tendit.

« Commandant D.D. Warren, police de Boston. Je vous ai donné mon nom, donnez-moi le vôtre.

— Charlene Rosalind Carter Grant.

— Plaît-il ? répondit D.D., surprise de ce nom à rallonge. Rosalynn Carter… Comme l'ancienne Première dame ?

— *Rosalind* Carter. Charlene. Rosalind. Carter. Grant. Mais vous pouvez m'appeler Charlie. »

D.D. durcit son regard : « Vous n'êtes pas du quartier, n'est-ce pas, Charlie ?

— Bien vu.

— Alors qu'est-ce que vous faites sur ma scène de crime ? »

La jeune femme la regarda. Avec une expression hésitante puis, d'un seul coup, plus déterminée : « Je voulais voir de quoi vous aviez l'air.

— Pardon ?

— Je pense que je vais être assassinée dans quatre jours. J'ai lu que vous étiez un des meilleurs éléments de la police criminelle de Boston, alors j'aimerais que vous vous occupiez de l'enquête. Je crois que vous êtes ma seule et unique chance d'obtenir justice. »

D.D. conduisit Charlie au commissariat central. D'une part parce que c'était l'histoire la plus délirante qu'elle ait jamais entendue et que ça éveillait fortement ses soupçons. D'autre part parce que, comme par un fait exprès, Charlie répondait au vague portrait-robot de l'assassin du premier pervers et qu'en plus elle s'éloignait de la voiture de D.D. à peu près au moment où celle-ci découvrait le message sur son pare-brise. Pour couronner le tout, D.D. n'avait pas de meilleure piste à creuser, alors va pour une femme seule en gros blouson d'hiver noir.

D.D. fouilla sa suspecte et lui demanda de retirer son bonnet avant de la faire asseoir à l'arrière de sa Crown Vic. Principe de base dans une enquête : tout est dans le regard et les expressions du visage, donc en aucun cas D.D. ne laissait les suspects, personnes interrogées et témoins se planquer sous des bonnets et autres écharpes.

D.D. ensacha et étiqueta le message du pare-brise. Elle posa le tout sur le siège passager. Puis, Charlie à l'arrière, elle prit la direction du commissariat central tout en pianotant sur son téléphone. En quelques minutes, elle parvint à établir que Charlene Rosalind Carter Grant travaillait au centre opérationnel du commissariat de Grovesnor et qu'elle n'était sous le coup d'aucun mandat. Deux points qui plaidaient en sa faveur.

Ensuite elle écouta ses messages. Le premier était d'Alex, qui voulait juste savoir comment se passait sa journée. Le second était de sa mère, et D.D. grimaça instinctivement. Ses parents arrivaient précisément dans deux jours, le jeudi soir. Sa mère voulait savoir si D.D. avait l'intention de venir les chercher à l'aéroport ou si elle allait les obliger à se débrouiller tout seuls pour se rendre chez Alex. Le ton de sa voix ne laissait aucun doute quant à son opinion sur le sujet. De même que sa façon de dire : « Chez *Alex*. »

D.D. effaça le message, ne rappela pas tout de suite.

Il n'était pas trop tard pour prendre ses jambes à son cou, se prit-elle à rêver. Alex, le petit Jack et elle pourraient s'enfuir et s'engager dans un cirque. Personnellement, elle pensait qu'Alex serait séduisant en pantalon de clown rayé et Jack adorable en vêtements à pois. Et à choisir entre voir sa mère, qui désapprouvait clairement son choix d'avoir enfanté en dehors des liens du mariage, ou devoir porter un nez rouge toute sa vie… eh bien, pour D.D., il n'y avait pas photo.

Elle soupira. Ses parents détestaient monter dans le Nord. Ils avaient certainement espéré qu'elle ferait son devoir d'enfant unique et amènerait leur premier petit-fils en Floride. Mais Jack était né en avance de près de quatre semaines, mi-novembre au lieu de mi-décembre. Il avait dû passer les premiers jours en unité néonatale, pour terminer la cuisson, comme disait son obstétricien. D.D. avait été incapable d'affronter ses parents à ce moment-là. Elle ne les avait même appelés que dix jours après la naissance de son fils, péché pratiquement mortel, lui avait-on fait savoir par la suite. Mais pendant ces tout premiers jours…

Lorsque, la crise passée, D.D. avait contacté ses parents, c'était Thanksgiving. Période trop chaotique pour voyager, lui avait expliqué sa mère d'une voix pleine de reproches et de consternation. L'égoïsme de D.D. les avait déjà privés des deux premières semaines de leur petit-fils et voilà qu'ils devaient de nouveau repousser leur visite…

Encore des coups de fil, encore le chambardement des fêtes de fin d'année, encore de la culpabilité. Jusqu'à cet instant où D.D. attendait l'atterrissage de ses parents à Boston pour le 19 janvier.

Et ensuite ses parents, qui n'avaient jamais prévu d'avoir d'enfants mais s'étaient retrouvés parents sur le tard, et D.D., qui n'avait jamais prévu d'avoir une famille mais s'était retrouvée mère sur le tard, pourraient tous s'asseoir dans la même pièce.

Si Alex avait une once de bon sens, il prendrait tout de suite ses jambes à son cou.

À l'approche du commissariat, D.D. commença à chercher à se garer. Le quartier général de la police de Boston était situé en plein cœur du quartier sensible de Roxbury, où il était tout aussi difficile de trouver une place de parking qu'une rue sans trafic de drogue. Elle fit son circuit habituel. La troisième fois fut la bonne.

Elle se gara, descendit de voiture, ouvrit la portière arrière et observa de nouveau la jeune femme.

Charlene Rosalind Carter Grant descendit sans un mot et attendit sur le trottoir.

« Vous n'êtes guère bavarde, dit D.D.

— Vous ne me croyez pas. Que dire d'autre ?

— Logique. Vous voulez un café ? »

Elle traversa la rue, gardant la fille à sa hauteur.

« Oui, merci. Vous allez m'inculper ?

— Je devrais ? »

La jeune femme soupira : « Vous avez eu le commissariat de Grovesnor en ligne ?

— Oui.

— Alors vous savez que je ne suis pas complètement tarée.

— Pourquoi avoir laissé un message sur mon pare-brise ?

— Quel message ? Je n'ai pas laissé de message.

— Le message que vous m'avez regardée ensacher et étiqueter.

— Il n'est pas de moi. Je ne l'ai même pas vu, et je ne savais absolument pas que cette voiture était à vous. Croyez-moi, pour ceux qui ne sont pas policiers, toutes les Crown Vic se ressemblent. »

D.D. ne fit aucun commentaire, mais elle reconnaissait que c'était bien observé. Dans une rue regorgeant de voitures de patrouille et de Crown Vic, l'auteur du message en savait-il assez pour cibler précisément la voiture de D.D., ou celle d'un enquêteur en général ? Un point sur lequel il faudrait revenir.

D.D. fit entrer Charlie dans le commissariat, puis la fit monter à l'étage de la crim'. La brigade bénéficiait vraiment de beaux locaux, se disait toujours D.D. Plus classe affaires que décor de série policière réaliste. En tant que chef d'équipe, D.D. disposait d'un petit bureau à elle, avec table en contreplaqué, ordinateur portable et luxueux fauteuil de bureau en cuir noir – la totale. Très correct.

D.D. n'y emmena pas Charlie, mais la conduisit dans une petite salle d'interrogatoire, où elle lui prit son blouson et la fit s'asseoir à la table. Puis elle partit à la chasse aux boissons. Du café pour la fille… D.D. hésita, lorgna la cafetière. Mais non, cela faisait si longtemps qu'elle se passait de caféine, elle pouvait bien tenir encore une heure.

Dans un premier temps, elle avait arrêté le café pendant sa grossesse, ou plutôt Jack s'était rebellé avec tant d'insistance qu'elle ne pouvait plus avaler le breuvage noir. Ensuite elle avait continué à s'abstenir de caféine pendant l'allaitement (elle avait été la première surprise de son envie viscérale de nourrir au sein) et n'avait sevré Jack au terme de six semaines que parce qu'il fallait qu'elle reprenne le travail et qu'en aucun cas son emploi du temps ne lui permettrait de tirer son lait ou autres joyeusetés auxquelles certaines mères actives se soumettaient avec héroïsme.

Ça lui manquait. Elle n'en parlait pas, même à Alex. Que dire ? Il fallait qu'elle reprenne le travail. Alors son bébé était passé au biberon et il était maintenant gardé huit heures par jour par une gentille dame du bout de la rue. C'était la vie. Si D.D. était capable de supporter une scène de crime, elle était certainement capable d'affronter la maternité.

Elle servit une tasse de café pour Charlie, empoigna une bouteille d'eau pour elle-même.

Encore quatre-vingt-treize minutes et elle rentrerait chez elle.

Elle retourna dans la salle d'interrogatoire, prit un siège en face de son témoin et passa aux choses sérieuses.

« D'où venez-vous, Charlie ?

— J-Town, New Hampshire.

— Jamais entendu parler.

— À trois heures au nord, près du mont Washington. Un village. Le genre d'endroit où tout le monde vous appelle par votre nom.

— Pourquoi êtes-vous partie ?

— Parce que je pense que la personne qui va essayer de me tuer le 21 janvier sera quelqu'un que je connais. Alors ma première stratégie de défense consiste justement à fuir tous les gens que je connais. »

La jeune femme grimaça. Elle avait pris le café que lui tendait D.D., mais ne le buvait pas. Elle le tenait juste entre ses mains comme pour se réchauffer.

D'après les premiers renseignements pris sur elle, Charlene Rosalind Carter Grant avait vingt-huit ans. En chair et en os, avec ses longs cheveux bruns tirés en une queue-de-cheval serrée, elle faisait même plus jeune. Elle était de constitution frêle, jugea D.D., et encore amaigrie par la nervosité, le stress ou autre chose. Ses joues pâles étaient creuses, ses yeux bleus cernés par les nuits sans sommeil. Elle portait un sweat-shirt noir informe et trop grand, de ceux qu'affectionnent les voyous et les casseurs, avec un jean râpé et des bottes de neige bon marché. Des vêtements qui se fondraient à coup sûr dans n'importe quel environnement urbain.

Une bonne tenue, se dit D.D., pour devenir proie ou prédateur.

« Pourquoi le 21 janvier ? Et pourquoi pensez-vous que vous connaîtrez votre assassin ? »

Alors la fille raconta. Son histoire était impressionnante, à vrai dire. Sa première amie d'enfance assassinée deux ans plus tôt, le 21 janvier, puis la seconde amie, assassinée un an après, exactement à la même date, ce qui faisait de Charlie la dernière rescapée du trio. Celle-ci connaissait le nom des policiers chargés des enquêtes, elle mentionna même le rapport rédigé par un ancien profileur du FBI, Pierce Quincy, qui avait étudié les scènes de crime.

« Ses conclusions ? » ne put s'empêcher de demander D.D. Non pas qu'on puisse se fier au rapport d'un fédéral, mais bon… Elle avait pris des notes. Lors d'une formation, elle avait fait la connaissance d'un des enquêteurs de Rhode Island, Roan Griffin. Elle lui passerait peut-être un coup de fil.

« Vu l'absence de preuves matérielles (pas d'effraction ni de traces de lutte), l'hypothèse de Quincy est qu'il s'agit d'un individu d'une intelligence supérieure, qui raisonne et se comporte face aux autres avec méthode. Peut-être connu des victimes, en tout cas qui paraît de prime abord inoffensif. Il dispose sans doute de compétences verbales supérieures à la moyenne, ce qui expliquerait qu'il ait réussi à se faire inviter chez les victimes et à maîtriser leurs réactions jusqu'au dernier moment. »

Elle récitait ces phrases sur un ton monocorde. En femme qui avait lu tant de fois le rapport sur les scènes de crime que les mots avaient cessé d'évoquer des êtres chers pour devenir des expressions toutes faites répétées à maintes reprises à des gens du métier. D.D. avait déjà travaillé sur de vieilles affaires non élucidées avec les familles concernées. Elle savait comment ça se passait. La lente transformation d'un proche traumatisé en ardent défenseur d'une cause. La façon dont certains membres de la famille finissent par être plus calés en médecine légale que les experts appelés à collaborer sur l'affaire.

« Agression sexuelle ?

— Négatif. »

D.D. fronça les sourcils. La plupart des assassins sont, à la base, des prédateurs sexuels. Surtout vu les caractéristiques des meurtres en question, qui supposaient de traquer les victimes jusque dans leur intimité avant de les achever au corps-à-corps. En revanche, en cas d'assassinat commandité ou de meurtre lié à l'appât du gain, l'absence d'agression sexuelle est plus classique. La motivation est alors matérielle.

« Des indices qui feraient penser à un cambriolage ?

— Négatif.

— Quoi que ce soit qui aurait disparu ? Même un objet particulier, quelque chose d'important aux yeux des victimes ? »

Charlie fit signe que non.

« Mais c'est compliqué de répondre avec certitude, précisa-t-elle. Mes amies vivaient seules, donc on peut difficilement affirmer qu'il ne manquait absolument rien chez elles. Si un petit objet a été emporté, ça a très bien pu passer inaperçu.

— Et les héritages ? Est-ce que quelqu'un a tiré un bénéfice financier de la mort de vos amies ?

— Je n'en suis pas certaine. Je pense que Randi ne devait plus posséder grand-chose, depuis son récent divorce. J'imagine que c'est allé à ses parents ? Même chose, je suppose, pour Jackie. Elle avait une très belle situation chez Coca-Cola, mais je n'irais pas jusqu'à dire qu'elle était riche. Elle avait sans doute investi dans sa maison, sa voiture, un plan d'épargne-retraite. Mais ça se chiffre en dizaines de milliers de dollars, certainement pas en centaines.

— Vous avez hérité de quelque chose ? » demanda D.D. sans ménagement.

La réponse était non.

« Assurance vie ?

— Jamais entendu parler. Remarquez, ajouta Charlie, je ne serais pas surprise que Jackie ait eu une police. Elle aimait prévoir l'avenir. Mais j'imagine que ses parents et son frère en étaient les bénéficiaires.

— Pas de mari ?

— Pas de compagne, corrigea Charlie.

— Lesbienne ?

— Oui. »

D.D. la dévisagea : « Une liaison avec elle ?

— C'était ma meilleure amie, répondit Charlie sans s'émouvoir. Les lesbiennes peuvent avoir des amies femmes, vous savez, comme les hommes.

— Il fallait bien que je pose la question, tempéra D.D. C'est mon métier. »

Les lèvres pincées, elle continua à retourner le problème dans sa tête. Deux meurtres, à deux mille kilomètres l'un de l'autre. Un lien entre les victimes, même mode opératoire, même date, mais pas assez d'indices pour dérouler la pelote. Une affaire pas banale, il fallait le reconnaître. Intéressante. Intrigante. Le genre à chatouiller la fibre criminelle d'une enquêtrice passionnée par son métier.

« Bon, qu'est-ce que vous voulez ? » finit par demander D.D.

Charlie cligna des yeux. Elle regarda D.D., reprit sa tasse de café.

« Comment ça ?

— Vous êtes venue me chercher, vous vous en souvenez ? En rôdant aux abords d'une scène de crime. Pourquoi ? »

La jeune femme hésita. Le regard fuyant.

D.D. but une gorgée d'eau. Elle adorait les mauvais menteurs. Ils lui facilitaient la tâche.

« Je voulais vous voir, répondit enfin Charlie.

— Comment saviez-vous où je serais ?

— Le scanner de la police. Je suis opératrice, pas vrai ? J'entends tous les appels arriver. J'ai appris pour le meurtre et j'ai fait le pari que vous seriez là-bas.

— Pourquoi ?

— Parce que je vous avais dénichée sur Google.

— Pardon ?

— Je vous avais dénichée sur Google. Je cherchais un enquêteur de la police criminelle de Boston et c'était votre nom qui revenait tout le temps. C'est vous qui avez sauvé la petite fille d'une policière, vous qui avez résolu l'affaire des tueries familiales en série, vous qui avez retrouvé cette femme qui avait disparu à South Boston. Je me suis un peu renseignée et... » Elle repoussa son mug de café, regarda D.D. et haussa les épaules : « Je ne sais pas ce qui va se passer dans quatre jours. Je crois que je voulais juste rencontrer celle qui enquêtera peut-être sur mon assassinat. Et je voulais que vous me rencontriez aussi parce que ça pourrait servir. Peut-être que, ayant parlé avec moi, vous vous décarcasserez davantage. Et vous finirez par l'arrêter. Il faut bien que quelqu'un le fasse.

— Ce ne sera pas moi, dit D.D.

— Pourquoi ?

— Vous louez une chambre à Cambridge, c'est ça ? Ce n'est pas dans ma circonscription.

— Oh. » Apparemment, Charlie ignorait ce détail. « Je ne serai peut-être pas assassinée chez moi.

— Vos amies l'ont été. À leur propre domicile, c'est ça ?

— Ce n'est pas vraiment chez moi, je ne fais que louer une chambre.

— Vous jouez sur les mots. D'après votre profileur, ces meurtres avaient une dimension intime, n'est-ce pas ? Ce n'était pas la rencontre de deux inconnus. Le criminel connaissait la victime, qui connaissait le criminel.

— Oui.

— Alors il frappera là où vous vous sentez dans votre élément. Ça fait partie de sa technique, de sa méthode. Vous tomber dessus à l'improviste dans le métro ne le satisfera pas. Il faut que vous le voyiez arriver. Que vous l'accueilliez avec le sourire. Ça fait partie de son trip.

— Dans ce cas, je suppose que je ne rentrerai pas chez moi le 21. »

D.D. ne pouvait s'empêcher d'être curieuse : « Alors comme ça, vous avez quitté votre village pour venir dans la grande ville. Vous avez pensé que ce serait plus facile de vous perdre ici, de vous fondre dans la masse ? »

La jeune femme confirma d'un signe de tête : « Et puis je cours, je fais de la musculation, de la boxe, je prends des leçons de tir au pistolet. Je sais me défendre.

— Permis de port d'arme ? demanda aussitôt D.D.

— Oui.

— Comment vous l'avez obtenu ? »

Contrairement à d'autres États, où il était licite d'avoir une arme dans son véhicule, chez soi ou au bureau, le Massachusetts exigeait une autorisation pour la simple détention d'une arme à feu. Le permis de port d'arme, un cran au-dessus, permettait de circuler avec son arme en dehors de son domicile ou de son lieu de travail. Sa délivrance supposait en général une raison précise : la personne qui le demandait travaillait dans le domaine de la sécurité, possédait un commerce et se déplaçait régulièrement avec de fortes sommes en espèces, ce genre de choses. Le fait d'être jeune et paranoïaque ne rentrait sûrement pas dans les critères du formulaire, se dit D.D.

Mais la jeune femme serrait les dents, l'air buté. « Tout est légal », répondit-elle en croisant les mains devant elle.

D.D. continua à la regarder posément : « D'accord. Vous avez une arme que vous avez déclarée et vous faites tout pour devenir redoutable. Mais vous avez gardé votre nom, Charlene Rosalind Carter Grant. Pourquoi faire toutes ces démarches et ne pas changer d'identité ? »

La fille détourna les yeux : « Il fallait que je travaille. La seule expérience que j'avais, c'était en tant qu'opératrice, donc on allait forcément vérifier mes antécédents. Même si je m'inventais une nouvelle identité, je ne saurais pas en créer une qui résisterait à un examen aussi approfondi.

— Ça suffit. »

La jeune femme sursauta, releva brusquement la tête.

« Allez, ne me faites pas perdre mon temps. Comme vous mentez sur un point, je suis obligée de me demander si vous mentez sur les autres et, soit dit en passant, conclut D.D. en regardant sa montre, il ne nous reste plus que trois minutes, alors ne les perdons pas en petits jeux.

— Trois minutes ?

— C'est ça. La qualité de vie, on appelle ça, lui expliqua D.D. avec sérieux. À quarante ans passés, j'ai décidé de voir ce que ça donnait. Alors ne me prenez pas pour une imbécile. Regardez-moi dans les yeux et dites-moi pourquoi vous avez gardé votre nom.

— Je veux rentrer chez moi. »

Et à la manière dont elle prononça ces mots, D.D. comprit qu'elle ne parlait pas de la chambre qu'elle louait à Cambridge. Elle parlait de son village, de ses proches. De l'endroit où elle avait été chez elle avant que ses amies d'enfance ne meurent l'une après l'autre.

Un chez-soi… D.D. elle-même commençait tout juste à saisir ce que cela pouvait représenter et cela l'effraya un peu, lui fit froid dans le dos, parce qu'il y avait dans la voix de Charlie des accents plaintifs, une nostalgie profonde que D.D., à trois minutes de lever le camp, comprenait.

« Vous voulez que l'assassin vous trouve.

— Je ne peux pas rentrer chez moi avant.

— Est-ce qu'il est entré en contact avec vous ? Messages, coups de fil, avertissements ou menaces quelconques ? »

La fille fit signe que non : « Je sais que vous ne pouvez rien faire, dit-elle, presque avec bienveillance. Pas de menace, pas d'agression, pas de meurtre, c'est-à-dire pas de délit, et donc rien qui soit de votre ressort. Pour vous, aujourd'hui, je ne suis qu'un conte à dormir debout.

— Vous devriez changer de nom, ou au moins raconter votre histoire aux agents de votre commissariat. Vous êtes opératrice. Vous couvrez leurs arrières, ils couvriront les vôtres.

— Ce sera quelqu'un que je connais, quelqu'un en qui j'ai confiance, protesta Charlie.

— Oui, mais les agents du commissariat de Grovesnor ne connaissaient pas vos amies. Pas de lien, ça fait d'eux votre choix le plus sûr. »

Mais, bizarrement, Charlie ne semblait toujours pas convaincue. Même les paranoïaques ont des ennemis, songea D.D.

Elle regarda sa montre. Les trois minutes s'étaient écoulées. L'entrevue était terminée. Il était l'heure pour la toute nouvelle D.D. Warren de regagner ses pénates. Elle se leva.

« Charlene Rosalind Carter Grant, quel type d'arme avez-vous ? »

La fille la regarda, interdite.

D.D. lui rendit son regard.

« Un Taurus calibre 22LR, répondit sèchement la fille. Je m'entraîne à Woburn avec J.T. Dillon du Massachusetts Rifle Association.

— Ah oui ? Vous tirez bien ?

— Je mets dans le mille à quinze mètres.

— Loger deux balles dans une tempe serait sans doute un jeu d'enfant pour vous.

— Cible risquée, répondit l'autre avec flegme. Viser le tronc est plus judicieux. »

D.D. digéra cette repartie, sans trop savoir encore ce qu'elle pensait de la présence de cette fille aux abords d'une scène de crime et sans trop apprécier toutes ses réponses. Mais vu que jouer les badauds n'était pas, jusqu'à nouvel ordre, un délit…

D.D. repoussa sa chaise.

« Très bien. On a fini, dit-elle, avant d'ajouter : Pour l'instant. »

La fille cligna plusieurs fois des yeux.

« Qu'est-ce que ça veut dire ?

— Rentrez chez vous. Prenez soin de vous. Et à l'avenir évitez les scènes de crime.

— Y compris la mienne ? » Charlie eut un pauvre sourire, se leva. « Vous ne pouvez pas m'aider.

— Vous aviez raison, tout à l'heure. Pas de crime, donc ce n'est pas de mon ressort.

— Je tiens ma chambre impeccablement propre. Je prévois de laver les sols, les murs et les draps à la Javel la veille du jour J. Sachez-le, le 22, quand il y aura eu crime, quand ce sera devenu de votre ressort ou que vous pourrez contacter l'enquêteur à qui l'affaire sera confiée. Tout ce qu'on retrouvera sur place viendra de l'assassin. Et cherchez sous mes ongles. Je les ai laissés pousser et vous pouvez me croire : sang, cheveux, peau, je lui arracherai tout l'ADN que je pourrai. Je ne renoncerai pas. Souvenez-vous de ça, le 22. Je me suis préparée, j'ai mis au point des plans et des stratégies. S'il m'attrape, je ne me rendrai pas sans résister. »

D.D. la regarda. Elle la croyait. Ce qu'elle venait de dire, au moins, était vrai.

« Je me battrai jusqu'au bout, conclut Charlene Rosalind Carter Grant. Souvenez-vous de ça, commandant Warren. Après… ce sera à vous de voir. »

4

« Maman, je suis rentré ! »

Le petit garçon franchit la porte de l'appartement en trombe, lança son sac à dos aux couleurs des Red Sox vers la gauche en même temps qu'il éjectait ses bottes pleines de neige vers la droite. Quant au blouson de sports d'hiver bleu marine, il le laissa tomber à ses pieds avant de s'amuser à sauter par-dessus en chaussettes. Il atterrit avec un *boum* gratifiant et lança son bonnet en l'air. Sans attendre de voir où il retomberait, il se rua dans la cuisine pour le goûter.

« Jesse, le réprimanda sa mère depuis le bout du couloir. Moins de bruit. Je suis au téléphone. »

Jesse ne répondit pas ; il savait que sa mère n'attendait pas de réponse. Son entrée à lui, sa réaction à elle, faisaient autant partie de son rituel de sortie de classe que, disons, les Twinkies qu'il prenait pour son quatre-heures.

La mère de Jesse était démarcheuse téléphonique. Une chance qu'elle ait cet emploi, lui avait-elle souvent répété. Une chance qu'elle puisse travailler à domicile, comme ça il n'était pas obligé d'aller à l'abominable garderie, où pour le goûter on vous donnait des trucs comme des barres de céréales, et encore, pas les bonnes qui collent aux dents, celles qui sont dures et croquantes, et qu'aucun enfant digne de ce nom n'aime, mais que les parents achètent quand même par boîtes entières parce qu'elles sont moins chères.

Dans la cuisine, Jesse se hissa sur le plan de travail, ouvrit le placard du haut et attrapa un gobelet en plastique bleu. L'ayant posé, il sauta à terre – nouveau *boum* gratifiant. Cette fois-ci, le sol rendit le coup.

Mme Flowers, la voisine du dessous, qui avait au moins dix mille ans. Elle n'aimait pas que Jesse saute dans tous les coins. « On croirait que vous élevez un éléphant ! » se plaignait-elle souvent à sa mère. Celle-ci répondait alors avec un rire gêné : « Les garçons… » tout en lançant à Jesse un regard qui signifiait qu'il avait plutôt intérêt à se tenir à carreau, *sinon*.

Jesse soupira, essaya de marcher à pas de velours jusqu'au frigidaire et tira violemment sur la porte. C'était le compromis : il pouvait manger des Twinkies, mais à condition de les accompagner d'un verre de lait.

Bon compromis. Jesse se versa un verre de lait, puis aspira le fourrage à la crème de ses Twinkies.

Son premier rituel de sortie de classe accompli, il passa dans le salon. Il n'avait pas le droit de regarder la télé ni de jouer aux jeux vidéo après l'école. La télé ramollit le cerveau, disait toujours sa mère, et Jesse aurait un jour besoin du sien s'il voulait une *vie meilleure*. Et puis la télé et les jeux vidéo font du bruit, ce qui nuisait au travail de sa mère.

Donc, autre compromis : il avait le droit d'aller sur l'ordinateur, qui trônait sur la table de cuisine dans un coin du séjour. C'était une table pour quatre, mais comme il vivait seul avec sa mère, cela laissait deux places libres. L'ordinateur en occupait une. Il était censé poser ses cahiers sur la seconde. Après le dîner, sa mère jetait un œil sur ses contrôles et ensuite c'était l'heure des devoirs. Ceux de Jesse et ceux de sa mère.

Elle allait à l'école, elle aussi. Pour devenir infirmière. Encore un an et elle pourrait obtenir un meilleur emploi, lui avait-elle dit. Un emploi avec un salaire plus élevé et d'autres avantages, et peut-être qu'ils pourraient prendre un plus bel appartement dans une résidence avec un terrain de jeux où les garçons pouvaient courir et se défouler sans qu'une vieille Mme Flowers donne des coups de balai au plafond.

Jesse s'assit. Démarra l'ordinateur. C'est un vieux modèle, cadeau du dernier petit ami de sa mère, qui était chouette. Il aimait les Red Sox, voulait bien jouer au ballon dans le parc et avait offert à Jesse son premier ours en peluche (qui tenait une balle et une batte), après l'avoir inscrit sur le site AthleteAnimalz.com. Super Batteur, c'était le nom de son ours, et ça plaisait à Jesse. Un jour, lui aussi deviendrait joueur de base-ball. Comme grand-papa.

Ce petit ami était resté toute une année. Ensuite il avait rencontré quelqu'un d'autre et la mère de Jesse avait pleuré, et Jesse avait cessé d'aimer Mitchell pour se mettre à le détester. Un soir, Jesse s'était même attaqué à Super Batteur à coups de ciseaux et il avait fait tout ce qu'il pouvait pour le mettre en morceaux. Mais au matin, il avait eu des remords. Ce n'était pas vraiment de la faute de l'ours, après tout. Et Jesse n'avait pas tant de jouets que ça, avec la « crise économique », comme disait toujours sa mère.

Jesse avait rafistolé Super Batteur de son mieux avec du scotch argenté. Recollé les pattes, puis la batte, la balle, les oreilles. Il trouvait que ça lui donnait un air assez cool. Super Zombie, il l'appelait maintenant. Un batteur de première, revenu d'entre les morts.

Super Zombie était posé à côté de l'ordinateur, il attendait leurs nouvelles aventures de fin d'après-midi. Sous son regard impassible, Jesse ouvrit le site AthleteAnimalz.

Il n'avait le droit d'aller que sur trois sites. Sa mère avait vérifié le contenu de chacun d'eux avant de donner son accord. Il ne devait pas s'écarter de cette liste et la fois où il avait tapé par erreur une mauvaise adresse Internet, elle l'avait su et lui avait demandé des comptes le lendemain matin. Jesse avait vu une pub pour un logiciel-espion à la télé. Il se disait que sa mère devait en posséder un.

Jesse aimait AthleteAnimalz. Il aimait les jeux, surtout le base-ball. Bien sûr, dans le monde d'AthleteAnimalz, ce n'était jamais Jesse qui était en ligne, c'était Super Batteur, alias Super Zombie. Donc Jesse pouvait se connecter et se transformer comme par magie en son ours. Sous cette identité, il pouvait ensuite de se promener sur le site – se faire des amis, intégrer une équipe, participer à la course aux points.

Jesse voulait en avoir un million. Mais il n'avait que sept ans et certains jeux l'embrouillaient. Pour l'instant, il avait 121 points. Pas si mal, se disait-il. Quand il arriverait à 150, on lui décernerait un trophée. Il le voulait, ce trophée. Alors ces derniers temps, tous les jours après l'école, il se connectait à AthleteAnimalz et jouait au base-ball. Il rejoignait une équipe composée d'autres AthleteAnimalz, par exemple Lilly Caniche, un caniche rose avec un ballon de foot, le meilleur batteur que Jesse ait jamais vu. Il trouvait bizarre qu'un caniche rose puisse être le meilleur au base-ball, mais c'était comme ça dans le monde d'AthleteAnimalz.

Aujourd'hui, il avait trouvé une partie en cours. Les deux équipes étaient au complet, mais il était possible de « s'asseoir sur le banc de touche » et d'attendre qu'une équipe fasse appel à vous. En général, vous étiez choisi en fonction de votre capital de points. Les animaux qui en avaient beaucoup étaient rapidement appelés. Les autres, les « petits nouveaux », devaient s'armer de patience.

Jesse observa les deux équipes. Leurs effectifs se composaient d'une longue liste de singes, chiens, chats, lapins, ainsi que de deux serpents et d'un hippopotame, avec des scores très divers. Pas trop mal, en l'occurrence : il serait recruté assez vite, pensa-t-il. Et si son équipe l'emportait, ils seraient tous crédités de 10 points de bonus, plus un supplémentaire pour chaque quart d'heure passé en ligne. Dans deux heures, Jesse se serait bien rapproché de son trophée à 150 points.

Une fenêtre s'ouvrit à l'écran. L'hippopotame avec un casque de batteur proposait à Jesse de rejoindre son équipe. Ébahi, Jesse ouvrit de grands yeux : Hippo le Costaud avait carrément des millions de points. C'était carrément un méga-champion sur AthleteAnimalz. Jesse avait déjà joué avec lui une ou deux fois. Hippo le Costaud connaissait toutes les combinaisons. Hippo le Costaud ne perdait jamais.

Jesse n'en revenait pas d'avoir autant de chance.

Il accepta aussitôt l'invitation et, à l'écran, la petite icône de son ours apparut sur le terrain de base-ball. Son équipe jouait actuellement en défense. Super Batteur était voltigeur de centre. Jesse pouvait « attraper » la balle en cliquant une fois avec la souris, puis la passer en se servant des touches directionnelles pour viser avant de cliquer une nouvelle fois. Attraper n'était pas trop difficile, mais lancer était une autre paire de manches : il avait du mal à viser juste avec les touches. Mais pour Hippo le Costaud, il ferait de son mieux.

Pour Hippo le Costaud, Jesse était déterminé à accomplir des prouesses.

Peu après seize heures, la mère de Jesse raccrocha. Elle entra dans la pièce, mais il s'en aperçut à peine. Lilly Caniche était apparue et avait immédiatement été enrôlée dans l'équipe adverse. Elle avait déjà frappé deux coups de circuit et, dans la dernière manche, au moment de passer à la batte, l'équipe de Jesse était menée six à sept. En vertu de son nombre de points, Hippo le Costaud était leur capitaine. Il les encourageait à s'accrocher. Ils pouvaient le faire !

La mère de Jesse s'immobilisa derrière lui.

« AthleteAnimalz ? » demanda-t-elle.

Jesse hocha distraitement la tête, les yeux rivés sur l'écran. Bientôt son tour de batter. Il était nerveux. Ne voulait pas décevoir son équipe.

Sa mère approuva ce site autorisé et se dirigea vers la cuisine.

« Dîner dans un quart d'heure, Jesse. »

Il hocha de nouveau la tête, presque sans entendre. À lui. Un retrait, Hippo le Costaud en deuxième base. Un bon coup de batte et Jesse pouvait leur faire empocher le point de l'égalisation. Un meilleur coup encore et Jesse et Hippo le Costaud marqueraient tous les deux et feraient virer leur équipe en tête.

Pour frapper, Jesse devait regarder la balle qui venait vers lui et cliquer au bon moment. Sauf que parfois elle accélérait, ou ralentissait, ou passait au large – mauvaise balle. Comme dans le vrai base-ball, tout était affaire d'appréciation et de timing.

Premier lancer. Jesse cliqua trop tôt. Première prise.

Deuxième lancer. La balle partit sur le côté, mais Jesse avait déjà cliqué. Il donna un coup de batte et manqua son coup. Deuxième prise.

Une boîte de dialogue s'ouvrit au-dessus de la tête d'Hippo le Costaud. Les joueurs ne pouvaient pas écrire ce qu'ils voulaient, le site ne le permettait pas. Mesure de sécurité, avait expliqué sa mère avec approbation. Ils pouvaient piocher dans tout un répertoire d'expressions – la plupart appartenant au domaine sportif, les autres à celui de la conversation courante. Le site était également surveillé pour qu'aucun enfant ne soit pris comme tête de Turc. Jesse le savait parce que sa mère le lui avait dit. Il ne voyait pas comment cela aurait pu arriver vu que les expressions utilisables étaient toutes du type « Allez, on y croit », mais peut-être qu'il y avait un moyen de contourner cette règle. Des méthodes que d'autres enfants plus expérimentés connaîtraient. Jesse s'en fichait ; il en était encore à apprendre à écrire, alors ça lui plaisait de pouvoir mettre toute une phrase dans la bouche de son ours d'un simple clic de souris.

« Les yeux sur la balle, disait Hippo le Costaud. Tu peux le faire. Je sais que tu peux le faire. »

Jesse prit une grande inspiration. Il allait le faire. Pour son équipe. Pour Hippo le Costaud.

La balle arriva, petit point noir qui traversait l'écran de haut en bas, d'abord lentement, puis de plus en plus vite…

Jesse cliqua. À l'écran, son ours donna un coup de batte, le bruit du choc sortit des haut-parleurs et d'un seul coup le petit point noir repartit dans l'autre sens, s'éloigna de l'ours de Jesse, passa au-dessus d'Hippo le Costaud et survola la pelouse du champ extérieur, et il continuait encore et encore…

Le mot « GAGNÉ » s'afficha sur l'écran de Jesse. Une pluie de confettis virtuels s'abattit, une musique triomphale retentit. Coup de circuit. Jesse avait réussi. Coup de circuit !

L'explosion graphique s'effaça et Jesse put voir son ours et Hippo le Costaud franchir toutes les bases. Un point, deux points et l'équipe de Jesse prenait la tête, huit à sept.

« Jesse, plus que cinq minutes, lui dit sa mère depuis la cuisine.

— D'accord ! »

Jesse restait scotché à l'écran. Il étreignait maintenant Super Zombie dans sa main gauche. Tous ses coéquipiers parlaient, des bulles de conversation s'ouvraient partout, on le félicitait de cette frappe victorieuse.

Mais Jesse n'avait d'yeux que pour un seul : Hippo le Costaud.

« Bien joué ! Quel champion ! »

Jesse souriait encore, littéralement rayonnant, quand une nouvelle icône clignota parmi les boutons de commande en bas de son écran. La messagerie. Son ours venait de recevoir un message.

Docilement, Jesse cliqua. En général, le message venait du site lui-même. Notification de points bonus, cadeaux pour l'anniversaire de Super Zombie ou annonce des temps forts de la semaine sur le site : participez à tel match et remportez tant de points bonus !

Mais le message ne venait pas de l'administrateur. Il venait de Hippo le Costaud. Ils pouvaient s'envoyer des messages. Première nouvelle.

« Super Batteur, commençait le message (seul Jesse appelait son ours Super Zombie, depuis l'épisode des ciseaux). Bravo pour ce coup de la victoire. Je savais que tu pouvais le faire ! Tu veux rejouer ? Demain, trois heures et demie, je serai là. Je mets toujours ma casquette des Red Sox pour me porter chance. Et toi ? »

Il y avait un bouton pour répondre.

Jesse cliqua dessus, vit une nouvelle fenêtre s'ouvrir. Le nom d'Hippo le Costaud s'inscrivit automatiquement, mais la suite du message était vierge. Pas de choix d'expressions. Il allait falloir y arriver. À tout taper tout seul. Mais il pouvait se servir du premier message pour tricher un peu, vérifier l'orthographe de certains mots.

Sa mère entrechoquait des casseroles dans la cuisine.

Tirant la langue, Jesse commença laborieusement à taper : « Oui. Je serai là. J'aime aussi les Red Sox. »

Plus tard, après le dîner, après les devoirs, après le bain et les histoires du soir, Jesse se pelotonna sous sa couette Star Wars en serrant fort Super Zombie dans ses bras. Il repensa à son coup de circuit. Il repensa à Hippo le Costaud.

Et il eut chaud au cœur. Il se sentait apprécié.

Demain, trois heures et demie. Jesse aurait déjà voulu y être.

5

« La chienne qui n'est pas ta chienne t'attend sous le porche », m'a informée ma logeuse à travers la porte de ma chambre. Il était neuf heures du soir, l'heure de songer à partir au travail.

Ma chambre se trouvait à l'arrière d'une maison de trois étages vieille de cent vingt ans, au rez-de-chaussée. Au début, cela m'avait inquiétée. J'aurais préféré un appartement au premier ou au deuxième, mais ces logements plus spacieux étaient pris d'assaut et, pour tout dire, pas dans mes moyens. Mais il est apparu que ma logeuse, Frances Beal, était attentive aux questions de sécurité. Elle était née dans cette maison, m'avait-elle expliqué le jour de mon entretien. Une bonne famille de catholiques irlandais, onze enfants. La moitié des frères et sœurs étaient désormais dispersés à travers divers États, l'autre moitié déjà dans la tombe.

Ayant vécu toute sa vie à Cambridge, Frances n'était pas aveugle à ses défauts. La ville universitaire présentait un assortiment éclectique de vieilles demeures majestueuses qui valaient plusieurs millions de dollars et d'immeubles en brique à peine entretenus. On y trouvait d'immenses espaces verts et des petits restaurants de charme pour les familles des jeunes cadres dynamiques, mais aussi des laveries automatiques, des pizzerias et des boutiques de vêtements à la mode pour les étudiants. Certains habitants, comme Frances, appartenaient à des familles installées là depuis des générations, mais la plupart ne faisaient que passer pour un été, un semestre ou un cursus en quatre ans. Moyennant quoi, la ville offrait d'intéressants et solides îlots de sécurité au milieu d'autres quartiers frappés par la petite délinquance, le vagabondage et la débauche alcoolique.

Avant de pouvoir louer la chambre, j'avais dû passer un entretien de deux heures avec Frances pour déterminer à laquelle de ces catégories j'appartenais. Lorsqu'elle eut vérifié que je n'avais ni animal de compagnie, ni petit ami, ni, selon toute vraisemblance, piercing, ma candidature fut jugée recevable. Ma seule exigence fut la pose d'un verrou de sûreté à ma porte, et je demandai la permission d'inspecter tous les systèmes de fermeture des huisseries du rez-de-chaussée.

D'abord surprise, Frances sembla heureuse de cette requête. Comme si elle prouvait que j'avais la tête sur les épaules, tout compte fait.

Jamais Frances et moi n'avons davantage parlé qu'au cours de cette entrevue. J'imaginais qu'elle avait été mariée puisqu'il y avait une photo de mariage sur la cheminée. À côté, il y avait une photo de bébé, mais Frances ne parlait jamais d'enfants et aucun proche n'était venu à Noël. C'était sans doute suffisamment éloquent. Je me posais des questions, mais jamais à voix haute.

D'un commun accord, Frances utilisait la porte principale pour ses allées et venues, tandis que j'accédais à ma chambre par celle qui donnait sur le jardin de derrière. J'essayais de ne pas me montrer envahissante, ce qui n'était pas trop difficile vu que, quatre fois par semaine, je travaillais de nuit et dormais ensuite jusqu'à midi.

Ma chambre était petite, mais j'aimais son parquet en mauvais état, ses trois mètres de hauteur sous plafond, ses vieilles moulures. Une enseignante m'y avait précédée. Elle avait laissé une bibliothèque Ikea pleine de romans sentimentaux. Voilà à quoi j'occupais mon temps libre : planquée dans ma chambre, je dévorais des livres de Nora Roberts. Je me disais qu'avec tout ce qui se passait dans ma vie, je méritais de vivre au moins quelques heures par jour où les histoires se terminaient bien.

Mais pour l'instant, j'enfilais un gros sweat à capuche gris et j'attrapais mon 22 sous l'oreiller. Un an plus tôt, je n'avais jamais touché une arme à feu. Je n'aurais pas su distinguer un pistolet d'un revolver, une percussion annulaire d'une percussion centrale, un 22 d'un 357 Magnum.

Aujourd'hui, franchement, j'étais un as de la gâchette.

Un 22 n'est pas ce qu'on fait de mieux en matière d'arme d'autodéfense. La plupart des gens choisissent ce pistolet pour sa « discrétion » – petit et léger, il se transporte facilement. Dans la poche, à la ceinture ou, m'a-t-on dit, suspendu à une chaîne autour du cou, comme un vrai membre de gang.

Quand je sortais, je mettais le mien dans ma sacoche en cuir puisque le Massachusetts réprouve le port d'arme en public. Mais en privé, la place de mon arme semi-automatique était dans un étui sur ma hanche gauche – en tout cas, il y serait le 21 janvier. Je m'étais souvent, très souvent, exercée à dégainer rapidement et à ouvrir le feu. En fait, je m'y exerçais au moins trente minutes deux fois par semaine.

Mon Taurus semi-automatique était chromé, avec une poignée en bois de rose. Il pesait moins de 350 grammes, tenait confortablement dans la paume de ma main, et j'en étais venue à apprécier le toucher chaleureux du bois sous mes doigts. C'était, si j'ose dire, une arme mignonne. Sans oublier qu'elle était abordable et les munitions peu coûteuses.

Un an plus tôt, je ne me serais pas non plus posé la question. Or, non seulement les armes à feu peuvent être hors de prix, mais les boîtes de munitions aussi. Et que ce soit clair : ce n'est pas parce que je craignais pour ma vie que j'avais pour autant des moyens illimités.

J'étais donc devenue une publicité ambulante pour les méthodes permettant d'assurer sa protection à moindre coût. Voilà la vraie raison pour laquelle j'avais un 22 à deux cents dollars plutôt qu'une arme qui aurait inspiré beaucoup plus de respect, un Glock 45 à deux mille dollars par exemple. Un jour, J.T. Dillon, mon moniteur, m'a laissée en essayer un. J'ai cru que le recul allait m'exploser le bras, mais le trou dans la cible valait le coup d'œil. Les types des brigades d'intervention et des commandos de forces spéciales sont souvent équipés de 45. Je me suis demandé ce que ça faisait d'affronter une menace inconnue en se sachant couvert par des copains et en étant armé d'un flingue conçu pour qu'un type comme vous accomplisse ce genre de mission.

Depuis deux semaines, j'essayais d'imaginer le 21 janvier. J.T. me faisait constamment répéter les mouvements – la visualisation comme technique de préparation.

Je suis au milieu de ma jolie petite chambre. Le grand lit repoussé contre le mur de gauche, l'étagère Ikea en bois blond derrière moi, la vieille desserte et sa télé cinquante centimètres, encore plus vieille, à côté de la porte. Assez de place pour bouger, se battre, se défendre. Assez d'espace pour tendre complètement les bras, mon Taurus pointé à deux mains, prolongement naturel de mon corps. Mon pistolet est chargé avec des cartouches de compétition 22 Long Rifle, ou LR. Pas un calibre d'une puissance extraordinaire, mais j'ai neuf balles pour réussir mon coup.

À chaque séance d'entraînement, J.T. m'ordonnait de vider mon chargeur. Ne jamais tergiverser, me répétait-il sans cesse. Évaluer la menace. Prendre sa décision. Se défendre coûte que coûte.

Je n'arrivais toujours pas à imaginer le 21 janvier. Je me rappelais surtout les rapports de police : aucune trace d'effraction, aucune trace de lutte.

Il faut que vous le voyiez arriver, m'avait dit le commandant Warren dans l'après-midi. *Que vous l'accueilliez avec le sourire.*

J'ai rangé mon Taurus dans son étui, enfilé mon gros blouson noir, et je suis partie travailler.

La chienne qui n'était pas ma chienne m'attendait sur le perron. Le fond de l'étroit terrain de Frances était rendu inaccessible par une clôture en bois d'un mètre cinquante ; autrement, j'étais presque certaine que la chienne m'aurait attendue devant la porte de derrière. Elle était assez futée pour ça.

Je l'appelais Tulip. Elle avait commencé à traîner dans le quartier six mois plus tôt. Ni collier ni médaille. Au début, elle se contentait de me suivre dans la rue quand je partais faire mon jogging de l'après-midi. Je me disais qu'elle devait avoir faim, qu'elle espérait une friandise. Mais à l'époque, je ne lui donnais jamais rien. Pas mon chien, pas mon problème. Je voulais juste faire du sport.

Alors Tulip s'est mise à courir. Les huit kilomètres, langue pendue, son corps fuselé blanc et beige avalant le parcours mètre après mètre. Au retour, il semblait cruel de ne pas lui donner au moins un peu d'eau. Alors nous nous asseyions ensemble sur le perron. Elle buvait un bol. Je buvais une bouteille. Ensuite elle s'allongeait à côté de moi et posait sa tête sur mes cuisses. Je caressais ses oreilles, son museau grisonnant.

Elle ressemblait à un genre de chien de chasse. Harrier, avait un jour marmonné Frances. En cherchant sur l'ordinateur de la bibliothèque, j'avais découvert qu'il s'agissait d'une race de chien courant anglais de taille petite à moyenne. Tulip répondait à un grand nombre de ses caractéristiques : poil court, robe sable, pattes blanches et large plage blanche sur le poitrail ; queue bien portée, oreilles tombantes, tête large et avenante. Tulip était clairement assez âgée. Une grande dame qui en avait vu. Elle en aurait eu, des choses à raconter, je me disais, et je savais parfaitement ce qu'elle ressentait.

Ce soir, Tulip était assise au milieu de la véranda couverte, à l'abri de la neige. C'était une chienne très patiente ; d'après Frances, elle pouvait m'attendre là pendant des heures.

Je ne l'avais pas vue depuis plusieurs jours – c'est le problème avec une chienne qui n'est pas votre chienne. Je ne savais pas où elle allait, ni même si elle avait une autre maison. Tantôt je la voyais tous les jours ; tantôt deux ou trois fois dans la semaine. Voilà pour m'apprendre la patience, à moi aussi.

Elle frissonnait quand je suis arrivée à l'avant de la maison et je me suis tout de suite sentie coupable.

« Il faut que tu arrêtes ça, lui ai-je dit en tournant au coin de la maison et en la voyant se lever pour me faire la fête et fouetter de la queue. Janvier, ce n'est pas une saison pour être sans abri à Boston. »

Tulip m'a regardée, a poussé un petit gémissement.

J'avais commencé à acheter des croquettes cinq mois plus tôt. Elle était tellement maigre, alors quand elle a continué à courir comme ça… Deux semaines plus tard, première visite chez le véto. Pas de puces, pas de tique, pas de dirofilariose. Le vétérinaire lui a fait des vaccins et m'a donné du Frontline avant d'établir une facture à côté de laquelle mon 22 avait l'air donné.

J'ai payé. Fait des heures supplémentaires. Continué à courir avec la chienne qui n'était pas ma chienne. Commencé à verser des croquettes dans une gamelle.

J'en avais un sachet dans la poche, je l'avais rempli quand Frances m'avait dit que Tulip attendait à la porte. Je l'ai déversé sur le sol de la véranda. Tulip s'est approchée avec gratitude. Elle me semblait amaigrie. J'ai découvert une nouvelle cicatrice près de sa cuisse, une déchirure à son oreille droite.

À l'automne, j'avais mis des affichettes au cas où quelqu'un aurait perdu un chien. J'avais même dépensé un argent précieux pour passer une annonce dans le journal local. Un jour, j'avais appelé la fourrière, mais quand l'employé s'était montré trop curieux, j'avais paniqué. Je voulais juste savoir si Tulip avait un vrai chez-elle, un endroit où on l'aimait, où on la regrettait et où elle aurait dû rentrer. Parce que c'était une situation que je comprenais – c'était la mienne.

Mais je ne voulais pas qu'on l'embarque et qu'on la tue simplement parce qu'à un moment donné elle était devenue son propre maître au lieu d'appartenir à quelqu'un.

« Il te faudrait un manteau », lui ai-je murmuré en lissant ses oreilles en arrière et en grattant les gros replis de peau dans son cou.

Elle s'est appuyée contre moi, collée à mes jambes, et j'ai de nouveau senti son corps frissonner. Moins sept et ça baissait encore. Je ne pouvais pas la faire rentrer parce que ma logeuse nous aurait tuées toutes les deux. Mais je ne pouvais pas la laisser dehors, tremblante de froid.

J'ai regardé combien d'argent liquide j'avais dans mon portefeuille. Suffisamment, m'a-t-il semblé.

Alors j'ai regardé la chienne qui n'était pas ma chienne, toujours appuyée contre moi. Les yeux fermés, elle soupirait d'épuisement et d'inquiétude après une mésaventure dont je ne saurais jamais rien.

« Il faut que ça reste entre nous », lui ai-je dit avec gravité.

J'ai hélé un taxi et nous sommes toutes les deux allées au travail.

« 911. Quel est l'objet de votre appel ? »

Pas de réponse.

J'ai regardé devant moi l'écran ANI ALI où les informations commençaient à s'afficher.

« 911, ai-je répété en changeant légèrement de position sur ma chaise de bureau. Quel est l'objet de votre appel ?

— J'ai un gros cul », a dit une voix d'homme.

J'ai soupiré. Comme si on ne me l'avait jamais faite, celle-là. « Je vois. Et ce fessier hypertrophié réside au 95 West Carrington Street ?

— Oh, délire ! » a fait la voix.

Rires derrière lui. Gloussements, pour être plus précise. C'est inévitable, me suis-je rappelé, quand on fait les nuits.

J'ai continué, professionnelle : « Et est-ce que ce postérieur hypertrophié n'appartiendrait pas à M. Edward Keicht ?

— Hé, comment vous savez ?

— Êtes-vous au courant, monsieur, que lorsque vous composez le 911, vos nom et adresse s'affichent sur nos écrans ? »

Silence stupéfait.

« Même pas vrai ! »

Apparemment, M. Keicht n'avait pas pris que de la bière ce soir.

« Et êtes-vous au courant que les appels abusifs à ce numéro sont un délit susceptible de vous conduire en prison ?

— Cool !

— Dites bonjour au gentil policier qui va sonner chez vous, M. Keicht.

— Ça marche !

— Et souvenez-vous : voilà ce qui arrive à vos neurones quand vous vous droguez. »

J'ai coupé la ligne 1 et contacté un de mes agents pour qu'il fasse le nécessaire. Tous les appels au 911 exigent l'intervention d'un agent. D'où l'idée de délit. D'ici trois à cinq minutes, M. J'ai-un-gros-cul ferait moins le fier.

Une heure du matin. Mes deux écrans restaient vierges, les lignes silencieuses. Pas une trop mauvaise soirée, mais on n'était que mercredi. En règle générale, le nombre d'appels allait croissant à mesure que la semaine avançait. Le vendredi et le samedi, c'était de la folie, une avalanche de querelles domestiques, d'atteintes à l'ordre public sous l'emprise de l'alcool et de conduites en état d'ivresse. Le dimanche, vers dix-sept heures, deuxième pic. On appelait ça l'heure fatale parce que c'était celle à laquelle la plupart des parents qui n'avaient pas la garde des 2,2 enfants étaient censés les ramener chez eux. Mais rien qu'à en juger par le volume d'appels, les parents en conflit prennent plus de plaisir à s'emmerder l'un l'autre qu'à se montrer des éducateurs responsables. À dix-sept heures une, on recevait le premier appel et un premier agent jouait au grand jeu hebdomadaire qui consistait à expliquer : « Non, madame, vous n'avez pas le droit de lui tirer une balle dans les couilles parce qu'il a deux minutes de retard » ; et bientôt : « Monsieur, l'accord sur le droit de visite est un document à valeur légale ; je vous suggère d'en prendre connaissance. »

J'évitais autant que possible les dimanches. Les querelles conjugales mettaient tout le monde d'une humeur massacrante – les requérants, mes agents, moi.

Dans l'ensemble, la ville de Grovesnor et ses vingt-cinq mille administrés étaient tranquilles comparés à ce que j'avais connu à Arvada. Là-bas, je travaillais dans un grand centre qui traitait des centaines d'appels par heure. Mais aujourd'hui, il n'y avait que moi, seule dans une pièce sombre avec la chienne qui n'était pas ma chienne. Je recevais généralement entre dix et quarante appels par permanence. Dix une nuit comme celle-là, quarante le week-end.

Le premier appel auquel je répondais tous les soirs : faux numéro. Le deuxième : M. Gros-cul ou M. Pepperoni-pizza-à-emporter, ou la dernière idée à la mode pour faire marrer une bande de gamins désœuvrés. Et, oui, j'envoyais un agent en tenue à chacune des adresses. Hé, ce n'était pas moi qui avais écrit le règlement.

Seul un tiers des appels au 911 concernent de véritables urgences. Le plus souvent, on me signalait un conducteur imprudent, un animal mort ou blessé sur la chaussée, de temps à autre des voisins bruyants. Les renseignements s'affichaient sur mon écran ANI ALI – ANI pour Automatic Number Identification, ALI pour Automatic Local Identification. Les appels passés depuis un téléphone fixe étaient les plus simples : les nom, numéro de téléphone et adresse s'affichaient en un clin d'œil. Ceux passés depuis un portable ou via un opérateur Internet (Vonage, par exemple) étaient automatiquement acheminés vers la police d'État pour qu'elle les localise, car, ces numéros n'étant pas associés à une adresse physique, j'aurais eu du mal à y envoyer un agent.

En plus de mon écran ANI ALI, je disposais d'un deuxième moniteur, sur lequel j'entrais toutes les données recueillies au cours de l'appel : circonstances d'un accident, signalement d'un intrus, n'importe quoi. Ensuite je pouvais transférer ces informations directement de mon ordinateur au terminal informatique embarqué de l'agent dans sa voiture de patrouille. Une simple pression sur une touche et boum, nous en savions autant l'un que l'autre.

Si toutefois le logiciel ne plantait pas. Si toutefois j'arrivais à jongler entre deux écrans tout en apaisant un interlocuteur en détresse, en lui posant toutes les questions pertinentes qui s'imposaient et en tapant toutes les réponses utiles.

À part ça, c'était du gâteau.

Mon écran ANI ALI s'est illuminé. Nom, numéro de téléphone, adresse postale se sont affichés. J'ai coiffé mon casque et appuyé sur le bouton.

« 911. Quel est l'objet de votre appel ?

— Je… Je ne sais pas. »

Une voix de femme cette fois. Tremblante.

« Madame ? Vous avez besoin d'aide ?

— Mon mari est en colère.

— Je vois. Vous trouvez-vous à votre domicile, madame ? » J'ai lu à haute voix l'adresse qui figurait sur mon écran ; elle a confirmé.

« Et comment vous appelez-vous ?

— Dawn. »

Elle ne m'a pas donné de nom de famille. Mon écran indiquait que le numéro était celui de Vincent Heinen. Dans l'immédiat, je n'ai pas insisté.

« Dawn, enchantée. Je m'appelle Charlie. Est-ce que votre mari est chez vous ?

— Oui. »

Sa voix se réduisait presque à un souffle. J'en ai déduit qu'il n'était pas loin.

« Est-ce qu'il y a des enfants dans la maison ?

— Non.

— Des animaux, des chiens ? »

Les agents aiment bien être prévenus, pour les chiens.

« Non. »

Je suis rentrée dans le vif du sujet.

« Est-ce qu'il a bu ?

— Oui. » Un murmure maintenant.

« Dawn, est-ce qu'il est dans la pièce ? » Puis, comme elle ne répondait pas tout de suite, j'ai moi-même baissé la voix : « Est-ce que vous vous cachez ? Vous n'avez qu'à appuyer sur une touche du téléphone. Un bip pour oui. Deux bips pour non. »

J'ai entendu un bip et pris une grande inspiration. Okay, on avait les ingrédients d'un appel sérieux. À mes pieds, Tulip a remué. Comme si elle percevait ma tension, elle s'est assise.

« Dawn, vous avez peur de lui ? »

Bip.

Tout en restant à son écoute, j'ai ouvert la radio : « 461 à 926. »

Le 926, à savoir l'agent Tom Mackereth, m'a répondu : « 926 à 461.

— 461 à 926, j'ai une femme au bout du fil, lui ai-je indiqué dans la foulée. Elle dit que son mari est en colère. Qu'il a bu. Qu'elle a peur de lui.

— 926 à 461, adresse du requérant ?

— 461 à 926, je transfère. » J'ai complété ma fiche avec les maigres données recueillies jusque-là et je les ai envoyées au terminal embarqué de l'agent Mackereth : « 461 à 926, la requérante dit qu'ils sont chez eux, pas d'enfants ni d'animaux sur place.

— 926 à 461, pouvez-vous recueillir plus de détails ? Signalement des deux personnes, est-ce que l'homme est armé, est-ce qu'il a pris de l'alcool, de la drogue ? »

Sans blague, Sherlock, ai-je eu envie de dire. Mais notre dialogue radio et l'appel au 911 étaient enregistrés pour la postérité, alors je m'en suis tenue au texte.

« 461 à 926, compris. »

Retour à ma correspondante, qui gardait un silence inquiétant.

« Dawn, c'est Charlie. Toujours là ? »

Bip.

Bon, le contact était rétabli. Je me suis rapprochée de mon écran de prise de notes et j'ai rajusté mon casque. J'entendais mieux la femme, le souffle court de sa respiration en détresse : elle essayait désespérément de ne pas faire de bruit.

« Dawn, vous êtes dans la chambre ? » ai-je demandé posément pour qu'elle continue à communiquer.

Nouveau bip.

« Vous êtes enfermée dans la salle de bains ? »

Deux bips.

Deux bips, c'était non. J'ai visualisé une chambre, fait une nouvelle tentative : « Dans le placard ? »

Bip.

J'ai misé sur le plus probable dans une maison de style colonial en Nouvelle-Angleterre : « Votre chambre se trouve à l'étage ? »

Bip.

J'ai ajouté ces détails au résumé de l'appel et poursuivi. « Est-ce que votre mari est armé ? »

Silence. Ni oui ni non. Est-ce que ça voulait dire « peut-être » ?

J'ai fait en sorte de clarifier ce point. « Dawn, madame Heinen, est-ce que ça veut dire que vous ne *savez* pas si votre mari est armé ou non ? »

Bip.

« Mackereth va adorer », ai-je murmuré à Tulip qui, assise droite comme un piquet, ne me quittait pas des yeux.

Situation inconnue : le type d'intervention le plus fréquent et le plus dangereux pour un agent.

J'ai repris la radio, contacté le 926 et fourni les quelques renseignements complémentaires : la requérante était dans la chambre au premier. Le mari, à portée de voix, était potentiellement armé.

« Drogue ? »

L'agent Mackereth insistait parce qu'un mari ivre n'est pas une partie de plaisir, mais un cocaïnomane ou un type accro à la meth est encore pire : non seulement on ne peut pas le raisonner, mais il est insensible à la douleur. Ça rend les agents nerveux.

J'ai repris contact avec Dawn Heinen.

« Dawn, votre mari prend de la drogue ? »

Bip.

Rien pour me surprendre. J'ai complété le résumé.

« Est-ce qu'il en a pris ce soir ? »

Silence.

« Vous ne savez pas s'il a pris de la drogue ce soir ? »

Bip.

Mes doigts se sont figés sur le clavier et j'ai fermé les yeux, sentant monter la tension. Ma mission consistait à recueillir des informations. J'étais les yeux et les oreilles de l'agent Mackereth. Que je fasse bien mon boulot et il affronterait la situation en connaissance de cause. Que j'échoue et un agent isolé approcherait une maison plongée dans le noir à une heure et demie du matin sans pouvoir compter sur autre chose que sa vitesse d'analyse pour le sauver.

J'ai repris la radio : « 461 à 926. La requérante dit qu'elle ne sait pas si le mari est armé. Ni s'il a pris de la drogue ce soir, mais il en a pris par le passé.

— 926 à 461, compris », a répondu l'agent Mackereth.

Dans ces mots, j'ai senti le poids de sa déception. Il comptait sur moi et je le laissais tomber. Il m'a notifié qu'il se trouvait à une rue de l'adresse. Il coupait sirènes et gyrophare. Autrement dit, je ne lui avais pas fourni suffisamment d'informations. Il allait donc approcher discrètement pour évaluer la situation par lui-même.

« Allez, Dawn, ai-je dit tout bas. Il faut qu'on fasse mieux. Pour nous tous. »

Je suis retournée à ma requérante et j'ai écouté son souffle court en tendant l'oreille pour guetter d'autres bruits derrière elle. Un mari qui appellerait sa femme ? Du verre brisé par un homme en proie à une crise de rage ? Ou peut-être même des coups frappés à la porte d'entrée, qui signaleraient l'arrivée de l'agent Mackereth. Je n'entendais rien.

« Dawn, votre mari est toujours dans la pièce ? »

Bip.

« Un agent arrive. Il sera là d'une minute à l'autre, Dawn. On vient vous aider. »

J'ai hésité, embarrassée. Normalement, ma tâche suivante consistait à établir un signalement de l'agresseur. Comme ça, en cas de fuite, l'agent Mackereth pourrait l'identifier et se lancer à ses trousses. Mais je ne voyais pas comment entamer une telle conversation à coups de bips.

La tension à nouveau, mes épaules crispées, une douleur sourde qui montait dans ma nuque. L'agent Mackereth devait être arrivé à l'adresse. Il ouvrait sa portière, observait la maison, essayait de se faire une idée de la situation.

« Dawn, votre mari est toujours en colère ? »

Bip.

Alors qu'est-ce qu'il fabrique ? ai-je eu envie de crier. Comment un homme fou de rage peut-il ne faire aucun bruit ?

Et là, en un éclair, j'ai su. J'ai visualisé exactement le genre d'homme en colère qui pouvait se tenir parfaitement silencieux, parfaitement immobile, devant une porte de placard.

J'ai empoigné la radio : « 461 à 926, ai-je pratiquement hurlé. Ne sonnez pas à la porte ! Ne vous approchez pas ! Arrêtez-vous immédiatement ! »

Un temps. Je n'entendais plus Dawn, juste ma propre respiration haletante.

« 926 à 461. » L'agent Mackereth est revenu sur les ondes et sa voix était aussi froide que la mienne avait été survoltée. « 595 ? »

595 était un code entre nous. Les numéros correspondaient aux lettres KZK sur le téléphone. Kézako ? Hé, dans ce boulot, il faut avoir de l'humour.

J'ai pris une grande inspiration.

« 461 à 926, ne quittez pas. »

« Dawn, ai-je ensuite murmuré dans mon micro, est-ce que votre mari aime la pizza ? »

Silence, puis un bip, puis le premier bruit que j'entendais depuis un moment : Dawn, qui sanglotait.

« Encore une minute, Dawn, l'ai-je encouragée. Tenez le coup pour moi. Rien qu'une minute. »

Vite, j'ai rentré le nom de Vincent Heinen dans l'ordinateur et trouvé un deuxième numéro, un portable à son nom. Croisant les doigts, j'ai pris mon téléphone à carte prépayée et composé ce numéro. Pas une manœuvre qu'on vous enseigne dans les manuels. Juste un truc qui, dans ce boulot, vous vient d'instinct.

Pendant un instant surréaliste, j'ai entendu sonner en stéréo. Mon portable qui sonnait à mon oreille.

Celui de Vincent qui sonnait dans la chambre. Une fois, deux fois, trois fois.

J'étais cramponnée à mon téléphone.

Alors ma radio a crépité : « 926 à 461…

— Silence ! j'ai lancé au moment même où le mari de Dawn entrait en communication avec mon portable.

— Quoi ? » a-t-il dit.

Un seul mot, lourd de menace, de danger et de cette colère glaciale qui faisait sangloter sa femme en silence dans le placard de leur chambre.

« Hé, mec, j'ai répliqué, vous la voulez, votre pizza, oui ou merde ? Parce que j'en ai ras-le-bol de poireauter. Ça fait cinq minutes que je sonne chez vous. On va débiter votre carte de crédit que vous la preniez ou non, alors venez la chercher ou je la bouffe moi-même ! »

J'ai brutalement raccroché et repris mon casque.

« Tête de nœud », ai-je entendu marmonner le mari de Dawn devant la porte de placard. Et puis, enfin, du mouvement. Une porte qu'on ouvrait au loin, des pas lourds.

Avec un temps de retard, j'ai attrapé la radio.

« 461 à 926. Vous êtes le livreur de pizzas. Je répète : vous êtes le livreur de pizzas. L'individu est très probablement armé et il sera là dans cinq, quatre, trois, deux…

— Merde ! a hurlé une voix d'homme dans la radio.

— Police ! a crié l'agent Mackereth. Les mains en l'air, les mains en l'air ! »

Échos de bagarre, chocs sourds, un autre cri.

Je me suis levée, c'était plus fort que moi. J'ai agrippé mon casque, fermé les yeux très fort au milieu de mon standard sombre, comme si ça pouvait aider mon agent, lui donner en quelque sorte le dessus. Tulip s'est mise à geindre. Je me suis mordu la lèvre.

Puis : « 926 à 461. » L'agent Mackereth, hors d'haleine. « Individu maîtrisé. Individu désarmé. » Puis, et ça, ça ne figurait pas dans le script : « Il avait un Glock 9. Mais comment tu l'as su ? Putain, Charlie. Putain. »

J'ai fermé les yeux. C'était ce que j'avais imaginé, ce que j'avais su, tout simplement. Que le mari de Dawn était planté là, de l'autre côté de cette porte de placard, à attendre sa femme avec une arme chargée. Et qu'à l'instant où un tiers arriverait, où des sirènes retentiraient, où un agent en tenue sonnerait chez eux…

Voilà ce qu'il attendait, ce cher Vincent. L'ultime provocation qui justifierait qu'il tire.

L'agent Mackereth a repris sa radio. Il avait retrouvé son sang-froid et en revenait au texte. J'ai fait de mon mieux pour suivre son exemple.

« 926 à 461, est-ce que je peux rentrer dans la maison sans danger ? »

J'ai repris mon casque : « Dawn, c'est Charlie. Un agent en tenue se trouve devant chez vous. Il a maîtrisé et désarmé votre mari. Vous pouvez sortir maintenant. »

Alors, pour la première fois depuis le tout début de l'appel, le vrai son de sa voix : « Est-ce… Est-ce qu'il va bien ?

— L'agent de police ou votre mari ? »

Même si, malheureusement, je connaissais déjà la réponse à cette question.

« Mon mari, a-t-elle répondu, hésitante.

— Vous savez quoi, Dawn, pourquoi vous ne descendriez pas voir ça par vous-même ?

— D'accord. D'accord. Je crois que je peux le faire. Charlie… »

J'ai attendu. Mais elle ne m'a pas remerciée. Rares sont ceux qui le font.

Dawn a raccroché. Elle est allée voir comment allait son ivrogne de mari qui, cinq minutes plus tôt, avait été sur le point de la tuer.

Et je me suis rassise, la main sur la tête de Tulip, et j'ai caressé ses oreilles soyeuses.

« Contente que tu sois là, ma fille, j'ai murmuré. Contente que tu sois là. »

Elle a posé son museau grisonnant sur mes genoux et j'ai continué à lui caresser la tête jusqu'à ce que mes mains arrêtent de trembler et que nous soyons toutes les deux assises dans le noir en silence.

On pourrait croire que j'avais eu ma dose pour la nuit, mais non. À deux heures trente-trois est arrivé l'autre appel important. J'ai lu les infos sur l'écran ANI ALI et je me suis immédiatement inquiétée. Puis je me suis redressée, j'ai pris une grande inspiration et j'ai décroché.

« Coucou », ai-je dit, un peu surprise de recevoir cet appel par le canal officiel plutôt que sur mon portable.

Silence d'abord, si prolongé que j'ai cru que mon interlocuteur ne pouvait pas répondre. Mais ensuite, enfin, une voix. Fluette, tremblante, apeurée. La fille donc, pas le garçon. Trop jeune pour se souvenir de mon numéro de portable, elle réutilisait celui de notre premier contact : 911.

Elle pleurait et je n'avais pas besoin qu'elle parle pour savoir pourquoi. Nous, les opérateurs... nous n'intervenons pas seulement comme soutien des policiers en tenue. Nous sommes la version téléphonique des services sociaux, la première oreille que trouvent les femmes battues, les jeunes parents débordés, les ados ivres et les enfants terrifiés. Nous entendons de tout.

Ensuite nous transférons l'appel et nous passons à autre chose. Pas notre problème. Nous ne sommes que les messagers du fait que, oui, la vie est vraiment dégueulasse.

Mais maintenant, dites-moi un peu : s'il ne vous restait que quatre jours à vivre, que feriez-vous ?

Vous resteriez sur le banc de touche ? Ou vous rentreriez sur le terrain ?

Et si, admettons, vous veniez de passer un an à apprendre à courir, à vous battre, à tirer, à agir au lieu de subir, est-ce que ça changerait la réponse ? Et si, admettons encore, vous aviez personnellement connaissance d'un de ces crimes contre lesquels le système est impuissant, dont le coupable ressort gagnant et la victime perdante, est-ce que ça changerait la réponse ?

J'avais passé des mois à méditer cette question. Et désormais ma décision était prise.

Ça m'était utile au moment de pianoter sur mon clavier. D'enfreindre délibérément la loi en déconnectant mon correspondant du système d'enregistrement pour prendre la communication sur mon portable Walmart à carte prépayée.

« Coucou, j'ai répété. Tout va bien. C'est moi, Charlie. Je vais t'aider. Plus qu'une journée, ma belle, et on ne te fera plus jamais de mal. »

6

« Mauvaise nouvelle, annonça D.D. à Alex pendant le dîner. Dans la guerre pour la santé mentale de la ville, les cinglés sont en passe de l'emporter. »

À dix-sept heures quarante-cinq, elle était allée chercher Jack à la garderie. À dix-huit heures trente, Alex était rentré et, en passionné de cuisine qu'il était, il avait mis la dernière main à un poulet cacciatore à la mijoteuse commencé le matin.

Ils étaient maintenant assis l'un en face de l'autre à la table de cuisine. Alex avait devant lui un verre de vin rouge ; elle un verre d'eau. Alex avait ses deux mains pour manger et boire ; elle une main qui soutenait Jack calé sur son épaule, l'autre qui maniait la fourchette.

L'enfant était endormi, son visage poupin à moitié écrasé au creux de son cou, où il émettait les ronflements les plus ridiculement adorables. Jamais sans doute elle ne serait plus proche d'un bonheur familial sans nuage, se dit D.D. Son bébé blotti sur sa poitrine pendant qu'Alex et elle savouraient tranquillement un petit dîner italien en parlant boulot.

« D'abord, je me suis payé un meurtre par balle qui fait peut-être partie d'une série d'assassinats perpétrés par un justicier solitaire, expliqua-t-elle. Et ensuite je me suis retrouvée à courir après une jeune femme suspecte, laquelle prétend qu'elle veut que j'enquête sur son propre assassinat, qui doit avoir lieu dans quatre jours. »

Alex se figea, un morceau de poulet au bout de la fourchette. « Elle prend ses dispositions à l'avance ? Je ne me souviens pas avoir vu dans les modèles de testament de clause permettant d'engager l'enquêteur de son choix.

— Si, ça existe. Mais les jeunes et jolies croqueuses de diamants les passent au blanco avant de faire signer leur mari. »

Il réfléchit : « Pas bête. » Il recommença à manger, mais s'interrompit de nouveau : « Sans rire, cette jeune femme prévoit qu'elle va se faire assassiner ?

— Ses deux meilleures amies ont toutes les deux été assassinées un 21 janvier. La première il y a deux ans, la seconde l'an dernier, donc cette année… »

Alex ouvrait de grands yeux, perplexe.

D.D. soupira. Elle reposa sa fourchette et caressa la joue rebondie de Jack.

« C'est ça, le plus dingue : j'ai fait des recherches sur l'ordinateur quand je suis rentrée avec Jack, et elle ne m'a pas menti : Randi Menke a été assassinée à Providence il y a deux ans, le 21 janvier, et Jacqueline Knowles à Atlanta à la même date l'an dernier. C'est glauque, non ?

— Si », répondit Alex.

Lui qui enseignait l'analyse de scène de crime à l'école de police avait une approche plutôt cérébrale des meurtres. D.D. lui en savait gré. Elle se disait que ça faisait une moyenne avec elle qui était du genre à foncer dans le tas.

« Pas de ton ressort, dit-il, ouvrant le feu d'une analyse.

— Exact. J'ai demandé s'il y avait eu des lettres de menace, des appels téléphoniques, une prise de contact. Que dalle. Mademoiselle mène apparemment une vie très tranquille, si on oublie les enterrements à date fixe. Et puis deux meurtres dans deux États différents, ça complique les choses. D'après elle, le FBI s'est vaguement penché dessus, mais sans établir de liens évidents entre les deux. L'ironie du sort, c'est qu'en général le compte est bon au troisième meurtre, donc cette année, après le 21… »

Alex hocha la tête. En tant qu'ancien enquêteur, il savait qu'en matière criminelle tout est une question de probabilités. Deux meurtres équivalent à une coïncidence et personne ne claquera son budget sur une coïncidence. Mais avec un troisième, on est en présence d'une série. Ce qui piquera davantage l'intérêt des enquêteurs.

« La fille a payé un ancien profileur du FBI pour qu'il lui rédige un rapport, continua D.D. en recalant un Jack ronflotant. Je me dis que je vais peut-être les contacter, lui et l'enquêteur de Rhode Island qui a bossé sur le premier meurtre. Histoire de poser quelques questions. »

Alex hocha vivement la tête, son opinion arrêtée : « Je ferais ça à ta place.

— Tu la crois en danger ?

— Mystère. Mais il y a le second paramètre à prendre en compte : il existe réellement un lien entre les deux premiers meurtres. La fille elle-même. Qui connaissait les deux victimes.

— Je suppose que les enquêteurs se sont penchés sur cette question…

— Ne jamais rien supposer. Sans compter que tu l'as surprise à traîner dans les parages d'une scène de crime, ce qui est… bizarre. Soit elle a suffisamment peur pour désirer une protection, et dans ce cas, en toute logique, elle devrait aller plaider sa cause au commissariat central. Soit, comme elle le prétend, elle se rend compte que la police a les mains liées et elle continue à se débrouiller toute seule. Mais épier une enquêtrice sur une scène de crime… Rationnellement, qu'est-ce que ça lui apporte ?

— Une prise de contact personnelle, expliqua D.D. Maintenant que je la connais, je suis censée me décarcasser davantage pour retrouver son assassin. »

Alex haussa un sourcil : « Elle soigne ses réseaux ?

— Je te l'ai dit, c'était cinglés et compagnie aujourd'hui.

— Parle-moi encore de ce message sur ton pare-brise. »

D.D. ouvrit de grands yeux : « Le message ! Merde. Il est resté dans ma voiture. J'ai complètement oublié de le transmettre au labo. Oh, mon Dieu ! Comment on peut oublier un truc pareil ? Comment j'ai pu… Comment j'ai pu… Oh. Mon. Dieu… ! »

D.D. en perdit la voix. L'énormité de son erreur était trop colossale, pratiquement incompréhensible. Elle regardait Alex avec affolement.

« C'est le b.a.-ba d'une enquête. Le principe de base pour les débutants qui ne veulent pas se faire virer. Je suis une idiote. Je pars en congé maternité et je reviens neuneu !

— Tu n'es pas neuneu, corrigea calmement Alex. Tu manques juste de sommeil.

— J'ai *oublié* de transmettre une pièce à conviction. Comment ça a pu m'arriver ? »

Sa voix se brisa. Moins hystérique, elle était plus authentiquement paniquée. Le commandant D.D. Warren ne commettait pas d'erreurs. Et en aucun cas, le commandant D.D. Warren n'oubliait le b.a.-ba du traitement des pièces à conviction.

Certes, avoir un enfant vous change ; mais pas en mieux, apparemment.

« D.D., dit Alex.

— Il va falloir que je démissionne.

— D.D.

— Peut-être que je pourrais renoncer à mon grade. Mettre Phil à la tête de l'équipe. Il a quatre gosses, mais il est quand même plus fute-fute que moi.

— D.D.

— Est-ce que je vais récupérer mes neurones ? demanda-t-elle plaintivement. Tous les manuels de puériculture parlent de rythmes de sommeil, tu vois, donc j'imagine que Jack finira bien par en avoir un. Il fera ses nuits et j'arrêterai de commettre des bourdes monumentales susceptibles de permettre à un assassin de courir en liberté.

— Mince alors, l'interrompit Alex avec plus de fermeté, quel dommage que le père de ton enfant ne soit pas un spécialiste de l'analyse de scène de crime qui pourrait t'aider avec ta pièce à conviction. Voire, soyons fous, appeler un expert en écriture qui se trouve être son collègue à l'école de police. »

D.D. le dévisagea : « Sérieux ?

— Sérieux.

— Oh. » Elle baissa les yeux vers son assiette, s'aperçut enfin qu'elle n'avait pas mangé grand-chose et reprit sa fourchette : « Et en plus de tout ça, tu cuisines bien. »

Alex esquissa un sourire. Ayant fini son repas, il se leva de table et débarrassa son assiette.

« Méfie-toi, lui dit-il de dos en se dirigeant vers l'évier. Ça pourrait en impressionner certaines au point de vouloir m'épouser. »

D.D. le regarda s'éloigner. Elle répondit, avec la même douceur : « Oui, mais je crois qu'on vient de démontrer qu'elles sont plus malignes que moi. »

Alex n'ajouta rien. Il sortit chercher le message dans la voiture de D.D.

Celle-ci resta assise à table, Jack dans les bras. Elle l'embrassa sur le sommet du crâne. « Désolée », murmura-t-elle, même si elle n'aurait su dire ni à l'un ni à l'autre de quoi elle s'excusait.

Alex revint avec le message, protégé par une pochette plastique transparente. Avec des mains gantées, il sortit soigneusement la feuille de papier blanche, dont il prit plusieurs photos numériques. Puis il appela son collègue. Après un échange de civilités, Alex lui demanda l'autorisation de lui envoyer par Internet une photo du message pour un premier avis.

« Il nous rappelle d'ici vingt à trente minutes », expliqua-t-il à D.D. en glissant à nouveau la feuille dans sa protection plastique. « Bien sûr, pour une analyse plus poussée, il faudra envoyer la note au labo pour qu'ils recherchent des empreintes digitales et qu'ils déterminent le type d'encre et de papier utilisés.

— Merci », fit D.D.

Jack s'était réveillé. Elle s'était installée avec lui sur le canapé et l'avait allongé sur ses genoux. Il la regardait avec de grands yeux bleus. Lorsque Alex vint les rejoindre, Jack se tourna vers son père et agita un poing grassouillet.

« Regarde ça, remarqua triomphalement D.D. Il sait déjà dire bonjour. J'étais sûre qu'il serait intelligent.

— Il tient ça de moi, dit Alex en s'asseyant sur le canapé, le bras droit sur les épaules de D.D. J'ai toujours eu un don pour saluer. Façon Miss America. »

De la main gauche, il faisait la démonstration de son plus beau salut. Jack réagit en décochant des coups de pied.

« Champion de foot, dit tout de suite D.D. Regarde-moi ces muscles qu'il a !

— Foot ? Hum, il a dû hériter ça de toi. Avec mes problèmes de coordination, mes profs disaient toujours que je m'emmêlais les pinceaux dès que j'essayais de faire plusieurs choses à la fois.

— Mes parents étaient profs, répondit D.D. d'un air absent. À l'université, avant de prendre leur retraite.

— Dans ce cas, Jack a vraiment intérêt à faire gaffe à ces histoires de pinceaux. » Il effleura la joue de D.D. « Ils arrivent toujours ce week-end ? »

Elle se tourna enfin vers lui : « Il n'est pas trop tard pour fuir, dit-elle avec le plus grand sérieux. Ou alors je pourrais tout simplement leur expliquer que j'ai enterré ton cadavre dans le jardin. Ils me croiront. »

Il eut un grand sourire, mais elle vit la douceur de son regard. Cela l'ennuya qu'il ait l'air de penser qu'elle avait besoin d'un tel regard. D'autant qu'il avait sans doute raison, elle était devenue une de ces femmes à qui il faut des sourires patients et des regards tendres. Manque de sommeil, essaya-t-elle de se dire, mais elle se demandait si cela n'entrait pas dans la série « avoir un enfant vous change », auquel cas elle était définitivement condamnée à n'être plus d'elle-même qu'une version femme d'intérieur exténuée et plus ou moins incompétente.

« Ce n'est pas que je les déteste, expliqua-t-elle. Je sais que je n'ai pas avec mes parents la même relation que tu as avec les tiens. Mais je ne les déteste pas. »

Alex tripotait une boucle des courts cheveux blonds de D.D. « Qu'est-ce que tu ressens pour eux ? »

Elle haussa les épaules, jouant avec les petits doigts de Jack à peu près comme Alex jouait avec ses cheveux : « Je les respecte. Ce sont deux adultes intelligents et pleins de bonnes intentions qui vivent leur vie bien remplie de leur côté. Ils mènent leur barque. Je mène la mienne. Nous sommes heureux.

— Tu ne voulais pas de ta mère dans la salle d'accouchement », rappela posément Alex.

D.D. secoua la tête avec énergie : « Seigneur, non. Ça aurait été abominable !

— Pourquoi ?

— Parce que. »

Elle haussa de nouveau les épaules, regarda son petit bébé potelé qui lui répondit par un grand sourire édenté. Il avait ses yeux bleus, songea-t-elle, mais il se retrouverait sans doute avec les cheveux bruns de son père.

« Je l'aime, dit-elle brusquement. J'aime… tout chez lui. Son odeur, sa peau, son sourire. C'est le bébé le plus parfait de toute la création. Et je peux te dire avec certitude que ma mère n'a jamais ressenti ça pour moi. Je suis un accident. Une petite erreur arrivée sur le tard à deux personnes très intellos qui n'avaient jamais envisagé d'avoir des enfants. Et en plus je n'étais même pas une petite fille sage, bien élevée et studieuse. J'étais un vrai petit diable qui grimpait aux arbres, tombait de vélo et qui un jour a même fichu un tel coup à Mikey Davis qu'il en a perdu une dent.

— Tu as frappé un garçon ?

— J'avais sept ans, dit D.D. comme si ça expliquait tout. Je me suis ouvert le doigt, d'ailleurs. Ma première réaction a été de me dire que j'avais besoin de leçons de boxe. Celle de ma mère, de me dire que je méritais d'être privée de sorties jusqu'à la fin de mes jours. Depuis, nos positions respectives n'ont pas beaucoup évolué.

— Ça ne leur plaît pas que tu sois enquêtrice ? risqua Alex.

— Enquêtrice, passe encore, reconnut D.D. Même dans l'univers de mes parents, les enquêteurs inspirent un certain respect. Mais le jour où je suis entrée dans la police… Je crois que ma mère était juste soulagée que j'aie choisi le bon côté de la barrière. »

Alex sourit : « Une remarque que je me suis faite avec beaucoup de mes collègues en tenue. Inquiète ? »

Elle le regarda : « Ma mère a le chic pour me donner l'impression que je suis moche et bête, constata-t-elle simplement.

— Alors, mon ange, on fera en sorte que leur visite soit courte et centrée sur Jack. Il se peut que ta mère n'ait jamais apprécié ton crochet du droit, mais que pourrait-elle trouver à redire le concernant ? dit Alex en montrant leur bébé qui battait des pieds en gazouillant. Qui pourrait trouver quoi que ce soit à y redire ? »

Le téléphone sonna dix minutes plus tard. D.D. posa Jack dans son berceau, où avec un peu de chance il dormirait un moment et ensuite ce serait l'heure du biberon. Elle dénicha son carnet à spirale et son dictaphone tout en mettant le collègue d'Alex sur haut-parleur.

« Professeur Dembowski ? Commandant D.D. Warren. C'est très aimable à vous de me rappeler.

— Ray. Je vous en prie, appelez-moi Ray. »

Dembowski avait une voix agréable. Grave, douce, sans doute cinquante ou soixante ans, pensa D.D. Elle s'installa à la table de la cuisine, le message dans sa pochette plastique devant elle.

Tout le monde doit mourir un jour.

Courage.

Alex s'assit en face d'elle avec un nouveau verre de vin.

« Bon, ma première question, dit l'expert judiciaire, serait de savoir si vous avez d'autres spécimens. Dans mon métier, on compare généralement une pièce à conviction avec d'autres échantillons d'écriture. Admettons que ce message soit la pièce à conviction. Où sont les pièces de comparaison ? »

D.D. ouvrit de grands yeux et lança un regard à Alex, qui haussa les épaules, tout aussi perplexe.

« Les pièces de comparaison ? demanda-t-elle timidement.

— D'autres échantillons d'écriture qu'on utiliserait à des fins de comparaison. Admettons que vous soupçonniez que ce message a été rédigé par un individu A, vous fourniriez trois autres échantillons de son écriture afin qu'ils servent d'exemples pour mon analyse.

— C'est que… je n'ai pas d'individu A, avoua D.D. En fait, j'espérais procéder dans l'autre sens ; je pensais que vous pourriez analyser l'écriture de ce message pour m'aider à identifier un suspect.

— Vous voulez dire que, rien qu'en me fondant sur l'écriture, je pourrais déterminer l'âge, le sexe et pourquoi pas la profession de l'individu ?

— Ce serait l'idéal », approuva D.D.

Pendant le silence qui suivit, il lui apparut qu'elle avait peut-être commis une bévue.

« Heu… si toutefois une telle analyse est possible ? ajouta-t-elle finalement.

— Non.

— Non ?

— Ça, c'est ce qu'on appelle de la graphologie, une pseudo-science si vous voulez, dont les experts prétendent déchiffrer les indices inconscients que recèle l'écriture d'un individu. Je ne suis pas graphologue.

Je suis expert judiciaire en écriture, ce qui veut dire que je procède à une comparaison scientifique entre plusieurs documents pour déterminer si une seule et même personne est bien l'auteur de tous les spécimens. »

D.D. ne savait plus quoi dire. Elle lança un regard à Alex, qui, de l'autre côté de la table, haussa les épaules comme pour répondre : *Pas mieux*.

« Je suis désolée, Ray, dit D.D. dans une dernière tentative. J'aimerais bien être assez avancée dans l'enquête pour vous fournir plusieurs échantillons. Mais en l'état actuel des choses, je n'ai qu'un cadavre et ce message, déposé sur le pare-brise de ma voiture en bas de la scène de crime. Et comme nous avons des raisons de penser que le meurtrier n'a pas encore dit son dernier mot, tout éclairage serait vraiment le bienvenu. »

À l'autre bout du fil, Dembowski poussa un gros soupir. « Vous avez bien conscience que nous quittons le domaine de la science pour entrer dans celui des spéculations ?

— Vous préférez que ça reste entre nous ?

— C'est impératif. Je suis expert en écriture, pas graphologue ; autrement dit, même si un tribunal était prêt à entendre des arguments graphologiques, mon analyse ne serait toujours pas recevable.

— Entendu, accepta D.D., qui commençait à comprendre comment l'expert voulait gérer la situation. Disons qu'il s'agit d'une simple conversation entre collègues. J'ai reçu ce message passionnant. Qu'est-ce qu'il vous inspire ? »

Encore un temps, une profonde inspiration, et Dembowski commença par le commencement : « En tant que spécialiste de l'écriture, je suis frappé par plusieurs aspects de ce message. D'une part, il est écrit en cursive au lieu de l'écriture scripte qu'on observe plus fréquemment. D'autre part, les caractères sont d'assez grande taille, et arrondis, à l'exception de la base de chaque lettre, qui est aplatie, comme si le scripteur s'était appuyé sur une règle.

— J'avais remarqué ça, aussi », dit D.D.

En face d'elle, Alex tendit le cou pour réexaminer le message dans sa pochette plastique.

Tout le monde doit mourir un jour.
Courage.

« Quelques autres anomalies : un individu lambda produira des caractères de taille hétérogène. Par exemple, les lettres fréquentes, en particulier les voyelles, sont en général plus petites et exécutées plus rapidement. Mais dans votre document, tous les caractères ont pratiquement la même taille. Remarquez les barres des trois "t" : elles sont exactement de la même longueur, au millimètre près. C'est là la marque d'un individu excessivement attentif aux détails. L'usage d'une règle pour marquer la ligne de base va aussi dans le sens d'un scripteur animé d'un grand besoin de précision. Selon les critères de la graphologie, l'auteur de ce message est très certainement un individu qui éprouve un fort besoin de contrôler les moindres détails de son existence, une personnalité irascible, psychorigide et maniaque… Mon ex-femme, quoi », plaisanta Dembowski avec un rire jaune.

D.D. fit la moue, prit des notes. Ce portrait cadrait avec sa scène de crime. La cuisine nettoyée, les deux mugs soigneusement posés dans l'évier. Même les coups de feu étaient nets et sans bavure, deux balles dans la tête, précisément logées de manière à entraîner une mort instantanée. Donc, un assassin doué d'une attention hors norme aux détails et obsédé du ménage. Intéressant.

« Quand j'analyse une écriture, une des choses que je regarde toujours, c'est de quel côté penchent les lettres. Chez un gaucher, elles sont presque toujours inclinées vers l'arrière, chez un droitier vers l'avant. Ces lettres sont presque parfaitement d'aplomb. Statistiquement, je dirais que votre scripteur doit être droitier, mais que, là encore, il s'applique à une précision rigide dans la formation de chaque caractère. »

D.D. le nota.

« Examinons ensuite les arcades de lettres telles que le “m”, le “n”. Certaines personnes ont une écriture serrée, en pattes de mouche, qui referme ces panses. Mais votre scripteur a produit des formes pleines, ouvertes, très élégantes. Par ailleurs, si on observe les “m” et les “n”, chaque arcade est bien formée et arrondie au sommet, alors qu'au contraire le “l” de “le” est parfaitement droit. Un tel niveau de précision, où chaque caractère est complètement et soigneusement tracé, ne dénote pas simplement une grande maîtrise de soi, mais aussi une grande pratique, il s'agit d'un individu à qui on a inculqué une belle écriture.

— Quelqu'un qui a fait des études, vous voulez dire ? D'une intelligence supérieure à la moyenne ?

— Quelqu'un qui a fréquenté une école catholique, affirma brutalement Dembowski. Personne n'apprend à écrire aussi bien à moins de porter un uniforme écossais et de se faire frapper par une bonne sœur.

— Je vois ce que vous voulez dire », dit D.D.

Pur produit de l'école publique, elle écrivait avec une petite écriture griffonnée qui ne pouvait trouver grâce qu'aux yeux d'un médecin. En face d'elle, Alex, qui avait fréquenté une école privée catholique et la taquinait régulièrement sur son écriture illisible, affichait un large sourire.

« Naturellement, continua Dembowski, la correction de l'orthographe et l'usage approprié qui est fait de la ponctuation, de la grammaire et des majuscules indiquent une personne instruite et intelligente. Cela dit, le message ne comporte que deux lignes, donc nous n'avons que peu de matière pour fonder notre analyse.

— Je comprends. »

D.D. commençait à apprécier la séance. Pour le meilleur ou pour le pire, la pseudo-science de Dembowski ébauchait une image du meurtrier dans sa tête et ça lui plaisait. Le message était cohérent avec sa scène de crime ; sa scène de crime était cohérente avec le message. C'était tout bon pour elle.

« Enfin, dit Dembowski, il est important de considérer la queue du "j" et le crochet qui termine la dernière lettre de chaque mot. Ces fioritures peuvent nous fournir d'autres indications sur la psychologie du sujet. Par exemple, la taille constante et le tracé exact de chaque lettre m'apprend que votre scripteur est exercé et précis, mais la queue du “j” nous donne un premier éclairage d'ordre stylistique. En l'occurrence, le “j” possède une boucle bien nette, qui va au-delà de ce qui serait strictement nécessaire d'un point de vue formel. En outre, chaque mot se termine par une fioriture montante, une sorte de touche finale gracieuse.

— Un certain raffinement, conclut D.D. Autrement dit, la personne que je cherche n'est pas seulement instruite, mais d'un milieu social élevé ? À l'aise financièrement ?

— Possible. Mais le fait d'avoir fréquenté une école privée irait dans ce sens. Pour résumer cette analyse totalement dénuée de valeur scientifique, je dirais que la personne qui a rédigé ce message est droitière, d'apparence très soignée, soucieuse du détail, instruite, peut-être catholique et naturellement… »

Il marqua un temps, comme si la dernière pièce du puzzle devait sauter aux yeux de D.D.

« Les lettres arrondies, l'aida Dembowski. Les fioritures. »

D.D. comprit enfin. Ouvrit de grands yeux.

« Sans blague !

— Oh, je suis presque catégorique. Et sur cette question, les études ont montré que, dans presque soixante-dix pour cent des cas, même un non-spécialiste peut déterminer le sexe d'un scripteur. Les hommes et les femmes sont différents, même du point de vue de l'écriture. Alors, si on part du principe que la personne qui a écrit ce message est aussi l'auteur des coups de feu, votre assassin…

— … est une femme ! conclut D.D.

— Oui, et pour couronner le tout, sans doute sacrément maniaque. »

7

« On a le droit de venir avec un chien au standard ? »

J'ai levé les yeux du plan de travail taché de café du petit coin cuisine et j'ai trouvé l'agent Mackereth appuyé dans l'embrasure de la porte, qui nous observait, moi et Tulip, patiemment assise à mes pieds.

Sept heures quarante-deux. Celle qui devait prendre ma relève, Sarah Duffy, avait eu l'obligeance de se présenter à l'heure pour la permanence du matin. Elle s'était connectée, avait fait l'appel, puis nous avions consacré trente minutes à débriefer les événements de la nuit pour que sa connaissance des épisodes précédents la guide dans sa journée. C'était particulièrement utile en cas de plainte pour violence conjugale, quand, mettons, on avait déjà reçu deux appels en provenance d'un même domicile pendant une permanence et qu'un troisième arrivait pendant la suivante. À ce stade, le second opérateur savait que le conflit durait, qu'il y avait peut-être escalade et qu'il était sans doute temps d'intervenir de manière plus musclée, que le requérant soit d'accord ou non.

Je venais de quitter mon poste, avec la sensation d'avoir mérité chaque penny de mes quatorze dollars cinquante de l'heure. J'étais à la fois épuisée et dopée à l'adrénaline – cocktail dangereux chez n'importe qui, mais particulièrement chez moi.

Encore une journée de passée, plus que trois avant le 21. Randi et Jackie avaient toutes les deux été assassinées dans la soirée. Histoire de dire, j'avais fixé la fin du compte à rebours au 21 janvier, vingt heures. Ce qui me laissait quatre-vingt-quatre heures et des poussières. Ou bien, en imaginant que je dorme six heures chaque matin, seulement soixante heures d'éveil.

L'agent Mackereth s'est écarté du montant de la porte pour entrer dans le petit local. Il s'est approché de Tulip, lui a présenté sa main.

« Il a un nom ?

— Elle s'appelle Tulip.

— Tu l'amènes souvent ?

— Il fait trop froid pour la laisser dehors », ai-je répondu, comme si c'était une explication suffisante.

Il a hoché la tête, donc c'était peut-être le cas.

J'ai fini de nettoyer le plan de travail avec une lingette de détergent et, armée d'un tampon à récurer, je me suis attaquée au vieil évier en inox. Neuf mois plus tôt, j'avais entrepris de renouveler le matériel de ménage de la salle de pause. Croyez-moi, ce n'était pas du luxe.

L'agent Mackereth grattait les oreilles de Tulip, mais c'était moi qu'il observait. Je ne lui ai pas rendu son regard. Je récurais l'évier. Partout, des traces de café et de calcaire. Ça me rendait dingue.

« Tu parles d'une intervention, cette nuit », a dit l'agent Mackereth.

Je me suis figée, j'ai remarqué une trace de rouille qui ne partirait jamais, frotté de plus belle.

« Désolée d'avoir été lente à la comprenette, ai-je brusquement répondu. La requérante se cachait de son mari et ne pouvait pas franchement parler.

— Alors comment tu as obtenu les renseignements ?

— Avec des bips.

— Pardon ? »

J'ai fini l'évier, jeté un coup d'œil à l'agent et ouvert le robinet pour rincer l'éponge. Les yeux bleus, les cheveux bruns coupés court, l'agent Mackereth devait avoir dans les trente-cinq ans. Plutôt massif, mais il le portait bien. Ça lui donnait une présence devant laquelle les contrevenants abandonnaient l'idée de fuir et préféraient se rendre.

Je n'aimais pas qu'il se tienne si près de moi. Je n'aimais pas qu'il m'examine avec ses yeux de flic exercés à déceler les secrets et à lire au-delà des apparences.

Il n'était jamais venu me voir après le service. Comme la plupart de ses collègues. Certes, comme l'avait dit D.D. Warren, je couvrais leurs arrières et ils pensaient couvrir les miens. Mais d'un autre côté, il est connu que les opérateurs sont souvent victimes d'épuisement au travail, alors la plupart de mes agents attendaient de voir si je passais le cap de la première année avant de s'investir dans une relation personnelle.

J'étais comme ce petit rôle dans tous les vieux films de guerre : le nouveau venu dont personne ne s'est donné le mal d'apprendre le nom.

Sauf que l'agent Mackereth était en train de discuter avec moi, de m'accorder de l'attention. Selon la logique des films de guerre, il venait de me condamner à sauter sur une mine dans la scène suivante.

Cette idée m'a fait sourire, puis donné envie de rire, puis de pleurer.

Épuisement et adrénaline. Un cocktail dangereux chez n'importe qui, mais surtout chez une femme à qui il ne restait plus que quatre-vingt-quatre heures à vivre.

« Comment ça, des bips ? » a insisté l'agent Mackereth.

J'ai rangé les lingettes. Pris ma sacoche.

« Je posais des questions. La requérante répondait : un bip pour oui, deux bips pour non. Ça a marché. »

J'ai passé la large bandoulière en travers de ma poitrine, installé mon sac de cuir noir sur ma hanche, avec mon Taurus chargé à l'intérieur. J'ai pris la laisse de Tulip.

Et l'agent Mackereth a posé une main sur mon bras.

Je me suis figée. Le souffle comme coupé. Sans savoir quoi ressentir, comment réagir. Un an que je m'entraînais à attaquer, riposter, me défendre. J'aurais dû me mettre en position de boxeur, les mains à hauteur du visage. *Comme si tu prenais une photo*, me criait toujours mon entraîneur. J'aurais dû me préparer à lâcher un premier direct pour enchaîner rapidement, deuxième coup de poing, crochet du gauche, uppercut.

Un an que personne ne m'avait touchée. Normalement, poliment, gentiment.

Et ce vide absolu provoqué par mon isolement menaçait soudain de m'engloutir. Isolement, épuisement, adrénaline.

J'avais envie de rire. Envie de pleurer.

Envie de me jeter dans les bras de Mackereth pour me rappeler ce que ça faisait d'être enlacée.

« Tu as appris ça en formation ? m'a-t-il demandé d'une voix calme.

— Non.

— Et le pistolet ? Comment tu as su pour le pistolet ? »

Sa main était toujours posée sur mon bras, ses yeux bleus fixaient mon visage avec intensité. La tête droite, je conservais une expression neutre.

« Une intuition. »

Son bras est finalement retombé. À côté de moi, Tulip a émis une petite plainte, comme si elle devinait mon malaise.

« Beau boulot, a brusquement dit l'agent. Je pense… Merci, Charlie. Sincèrement, merci.

— Contente que tu ailles bien, ai-je simplement répondu. Et désolée d'avoir mis aussi longtemps à cerner la situation. Je ferai mieux la prochaine fois. »

Deux services. Et ce serait fini. Deux services.

L'agent Mackereth a reporté son attention sur Tulip, maintenant collée à ma jambe. J'ai remarqué ses mains le long de son corps. Pas d'alliance, mais ça ne voulait rien dire. Peu d'agents en portaient, ils préféraient ne pas donner d'informations personnelles sur leur lieu de travail.

« Je te ramène chez toi, a-t-il dit d'un seul coup.

— Ça va… »

Il m'a interrompue : « Tu ne peux pas la prendre avec toi dans le métro, m'a-t-il dit en désignant Tulip. Nous sommes peut-être tolérants, a-t-il fait remarquer d'une voix ironique pour me montrer qu'il n'était pas dupe, mais pas les transports en commun de Boston. »

Là, il me tenait. Le taxi m'avait coûté trente dollars, presque le tiers de mon salaire de la nuit. Encore une course pour rentrer et, une fois les impôts payés, j'aurais travaillé pour rien.

J'hésitais encore, les vieux instincts ont la vie dure. D.D. Warren m'avait conseillé de me confier à mes collègues. Ils n'avaient aucun lien avec Randi ou Jackie. Ils ne pouvaient pas être mes ennemis, alors j'aurais dû m'en faire des alliés.

Sauf que… À en croire la logique des films de guerre, le fait que l'agent Mackereth vienne de m'appeler par mon prénom signifiait que je serais la prochaine à mourir. Mais à en croire l'histoire de ma vie, si j'appelais l'agent Mackereth par son prénom, alors ce serait lui la prochaine victime. Ce n'était pas pour rien que je n'étais pas très sociable ; non seulement je voulais limiter le nombre de gens susceptibles de me nuire, mais aussi le nombre de gens à qui je risquais de nuire.

« Allez, Charlie, m'a dit l'agent Mackereth, bourru. Donne-moi une chance. Tu m'as probablement sauvé la vie cette nuit. Le moins que je puisse faire, c'est t'épargner un trajet en taxi. »

Il s'est tourné vers la porte. Et Tulip et moi l'avons suivi, Tulip caracolant fièrement devant cette marque d'attention inattendue.

Je me suis demandé ce que Jackie faisait à cette même époque un an plus tôt. Je me suis demandé à quoi elle pensait, qui elle venait peut-être de rencontrer. Et puis encore : si elle avait su, si celle qui était jadis l'organisatrice en chef de notre trio avait vu venir sa propre mort, aurait-elle agi différemment ?

Aurait-elle accepté ou refusé ?

C'est une des grandes questions de l'existence, vous ne croyez pas ? Est-ce qu'on regrette les choses qu'on a faites ou celles qu'on n'a pas faites ?

Quatre-vingt-quatre heures et des poussières, je suivais l'agent Mackereth vers sa voiture.

Je lui ai dit que je vivais à Cambridge, du côté de Harvard Square. Ce n'était pas trop loin, me disais-je. Tulip et moi pourrions finir à pied.

L'agent Mackereth, appris-je, habitait Grovesnor. Ce qui signifiait, vu les encombrements de l'heure de pointe sur la I-93 en direction du nord, qu'il allait faire un détour d'une bonne heure. J'ai encore protesté. Il m'a emmenée jusqu'à sa voiture de patrouille, avec laquelle tous les agents rentraient chez eux.

Je suis montée à l'avant, sur un siège en cuir noir véritable, bien confortable. Tulip a hérité de la banquette arrière toute dure et recouverte de vinyle. Idéale pour les nettoyages au jet. Moins pour les chiens à poil doux. Tulip a glissé deux fois avant de renoncer et de se coucher par terre.

« Tu viens de quelle région ? m'a demandé l'agent Mackereth alors que nous empruntions la bretelle d'accès vers la 93.

— Du New Hampshire.

— Concord ?

— Plus au nord, dans les montagnes.

— Tu fais du ski ?

— Un peu. Du ski de fond.

— Je faisais du ski alpin quand j'étais étudiant. Rupture du ligament croisé antérieur. Le ski de fond serait peut-être plus indiqué pour moi. De la famille ? »

Je me suis tortillée sur mon siège, j'ai regardé par la vitre. « Pas mariée. Et toi ?

— Jamais essayé. Quelqu'un dans ta vie ?

— Tulip et moi, c'est une grande histoire. »

Il a ri : « Ça fait longtemps que vous êtes ensemble, toutes les deux ?

— On va bientôt fêter nos six mois. J'espère qu'elle m'offrira des fleurs. Tu as des animaux ?

— Ni petite amie, ni enfant, ni animal. Deux parents, une grande sœur du genre emmerdeuse et trois adorables neveux et nièces. Ça suffit à mon bonheur. » À son tour : « Des passions dans la vie ?

— J'aime faire le ménage. »

Il n'a rien dit, m'a regardée, la main gauche sur le volant : « Sérieusement ? »

J'ai haussé les épaules : « Je travaille toute la nuit et après je dors toute la journée. Ça ne favorise pas la vie sociale.

— Objection retenue. » Il a regardé mes poings serrés sur mes genoux et a judicieusement remarqué : « Mais ce n'est pas en faisant le ménage que tu as attrapé des doigts pareils. »

J'ai baissé les yeux avec gêne, regrettant de ne pas avoir enfilé mes moufles ou au moins caché mes mains sous mes cuisses. Mes doigts étaient dans un sale état :

des deux côtés, les creux entre mes auriculaires et mes annulaires étaient tuméfiés et violets. Les autres articulations étaient écorchées à plusieurs endroits et présentaient tout un assortiment de blessures anciennes ou récentes. Des mains de championne. Ni jolies ni féminines, et pourtant j'étais très fière de leur nouvelle apparence.

« Boxe », ai-je fini par avouer.

L'agent Mackereth a paru étonné : « Donc tu as bien une passion. Ça doit être sérieux pour que tu t'amoches comme ça avec des gants. »

Je ne l'ai pas détrompé. Naturellement, je me battais à mains nues. À quoi m'auraient servi des gants, le 21 ?

« Tu travailles essentiellement en roulement de nuit, j'ai l'impression, ai-je fait remarquer pour reporter la conversation sur lui.

— Essentiellement, oui.

— Pourquoi ? Maintenant tu dois avoir assez d'ancienneté pour demander un planning plus sympa. »

Ça lui était égal : « J'ai commencé la nuit parce que c'est ce qu'on refile aux nouveaux. Et puis, je ne sais pas. Je crois que j'ai toujours été un oiseau de nuit. Ces horaires ne me dérangent pas, alors qu'il y a plein de collègues qui ont une famille, des enfants, des chiens ou je ne sais quoi et pour qui ce serait la galère. Ça m'a paru plus logique de garder cette tranche horaire.

— Esprit d'équipe.

— C'est le cas de la plupart des policiers, a-t-il fait observer. Pas des opérateurs ?

— Plutôt des solitaires », ai-je affirmé. Ce n'était pas tout à fait exact, mais je me sentais d'humeur à répondre ce qui me venait. « On n'est jamais mieux qu'enfermé dans une pièce sombre devant une batterie d'écrans et une dizaine de tasses de café. Tu sais ce qu'on obtient en croisant un aiguilleur du ciel et un funambule ? Un opérateur du 911. »

Il a ri, d'un rire chaud et décontracté qui m'a davantage fait vibrer qu'il n'aurait dû.

« Comment tu es arrivée dans le métier, d'ailleurs ? m'a-t-il demandé.

— J'avais vu ce que ça donnait dans le Colorado. J'avais besoin d'un boulot, je n'avais pas de diplôme universitaire. Les centres de gestion des appels prennent à peu près n'importe qui, ça correspondait à mes qualifications. »

Pendant mes études, j'avais souffert de troubles de la mémoire, mais aussi d'une faible capacité de concentration. Ça m'avait valu de sales quarts d'heure sur les bancs de l'école. Combien de fois Jackie m'avait-elle regardée en secouant la tête parce que j'avais raté un énième contrôle. En revanche, il s'est avéré que les situations de crise faisaient ressortir le meilleur de moi-même. Je ne suis pas la coéquipière rêvée pour un quizz de culture générale, mais en cas de tentative d'intrusion dans votre domicile, je suis la femme de la situation. Je comptais sur le fait que la poussée d'adrénaline serait mon alliée le 21.

« Il n'y a pas beaucoup d'opérateurs qui résistent à la période de formation, a fait observer l'agent Mackereth.

— Eh bien moi, ça m'a plu. Chaque service est différent, il faut réagir dans l'urgence. J'ai sans doute un méchant déficit de l'attention, alors c'est parfait. Et toi ?

— Un père flic. C'est cliché, mais qu'est-ce que tu veux. Et ça me plaît. Chaque service est différent. Il faut réagir dans l'urgence. »

Il a quitté la 93 vers Storrow Drive. On y était presque. À travers la cloison de sécurité, j'apercevais tout juste la tête de Tulip, qui s'était assise.

« Tu peux nous déposer à Harvard Square.

— Tu n'habites pas à Harvard Square. »

Je l'ai regardé : « Comment tu sais où j'habite ?

— Je suis policier, a-t-il répondu sans s'émouvoir. Je me suis renseigné. »

Les mains figées sur les genoux, j'ai pensé à mon Taurus chargé, rangé bien au chaud dans mon sac parce qu'on ne m'aurait jamais laissée le porter à la ceinture sur mon lieu de travail.

« Agent Mackereth...

— Tom.

— Agent Mackereth.

— Tom, s'est-il obstiné.

— Tu peux nous déposer à Harvard Square. Ça fera du bien à Tulip de marcher.

— Seulement si tu réponds à une question. »

Je l'ai observé sans mot dire.

« Est-ce que c'est seulement de moi que tu te méfies ou de tous les hommes ? Parce que, autant que je sache, je ne t'ai jamais manqué de respect ; mais si c'est le cas, je préférerais le savoir pour faire mieux la prochaine fois. »

Il était presque à Harvard Square. Et il n'allait pas ralentir. Je le sentais. Il connaissait mon adresse et il s'était mis en tête qu'il se devait de nous raccompagner, Tulip et moi. Peut-être que c'était pervers, peut-être qu'il voulait nous montrer combien il en savait, à quel point il pouvait entrer dans mon intimité.

Ou bien peut-être que nous étions un homme et une femme qui avions partagé des moments plutôt intenses, cette nuit-là. Et que j'étais épuisée et surexcitée, que lui était épuisé et surexcité, qu'il avait ce rire grave, cette large poitrine, et qu'il aurait été facile de le toucher.

Je me suis souvenue de ça. La sensation chaude et ferme d'une peau d'homme sous ma main. La barbe râpeuse, le goût avide d'un homme qui me désirait autant que je le désirais. Des idées un peu imprudentes, un peu folles, me sont passées par la tête.

Peut-être que ce que craignent la plupart d'entre nous, ce n'est pas de mourir, mais de mourir seul. Sans jamais avoir vraiment noué de lien. De relation. Après avoir vécu sur cette terre, mais sans y laisser la moindre trace.

Cette idée m'a anéantie. Elle a emporté toute ma lassitude et ma nervosité dans un petit tourbillon obscur, jusqu'au moment où j'ai eu envie de coucher avec ce quasi-inconnu. J'avais juste envie, l'espace d'un bref instant, de me sentir importante pour quelqu'un.

L'agent Mackereth arrivait à Harvard Square. Il a ralenti pour tenir compte des encombrements du matin, entre les feux de circulation, les voitures et les étudiants. Puis il a suivi la route qui contournait des bâtiments en brique et passait sous l'autopont, tourné à gauche à la hauteur d'un des nombreux espaces verts et filé droit vers chez moi.

À l'arrière, sentant l'écurie, Tulip a gémi. Quatre rues. Trois, deux, une. L'agent Mackereth a freiné, pris à droite et parcouru une partie de la rue avant de s'arrêter pile devant la maison grise de ma logeuse.

J'avais déjà la main sur la poignée de la portière – coup de chance, les passagers qui voyagent à l'avant d'une voiture de patrouille peuvent monter et descendre à leur guise.

« Merci de m'avoir raccompagnée.

— On dîne ensemble ? Ce soir. Avant le service. Je pourrais passer te prendre. Te préparer à dîner chez moi si tu as envie de venir avec Tulip. Ou t'emmener dîner dehors, si tu préfères.

— Merci de m'avoir raccompagnée. »

Soupir.

« Tu ne me rends pas la partie facile, Charlie. »

Je ne l'ai pas contredit, je suis simplement descendue de voiture et j'ai libéré Tulip. Elle est sortie d'un bond avec gratitude et s'est mise à galoper en petits cercles sur le trottoir enneigé.

L'agent Mackereth n'a rien ajouté. Il m'a juste observée par la vitre pendant que je lui claquais la portière au nez. Une fraction de seconde plus tard, il embrayait et s'éloignait.

Tulip et moi, côte à côte, l'avons regardé s'en aller.

J'ai attendu que la voiture de patrouille disparaisse. Alors enfin j'ai relâché le souffle que je retenais sans m'en rendre compte et je me suis retournée vers la maison où je louais une chambre. À cet instant, j'ai surpris un mouvement du coin de l'œil. Levant vivement les yeux, j'ai juste eu le temps d'apercevoir une silhouette à la fenêtre du premier étage de la maison voisine.

À peine l'avais-je remarqué qu'il ou elle reculait. Les stores retombaient. La fenêtre redevenue muette, Tulip et moi nous sommes retrouvées seules dans la rue, et moi j'avais la chair de poule.

8

« Je veux en être.

— Pardon ? »

D.D. leva un regard perdu de la pile de comptes rendus d'interrogatoires qu'elle était en train de parcourir. Elle ne savait déjà plus vraiment où elle en était, mais cela ne l'étonnait pas. Jack, si mignon et paisible pendant le dîner, avait encore pleuré toute la nuit. Elle avait assuré le premier quart, pour le bercer. Alex avait pris le deuxième. Au matin, ils étaient tous les deux des épaves.

Une collègue était penchée sur son bureau. Ellen O. Elle possédait un vrai nom de famille, mais il était trop long et contenait trop de consonnes. Quand cette enquêtrice fraîche émoulue de l'école avait rejoint leurs rangs deux ans plus tôt, quelqu'un avait abrégé son nom et, les trois quarts du temps, on laissait même tomber le prénom pour l'appeler capitaine O.

O. avait quinze ans de moins que D.D. et quelques kilos de plus, mais tous bien placés. Elle avait des yeux noirs exotiques et des cheveux bruns brillants, presque couleur cannelle. Au début, ses collègues masculins s'étaient empressés d'aider la jeune enquêtrice à faire ses premiers pas. Mais quand elle s'était montrée peu réceptive à leurs attentions, la rumeur s'était mise à courir qu'elle était lesbienne.

D.D. en doutait. À ce qu'elle voyait, le capitaine O. ne vivait que pour son travail. En fait, elle s'y jetait encore plus à corps perdu que D.D. elle-même, ce que personne ne jugeait sain. D.D. ne l'aurait jamais avoué (jamais !), mais sa jeune collègue lui faisait un peu peur.

« Ton pervers assassiné, précisa O. Peut-être le deuxième d'une série. Je veux en être. »

D.D. commença par le plus évident : « Tu travailles à la brigade des mœurs. Il s'agit d'une enquête pour homicide.

— Dont les victimes sont soupçonnées de pédophilie, ce qui est précisément mon domaine d'expertise. Fais-moi confiance : tu as besoin de moi. »

D.D. lui décocha un regard. Elles se connaissaient depuis assez longtemps pour savoir qu'entre elles la confiance ne serait jamais un argument de poids.

O. posa brutalement une liasse de papiers sur le bureau de D.D. « Le rapport d'analyse sur l'ordinateur du premier pervers. Je te donne trois minutes pour y jeter un œil et me dire ce qu'il contient d'utile, parce que moi je sais déjà.

— Trois minutes ? » ronchonna D.D.

Elle n'en était pas encore à se pencher sur les détails du « premier » meurtre. Elle travaillait toujours sur celui qu'on lui avait confié, pas l'autre.

« Trois minutes, c'est tout qu'il m'a fallu », affirma O., effrontée.

Elle croisa les bras sur sa poitrine. Elle portait un chemisier blanc sur un débardeur bleu. Rien à redire à cette tenue, parfaitement professionnelle. Mais D.D. avait beaucoup de mal à se retenir de fermer elle-même le bouton du haut.

Manifestement, le manque de sommeil la rendait mesquine. Et peau de vache. Et beaucoup trop exténuée pour ce genre d'affrontement.

Elle soupira et renonça. Repoussa le rapport vers O. « D'accord, c'est toi l'experte et, oui, surtout s'il y a un lien entre ces deux meurtres, un coup de main ne serait pas de refus. Qu'est-ce que tu m'as trouvé ? »

O. semblait littéralement médusée. Peut-être que D.D. l'était aussi. Jamais elle n'avait cédé aussi facilement, ni d'aussi bonne grâce. *Na !* eut-elle envie de dire. *Tu es plus jeune et plus jolie, mais j'ai plus d'expérience et de jugeote*. Mais ça aurait sans doute tout gâché, alors elle tint sa langue.

« D'accord », dit O. Décroisant les bras, elle s'assit d'une fesse sur le bureau de D.D. et attaqua : « Douglas Antiholde, délinquant sexuel de niveau 3, tué il y a quatre semaines sur le pas de sa porte. Deux balles dans la tempe gauche.

— Oui, je sais, dit D.D. avec un geste qui demandait à sa collègue d'embrayer.

— Bon. Le truc, c'est que la plupart des pédophiles se spécialisent, en particulier quant au mode opératoire. Certains utilisent la contrainte, d'autres la force physique, d'autres les occasions qui se présentent. Mais tous commencent par "apprivoiser" leurs victimes. Et pour ça aussi ils ont un terrain de prédilection, le dernier en date et le meilleur étant Internet.

— Douglas Antiholde recrutait ses proies sur Internet », conclut sèchement D.D.

Nouveau geste de la main pour que l'autre accélère. Elle n'était pas tombée de la dernière pluie.

« Tu sais quelle tranche d'âge ciblent les cyberprédateurs ? demanda O.

— Les filles de quatorze ans, hasarda D.D.

— Raté. Les garçons de cinq à neuf ans.

— Ah bon ? »

D.D. se redressa un peu dans son fauteuil. D'accord, ça, elle l'ignorait.

« L'historique d'Antiholde sur Internet est un modèle du genre, expliqua O. Il était inscrit comme utilisateur sur tous les grands sites pour enfants, plus Facebook, Spokeo, Chatroulette. Il faut comprendre que ces types sont comme des courtiers en ligne : ils ne font que ça, toute la journée. Ils surfent sur Internet pour repérer leurs cibles, nouer des relations et surtout apprivoiser et encore apprivoiser. Exactement comme des agents de change, ils savent que tous les investissements ne rapporteront pas, alors ils se constituent un "portefeuille" de dix, quinze, vingt victimes qu'ils suivent et sur lesquelles ils se renseignent activement. Ils ne s'attendent pas à ce que toutes ces pistes portent leurs fruits. Mais il suffit qu'une seule aboutisse pour que tout ça vaille la peine à leurs yeux. »

D.D. en resta bouche bée. Jamais elle ne s'était représenté les délinquants sexuels comme des professionnels. Hyperdisciplinés. Hyperdéterminés. « Heu, mais il n'existe pas des protocoles de sécurité ou des logiciels qui les empêchent d'entrer en contact avec les enfants ?

— Oui et non. Tu vois, la plupart des enfants de cinq ans s'inscrivent sur des sites dédiés à leurs jouets préférés et dont ils peuvent devenir membres. Bon, ces sites ne se privent pas de vanter leurs protocoles de sécurité auprès des parents. Ils ont des spécialistes qui patrouillent sur le site pour vérifier qu'on n'y pratique pas le harcèlement, ce genre de choses. Et ils imposent des limites aux échanges, surtout sur les messageries instantanées où c'est comme si tel animal virtuel parlait à tel autre avec des bulles de dialogue. Le premier animal peut "discuter" avec l'autre, mais seulement en piochant dans un stock de phrases toutes faites. Ça rassure les parents. Ce joli petit animal duveteux ne peut pas taper dans sa boîte de dialogue : *Hé, on se voit après l'école ?* parce que ça ne fait pas partie du stock de phrases.

» Malheureusement, les parents passent à côté de l'évidence. Le simple fait de s'inscrire sur ces sites, de rejoindre une communauté virtuelle où on t'encourage à te faire des amis virtuels et où on récompense le temps passé en ligne est déjà un début d'apprivoisement. Ensuite l'enfant de cinq ans pensera que c'est *bien* d'être connecté. Que c'est *gratifiant* de faire partie d'une communauté sur Internet. Que c'est *amusant et souhaitable* d'inviter de parfaits inconnus à devenir ses amis. Si on se place du point de vue du prédateur en ligne, les sites pour enfants lui mâchent le travail. Il n'a plus qu'à se pointer et à emballer l'affaire.

— Mais comment ? D'après toi, ils ne peuvent se servir que de phrases programmées d'avance.

— Oui, sur ces sites. C'est pour ça qu'ils ne sont qu'une première étape dans le processus d'apprivoisement. Écoute, un type comme Antiholde, il choisit un site pour enfants qui marche bien, disons

AthleteAnimalz.com. Il se connecte, entre le pseudo de son animal, devient membre. Ensuite, pendant les premières semaines, il se comporte comme n'importe quel utilisateur : il joue comme un malade. Il acquiert une maîtrise du jeu, augmente son capital de points, gagne ce qu'il y a à gagner. Les garçons, en particulier, sont très sensibles au prestige. Dès leur plus jeune âge, ils veulent gagner et être amis avec les champions. Alors Antiholde devient ce champion. Il se construit virtuellement l'image du joueur le plus populaire et le plus doué du site. Le quarterback dont tout le monde a envie de taper la main dans le hall du lycée. Ensuite, il se met au travail.

» Il commence par surveiller les autres utilisateurs. Pour repérer les membres qui jouent régulièrement. Souviens-toi, il est courtier. Il a beaucoup d'actions à surveiller, donc il ne veut pas d'un visiteur qui passerait là par hasard. Il cherche quelqu'un qui ait des horaires relativement prévisibles, l'enfant qui se connecte pratiquement tous les jours après l'école ou le dîner. Un gamin que, jour après jour, il retrouvera.

» Ensuite il commence à se faire des amis. Il invite d'autres membres à être ses copains. Il leur propose de jouer avec lui. Et, là encore, le site va lui faciliter le boulot en fournissant les situations idéales pour renforcer l'esprit d'équipe. Pense à tous ces jeux de combat virtuels : le personnage joué par Antiholde sera celui qui te couvrira comme par magie. Il sauvera encore et toujours ton personnage. Et ça renforcera encore et toujours ta sympathie pour lui. Au bout de quelques semaines, tu seras heureux de voir qu'il est connecté, ravi de faire partie de son équipe et encore plus emballé quand il t'invitera à te connecter pour jouer avec lui à certaines heures de la journée. Vous n'êtes plus de simples amis, vous êtes de vrais *potes*.

— D'accord, objecta D.D., mais tout ça reste en ligne. Une relation virtuelle. Glauque, mais factice. Et puis quelle probabilité y a-t-il que le gamin habite justement la même ville que le prédateur ? Bon, j'ai entendu des histoires comme quoi des gamines de seize ans avaient pu être persuadées de prendre l'avion pour rencontrer leur nouvelle âme sœur, mais un enfant de cinq ans ?

— Les sports d'équipe.

— Les sports d'équipe ?

— C'est le principal indice géographique dont ces prédateurs se servent pour cibler les petits garçons. En tant que pédophile à Boston, ton premier réflexe sera de chercher des enfants qui se présentent comme des fans des Red Sox, des Celtics, des Bruins ou des Patriots. Neuf fois sur dix, tu auras mis le doigt sur une victime qui se trouve à portée de voiture. Et puis les garçons adorent parler sport. Encore une façon inoffensive de créer un lien, qui amènera l'enfant à livrer une information personnelle essentielle sans même s'en rendre compte. »

D.D. s'agita dans son fauteuil.

« C'est tordu. »

Le capitaine O. était philosophe : « Le fait qu'ils soient des prédateurs n'en fait pas pour autant des imbéciles. Les ordinateurs sont des outils. Nous nous en servons pour analyser les indices et rédiger des rapports. Ils s'en servent pour quitter les quatre murs de leur appartement sordide et pénétrer dans ton joli salon douillet afin d'entrer en contact avec ton enfant sans même que tu t'en aperçoives. Certains vont jusqu'à créer leur propre site. HamstersHockeyeurs.com, tout ce que tu veux. Sur un premier site où ils ont initié la relation, ils remontent du nom d'utilisateur de l'enfant jusqu'à son adresse mail – par une manipulation technique assez simple. Ensuite ils envoient à l'enfant un message qui l'invite à se rendre sur le site des hamsters hockeyeurs. Rien d'effrayant ni d'inquiétant là-dedans, surtout que le message vient de cet animal trop mignon avec lequel l'enfant "joue" depuis des semaines. L'enfant clique sur le lien et abracadabra, il se retrouve sur un site géré par un prédateur et dont le contenu va rapidement devenir de plus en plus douteux à mesure que celui-ci passera à la phase suivante de l'apprivoisement. À moins qu'il ne décide d'y aller franco. Sans transition, des jeux virtuels en ligne à un message qui dit : *Hé, mon pote, on se retrouve dans le parc après l'école pour jouer à chat ?*

— Ou bien : *Tu veux voir mon nouveau petit chien* ? murmura D.D.

— La deuxième victime, rebondit O. Stephen Laurent. Ouais, viens voir mon petit chien, ça marcherait. Et la plupart des enfants sont facilement manipulables. Recevant un message de quelqu'un qu'ils considèrent comme un ami, ils acceptent. Ils se présentent devant ce qu'ils pensent être la maison d'un autre enfant pour voir un petit chien, sauf que c'est un adulte qui les accueille. Mais il y a aussi le petit chien et on leur a appris à être polis avec les adultes, alors même s'ils sont mal à l'aise, même si dans un coin de leur tête ils se disent qu'ils ne devraient peut-être pas… ils acceptent. Et ce ne sont pas les ordinateurs qui ont appris à nos enfants à réagir comme ça. »

D.D. se sentait mal. Elle avait l'habitude de discuter froidement des pratiques criminelles. Mais, là, elle avait en permanence Jack devant les yeux, mais le Jack de dans cinq ans, quand Alex et elle s'attacheraient à l'élever dans un bon quartier, avec de bonnes serrures aux portes, à l'inscrire dans une bonne école, sauf qu'à la minute où il irait sur Internet… son fils tomberait dans un terrier de lapin virtuel, peuplé de galeries sombres et d'inconnus louches, mais où les galeries sombres seraient déguisées en écrans d'ordinateurs multicolores et les inconnus louches seraient d'adorables lapinous qui porteraient des noms comme JMfRduskatesurHarvardSquare. Quelle horreur !

« Tu as des enfants ? » demanda D.D. à Ellen O.

L'enquêtrice ne se dérida pas. « Tu plaisantes ? Je passe mon temps à débiter des histoires comme quoi quarante pour cent des filles âgées de douze à dix-sept ans ont reçu les sollicitations d'un inconnu en ligne. L'effet est pas terrible dans un rendez-vous en tête à tête. Ou dans un cocktail, d'ailleurs. Et puis si quelqu'un sort son smartphone alors que je suis dans la pièce… Bref, au moins mes chats ne m'ont pas encore plaquée. »

D.D. n'y avait jamais songé, mais cette réponse avait des accents de vérité. O. avait le crâne farci d'histoires de croque-mitaine que personne n'avait envie d'entendre. D.D. avait beau être enquêtrice à la criminelle, elle-même ne savait pas jusqu'à quel point elle aurait pu encaisser. Ces situations lui donnaient un sentiment d'impuissance trop fort, en tant que mère et en tant que policière.

« Donc, reprit-elle, tu veux dire que l'historique informatique d'Antiholde prouve que c'était un prédateur en ligne ?

— Le profil correspond.

— Et Stephen Laurent ?

— J'aimerais jeter un œil à son historique de navigation, mais j'ai pensé qu'il me fallait d'abord ta permission.

— Moi aussi, j'aimerais bien consulter son historique de navigation, reconnut D.D. Pour l'instant, nous cherchons à établir un quelconque lien entre les deux victimes…

— Les deux pédophiles.

— Les deux victimes de meurtre. S'ils fréquentaient tous les deux ces sites dont tu parlais…

— La question deviendra : comment leur couverture a-t-elle été éventée ? Je veux dire, en ligne, ils avaient l'air d'un utilisateur comme un autre, d'un gamin enthousiaste. Mais quelqu'un a compris qui ils étaient et ce qu'ils faisaient.

— Une victime commune ? suggéra D.D. Un proche de la victime ? »

Elle pensait à sa conversation de la veille avec l'expert en écriture, à la théorie de Dembowski selon laquelle leur assassin était une femme psychorigide. Mais elle n'en pipa mot. Elle ne voulait pas contaminer l'enquête avec des suppositions, or, la graphologie était un champ miné de suppositions, qui viendraient s'ajouter à celle selon laquelle la personne qui avait laissé le message était la même que celle qui avait tué Stephen Laurent. Ce qui amena D.D. à une autre question. Elle regarda le capitaine O.

« Tu as lu le rapport de scène de crime pour le premier meurtre, celui d'Antiholde ?

— Ouais, tard hier soir. »

Ah, le bon vieux temps où la journée de travail ne s'arrêtait pas à dix-sept heures.

« Est-ce qu'il y serait question d'un message laissé par le meurtrier ? demanda D.D.

— Comment ça ?

— En quittant la scène du meurtre de Stephen Laurent, j'ai trouvé un message sur mon pare-brise. Je me demandais s'il venait du meurtrier. »

Ellen O. tiqua : « Que disait le message ?

— "Tout le monde doit mourir un jour. Courage."

— Oh. Oh, oh, *oh*. Un instant. Bouge pas. »

O. partit comme une flèche. D.D. restait assise là en se demandant de quoi il retournait. Soixante secondes plus tard, O. revenait avec des photos de scène de crime. Sur l'un d'elles figurait la victime, Douglas Antiholde. Sur une autre, en gros plan, le contenu de la poche de son pantalon, c'est-à-dire de la petite monnaie, un trombone et un morceau de papier jaune froissé arraché à un carnet de notes et lissé de manière à ce qu'on puisse y lire : *Tout le monde doit mourir un jour. Courage.*

Le texte était écrit en lettres cursives, aplaties à la base, chacune tracée avec précision.

« Ben, ça alors, murmura D.D.

— Un tueur en série, qui cible les pédophiles, déclara triomphalement le capitaine O. J'en suis !

— Je te crois… Et je te souhaite bien du plaisir. Je nous souhaite à tous bien du plaisir. »

9

J'ai rêvé de ma mère.

Debout devant le plan de travail d'une petite cuisine dans les tons marron et or, son visage aux traits tirés dissimulé derrière un rideau de cheveux bruns, elle fredonnait tout bas la comptine : « Sucre, épices et autres douceurs, voilà ce qu'il faut aux petites filles. »

Dans mon rêve, j'étais une enfant de trois ans coincée dans une chaise haute de bébé ; j'avais le dos plaqué contre le dossier en vinyle poisseux, et une sangle en plastique blanc, éclaboussée d'œuf séché et de bouillie d'avoine floconneuse, me rentrait dans le ventre à m'en faire mal.

Je voulais descendre. Je geignais, je pleurnichais, je m'agitais, je me tortillais. Si seulement j'arrivais à mettre mes petites mains agiles sur les attaches, je pourrais m'enfuir. Mais j'avais déjà fait ça, une fois. Alors elle avait changé les sangles et maintenant les attaches se trouvaient dans le dos du siège poisseux, j'étais piégée, mal à l'aise, et même si j'avais faim, je voulais m'en aller.

Ma mère avait une ampoule électrique à la main. Elle l'avait prise sur la lampe blanche ébréchée, dans le salon. Elle l'avait dévissée, en chantonnant à voix basse : « Sucre, épices et autres douceurs, voilà ce qu'il faut aux petites filles. »

Ma mère posait l'ampoule dans un bol en plastique bleu, elle prenait une grande cuillère métallique et frappait un grand coup. Tintement léger. Mon moi adulte, mon vrai moi, et non l'enfant de trois ans prise au piège, comprenait que c'était le bruit de l'ampoule qui se brisait.

L'enfant de trois ans prise au piège regardait juste avec de grands yeux bleus sa mère qui broyait l'ampoule, sans cesser de fredonner, fredonner.

Ensuite elle levait les yeux vers moi en souriant.

À côté du bol se trouvait un pot de beurre de cacahuètes. Ma mère en dévissait le couvercle. Elle en prenait une grosse cuillerée. Elle mettait le beurre de cacahuètes dans le bol en plastique bleu avec l'ampoule brisée. Et elle mélangeait.

« Sucre, épices et autres douceurs, voilà ce qu'il faut aux petites filles. »

Elle s'approchait de la chaise haute dont le plateau blanc me rentrait dans le ventre. Larguait le bol sur un reste d'œuf refroidi qui s'écrasait dans un bruit de succion.

Ma mère s'était pomponnée. Elle avait du brillant à lèvres, du fard à joues. Ses cheveux bruns étaient fraîchement lavés. Elle avait pris le temps de les brosser jusqu'à ce que, longs et brillants, ils lui tombent jusqu'au milieu du dos en une chatoyante cascade de soie acajou.

J'avais envie de toucher ces cheveux. De les tenir dans mon poing. De sentir cette version plus douce, plus lumineuse, de ma mère.

Ma mère était jolie. Cela me fascinait et me terrifiait tout à la fois.

« Sucre, épices et autres douceurs, chantonnait ma mère. Oh, mais Charlie, ma belle, les petites filles douces arrivent toujours les dernières. Tu ne veux pas être la dernière, n'est-ce pas ? Le monde a besoin de petites filles courageuses, de petites filles qui ont du cran. Sucre, épices et verre pilé, *voilà* ce qu'il faut aux petites filles. »

Elle souleva la première cuillerée de beurre de cacahuètes. « L'avion arrive. Allez, Charlie. Sois gentille avec maman. On ouvre la bouche. L'avion arrive, dans le hangar, vroum, vroum, vroum… »

Plus tard, je vomissais du sang. Nous nous rendions aux urgences. Les infirmières m'admettaient en toute hâte, s'affairaient autour de moi. On me palpait, on m'auscultait, le médecin braquait une lumière sur mes yeux. Je me tenais le ventre en gémissant. Mais je ne pleurais pas. Les gentilles petites filles sont courageuses. Les gentilles petites filles ont du cran.

Douleur. Des crampes déchirantes, une diarrhée à tomber dans les pommes, mon visage couvert de sueur, mais promis, juré, craché, pas de larmes sur mes joues.

« Je ne sais plus quoi faire, expliquait ma jolie et lumineuse maman au médecin. Je tourne le dos une minute et voilà que je la retrouve à manger une ampoule. Enfin, quoi, docteur, où est-ce qu'on a vu une enfant manger une ampoule ? »

Les gentilles petites filles sont courageuses. Les gentilles petites filles ont du cran.

« C'est tellement dur, parfois, d'être une mère célibataire. Je venais d'aller dans la cuisine, vous voyez, pour lui préparer un sandwich au beurre de cacahuètes, son préféré, et puis je m'occupais du linge, j'essayais de ramasser tous les jouets dans le salon, de nettoyer la salle de bains. Alors oui, une ampoule avait grillé et j'en avais sorti une autre pour la remplacer, mais je n'ai pas pensé un instant, pas imaginé une seconde… Je m'en veux, je m'en veux. Ça m'ennuie de pleurer. C'est juste que je n'ai pas dormi depuis si longtemps. Vous n'imaginez pas comme elle est turbulente et impulsive et… Et maintenant ça, alors qu'on n'a pas de mutuelle et que, et que… Je suis désolée, est-ce que je pourrais m'asseoir une minute ? »

Les gentilles petites filles sont courageuses. Les gentilles petites filles ont du cran.

Le médecin tapotait l'épaule de ma mère. Il lui disait que tout allait s'arranger. Elle faisait de son mieux, il comprenait parfaitement.

Je roulais sur le côté en me tenant l'estomac et vomissais encore du sang.

Je voulais parler. Je voulais retrouver ma voix. Mais ma langue était gonflée, mes joues douloureuses et ma gorge en feu.

Une autre infirmière était à côté de moi. Elle m'essuyait la bouche avec un linge frais, caressait mon front de ses doigts légers. Je la regardais. Yeux bruns, cheveux bruns. Visage doux. Parler. Je voulais. J'essayais d'ouvrir la bouche. Je sentais que c'était urgent, qu'il le fallait à tout prix. Parler, parler.

Pas de l'ampoule, pas du beurre de cacahuètes.

C'était autre chose que je devais dire. Si j'arrivais seulement à dire…

Les gentilles petites filles sont courageuses. Les gentilles petites filles ont du cran.

J'ouvrais la bouche.

L'infirmière se détournait. À l'autre bout de la pièce, comme devinant mon intention, ma mère regardait par-dessus l'épaule du médecin, croisait mon regard et souriait d'un air de triomphe.

Je me suis réveillée dans ma chambre de Cambridge, assombrie par les stores. Le cœur battant. Les cheveux mouillés. Mon débardeur gris plaqué sur ma peau trempée de sueur.

J'avais encore les mots sur le bout de la langue. Ces mots que je n'avais jamais pu dire à l'époque, ces mots qu'il m'avait fallu des années pour lentement mais sûrement me rappeler :

Le bébé pleure.

Voilà ce que j'aurais voulu dire. Voilà ce que j'éprouvais, un besoin désespéré de le dire au médecin, à l'infirmière, à n'importe qui. Mais théoriquement, je n'avais aucun souvenir d'un quelconque bébé. Théoriquement, ma mère n'avait que moi.

Le bébé pleure.

Au bout du couloir, voilà les mots qui m'ont alors traversé l'esprit. Et, l'espace d'une seconde, j'ai presque eu le goût d'un nom dans la bouche, je l'ai senti comme un parfum dans l'air, l'ombre d'une ombre de souvenir. Une petite fille. Au bout du couloir. Qui pleurait.

J'ai serré les paupières. Enfoncé mes yeux dans leur orbite avec la paume de mes mains comme si ça pouvait m'aider. À me souvenir. À oublier ?

Je n'ai jamais su. Après toutes ces années, je ne savais toujours pas.

Ma mère m'avait maltraitée. Ça, je le savais. Elle n'allait pas bien. Elle était si malade, en fait, qu'après le dernier drame elle avait été définitivement internée. Dans un hôpital psychiatrique, j'imagine, puisque c'est là que vont généralement les malades et qu'un emprisonnement aurait nécessité un procès dont je me serais forcément souvenue.

Ma mère était partie. Voilà ce que tante Nancy m'avait dit le premier jour à l'hôpital et je n'avais plus jamais abordé le sujet. Prononcer le nom de ma mère, c'était risquer d'invoquer le démon. Alors je n'ai jamais rien demandé et tante Nancy ne m'a jamais rien dit.

Il s'était passé quelque chose de grave. Pire que d'habitude. Et je savais ce que c'était. Quelque chose au fond de moi comprenait que je savais tout, qu'en réalité je me souvenais de *tout*. Mais que je ne voulais pas me souvenir de mes souvenirs. Alors je les oubliais. Par un acte de volonté consciente ou inconsciente, je prenais le passé, je l'enfermais dans une boîte et je le mettais de côté pour ne plus jamais le voir.

Peut-être pas la meilleure des stratégies face à l'épreuve. Et pas sans conséquences. Manifestement, quand on condamne certaines zones de son esprit, on ne maîtrise pas tout ce qui disparaît. Aujourd'hui encore, ma mémoire est, au mieux, aléatoire. Le temps m'échappe. Des jours, des semaines. Des conversations entières avec mes meilleures amies, ce dernier cours essentiel à la veille de l'examen final.

Jackie et Randi disaient pour me taquiner que j'aurais oublié ma tête si elle n'avait pas été attachée à mes épaules. Je riais en chœur, mais souvent avec embarras. Vraiment, Jackie m'avait appelée la veille au soir, nous avions parlé pendant deux heures et j'avais tout oublié ? Randi m'avait tout dit de son premier rendez-vous avec le bourreau des cœurs Tom Eastman, et je ne parvenais pas à me souvenir du moindre détail ?

Petits accrocs dans le système d'exploitation, me disais-je. Clairement, vu l'énergie que j'avais dépensée pour effacer totalement huit années de ma conscience, quelques bugs étaient inévitables. D'ailleurs, quelle que soit la gravité de mes plantages, oublis, réelles étourderies, ils étaient encore préférables aux rares moments où le souvenir commençait à me revenir.

Ces épisodes se produisaient le plus souvent lorsque je traversais un pic d'anxiété. Alors, le passé s'infiltrait dans mes rêves, fragments d'une vieille bobine de film : il était une fois une mère folle et toute maigre qui vivait dans une maisonnette toute sale avec sa fille unique et toute maigre. Et la mère obligeait sa fille à manger du verre brisé, lui refermait les tiroirs de cuisine sur les doigts et la poussait du haut des escaliers raides parce que les petites filles doivent être courageuses et avoir du cran.

Jusqu'au jour où la petite fille devint si courageuse, où elle eut tellement de cran, qu'elle gagna la guerre.

Ça, j'en avais l'intime conviction. Ma mère avait fait quelque chose. Mais j'avais gagné la guerre.

Et je ne posais plus de questions sur ma mère parce que je savais au fond de moi-même que la réponse risquait de m'apprendre tout ce que je n'étais pas encore prête à savoir.

Le bébé pleure.

Une fille. Un ours en peluche. Froufrous blancs, petits pois roses. *Sucre, épices et autres douceurs*...

Ne te souviens pas. Chasse ça. Repousse-le. Rien de bon ne peut venir du passé, surtout d'un passé comme le tien. Et puis, au point où tu en es, ça servirait à quoi ?

Une femme traquée n'a pas besoin de réponses sur son passé. Une femme traquée a besoin de savoir se battre.

Je me suis levée d'un coup, j'ai regardé le réveil dans la pénombre de ma chambre et calculé le temps qui me restait avant le 21 janvier, vingt heures. L'heure H. Celle où mon assassin viendrait enfin me rendre visite.

Soixante-dix-huit heures à attendre.

J'ai enfilé ma tenue de sport et attrapé la laisse de Tulip pour aller courir.

Mon père vit à Boston. Ma seule et unique dispute avec tante Nancy a porté sur lui, alors là aussi c'est une question que j'aborde rarement et sur laquelle je m'attarde encore moins. Mais, oui, j'ai un père. Riche. Qui, aux dernières nouvelles, en est à sa cinquième ou sixième épouse. J'ai aussi des frères et sœurs ; enfin, des *demi*-frères et sœurs, j'imagine. Je n'ai jamais rencontré aucun d'eux et je ne me fais aucune illusion : mon père ne joue pas davantage son rôle de parent avec eux qu'avec moi.

La paternité se limite pour lui à un don de sperme. On rencontre une jolie jeune fille, on la met en cloque. Si elle est assez jeune, assez jolie, assez refaite, on peut même aller jusqu'à l'épouser. Jusqu'au jour, naturellement, où une nouvelle mignonne se présente ; auquel cas : hé, il n'est qu'un homme, c'est plus fort que lui.

Je crois qu'il a rencontré ma mère lors de vacances dans le somptueux Mount Washington Hotel de Bretton Woods. Elle avait dix-sept ans et était employée comme gouvernante. Il en avait trente et voulait s'amuser. D'après tante Nancy, ma mère lui a dit qu'elle était enceinte. Il ne l'a pas épousée, mais il a envoyé de l'argent. Donneur de sperme, chéquier ambulant. Vous voyez, un type super.

Il n'a jamais cherché à savoir ce que je devenais. Du moins à ce qu'on m'a dit. Il a d'emblée perdu le contact avec ma mère, ce qui me surprend un peu. Non pas qu'il m'ait laissée partir, mais que ma mère l'ait laissé partir *lui*. Peut-être qu'elle a résisté. Mais elle n'était qu'une souris des montagnes et lui un financier des villes, qui avait toujours nagé dans l'argent, qui en gagnait encore davantage, et dont l'inébranlable système de valeurs s'appuyait sur la conscience de sa propre importance. Elle n'a sans doute jamais fait le poids.

Je crois que c'est lui que les policiers de l'État de New York ont contacté en premier après le drame. Ma mère avait laissé son nom comme personne à joindre en cas d'urgence, mais sans numéro de téléphone. Néanmoins, comme les policiers ont des moyens que ne possédait pas une jeune malade mentale de vingt-cinq ans, ils l'ont retrouvé en quelques jours. Il était malheureusement à l'étranger. Paris, Londres, Amsterdam. Je ne sais plus.

Il les a renvoyés vers tante Nancy, qui a eu la bonté d'accepter la responsabilité d'une nièce qu'elle n'avait jamais vue. Cela dit, elle tenait une maison d'hôtes et l'appel l'avait prise au dépourvu, alors il a fallu encore quelques jours pour qu'elle quitte son coin perdu du New Hampshire afin de rejoindre ce coin encore plus perdu du nord de l'État de New York.

Je n'avais qu'un vague souvenir de ces jours-là. Je me rappelais m'être éveillée à l'hôpital. M'être étonnée d'être encore en vie. Et ensuite en avoir été profondément, très profondément déçue.

Une assistante sociale était assise à mon chevet. Ses cheveux noirs coupés en un carré court faisaient ressortir ses traits sévères, anguleux. Elle n'avait pas l'air douce. Ni maternelle. Elle avait un regard dur et parlait comme un robot.

Les médecins m'avaient retiré mon appendice, peut-être d'autres choses. Manifestement, absorber du verre et de la mort-aux-rats à petites doses pendant des années ne vaut rien à divers organes. Mais j'étais en bonne voie de guérison, m'a-t-elle affirmé. J'allais très bien m'en remettre.

Et là aussi, j'ai été profondément, très profondément déçue.

Je ne lui ai jamais adressé la parole. Ni aux infirmières. Ni aux médecins. Ils m'avaient trahie. Ils m'avaient obligée à vivre. Je leur en voulais.

Enfin, ma tante est arrivée. Elle m'a pris la main et aussitôt j'ai cessé d'être l'enfant de ma mère pour devenir la nièce de ma tante.

La meilleure chose qui m'était encore jamais arrivée.

Tante Nancy était de six ans l'aînée de ma mère. Elle avait des cheveux courts, crépus, gris argenté. Il semblerait que les cheveux prématurément gris soient de famille. Comme les yeux bleus et la mâchoire marquée. Mais ce gris allait bien à ma tante, il faisait ressortir ses yeux bleu acier, ses pommettes hautes. Ma tante s'en fichait éperdument. Autant ma mère recherchait obsessionnellement l'attention des hommes, autant ma tante cherchait obsessionnellement à les tenir à distance.

Quand leurs parents avaient trouvé la mort dans un accident de voiture (dans le New Hampshire, on voit beaucoup de panneaux qui recommandent de ralentir à cause de la présence d'orignaux ; c'est un conseil avisé), ma tante avait assuré l'éducation de sa sœur. Déjà à l'époque, ma mère était indomptable. Et, déjà à l'époque, ma tante était la plus responsable des deux. Inutile de préciser que leurs relations étaient tendues avant même que ma mère ne se fasse engrosser par un riche financier de Boston.

Elles vécurent chacune de son côté jusqu'au jour où le téléphone sonna et où ma tante apprit qu'il s'était produit un drame, qu'elle avait une nièce et que sa vie allait encore basculer du jour au lendemain.

Comme n'importe quel enfant, je ne me suis jamais rendu compte à quel point ma tante était formidable jusqu'à la nuit où mon téléphone a sonné pour m'annoncer un drame, une tragédie, un deuil inattendu. Alors je me suis tournée vers ma tante pour qu'elle me conseille, parce que, à choisir entre être la fille de ma mère ou la nièce de ma tante, je choisirais la nièce dans cent pour cent des cas.

Ma tante est courageuse. Ma tante a du cran.

Pas la peine de manger du verre pilé.

Allez donc gérer une maison d'hôtes pratiquement sans aide ni assurance santé dans les montagnes du New Hampshire, où, en janvier, les températures matinales peuvent chuter jusqu'à moins trente alors que la plupart de vos clients de Boston auront oublié d'emporter bonnets, écharpes et gants et estimeront que c'est de votre faute.

Je pensais à ma tante en ralentissant avec Tulip à l'approche d'un carrefour, puis en attendant que le feu passe au vert pour franchir le passage-piéton en courant. Je me disais qu'elle méritait mieux qu'un coup de fil qui allait une nouvelle fois bouleverser sa vie le 21 janvier.

Le cœur battant d'avoir couru mes dix kilomètres, le visage ruisselant de sueur, mon chien trottinant à mes côtés, mon pistolet à portée de main dans mon sac banane, j'étais heureuse que ma tante ne puisse pas me voir en cet instant.

Parce qu'un simple regard sur moi lui aurait suffi pour comprendre que, même si j'étais en train de gagner la bataille, j'avais perdu la guerre : j'étais devenue le portrait craché de ma mère, jusqu'aux yeux caves, aux joues creuses, au visage sévère.

Il ne me restait plus rien des montagnes. Il ne me restait plus rien de ma tante. À vivre dans l'isolement, à combattre la paranoïa dans une grande ville, j'étais devenue tout ce que j'aurais absolument voulu éviter.

À présent, j'étais la fille de ma mère.

Sauf que je ne mangeais plus de verre pilé.

J'étais armée d'un 22 semi-automatique. Et ce soir, peu après dix-neuf heures, j'allais encore démontrer que je savais m'en servir.

10

Bonjour. Je m'appelle Abigail.
On se connaît ?
Ne vous inquiétez pas, ça va venir.
Bonjour. Je m'appelle Abigail.

11

Roan Griffin, enquêteur de la police d'État de Rhode Island, avait une voix d'ours et était solide comme un roc. Un costaud. Le genre capable de soulever des voitures après avoir envoyé des sumos au tapis et plaqué des piliers de rugby. Beau gosse, en plus. L'Officier au regard d'azur, l'avait surnommé le *Providence Journal* quelques années plus tôt, quand il avait joué les mannequins dans le show de David Letterman pour présenter les nouveaux uniformes de la police d'État qui venaient d'être primés.

À dire vrai, les policiers de Rhode Island avaient la réputation d'être les plus beaux de toute la Nouvelle-Angleterre. Personne ne savait l'expliquer. Y avait-il une usine qui sculptait tout exprès des hommes aux épaules larges, au torse puissant et à la mâchoire carrée ? En tout cas, chaque fois que se présentait l'occasion d'une formation et d'un partage d'expérience avec leurs collègues de Rhode Island, les enquêtrices du Massachusetts se précipitaient pour s'inscrire. Toutes les trois.

En attendant, D.D. était au téléphone avec Griffin. Dommage, vraiment, surtout que le commissariat central de Providence ne se trouvait qu'à une heure de route au sud et qu'il y avait d'excellents restaurants où déjeuner dans le quartier de Federal Hill… Elle était en train de manquer une occasion de faire du tourisme et de manger italien. Tu parles d'une amélioration de la qualité de vie.

Griffin était marié. Remarié, en fait, sa première femme étant morte d'un cancer. Mme Griffin numéro deux était cadre dans une agence publicitaire. Jillian. Une blonde. D.D. ne l'avait jamais rencontrée, elle ne la connaissait que par voie de presse. Quelque huit ans plus tôt, Jillian avait en effet survécu au célèbre « violeur de College Hill ». Sa sœur cadette n'avait pas eu autant de chance. Quand l'auteur présumé des agressions avait finalement été arrêté, Jillian avait formé un groupe, le Club des survivantes, pour qu'elles se soutiennent les unes les autres pendant le procès. Sauf qu'il n'y avait jamais eu de procès parce que le suspect avait été abattu sur les marches du tribunal et que Jillian et les membres de son club étaient passées du statut de sympathiques victimes à celui de principales suspectes.

D.D. aurait volontiers reconnu qu'elle avait suivi l'affaire avec autant de zèle que Nancy Grace, la reine du talk-show judiciaire, surtout quand, quelques jours après l'assassinat du violeur présumé, une autre femme avait été agressée. Franchement, il y avait des jours dans ce boulot où elle ne voyait pas comment même un auteur de polars aurait pu inventer des scénarios pareils.

Griffin et Jillian avaient aujourd'hui deux garçons. Âgés de quatre et six ans, apprenait D.D. Le plus jeune, Dylan, suivait les traces de son père et ne jurait que par le football. Celui de six ans, Sean, avait récemment découvert la cuisine. Au point que, la veille au soir, il avait préparé un carré d'agneau pour toute la famille.

« Mariné dans de la mélasse de grenade, expliquait Griffin, mais je soupçonne sa mère de lui avoir donné un coup de main.

— Il n'a que six ans. Comment il peut ne serait-ce que soulever un plat à rôtir pour le mettre dans le four ?

— Oh, répondit gaiement Griffin, il tient ça de moi.

— Et le four brûlant… ce n'est pas un problème ?

— C'est Jillian qui s'est chargée de ressortir le plat. Et elle l'a aidé à saisir la viande sur le feu. Mais c'est lui qui avait trouvé la recette…

— Où ça ? Sur la couverture d'une de ses BD ?

— Il avait emprunté un livre de cuisine à la bibliothèque. Il aime apprendre à faire les choses. Jamais de romans, mais il rapporte des livres pour apprendre à jardiner, à fabriquer des robots, à construire des bateaux. Maintenant j'imagine que ce sera pour apprendre à cuisiner.

— Un carré d'agneau. Incroyable.

— Surtout que c'était à tomber. Je suis prêt à lui ouvrir un compte d'épargne pour qu'il aille dans une grande école de cuisine.

— Je ne sais pas encore si Jack saura cuisiner, dit D.D., mais hier soir il a régurgité un truc qui pourrait bien passer pour de la mélasse. »

Griffin éclata de rire. C'est l'avantage avec les parents et les enquêteurs de la criminelle : rien ne les débecte jamais. D.D. pouvait raconter des histoires de couches sales à longueur de journée et ses collègues trouvaient ça mignon tout plein. Elle se demandait parfois comment vivaient les gens normaux.

« Il dort, la nuit ? demanda Griffin.

— Pas du tout.

— Tu as essayé les balades en voiture ?

— Non. Trop peur de m'endormir.

— Et la journée ? Il fait des siestes ?

— Quelquefois. Quand il est dans les bras ou dans le porte-bébé, il tombe comme une masse.

— Je vois, dit Griffin avec entrain. Tout bébé, Dylan n'était pas un gros dormeur. Je l'emmenais faire un petit tour en voiture dans le siège-auto, ça l'assommait aussi sec. Ensuite je rentrais et je posais son cosy directement dans le berceau, sans le détacher ni rien. Ça a été radical pendant quelques semaines. Et puis, assez vite, on a pu le coucher directement dans son berceau. Peut-être que le cosy l'avait aidé à s'y habituer ? Je n'en sais rien, mais ça a été efficace. »

D.D. faisait la moue, acquiesçait : « Ça vaudrait le coup d'essayer. Sinon autant signer tout de suite pour l'asile. »

Elle se rendit compte un peu tard qu'elle n'aurait peut-être pas dû dire ça. Avec le passé de Griffin, ce léger incident avec le Candy Man, la dépression nerveuse qu'il avait faite et le congé maladie qu'il avait dû prendre.

Mais Griffin rit une nouvelle fois, imperturbable. D.D. prit cela comme le signe que sa nouvelle famille le rendait heureux. Elle l'espérait. Griffin était un type bien et un excellent enquêteur. S'il avait trouvé le bonheur, il y avait peut-être de l'espoir pour les autres.

« Bon, reprit-elle, aussi adorables que soient nos enfants, c'est en fait pour une affaire que je t'appelle. Randi Menke, assassinée à Providence il y a deux ans. Je crois que la police d'État a été chargée du dossier parce que vous aviez déjà une enquête pour fraude ouverte contre le principal suspect.

— Jon Menke, dit aussitôt Griffin. Un répugnant personnage.

— Tu crois que c'était le coupable ?

— C'est clair qu'à l'époque j'aurais parié ma carrière dessus, mais ça m'aurait coûté cher vu le deuxième meurtre un an plus tard.

— Jackie Knowles. Donc, tu en as entendu parler.

— Oh, juste une petite cinquantaine de fois. Son amie… Charice, Charteuse…

— Charlene. Charlie.

— C'est ça, dit Griffin avec un claquement de doigts. Charlie quelque chose quelque chose Grant. Elle a pratiquement fait le siège de nos locaux. Pour nous informer qu'elle désirait que justice soit faite toutes affaires cessantes.

— Ton avis ? »

Nouveau soupir : « Putain, on est le 18 janvier. Plus que trois jours. Quelle merde… » Griffin cessa de murmurer, rassembla ses idées : « Bon, je ne peux parler que de la scène de Providence et il n'y avait pas grand-chose à en dire. Les premiers intervenants ont trouvé une maison silencieuse. La porte d'entrée était fermée, mais pas à clé. Dans le salon, ils ont découvert une femme à terre. Elle avait l'air tellement paisible qu'un des gars s'est agenouillé pour commencer une réanimation. C'est seulement en se penchant sur elle qu'il a vu les ecchymoses autour du cou et compris qu'elle était morte.

— Tout habillée ?

— Elle portait une sorte de jogging classe, vert foncé – pantalon, tee-shirt blanc à manches longues, veste assortie. Grosses chaussettes blanches. Chaussons fourrés. Des vêtements pour cocooner, si je reprends l'expression d'un enquêteur. Comme si elle s'était préparée à passer une petite soirée tranquille et qu'on avait sonné à sa porte. »

D.D. considéra ces éléments. En règle générale, les femmes ne portent pas de jogging ni de grosses chaussettes quand elles attendent la visite d'un homme, donc elle se rangeait à leur théorie : Randi était à la niche pour la nuit.

« La télé ? Quand les collègues sont arrivés, est-ce qu'elle était allumée ? Et les lampes ?

— La télé était éteinte, et toutes les lampes aussi…

— Vous avez relevé les empreintes sur les interrupteurs ? le coupa D.D.

— À ton avis ? ironisa Griffin. Que dalle. L'assassin portait à coup sûr des gants et puis, c'est moins tangible, mais je dirais qu'il connaissait les lieux. Qu'il s'y sentait bien. Comme s'il était arrivé, qu'il avait fait son affaire et tout remis en ordre. Et tant qu'il y était, passé le balai et donné un coup d'éponge dans la cuisine avant d'éteindre. En tout cas, la scène de crime était nickel. Si on fait abstraction du cadavre, évidemment.

— Alors peut-être qu'il y a eu lutte, contra D.D. Peut-être que Randi s'était défendue comme une lionne et que ça a obligé le criminel à nettoyer derrière lui.

— Possible. Mais pas de traces de violence sur le corps. Pas de blessures de défense, pas d'ecchymoses. En somme, c'est comme s'il s'était pointé, qu'il l'avait étranglée et point.

— Ça fait plusieurs fois que tu dis "il". Tu penses que l'agresseur était un homme ?

— C'était l'hypothèse du légiste. Pas facile d'étrangler quelqu'un à mains nues. Ça nécessite un peu de muscles, mais aussi de la force dans les doigts. Randi était une femme de taille moyenne, un mètre soixante-cinq, soixante kilos, elle faisait du Pilates quatre fois par semaine. En théorie, le coupable devait être plus grand et plus fort pour la maîtriser aussi rapidement.

— Et Jon Menke ?

— Un vicelard. Un mètre quatre-vingt-cinq, quatre-vingt-dix kilos, en forme, il passait quatre à cinq matinées par semaine au club de sport. Apparemment, il pensait qu'un médecin devait avoir le physique de l'emploi. Nous avons découvert que ses collègues féminines n'y étaient pas insensibles.

— Coureur de jupons ?

— Clairement pas monogame.

— Randi était au courant ?

— C'était un des motifs du divorce. À quoi il faut ajouter qu'il aimait se défouler sur elle à coups de poing.

— Des preuves ? demanda aussitôt D.D.

— Pour ça, oui. Faut reconnaître que Randi avait pris ses précautions avant de quitter ce salaud. Elle avait appelé un numéro d'aide aux femmes battues pour prendre conseil. Rempli tout un coffre-fort de photos et de comptes rendus de consultation aux urgences avant d'appeler l'avocat pour engager la procédure. Et tu peux me croire, Menke était furax. Non seulement sa femme le quittait, mais en plus elle lui collait une étiquette de mari violent et elle l'obligeait à lui verser une pension alimentaire. Ouais, Menke avait toutes les raisons de vouloir sa mort et il était parfaitement capable de s'en charger.

— Mais… ?

— Alibi, expliqua Griffin. Une serveuse de bar, note bien, une jolie minette qui, devant ses pectoraux, son bulletin de salaire et sa Porsche, s'empressait sans doute d'oublier qu'il battait sa femme. Mais ils se trouvaient dans un bar et plusieurs habitués ont confirmé. On n'a jamais réussi à démonter ça. »

D.D. réfléchissait : « Tu dis qu'il filait des trempes à sa femme.

— Ouais. Lèvres tuméfiées, yeux au beurre noir, un genou en vrac après un coup de pied.

— Du mal à se contrôler, on dirait.

— Exact.

— Alors que la scène de crime…

— Semblait l'œuvre d'un individu pleinement maître de ses actes, reconnut Griffin. C'était le deuxième obstacle à des poursuites contre Menke. D'un côté, il semblait logique de le soupçonner. Mais de l'autre, on sentait que la méthode ne lui correspondait pas. Lui aurait mis la maison sens dessus dessous. Et puis, d'après notre criminologue, les maris violents qui finissent par tuer leur femme les défigurent presque systématiquement. Une balle en plein visage, des dizaines de coups de couteau. C'est une agression personnelle, barbare, déshumanisante. Là…

Là, c'était un crime de sang-froid. Plus proche d'une exécution par un tueur à gages, et c'est devenu notre deuxième théorie.

— Oooh, dit D.D. en ouvrant de grands yeux. Menke aurait payé quelqu'un pour supprimer son ex devenue gênante.

— Oui. C'est ma théorie. Elle a tenu la corde un moment, et c'est peut-être encore la meilleure à ce jour, mais nous n'avons pu retrouver trace d'aucune transaction financière. Cela dit, les fédéraux enquêtaient sur lui pour escroquerie à l'assurance santé et les circuits financiers étaient longs et complexes. On soupçonnait fortement qu'il se livrait à un petit trafic de médicaments sur ordonnance, ce qui lui aurait procuré à la fois des sommes en liquide et une certaine "clientèle" qu'on n'a jamais pu identifier. Mais, dans mon esprit, le scénario du tueur à gages reste le plus probable.

— Vous avez pu le faire condamner pour escroquerie ?

— Les fédéraux, oui. Mais pour des clopinettes. Ils n'ont pu prouver que le sommet de l'iceberg. Mais ça a suffi à le faire radier de l'ordre des médecins et à l'envoyer à l'ombre pour trois à cinq ans dans une résidence tous frais payés. Si tu as d'autres questions, je te conseille d'appeler David Riggs, il travaille pour le FBI à Boston. C'est lui qui a mené l'enquête pour fraude à l'assurance santé.

— Quand vous avez mis Menke sous pression après le meurtre de sa femme, il a pris ça comment ? Il s'est montré agressif, arrogant ?

— Indigné. Il avait complètement tourné la page, comment osions-nous suggérer le contraire.

— Ah, l'indignation. Toujours un bon choix pour un mari violent. La morale outragée.

— Eh, il était médecin. »

D.D. et Griffin gardèrent un instant le silence.

« Aucun indice matériel sur les lieux ? revint-elle à la charge.

— Le seul indice, c'était l'absence d'indices.

— Comment ça ?

— On trouve des empreintes digitales dans la plupart des maisons. Mais pas dans celle-là, comme c'est étrange.

— Donc l'assassin a bel et bien fait le ménage derrière lui.

— Sang-froid et dextérité dans le maniement de l'éponge. Je penche toujours pour un tueur à gages et ce type aurait le CV idéal.

— Et le deuxième meurtre ? Atlanta ?

— Je ne connais pas les détails. Je n'en ai entendu parler que par Charlie, et ensuite un agent du FBI, Kimberly Quincy, m'a passé un coup de fil. Elle avait eu vent d'un lien possible entre le meurtre de Jackie Knowles et une affaire à Providence, alors elle se posait des questions. Elle m'a dit que la scène de crime chez Knowles était aussi d'une propreté impeccable. Si on fait abstraction du cadavre, toujours. »

D.D. restait perplexe. Ça ne lui plaisait pas.

« Il y a forcément un lien, marmonnait-elle. Enfin, quoi, combien de scènes de crime *propres* tu as vu dans ta carrière ?

— En comptant celle de Randi : une.

— Exactement. Donc il y a forcément un lien. Mais lequel ?

— La question, rectifia Griffin, c'est : qui ? Nous savions que Randi avait au moins un ennemi, son ex. Mais Jackie Knowles ? Qui avait des raisons de vouloir sa mort ?

— L'hypothèse du tueur à gages fait penser à une histoire d'argent, dit immédiatement D.D. Mais deux victimes de deux familles différentes, ça exclut une affaire d'héritage.

— Oublie. La pension alimentaire de Randi n'était pas si élevée que ça. Elle avait trente dollars sur son compte en banque, point barre. Écoute, dit Griffin en prenant une inspiration, je vais devoir y aller dans une minute, mais, pour ce que ça vaut : quand j'ai appris pour le meurtre d'Atlanta, j'ai rejeté un coup d'œil dans les hôtels du coin ; je voulais savoir si par hasard une relation commune de Randi et Jackie se serait trouvée dans les parages. Elles étaient amies d'enfance, pas vrai ? Alors peut-être qu'un voisin, un camarade de classe, un ami…

— Charlie bla-bla Grant, devina D.D.

— Je n'ai rien pu prouver, mais il se peut qu'elle ait réglé la note en liquide… Tu connais le truc. »

Oui, D.D. connaissait : « C'est elle qui est venue me trouver, tu sais.

— Charlie truc truc Grant ?

— Oui. Elle vit à Boston maintenant. Pour fuir ses voisins, ses camarades de classe, ses amis.

— Trois jours avant le 21, murmura Griffin.

— Oui. Elle voulait me rencontrer en chair et en os. Dans l'espoir que, comme ça, si elle ne survivait pas au 21, je me donnerais plus de mal pour élucider son assassinat.

— Merde, dit Griffin d'une voix traînante.

— Tu lis dans mes pensées.

— Tu devrais appeler Atlanta. Contacter la fille du FBI. Elle a l'air bien. Je regrette de ne pas pouvoir t'aider davantage, surtout vu les délais… »

D.D. en convenait : trois jours pour résoudre deux vieilles affaires pour lesquelles aucune nouvelle piste n'était apparue depuis deux ans…

« Alors, dit-elle avec énergie, si tu étais à ma place, quel genre de personne tu chercherais ?

— Un individu fort physiquement, patient mentalement, qui saurait se servir des mots, encore plus de ses mains, totalement dénué de scrupules. Sans doute plus doué que la moyenne en informatique, vu que de nos jours Internet est devenu le meilleur ami du harceleur. A contrario, je conseillerais à Charlie, tant qu'elle sera en fuite, de ne pas aller sur Internet. Aujourd'hui, se connecter revient à envoyer des signaux de fumée : *Coucou, je suis là*. Et puis creuse la question de l'entourage. Combien de personnes connaissaient réellement ce groupe de trois femmes ? Tiens, une idée : tu as fait un tour sur Facebook ? On trouve parfois des pages d'hommage, tu sais, dédiées à la mémoire de Randi Menke et/ou Jackie Knowles. Vois qui poste des messages et remonte la piste. Ça pourrait te fournir un point de départ.

— Beaucoup de temps passé sur une enquête qui n'en est même pas une », grommela D.D.

Puis, dans la seconde qui suivit, elle repensa au capitaine O., aux prédateurs sur Internet, aux techniques d'apprivoisement, et sentit un déclic gratifiant se produire dans un coin de sa tête. Dix semaines de totale privation de sommeil et elle était encore une déesse.

« Merci, Griffin, conclut-elle à la hâte. Tu viens de me donner une idée. »

12

Jesse descendit en trombe du bus scolaire et passa son sac à dos Red Sox sur son épaule gauche en filant à toutes jambes dans la rue enneigée. Pas de montre. Il ne savait pas quelle heure il était exactement, mais le bus était en retard. En retard, comme par hasard, aujourd'hui. Obligé de courir, courir, courir.

Il arriva au pied de l'immeuble et gravit les marches du perron deux à deux avant d'écraser de la paume de la main le bouton pour sonner chez lui. Sa mère, qui l'attendait, lui ouvrit par l'interphone. Il poussa d'une secousse la lourde porte extérieure et bondit vers les escaliers, sauta les deux premières marches, heurta le nez de la troisième, tomba à genoux et se remit sur pied pour finir sa longue cavalcade effrénée jusqu'au troisième. Déjà il fouillait la poche de son manteau pour trouver la clé. Arrivé devant sa porte, il était en nage, tremblant et un peu vaseux.

Impossible d'être en retard, tout sauf ça.

Hippo le Costaud comptait sur lui.

Jesse enfonça la clé métallique dans la serrure, poussa la porte et se rua dans l'appartement en se dépouillant déjà de ses bottes, sac à dos, gants, blouson, bonnet, pantalon de neige. Pas le temps de goûter. Allez, vite, vite, vite.

Il piqua un sprint jusqu'à la table, appuya sur l'interrupteur au-dessus du clavier de l'ordinateur au moment où sa mère lui lançait depuis le bout du couloir : « Jesse, ça va ?

— Oui, oui, oui. Je fais juste une partie.

— Jesse ?

— Sur AthleteAnimalz. Zut, maman, tout va bien ! » À l'instant où les mots franchirent ses lèvres, Jesse s'en voulut, se rendant compte, trop tard, qu'il aurait dû surveiller son langage. Parfois, quand il était « insolent », sa mère le privait d'ordinateur. Il se figea, les mains sur le clavier et les yeux rivés sur l'écran, pendant que la vieille machine ramait pour s'allumer.

Mais sa mère ne sortit pas dans le couloir, ne dit rien. Sans doute en ligne, elle ne pouvait pas s'arracher à son téléphone. Jesse se sentit coupable, mais soulagé. Il s'éloigna de l'ordinateur le temps d'attraper Super Zombie et un verre de lait au vol. La pendule de la cuisinière indiquait quinze heures quarante-deux.

Gagné, il était en retard. Très en retard.

Il retourna comme une flèche à la table et répandit un peu de lait, alors il dut repartir en courant chercher une serviette à la cuisine et lorsqu'il revint pour éponger, son cœur battait vraiment à tout rompre et il était de nouveau vaseux. Il avait chaud, il se sentait tout flapi et plein de frissons, et il avait envie de pleurer, mais il ne savait pas pourquoi.

Il était en retard et Hippo le Costaud devait être fâché, et il avait été insolent et maintenant sa maman était sûrement très fâchée, et lui il voulait juste un ami ; il voulait que tout aille bien et que quelqu'un l'aime, et que sa maman ne soit pas obligée de travailler autant et que la voisine du dessous, Mme Flowers, ne cogne pas au plafond chaque fois qu'il essayait de marcher à pas de velours, mais qu'il faisait quand même du bruit.

Jesse s'affala sur sa chaise devant l'ordinateur, se connecta au site d'AthleteAnimalz et fit de son mieux pour retenir ses larmes. Il savait qu'il était en retard. Mais il ne voulait quand même pas pleurnicher comme un gros bébé.

Super Batteur avait un message. Le bras de Jesse tremblait si violemment qu'il dut s'y reprendre à trois fois pour cliquer sur l'icône de la messagerie. Le message venait d'Hippo le Costaud. Il comprenait un smiley et l'image d'un gant de base-ball.

« *Salut, mon pote. Je suis là et prêt à jouer. Retrouve-moi quand tu seras prêt. Ton ami, Hippo le Costaud.* »

Alors Jesse fondit en larmes pour de bon. D'énormes larmes de soulagement. Hippo le Costaud n'était pas fâché contre lui. Il voulait encore jouer.

Il était encore son ami.

Jesse en sanglotait de gratitude.

13

À seize heures trente et une, j'ai entamé la phase un des opérations. Primo : la tenue vestimentaire. J'avais opté pour un jean noir, un col roulé noir, des chaussures de jogging à semelle épaisse et un manteau de laine noir, le tout aimablement fourni par le plus proche magasin de l'Armée du salut.

Je ressemblais à un monte-en-l'air, ou à une New-Yorkaise, selon les références que vous avez.

J'adorais ces chaussures et j'essayais d'en faire mon deuil. La phase quatre des opérations impliquait de balancer toute la tenue dans une benne à ordures. Non pas que la police ne puisse pas la retrouver, mais rien ne prouverait que ces articles d'occasion m'appartenaient. Deux précautions valent mieux qu'une.

Jusque-là, ce principe m'avait réussi.

Quand je suis sortie, je portais une écharpe turquoise, ainsi qu'un bonnet et d'énormes moufles de la même couleur. J'avais lu quelque part que le secret de tout déguisement résidait dans le caractère distinctif des accessoires : par la suite, les témoins m'associeraient à l'écharpe bleu-vert ou aux moufles démesurées, moyennant quoi je ne pourrais pas être le criminel vêtu de noir. Impossible, je portais du turquoise ce soir-là !

Ma sacoche passée sur l'épaule était rembourrée avec du papier journal pour lui donner du volume. Dans un deuxième temps, je me débarrasserais du journal pour le remplacer par les accessoires criards, écharpe, bonnet et moufles. En attendant, le renflement de la sacoche en cuir dissimulerait un autre renflement qui m'aurait trahi : mon Taurus 22, accroché à un ceinturon spécialement conçu par mon moniteur de tir, J.T. Dillon, pour contenir vingt-sept cartouches de rechange.

Je devais voir J.T. le lendemain pour la dernière fois. J'avais le sentiment qu'il se doutait un peu de ce qui se tramait, pour ce soir. Mais il ne posait pas de questions indiscrètes et je ne faisais aucune confidence. Notre conversation, deux semaines plus tôt, s'était déroulée à peu près de la manière suivante :

« Si, mettons, j'avais besoin d'une nouvelle identité… De me procurer, disons, un jeu complet de papiers de première qualité, tu saurais qui contacter pour une demande de ce genre ? »

J.T. chargeait son 45. « On me pose souvent cette question, j'ai l'impression.

— Toujours mieux que les minettes qui te demandent de quel signe tu es. »

J.T. m'a finalement regardée. Et moi, j'ai fait de mon mieux pour ne pas perdre contenance. Avant d'affronter un tueur en série, de tirer sur la moitié du Massachusetts et de rencontrer enfin son épouse, il était dans les marines, force de reconnaissance. Il me faisait surtout penser à un vieux baroudeur, avec ses cheveux poivre et sel, sa peau mate tannée, les yeux profondément ridés d'un homme qui avait passé l'essentiel de son existence à scruter l'horizon et que plus rien de ce qu'il pouvait y voir ne surprenait.

« Ce ne sera pas donné, m'a-t-il dit.

— J'ai un bas de laine pour les jours de pluie. Oh, tiens, il pleut !

— Ma femme t'aime bien », a-t-il déclaré, comme si ça réglait la question à ses yeux.

C'était peut-être le cas. Jusque-là, je n'avais rencontré sa femme qu'une seule fois. Elle m'avait observée une demi-seconde, puis elle s'était approchée pour me donner une accolade. J'avais le sentiment que Tess avait autant de cran que son mari et que, si un jour je prenais au mot leur invitation à dîner, nous aurions beaucoup de choses à nous dire.

J.T. m'a donné un nom. En me disant d'attendre vingt-quatre heures, qu'il ait le temps de se porter garant pour moi. Il a dû tenir parole parce que, quand j'ai appelé deux jours plus tard, la femme qui m'a répondu d'une voix sèche semblait m'attendre. Elle m'a posé des questions. J'ai donné des réponses. Et il y a trois jours, pour le prix défiant toute concurrence de mille dollars, je suis allée chercher trois jeux de faux papiers tout neufs et de première qualité : trois actes de naissance, trois cartes de Sécurité sociale, un permis de conduire.

Tout ce dont une femme aux abois pourrait avoir besoin pour rester en fuite jusqu'à la fin de ses jours.

Pour vous dire la vérité, je n'étais pas certaine de pouvoir imaginer ça. Bizarre, mais la boxe, les armes à feu, la course à pied, avaient réveillé une pulsion en moi. En fin de compte, j'avais des instincts violents. Je n'avais jamais mis que vingt-huit ans à m'en apercevoir, mais désormais je m'efforçais de rattraper le temps perdu.

Quand je suis sortie par la porte de derrière et que j'ai fait le tour de la maison, j'ai été soulagée de découvrir la véranda déserte, aucune trace de Tulip. Ce soir, c'était à coup sûr une mission pour une femme seule.

Je me suis voûtée un peu plus dans mon blouson, le menton rentré pour lutter contre le froid mordant, et j'ai pris la direction d'Harvard Square. Dix minutes de marche jusqu'à la station de métro. Huit à attendre la rame, et c'était reparti.

L'heure de pointe, les métros bondés. Je me tenais au milieu, banlieusarde anonyme comme les autres, la main agrippant la barre métallique, les jambes oscillant au rythme de la voiture, et je respirais les odeurs souterraines de sueur, d'urine et de manteaux de laine mouillés.

Je fredonnais tout bas, seule concession à ma nervosité grandissante.

Soixante-quinze heures à vivre.

Qu'auriez-vous fait à ma place ?

Le ciel était d'un noir d'encre quand je suis remontée à la surface, que j'ai franchi le tourniquet grinçant et gravi les marches vers un autre quartier de Boston, plus sinistre, plus calme. Les lampadaires faisaient de leur mieux pour repousser l'implacable nuit d'hiver, mais ils étaient trop espacés et laissaient sur le trottoir verglacé des zones d'ombre assez larges pour qu'une femme seule y réfléchisse à deux fois avant de s'aventurer dans la rue. J'ai retiré l'écharpe turquoise, le bonnet, les moufles, et fourré le tout au fond de mon sac. Ensuite j'ai repoussé ma sacoche dans mon dos, où elle rebondissait sur mes fesses. Plus besoin de dissimuler mon ceinturon. Dans le quartier, tout le monde était probablement armé et me fondre dans le décor était ma meilleure chance de survie.

Vous savez quoi ? Même la neige est horrible à voir dans les quartiers de logements sociaux. Les montagnes où j'avais vécu, Harvard Square où je vivais à présent, se recouvraient sur des kilomètres d'un molleton de neige blanche à la Norman Rockwell. Pas ici. Dans cette partie de la ville, la neige n'est plus qu'une forme d'ordure comme une autre. Grise, sableuse, criblée de flaques de pisse de chien jaunâtre et hérissée de déchets – pailles, couvercles de gobelets de soda, mégots de cigarette. Devant cette neige, on ne pense pas illuminations de Noël, joyeux feux de cheminée ou tasses de chocolat chaud. Quand on passe devant ces amas, on se dit que même Dame Nature est une fieffée salope.

Je me suis mise en marche, en suivant une carte que j'avais apprise par cœur pour me rendre à une adresse que je n'avais jamais notée. Là encore, deux précautions valent mieux qu'une.

Les trottoirs n'étaient pas déserts. Ils ne le sont jamais dans les quartiers déshérités. Je suis passée devant des groupes d'ados noirs baraqués, la casquette à l'envers, des doudounes quatre fois trop larges, le torse brillant de chaînes en or. Certains riaient, d'autres fumaient. D'autres encore se poussaient, se bousculaient déjà, peut-être pour rigoler, peut-être pas.

Tous levaient les yeux. Sursautaient. Une Blanche, dans leur quartier.

Je leur souriais. Posais un doigt sur mes lèvres. Soufflais tout bas : *Chut*.

Et ça suffisait à les faire taire, à les faire reculer.

Je crois que c'était mon regard. Chacun d'eux le reconnaissait, sûrement pour le croiser tous les matins dans son miroir.

Vous voulez savoir comment on se sent quand on n'a plus rien à perdre ?

Libre.

Grisé.

Redoutable.

Dix-huit heures deux, cible en vue.

Soixante-quatorze heures à vivre.

Qu'auriez-vous fait à ma place ?

Tomika m'a accueillie dans le hall. Elle avait tellement emmitouflé les enfants que seul le blanc brillant de leurs yeux ressortait sur leurs visages noirs. Michael, l'aîné, avait un sac à dos rouge. Mica, la petite de quatre ans, était cramponnée à une couverture et à un ours en peluche. Tomika portait le reste, un sac de voyage noir sur chaque épaule. Huit années de mariage, vingt-six années de vie, ramassés dans deux sacs de taille moyenne.

J'ai trébuché. Mon pied a raté la marche de l'entrée. J'ai manqué tomber et je me suis rattrapée au montant de la porte.

Et là, j'ai fait un truc bizarre, même à mes yeux : j'ai soufflé pour regarder mon haleine dessiner une traînée brumeuse dans la nuit glacée.

Ça m'a satisfaite. Donné le sentiment que cette scène était exactement telle qu'elle devait être.

« Il a appelé ? ai-je demandé à voix basse.

— Il y a cinq minutes. »

J'ai jeté un œil à ma montre, calculé le temps dont je disposais. « Allons-y. »

J'ai tendu la main et, comme si c'était la chose la plus naturelle du monde, Michael l'a prise. Je lui ai souri. Il m'a regardé d'un air grave et, là encore, la scène semblait telle qu'elle devait être.

Six mois plus tôt, Tomika avait appelé le 911 pour la première fois. Histoire classique. Un mari énervé qui avait trop bu et qui mettait l'appartement à sac. Suites classiques. La police était venue, avait calmé le mari ; Tomika avait refusé de porter plainte.

Mais, il y avait six semaines de cela, c'était Michael, neuf ans, qui avait appelé. Leur mère s'était absentée, les laissant seuls, lui et sa petite sœur, avec leur père. Ils étaient cachés dans le placard et essayaient de ne pas se faire voir ni entendre parce que d'autres hommes étaient venus, qu'une dispute avait éclaté, que l'un d'eux avait sorti une arme, alors Michael avait attrapé sa petite sœur, il les avait tous les deux planqués au fond du placard de leurs parents et il ne savait pas quoi faire ensuite.

J'ai fait ce que font les opérateurs. J'ai posé des questions, obtenu des réponses, envoyé plusieurs agents et gardé Michael en ligne. Quarante-cinq minutes, cet appel. Nous avons chanté des chansons idiotes. Échangé des blagues de Toto. Michael et Mica m'ont même appris de l'argot du ghetto pour me mettre à la page.

Lorsque le premier de mes agents est arrivé, les hommes étaient repartis et Stan s'est irrité qu'un agent de patrouille se pointe à sa porte. L'agent Mackereth, Tom, était de service ce soir-là. Il a eu la bonne réaction. Il n'a fait aucune allusion à Michael et Mica, deux gamins apeurés blottis autour d'un téléphone dans le placard. Juste expliqué qu'on nous avait signalé une dispute dans le quartier. Est-ce que Stan aurait vu ou entendu quelque chose ?

Par la suite, Michael s'était mis à appeler plus souvent. Parfois juste pour parler. Parce que les nuits étaient longues chez lui et que les monstres cachés sous le lit n'étaient rien à côté de celui qui roupillait, ivre mort, sur le canapé du salon. Michael était inquiet pour sa mère. Terrifié pour sa sœur.

Après le dernier appel archivé, il y a trois semaines, les services sociaux avaient rendu visite à la famille. Comme Michael me l'avait raconté quelques jours plus tard, Stan avait rassemblé les siens et les avait fait asseoir en face de l'assistante sociale. Ils devaient répondre ouvertement et franchement à toutes les questions. Sous le regard assassin de Stan.

À la seconde où l'assistante sociale était partie, Stan avait sorti un marteau. Il avait cassé tous les doigts de Tomika, quatre de Michael, deux de la petite Mica. Plus personne, affirma-t-il, ne referait de numéro sur ce téléphone. Sinon, la prochaine fois, il ne prendrait pas un marteau, mais une hache.

Il avait fallu vingt-quatre heures à Michael pour trouver le courage de composer à nouveau le 911 avec ses petits doigts. Ensuite il avait encore dû attendre deux jours que je sois de nouveau de service. Si jamais un jour quelqu'un devait écouter cet appel archivé, il entendrait un petit garçon qui semble jouer avec son téléphone et demander le numéro de sa mère. Il entendrait une opératrice exaspérée finir par donner un numéro pour calmer l'enfant.

D'accord, il se trouvait que c'était le numéro de portable personnel de l'opératrice, mais quoi ? Quels autres numéros vous viennent spontanément à l'esprit ?

Michael et moi avons repris notre conversation en mode officieux et sa mère, Tomika, s'est jointe à nous. Après ça, j'ai liquidé tous mes comptes d'épargne, quatre mille deux cents dollars en tout, pour acheter à une femme et à ses deux enfants des pièces d'identité toutes neuves, verser deux mois de loyer plus un chèque de caution pour leur louer un nouvel appartement et payer les tickets de bus qui les y conduiraient tous.

Soixante-treize heures et trente minutes à vivre.

Qu'auriez-vous fait à ma place ?

J'ai accompagné Tomika, Michael et Mica à l'arrêt de bus. Ils auraient trois changements avant d'arriver à Portsmouth, dans le New Hampshire, mais Tomika y avait une vieille amie qui lui avait trouvé du travail. Nouveaux noms, nouvelle vie, nouvelle chance.

Tomika pleurait.

« Je l'aime, disait-elle en essuyant ses joues avec des mains raidies par les attelles et les bandages blancs.

— Il va vous tuer.

— Je sais.

— Il va tuer vos enfants.

— Je sais. »

Michael tenait sa petite sœur par les épaules. Dans son regard, dirigé vers sa mère, se lisait la résignation.

« Maman ? » a fini par dire Mica.

Tomika a baissé les yeux vers sa fille, ses larmes ont redoublé. « Je te jure que je ne reviendrai pas. Je serai forte. Je vais prendre soin de nous, ma poupée. Je te promets que je vais prendre soin de nous. »

Vu l'état de ses doigts, je l'ai aidée à ranger ses nouveaux papiers dans son sac à main. J'ai ouvert son portefeuille, retiré son ancien permis de conduire et j'y ai glissé le nouveau, fabriqué par le copain de J.T. avec une des photos de son profil Facebook. En trente secondes, Tomika Miller est devenue Tonya Davis. Je lui ai enroulé mon écharpe turquoise autour du cou, posé des lunettes opaques sur le nez et un bonnet coloré sur la tête pour dissimuler ses cheveux ramenés sur le dessus.

Pour Michael et Mica, nous avions pensé à quelque chose de plus simple : Michael, affublé d'une perruque, est devenu une fillette de sept ans, tandis que Mica, sa queue-de-cheval coupée à la diable, est devenue son petit frère de quatre.

Si par la suite Stan Miller posait des questions, personne n'aurait vu une femme seule prendre le bus avec son fils et sa petite sœur. On aurait vu monter deux femmes et deux enfants (une fille et un garçon plus jeune). Je me suis aussi occupée de prendre tous les billets pour que Tomika puisse garder ses mains bandées dans son blouson. Stan aurait peut-être l'idée de poser la question, mais personne au dépôt d'autobus n'aurait la réponse.

Au dernier moment, je suis descendue du bus, en expliquant que j'avais oublié quelque chose, que je les rejoindrais plus tard.

Juste avant de descendre, j'ai glissé un téléphone à carte prépayée, récemment acheté au Walmart, dans la poche de Michael. Je n'y avais programmé qu'un seul numéro : le mien. J'ai murmuré à son oreille : « Appelle-moi. N'importe quand. Je serai là, Michael. Je serai là. »

Et je suis partie. Cinq minutes plus tard, le bus s'éloignait, Tomika Miller et ses deux enfants prenaient un nouveau départ dans la vie.

Jusqu'au jour où ça deviendrait trop dur et où Tomika céderait au besoin d'appeler son mari. Ou bien craquerait et raconterait son histoire à un ami, qui la raconterait à un ami, qui la raconterait à Stan Miller. À moins que Stan lui-même ne réussisse à retrouver leur trace.

Peut-être que ce jour-là Stan viendrait avec la fameuse hache. Que Michael m'appellerait, supplierait, implorerait, hurlerait avec désespoir pour qu'on vienne l'aider.

Peut-être que ce serait après le 21 janvier, vingt heures.

Et que mon téléphone sonnerait indéfiniment dans le vide. Plus personne de vivant pour répondre.

J'ai regardé ma montre : dix-neuf heures quarante-deux.

Soixante-douze heures et quinze minutes à vivre.

Qu'auriez-vous fait à ma place ?

Je suis retournée vers l'ancienne adresse de Tomika. Vers Stan Miller.

Jusqu'à l'an dernier, j'ignorais que j'avais ça en moi ; je suis, ou plutôt j'étais, profondément, mais alors profondément terrifiée à l'idée de rendre les coups. La première fois que mon entraîneur a voulu me mettre face à un partenaire d'entraînement sur le ring, je n'ai pas pu. Boxer dans le vide, fastoche. Le sac de frappe, pas de problème. La poire de vitesse, marrant. Mais frapper quelqu'un, réellement armer mon bras et lancer mon poing en avant, engager mon épaule, pivoter à la taille, avancer dans ma frappe pour plus d'explosivité, viser précisément le ventre, les reins, le menton, le nez, l'œil droit de mon adversaire… je ne pouvais pas.

Je dansais sur le ring. Esquive, évitement, pas de retrait, pas de côté, parade du coude, petite tape : je faisais tout sauf donner un coup de poing.

Après toutes ces années à me laisser faire. À être une courageuse petite fille, une gentille petite fille. J'étais incapable de riposter.

Ma mère m'avait trop bien dressée.

À la fin de la sixième séance, gagné par la frustration, Dick, mon entraîneur, ancien triple champion du monde, m'en a collé une dans l'œil. Un mal de chien. La pommette explosée. L'œil noyé de larmes. J'ai eu un mouvement de recul et je l'ai regardé avec incrédulité, comme si je n'en revenais pas qu'il ait fait une chose pareille.

Il m'a envoyé un direct dans l'autre œil. Puis dans le ventre, l'épaule, le menton. Il s'est mis à me hurler dessus.

Et j'encaissais. La tête rentrée dans les épaules, les poings à hauteur du visage, les coudes collés au corps, je le laissais me frapper.

Courageuse petite fille. Gentille petite fille.

Ma mère aurait été fière.

Dick a renoncé le premier. Il s'est détourné avec dégoût. En me reprochant de ne pas me battre, en se reprochant de tabasser une fille incapable de se défendre.

Et ça a mis le feu aux poudres. Je me suis enfin rendu compte que j'avais mal. J'ai enfin entendu qu'on me traitait de *fille incapable de se défendre* et j'ai pété un plomb.

Je m'en suis pris à mon entraîneur de cinquante-cinq ans, lui qui avait les cheveux grisonnants et qui portait les stigmates de ses combats, et j'ai essayé de le tuer. Directs, crochets du droit, uppercuts, crochets du gauche, coups de poing consistants, pilonnage des reins. Je l'ai poursuivi aux quatre coins du ring et j'ai découvert en moi une chose dont j'ignorais l'existence : la rage. Une rage pure et simple, sans mélange. Pas seulement la rage classique de la femme de vingt-huit ans qui se met enfin en colère contre sa mère ; mieux, plus violent, la rage de la femme de vingt-huit ans qui se met enfin en colère contre elle-même. Parce qu'elle a encaissé. Parce qu'elle a été une gentille petite fille, une petite fille courageuse, et qu'elle s'est laissé faire. Le Ciel m'était témoin que je m'étais laissé faire toute ma vie, mais que jamais plus ça n'arriverait.

À la fin de la séance, mon entraîneur avait un œil au beurre noir et le nez en compote. J'avais deux yeux au beurre noir et des bleus aux côtes. Et nous exultions tous les deux.

« Voilà ! répéta-t-il à plusieurs reprises alors qu'il faisait goutter du sang sur tout le ring. Je savais que tu pouvais le faire. Je le savais, je le savais, je le savais ! Ça, c'est ce qui s'appelle boxer, Charlie. Ce qui s'appelle mettre de la percussion ! »

En définitive, je ne voulais pas être Tomika Miller, fuir devant des ombres, regarder constamment derrière moi.

Je voulais qu'arrive le 21 janvier. Je voulais ouvrir cette porte. Regarder mon assassin dans les yeux.

Et je voulais le tabasser à mort avant de lui en coller trois dans le buffet. Une pour Randi. Une pour Jackie. Et une pour moi.

Autrefois j'avais été une gentille fille.

Désormais je ne voulais plus jamais en être une.

Je suis arrivée à l'appartement de Tomika dans l'immeuble de logements sociaux à vingt heures vingt-six. Renseignements pris, Stan quittait son poste d'agent de sécurité à dix-neuf heures. En général, il prenait quelques verres avec ses potes avant de rentrer terroriser sa famille vers vingt et une heures.

Un poids lourd. Un mètre quatre-vingt-dix, cent quarante kilos. Pas sportif. Son travail consistait à rester assis dans une guérite pour contrôler les identités dans une grande usine. Bref, il gagnait douze dollars de l'heure pour rester le cul posé sur sa chaise en ayant l'air intimidant. Ça devait vraiment le faire chier, pour qu'ensuite il rentre chez lui jouer les gros bras.

D'après Tomika, il était souvent armé et semblait posséder un stock d'armes à feu inépuisable. D'où venaient-elles, elle l'ignorait et ne posait pas de questions. Mais le soir, ses copains et lui aimaient bien tirer sur des canettes de bière posées sur l'escalier de secours à l'arrière de l'immeuble et aucun n'avait de difficulté à produire une arme.

J'avais donc une trentaine de minutes pour me préparer à affronter un colosse qui pouvait éventuellement avoir plusieurs armes sur lui.

J'avais les mains moites. Mon cœur battait trop vite dans ma poitrine.

Je me suis efforcée de décomposer mon plan en petites étapes facilement réalisables. D'abord, un tour rapide dans l'appartement pour retirer les ampoules. L'obscurité serait mon alliée, l'effet de surprise mon meilleur atout.

À l'instant où Stan ouvrirait la porte, il serait éclairé à contre-jour par le couloir et offrirait une cible évidente. Ma meilleure fenêtre d'action se situerait pendant ces deux premières secondes où il serait pris au dépourvu et enveloppé dans un halo de lumière, tandis que je ne serais qu'une ombre indistincte tapie dans un recoin obscur du salon.

Mon compte à rebours jusqu'au 21 janvier continuerait. Le sien s'arrêterait.

Étape suivante : explorer vite fait tous les tiroirs de la cuisine et des chambres. J'ai trouvé un 22 et un mini-pistolet qui se porte à la cheville. J'ai gardé le mini-pistolet, balancé le 22 dans les toilettes. Ensuite j'ai découvert la boîte à outils de Stan et je me suis mise au travail. Deux précautions valent mieux qu'une.

Dans la chambre du fond, j'ai laissé ouverte la fenêtre qui donnait accès à l'escalier de secours branlant – toujours bon d'avoir une autre issue, surtout si les voisins réagissaient aux coups de feu en envahissant les couloirs de l'immeuble.

Vingt et une heures une. La trouille au ventre. Pas bon. Ma propre angoisse commençait à m'exaspérer. Quoi, nerveuse ? Ça faisait un an que je m'entraînais, que je m'exerçais. Quel intérêt d'être nerveuse ? Vraiment désolée, monsieur l'Assassin-de-mes-deux-meilleures-amies, mais est-ce qu'on pourrait repousser notre affrontement d'une minute, le temps que je retrouve mon calme ? Je vous offre un verre ? Un petit calmant ?

Allez, deuxième prise.

Rien à foutre des nerfs.

J'étais une machine à tuer, affûtée et sans pitié.

Bon sang.

Bruits de pas. Dans le couloir. Lourds, retentissants. *Boum. Boum. Boum.*

Mon pouls est monté en flèche. Mon col roulé s'est resserré autour de mon cou et, à la dernière seconde, j'ai dû écarter la main de mon Taurus pour essuyer ma paume tremblante et moite sur mon jean.

J'avais verrouillé la porte d'entrée. Tout le monde le faisait dans cet immeuble. À ce moment-là, j'ai entendu un cliquetis de clés. Le raclement de crans métalliques qui s'enfonçaient dans la première serrure, puis la seconde. La porte d'entrée s'est ouverte.

Cent quarante kilos de Stan Miller se profilaient sur le pas de la porte.

« Qu'est-ce qu'on bouffe, la grosse ? » a-t-il lancé d'une voix tonitruante dans l'appartement sombre.

Il avait l'air enjoué, presque comme s'il était de bonne humeur.

Alors je lui ai tiré dessus.

J'ai tiré trop à gauche. Ne me demandez ni comment ni pourquoi. Mais mon coup est parti à gauche. Le montant de la porte a volé en éclats, Stan s'est laissé tomber comme une pierre et a roulé-boulé vers la cuisine en poussant un cri. J'ai lâché une kyrielle de jurons et, au milieu de ma stupeur et de ma colère, j'ai compris que j'étais morte, d'autant que si jamais J.T. Dillon apprenait ce qui venait de se passer, il me tuerait de toute façon et m'épargnerait les horribles souffrances du 21.

« Merde, merde, merde ! hurlait Stan. Où est Tomika ? Qu'est-ce que vous lui avez fait ?

— Je l'ai tuée ! Pour t'apprendre à ne pas régler tes dettes. »

(Pure invention de ma part. Deux précautions valent mieux qu'une, pas vrai ? Il faut toujours avoir un plan B et, si je n'arrivais pas à tuer Stan, le mien consistait à lui faire croire que sa famille était morte. Un homme comme lui devait bien avoir des dettes quelque part. Ça collait avec le personnage.)

« Une gonzesse ! » s'est-il exclamé.

Et là-dessus, il s'est relevé dans sa cuisine. Manifestement, être attaqué par une gonzesse ne lui faisait pas plus peur que ça.

Alors je lui ai encore tiré dessus.

Cette fois-ci, je l'ai touché à l'épaule. Il a hurlé à mort, s'est de nouveau effondré.

Il m'a semblé que les choses s'arrangeaient.

Jusqu'au moment où ce cher Stan s'est relevé pour tirer quatre balles dans ma direction. Ce coup-là, je me suis mise précipitamment à l'abri en me maudissant à nouveau. Les deux premières secondes. Les batailles se gagnent ou se perdent dans les deux premières secondes. Il était là, devant moi, en pleine lumière, une cible de cent quarante kilos. Comment j'avais pu me débrouiller pour rater une cible de cent quarante kilos ?

Saloperie !

« Je t'en ferai voir, beuglait Stan. Je vais te trouver et t'en faire voir. Avec un couteau. Méchamment. »

À quatre pattes derrière le fauteuil relax rembourré, mon pistolet devant moi, je tendais le cou pour essayer de sonder l'obscurité de la cuisine. Je n'y voyais rien.

Merde.

J'ai pris une seconde pour me poser. Stan devait en faire autant, un silence inquiétant s'est abattu sur l'appartement. J'ai guetté les bruits de l'immeuble. Des voisins qui hurleraient suite aux coups de feu ou frapperaient au plafond pour réclamer le silence. Des sirènes de police qui retentiraient déjà au bout de la rue.

Rien.

Peut-être qu'à vingt et une heures la majorité des résidents n'étaient pas encore rentrés. Ou bien peut-être que, dans un immeuble où les hommes passaient régulièrement leurs soirées à tirer sur des canettes de bière, plus personne ne remarquait les coups de feu.

Moi si. Mes oreilles bourdonnaient, mon cœur galopait, mes mains tremblaient d'adrénaline et de peur. Même mon estomac n'était pas dans son état normal. Noué, barbouillé, retourné. Le choc, sans doute. La terreur. La rage.

J'ai essayé de me focaliser sur cette rage. La peur m'aurait fait tuer. La colère était le dernier espoir qui me restait.

« Qui t'es ? a relancé Stan d'une voix de stentor. J'en ai pas, des dettes, alors qui t'es ? »

Je n'ai pas répondu, mais j'ai repéré que sa voix venait du couloir à gauche de la cuisine. Je le devinais tout juste, son sweat-shirt gris apparaissait comme une faible lueur sur le sol à peine éclairé. Il était subrepticement sorti à découvert. Sans doute pour me prendre à revers, mais aussi pour éviter d'être acculé. La cuisine n'était un bon terrain ni pour l'un ni pour l'autre ; trop petite, pas d'espace. Le salon était préférable. La chambre du fond, avec sa fenêtre ouverte sur le quatrième palier de l'escalier de secours, encore mieux.

Mais pour que je rejoigne la chambre, il fallait que Stan dégage du couloir. Très bien.

Je lui ai encore tiré dessus.

Pour un obèse, il se déplaçait relativement vite. Il s'est relevé d'un bond de sa position accroupie pour se jeter dans la chambre des enfants. J'ignorais si je l'avais touché ou non, et je ne me suis pas attardée pour le savoir. Je me suis ruée dans le petit corridor vers la chambre du fond et il a ouvert le feu dans mon dos. La moquette a explosé à mes pieds. Une pluie de plâtre est tombée du plafond.

Il tirait encore plus mal que moi. Évidemment, et heureusement pour moi, son récent séjour de quelques heures dans un bar ne devait pas l'aider à viser.

Quatre foulées en zigzag et je déboulais dans la chambre du fond. Nouvelle détonation assourdissante et je me jetais par-dessus le rebord de la fenêtre, grimaçais en retombant lourdement sur l'escalier de secours. Au moment de l'impact, j'ai senti la plateforme branlante osciller. Impossible de rester là. J'aurais été piégée sur le petit balcon fermé et il n'aurait eu qu'à me tirer comme un lapin.

Je n'ai plus réfléchi, j'ai agi. Pestant dans l'obscurité, j'ai désespérément cherché le premier barreau de l'échelle métallique qui descendait. Je me suis assommée contre d'autres barreaux, ceux qui montaient, j'ai vacillé et une grosse patte s'est refermée sur mon épaule.

Stan avait passé sa tête et ses épaules massives par la fenêtre pour m'empoigner.

« Ah, je te tiens ! Je vais t'en faire baver, salope. Tu vas en voir avec ma hache, et mon marteau, et mon couteau. Je vais te le faire payer. »

C'était marrant qu'il dise ça, vu que c'était moi qui avais un pistolet. Une petite contorsion et le canon de mon 22 était braqué sur sa tempe.

Stan s'est figé. Ses yeux se sont arrondis. Sa bouche a dessiné le fameux O de stupéfaction et il a hoqueté quand j'ai encore plus enfoncé le canon de mon arme dans sa grosse tête. Le grand Stan avait commis une erreur : il m'avait attrapée avec sa main gauche et, comme ses épaules larges se trouvaient coincées dans la fenêtre étroite, sa main droite, celle qui tenait le pistolet, était bloquée, inutile, dans la chambre. Il allait falloir qu'il me lâche et qu'il rentre son épaule gauche dans l'appartement s'il voulait sortir sa main droite.

Les batailles se gagnent dans les deux premières secondes ou dans les deux dernières minutes.

L'escalier de secours tanguait, instable, me donnait l'impression de planer dans les airs. J'ai souri à Stan. J'ai soufflé et regardé mon haleine glacée former une brume dans la nuit froide.

La scène me semblait exactement telle qu'elle devait être.

Tire. Appuie sur la détente. Pour Tomika, pour Michael et pour Mica.

Pour le marteau de Stan, pour les doigts de sa famille et pour leurs longues nuits de terreur.

Je voulais le faire. J'en avais besoin.

Pour ce petit garçon du Colorado que je ne parvenais toujours pas à oublier. Pour tous les enfants en larmes, toutes les mères terrorisées qui appelaient le 911, mais dont les problèmes étaient trop graves pour qu'une opératrice ou un agent de patrouille puisse leur venir en aide.

Allez, tire.

Un bébé. Qui pleurait au bout du couloir. J'entendais de nouveau sa voix, si proche, si claire. Un bébé, chez ma mère, qui pleurait au bout du couloir.

Sucre, épices et autres douceurs, voilà ce qu'il faut aux petites filles.

Sucre, épices et verre pilé, aurais-je dû dire à l'infirmière. Si seulement je l'avais dit à l'infirmière. Pourquoi n'avais-je rien dit à cette gentille infirmière ?

MAIS TIRE DONC !

Tu vas tirer, putain !

Je ne pouvais pas. Je dévisageais Stan Miller, je le regardais dans le blanc des yeux, j'enfonçais mon pistolet chromé toujours plus profond dans sa tempe… et je ne pouvais pas. Ma main tremblait trop fort.

J'ai pris mon élan et je lui ai donné un coup de crosse dans la tempe.

Stan a poussé un hurlement. Il m'a lâchée. Il a reculé dans la pièce.

J'ai foncé. Dévalé le vieil escalier de secours dont les échelons métalliques rouillés vibraient, et toute la structure se balançait sous l'impact de ma cavalcade tandis que je glissais et sautais tour à tour d'un palier à l'autre, prête à tout pour rejoindre la rue quatre étages plus bas.

Stan allait sortir son bras droit. Il allait se lancer à ma poursuite. Et il n'hésiterait pas à tuer une femme de sang-froid.

J'ai senti l'escalier grogner de nouveau. Entendu, plus que je n'ai vu, Stan se tortiller et sortir avec force contorsions son corps d'assassin obèse sur l'étroit palier du quatrième.

Plus vite, plus vite. Le temps m'était compté désormais. Allez, allez, allez.

L'escalier gémissait, soupirait, grinçait sinistrement.

« Je t'aurai, salope, vociférait Stan au-dessus de moi. T'échapperas pas au grand Stan. Qu'est-ce que t'as fait à ma famille ? Où est ma Tomika ? Allez, dis-le-moi. Raconte ou je t'explose la tronche. »

Le premier rivet métallique qui fixait le palier du quatrième à l'immeuble en brique vétuste a sauté. Puis le deuxième, le troisième, le quatrième.

Allez, allez, allez, je m'encourageais. Pas de temps à perdre. Jack poursuivi par l'ogre le long du haricot magique. *Cours !*

Tout l'escalier de secours oscillait au-dessus de moi. Au moment où je prenais le virage à cent quatre-vingts degrés deux paliers en dessous de lui, j'ai su que Stan avait compris ce qui était en train de se passer parce qu'il a lâché son arme. Elle est tombée devant moi, manquant de peu ma tête. Stan n'avait plus besoin de son pistolet. Il se raccrochait plutôt à la rampe.

Mais ça ne l'aiderait en rien. Je le savais : c'était moi qui avais desserré tous ces rivets qui fixaient les quatre niveaux de l'escalier de secours branlant aux vieilles briques de l'immeuble délabré.

Deux précautions valent mieux qu'une.

Je ne pèse que cinquante-deux kilos. Trop frêle pour combattre un ogre comme Stan. Mais suffisamment légère et rapide pour le battre à la course dans un escalier de secours en passe de s'effondrer.

L'échelle instable tremblait maintenant sous mes pieds. Au-dessus de moi, j'ai entendu un terrible grincement (le palier du quatrième qui s'écartait de l'immeuble) et ensuite je l'ai senti, comme une immense chaîne, arracher les différents paliers du flanc de cet immeuble construit au rabais. *Ping. Ping. Ping.*

Stan hurlait.

Le métal gémissait. Dans l'immeuble, les gens commençaient à pousser des cris devant ce tumulte inattendu tandis que sous mes pieds l'échelle se dérobait soudain. Un étage au-dessus de la rue. Je n'allais pas y arriver.

J'ai sauté, je suis tombée et j'ai roulé au sol. Sur le côté, pour m'éloigner de la structure métallique qui s'effondrait dans un fracas de tonnerre jusque sur le trottoir d'en face.

Encore des cris. Des hurlements. Des gémissements.

Stan Miller a fait un plongeon de quatre étages vers le trottoir verglacé.

Alors les cris se sont tus. Un nuage de sable grossier mêlé de neige sale s'est soulevé, est retombé.

Chancelante, je me suis relevée, je me suis frotté les yeux, j'ai pris conscience d'une douleur à la cheville. Pas le moment. Les gens se ruaient dehors. Des habitants de l'immeuble, à qui les coups de feu et les cris n'avaient fait ni chaud ni froid, mais là, ça dépassait les bornes. Personne, jamais, n'avait vu une chose pareille. Ils se sont attroupés dans la rue, en jacassant, en appelant sur leur portable, en secouant la tête et, ensuite, quand ils ont aperçu l'énorme cadavre de Stan, empalé sur plusieurs échelons arrachés, une première femme a poussé un cri d'horreur et plusieurs autres l'ont imitée.

J'ai regardé le carnage, le monceau de débris informes, le sang qui maculait le devant de la chemise de Stan.

Et j'ai couru.

Je n'ai pas regardé derrière moi. Les femmes qui hurlaient. Les cris qui montaient, l'exclamation de stupeur de l'unique gamin qui m'avait vue prendre la fuite.

J'ai couru, couru, couru, le corps agité d'un irrépressible tremblement.

Au coin de la rue, je me suis arrêtée le temps de récupérer ma sacoche sous un buisson couvert de neige. Et j'ai repris ma course.

Vingt et une heures cinquante-six.

Soixante-dix heures à vivre.

Qu'auriez-vous fait à ma place ?

14

Bébé Jack pleurait à nouveau. Il n'était pas dans son assiette et tenait à ce que ça se sache.

« Il tient ça de moi », dit D.D.

Il était vingt et une heures. Jack ne s'était arrêté de pleurer que par intermittence depuis qu'elle était allée le chercher à la garderie, où il avait apparemment passé une journée très difficile. Pas de fièvre. Pas de régurgitations. Mais il fronçait le visage, serrait les poings et moulinait des jambes comme s'il courait un marathon.

Jusque-là, ils lui avaient donné des gouttes censées le soulager de ses gaz. Pas d'une efficacité phénoménale, ce truc, se disait D.D.

« On pourrait appeler le pédiatre », suggéra Alex, assis dans le canapé.

Elle-même essayait de calmer Jack dans le rocking-chair.

« Et admettre que nous sommes dépassés ? » dit D.D.

Alex la regarda bizarrement : « Nous *sommes* dépassés. Et nous ne serons pas les premiers jeunes parents à harceler leur médecin de questions au milieu de la nuit. Ils sont là pour ça, zut ! »

Le mouvement d'humeur d'Alex, inattendu, attira enfin l'attention de D.D. Elle remarqua ses cheveux grisonnants, dressés sur sa tête à l'heure qu'il était. Les cernes sombres sous ses yeux. Ses traits tirés.

Il avait une gueule de déterré, d'homme qui n'avait pas dormi depuis des années. Est-ce qu'elle-même avait aussi mauvaise mine ? Maintenant qu'elle y pensait, Phil lui avait tapé quatre fois dans le dos aujourd'hui, avec une compassion manifeste. D'un seul coup, elle comprit.

« Le bébé est en train de gagner ! s'écria-t-elle.

— Ça me paraît un bon résumé de la situation, convint Alex avec lassitude.

— Il n'a que dix semaines. Comment peut-il déjà nous dominer ? »

Alex regarda son fils qui braillait : « De la même façon que la jeunesse l'emporte toujours sur la vieillesse : capacité de résistance, vitesse de récupération.

— Nous sommes deux grandes personnes, fortes, intelligentes, pleines de ressources. Nous ne pouvons pas nous laisser vaincre par un nourrisson. J'étais persuadée qu'on tiendrait le coup jusqu'à ce qu'il ait au moins dix-sept ans et qu'il réclame une voiture. À propos : quand il aura trois ans et qu'il voudra un téléphone portable, ce sera non. Et quand il en aura cinq et qu'il voudra son profil Facebook, même chose. »

Alex la regarda, les yeux creux, les joues mal rasées. « Entendu.

— Tu savais que la principale cible des cyberpédophiles, ce sont les garçons de cinq à neuf ans ?

— Non ! » Alex n'en revenait pas.

« Eh si. C'est un grand méchant monde qui nous guette là-dehors. Et ce joli petit portable posé sur la table en contient plus qu'on ne l'imagine. »

Alex passa une main tremblante dans ses cheveux : « Bon, ce n'est pas comme si j'avais prévu de dormir cette nuit. Ça vient de ta nouvelle affaire ?

— Oui, je me fais seconder par une collègue de la brigade des mœurs, Ellen O. Elle est spécialiste de la cyberpédophilie, alors Phil et elle ont passé la journée à éplucher les rapports d'analyse sur les ordinateurs des deux victimes et à échanger dans leur jargon.

— Un lien entre les deux pervers ?

— Toutes sortes de liens. Mais l'ironie du sort, c'est qu'il y a tellement de points communs dans la liste de leurs sites favoris qu'on ne peut presque rien en tirer. La question n'est plus de savoir s'ils se sont croisés sur Internet, mais sur combien de sites, communautés et autres forums. On en a pour un moment.

— Neil examine toujours les photos ?

— Oui, malheureusement pour lui. Il a fini les six premières boîtes et il a déjà l'air d'un mort-vivant. C'est clair qu'il va avoir besoin d'un congé pour récupérer. J'ai voulu discuter avec lui, aujourd'hui, mais il n'est pas encore prêt. "Juste un sale moment à passer", il m'a dit. » D.D. soupira, songea à son jeune coéquipier avec une réelle inquiétude et soupira de nouveau : « J'admirerais presque sa naïveté. »

Elle changea le petit Jack d'épaule, recommença à se balancer. À en croire les geignements dans son oreille, le bébé ne se plaisait pas davantage sur son épaule gauche que sur la droite.

Alex se leva : « Tu veux que je prenne le relais ? »

Il montrait Jack qui pédalait comme un beau diable.

D.D. caressa le dos de son fils ; cela la contrariait de ne pas réussir à le calmer. Comme si c'était à la fois de sa faute et prévisible. La preuve qu'elle n'était pas suffisamment maternelle, qu'elle était aussi distante que ses propres parents. Sauf qu'elle ne se sentait ni froide ni dédaigneuse. Elle ne supportait pas que son bébé ne soit pas bien. Elle souhaitait plus que tout faire le bon geste, dire les bons mots, ceux qui l'apaiseraient. Jusque-là, ils avaient tenté de lui faire faire son rot, de changer sa couche, de le bercer, de lui chanter une chanson, de marcher, de faire un tour en voiture. Peine perdue.

Le bébé était en train de gagner. Et ils étaient vieux.

« D'accord, accepta-t-elle à contrecœur.

— Et le rapport balistique ? demanda Alex en transférant Jack de l'épaule de D.D. à sa poitrine. Quoi que ce soit qui permettrait de relier de manière probante le second meurtre au premier ?

— J'ai un message, annonça triomphalement D.D. Laissé dans la poche de la première victime. Exactement le même texte : *Tout le monde doit mourir un jour. Courage.* Exactement la même petite écriture serrée. »

Alex en restait sans voix. Mais Jack non.

« Peut-être qu'on devrait encore essayer de faire un tour en voiture, proposa D.D.

— Pas sûr qu'il soit prudent que l'un ou l'autre prenne le volant. »

D.D. en convint avec lassitude. Alex avait raison. Ils étaient abrutis de fatigue. Ce qui expliquait qu'ils parlent boulot : c'était le seul sujet de conversation qui leur venait naturellement.

« Le rapport balistique devrait arriver demain, murmura-t-elle.

— Avant ou après l'atterrissage de tes parents ?

— *Merde !* »

Alex arrêta de faire les cent pas avec le bébé : « Je n'étais pas censé te le rappeler ?

— On devrait s'enfuir », dit D.D.

Elle ne pouvait pas faire face. Elle était trop fatiguée et son bébé la détestait. Jamais elle ne pourrait affronter sa mère par-dessus le marché.

« Je pourrais aller les chercher, proposa bravement Alex. Je passerais prendre Jack à la garderie, je ferais les présentations. Comme ça, si tu te retrouves coincée au bureau, ce ne sera pas un drame. Tu pourras toujours nous retrouver pour le dîner, quelque chose comme ça.

— Ils ne me le pardonneront jamais.

— Mais si, ils te le pardonneront. Tu es la mère de leur petit-fils. Et quand il ne braille pas comme un cochon qu'on égorge, c'est le petit garçon le plus mignon, le plus adorable, le plus intelligent qu'on ait jamais vu. Hein, monsieur ? »

Alex leva Jack à bout de bras, le fit sauter en l'air et le rattrapa.

Jack arrêta de pleurer. Il regarda son père. Eut un hoquet, un deuxième.

Encouragé, Alex le fit encore sauter légèrement.

Jack atterrit entre les mains de son père, hoqueta à nouveau, puis, dans un gigantesque rot, se libéra enfin des gaz qui encombraient son petit bidon en rendant tout son dîner liquide sur le torse de son père.

Alex se figea.

« Bon, au moins il ne pleure plus », dit-il finalement.

D.D. courut chercher des serviettes, des lingettes.

« Tu es le meilleur père du monde entier, assura-t-elle à son compagnon en manque de sommeil. Pour la fête des Pères, ce n'est pas une, mais deux cravates que Jack t'offrira. Juré ! »

D.D. finissait tout juste de nettoyer et d'installer Jack dans son cosy quand son téléphone portable sonna. Elle consulta l'écran. Numéro caché, ce qui, à une heure aussi tardive, pouvait signifier toutes sortes de choses. Par pure curiosité, D.D. décrocha.

« Commandant D.D. Warren ? Kimberly Quincy, agent spécial du FBI à Atlanta. Désolée d'appeler si tard.

— Oh, fit D.D. Mais non, mais non. Pas de problème.

— J'ai été en mission toute la journée, reprit vivement Kimberly. Je viens d'avoir votre message et je pensais vous rappeler demain, mais je me suis souvenue de la date.

— Plus que deux jours et demi avant le 21, confirma D.D.

— Exactement. Je me suis dit que vous deviez avoir du nouveau si vous m'appeliez et que vous seriez contente que je vous rappelle le plus tôt possible.

— J'ai rencontré la troisième de la bande, Charlene Rosalind Carter Grant. Je crois que vous la connaissez.

— On peut dire ça.

— Eh bien, maintenant, je la connais aussi. Comme vous le disiez, on est presque le 21. Charlie est sur le sentier de la guerre. Et, en cas de défaite, elle voudrait que je me charge d'enquêter sur son assassinat.

— Ah.

— Avec tout le respect que je vous dois, ça fait dix semaines que je n'ai pas dormi. J'attendais un peu plus qu'un "ah" de la part du FBI.

— Grosse affaire ?

— Nouveau-né.

— Fille ou garçon ? demanda Kimberly en s'animant.

— Un garçon. Qui crie, qui pleure, qui grinche, magnifique.

— Moi, j'ai deux filles. Celle de sept ans veut un téléphone portable. Celle de quatre un petit chien. Vous êtes sûre que vous ne voulez pas un coup de main pour votre affaire ? Je saute dans le premier avion. »

D.D. sourit : « Vous êtes censée me dire que ça devient plus facile avec le temps. "Ça passera. Élever des enfants apporte chaque jour plus de bonheur." Mentez-moi. Un bon petit mensonge, c'est tout à fait ce qu'il me faut en ce moment.

— Absolument. Le meilleur est devant vous. Mais, soit dit en passant, ne laissez jamais une gamine de cinq ans seule avec une corde à sauter et sa sœur de deux ans ; et si votre mari travaille aussi souvent de nuit que le mien, achetez-vous tout de suite un lit extra-large parce que votre chambre risque d'être envahie par toutes sortes d'aliens.

— Pas évident de caser un lit extra-large dans les maisons qu'on construit à Boston. Et pour ce qui est de la corde à sauter ?

— Si on veut être précis, la petite n'est restée ligotée que dix minutes avant de comprendre qu'elle pouvait se libérer en se tortillant. C'est de la faute de mon mari. Il aime vivre en pleine nature, alors il n'arrête pas d'apprendre aux filles des “techniques” qui font infailliblement fuir les baby-sitters.

— Qu'est-ce qu'il fait, votre mari ?

— Il travaille dans la police d'État.

— Ah, donc vos filles ont deux parents agents spéciaux : le FBI pour l'un et le GBI pour l'autre.

— Peut-être que ceci explique cela, reconnut Kimberly.

— Mon compagnon aussi est ancien enquêteur et maintenant il enseigne l'analyse de scène de crime à l'école de police. J'imagine que la première fois que Jack s'écorchera le genou, il ira d'abord chercher des plots pour matérialiser la scène de crime avant de sortir un pansement.

— Mac emmène Eliza, notre aînée, au stand de tir. Il jure que, dès la première fois, elle a fait un tir groupé de trois balles dans la poitrine. On dirait que c'est dans les gènes de viser le tronc.

— Votre fille de sept ans sait se servir d'une arme à feu ?

— On est dans le Sud, ma belle. On aime bien nos armes.

— Et moi, j'aime bien votre fille, lui assura D.D.

— Moi aussi. Alors, qu'est-ce que je peux vous apprendre sur l'assassinat de Jackie Knowles ? Je suppose que vous avez lu le rapport de mon père.

— Le rapport de votre…, répéta lentement D.D. avant de comprendre : Le consultant, Pierce Quincy, l'ancien agent du FBI, c'est votre père ?

— Voilà. C'est par ce biais que je me suis intéressée à l'affaire. En général, les simples homicides n'attirent pas l'attention du FBI, mais c'était mon père qui s'était livré à une première analyse de la scène de crime dans le Rhode Island. Il a observé que plusieurs variables se recoupaient entre le meurtre de Providence et celui d'Atlanta, or, un tueur qui opère dans plusieurs États, c'est tout à fait dans les cordes du FBI.

— Donc, pour vous, il ne fait aucun doute que les meurtres sont liés.

— Difficile de penser le contraire, asséna Kimberly. Les victimes se connaissaient. Elles ont été assassinées exactement à un an d'intervalle par un individu qui s'est servi de la même méthode. Il y a un lien, c'est évident. Quel est-il ? je l'ignore, mais il existe.

— Votre opinion sur la troisième de la bande, Charlene bla-bla Grant ?

— Je ne l'ai rencontrée qu'à deux ou trois reprises et chaque fois elle était remontée contre les enquêteurs chargés d'élucider le meurtre de ses amies. Elle a beaucoup plus souvent été en relation avec mon père, et de manière bien plus cordiale. Il l'apprécie, mais reste réservé à son sujet. Même s'il semble qu'elle portait une affection sincère et passionnée à ses amies et même si elle n'a cessé de plaider leur cause avec énergie…

— Elle reste parmi les principaux suspects.

— Voilà.

— Un alibi pour le meurtre de Knowles ?

— Sa tante affirme qu'elle se trouvait dans le New Hampshire le soir du 21. À midi, le 22, quand elle a appris par la police locale que Jackie était morte, elle a pris un vol direct depuis Portland, dans le Maine. Son nom figure sur le billet et on a pu confirmer qu'elle a pris ce vol Delta Air Lines. Bref, un alibi convenable.

— Il y a un "mais" dans votre voix. »

Kimberly soupira : « La seule piste que nous ayons jamais eue dans cette affaire, c'est un voisin de Jackie qui prétend l'avoir vue rentrer à plus de vingt et une heures le 21 et qu'elle n'était pas seule. Elle avait ramené une amie avec elle : une femme avec des cheveux longs, bruns, plutôt menue.

— Comme Charlene Grant, observa pensivement D.D.

— Qui se trouvait à deux mille kilomètres de là avec sa tante. Malheureusement, le voisin n'a vu la femme que de dos, donc ce n'est pas ce qu'on fait de mieux comme signalement, mais c'est tout ce dont nous disposons.

— La scène de crime ? relança D.D.

— Propre. D'une propreté qui sautait aux yeux. Les interrupteurs essuyés, les parquets lavés à la serpillière, les coussins au garde-à-vous sur le canapé. La cuisine, l'entrée, le séjour : tout était impeccable. L'assassin a pris son temps, il se sentait à l'aise dans la maison. Perfectionniste, méthodique, intelligent.

— Puissant, ajouta D.D. Strangulation manuelle, non ?

— Oui, et mort par asphyxie. Donc de la force dans les mains. Mais là-dessus je serais moins catégorique que les collègues de Rhode Island. Ils considéraient la strangulation manuelle comme la preuve que l'assassin était forcément un homme. C'est peut-être le fait d'habiter dans le Sud, mais j'ai vu assez de petites vieilles arracher le cou à des poulets pour avoir des idées moins arrêtées sur la question. Beaucoup de femmes ont une force non négligeable dans le haut du corps. Donc il me semble qu'une femme aurait pu le faire, surtout en agressant l'autre par-derrière.

— Et pourquoi pas cette "amie" que Jackie a ramenée chez elle ce soir-là. Vous avez enquêté dans les bars de la ville ?

— Oui, les relevés de carte de crédit nous ont appris où Jackie avait passé la soirée. Malheureusement, c'était à l'inauguration d'un nouveau bar. Quand nous leur avons présenté la photo de Jackie, plusieurs serveurs se sont souvenus de l'avoir vue ce soir-là, mais personne ne faisait très attention. La soirée d'ouverture était un succès monstre et ils ne savaient plus où donner de la tête.

— Sa messagerie Internet, le relevé d'appels de son portable ?

— Pas de contact récent avec une nouvelle amie, ni de rendez-vous noté sur son agenda. J'imagine que Jackie n'avait pas prévu de retrouver quelqu'un ce soir-là. Je pense que l'autre femme l'a abordée.

— Après l'avoir suivie ?

— Bonne question.

— Et elle a convaincu Jackie de l'emmener chez elle.

— Simple hypothèse, mais intéressante.

— D'autant que Jackie aurait pu se méfier d'un homme, après ce qui était arrivé à son amie Randi. Mais elle n'aurait pas eu les mêmes réserves avec une inconnue.

— Selon ses proches, Jackie pensait que Randi avait été tuée par son ex-mari. Donc rien ne dit qu'elle était sur ses gardes, de toute façon. Et puis, c'était le premier anniversaire du meurtre de sa meilleure amie.

Elle se retrouve dans un bar, se sent probablement un peu seule, un peu le vague à l'âme…

— En s'y prenant bien : *Hé, très joli, votre pull, ça ne vous dérange pas si je m'assois…*

— On discute un peu, on prend quelques verres.

— Jackie était une proie facile. Si on part du principe que notre tueur était une femme très douée pour la manipulation.

— Vu les deux scènes de crime, nous cherchons un individu très habile pour mettre les gens en confiance. Et il faut bien avouer qu'on ne peut pas en dire autant de tous les assassins. »

D.D. hocha la tête, rumina cette idée. Cette affaire qui n'en était même pas une s'imposait de plus en plus à elle, commençait à l'habiter. Une énigme dans une énigme.

« Bon, si on résume, il nous reste deux jours avant le 21, reprit-elle. L'action s'est déplacée à Boston, où vit le dernier membre du trio, Charlene Rosalind Carter Grant. Pas de doute : elle est sur ses gardes. Elle se promène avec un 22, elle court, fait du sport, potasse les techniques de la police scientifique et la criminologie, va jusqu'à prendre contact avec une enquêtrice. Je la vois mal ramener chez elle un nouvel "ami", homme ou femme, le 21.

— Peu probable, convint Kimberly.

— Donc notre tueur devra inventer un autre stratagème, murmura D.D., toujours songeuse.

— Que désire Charlene par-dessus tout ?

— Comment ça ?

— Si vous étiez un assassin et que vous vouliez attirer l'attention d'une victime qui a toutes les raisons de se tenir sur ses gardes, il faudrait lui faire miroiter quelque chose de si désirable, de si intime et de si irrésistible que même cette paranoïaque de Charlene serait prête à faire fi de toute prudence rien que pour en apprendre davantage.

— Elle veut savoir qui a tué ses amies.

— Alors peut-être que l'assassin a la partie encore plus facile cette fois-ci. Elle n'a pas à "faire semblant" d'être quoi que ce soit. Elle peut se contenter d'être elle-même. Parce que c'est *elle* que Charlene veut plus que tout au monde. Elle détient toutes les clés sur les derniers instants de Randi et Jackie. Et quand un criminel vous a enlevé des êtres chers… c'est très difficile de tourner le dos à ça. Même si votre raison vous dicte le contraire, le désir, le *besoin* de savoir ce qui est arrivé à ceux que vous aimiez… C'est un levier très puissant. Je ne pourrais pas reprocher à Charlie de ne pas arriver à fermer cette porte.

— Qui avez-vous perdu ? demanda D.D. avec tact.

— Ma mère et ma sœur.

— Et si l'assassin vous contactait demain ?

— Il faudrait qu'il recoure aux services d'un médium, répondit impassiblement Kimberly.

— Mais aujourd'hui votre fille de sept ans est capable d'en mettre trois dans le buffet.

— Voilà.

— Logique.

— Charlene se prépare physiquement, enchaîna brusquement Kimberly. Mais les méthodes de son assassin sont psychologiques. Il établit une relation intime. Personnelle. À quoi bon courir le kilomètre en moins de quatre minutes si c'est elle-même qui ouvre la porte de son plein gré ? Charlene n'a pas besoin d'être forte physiquement. Elle a besoin d'être forte dans sa tête. C'est comme ça qu'elle survivra au 21.

— Je donnerais bien un coup de pied dans la fourmilière, déclara D.D.

— C'est-à-dire ?

— Facebook, les réseaux sociaux. Je travaille avec une collègue qui est assez spécialiste de ces questions. On envisageait de créer une page Facebook avec des messages commémorant la mort de Randi et de Jackie. Histoire de voir qui réagit. »

Kimberly médita cette idée : « Et si vous laissiez fuiter des infos ?

— Sur la scène de crime, vous voulez dire ?

— De fausses informations, un rapport d'enquête criminologique par exemple. Qui ferait du tueur un portrait peu flatteur. Non, je retire ce que je viens de dire. Qui mettrait en lumière… une erreur. Notre assassin aime maîtriser la situation, n'est-ce pas ? Il est soigné, ordonné, méthodique. Et si vous révéliez qu'il a laissé un détail lui échapper chez Jackie Knowles ? Un détail qui constitue aujourd'hui une piste possible dans le cadre de l'enquête. Ça mettrait l'assassin sur la défensive, il commencerait à gamberger.

— On entrerait dans sa tête.

— L'arroseur arrosé.

— Une idée sur ce détail ? »

Kimberly hésita : « À votre place, je demanderais à mon père. Il connaît les deux scènes de crime, il a été profileur. Tripatouiller dans le cerveau d'un criminel. Il va adorer. Passez-lui donc un coup de fil.

— Merci.

— Je vous en prie. Tenez-moi au courant. Surtout le 21.

— Ça marche. Bon courage avec vos grandes filles.

— Bon courage avec votre petit garçon. »

Les deux femmes soupirèrent en chœur et raccrochèrent.

15

J'ai été en retard pour prendre mon service de nuit. Première fois de ma vie. Je n'ai pas pu faire autrement.

Il avait fallu que je coure jusqu'à la station de métro. Ensuite que j'attende que la rame me ramène à Cambridge. Puis que je coure encore sept minutes, le nez morveux et les yeux noyés de larmes, jusqu'à ma chambre de location. Mme Beal n'était pas chez elle, mais Tulip attendait sous la véranda.

Je n'ai même pas réfléchi une seconde. J'ai pris dans mes bras le corps chaud, compact, de cette chienne qui n'était pas ma chienne et j'ai enfoui mon visage dans les replis lisses de son cou. Tulip a posé sa tête sur mon épaule. Je l'ai sentie soupirer, comme si elle-même se libérait d'une grande tension. Et nous sommes restées debout comme ça, moi la portant, elle la tête posée sur mon épaule.

Et peut-être bien que j'ai encore pleuré un peu. Qu'elle a léché les larmes sur mes joues. Que je lui ai dit que je l'aimais. Et qu'elle a battu de la queue pour me dire qu'elle m'aimait aussi.

Je l'ai emportée dans ma chambre. Ça m'était égal, maintenant, que Frances nous découvre et me jette dehors. Il restait si peu de temps. Quelle importance, désormais ? Si peu de temps.

Stan Miller. Les barreaux métalliques qui ressortaient de son corps massif. Le sang qui dégoulinait des coins de sa bouche. Les yeux sans regard qui ne cesseraient plus jamais de me fixer.

J'ai planqué Tulip dans ma chambre avec une gamelle de croquettes et je me suis réfugiée au bout du couloir pour une longue douche bien chaude. Je me suis étrillée des pieds à la tête. Puis shampoing, rinçage, après-shampoing. Et rebelote.

Est-ce que c'était mon imagination ou est-ce que je sentais encore l'odeur de la poudre sur mes doigts ? J'ai cherché sur mon corps dénudé d'autres indices de mes activités nocturnes. Du sang, des ecchymoses, n'importe quoi. Je me sentais intérieurement transformée, donc il aurait été logique que l'extérieur change aussi.

Mais… rien. Les gants de tir en cuir avaient fait leur office et protégé mes mains endommagées par la boxe quand j'avais dévalé en catastrophe l'échelle de secours. Mes gros vêtements d'hiver avaient fait leur office et préservé ma peau déjà couverte de cicatrices lorsque j'avais sauté et roulé à terre. Même ma cheville ne s'en ressentait presque plus, vite remise de sa légère foulure.

Quand je suis sortie de la douche, j'ai essuyé la buée du miroir pour avoir confirmation de ce que je savais déjà.

Je venais de tuer un homme et strictement rien dans mon apparence n'avait changé.

Charlene Rosalind Carter Grant, je vous présente Charlene Rosalind Carter Grant.

Nièce aimante, amie fidèle, opératrice respectée et tueuse de sang-froid.

J'ai été reprise de tremblements, alors je suis retournée sous la douche en mettant l'eau aussi bouillante que possible, mais sans réussir à vaincre le froid.

Vingt-trois heures quinze. Tulip et moi prenions un taxi pour aller au travail.

Avant-dernière permanence.

Soixante-huit heures et quarante-cinq minutes.

Je serrais contre moi la chienne qui n'était pas ma chienne.

« Le bébé pleure.

— P-p-pardon ?

— Le bébé pleure. Au bout du couloir. Tout le temps, tout le temps, tout le temps. Rien ne marche. J'y arrive pas… » Un soupir tremblé. « J'y arrive pas, j'y arrive pas, j'y arrive pas. S'il vous plaît, madame, dites-moi comment faire pour que ça s'arrête. »

Seule dans la lueur de ma rangée d'écrans et d'une télé dont le son était coupé, je me suis passé les mains sur le visage pour m'obliger à me concentrer. Un bébé qui pleurait. Un jeune parent dépassé. Dans le top 10 des motifs d'appel. La procédure voulait qu'on s'assure de la santé physique du nouveau-né et de la santé mentale du jeune parent. Si l'un et l'autre allaient bien, rappeler au requérant que le 911 était fait pour les urgences, pas pour donner des conseils éducatifs, et raccrocher.

Je n'ai pas raccroché. La permanence avait été relativement tranquille ; sur le scanner, ça jacassait à propos d'un meurtre pour lequel l'intervention était déjà en cours, et aucune autre urgence ne se présentait au portillon. Et je savais, comme beaucoup d'opérateurs qui attendent seuls dans la pénombre de centres d'appel à deux heures du matin, que parfois les gens ont simplement besoin de parler.

Alors j'ai laissé mon interlocutrice parler. J'ai appris le nom de sa petite fille de neuf mois, Moesha. J'ai appris que le père du bébé travaillait de nuit dans une entreprise de gardiennage. Que Simone, dix-neuf ans, espérait encore décrocher son diplôme d'études secondaires pour devenir un jour technicienne vétérinaire. Elle avait été ravie de tomber enceinte, elle s'accrochait encore à des rêves de mariage. Mais sa petite fille pleurait presque toutes les nuits et ça devenait dur, surtout que le père du bébé se comportait comme un sale con, que Simone avait juste envie d'aller faire du shopping avec ses copines, mais qu'elle n'avait pas d'argent et que son copain lui avait dit qu'elle était trop grosse pour s'acheter des vêtements neufs, pourquoi elle n'attendait pas d'avoir perdu tous les kilos pris pendant la grossesse et, *yo*, c'était pour quand, d'ailleurs ?

Simone parlait. Simone pleurait. Simone parlait encore.

Je l'écoutais en caressant la tête de Tulip.

Simone a vidé son sac. L'appel s'est terminé. L'écran est redevenu vierge.

Assise dans le noir, je lissais les oreilles tombantes de Tulip.

« Le bébé pleure », lui ai-je murmuré.

Elle a levé les yeux vers moi.

« Au bout du couloir. »

Elle a posé la tête sur mes genoux.

« J'ai foiré, Tulip. Il y a des années et des années, chez ma mère… Je n'ai pas su aider ce bébé. Et c'est pour ça que je ne pense plus à ma mère. Je ne veux pas me souvenir. Mais ça n'a plus d'importance, pas vrai ? Ce qui est fait est fait. »

Tulip a flairé ma main.

Je lui ai souri, j'ai caressé sa tête : « C'est marrant, j'aurai passé toute une année à faire des plans, à me préparer, à élaborer une stratégie pour mon dernier combat. Et en fin de compte je vais sans doute mourir comme n'importe qui, hantée par une liste de tâches inachevées. »

Tulip a gémi en sourdine. Je me suis penchée pour mettre mes mains autour de son cou.

« Je vais t'envoyer dans le Nord, lui ai-je promis. Tu vas aller vivre chez ma tante Nancy et devenir une chienne de maison d'hôtes. Les montagnes y sont magnifiques, il y a plein de chemins pour courir, des rivières pour nager et des écureuils à pourchasser. Tu te plairas là-haut. Moi, en tout cas, je m'y suis plue. »

Je l'ai serrée plus fort.

« Souviens-toi de moi », lui ai-je murmuré.

Tulip a poussé un gros soupir.

Je savais exactement ce qu'elle ressentait.

La porte s'est ouverte peu de temps après. Une silhouette noire s'est profilée à contre-jour dans la lumière du couloir et je me suis levée d'un bond. Par réflexe, je me suis mise en garde tandis que mon fauteuil de bureau valsait à l'autre bout de la petite pièce.

L'agent Mackereth a appuyé sur l'interrupteur.

« Tu travailles toujours dans le noir ? » m'a-t-il demandé d'une voix bourrue. Il était en tenue, le ceinturon à la taille. J'avais consulté le tableau de service en prenant mon poste et je savais donc qu'il travaillait cette nuit. Je savais aussi que, plus tôt dans la soirée, il avait été appelé en renfort avec une dizaine de collègues pour une affaire d'homicide dans les logements sociaux de Red Groves. La victime était un homme noir, empalé sur l'escalier de secours effondré d'un immeuble d'habitation. Un beau bordel, d'après les bavardages radio. Les techniciens de scène de crime avaient dû finir par y aller au chalumeau pour sectionner les tiges métalliques plantées dans le corps de Stan Miller. Ensuite le légiste avait emporté le corps, encore embroché comme un poulet, dans une ambulance gros volume dont la ville venait de faire l'acquisition pour le transport des patients également de gros volume.

J'ai relâché mes bras le long de mon corps, fait jouer mes doigts. J'aurais voulu m'éloigner davantage, mais j'étais coincée par le bureau. Le standard, prévu pour une personne, se réduisait au strict nécessaire. Un carré de deux mètres sur deux. Les toilettes pour handicapés du commissariat étaient plus grandes.

À côté de moi, Tulip était contente. Elle a trottiné vers l'agent Mackereth et s'est assise à ses pieds en lui présentant sa tête.

Il s'est penché pour lui gratouiller le cou. Puis, dans un geste qui l'a sans doute surpris autant que moi, il s'est agenouillé pour la serrer dans ses bras. Elle lui a léché la joue.

« Au moins une de vous deux qui m'aime bien », a-t-il remarqué.

Sous la lumière vive des néons, je voyais ses traits creusés. Le prix à payer quand on travaille sur des scènes de crime. Rêverait-il du cadavre de Stan Miller dans la matinée ? Aurait-il été très surpris d'apprendre que je ferais moi aussi ce même cauchemar ?

« Rude soirée, ai-je observé, toujours debout à côté de mon bureau.

— Pas d'autres interventions, c'est déjà ça.

— Plutôt calme.

— Logique. Tous nos agents s'activent sur la scène de Red Groves, alors rien d'autre ne se présente.

— Comment ça se passe, à Red Groves ? ai-je dit en regardant mon écran comme si j'étais censée le surveiller.

— Scène sécurisée. Cadavre emballé et étiqueté. Voisins furax et affolés. La routine.

— Des témoins ? » ai-je demandé. L'air de rien.

« Seulement trois ou quatre dizaines…

— *Sans blague ?* »

L'agent Mackereth a poussé un bref soupir d'agacement et s'est relevé : « Le truc, c'est qu'on avait tellement de badauds qui nous donnaient tellement de versions différentes qu'on n'a strictement aucune certitude. La moitié prétend que la victime était en train d'engueuler sa femme et qu'il devait la poursuivre dans l'escalier de secours quand ça s'est effondré. D'autres nous jurent qu'il y a eu une fusillade digne d'O.K. Corral, sans doute des trafiquants de drogue, voire la mafia russe…

— La mafia russe ?

— Peu de chance. Mais c'est clair qu'il y a eu des coups de feu dans l'appartement. Les murs sont criblés d'impacts de balles. On cherche encore la famille. Une femme, deux gosses. Un voisin les a vus partir en début de soirée. J'espère pour eux que c'est vrai.

— Oh.

— Pas chouette, comme mort, a dit Tom en se balançant sur ses talons. Un truc, mais t'as jamais vu ça. Un plongeon de quatre étages pour s'écraser sur un lit de pieux métalliques. »

En finissant sa phrase, il a dû voir la tête que je faisais. Il s'est repris pour ajouter précipitamment : « Désolé. Je ne voulais pas… Les risques du métier. Les policiers oublient parfois que tout le monde ne passe pas sa vie à voir des cadavres.

— Ne t'en fais pas, ai-je répondu, encore sous le choc. J'en entends aussi de belles.

— Pas pareil. C'est moins dur d'entendre que de voir.

— Tu crois ça ? Et si ça laissait simplement plus de place à l'imagination ? Surtout quand je ne sais pas comment l'histoire se termine ? Des cris, des hurlements, une situation critique, et bing, appel suivant. Enfin, bon. »

L'agent Mackereth a lentement hoché la tête, comme s'il envisageait pour la première fois ce qu'était la vie d'un opérateur. « Tu as fait un peu de ménage ? » m'a-t-il brusquement demandé.

J'ai dû réfléchir un instant : « Pas encore.

— Frappé quelqu'un ?

— Pas encore.

— Petite journée pour Charlene Grant ?

— Charlene Rosalind Carter Grant, ai-je corrigé par réflexe.

— Ce n'est pas ce qui figure sur ton permis de conduire. »

Relevant le menton, je l'ai regardé sans ciller : « Pas de place sur le formulaire pour écrire à la fois mes deuxième et troisième prénoms, alors j'ai choisi de n'écrire ni l'un ni l'autre.

— Pourquoi tous ces prénoms, d'ailleurs ?

— Je ne sais pas.

— Tradition familiale ?

— Possible.

— Tu n'as jamais demandé à tes parents ?

— Je ne saurais pas où les trouver si je voulais le leur demander », ai-je répondu avec raideur.

Ça a paru lui couper le sifflet. Il a encore hoché la tête, sans cesser de m'observer. Nous dansions. Nous tournions l'un autour de l'autre. Mais je n'arrivais pas à savoir si nous étions un couple sur une piste de danse ou des adversaires sur un ring.

« J'ai tapé ton nom dans Google, a-t-il dit.

— Qu'est-ce que tu as trouvé ?

— Beaucoup de Charlene Grant en circulation.

— C'est peut-être pour ça que j'ai trois prénoms. Pour me différencier.

— Tu n'as pas trois prénoms.

— Mais si.

— Pas sur ton acte de naissance.

— Tu as consulté mon acte de naissance ?

— Hé, quand Google ne donne rien, qu'est-ce qu'il reste comme solution ? »

Je ne savais plus quoi dire. Je le regardais sans mot dire. Tulip, assise entre nous, a gémi doucement.

« Qu'est-ce que tu veux ? » ai-je demandé.

L'arrière de mes jambes était toujours collé contre le bureau. D'un seul coup, ça m'a ennuyée. Je me suis forcée à faire un pas en avant. Ne plus reculer. Prendre possession de l'espace. S'emparer du contrôle de la situation.

« Ton adresse mail.

— Je n'en ai pas.

— Une page Facebook ? Un compte Twitter ? MySpace ?

— Je n'ai pas d'ordinateur.

— Un smartphone ?

— Je n'ai ni ordinateur, ni smartphone, ni iPad, ni iPod, ni tablette, ni même lecteur de DVD.

— Déconnectée.

— Économe. Si je veux aller sur Internet, je vais à la bibliothèque. Tant que je suis là-bas, je peux aussi emprunter un bon livre.

— Qu'est-ce que tu fais, le 21 ?

— *Pardon ?*

— Le 21, samedi midi. Qu'est-ce que tu fais ?

— Pourquoi ? »

Ma voix était trop montée dans les aigus. Mes poings, baissés, étaient serrés. Je ne sais pas s'il l'a remarqué, mais Tulip s'est glissée vers moi, s'est collée à mes jambes.

« Tu as décliné le café. Refusé le dîner. Ça laisse le déjeuner.

— Le déjeuner ?

— Samedi, le 21. Une heure de l'après-midi. Au Café Fleuri du Langham Hotel. Buffet chocolat à volonté. C'est ma meilleure offre. Qu'est-ce que tu en dis ? »

Je… Je ne savais pas quoi dire. Aucune importance. Parce qu'à côté de moi l'écran s'est illuminé et que mon casque s'est mis à carillonner : littéralement sauvée par le gong.

J'ai attrapé mon casque et je me suis retournée vers l'écran ANI ALI.

« Tu ne pourras pas me fuir toute ta vie », a murmuré Tom derrière moi.

J'ai immédiatement fait volte-face, mais il était déjà parti, après avoir éteint la lumière pour me replonger dans le noir.

16

Cinq heures trente du matin. Jesse sortait discrètement de son lit. De son plus beau pas de velours, il parcourut sur la pointe des pieds le couloir envahi d'ombres en direction de la table de la cuisine. La porte de la chambre de sa mère était encore fermée. Il s'arrêta, juste au cas où, et tendit l'oreille. Aucun bruit. Elle dormait. Bien.

Jesse continua vers son objectif : le vieil ordinateur portable. Qui lui tendait les bras depuis la table de la cuisine. Le couvercle cabossé refermé et, posé dessus, Super Zombie alias Super Batteur qui l'attendait.

La mère de Jesse aimait les règles. Parmi elles : pas de télé ni d'ordinateur les matins où il y avait école. Du lundi au vendredi, ils se levaient tous les deux à six heures et demie. Ils prenaient leur petit-déjeuner ensemble, puis la maman de Jesse lui préparait son déjeuner pendant qu'il s'habillait, se lavait les dents et se coiffait. À sept heures vingt, il dévalait au grand galop les escaliers vers le trottoir, où il attrapait le bus de sept heures trente.

Le train-train quotidien. Jesse partait à l'école, sa maman partait au travail.

Du lundi au vendredi, Jesse respectait l'emploi du temps, suivait les règles. Cela faisait plaisir à sa maman et Jesse aimait bien faire plaisir à sa maman. Elle souriait davantage, lui ébouriffait les cheveux, lui achetait des friandises qu'elle n'approuvait pas vraiment, des Twinkies par exemple. C'était eux deux, Jenny et Jesse, contre le reste du monde, lui disait-elle. Tous les soirs, ils se blottissaient l'un contre l'autre dans le canapé ; elle lui lisait des romans de la collection Chair de poule, et lui posait sa tête sur sa poitrine comme s'il était encore petit et ça n'avait pas d'importance parce qu'ils n'étaient que tous les deux, Jesse et Jennifer contre le reste du monde.

Jesse aimait sa mère.

Il avait eu du mal à s'endormir, la veille. Il n'arrêtait pas de penser à Hippo le Costaud et à l'après-midi passé ensemble sur AthleteAnimalz. Jesse s'était toujours amusé sur ce site. C'était une bonne occupation. Mais hier… Hier, c'était trop bien. Non seulement il avait quelque chose de marrant à faire, mais aussi quelqu'un de marrant avec qui le faire. Un véritable ami qui croyait en Jesse, qui le pensait capable de n'importe quoi. Un enfant plus grand qui l'appréciait.

Jesse voulait retourner sur Internet.

Même si c'était un matin où il y avait école.

Il avait un plan. Pour commencer, il avait réglé son réveil pour qu'il sonne une heure avant celui de sa mère. Le soleil n'était même pas encore levé, alors sa chambre était froide et sombre quand il était discrètement sorti de son lit. Il avait pris le temps d'enfiler sa robe de chambre en laine polaire. Ensuite, la faible lueur de la veilleuse du couloir l'avait guidé hors de sa chambre vers le reste de l'appartement et le séjour. Le bruit de ses pas était amorti par les pieds de sa grenouillère et enfin il était arrivé devant l'ordinateur – un matin où il y avait école. Il se mordit la lèvre. Jeta un regard vers Super Zombie alias Super Batteur.

Céda à l'envie.

Vite, il repoussa Super Zombie sur le côté, ouvrit l'ordinateur, appuya sur l'interrupteur et entendit le portable s'allumer avec un gémissement de lassitude.

Le vieil ordinateur mettait un moment pour démarrer. Alors, pendant que la machine se réveillait, Jesse passa à l'étape suivante de son plan. Il allait prendre son petit-déjeuner. Ensuite il préparerait son déjeuner. Et puis après, son cartable.

Comme ça, quand sa mère se lèverait et le découvrirait inévitablement devant l'ordinateur, elle ne pourrait pas trop se fâcher. Il avait pris son petit-déjeuner, non ? Il était fin prêt pour l'école, pas vrai ? Il l'avait même *aidée* en préparant lui-même son déjeuner, n'est-ce pas ?

On pouvait parfois assouplir certaines règles. Le tout était de savoir comment prendre sa maman.

Il entra à pas de loup dans la petite cuisine. Entrouvrit le réfrigérateur et, à sa faible lumière, grimpa prudemment sur le plan de travail, descendit un bol, trouva les Cheerios, versa le lait. Le petit-déjeuner prit quelque chose comme cinq minutes. Il résista à l'envie de jeter un coup d'œil à l'ordinateur parce que la table de cuisine était à côté de la chambre de sa mère et que toute activité de ce côté risquait davantage de la réveiller. Mieux valait rester planqué dans la cuisine et abattre les corvées du matin.

Tâche suivante sur la liste : le déjeuner. Il était grand amateur de saucisson de Bologne. Il l'aimait avec un peu de mayonnaise et une tranche de fromage à hamburger. Il préférait le pain blanc, mais sa mère n'achetait que du pain complet. Avec le pain blanc, c'est comme si tu mangeais un morceau de sucre, lui expliquait-elle, ce qui ne faisait que conforter le goût de Jesse pour le pain blanc.

Il sortit deux tranches de pain complet. Eut du mal avec le flacon de mayonnaise. Dut s'y prendre à deux mains pour appuyer dessus. Dans un premier temps, rien ne sortit, puis la moitié du flacon fut expulsée en un énorme pâté blanc. Il fit de son mieux pour l'étaler au couteau, mais quand finalement il ajouta le fromage et le saucisson puis referma le sandwich, la mayonnaise fuyait de toutes parts.

Un sandwich humide et bâclé. Le prix à payer pour jouer à AthleteAnimalz le matin. Philosophe, Jesse fourra ce gâchis visqueux dans un sachet hermétique et mit le tout dans sa boîte à sandwich. Il y ajouta une pomme et un petit sachet de bretzels. L'école fournirait une briquette de lait.

Il referma sa boîte Transformers, la rangea dans son cartable, assez fier de lui. Il avait réussi. Petit-déjeuner et déjeuner bouclés avant six heures du matin. Pas si difficile, d'ailleurs.

Mais alors il regarda ses mains, encore luisantes de mayonnaise. Et le plan de travail de la cuisine, avec toutes ces traces, ces céréales et ces miettes de pain. Mieux valait nettoyer, sinon sa mère allait piquer une crise.

Retour au plan de travail. Faire couler un filet d'eau, passer l'éponge de son mieux, essuyer la mayonnaise, traquer les miettes de pain. Encore un rapide rinçage et il sauta par terre, en prenant soin d'atterrir sur des pieds de velours, respira un grand coup, referma le réfrigérateur et sortit enfin sans bruit de la petite cuisine. Il avait peut-être bien les mains un peu grasses. Mais pas trop, se dit-il. Ça irait.

L'ordinateur. Ouvert. Qui ne vrombissait plus. Qui l'attendait.

Jesse se faufila jusqu'à lui. Il sentait déjà son cœur battre d'impatience. Dernière seconde, il tendit l'oreille au cas où il entendrait du bruit dans la chambre de sa mère… Silence.

Jesse tapa www.AthleteAnimalz.com et appuya sur la touche Entrée.

Il avait un message. Et pas d'Hippo le Costaud, ce qui l'étonna. Il ne comprenait encore pas très bien les règles à suivre pour écrire à un autre joueur. Pour autant qu'il sache, les « conversations » entre animaux pendant une partie étaient soumises à de nombreuses restrictions ; chacun devait nécessairement choisir parmi la liste de phrases d'encouragement qui apparaissaient dans la bulle au-dessus de lui. Mais avec les courriels… apparemment, tout était permis. Hippo le Costaud pouvait écrire ce qu'il voulait, une vraie lettre à Jesse. Et Jesse pouvait répondre par une vraie lettre et il trouvait ça trop génial. Ils échangeaient entre grands. Mais ce matin, quelqu'un d'autre avait pris contact avec lui : Lilly Caniche.

Intrigué, Jesse ouvrit la lettre :

Bien joué ! Tu deviens vraiment bon, surtout au base-ball. C'est mon sport préféré. Et toi ?

Je joue tous les jours. Je vais sur les ordinateurs de la bibliothèque municipale de Boston après l'école. Je vois que tu es fan des Red Sox. Alors toi aussi, tu habites à Boston ?

Tu devrais venir, un de ces jours. On pourra jouer ensemble. Je te montrerai des trucs pour frapper les balles à effet. Fastoche.

Si tu as envie de traîner, viens à la bibliothèque. Je suis facile à trouver : cherche le caniche rose. Tu vois.

À+.

Lilly Caniche

Jesse était perplexe. Il relut la lettre une fois, deux fois. Certains mots lui donnaient du fil à retordre, mais il pensait avoir compris. Lilly Caniche l'aimait bien. Lilly Caniche habitait Boston. Lilly Caniche pourrait lui montrer des trucs s'il venait à la bibliothèque municipale.

Jesse s'assit sur la chaise devant l'ordinateur. Son cœur battait de nouveau violemment, mais il ne savait pas très bien pourquoi. Il frotta inconsciemment les paumes de ses mains sur les jambes usées de son pyjama. Se repencha sur le message joyeux, plein d'entrain.

Se méfier des inconnus. Sa mère le lui avait dit. Dans la vraie vie comme sur les ordinateurs. Si quelqu'un lui écrivait par messagerie instantanée, il ne devait en aucun cas répondre, mais immédiatement aller chercher sa mère. Si on lui envoyait un fichier joint, il ne devait en aucun cas l'ouvrir. Ce fichier risquait de contenir un virus qui détruirait leur ordinateur déjà mal en point. Pire, ce pouvait être des images malsaines, pas convenables pour les enfants.

« Des images qui font peur ? » avait-il demandé à sa mère, parce que, même s'il ne l'aurait jamais avoué à ses copains de classe, Jesse n'aimait pas les films qui faisaient peur. Ils lui donnaient des cauchemars.

« Quelque chose comme ça », avait répondu sa mère.

Il ne devait donc pas « discuter » avec des inconnus en ligne, ni ouvrir des fichiers joints. Mais Hippo le Costaud et Lilly Caniche n'étaient pas des inconnus. C'étaient des enfants qui jouaient sur Athlete-Animalz. Et ils ne lui envoyaient pas des vidéos qui faisaient peur. Ils lui apprenaient des techniques pour qu'il puisse gagner plus de points.

Jesse aimait gagner des points. Ces techniques lui seraient bien utiles.

Et puis il avait la permission d'aller à la bibliothèque municipale de Boston, se rappela-t-il. Sa mère et lui y allaient souvent, plusieurs fois par mois. Les bibliothèques sont des endroits convenables. Sa mère était pour. S'il demandait à y aller après l'école, elle dirait oui. Il ne fallait jamais monter dans la voiture d'un inconnu, ni suivre un inconnu chez lui. Il comprenait ça. Mais retrouver un autre enfant à la bibliothèque municipale… ça n'avait pas l'air bien méchant.

Jesse relut le message.

Lilly Caniche. Une fille. Mais une fille super forte au base-ball. La meilleure batteuse que Jesse ait jamais vue. Encore meilleure qu'Hippo le Costaud. Et ça ferait drôlement plaisir à Hippo le Costaud quand Jesse se reconnecterait et pourrait rafler encore plus de points pour son équipe…

Il prit sa décision. D'un doigt, il tapa laborieusement sa réponse, en copiant sur le message de Lilly Caniche pour l'orthographe.

Le base-ball est aussi mon sport préféré. Je viendrai. Après l'école. Fastoche, ajouta-t-il, parce qu'il aimait ce mot. Il faisait plus vieux, sûr de soi. Comme un enfant de dix ans, par exemple.

Jesse se carra dans sa chaise. Relut une dernière fois sa réponse.

Un lieu public, se redit-il pour se convaincre. La bibliothèque.

D'ailleurs, les inconnus dont il fallait se méfier, c'étaient des hommes louches. Lilly Caniche était une *fille*. Jesse n'avait pas peur d'une fille.

Il hocha la tête. Effleura sur l'écran son message soigneusement peaufiné. Admira son orthographe, son usage correct de la ponctuation. Dignes d'un enfant de dix ans, estima-t-il.

Il envoya le message.

Tandis que de l'autre côté de la fine cloison, le réveil de sa mère se mettait à sonner.

17

Bonjour. Je m'appelle Abigail.
On se connaît ?
Ne vous inquiétez pas. Ça va venir.
Bonjour. Je m'appelle Abigail.

18

D.D. céda à la tentation. Et retourna avec délice à ses anciennes amours.

Un café. Chaud. Puissant. Noir. Elle tenait sa tasse à deux mains, avec tendresse, et sentait la chaleur se communiquer du breuvage à ses paumes et jusqu'au creux de ses poignets. Cette première inspiration lente. Savourer. Prendre son temps. Retrouver un ami depuis longtemps perdu de vue.

« Oh, putain, avale-le, qu'on en finisse ! » lui ordonna Phil de l'autre côté de la table de réunion.

Elle leva vers lui un regard plein de mansuétude. Phil était assis entre le capitaine O., à sa gauche, et Neil, à sa droite. Ce matin, O. portait un pull rouge vif qui soulignait ses formes et lui donnait plus des allures de mannequin Victoria's Secret que de policière. Neil, en revanche, avait une tête à avoir passé la nuit à la morgue – dans le camp des cadavres.

« C'est rare que tu sois grossier », dit D.D. à Phil.

Elle sentait les vapeurs aromatiques qui montaient de sa tasse envahir ses sens.

« C'est rare que tu ressembles à une pub pour le café Grand'Mère. O. et moi, on a passé toute la nuit ici. Neil la moitié de la nuit. On a envie de faire le point pour aller se reposer un peu. »

D.D. se sentit coupable. Elle regarda son équipe exténuée, leurs visages surexposés sous les néons, leurs yeux battus. Elle n'avait pas meilleure mine qu'eux, vu qu'elle aussi avait passé une nuit blanche, mais son donneur d'ordre était plus petit et plus tenace.

« D'accord, dit-elle. Ouvrons les festivités. À toi l'honneur. »

À cet instant, elle prit la première gorgée. Aussitôt, son pouls s'accéléra. Ses papilles et ses oreilles lui dirent que la caféine passait dans son sang et lui donnait un puissant coup de fouet ; elle eut envie de soupirer, de humer et de tout recommencer. Alors elle le fit.

« Pour l'amour de Dieu ! s'écria Phil.

— Tu en veux une tasse ?

— Oui ! »

Phil sortit en coup de vent pour aller se chercher une bonne tasse de kawa. O. secoua la tête. Neil croisa les bras sur la table et s'effondra dedans, la tête la première.

Encore une belle journée dans le meilleur des mondes, se dit D.D. en sirotant ce petit noir merveilleux, délicieux, sans lequel elle ne voyait pas comment elle avait pu vivre.

Phil revint avec son café et ils se mirent enfin au boulot.

« On a trouvé un forum de discussion, annonça O.

— On a trouvé des *retranscriptions* d'un forum de discussion, corrigea Phil en regardant sa collègue spécialiste de l'informatique. Quant au forum lui-même, il est sans doute crypté ou encodé de toutes les manières possibles et imaginables.

— Il faut être coopté, ajouta O.

— Les participants viennent des quatre coins du monde, on dirait, donc on pourrait très difficilement retrouver les serveurs impliqués.

— Mais c'est clairement un site de formation, souligna O.

— De formation à quoi ? » demanda D.D.

Un peu perdue, elle tenait sa tasse dans une attitude plus défensive à présent. Deux génies de l'informatique en stéréo n'étaient pas plus faciles à suivre qu'un seul en mono.

« Pour les pédophiles, précisa O. Tu vois, un endroit où ils viennent traîner pour comparer leurs expériences et se sentir acceptés pour leurs perversions.

— Pardon ? dit D.D. en reposant son café.

— C'est une tendance qu'on remarque depuis quelques années », expliqua O. avec dédain, car il n'y avait rien là-dedans de nouveau pour elle. « Les auteurs d'agression contre des enfants sont de plus en plus jeunes. Nous pensions que c'était lié à l'utilisation de forums par les milieux pédophiles et ces messages le prouvent. »

Neil sortit la tête d'entre ses bras. Il regarda l'enquêtrice brune.

« Redis-nous ça, demanda-t-il. Lentement. »

O. leva les yeux au ciel, mais obtempéra : « D'accord. La société obéit à des règles et, parmi elles, le fait de ne pas considérer les enfants comme des objets sexuels. Naturellement, c'est justement comme ça que les pédophiles voient les enfants – c'est un fantasme sexuel pervers. En général, les auteurs d'agression sexuelle luttent quelques années contre ce fantasme. Ils se rendent compte qu'il n'est pas acceptable et cherchent à résister à ce désir. Certains y arrivent peut-être, mais d'autres non, ils finissent par céder à cette pulsion et se lancer dans une carrière criminelle.

» Compte tenu de ce temps de maturation, la plupart des délinquants sexuels ont entre vingt-cinq et trente-cinq ans quand ils passent à l'acte. Ce qui, en matière pénale, représente un âge moyen relativement élevé. Il y a des exceptions (des baby-sitters adolescents qui s'en prennent aux enfants qu'on leur a confiés), mais dans ce cas, c'est l'occasion qui fait le larron. Ces agressions sont rarement préméditées ou complexes. Donc, je le répète, le pédophile "classique" est un homme adulte. Sauf que, ces derniers temps, on a vu se multiplier les cas où ce sont pratiquement des enfants qui s'en prennent à d'autres enfants – des pédophiles relativement jeunes qui mettent en œuvre des stratégies complexes de ciblage et d'apprivoisement qu'on associait jusqu'à présent à des délinquants plus âgés.

— Quelle merde », grommela Neil.

D.D. n'aurait pas mieux dit.

« Notre interprétation, confirmée par ces retranscriptions, continua O., c'est que ces adolescents ne luttent pas contre leurs fantasmes pervers. Au contraire, ils vont sur Internet et ils y trouvent une légitimation de leurs pulsions et même des conseils pour se livrer à ces comportements déviants. En résumé, les pédophiles endurcis se servent des forums sur Internet pour former la prochaine génération d'agresseurs, ce qui accélère le cycle de la prédation.

— Je ne me servirai plus jamais de mon ordinateur, fit D.D.

— Ne te plains pas, dit Phil avec lassitude. On a passé toute la nuit à lire les archives de ce genre de forums. Maintenant je vais devoir rentrer me laver les yeux à l'eau de Javel.

— Vous n'arrêtez pas de parler de retranscriptions. De quoi s'agit-il ? demanda D.D.

— La deuxième victime, répondit Phil, Stephen Laurent, avait téléchargé une partie des échanges du forum sur son disque dur. Notamment un qui expliquait en détail comment se servir d'un petit chien pour aborder de jeunes enfants. Et un autre qui décrivait comment assurer une veille sur différents sites pour enfants afin d'attirer des victimes potentielles. C'est très précis, avec des trucs et astuces pour déterminer quelles "victimes numériques" vivent assez près géographiquement pour devenir des "victimes physiques".

— Il se fabriquait un manuel, conclut Neil d'une voix monocorde. Le manuel du parfait petit pervers sur son disque dur. Version illustrée. »

O. se pencha vers lui et lui effleura la main. L'enquêteur roux sursauta, se redressa.

« Besoin d'aide ? lui demanda gentiment O. J'ai déjà examiné ce genre de photos. Je peux te prêter main-forte si tu veux.

— Je ne peux plus les voir. C'est juste… Je ne les vois plus comme des enfants. Et ce n'est pas bien.

Vraiment pas bien. Je ne peux plus, dit-il en se tournant vers D.D. J'arrête. »

Elle approuva immédiatement : « Tu arrêtes. Absolument. Et tu as raison, Neil. Ce sont des enfants. Qui méritent d'être vus comme des enfants. C'est bien que tu te rendes compte que tu as atteint tes limites. On leur doit ça. Merci.

— Je ne pense pas qu'il s'agisse de victimes à lui, dit Neil.

— Comment ça ? demanda Phil.

— J'ai passé en revue quatre des six boîtes. Les photos elles-mêmes sont trop hétérogènes. Il y a des Polaroïd des années quatre-vingt, des photos décolorées des années soixante-dix. On y voit de tout, garçons, filles, jeunes enfants, ados, Noirs, Blancs, Latinos, appartements, maisons, hôtels. Je pense que Laurent collectionnait ces clichés ; il les achetait en ligne, je ne sais pas, il échangeait avec d'autres collectionneurs… »

Il regarda le capitaine O.

Celle-ci confirma : « Tu as raison, les pédophiles se sont toujours échangé des photos explicites, des vidéos, etc. Ces supports visuels suffisent même au bonheur de certains prédateurs. Vous seriez étonnés du nombre de "bons pères de famille" pris en possession de pornographie pédophile qui nous expliquent que ces images les "aident". Elles les empêchent de passer à l'acte.

— Je déteste cette affaire », marmonna Neil.

D.D. partageait ce sentiment, mais elle commençait à perdre le fil : « Tu veux dire que Stephen

Laurent n'a peut-être pas lui-même agressé des enfants, qu'il collectionnait seulement les images porno ?

— Je dis que ce cas de figure existe, précisa le capitaine O., mais je doute que Laurent ait été un pédophile passif. Il ne s'est pas contenté de télécharger des conseils sur les méthodes pour commettre des actes illicites ; souvenez-vous, il avait aussi acheté un chiot.

— Est-ce qu'on observe une escalade dans les comportements pédophiles ? demanda D.D. Dans ce cas, peut-être que Laurent avait commencé par la pornographie et qu'il était en train d'évoluer vers l'agression ?

— Tout à fait. D'ailleurs, c'est en grande partie l'objectif de ces forums de discussion : fournir à un individu faible, le plus souvent un homme qui souffre d'une piètre estime de soi, les moyens d'accepter et finalement de mettre en œuvre ses fantasmes sexuels pervers. Soit dit en passant, il existe également des forums pour violeurs. Et sans doute aussi pour tueurs en série.

— Je déteste cette affaire », répéta Neil.

Mais D.D. avait une idée : « Donc, où se situerait Stephen Laurent dans ce cycle ? Il serait le professeur ou l'élève ?

— L'élève », répondit O. sans ciller. Elle se tourna vers Phil. « Hein, c'est bien ce qu'on a vu sur son ordinateur, en fait ? La doublure rassemblait des informations pour le jour où elle jouerait les premiers rôles. »

Phil était d'accord.

« Et la victime du premier meurtre, enchaîna aussitôt D.D. Antiholde. Il fréquentait ces forums, lui aussi ?

— Le même, confirma Phil.

— Formateur ou stagiaire ?

— Formateur. Vu ses antécédents criminels. La deuxième victime, Laurent, ne s'était pas encore fait prendre. Alors qu'Antiholde avait déjà été condamné et placé en liberté conditionnelle. Je parie qu'il allait sur le forum pour deux raisons : se vanter de ses exploits passés et affiner sa méthode en vue de futurs délits. En tout cas, il avait plus d'expérience que Laurent.

— Ce qui ne l'empêchait pas de chercher des informations, des conseils, remarqua D.D.

— Les pédophiles sont toujours à la recherche d'informations, répondit O., catégorique. C'est un mode de vie très risqué, ils se sentent victimes de leurs pulsions et vivent constamment dans la peur de se faire prendre. D'où le désir de se connecter.

— Et il y a combien d'utilisateurs sur ce forum ?

— Impossible d'y aller pour le savoir. Les retranscriptions sur l'ordinateur de Laurent montrent quelques dizaines de participants actifs.

— Il faut les identifier.

— On y travaille, évidemment, répondit O. avec flegme. Malheureusement, les pédophiles sont du genre méfiant et très avertis des questions informatiques.

— Mais nos victimes ont un point commun : ce forum. En identifiant les utilisateurs, on pourra identifier l'assassin… ou les prochaines victimes.

— Encore une fois, rappela Phil à D.D., nous n'avons que des copies de messages, pas accès au forum lui-même. Les retranscriptions font apparaître quelques dizaines de participants, mais ce n'est sans doute que la partie émergée de l'iceberg. La plupart des membres ne font que "rôder" sur ce genre de forum. Autrement dit, il y a sans doute des centaines voire des milliers d'autres utilisateurs qui ne postent pas et restent donc invisibles à nos yeux. On va essayer de remonter la piste à partir des noms d'utilisateur identifiables dans les transcriptions, mais dis-toi bien que cela revient probablement à chercher une aiguille dans une botte de foin.

— Tu disais qu'on ne pouvait pas accéder au vrai forum, relança D.D. Qu'il est crypté de toutes les manières possibles et imaginables, qu'on n'y entre que sur invitation. Alors comment on pourrait se faire inviter ?

— Ça marche par cooptation, dit O. On se rencontre sur d'autres forums, on s'échange de la pornographie et une fois que le lien de confiance est suffisamment solide, un membre du forum t'envoie une invitation.

— Mais ils doivent recruter de nouveaux membres, ces adolescents dont tu parlais.

— Oui, et une possibilité consisterait d'ailleurs à se faire passer pour un ado. Créer un individu virtuel qui se promènerait aux bons endroits sur Internet, qui ferait le genre de recherches susceptible d'attirer l'attention d'un collègue pédophile. Il existe des agents "infiltrés" sur Internet, tu sais. Mais ce type d'opérations peut mettre des mois à aboutir. Et au rythme où opère notre assassin, nous avons plutôt un horizon de quelques semaines.

— Il faudrait pirater le site, conclut D.D.

— Exact.

— À moins que… » D.D. réfléchissait. « Est-ce qu'ils sont au courant que deux de leurs utilisateurs sont morts ? Et si on reprenait leurs noms d'utilisateur et leurs mots de passe ? On pourrait se connecter en se faisant passer pour Stephen Laurent et/ou Douglas Antiholde ?

— Il faudrait trouver ces données, dit Phil.

— Nos investigateurs numériques devraient pouvoir nous faire ça, non ? En creusant dans le disque dur de leurs ordinateurs ? »

Lentement, Phil opina du chef. O. en fit autant.

« Oui, songea Phil. Il leur faudra peut-être quelques jours, mais les pros de l'informatique devraient pouvoir y arriver.

— D'accord, alors on oublie l'idée de créer une identité pour s'infiltrer. On va simplement voler le nom d'utilisateur de Stephen Laurent, se connecter et reconnaître le terrain. On écoute, on apprend et, avec un peu de chance, on démasque notre homme… ou notre femme, c'est selon.

— Notre femme ? » s'étonna O.

D.D. n'avait pas encore évoqué sa conversation avec l'expert en écriture. Elle se dit que le moment était sans doute venu.

« Le message laissé sur les deux scènes : *Tout le monde doit mourir un jour. Courage.* L'écriture indiquerait que l'auteur était très probablement une femme. Le genre maniaque qui a sans doute fréquenté une école privée et qui porte des souliers vernis. Ça me semble d'ailleurs une autre question à se poser : jusqu'à quel point les échanges sur le forum laissent-ils transparaître la "personnalité" des utilisateurs ? Est-ce que l'un d'eux donnerait l'impression d'être une femme psychorigide ? Est-ce qu'il est même possible de distinguer un homme d'une femme sur le forum ? »

Phil fit signe que non. O. également. Mais ils réfléchissaient tous les deux. D.D. éprouvait ce titillement entre les omoplates, celui qu'elle aimait en tant qu'enquêtrice. Ils tenaient une piste. Ils gagnaient enfin du terrain.

Cette affaire allait se résoudre. Bientôt. D'un coup d'un seul.

Ils allaient coincer leur homme… ou leur femme.

« Autre chose que je devrais savoir ? »

Ses équipiers secouèrent la tête avec lassitude.

« O., dit D.D., Neil et toi, vous vous voyez pour que tu récupères les photos ? »

O. acquiesça. Neil parut gêné de renoncer à sa tâche, mais ne protesta pas.

« Neil, continua D.D., dans mon bureau à dix heures. Phil, tu termines à midi. Tu rentres chez toi, tu te reposes. O., tu peux finir la journée, mais demain je ne veux pas te voir avant midi. Souvenez-vous que c'est un marathon, pas un sprint. »

Phil la regardait d'un drôle d'air : « Jamais tu ne nous renvoies chez nous.

— Une réclamation ? »

Il se tut.

D.D. ajourna la réunion et regagna son bureau, où elle prit un autre rapport sur une scène de crime et s'attaqua à sa deuxième grosse affaire de la journée : le meurtre imminent de Charlene Rosalind Carter Grant.

Elle saisit son téléphone et composa un numéro.

19

L'entraînement aiguise les capacités de réaction. On répète des dizaines de fois les mêmes enchaînements, comme ça, au moment où l'agression se produira, on ne restera pas paralysé de stupeur, mais au contraire on retrouvera une série de réactions instinctives qui mettront rapidement l'adversaire hors de combat.

Du moins, c'est la théorie.

Tulip et moi avons quitté le commissariat de Grovesnor peu après huit heures. Pas d'agent Mackereth pour nous raccompagner chez nous. Le soleil du matin, faiblard, perçait à peine la couche de nuages de plus en plus épaisse. J'avais déjà dans la bouche le goût de la neige qui pointait à l'horizon, je sentais le froid mordant à travers mon manteau, mon bonnet et mes gants.

En quelques instants, Tulip, avec son pelage court, s'est mise à frissonner.

Ça m'a rendue dingue et ça m'a servi de prétexte pour qu'on file en quatrième vitesse jusqu'au coin de la rue, où je me suis lancée dans le grand jeu qui consiste à héler un taxi au plus fort de l'heure de pointe.

Au bout de cinq minutes, je n'avais toujours pas décroché le pompon et Tulip tremblait de plus en plus.

Un bus est arrivé. Cette ligne allait dans ma direction, alors je suis montée, Tulip dans les bras.

La conductrice, une femme noire imposante avec des cheveux gris crêpés, l'air revenu de tout, secoua la tête : « Seulement les chiens d'assistance.

— Mais c'est une chienne d'assistance. Elle a perdu son collier. Un voyou le lui a enlevé devant le commissariat. Qu'est-ce que vous dites de ça ? Regardez-la maintenant. Elle n'a plus son uniforme et elle est morte de froid. »

Tulip vint à mon secours en lançant à la conductrice un regard particulièrement pitoyable.

Derrière moi, quatre personnes se pressaient, essayaient de monter, s'impatientaient de cette attente, surtout par ces températures glaciales.

Sans faire attention à eux, la conductrice me dévisageait.

« Quel est votre handicap ?

— Allergie à l'arachide.

— Il n'y a pas de chien pour ça.

— Mais si.

— Mais non.

— Mais si, marmonna l'homme derrière moi. Allez. Laissez-la monter ou foutez-la dehors. On se les gèle ici. »

Je le fusillai du regard, puis mes yeux se posèrent sur les passagers qui occupaient déjà des sièges.

« Quelqu'un a mangé du beurre de cacahuètes, ce matin ? demandai-je. Ou transporterait des cacahuètes dans son sac ? »

Quelques mains timides se levèrent. Je me retournai vers la conductrice d'un air triomphal.

« Vous voyez, j'ai besoin de mon chien. Sinon, je pourrais mourir dans votre bus et vous imaginez la paperasse. Une paperasse comme personne n'a envie d'en remplir. »

J'ai passé ma carte d'abonnement devant le lecteur et posé Tulip dans l'allée, comme si le débat était clos. Lorsque j'ai avancé vers le fond du bus, Tulip sur les talons, je savais que la conductrice ne me croyait toujours pas. Mais il faisait un froid de canard dehors et personne n'aime la paperasse.

J'avais menti. Impunément. Ça m'a rendue un peu vaniteuse, un peu arrogante. Deuxième erreur de la matinée.

Au fond, ce n'était vraiment qu'une question de temps.

J'ai dû rester debout. De la main droite, je me tenais à la barre de plafond. J'avais la poignée de la laisse de Tulip autour du poignet gauche et la main gauche plaquée sur le rabat de ma sacoche fermée. Pour en protéger le contenu, surtout mon arme.

Il y a une loi dans les transports en commun : plus il fait froid dehors, plus il fera chaud dedans.

La ventilation pulsait de l'air chaud et, assez vite, les manteaux de laine et les bonnets doublés en polaire si adaptés à l'extérieur devenaient étouffants à l'intérieur. Tulip haletait. Je transpirais. De nouveaux passagers montaient dans le bus bondé, corps chauds serrés les uns contre les autres qui venaient aggraver l'effet sauna.

Vingt minutes après le début de mon trajet de cinquante-cinq minutes, j'ai commencé à me sentir vaseuse. Le balancement des suspensions, le roulis sous mes pieds. Les gouttes de sueur qui coulaient de la naissance de mes cheveux jusqu'à mon cou surchauffé. L'odeur fétide de corps trop nombreux, trop serrés, et dont certains seulement avaient récemment pris la peine de se doucher.

Encore cinq minutes et j'éloignai ma main de ma sacoche le temps de desserrer mon écharpe, de retirer mon bonnet. Je respirais un tout petit peu mieux, mais le bus continuait à brinquebaler, les passagers à cahoter, les vitres à s'embuer.

J'ai réussi à fourrer mon bonnet dans la poche de mon manteau, mais ensuite j'ai encore dû me servir de ma main gauche. Défaire le premier bouton de mon manteau, le deuxième, le troisième, le quatrième.

Dessous, je portais une polaire bleu marine trop grande. Le genre tout doux et sans forme, idéal pour cocooner avec un bon bouquin le dimanche après-midi. Mais pour l'instant il m'étranglait avec son col humide de transpiration et ses manches comprimées qui m'enserraient les bras.

Trente minutes de passées, encore vingt-cinq à tenir.

Le bus s'est arrêté. Des passagers sont descendus. D'autres, plus nombreux, sont montés. Tulip gémissait et tirait la langue. J'ai lâché la barre métallique luisante de sueur, passé mon avant-bras sur mon front.

Le bus a fait un bond en avant et mon estomac aussi.

Est-ce que je tenais toujours la sacoche ? Peut-être. Peut-être plus. J'avais trop chaud, j'étais nauséeuse, je luttais contre le mal des transports. Donc d'abord hagarde, puis arrogante et maintenant à moitié dans le cirage.

En ville, c'est la loi de la jungle, vous savez : les faibles et les infirmes sont immédiatement repérés et éliminés du troupeau.

Un arrêt après l'autre. Une rue après l'autre. Je tirais presque autant la langue que Tulip. Je ne faisais pas attention aux autres passagers. Je ne prenais pas garde à mon environnement. Je comptais juste les rues. En attendant désespérément de quitter ce maudit bus.

Enfin, alors que mon visage, d'abord brûlant, était à présent livide, l'arrêt. Les portes se sont ouvertes à l'avant. Je me suis jetée dans la mêlée, avec Tulip en avant-garde qui se frayait sans difficulté un chemin à travers cette multitude de grosses chaussures et de pans de manteaux.

« Pardon, pardon, je descends. » Je poussais, je bousculais, je me coulais. Irrésistiblement attirée par la douce musique de l'air frais, qui me faisait signe par la porte ouverte. Enfin, nous avons réussi. J'ai échangé un dernier regard hostile avec la conductrice et Tulip et moi avons descendu les marches abruptes pour regagner la terre ferme durcie par le gel. Quelques foulées en footing nous éloignèrent de ce sauna métallique.

J'ai eu vaguement conscience que les portes du bus se refermaient, et qu'il s'éloignait. Aucune de mes mains ne tenait ma sacoche. J'ai ouvert largement mon manteau, pris de grandes goulées d'air glacé et chargé de neige pour en aspirer autant que possible dans mes poumons surchauffés, à travers ma polaire trempée de sueur.

Ma sacoche en cuir se balançait contre ma hanche, mon manteau ouvert battait sur mes cuisses.

Plus rien n'existait pour moi que l'air glacial revigorant, cette sensation sur mon visage. Enfin j'étais sortie de ce bus. Fin du voyage. De là, Tulip et moi pouvions parcourir en trottinant les quelque deux kilomètres qui nous séparaient de notre destination. Nous avions quitté les zones les plus densément peuplées de l'agglomération pour les petites routes et la campagne vallonnée qu'on rencontrait encore çà et là dans la banlieue de Boston.

C'était bon d'avoir quitté la ville. Je me sentais en sécurité. Soulagée. Optimiste même.

Jusqu'au moment où j'ai été agressée par-derrière.

L'individu a d'abord agrippé les revers de mon manteau de laine noir, les a violemment tirés vers le bas. En moins d'une seconde, il avait immobilisé mon bras gauche, tout bonnement ligoté par mon propre manteau. Mais la lanière de ma sacoche, en travers de ma poitrine, avait bloqué le revers droit contre mon cou et mon agresseur s'était pris la main dedans.

J'ai mis cette seconde à profit pour rester parfaitement immobile, la bouche ouverte en un cri silencieux, pendant que ma cervelle s'écriait (bêtement) : *Mais on n'est pas le 21 !*

Pendant que je jouais les statues, mon agresseur a attrapé la lanière, l'a passée par-dessus ma tête d'un geste vif et a balancé ma sacoche sur le côté. Son poids s'est retrouvé sur la laisse de Tulip. Par réflexe, ma main s'est ouverte, j'ai lâché la laisse et voilà qu'en un clin d'œil j'avais perdu et mon arme et mon chien. Pour s'en assurer, mon agresseur, toujours derrière moi, a éloigné mon sac d'un coup de pied.

Ensuite, ses mains se sont refermées autour de ma gorge.

Enfin, mon instinct de survie s'est réveillé. J'ai arrêté de faire l'inventaire de ce qui m'arrivait et commencé à réagir. D'abord en me débattant contre mon propre manteau.

Pendant que mon assaillant resserrait son étreinte, m'obstruait lentement mais sûrement les voies respiratoires, je lui ai donné un coup dans les côtes avec mon coude empêtré dans mon manteau. Quand il s'est déhanché vers la gauche, j'ai profité de ce moment d'asphyxie pour me débarrasser de mon vêtement et enfin libérer mes mains et mes bras.

Son étau s'est resserré. La bouche ouverte, je cherchais de l'air. Je sentais la pression monter dans ma poitrine, le poids de ma panique grandissante.

Mais on n'est pas le 21 !

Se battre, il fallait se battre. Mais je m'étais attendue à frapper vers l'avant. Bien fléchie sur les jambes, bloquer, balancer un direct. Et j'en étais réduite à des techniques d'autodéfense rudimentaires. Tenter d'écraser le coup-de-pied de mon agresseur, lui ruer dans le genou. Le blesser, le mettre hors de combat. Manœuvrer pour l'obliger à lâcher prise.

Des aboiements. Tulip, qui courait autour de nos jambes, la laisse à terre.

Les mains serraient toujours, des points blancs apparaissaient devant mes yeux.

J'en oubliais de frapper du pied, de me battre. Je cédais à la panique et griffais en vain les doigts qui me comprimaient la gorge, comme si ça pouvait changer quelque chose.

Voilà donc ce que Randi avait ressenti. Ce que Jackie avait ressenti.

Ce poids terrible sur ma poitrine. Le désir, le besoin de respirer était si primaire, si viscéral, que le manque d'oxygène provoquait une douleur toute particulière. Comme si je pouvais sentir les cellules de mon corps mourir les unes après les autres, hurler de désespoir dans leurs dernières secondes.

Un bébé, qui pleurait au bout du couloir.

Je sais, je sais. J'aurais dû le dire. J'aurais dû.

Je pleurais. Il était en train de me tuer et, au lieu de résister, je pliais sous le poids des vieux regrets. Le bébé que je n'avais pas su aider. La mère que j'avais laissée me martyriser. Les amies que j'avais aimées de tout mon cœur et vues mourir l'une après l'autre.

Les aboiements de Tulip et puis, soudain, un glapissement de douleur. Il lui avait donné un coup de pied. Mon agresseur avait fait mal à ma chienne.

Ça m'a mise en rogne.

Je me suis affaissée. Me rappelant vaguement d'une manœuvre apprise pendant toutes ces séances d'entraînement, j'ai arrêté de pousser sur mes jambes et je me suis faite poids mort. Le brusque mouvement de mes genoux qui flanchaient a déséquilibré mon agresseur. Il a basculé vers l'avant et j'ai immédiatement contre-attaqué en me campant sur mes pieds et en utilisant le poids de mon adversaire pour le faire passer au-dessus de ma tête.

Et là, je me suis jetée sur lui. Coups de pied dans les côtes, coups de poing dans sa tête à découvert. Ce n'était pas de la boxe. C'était du combat de rue. Tout en rossant et pourchassant mon assassin sur le sol enneigé, j'inspirais des bouffées d'air éperdues et heurtées dans mes poumons chauffés à blanc.

Il a roulé sur le côté, les bras devant le visage, et rapidement mis de la distance entre nous pour se relever.

Pas question. Jamais de la vie. S'il se remettait debout, aucun doute qu'il serait plus grand et plus fort que moi, voire armé d'un couteau, d'un pistolet ou autre surprise de son cru. Alors il fallait que je le maintienne à terre, où c'était *moi* qui pouvais le dominer, *moi* qui faisais régner la terreur dans cette ville.

J'ai continué à le poursuivre. Il a roulé et réussi un instant à se mettre à quatre pattes, mais j'ai récompensé cette performance d'un nouveau coup de pied dans les côtes tellement foudroyant qu'il s'est effondré et a rampé sur le côté.

Il gardait la tête basse, ce qui protégeait son visage, mais m'empêchait aussi de deviner ses intentions. C'est comme ça qu'il est parvenu à me surprendre quand j'ai une fois de plus lancé un coup de pied : sa main gauche s'est tendue à la vitesse de l'éclair, s'est refermée sur ma cheville et a tiré d'un coup sec.

J'ai basculé à la renverse et ma hanche droite a craqué à l'atterrissage. Même suffoquée par la douleur, j'ai quand même eu la présence d'esprit de donner des coups avec mon autre pied pour dégager ma première jambe. À présent nous étions tous les deux à quatre pattes sur le sol gelé, à nous tourner autour.

Tulip aussi tournait en rond ; elle n'aboyait plus, elle gémissait, hésitante. Je ne pouvais pas prendre le risque de la regarder ni de regarder autour de nous.

J'aurais sans doute dû crier, appeler au secours. La rue était toute proche. Il était plus de neuf heures du matin ; même en périphérie urbaine, aucun lieu n'est jamais totalement désert.

Mais j'étais incapable d'émettre le moindre son. Mon sang battait dans mes oreilles, j'entendais le bruit rauque de ma respiration. Mes cordes vocales étaient bloquées, paralysées.

Dans les films d'horreur, la courageuse victime hurle toujours de terreur. Dans la vraie vie, on a plus de chances de mourir en silence.

J'ai réussi à me relever en même temps que lui. D'un bond, je me suis remise en garde, enfin en vraie position de combat, au moment où mon agresseur se mettait en face de moi.

Et je me suis retrouvée nez à nez avec le visage buriné de mon moniteur de tir, J.T. Dillon.

« Je te donne un C », m'a-t-il dit.

Il s'est redressé, a baissé les bras.

Encore un peu incertaine de ce qui se passait, j'ai voulu lui coller une droite, dans la tempe. Aussitôt, J.T. a paré avec son bras gauche.

« Voire un D, a-t-il continué d'une voix enrouée, aussi hors d'haleine que moi. Tu es encore vivante, mais c'est limite. »

Lentement, je me suis redressée à mon tour. « Tu m'as agressée à titre d'entraînement ?

— Considère ça comme une remise de diplôme. » Il a tâté le côté où je lui avais donné un coup de pied assez violent et il a grimacé. « Mais bon, vu mon âge, la prochaine fois je me contenterai de remettre un diplôme papier. »

J'étais toujours en garde. Impossible de baisser les poings. Pas encore. Ma respiration était trop courte. J'avais mal à la gorge. D'ici quelques heures, j'aurais des bleus.

« Salaud ! » ai-je explosé.

Il m'a observée, avec des yeux impassibles, impénétrables.

Je l'ai encore frappé. Il a encore bloqué. Alors je me suis vraiment lâchée. Coups de poing, directs, je lui suis tombée dessus et bientôt nous nous sommes retrouvés à nous courir après, lui cette fois sur la défensive, moi animée d'une rage qui m'étais pratiquement inconnue. Il m'avait fait du mal. Il fallait que je lui rende la monnaie de sa pièce.

Il avait failli me tuer.

Et je l'avais pratiquement laissé faire.

La douleur était cuisante. À ma gorge, ma poitrine, mon amour-propre. Tous ces entraînements, tous ces exercices, et j'avais quand même été à deux doigts de mourir, trucidée par un ex-marine de soixante ans.

Tulip nous poursuivait. Sans aboyer ni gémir. Elle m'avait déjà vue en combat d'entraînement, alors peut-être que la situation était plus claire pour elle que pour moi. Je ne sais pas. Je poursuivais mon moniteur de tir et il me laissait faire. Il esquivait, bloquait, reculait, répondait parfois d'une calotte. Se déplaçait à une vitesse dont je n'aurais pas cru encore capable un ancien tireur d'élite aux cheveux gris.

Le problème de la boxe, si on veut vraiment que les coups soient percutants, c'est que ça demande une explosivité et une dépense d'énergie phénoménales. Même les champions du monde poids lourds sont obligés de faire une pause toutes les trois minutes.

Bientôt, mes mains sont devenues lourdes. Mes poumons cherchaient de l'air, mes épaules et ma poitrine me brûlaient. Mon pouls s'était accéléré jusqu'à la limite de la nausée et je ne poursuivais plus mon adversaire qu'en chancelant – la colère me poussait encore, mais le reste flanchait.

J.T. a mis un terme à la situation en se laissant lourdement tomber à terre sous un arbre squelettique. Je me suis effondrée dans la neige à côté de lui. Le visage cramoisi et en nage après tous ces efforts. La neige était agréable, le ciel gris comme un baume sur mes joues en feu.

Tulip est venue s'asseoir à côté de moi avec un gémissement hésitant. Je lui ai caressé la tête. Elle m'a léché la joue. Ensuite elle est allée vers J.T. pour répéter ce rituel. Assurée que tout allait bien désormais, elle s'est couchée entre nous, en se collant contre moi pour avoir chaud. Au bout de quelques secondes, J.T. s'est relevé, est allé chercher ma sacoche et me l'a rendue.

Il s'est rassis et nous avons encore laissé un moment s'écouler en silence.

« Pourquoi est-ce que mon moniteur de tir me tabasse ? » ai-je fini par demander.

Il m'a regardée droit dans les yeux.

« Rien de mal à s'exercer avec un pistolet, m'a-t-il répondu sèchement. Mais le plus probable est que tu n'arriveras pas à tirer le moindre coup de feu. Et, dans le cas contraire, tu seras paniquée et inondée d'adrénaline. Tu videras ton chargeur en tirant n'importe où. Et là, ce sera retour à la case départ : le corps à corps. »

J'ai repensé à ma confrontation avec Stan Miller. J.T. venait d'en offrir un excellent résumé. Stan et moi avions tous les deux tiré à tout-va. Et l'affrontement s'était conclu par un corps à corps.

« Tu as déjà tué quelqu'un ? ai-je demandé.

— J'ai fait ma part de dégâts.

— Ça te faisait quel effet ?

— Jamais aussi agréable que j'aurais voulu. »

Le silence est retombé entre nous. Je caressais la tête de Tulip.

« Est-ce que je vais mourir le 21 ? »

Question idiote, mais peut-être que la vie se résume à ça : des questions idiotes lorsqu'à notre dernière heure nous voyons la locomotive nous foncer dessus en nous demandant à quel point ça va faire mal.

« Peut-être », a dit J.T. Il m'a regardée : « Qui est-ce qui te battait ? Ta mère, ton père, ton petit copain ? »

Je n'ai pas répondu tout de suite. Je caressais les oreilles soyeuses de Tulip.

« Ma mère. Syndrome de Münchhausen par procuration. »

C'était la première fois que je prononçais ces mots à voix haute. Tante Nancy et moi n'en avions jamais discuté. Et je n'avais jamais rien dit à Randi et Jackie. Je ne leur avais même jamais parlé de ma mère, ni de l'endroit où je vivais avant de venir dans les montagnes, ni d'aucun des jours, des semaines et des mois qui s'étaient écoulés avant que je devienne la nièce de ma tante plutôt que la fille de ma mère.

Mais je l'ai dit à J.T. Dillon parce que frapper quelqu'un produit cet effet-là. Ça rapproche. Le sexe, la violence, la mort. Que des choses intimes à leur manière. Ça aussi, je l'ignorais jusqu'à l'année précédente.

« Tu ne t'es pas défendue, m'a reproché J.T. Tu ne t'es pas battue pour toi.

— Si, à la fin.

— Non. J'ai donné un coup de pied à ta chienne. Tu t'es battue pour ta chienne.

— C'est une bonne chienne. »

Il m'a dévisagée : « Il faut que tu te sortes ta mère de la tête. »

Je me suis raidie ; je caressais toujours les oreilles de Tulip, mais je sentais que je me recroquevillais intérieurement.

« C'est sérieux, a repris J.T. Il faut que tu frappes pour toi-même. Que tu prennes cette colère, cette honte, ce silence, et que tu t'en fasses une arme. Il faut que tu saches, Charlie, il faut que tu sois intimement *persuadée* que ce n'est pas normal qu'on te maltraite. Tu ne mérites pas d'être punie. Si on t'agresse, tu ne l'acceptes plus, tu rends les coups.

— J'essaie.

— Mon œil ! Tu hésites. Dans un coin de ta tête, tu es conditionnée pour attendre que ça passe et que la punition s'arrête. Écoute, je peux t'apprendre à tirer. Dick peut t'apprendre à frapper. Mais aucun de nous ne peut te *désapprendre* à être la victime de ta propre vie. C'est à *toi* de le faire. À *toi* de le vouloir. »

Le rouge aux joues, je me sentais réprimandée comme une gamine qui n'aurait pas fait ses devoirs.

Je ne voulais pas être passive. Je *voulais* être une terreur. Et pourtant, quand ses mains s'étaient nouées autour de ma gorge… quand il m'avait attaquée par-derrière…

J'avais eu le sentiment que je le méritais. J'avais été méchante et je méritais ma punition. Réaction conditionnée de tous les enfants maltraités du monde. Nous grandissons, mais aucun de nous n'y échappe jamais.

« Mourir pour quelqu'un d'autre est facile, murmurait J.T. comme s'il lisait dans mes pensées. Vivre pour soi-même, c'est ça, le défi. Mais il faut le faire, Charlie. Respecte-toi. Défends-toi. Bats-toi pour toi-même. »

J'ai hoché la tête, en serrant Tulip tout contre moi pour l'aider à ne pas se refroidir.

« On va tirer maintenant ?

— Dans une minute. »

Il était en train d'ouvrir mon sac pour en sortir mon Taurus. Le 22 paraissait tout petit dans sa grande paume calleuse ; ses longs doigts étaient mieux faits pour la puissance de son Colt 45 que pour mon pistolet fantaisie. Il l'a reniflé, m'a regardée.

« Ne jamais ranger une arme sale.

— Je comptais la nettoyer après notre séance.

— Ne jamais ranger une arme sale.

— D'accord.

— Tu as envie d'en parler ?

— Non.

— Tant mieux parce que je n'ai pas envie de savoir. »

Il m'a rendu le Taurus. Nous nous sommes relevés.

« Ça va aller, pour marcher ? a-t-il demandé en montrant Tulip.

— Si on se débrouille pour qu'elle soit toujours en mouvement. Il faudrait que je lui achète un manteau. Peut-être cet après-midi.

— Fais ça. Une chienne qui vaut la peine qu'on se batte pour elle mérite bien une petite laine. »

J.T. s'est mis à marcher ; Tulip et moi avons réglé nos pas sur le sien. Sa maison se trouvait à deux kilomètres, cachée au cœur d'un hectare et demi de terrain. Idéale pour un homme qui possédait un champ de tir dans son jardin. Idéale pour un homme (et son épouse) qui ne recherchaient guère la compagnie.

« Elle vit toujours ? » m'a-t-il demandé en marchant.

Inutile de me préciser de qui il parlait.

« Non. »

Encore un aveu rare, un souvenir à peine connu et en tout cas jamais approfondi. Mais si je me posais sérieusement la question… bien sûr que ma mère était morte. Il tombait sous le sens que si elle avait été encore en vie, elle m'aurait contactée à l'heure qu'il était. Elle aurait écrit depuis la prison ou l'établissement psychiatrique quelconque où elle vivait. Elle serait passée dès l'instant où on l'aurait laissée sortir. C'est le principe même du syndrome de Münchhausen par procuration : l'agresseur se considère comme la victime. Tout tourne autour de lui ; ce n'est pas seulement qu'il a besoin de compassion, de soutien, de compréhension ; il les mérite. Mais je n'avais reçu aucune nouvelle de ma mère depuis que je m'étais réveillée dans cet hôpital de l'État de New York. Pas un coup de fil, pas une lettre, pas une visite éclair.

Il y avait eu une sorte d'affrontement final. J'avais survécu ; quant à ma mère…

« Alcoolique ? a demandé J.T.

— Non.

— Toxicomane ?

— Folle. Tout simplement folle.

— Content qu'elle soit morte, alors. Maintenant, tourne la page.

— D'accord, lui ai-je promis. Je ferais aussi bien. »

J'ai jeté un coup d'œil à ma montre et marmonné : « Plus que cinquante-huit heures. »

Ensemble, nous nous sommes mis à trottiner.

20

« Quincy.

— Bonjour, commandant D.D. Warren, police de Boston. Je vous appelle au sujet du profil que vous avez rédigé à la demande de Charlene Grant. Les meurtres du 21 janvier. Jusqu'ici au nombre de deux, mais peut-être bientôt trois, ce qu'à titre personnel j'aimerais bien éviter. Notre taux d'homicide est déjà assez élevé comme ça à Boston, merci.

— Commandant, la salua sèchement Pierce Quincy, ancien profileur du FBI, j'ai eu ma fille hier soir. Elle m'a informé de votre enquête. Apparemment, vous avez un plan, une histoire de réseaux sociaux ?

— Ça vaudrait le coup d'essayer. J'ai cru comprendre que vous aviez étudié à la fois la première et la deuxième scène de crime ?

— J'ai rédigé le premier rapport à la demande de Jackie Knowles. Et le second à la demande de Charlene, après le meurtre de Jackie. »

D.D. n'y avait pas songé.

« Désolée, murmura-t-elle sans trop savoir quoi dire d'autre à son collègue retraité.

— L'analyse d'une scène de crime est plus facile quand on ne connaît pas la victime, répondit Quincy avec simplicité. Mon deuxième rapport doit donc être pris avec précaution. Il n'est sans doute pas aussi objectif que le premier.

— Commençons par le premier meurtre, celui de Providence, décida D.D. Mon impression, après avoir lu votre rapport et parlé avec Roan Griffin, le chargé d'enquête, est que le criminel est doué d'une grande maîtrise de soi, d'excellentes capacités de communication, d'une intelligence supérieure à la moyenne et d'une force certaine dans les mains.

— Je confirme.

— Homme ou femme ?

— Les statistiques plaideraient pour un homme. Mais l'absence d'agression sexuelle complique l'analyse.

— D'instinct, vous diriez quoi ?

— Rien devant le meurtre de Providence. Mais si je prends en compte celui d'Atlanta, où la victime a été vue pour la dernière fois en compagnie d'une femme, je penche pour une femme. Ça expliquerait pourquoi les deux victimes n'ont pas hésité à ouvrir leur porte, et aussi le grand nettoyage qui a suivi. C'est vrai que beaucoup de tueurs en série se montrent méticuleux quand il s'agit de stériliser une scène de crime, mais rares sont ceux qui pensent à s'occuper des coussins du canapé.

— Les coussins du canapé ?

— On aurait dit qu'on venait de les retaper. Un geste typiquement féminin.

— Retaper ? Comment vous pouvez affirmer une chose pareille ?

— Je ne peux pas le faire, pas avec certitude. Mais d'après sa voisine, Jackie Knowles avait pour habitude de jeter les coussins décoratifs à un bout du canapé et de s'asseoir à l'autre. Pourtant, à l'arrivée de la police, ces petits coussins étaient parfaitement positionnés. Et même, les coussins d'assise et le dossier avaient été lissés et soigneusement replacés. Comme l'a fait remarquer un enquêteur, on aurait dit que personne ne s'était jamais assis dans ce canapé. Il avait été retapé.

— Mais peut-être par Jackie elle-même, contesta D.D. En remettant l'appartement en ordre au cas où elle rentrerait avec une "invitée" ce soir-là, vous voyez ce que je veux dire.

— C'est vrai. Je ne vous propose qu'une théorie fondée sur des hypothèses, pas des faits.

— Au moins, vous êtes franc. »

Elle eut l'impression que le profileur riait, mais ce fut bref.

« Il faut qu'on remue le panier de crabes, reprit-elle d'un seul coup. Il nous reste deux jours avant le 21 janvier. Et Charlene Grant se promène dans Boston en se cachant de tous les gens qu'elle connaît et en trimballant un 22 semi-auto…

— Elle a un pistolet ?

— Déclaré.

— Ça ne lui servira à rien.

— Hypothèse ou fait ?

— Les deux. Les deux premières victimes n'ont pas eu un geste de résistance. Si elles ne se sont pas arraché les ongles en essayant d'écarter les mains qui les étranglaient, qu'est-ce qui fait croire à Charlene qu'elle aura la possibilité de tirer le moindre coup de feu ? »

La gorge nouée, D.D. n'aimait pas cette image : « Peut-être qu'elles ont résisté, en fait. L'assassin leur a lavé les mains – après s'être occupé des coussins, bien sûr.

— Randi avait des ongles d'une longueur inhabituelle et parfaitement manucurés. Pas un seul n'était cassé. Plutôt improbable, non ?

— Les analyses toxicologiques ?

— Pas de drogue.

— Est-ce qu'elles ont pu être agressées dans leur sommeil ?

— Possible, mais l'asphyxie aurait dû les réveiller en sursaut et déclencher un réflexe de lutte ou de fuite. Au dire de tous, elles étaient toutes les deux capables de se défendre.

— Alors comment expliquez-vous l'absence de blessures de défense ?

— Je ne l'explique pas. »

D.D. soupira de nouveau : « Au moins vous êtes franc, répéta-t-elle.

— Malheureusement, ça ne nous aide ni l'un ni l'autre. Pas plus que Charlene Grant, le 21. Est-ce qu'il y a eu prise de contact ? demanda d'un seul coup Quincy. Un message adressé à Charlene, quelque chose ?

— Non.

— Inhabituel, fit-il observer. Très inhabituel, même, qu'un récidiviste reproduise un scénario avec une telle précision. La plupart des tueurs parlent de la sensation physique que leur procure le meurtre ; ça libère dans le cerveau des substances comparables aux endorphines du coureur de fond. En général, le premier meurtre est le fruit d'une impulsion et il génère de l'anxiété. Mais quand les choses se tassent, le meurtrier oublie la peur ; il se souvient du plaisir et veut l'éprouver de nouveau. Le cycle qui s'accomplit avant le meurtre suivant peut prendre un moment, mais au fil du temps le besoin de cette décharge physiologique qui accompagne chaque meurtre devient sa motivation première et raccourcit le cycle, ce qui induit plus de fébrilité, moins d'organisation, moins de maîtrise. Le tueur peut tenter de lutter contre ce cycle en se tournant vers l'alcool et/ou la drogue comme substitut au shoot homicidaire, mais c'est rarement efficace. En revanche, ça aide la police parce que le tueur perd les pédales et multiplie les erreurs.

— D'après cette logique, ce tueur n'en est encore qu'aux prémices de son évolution puisqu'il ou elle est capable d'attendre une année entière entre chaque victime, c'est ça ?

— Pour l'instant, il ne s'agit pas à proprement parler d'un tueur en série. Il faut trois meurtres. À ce stade, nous avons un récidiviste dont le scénario a un côté presque technique. Plus assassinats rituels que meurtres en série.

— Peut-être parce qu'il s'agit d'une femme. Elle n'est pas motivée par la soif de tuer, mais par autre chose.

— C'est cette autre chose que nous devons identifier. Si nous découvrons le pourquoi, ça nous mènera peut-être au qui.

— D'accord, dit D.D. en se prenant au jeu. Pourquoi Randi Menke ? Pourquoi Jackie Knowles ? Quels points communs entre elles ?

— Deux femmes célibataires qui habitent en ville. Même âge. Ayant toutes les deux grandi dans les montagnes Blanches du New Hampshire, où elles ont de la famille et des amis en commun. Et en particulier Charlene Grant, dont elles étaient toutes les deux inséparables.

— Ce qui conduit Charlene à penser qu'elle sera la prochaine victime. Est-ce que vous en êtes aussi certain ? Peut-être que cette histoire ne concerne que Randi et Jackie. Et qu'elle n'a rien à voir avec Charlie.

— C'est possible, reconnut Quincy. Avec seulement deux meurtres, nous n'avons pas assez de données pour extrapoler de manière pertinente. Le fait que Randi et Jackie se soient connues pourrait encore n'être qu'une pure coïncidence ; elles-mêmes savaient qu'elles se connaissaient, mais le tueur non.

— Je n'aime pas les coïncidences, dit D.D. Je sais que ça existe, mais ça ne fait pas de moi une convertie.

— Dans ce cas, nous sommes deux, approuva Quincy. Alors posons nos premières hypothèses : Randi et Jackie avaient un point commun qui a conduit à leur assassinat. Bon, à l'âge adulte, ça ne saute pas aux yeux. Elles vivaient dans deux États différents, à près de deux mille kilomètres l'une de l'autre. Randi habitait un quartier chic de Providence après avoir divorcé d'un mari violent et elle travaillait comme hôtesse d'accueil dans un centre de bien-être. Jackie habitait la banlieue d'Atlanta ; célibataire, lesbienne, bosseuse compulsive. Pas grand-chose en commun.

— Une seconde, intervint D.D. Et le mari violent ? Et si Jackie avait été au courant, si elle était intervenue en faveur de son amie et que ça l'avait mise dans le collimateur du bon docteur ?

— Perdu. D'après Jackie elle-même, elle n'a eu connaissance des problèmes conjugaux de Randi qu'après l'assassinat de celle-ci. Il semblerait que Randi ne se soit jamais confiée à ses amies.

— Elle s'était refermée sur elle-même », murmura D.D.

C'était le cas de tant de femmes battues.

« À l'âge adulte, les trois amies s'étaient éloignées, reprit Quincy. Autrement dit, pour trouver le point commun entre Randi et Jackie, il faut remonter environ dix ans en arrière, jusqu'à leur enfance passée dans le même village, dans la même petite école. Et à l'époque, on ne les considérait pas comme un duo, Randi et Jackie, mais comme un trio, Randi, Jackie et Charlie. Apparemment, les gens du village associaient souvent leurs trois noms en un même surnom : Randi-Jackie-Charlie.

— Les trois mousquetaires.

— Tout juste, et c'est pour ça que je ne donne pas tort à Charlene de se considérer comme la prochaine sur la liste. Au mieux, elle aura une bonne surprise en se réveillant le matin du 22. Au pire…

— Espérer le meilleur, prévoir le pire.

— Exactement.

— D'accord, reprit D.D. avec entrain. Disons que le trio tout entier est devenu une cible. Dans ce cas, pourquoi aujourd'hui ? Est-ce qu'il n'aurait pas été plus logique d'essayer de les tuer quand elles habitaient le même village ? Toutes en même temps ? D'ailleurs, pourquoi les tuer une à une ? Et pourquoi le 21 janvier ?

— Excellentes questions, commandant. Tenez-moi au courant quand vous aurez les réponses.

— Un assassinat rituel, réfléchit D.D. à voix haute. Toute l'approche du criminel repose sur des éléments qui lui sont profondément personnels. La date, le procédé, même le ciblage individuel. Peut-être que la cible globale est un trio d'amies, mais par sa méthode l'assassin fait en sorte que chacune meure seule.

— Intéressant, comme remarque.

— D'accord, alors imaginons que l'assassin ait une profonde aversion pour les amitiés indéfectibles. Le premier meurtre s'est produit il y a deux ans, soit près de huit ans après que ces femmes sont parties chacune de leur côté. Pourquoi attendre toutes ces années et ensuite commencer par agresser Randi le 21 janvier ?

— Il y a plusieurs points à considérer, répondit Quincy. Premièrement, l'âge. Les trajectoires de ces femmes se sont écartées à dix-huit ans. Si on imagine que l'assassin les connaissait depuis leur enfance, il est possible qu'il soit de la même génération. Dix-huit ans est un âge qui marque le passage entre l'adolescence et l'âge adulte. On peut penser que l'assassin avait besoin d'acquérir plus d'expérience avant d'être en capacité de suivre son impulsion…

— Apprentissage, murmura D.D. Il devait fréquenter divers forums de fans de l'homicide, histoire d'apprendre comment on fait.

— Pardon ?

— Rien.

— Dix-huit ans est aussi un âge charnière en matière de santé psychique. De nombreuses pathologies, notamment les troubles maniaco-dépressifs ou la schizophrénie, se manifestent vers cet âge.

— Ce qui signifierait que l'agresseur, autrefois "normal", serait devenu "anormal" et notamment animé d'un besoin irrépressible de tuer toutes les amies inséparables ?

— Possible. À envisager, je crois. Le point faible de cette théorie, c'est que les scènes de crime font penser à un criminel en pleine possession de ses facultés. Un tueur organisé plutôt que l'inverse.

— Mais il a dû se produire quelque chose, murmura D.D. Si on part du principe que les trois amies sont la cible, il s'est produit quelque chose qui a conduit le criminel à se lancer dans ce rituel.

— Peut-être que ça s'est produit un 21 janvier.

— Est-ce que ces femmes auraient vu quelque chose, auraient été témoins de quelque chose ? s'interrogea D.D. Peut-être que, adultes, retournées dans leur village pour des vacances, elles sont tombées sur un accident de voiture compromettant, elles ont assisté à un règlement de compte de la mafia, je ne sais pas, n'importe quoi.

— La question a été posée à de nombreuses reprises. Charlene a toujours répondu par la négative.

— D'accord, dit D.D. en continuant à réfléchir. Trois amies inséparables. Qui peut haïr trois filles ? » Alors la réponse lui vint, si évidente qu'elle n'en revenait pas de ne pas y avoir pensé plus tôt : « La quatrième, dit-elle dans un soupir. Celle qui n'a jamais été jugée digne de faire partie de la bande.

— Prends garde à la fureur d'une femme outragée, récita Quincy. C'est une bonne théorie. En fait, je regrette de ne jamais avoir eu l'idée de poser la question.

— Donc je recontacte Charlene, je lui demande si elle a eu d'autres amies d'enfance.

— Non, rectifia aussitôt Quincy. Ne l'interrogez pas sur ses amies, mais sur celles qui n'ont jamais été ses amies. La solitaire de la classe. La fille qui était toujours toute seule à la cantine, l'exclue, celle qui les regardait de l'extérieur.

— Mais vous disiez que l'assassin possédait d'excellentes capacités de communication. Quand est-ce que cette solitaire les aurait acquises ?

— Je me trompais peut-être sur ce point. Peut-être que Randi et Jackie lui ont ouvert leur porte à cause d'un reste de pitié pour une ancienne camarade de classe plutôt que pour accueillir à bras ouverts une inconnue charismatique.

— D'accord, d'accord. Je vais faire ça. Mais même si Charlene se souvient d'un nom, il ne me restera que quarante-huit heures pour retrouver une inconnue dans une affaire qui ne m'a même pas encore été officiellement confiée. Vu la date, peut-être que cette fameuse fille se trouve déjà à Boston, sur la piste de Charlene…

— Vous voudriez une stratégie plus volontariste ?

— Je voudrais attirer le tueur jusqu'à nous. J'envisage de créer une page Facebook pour commémorer la date anniversaire des assassinats, rendre hommage aux victimes. Je voudrais jeter un peu d'huile sur le feu. Rentrer dans la tête du tueur. Comment faire ? »

Pas de réponse à l'autre bout du fil. Elle devina que Quincy réfléchissait.

« Je regrette de ne pas pouvoir venir à Boston, dit-il. Je me sentirais moins coupable, je crois, si j'étais là.

— Hé, ne le prenez pas mal, monsieur l'ancien expert du FBI, mais on n'est pas qu'une bande de bras cassés à Boston. Tous les ans, on essaie de sauver la vie d'au moins une personne. Cette année, ça me plairait que ce soit Charlene Grant.

— Je m'inquiète pour elle, répondit Quincy sans se départir de son calme.

— Il y a de quoi, dit brutalement D.D. J'ai passé une heure avec elle. Il faudrait qu'elle prenne dix kilos, qu'elle dorme dix jours d'affilée et qu'elle renonce à son pistolet. Mais à part ça, si vous ne pouvez pas venir…

— Ma femme et moi. On vient d'adopter.

— Vous avez un bébé ? »

D.D. n'en revenait pas. Elle n'avait pas eu l'occasion de voir de photo de l'ancien profileur qui lui aurait indiqué son âge, mais dans la mesure où sa fille était une policière aguerrie et elle-même à la tête d'une famille…

« Pas un bébé. Nous sommes beaucoup trop vieux pour ça, répondit-il avec humour comme s'il lisait dans ses pensées. Une petite fille de dix ans que nous avons d'abord hébergée comme famille d'accueil. Nous l'aimons profondément. Et avec beaucoup de chance, nous espérons qu'un jour elle pourra sentir cet amour. Mais elle n'en est pas encore là.

— Ça viendra.

— Il y a du potentiel. Ma femme a aussi travaillé dans les forces de l'ordre. Nous connaissons les deux faces du problème. Nous savons à quoi nous attendre. Quand j'ai appris l'assassinat de Jackie Knowles… C'était bien d'avoir de nouveau un enfant à la maison. De garder à l'esprit les promesses de l'avenir plutôt que de ressasser des regrets. »

D.D. ne répondit rien. Le discours de Quincy lui rappelait tout ce qu'elle aimait dans le fait de rentrer retrouver Jack. Au début, elle avait craint qu'un bébé ne réduise sa capacité à faire son travail. Et peut-être bien qu'en effet Jack réduisait son temps de travail, mais il lui apportait aussi un équilibre. Les enfants, l'espoir de lendemains meilleurs, c'était la vraie raison d'être d'un enquêteur de la police criminelle. On prend les coups pour qu'ils ne tombent pas sur son enfant. On travaille jusqu'à pas d'heure, comme son équipe l'avait fait la veille, pour que d'autres enfants puissent se sentir en sécurité.

« La quatrième amie, dit Quincy.

— Pardon ?

— C'est ce qu'il vous faut. Si on suit votre raisonnement. Il faut que vous inventiez une quatrième amie fictive. Une nouvelle cible qui détournera l'attention de votre tueur. »

D.D., perplexe, retourna la question dans sa tête : « Mais comment ? Si on part du principe que le tueur connaît le trio depuis l'enfance, il saura que c'est du bidon.

— Il faut que vous soyiez la quatrième amie.

— Plaît-il ?

— La personne qui crée la page Facebook. Présentez-vous comme une personne qui a toute légitimité pour rendre hommage à Jackie et Randi. Vous pourriez par exemple les avoir rencontrées à l'université. D'abord Jackie, puis Randi et Charlie. Vous vous retrouviez toutes à Boston pour passer du temps ensemble. Vous les aimiez, vous les pleurez et vous vous êtes donné pour mission d'entretenir leur mémoire. Si votre théorie est la bonne et que la tueuse est une inadaptée sociale, ça suffira à l'exaspérer. Elle assassine Jackie et Randi pour se les approprier. Et voilà que, dans la mort, vous les reprenez. Vous revendiquez leur mémoire. Je dirais vulgairement que ça devrait la faire chier.

— Ça me botte, dit D.D.

— Tuer est une façon de prendre le pouvoir. Donc il faut remettre en cause cette équation en provoquant délibérément la tueuse, en menaçant son autorité. Ce n'est plus elle qui est aux commandes. C'est vous. En fait, vous êtes la meilleure amie que Jackie et Randi aient jamais eue parce que, grâce à vous, elles vivront éternellement. Votre amour, votre pouvoir, surpassent les siens.

— Sans compter que j'ai de plus jolies chaussures, ajouta D.D. Les femmes ne supportent pas ça. »

Quincy eut un petit rire.

« On dirait que vous êtes sur la bonne voie.

— Merci, dit sincèrement D.D. Cette conversation m'a beaucoup apporté. » Et après un temps : « Je peux vous poser une dernière question ?

— Je vous en prie.

— Est-ce que ça pourrait être Charlene ? Elle se présente comme la troisième victime, mais si ce n'était qu'une ruse ? Si elle était l'assassin et que c'était sa façon de détourner les soupçons ? »

Nouveau silence au bout du fil.

« Je ne sais pas, répondit finalement Quincy. Compliqué comme méthode pour tuer impunément. Mais il y a une certitude : vous aurez la réponse le 22. »

21

J.T. et moi avons tiré pendant une heure. Je me suis entraînée à huit mètres, puis à vingt, puis à trente. Pas de tir longue distance pour moi. Dans mon cas, l'affrontement aurait lieu les yeux dans les yeux.

Une fois ma dernière boîte de munitions épuisée, je me suis assise sur une botte de foin près de la clôture et j'ai entrepris de nettoyer mon arme. La neige qui s'était mise à tomber saupoudrait mes cheveux bruns de flocons légers tandis que, penchée sur mon Taurus, je le démontais soigneusement.

Tulip m'avait quittée pour la chaleur de la maison de J.T. et la compagnie réconfortante de sa femme. J.T. tirait toujours. Il avait une cible à cent cinquante mètres avec laquelle il aimait s'amuser. Parfois ses balles y dessinaient un visage souriant, une étoile à cinq branches, un cœur pour sa femme le jour de la Saint-Valentin. À chacun ses talents, je suppose.

Quand mon téléphone a sonné, j'ai d'abord fait la sourde oreille, et puis je me suis souvenue de Michael, du téléphone à carte prépayée que je lui avais glissé dans la poche dans le bus, et j'ai vite regardé l'écran.

Ce n'était pas Michael, mais je reconnaissais le numéro. J'ai décroché et pris le commandant D.D. Warren en ligne.

« Travaillé cette nuit ? m'a-t-elle demandé.

— Oui.

— Dormi ce matin ?

— Non.

— Alors on en est tous au même point. Passez nous voir. On a un plan.

— Je vous demande pardon ?

— Je suis votre nouvelle meilleure amie. Littéralement. Rendez-vous au commissariat central dans trente minutes. On a un truc à vous montrer. »

Elle a raccroché. En levant les yeux, j'ai trouvé J.T. en train de m'observer.

« Tu dois y aller ?

— Je crois.

— Ça marche.

— Ça marche. »

Je suis allée chercher mon chien. Quand je suis ressortie avec Tulip, J.T. avait disparu et seule l'odeur de poudre flottait encore.

« Il n'est pas doué pour les au revoir », murmura sa femme derrière moi.

Elle était sortie dans sa véranda couverte, les bras croisés sur sa chemise écossaise noir et blanc pour se tenir chaud. Tess était plus jeune que J.T., plus proche des cinquante que des soixante ans, et de nombreuses mèches argentées se mêlaient à ses cheveux blond pâle. En jean délavé et chaussons doublés de polaire, avec ses cheveux mollement tirés en arrière qui révélaient un visage à l'ossature délicate, elle n'était pas belle, mais frappante. Sa façon de me regarder me rappelait J.T. Ils ne se contentaient pas de regarder, ils *voyaient* et ils avaient foi en leur capacité d'affronter ce qu'ils avaient vu. Ils allaient parfaitement ensemble.

Je me suis tournée vers le champ de tir désert.

« Je sais ce qu'il ressent », ai-je dit.

Tess est venue se poster à côté de moi.

« Je lui ai dit qu'il devrait rester avec toi, le samedi 21. Juste au cas où.

— Non.

— Et il m'a répondu que tu dirais ça.

— Est-ce qu'on t'a déjà frappée ? lui ai-je demandé à brûle-pourpoint.

— Oui.

— Tu t'es laissé faire ou tu t'es défendue ?

— Les deux. Les gens changent. Les enfants grandissent.

— J.T. pense que je dois me sortir ma mère de la tête.

— Il a souvent raison.

— Mais je ne sais pas comment.

— Tu la détestes ? »

L'intérêt de Tess semblait sincère.

Il m'a fallu un temps de réflexion.

« Je ne sais pas. Je fais l'impasse sur elle. Éviter d'y penser, éviter de me souvenir. Pour éviter de ressentir.

— Alors, c'est de là que vient ton problème.

— Le déni ? Mais c'est aussi ma grande force.

— Si tu crois réellement que tu vas mourir samedi, Charlie, si tu crois réellement que tu vas devoir défendre ta peau, tu dois bien éprouver quelque chose.

— Je suis en colère.

— C'est un début. Il n'y a pas de bonne ou de mauvaise réponse. Moi, j'ai pardonné à mon père. Mais J.T. ne cessera sans doute jamais de haïr le sien. »

Ça m'a étonnée, mais je n'ai rien dit.

« Je n'aime pas haïr, a simplement continué Tess. Ni mon père ni mon ex-mari. Je me suis raccrochée à ma colère tant qu'elle m'a été nécessaire pour faire ce que j'avais à faire. Et ensuite je m'en suis détachée. Je regarde mes enfants. Je sens à quel point je les aime. Je sens à quel point ils m'aiment, moi. Et ça suffit à me réconforter.

— J'aime ma chienne. » Par réflexe, je me suis penchée pour caresser la tête de Tulip. « Et ce n'est même pas ma chienne.

— On dirait une chanson folk. Tu es la bienvenue si tu veux venir habiter ici, Charlie, aussi longtemps que nécessaire. »

J'ai hoché la tête et je me suis redressée, j'ai remis ma sacoche en place, agité nerveusement la main sur la laisse de Tulip.

« Au revoir, Tess. »

Elle n'a pas été surprise.

« Au revoir, Charlie. »

Tulip et moi avons descendu les marches de la véranda et, même si Tulip a poussé un petit gémissement, ni l'une ni l'autre n'a regardé en arrière.

Il nous a fallu vingt minutes sous une neige légère pour rejoindre un quartier suffisamment animé afin d'y héler un taxi. Et encore vingt minutes pour qu'il nous dépose au commissariat central de Roxbury. Le chauffeur n'était pas content de transporter un chien, alors j'ai dû rallonger le pourboire de cinq dollars, et voilà, j'étais à sec.

Croyez-moi, on ne travaille pas au standard téléphonique de la police par goût du lucre.

J'ai repensé à l'agent Mackereth, je me suis sentie rougir et je me suis rappelé avec sévérité que ce n'était pas non plus pour ça que je travaillais là-bas.

Pour entrer dans le commissariat central, il fallait franchir les contrôles de sécurité. Le premier agent, un Noir monumental, a un peu sourcillé devant mon 22. Je lui ai montré mon permis de port d'arme, mais il est resté sceptique. Vous pouvez faire confiance au Massachusetts pour créer une réglementation sur les armes tellement paranoïaque que même quand vous aurez effectué toutes les démarches officielles nécessaires, personne ne vous croira.

En l'occurrence, je ne sais pas très bien quelles démarches officielles ont été accomplies pour m'obtenir un permis de port d'arme. Les critères sont tellement draconiens que c'est J.T. qui s'en est chargé. Il a sans doute tiré quelques ficelles. Je ne lui ai jamais demandé ; d'ailleurs, toutes mes relations reposent sur des questions laissées sans réponse.

« Qu'est-ce que vous faites, comme métier ? m'a demandé l'agent de surveillance.

— Opératrice téléphonique au commissariat de Grovesnor.

— Oh. »

Ses épaules massives se sont détendues. Il m'accordait malgré lui un certain respect. Les agents apprécient les opérateurs des centres de gestion des appels. On prend soin d'eux et ils le savent.

Il a gardé mon arme et m'a tendu une contremarque. « Vous pourrez le récupérer à la sortie. Même chose pour le chien.

— Vous ne pouvez pas me prendre ma chienne. »

Balèze Man a de nouveau gonflé ses plumes : « Chérie, ici, c'est moi qui commande. » Il a montré la porte vitrée du pouce. « Le chien, dehors ; si vous demandez gentiment, je garderai un œil sur lui. »

Après vingt-quatre heures sans dormir, je n'ai pas bien pris la nouvelle.

« Écoutez, c'est votre enquêtrice qui m'a demandé de passer. » Rien à foutre qu'il fasse trois fois ma taille et quatre fois mon poids. « C'est ma chienne et je ne vais pas l'attacher dehors par ce temps et dans ce quartier. Si le commandant D.D. Warren veut me voir, elle nous aura toutes les deux. C'est ça ou rien.

— Le commandant D.D. Warren ? » a repris l'agent. Sur son visage noir s'était épanoui un large sourire. « Alors là, bonne chance. » Il a fait signe à son collègue assis de l'autre côté du scanner. « La dame et son chien ont rendez-vous avec le commandant Warren.

— Et son chien ?

— C'est un chien détecteur de beignets, ai-je expliqué. Des années de dressage.

— Il devrait bien s'entendre avec le commandant Warren », a raillé l'agent.

Tulip et moi avons enfin été autorisées à pénétrer dans le gigantesque hall de verre et d'acier où nous avons erré en attendant D.D. Warren.

Les commissariats de centre-ville sont censés être des endroits crapoteux, avec des faux plafonds tachés de jaune et des petites fenêtres à barreaux, ai-je pesté avec mauvaise humeur. Pas des monstruosités modernistes dotées de halls démesurés où les baies vitrées laissent voir le ciel d'hiver gris et où flottent des odeurs de café et de viennoiseries tout juste sorties du four. Incapables de résister, Tulip et moi avons suivi les effluves tentateurs jusqu'aux portes de la cafétéria, grandes ouvertes. Je n'avais pas mangé depuis douze heures, et Tulip non plus, mais sans argent, nos possibilités étaient limitées. Au point que Tulip et moi allions devoir faire le coup de force pour monter dans le tramway si nous voulions rentrer chez nous.

D.D. Warren a fini par apparaître à l'autre bout du hall. Je l'ai reconnue au volume de ses boucles blondes et au regard laser de ses yeux bleus, clairs comme du cristal. Elle m'a repérée, avant de voir Tulip, et elle a fondu droit sur nous.

« Qu'est-ce qui vous est arrivé ? » m'a-t-elle demandé. J'imagine que mes bleus commençaient à se voir.

« La boxe.

— Vous n'êtes pas censée porter des gants ? »

Elle montrait mes mains, où les articulations de mes deux petits doigts étaient violacées.

« Je rappellerai ça à mon agresseur, le 21.

— Et les bleus dans votre cou ?

— Vous devriez voir ce que je lui ai mis, à l'autre.

— Au regard de la loi, je ne suis pas sûre que ce soit dans votre intérêt.

— Exact. »

Elle m'a observée encore une minute, comme si elle essayait de déterminer à quel genre de dingue elle avait affaire aujourd'hui.

Et là, elle m'a surprise.

« Jolie chienne, a-t-elle dit en tendant la main vers Tulip. C'est bien, un chien, pour une femme. Une des meilleures méthodes d'autodéfense. Mieux qu'une arme à feu. Une arme à feu, on peut vous la prendre et la retourner contre vous. Pas un bon chien. »

J'ai secoué la tête. J'aurais dû deviner où elle voulait en venir.

« Je ne compte pas avoir Tulip avec moi le 21. Je vais l'envoyer vivre chez ma tante.

— Alors vous êtes une idiote.

— Je préfère le terme "adulte responsable".

— Candidate au martyre.

— Maîtresse attentionnée.

— Imbécile qui veut se sacrifier.

— Battante qui saura se débrouiller.

— Idiote, répéta Warren.

— On a fait le tour ?

— Je ne sais pas. Maintenant que j'ai un nouveau-né, je me découvre un goût nouveau pour les conversations entre adultes. Un café ?

— Qui paye ? »

Elle m'a encore observée, puis mon chien. Je l'ai rangée dans la même catégorie que J.T. Dillon et sa femme ; comme eux, D.D. ne se contentait pas de regarder, elle voyait.

« Allez, c'est moi qui régale. »

Tulip et moi l'avons suivie dans la cafétéria. J'ai choisi un sandwich au poulet rôti pour moi, du pain et du fromage pour Tulip. Et là-dessus j'ai rajouté deux cookies, un paquet de chips, un café et une bouteille d'eau. L'enquêtrice n'a pas pipé mot, juste réglé la note.

Elle nous a ramenées vers l'agent d'accueil, qui m'a encore toisée et lui a tendu mon 22 muni d'une étiquette.

« Elle avait ça dans son sac. Permis de port d'arme, lui a-t-il indiqué.

— Cafteur », ai-je dit tout bas en le regardant.

D.D. m'a lancé un coup d'œil.

« C'est rien », ai-je dit.

Elle a reniflé mon arme : « Nettoyé récemment.

— C'est rien.

— Rappelez-moi pourquoi je vous aide ?

— Je paie des impôts.

— Dans ce cas… » D.D. a rendu à l'agent d'accueil mon beau Taurus chromé avec sa luxueuse poignée en bois de rose. « Il est déclaré, elle pourra le reprendre en partant. »

L'agent a pris mon arme, m'a remis un laissez-passer visiteur. Je l'ai snobé.

Peut-être que ça faisait un peu trop longtemps que je ne dormais plus.

Nous sommes montées à l'étage de la brigade criminelle, où D.D. a allumé son ordinateur et où j'ai eu le souffle coupé pour la deuxième fois de la journée.

La photo de Randi a été la première à s'afficher. Ses beaux cheveux blonds comme les blés lissés au séchoir, coincés derrière l'oreille d'un côté tandis que de l'autre ils retombaient en une gracieuse frange en biais, attiraient l'attention sur ses immenses yeux de biche marron. Elle était assise à côté d'une jardinière de pétunias roses, peut-être dans sa véranda de Providence, parce que l'arrière-plan ne m'évoquait rien. Mais son grand sourire doux m'a touchée au cœur. Ce geste familier d'effleurer du bout des doigts le rang de perles qui courait sur l'encolure d'un pull en cachemire gris tourterelle.

Les perles de sa grand-mère, qui lui avaient été offertes par ses parents pour son seizième anniversaire. Jackie et moi nous étions extasiées en les voyant. Nous n'étions pas du genre à porter des perles, mais nous comprenions à quel point Randi les aimait. Nous savions qu'elle les porterait tous les jours, pour recevoir, pour jardiner ou pour faire ses courses, et que ça lui irait à ravir. Et si Jackie était jalouse que sa meilleure amie ait reçu un collier aussi somptueux, elle n'en a rien montré. Et si j'étais jalouse que ma meilleure amie ait hérité un bijou de famille d'une grand-mère qui l'avait connue et aimée, je n'en ai rien montré. Nous étions heureuses de son bonheur.

Randi était radieuse ce jour-là. Elle a ouvert cet écrin et son visage habituellement serein s'est illuminé au point qu'elle semblait encore plus chatoyante que les perles.

Ça a été plus fort que moi. J'ai tendu la main. Pour toucher l'image sur l'écran plat, comme si je pouvais encore sentir la chaleur de sa peau, effleurer le creux de sa fossette, entendre mon amie dire mon nom.

Charlie, Charlie, Charlie ! Regarde ça ! Tu te rends compte ? Les perles de ma grand-mère. Oh, Charlie. Est-ce qu'elles ne sont pas magnifiques ?

Les mots sont sortis avant que je puisse les ravaler : « Je l'ai abandonnée. »

D.D. Warren m'observait. Elle regardait et elle voyait. « Qu'est-ce qui vous fait dire ça ?

— J'étais le ciment du groupe. C'était mon rôle. Jackie organisait, Randi nous donnait de l'énergie et moi… je maintenais la cohésion. Malgré les chamailleries, les petites disputes et tout ce qui peut amener à se liguer à deux contre une. Nous étions mieux ensemble. Je m'en rendais compte. Alors c'était mon rôle de faire en sorte que nous restions sur les rails, de nous rappeler, même dans les moments difficiles, que c'était mieux d'être trois que d'être deux, qui était mieux que d'être tout seul. Mais quand nous avons eu dix-huit ans, nous nous sommes éloignées les unes des autres.

— Pourquoi ? »

D.D. avait posé la question d'un air impassible. Comme si elle avait déjà compris que la réponse était cruciale, qu'elle donnerait la vraie raison pour laquelle je ne pouvais pas faire le deuil de mes amies.

J'ai quitté des yeux la photo de Randi. Observant l'enquêtrice, j'ai commencé à comprendre ce que ça voulait vraiment dire d'avoir du cran. Ce que Warren, J.T. et Tess avaient en commun.

Ils regardaient la vie sans œillères. Ils étaient suffisamment sûrs d'eux pour ne pas esquiver les coups, mais au contraire ne pas bouger d'un pouce et encaisser.

« J'étais gênée, ai-je tranquillement répondu à l'enquêtrice. J'ai laissé le groupe se défaire parce que, même si j'aimais Jackie et Randi, je savais que je les aimais davantage qu'elles ne m'aimaient. C'est pour ça que je ne lcur ai jamais parlé de ma mère. Si je l'avais fait, peut-être que Randi nous aurait parlé de son mari violent. Et on l'aurait aidée, Jackie et moi, on se serait serré les coudes au lieu de nous disperser pour mourir chacune de notre côté. Mais je n'ai pas pu leur parler de ma mère. Je les aimais tellement que je ne pouvais pas courir le risque de baisser dans leur estime. »

D.D. Warren s'est penchée vers moi, m'a scrutée du regard. « Qu'est-ce que vous auriez dû leur confier à propos de votre mère, Charlene ? »

Je lui ai montré ma main gauche. Les nouveaux bleus récoltés à la boxe ressortaient nettement, comme des baisers violet vif entre certains de mes doigts. Mais il y avait aussi d'autres marques, un patchwork de fines cicatrices blanches qui striaient ma peau. Elles étaient plus visibles en été, quand j'étais bronzée, qu'en hiver où, comme la plupart des habitants de la Nouvelle-Angleterre, j'avais un teint de cadavre. Mais je savais que D.D. distinguerait le réseau de lignes pâles.

J'ai murmuré : « Je ne pense pas que les autres mères cassent des bouteilles sur les mains de leurs petites filles pour pouvoir les emmener aux urgences, où le bel interne retirera les bouts de verre à la pince à épiler. Je ne pense pas que les autres mères appliquent un fer chaud sur le bout des doigts de leurs petites filles pour pouvoir retourner à ces mêmes urgences trois jours plus tard, quand le bel interne a dit qu'il serait de nouveau de garde.

— Vous aviez quel âge ?

— J'étais assez petite pour me laisser faire, assez grande pour me rendre compte.

— Et ça se passait dans le New Hampshire ?

— Dans le nord de l'État de New York. Je vivais là-bas avant la mort de ma mère. C'est à ce moment-là que les services sociaux ont retrouvé ma tante pour lui demander de me recueillir. C'est comme ça que j'ai fait la connaissance de Jackie et Randi, le jour de la rentrée. Nous étions assises côte à côte. Et en un clin d'œil, nous sommes devenues inséparables. Nous avons tout fait ensemble : jouer, faire nos devoirs, travailler, nous rebeller. Seulement un jour, nous avons eu dix-huit ans, et elles avaient des rêves et moi pas. Alors je les ai laissées partir. Et je ne les ai pas appelées, je n'ai pas pris de leurs nouvelles, je n'ai pas été l'amie que j'aurais dû être parce que je ne voulais pas qu'elles sachent à quel point elles me manquaient. Ça me gênait, après toutes ces années, de toujours les aimer plus qu'elles ne m'aimaient. Et maintenant… maintenant… »

Les mots sont restés dans ma gorge. Je continuais à caresser sur l'écran l'image numérique de ma meilleure amie, que je ne reverrais plus jamais.

J'aurais dû tout dire à Randi. J'aurais dû le dire à Jackie. J'avais gardé mes secrets d'enfant et ensuite Jackie et Randi avaient gardé leurs secrets d'adultes. Randi ne nous avait jamais parlé de son mari violent. Et Jackie ne nous avait jamais confié qu'elle était lesbienne. Je ne l'avais appris qu'au moment de l'enquête de police, lorsque Pierce Quincy, le profileur engagé par Jackie, y avait fait allusion, et je n'avais pas bronché, le visage de marbre, désirant par-dessus tout ne rien montrer, parce qu'il était bien évident que je devais savoir une chose pareille sur ma meilleure amie. Bien évident qu'entre amies intimes, on se sent assez à l'aise pour partager une information aussi personnelle.

Ces fines cicatrices blanches sur le dos de ma main étaient le cadet de mes soucis. C'étaient mes blessures intérieures qui me tourmentaient. Mon monde avait toujours été trop petit, d'abord juste ma mère et moi, ensuite juste ma tante et moi, et puis Randi-Jackie-Charlie. J'avais toujours eu trop peu. J'avais toujours aimé trop fort. Et j'avais toujours trop perdu.

Un bébé, qui pleure au bout du couloir.

J'imagine que je l'avais connu, lui aussi, ce bébé que je savais devoir protéger. Mais je ne l'avais pas fait et maintenant je ne me souvenais même plus du nom de cette petite fille. La vie sans œillères, tu parles. Vingt-huit ans et toujours ma dose quotidienne de déni.

Je n'avais plus envie d'être dans ce commissariat. Je voulais retourner chez moi dans les montagnes. Je voulais rentrer dans la maison de ma tante, me jeter à son cou et pleurer comme une enfant.

Pardon, pardon. Je les aimais, j'ai échoué et je n'en peux plus. C'est trop dur d'avancer toute seule dans cette vie.

On a frappé à la porte. Le commandant Warren et moi avons levé les yeux. Une femme se tenait sur le seuil, vêtue d'un pull rouge piment qui mettait en valeur les ondulations de ses sublimes cheveux bruns tirant sur le roux ainsi que les courbes de son corps, encore plus sublimes. Une fliquette de série télé, me suis-je tout de suite fait la réflexion. Le genre qui élucide l'affaire, séduit le premier rôle masculin et fête le tout en s'offrant une nouvelle paire de Jimmy Choo.

J'ai baissé les yeux vers ma poitrine presque plate, tâté mes cheveux châtain terne qui formaient une queue-de-cheval châtain terne, et je me suis immédiatement sentie ridicule.

« Tu lui as montré ? a demandé la femme.

— On commençait. Entre. Je te présente Charlene Grant. Charlene, le capitaine O. Elle a créé la page Facebook, c'est notre experte à demeure. »

Le capitaine O. et moi nous sommes serré la main. Elle semblait avoir à peu près le même âge que moi, ce qui m'a surprise. Ensuite j'ai croisé ses yeux bruns et rencontré un regard aussi direct et franc que celui de D.D. Warren. Des yeux de flic. Ça doit faire partie des critères pour décrocher son diplôme de l'école de police.

« Beau chien, a-t-elle dit en regardant sous le bureau, où Tulip, roulée en boule, dormait.

— Elle n'est pas à moi », ai-je répondu machinalement.

L'enquêtrice m'a regardée avec des yeux ronds, puis D.D.

« Pas non plus à moi, a protesté celle-ci.

— Ah bon, tout s'explique », a dit O. en posant une fesse sur le bureau.

La pièce n'était pas grande ; nous étions maintenant les unes sur les autres et je me trouvais prise en sandwich entre deux policières pas commodes qui avaient une plus belle garde-robe et de plus gros pistolets que moi. Mon petit doigt me disait que cela ne devait rien au hasard.

« Qu'est-ce que vous en dites ? m'a demandé la nouvelle enquêtrice, d'une voix brusque, en montrant l'ordinateur.

— Je vous demande pardon ? »

Le capitaine O. a de nouveau regardé D.D.

« On n'en était pas encore là, expliqua celle-ci. C'est ton bébé, autant que tu fasses les présentations.

— D'accord. Bon… samedi, le 21, ce sera le deuxième anniversaire du meurtre de Randi Menke à Providence. »

J'ai tressailli, sans mot dire.

« Et le premier anniversaire du meurtre de Jackie Knowles à Atlanta. Comme tout tourne autour de cette date, on s'est dit qu'on allait créer une page Facebook en mémoire des deux victimes pour voir si on arrive à provoquer une réaction.

— C'est-à-dire ?

— Jackie et Randi devaient avoir d'autres amis et camarades avant que vous n'alliez vivre dans ce village, intervint D.D. Est-ce que votre arrivée aurait mis à mal une de ces relations ? Peut-être évincé une autre fille, fait naître une jalousie, une rivalité ? »

Je l'ai regardée, perplexe : « Je ne sais pas. Nous avions huit ans. Je ne suis pas certaine que j'avais conscience à cet âge-là qu'il pouvait y avoir des rivalités.

— Et en grandissant ? Vous êtes devenues les trois mousquetaires. Comment les autres filles l'ont-elles pris ? »

Je ne comprenais toujours pas : « Nous n'étions pas méchantes. En tout cas, je ne nous voyais pas comme ça. Nous n'étions pas tyranniques ni rien. Simplement… nous jouions ensemble.

— Et si d'autres filles voulaient jouer ? m'a sèchement demandé le capitaine O. Vous les acceptiez ? »

Il y avait dans sa voix une intonation qui tenait presque de l'accusation. Je me suis sentie m'écarter d'elle. Le capitaine employait peut-être souvent cette méthode pendant les interrogatoires, mais manifestement j'étais déjà coupable à ses yeux.

« À l'école primaire, vous voulez dire ? Parce que j'ai de vagues souvenirs d'avoir sauté à la corde et joué à 1, 2, 3, soleil, mais beaucoup d'enfants y jouaient, pas seulement nous trois. »

Le commandant Warren est intervenue : « Voyons du côté du lycée. Quand votre trio y est entré, à quoi ressemblait votre environnement social ? Est-ce que vous étiez toujours ensemble ou est-ce que vous aviez d'autres amis, d'autres loisirs, sports, activités extrascolaires ?

— Nous n'étions pas toujours collées. Déjà, nous avions des emplois du temps différents. Et puis des activités différentes. Jackie faisait partie de l'équipe de débat, de l'équipe de foot et de l'équipe de ski alpin. Pour Randi, c'était patinage artistique et loisirs créatifs. Moi, je faisais du ski de fond en hiver, mais je passais le plus clair de mon temps libre à aider ma tante dans sa maison d'hôtes.

— Donc vous aviez d'autres amies ? a insisté D.D.

— J'imagine. Il y avait plus de cent cinquante élèves à notre niveau, donc c'est sûr qu'on en connaissait quelques-uns.

— Commençons par Randi. » Le regard inquisiteur, le capitaine O. reprenait les rênes de la conversation. « Quand elle n'était pas avec vous et Jackie, qui étaient ses amis ? »

J'ai été obligée de réfléchir, de remonter dix ans en arrière, et aussitôt que j'ai essayé j'ai cru entendre dans ma tête le rire de Jackie qui se moquait de ma mauvaise mémoire. À moi, c'était à *moi* que la police demandait de se souvenir.

« Il y avait cette fille… Sandra, Cynthia, Sandy… Becca, elle s'appelait Becca. Je crois qu'elle faisait aussi du patinage artistique. Et peut-être une Felicity ? Le genre artiste, comme Randi. Je crois.

— Vous les aimiez bien ? »

Haussement d'épaules.

« Je suppose ?

— Elles vous aimaient bien ? »

Nouveau haussement d'épaules. Je me sentais encore plus ridicule.

« On se disait bonjour dans les couloirs. »

Sans doute. « Pourquoi ? Qu'est-ce que vous cherchez ?

— La quatrième, a dit Warren. La fille qui voulait aussi faire partie de la bande, mais à qui aucune de vous n'a ouvert la porte. Nous avons des raisons de penser qu'elle rôde encore dans les parages et qu'elle a sacrément les nerfs. »

Ça n'a pas été tout seul. Il fallait passer au tamis mes souvenirs de lycée, ce qui, même par vent favorable, relevait du défi. Je sais que certains seront capables de vous dire le nom du chat qu'ils avaient quand ils avaient quatre ans, mais moi pas. Je ne me souviens tout simplement pas. Ni des bonnes choses ni des mauvaises. Ni d'il y a vingt ans ni d'il y a vingt jours. Si la mémoire est un muscle, la mienne avait été consciencieusement atrophiée par une constante absence d'exercice.

Ajoutez-y que le capitaine O. me mettait au supplice. Avec sa façon de m'interroger pour ensuite décortiquer mes réponses comme si elle savait de toute façon que j'avais quelque chose à cacher. Je me sentais à la fois fautive et pleine de remords. Je la décevais. Je ne l'aidais pas ; j'aurais dû plus vite me souvenir, mieux répondre, tout confesser.

Le fameux duo bon flic/méchant flic, me suis-je dit. Les deux enquêtrices s'entendaient à me manipuler, mais elles n'obtenaient pour tout résultat qu'un témoin très fatigué et de plus en plus déboussolé, qui en toute honnêteté ne se souvenait pas de son enfance.

En fin de compte, nous avons cherché mon lycée sur Google et trouvé des archives qui contenaient d'anciens annuaires numérisés.

En me concentrant, j'ai réussi à identifier une dizaine de filles qui évoluaient dans l'orbite de notre trio – certaines, amies de Randi, d'autres de Jackie. Aucune de moi. Même en revoyant les photos de mon équipe de ski nordique, je ne reconnaissais pas la moitié des filles, j'étais incapable de donner leur nom.

Randi et Jackie avaient réellement été mon univers tout entier. Loin d'elles, je ne faisais que passer le temps. Avec elles, la Terre se remettait à tourner.

Je me suis demandé si elles en auraient dit autant. Est-ce qu'elles appréciaient vraiment de passer tous leurs week-ends à donner un coup de main chez ma tante ? Est-ce qu'elles se précipitaient vraiment pour prendre mes coups de fil à vingt-deux heures parce que j'avais pensé à une dernière chose à leur dire ?

Peut-être que je n'étais pas le ciment qui avait maintenu la cohésion entre nous. Peut-être que j'étais un boulet lourd à traîner. Et que c'était pour ça que nous nous étions perdues de vue après nos dix-huit ans. Elles étaient contentes de m'échapper enfin.

Les enquêtrices ont noté des noms et d'autres renseignements. Elles voulaient des informations personnelles sur Randi, des détails que seule une bonne amie pouvait savoir sur Jackie. Ses surnoms, ses expressions préférées, les chansons, les émissions, les films, les animaux qu'elle avait eus dans son enfance.

Je savais répondre à toutes leurs questions. J'ai essayé de me dire que c'était révélateur. Je n'avais pas seulement aimé mes amies. Je les avais *connues*. Écoutées, comprises, entourées d'affection.

Jackie et Randi, je m'en souvenais.

Mais il était de plus en plus difficile de remonter mon moral en berne ; à mesure que les enquêtrices retournaient mes amitiés d'enfance dans tous les sens, je me sentais de plus en plus vide. Comme si Randi-Jackie-Charlie n'avait pas été la plus belle chose de ma vie, mais peut-être une amitié très malsaine entretenue par une fille en manque terrible d'affection pour compenser l'amour destructeur de sa mère.

Les enquêtrices échangeaient à mi-voix, prenaient des notes, posaient des questions, ouvraient d'autres pages Internet et lançaient d'autres recherches sur Google et Facebook.

Je me suis levée et j'ai arpenté l'espace réduit de ce bureau.

D.D. Warren avait encadré ses diplômes au mur. Elle était apparemment titulaire d'une licence en droit pénal et avait suivi un grand nombre de formations poussées sur les armes à feu et la police scientifique. Les cadres étaient légèrement de travers, alors je les ai redressés. Ils étaient aussi poussiéreux, alors j'ai pris une serviette en papier pour les nettoyer.

Il m'aurait fallu du produit pour laver les vitres. Sans réfléchir, je me suis retournée pour en demander et j'ai découvert deux paires d'yeux fixées sur moi. Le regard des enquêtrices faisait des allers-retours entre les cadres redressés et ma personne.

« Un brin maniaque ? a demandé Warren d'un air entendu.

— Seulement quand je suis nerveuse.

— Et ça vous arrive souvent ?

— Tous les jours depuis un an. »

Les enquêtrices ont échangé un regard.

« Vous avez fait votre scolarité dans une école publique ? a repris Warren.

— Oui.

— Qui avait l'écriture la plus soignée ? Vous, Jackie ou Randi ?

— Je ne sais pas. Randi avait la manie de dessiner des petits cœurs au-dessus de ses “i”. Ça compte ?

— Et pour l'écriture scripte ?

— Moi, sans doute. Mais uniquement parce que Randi préférait la cursive et que Jackie avait une écriture épouvantable, tout étriquée et bâclée. Ça ne servait à rien d'échanger des petits mots avec elle pendant les cours : on n'arrivait jamais à déchiffrer ce qu'elle avait écrit.

— Une écriture de médecin, a aimablement traduit D.D.

— Exactement.

— Vous écoutez le scanner de la police en dehors de vos heures de travail ? » m'a-t-elle brusquement demandé.

Le changement de sujet m'a décontenancée.

« Quoi ? Ça m'arrive. Pourquoi ?

— Je me disais que, dans votre métier, on doit aimer prendre le pouls de la ville. Et puis vous devez en entendre, des choses, vous devez savoir des choses, en tant qu'opératrice, tout ça.

— Vous êtes opératrice ? » Le capitaine O. paraissait enfin bluffée. Elle m'a toisée, comme si elle révisait son opinion. « Sacré métier. J'ai une amie qui fait ça. D'après elle, le plus pénible, ce sont les appels de gamins. Il se passe tellement d'horreurs et il y a si peu que vous puissiez faire pour les aider.

— C'est vrai.

— Ça vous rend malade ? a-t-elle enchaîné comme pour faire la conversation. Parce que moi je suis spécialiste de la délinquance sexuelle et ça me met *hors de moi*. Le nombre de pervers qui se baladent en liberté, les saloperies qu'ils font impunément sans qu'on n'y puisse rien. La plupart des gosses sont trop terrifiés pour se manifester et, même quand ils le font, le système leur en fait baver. Vous devez avoir horreur de ça. Prendre ces appels tout en sachant que, même si un agent débarque et procède à une arrestation, ça se terminera mal pour le gamin. Parce que c'est comme ça.

— Mieux vaut ne pas s'impliquer personnellement », ai-je répondu.

J'avais physiquement pris mes distances avec elles. Je me demandais si elles l'avaient remarqué ; sûrement. Bizarrement, autant leur numéro de méchants flics m'avait mise sur des charbons ardents, autant leur duo de bons flics m'effrayait à tel point que j'étais prête à prendre la tangente.

« Bon, a repris vivement D.D. en montrant l'ordinateur et leur monceau de notes. On va avoir beaucoup d'informations à brasser en peu de temps. Vous n'avez qu'à nous écrire tous les autres noms qui vous viennent à l'esprit, qu'ils soient importants ou non, et ensuite vous pourrez vous sauver. On vous recontactera si on a d'autres questions. »

Elle m'a tendu un papier, un stylo. Ensuite elle a soulevé une pile de dossiers pour me dégager un espace au-dessus du meuble-classeur vert-de-gris.

« Voilà. Et pendant que vous y êtes, écrivez les noms et prénoms de vos parents et de votre tante.

— Pourquoi mes parents ?

— C'est le b.a.-ba.

— Ma mère est morte. Mon père ne joue aucun rôle dans ma vie. Je ne pense pas que ce soit utile. »

Cette chère enquêtrice n'allait pas me laisser m'en tirer comme ça : « Vous n'êtes pas venue me demander de l'aide ? »

Je l'ai regardée.

« Vous attendiez en bas de ma scène de crime », a-t-elle poursuivi, avec cette fois-ci une nuance de provocation dans la voix. « Vous m'avez expliqué que vous étiez là parce que vous m'aviez trouvée sur

Google. Quoique, maintenant que j'y repense, vous ne m'avez pas abordée. Vous étiez en train de partir. C'est *moi* qui vous ai couru après.

— Je n'avais pas prévu de vous aborder.

— Mais vous disiez…

— Je voulais juste vous voir. Je ne voulais pas vous aborder et je ne l'ai pas fait. » Sur la défensive, j'ai ajouté en montrant son bureau d'un geste circulaire : « Je ne m'attendais à rien de tout ça. Je prenais juste mes précautions. J'imaginais vous écrire une lettre, vous donner des détails sur mon affaire. Comme ça, si je ratais mon coup le 21, vous auriez de meilleures chances de coincer enfin le mec le 22. Justice serait rendue pour ma tante et les familles de Randi et Jackie pourraient tourner la page. Je ne me renseignais pas sur vous en pensant à moi. Je vous observais en pensant à elles. »

D.D. ne me croyait pas : « Deux de vos amies ont été assassinées. Vous êtes convaincue d'être la troisième sur la liste.

— Oui.

— Ça vous a conduite à laisser derrière vous votre maison, les gens que vous connaissez. Vous vous cachez dans une grande ville, sans le moindre abonnement téléphonique ou autre. Vous n'avez ni ordinateur, ni adresse courriel, ni empreinte Internet qui permettrait de remonter jusqu'à vous. Mais vous avez conservé votre nom.

— On ne peut pas tout changer, ai-je répondu, le menton frondeur.

— Vous faites du sport, de la boxe, de la course à pied, du tir. Vous vous préparez à vendre chèrement votre peau. Mais vous allez envoyer la chienne ailleurs.

— Oui.

— Et vous êtes peut-être passée me voir, mais ça n'a jamais été dans l'intention de demander de l'aide *avant* le 21. J'ajoute que, bien que vous pensiez être une cible toute désignée, vous n'avez même jamais sollicité l'appui de vos collègues. »

Je n'ai rien dit, juste soutenu son regard bleu acier.

« Je ne vous comprends pas, Charlene, a-t-elle fini par dire. Vous allez essayer de survivre, le 21 ? Ou de mourir ?

— Je ne veux pas mourir.

— Mais est-ce que vous voulez *vivre* ? »

Je suis restée muette. Le regard de D.D. est tombé sur ma main striée de cicatrices et je crois qu'elle a lu la réponse dans ces fines lignes blanches.

Plus tôt dans la matinée, Tess avait dit que les adultes peuvent changer, que les enfants grandissent. Mais dans la vie il y a des transformations très difficiles à opérer. Par exemple, prendre la petite fille qui regardait passivement sa mère lui brûler les doigts avec le fer à repasser, et l'entraîner à donner des coups de poing. Ou prendre la même petite fille, qui a de son plein gré mâché et avalé une ampoule en miettes, et lui apprendre à appuyer sur la détente.

J'essayais d'aller de l'avant. Certes, il y avait des jours meilleurs que d'autres. Mais au bout du compte, je n'étais une battante que depuis trois cent soixante-trois jours. J'avais vécu beaucoup plus de choses dans la position de la victime, de l'enfant qui faisait tout ce que voulait sa mère parce que c'était le prix à payer pour être aimée, et cette petite fille avait trop peu vécu, trop aimé et trop perdu.

« Les noms, je vous prie », a dit le commandant Warren en désignant la feuille vierge.

J'ai pris mon temps, surtout que mes mains tremblaient. Je traçais soigneusement chaque lettre ; je voulais que le résultat soit bien propre et lisible. J'ai écrit deux noms, obéissant à un instinct que je n'aurais pas su expliquer, mais qui me semblait bon.

Un dernier instant pour revoir mes lettres scriptes soigneusement dessinées.

Puis j'ai donné la feuille.

J'ai récupéré ma chienne.

J'ai récupéré mon arme.

Quinze heures, jeudi après-midi. Cinquante-trois heures de compte à rebours.

Tulip et moi avons retrouvé le paysage urbain, sévère sous son glacis de neige.

22

Le capitaine O. attendit que Charlene ait quitté le service de la criminelle, puis elle retourna dans le bureau de D.D., referma la porte et se laissa tomber dans le fauteuil d'en face.

« Est-ce qu'il serait possible qu'on ait une veine pareille ? demanda-t-elle avec incrédulité. Quoi, je rêve ou Charlene Grant répond exactement au profil de notre assassin ?

— Je ne dirais pas que c'est de la veine, objecta D.D. d'un air songeur. Souviens-toi que je l'ai rencontrée dans les parages du deuxième meurtre. Quand je lui ai couru après, elle a prétendu qu'elle voulait voir à quoi je ressemblais au cas où je devrais enquêter sur son assassinat. Mais c'est peut-être seulement la première idée qui lui a traversé l'esprit. Elle a mis en avant son passé mouvementé pour détourner mon attention du fait qu'elle traînait au pied d'une scène de crime toute fraîche.

— C'est quoi, le problème avec ses mains et sa gorge ? On dirait qu'elle s'est fait agresser…

— La boxe.

— Donc elle croit sérieusement que quelqu'un va essayer de la tuer le 21 ?

— Randi Menke et Jackie Knowles sont sérieusement mortes. »

Le capitaine O. se tut. Puis ouvrit de grands yeux.

« Le mobile ! Tu vois le truc. Charlene est opératrice au commissariat. Elle répond aux appels, elle entend ces gamins. Peut-être qu'elle voudrait les aider, mais elle ne sait pas trop comment s'y prendre. En attendant, elle fait de la boxe, du tir…

— Elle acquiert des compétences.

— Et puis, et c'est même encore plus important, elle compte les jours qu'il lui reste à vivre. Autrement dit, à partir d'un certain moment : *qu'est-ce qu'elle a à perdre ?* »

D.D. se figea, regarda sa collègue.

« Charlene décide de tirer parti du peu de temps qu'elle estime lui rester. Peut-être de jouer les redresseuses de torts, après les mauvais traitements subis dans son enfance.

— Elle vole au secours d'autres enfants, renchérit O. Elle fait ce qu'elle aurait certainement bien voulu qu'on fasse pour elle quand elle avait cet âge et que sa petite maman d'amour lui injectait de l'insuline.

— De l'insuline ?

— Oh, une autre affaire sur laquelle j'ai bossé. Un beau-père indigne, en fait. Diabétique. L'idée lui était venue d'injecter de l'insuline à ses belles-filles, deux magnifiques jumelles. Leur glycémie s'effondrait et quand elles étaient à moitié dans le coma, il faisait ce qu'il avait envie de faire ; ensuite, il leur faisait avaler du glaçage en bombe pour faire remonter leur glycémie. Plus tard, quand sa technique a été rodée, il laissait traîner des bombes de glaçage sur le plan de travail rien que pour les perturber. »

D.D. la regarda. « Tu fais un boulot abominable.

— Non, répondit la jeune enquêtrice avec gravité. Ce sont ces affaires qui sont abominables. Mon boulot, qui consiste à envoyer le beau-père indigne vingt ans derrière les barreaux et à m'assurer que ces petites filles seront définitivement en sécurité, c'est plutôt jouissif. J'aurais cru que tu serais la première à le comprendre.

— Un point pour toi. Bon, revenons-en à nos moutons. Mobile. Moyens. Occasion. C'est clair que jusque-là on verrait plutôt bien Charlie dans le rôle de la justicière. » D.D. regarda la feuille de papier qu'elle tenait à la main, la déplia et la tendit au capitaine O. « Mais l'écriture ne correspond pas parfaitement.

— Pas de lettres aplaties, convint O. En même temps, elle a dû prendre la plume sous notre regard à toutes les deux. Elle n'est pas débile. Si c'est elle qui a écrit les autres messages, tu penses bien qu'elle s'est arrangée pour déguiser son écriture.

— Elle a écrit en scripte, pas en cursive comme dans les messages, mais regarde : les lettres sont impeccables, tracées avec soin. »

D.D. se tourna vers une pile de papiers sur son bureau. Et ne put pas se retenir de jeter un œil à sa montre, en songeant à la fois à la somme de travail qui lui restait à abattre et à l'avion de ses parents qui atterrirait d'ici quelques heures. Elle fouilla la pile de documents jusqu'à trouver ce qu'elle cherchait : les photocopies des deux messages laissés sur les lieux du crime.

Tout le monde doit mourir un jour. Courage.

Elle disposa les deux photocopies sur la moquette bleu-gris, entre elle et O. Celle-ci intercala l'échantillon d'écriture que Charlene venait de leur fournir entre les deux autres feuilles et elles les étudièrent ensemble.

« Rosalind Grant, lut le capitaine O. Carter Grant. Qui est-ce ?

— Charlene Rosalind Carter Grant. Peut-être que ses deuxième et troisième prénoms sont un hommage à son père et à sa mère ?

— J'ai bien cru qu'elle n'allait pas nous donner leurs noms.

— Mon charme a encore agi.

— Regarde les "n", fit remarquer le capitaine O. au bout d'un instant. D'abord dans le "monde" écrit en cursive par l'auteur du message et ensuite dans le "Grant" en scripte de Charlie. Je trouve qu'ils se ressemblent. »

D.D. était sceptique. « Ce sont des "n", quoi.

— L'arche est bien ronde. Les deux jambes sont des parallèles quasi parfaites. Écris donc un "n". Qu'on voie si le sommet est bien rond et les côtés bien parallèles. »

Histoire de faire avancer le débat, D.D. fit un essai, d'abord en cursive, puis en scripte. Dans un cas comme dans l'autre, son "n" était affreux. Comme un "v" renversé. Pas de sommet joliment arrondi, pas de côtés élégamment parallèles, juste un petit gribouillis replié sur lui-même.

« Tu as une écriture de médecin, constata O.

— Dans ma famille, c'est un compliment. » Par association d'idées, D.D. jeta un nouveau coup d'œil furtif à sa montre. « Entendu, le "n" de Charlene ressemble sûrement plus à celui du message que le mien. Mais ça ne constitue pas encore un motif d'arrestation.

— Tu pourrais demander à ton expert en écriture de rédiger un rapport…

— … dont il m'a déjà prévenu qu'il ne serait pas recevable par les tribunaux parce que la graphologie est considérée comme une pseudo-science.

— Il ne s'agit pas de graphologie. Faire l'hypothèse que le rédacteur d'une lettre est psychorigide, ce serait de la graphologie. Ça, c'est purement et simplement de l'expertise judiciaire en écriture : la personne qui a écrit la lettre A a très probablement aussi écrit l'échantillon B.

— Mais il lui faut plusieurs échantillons. Cela dit, se ravisa D.D., je vais faire une copie des noms écrits par Charlene, ça lui mettra le pied à l'étrier. Mais il aura peut-être besoin de quelques jours pour nous faire ça. En attendant, il nous faut une preuve plus tangible.

— Un pistolet encore chaud.

— L'ironie du sort, c'est qu'on vient de le lui rendre.

— Pardon ?

— Son 22. Elle l'avait laissé en dépôt à l'accueil.

— Sérieux ?

— Sérieux. Mais pas moyen de demander une expertise balistique en l'absence de motif raisonnable. Je te le dis : les droits de la défense nous compliquent tous les jours un peu plus la tâche. »

D.D. examinait toujours les feuilles, intriguée.

Rosalind Grant. Carter Grant. Charlene Rosalind Carter Grant.

Pourquoi ces noms ? Qu'essayait de leur dire Charlene ?

« Je l'aime bien, murmura-t-elle. Je suis la première surprise, mais j'aime bien cette fille et j'aimerais autant ne pas avoir à l'arrêter pour meurtre. »

Le capitaine O. s'adossa dans son fauteuil, joignit le bout des doigts : « Tu veux passer la main ? Je pourrais piloter l'enquête. »

D.D. faillit en rire : « Pourquoi, on ne te donne pas assez de boulot à la brigade des mœurs ? D'abord tu demandes à bosser sur cette affaire et maintenant tu veux la piloter.

— Je prends mes responsabilités au sérieux.

— Tandis que moi, je suis une tire-au-flanc ?

— Disons que… tu as d'autres obligations, maintenant.

— Est-ce que c'est une manière polie de me dire que je suis une mère de famille ?

— Il y a des réalités : l'heure, c'est l'heure quand il faut aller chercher bébé.

— Je vais t'en donner une autre, de réalité : le secret dans ce métier, ce n'est pas la quantité de travail, c'est la qualité.

— Est-ce que c'est une façon polie de me dire que j'ai moins d'expérience que toi ?

— Parfaitement. »

Le capitaine O. voulut répondre quelque chose. Se retint.

« Un point pour toi, dit-elle enfin.

— Reprenons depuis le début. » D.D. se força à regarder sa nouvelle partenaire aux dents longues plutôt que la pendule murale. « Charlene Rosalind Carter Grant. Sait de toute évidence où vivait la deuxième victime, Stephen Laurent, puisque c'est dans ce quartier que je l'ai rencontrée. Détient un permis de port d'arme pour un 22, même calibre que l'arme du crime, et se prétend capable de mettre dans le mille à vingt mètres.

— Sportive, ajouta O. Un petit format, pas menaçant. Un pédophile n'aurait aucune raison de s'attendre au pire en lui ouvrant sa porte.

— Relativement jeune, continua D.D. Presque encore un corps d'enfant. Raison de plus pour qu'un pervers ne lui claque pas tout de suite la porte au nez.

— Son boulot au commissariat lui donnerait les moyens de se renseigner sur les pédophiles. Elle peut entendre parler d'eux sur le scanner ou par les appels qu'elle traite, consulter les banques de données de la police, le fichier des délinquants sexuels.

— L'accès aux informations ne poserait pas de difficulté, convint D.D.

— Quand au profil établi par le graphologue…

— Notre dose quotidienne de charlatanisme.

— Elle est maniaque, ça correspond.

— C'est quand même bien gentil de sa part d'avoir redressé mes cadres.

— Carrément psychorigide, oui. D'ailleurs, qu'est-ce qu'elle fout avec ses cheveux ? À ce stade, ce n'est même plus une queue-de-cheval, elle les étrangle carrément dans un élastique. Pas un qui dépasse.

— Coiffure très stricte, mais tenue très négligée. Elle nage dans ses vêtements. Peut-être est-ce sa méthode pour paraître plus grande et plus baraquée qu'elle ne l'est ?

— Jolis yeux bleus, poursuivit O. Les cheveux lâchés, mieux habillée, elle persuaderait la plupart des hommes, pédophiles ou non, de la laisser entrer chez eux.

— Mais est-ce qu'elle aurait abandonné le chiot ?

— Pardon ?

— Chez Stephen Laurent. L'assassin a laissé un jeune chiot livré à lui-même. C'est une chose de tuer un pervers présumé. C'en est une autre d'abandonner un chiot sans eau ni nourriture. Charlene doit éprouver une certaine compassion pour les animaux puisqu'elle a apparemment recueilli un chien errant. Alors est-ce qu'elle aurait laissé le chiot ?

— Un risque calculé. Il y avait fort à parier que le corps de la victime serait retrouvé assez vite et le chiot secouru.

— Possible », concéda D.D.

Mais ce détail la turlupinait. Il ne cadrait pas très bien avec le reste.

« Elle a été une enfant maltraitée, continua O., donc elle s'identifie facilement aux victimes.

— D'autant qu'elle se sent impuissante. Ses deux amies ont été assassinées, la police n'a aucune réponse, elle est convaincue d'être la prochaine sur la liste. Elle a beau essayer de se préparer, c'est le sentiment d'attente qui domine. On s'apprête à la tuer et elle ne peut strictement rien faire.

— Alors qu'en s'attaquant à des pédophiles…

— Elle éprouve un sentiment de puissance. Désormais, c'est elle qui domine, qui agit, qui châtie les coupables. Dans le genre anxiolytique, faire le coup de feu est sans doute plus efficace que prendre du Xanax.

— Sauf si c'est elle qui a tué ses amies, souligna O.

— Possible. »

O. l'observa : « Mais tu n'y crois pas. »

D.D. haussa les épaules, essaya de mettre des mots sur ce qui n'était en définitive qu'une intuition : « Comme me l'expliquait encore ce matin un ancien profileur, deux meurtres ne fournissent pas assez de données pour une analyse approfondie. Personne ne sait si Charlene est réellement une cible ou même s'il y aura un troisième meurtre le 21. Mais je crois que Charlene en est persuadée. À cause de la couleur de ses doigts et des bleus dans son cou. Elle s'entraîne vraiment comme une tarée. Elle est prête à se faire agresser, rouer de coups et étrangler parce qu'elle croit en avoir besoin pour survivre au 21 janvier.

— Et si elle est réellement persuadée de mourir dans quelques jours…

— Ça l'encourage à prendre quelques libertés avec la loi.

— À venger les jeunes victimes impuissantes du monde entier. »

D.D. hocha la tête. Leva les yeux vers O.

« Une chose est certaine.

— Quoi ?

— Si Charlene Grant est réellement l'assassin, il ne lui reste que deux jours. Comme elle n'a sans doute rien prévu de faire le 21, ça signifie que dans les vingt-quatre heures à venir…

— Un autre pervers va mordre la poussière.

— Sous les balles du 22 qu'on vient de rendre à Charlene. »

23

Seize heures trente. Le ciel était déjà sombre, la neige voltigeait paresseusement devant la fenêtre de l'appartement et Jesse était dans tous ses états.

Il avait demandé à aller à la bibliothèque municipale, mais pour *tout* l'après-midi. Il voulait prendre un bus après l'école, mais sa mère avait dit non. Pas question qu'il prenne le bus par un temps pareil ; quoi, tout ça parce qu'il y avait six pauvres flocons sur le trottoir, il fallait que la Terre s'arrête de tourner ?

Comme il avait supplié, imploré et pratiquement pleuré de frustration, elle avait finalement accepté de l'emmener à seize heures, quand elle aurait fini de passer ses coups de fil, surtout qu'elle avait des recherches à faire pour ses cours. En plus, Jesse avait dit qu'ils étudiaient les bibliothèques à l'école et qu'il devait rédiger trois phrases sur sa préférée et que c'était pour ça qu'il avait besoin d'y aller. Donc ils prendraient le métro tous les deux, jusqu'à la bibliothèque centrale de Boston, et ensuite ils pourraient peut-être aller dîner dans un snack du centre commercial. Une grande sortie, avait dit sa mère.

Elle avait l'air réjoui à cette perspective. Toute contente d'organiser leur expédition nocturne, et

Jesse avait eu un pincement au cœur parce qu'il avait menti. Mais pas trop, trop, non plus. Il allait écrire trois phrases pour de vrai et ils pourraient aller dîner au centre commercial, mais d'abord il fallait vraiment, vraiment, vraiment, qu'il rencontre Lilly Caniche pour apprendre à batter une balle à effet.

À quinze heures cinquante-cinq, il enfilait son gros blouson d'hiver bien épais, une nouvelle paire de chaussettes sèches, puis ses bottes, son bonnet et ses gants. À quinze heures cinquante-neuf, il attendait devant la porte, trois fois plus volumineux qu'au naturel, Super Zombie dans les bras, prêt à partir.

Mais sa mère n'avait pas fini de passer ses coups de fil.

Et blablabla, et blablabla, ça n'arrêtait pas (« Une minute, papillon ! », « Chut, Jesse ! », « Tu m'interromps encore une fois et il n'y aura pas de bibliothèque ! »).

Jesse mourait de chaud. De la sueur coulait dans sa nuque et il se dandinait parce qu'il avait envie de faire pipi mais qu'il ne voulait pas se désemmitouffler parce que sa mère risquait de raccrocher d'un instant à l'autre et alors ce serait le moment de partir et il fallait *vraiment* qu'ils partent.

Il tournait en rond devant la porte, sautait par-dessus les piles de chaussures pour passer le temps. Hop, hop, hop, la plus petite course d'obstacles du monde.

Allez, allez, allez, *allez* !

Et là, au moment où il croyait ne pas pouvoir tenir une seconde de plus, sa mère sortit dans le couloir.

« Jesse ? Prêt à partir ?

— Ahhh ! » cria-t-il en se ruant vers les toilettes avant que sa vessie n'explose.

Lorsqu'il revint, toujours en surchauffe mais un brin moins hystérique, sa mère finissait de boutonner son manteau. Sans un mot de plus, il la suivit dans les trois étages d'escalier et sortit dans le froid.

Jesse aimait la ville la nuit. Il aimait les lumières partout, toutes ces couleurs et toutes ces formes qui se réverbéraient sur les nuages bas et donnaient aux rues des airs de fête foraine. Il aimait tout particulièrement les nuits comme celles-là, où la neige tombait en gros flocons lourds qu'on pouvait attraper sur la langue et sentir fondre en gouttelettes au goût de rouille.

La mère de Jesse marchait d'un pas vif vers la station de métro, à trois rues de là. Jesse papillonnait autour d'elle ; il jouait à être un monstre de l'hiver qui tirait son énergie de la neige, courait au-devant des flocons glacés, les gobait, jusqu'à ce que sa mère le rabroue : *Arrête ça, tu vas te faire mal.*

Alors il trottina à ses côtés, assagi mais encore heureux, parce que enfin ils allaient à la bibliothèque, que la ville était tout éclairée et qu'il y avait des gens partout ; ça voulait sûrement dire que Lilly Caniche serait encore devant un ordinateur de la bibliothèque, par une nuit comme ça. Froide, animée, trépidante.

La tête de Super Zombie, couverte de pansements, dépassait de sa poche – le batteur trompe-la-mort était de la partie.

Il fallut *un million d'années* pour rejoindre la grande bibliothèque municipale, sur Boylston Street. Concrètement, il y avait deux bâtiments : la bibliothèque

McKim, vieille de cent soixante ans, et la bibliothèque Johnson, plus récente. Jesse adorait le bâtiment historique, avec ses imposantes voûtes de pierre, ses riches sculptures et ses longs couloirs peuplés d'ombres où l'on aurait bien vu des fantômes et autres gargouilles. Mais on y trouvait surtout les fonds à destination des chercheurs – archives gouvernementales, documents historiques. Jesse et sa mère se dirigèrent donc vers la bibliothèque Johnson. Elle avait été construite dans les années soixante-dix et, d'après sa mère, ça se voyait. Jesse n'était pas trop fan de l'extérieur, mais l'intérieur était assez cool. Il y avait une section spéciale pour les enfants, et même une pour les adolescents.

Peut-être qu'il allait devoir aller dans celle des adolescents. Peut-être que Lilly Caniche l'y attendait. Jesse n'avait pas pensé à ça.

Il palpa Super Zombie. Se dit : même pas peur. Prit la main de sa maman et monta les escaliers en trottinant.

Dans le hall, sa mère lui expliqua le programme : elle-même avait des devoirs à faire pour ses études d'infirmière. Elle l'emmena donc dans la section où elle avait besoin d'aller, lui montra où elle serait exactement. Il avait la permission d'aller dans la section jeunesse. Il pouvait prendre quelques livres et ensuite il devait revenir à cet endroit précis, où il pourrait les regarder pendant qu'elle finirait son travail. Il pourrait aussi faire sa rédaction. Après quoi, ils iraient dîner.

Jesse hocha gravement la tête. Ils venaient à la bibliothèque depuis qu'il était bébé. Il connaissait le topo.

Il embrassa sa maman. L'étreignit peut-être plus fort que d'habitude. Puis il redescendit les escaliers vers la section jeunesse au rez-de-chaussée.

Jesse connaissait bien la bibliothèque. Parfois, les jours de pluie, sa mère l'amenait ici pour qu'il puisse « explorer » – sa façon de dire, en langage de bibliothécaire, que c'était un endroit gratuit où un petit garçon pouvait s'ébattre sans que la vieille Mme Flowers le compare à un troupeau d'éléphants.

Quand Jesse avait eu six ans, sa mère et lui avaient commencé à aller chacun de leur côté. En partie parce qu'elle avait repris ses études et qu'elle avait ses devoirs à faire, mais aussi parce que Jesse avait remarqué d'autres enfants dont les mères ne planaient pas en permanence autour d'eux et il avait donc décidé qu'il ne voulait plus que la sienne l'embarrasse. Au début, sa mère attendait à l'entrée de la section. Et, petit à petit, chacun était allé de son côté.

Dans la salle réservée aux enfants, les « adultes non accompagnés » étaient strictement interdits. Autrement dit, aucun adulte n'avait le droit d'errer dans les rayons s'il n'avait pas un enfant à ses basques. Il s'agissait de dissuader les rôdeurs, avait expliqué la mère de Jesse, et de limiter le risque d'une mauvaise rencontre. Cette idée semblait la rassurer quand elle laissait Jesse seul dans la salle.

Il y avait toujours un bibliothécaire présent dans la section. Si Jesse rencontrait le moindre problème, ou qu'il avait peur d'un inconnu, il était censé lui demander de l'aide. Mais tout s'était toujours bien passé. Jesse adorait la bibliothèque. Une grande salle spacieuse avec d'immenses étagères et des piles de livres, des gens qui lisaient sans s'occuper de vous, comme ça il pouvait faire semblant d'être un explorateur au fin fond de la jungle congolaise, où, à chaque instant, un gigantesque singe pouvait surgir des allées au bout d'une liane, un alligator chercher à vous mordre sous un banc de lecture ou un serpent descendre d'une suspension.

Mais aujourd'hui Jesse n'allait pas jouer aux explorateurs. Il se dirigea vers les postes informatiques de la section enfants. Disposés dans diverses petites alcôves, ils étaient tous pris. Il remarqua bien une petite fille, mais elle avait l'air encore plus jeune que lui et elle jouait à Dora l'Exploratrice, tandis que, à côté d'elle, son père gardait les yeux rivés sur son téléphone portable.

Pas beaucoup d'ordinateurs chez les enfants. Jesse n'y avait pas vraiment pensé. Lilly Caniche était plus grande et elle pouvait donc être dans la salle des adolescents, au niveau de la mezzanine. Il n'y était jamais allé, mais cette salle était une des grandes fiertés de la bibliothèque. Il en avait vu des photos sur des affiches qui vantaient cet espace dédié aux jeunes. Il y avait des fauteuils pour jeux vidéo rouge pétant et un grand tapis à motif rouge et violet qui devait plaire aux ados, mais qui lui sortait par les yeux.

Il trouva les escaliers, monta. Il pouvait le faire. Pousser la porte et entrer comme n'importe quel jeune. Naturellement, qu'il était à sa place dans la salle des ados.

Jesse arriva à la porte et rencontra le premier obstacle : une pancarte indiquant que seuls étaient autorisés à entrer les jeunes ayant entre douze et dix-huit ans. Toute autre personne se verrait demander de partir.

Se voir demander de partir, c'était moins grave que d'être chassé, se dit Jesse. Il respira un bon coup. Entra.

La salle était bondée. Des ados, des ordinateurs portables, de grandes baies vitrées qui donnaient sur les lumières de la ville, des fauteuils rouges, des tapis psychédéliques, et Jesse fut tellement sous le choc qu'il en oublia de respirer et que toute la pièce tangua devant ses yeux.

Il jeta des regards éperdus autour de lui, à droite, à gauche, vit des filles, vit des garçons, ne vit pas de caniche, et ressortit en quatrième vitesse.

Rideau. Il ne pouvait pas entrer dans cette salle. Il n'avait pas le cran nécessaire.

Mais que faire ? Comment trouver Lilly Caniche ?

Il lui vint à l'esprit qu'il y avait des postes informatiques un peu partout dans la bibliothèque. Les usagers pouvaient même emprunter des portables, ce dont sa mère profitait quand leur ordinateur antédiluvien était en réparation. Lilly Caniche n'avait pas mentionné d'ordinateur ni de section en particulier. Peut-être qu'elle errait, comme Jesse aimait à le faire, jusqu'à trouver un poste libre.

Jesse décida de tenter le coup. Il commença par le rez-de-chaussée et explora étage par étage.

Il avait sorti Super Zombie de sa poche et l'étreignait à deux mains. Il faisait tantôt froid, tantôt chaud dans la bibliothèque, suivant les salles. Au niveau de la mezzanine, c'était une vraie fournaise, alors Jesse ouvrit son blouson, fourra son bonnet dans sa poche ;

il marchait de plus en plus lentement, essayait de chercher sans en avoir l'air une fille planquée dans un coin qui aurait l'air forte au base-ball.

Ce fut là qu'il le vit.

Un caniche rose posé sur le coin d'un poste informatique.

Jesse s'immobilisa. Et découvrit l'utilisateur de l'ordinateur au moment même où l'adolescent levait les yeux et le découvrait.

L'autre prit la parole en premier : « Super Batteur ?

— Lilly Caniche ? »

Jesse se sentit ridicule. Il referma la bouche, regretta d'avoir posé la question.

Mais le garçon riait.

« Ouais. Je sais. »

Jesse sourit, l'air un peu gêné. Le garçon avait des cheveux bruns ébouriffés, qu'il repoussa en arrière. « Je te jure que le caniche n'est pas à moi, dit-il. C'est celui de ma petite sœur. Elle l'a eu pour son anniversaire, il y a un an. Comme elle a voulu que je l'aide avec certains jeux, j'ai commencé à traîner sur le site et puis… voilà. Ma sœur ne s'occupe plus du caniche, mais moi je suis là. Base-ball, trois fois par semaine. »

Jesse hocha la tête, se détendit un peu, fit un pas en avant. « Tu devrais te trouver un ours Super Batteur », suggéra-t-il avec sérieux.

Le garçon rit encore : « J'y ai pensé, mais Lilly Caniche a des stats d'enfer, ça m'embêterait d'y renoncer. » Il tendit la main. « Barry. Et toi ?

— Euh… Jesse. Jesse Germaine.

— Sympa, ton ours. Qu'est-ce qui lui est arrivé ? »

Jesse, dans ses petits souliers, leva sa peluche couverte de bandages.

« Oh, euh… il s'est transformé en zombie. Le roi des batteurs, revenu d'entre les morts. »

Les mots lui parurent débiles à l'instant même où il les prononça, mais le garçon rit de nouveau.

« La classe ! Peut-être que je pourrais aussi zombifier Lilly Caniche. Au moins, ce serait un peu plus cool qu'un garçon de seize ans avec un clebs rose.

— Tu faisais une partie ? demanda Jesse en se risquant à approcher.

— Tout juste. Hippo le Costaud était connecté. C'est mon ennemi juré, tu sais. Il a mille cinq cents points de plus que moi. Mais je m'améliore en permanence, alors je pense le rattraper d'ici le mois prochain. Et même le dépasser, ce connard. »

Jesse resta un instant ébahi, cueilli à froid par ce gros mot. Puis il referma la bouche, se força à reprendre l'air décontracté. Barry avait seize ans. Les garçons de seize ans peuvent employer ce genre de mot. Lui-même pouvait employer ce genre de mot (il jeta un regard autour de lui), tant que sa mère ne l'entendait pas.

« C'est du base-ball ? demanda Jesse en regardant l'écran par-dessus l'épaule de Barry.

— Ouais, septième manche, on est en attaque, deux retraits. J'ai Limace Gluante dans mon équipe.

— Mince, dit Jesse.

— Tu m'étonnes. Ça va pas fort. Il va falloir un miracle pour que je repasse à la batte.

— Oh. »

Jesse était déçu. Il voulait apprendre à frapper une balle à effet.

Barry parut comprendre : « Tu veux jouer ? Allez, prends-toi une chaise. On va connecter ton ours et je vais te montrer des trucs. »

Jesse s'empressa de trouver une chaise libre. Il la plaça à côté de Barry, épaule contre épaule, de manière à ce qu'ils puissent tous les deux voir l'écran. Puis il posa soigneusement Super Zombie à côté de Lilly Caniche sur la table. Un beau couple, il trouvait.

En regardant sa montre, il s'aperçut qu'il s'était écoulé beaucoup plus d'un quart d'heure depuis qu'il avait quitté sa mère.

« Je reviens tout de suite », dit-il. Avant que Barry puisse répondre, il fonça dans la section où se trouvait sa mère et la trouva penchée sur un énorme volume dont elle tournait les pages d'un air absorbé. Jesse lâcha d'une traite : « Désolé d'être en retard je suis avec la bibliothécaire on cherche une nouvelle série à lire est-ce que je pourrais encore avoir un quart d'heure s'il te plaît ?

— Pardon ? demanda sa mère en levant les yeux vers lui.

— La bibliothécaire. Elle m'aide. À trouver une nouvelle série que je pourrais lire.

— Entendu. Mais ne tarde plus trop. Prends le premier livre de la série et reviens ici avec, s'il te plaît.

— D'accord. »

Jesse prit une grande inspiration, regarda de nouveau sa montre et redescendit à l'étage inférieur, où, visiblement, Barry avait déjà déconnecté Lilly Caniche et l'attendait.

« Fallait juste que j'aille faire coucou, dit Jesse sans réfléchir.

— Faire coucou ? »

Le rouge aux joues, Jesse balbutia : « À ma mère. Elle fait des recherches.

— Ah ouais », dit Barry comme si ça n'avait aucune importance.

Il demanda son mot de passe à Jesse, connecta Super Zombie, et en avant la musique. Barry passait le premier au clavier pour montrer à Jesse comment faire. Ensuite, à l'aide des touches directionnelles, Jesse essayait de reproduire la technique. Parfois le coup partait trop vite, alors Barry posait sa main sur celle de Jesse et lui montrait quelle flèche (droite, gauche, en haut, en bas) enfoncer plus rapidement. Du genre, gauche, gauche, gauche, en bas, droite.

Quand Jesse réussissait sa frappe, Barry le félicitait, à voix basse pour ne pas s'attirer de remarques. Quand il ratait, Barry marmonnait des choses comme « Connard », « Merde », « Merde en barre », à voix encore plus basse, et Jesse pouffait de rire parce que c'était la première fois qu'il entendait « Merde en barre » et que plus il y pensait, plus il trouvait ça rigolo.

Puis la poche de Barry se mit à carillonner. « Putain de bordel de merde », dit-il, et Jesse ouvrit des yeux comme des soucoupes.

Barry fouilla dans sa poche, en sortit un téléphone. « Faut que j'y aille.

— Oh », soupira Jesse. Puis, ce fut plus fort que lui : « La balle à effet, on n'a pas vu la balle à effet.

— Ah ouais, c'est vrai. » Barry était déjà en train de se déconnecter, il attrapait Lilly Caniche, fourrait la peluche dans la poche de son blouson de ski trop grand. « Bah, tu sais quoi, t'as qu'à revenir demain. On fera ça à ce moment-là. »

Jesse se retint d'exploser. Il aurait bien voulu revenir le lendemain, mais il avait eu assez de mal comme ça à venir aujourd'hui. Et vu le temps qui s'était écoulé depuis la dernière fois qu'il était allé voir sa mère, elle était sans doute furieuse contre lui et c'était clair qu'il n'allait pas avoir la permission de revenir le lendemain. « J'ai… un truc à faire, bredouilla-t-il. Après l'école. »

Déjà, Barry se levait, repoussait la chaise. « Après-demain, alors.

— Mais… mais…

— Écoute, gamin, je dois y aller. »

Jesse ne trouvait pas quoi dire. Il regardait le grand garçon avec des yeux désespérés.

« C'est bon, d'accord, dit finalement Barry. Tu me suis, okay ? Il faut que je m'en grille une. Juste à la porte, je pourrai allumer ma clope, ensuite je te montrerai comment te connecter sur mon téléphone et on frappera une balle à effet. Mais après il faudra que j'y aille, compris ? »

Le grand garçon était parti. Jesse se hâta de le rattraper.

Dehors, l'air était désormais glacial. Jesse voyait des cristaux danser dans la lueur des réverbères, il sentait de petits aiguillons froids lui piquer les joues. Barry descendit les marches, d'un pas vif et bondissant. L'adolescent était grand, dégingandé.

Il marchait, il parlait comme un type cool. Jesse était certain qu'au lycée tous les élèves appréciaient Barry, voulaient lui ressembler. Et il était là, avec lui, Jesse.

Le garçon s'arrêta au pied des escaliers de la bibliothèque, sortit un paquet de cigarettes, en alluma une.

Il vit que Jesse suivait ses moindres gestes.

« Ne fume jamais, lui conseilla-t-il. Ces saloperies te tueraient. »

Jesse hocha la tête.

Barry tendit son téléphone devant lui : « Je vais te montrer comment faire. »

Il connecta Jesse. Ils trouvèrent un match en cours et Jesse attendit son tour de batter. Barry s'était mis à marcher, alors Jesse trottinait à côté de lui. Concentré sur le téléphone, sur l'univers d'AthleteAnimalz, il ne faisait attention à rien d'autre.

« Faut que je pisse », dit brusquement Barry.

Jesse leva les yeux. Ils n'étaient plus devant la bibliothèque. Ni même dans Boylston Street.

« Quoi ? »

Il laissa le téléphone tomber à ses pieds. Pour la première fois, il ressentait comme un malaise. Il n'avait pas la permission de se promener tout seul en ville. Il n'avait pas *envie* de se promener tout seul en ville.

« Faut que je pisse. Tu sais, que je me secoue la quéquette, que je m'aère la nouille, que je promène popol. »

L'adolescent ramassa son téléphone, entreprit de déboutonner son jean.

Jesse détourna les yeux, de plus en plus nerveux. Ils se trouvaient apparemment dans l'arrière-cour d'un restaurant, à côté de bennes à ordures. L'odeur le prit à la gorge en même temps que la peur et il eut un mouvement de recul, fit un pas en arrière.

« Quoi ? On est entre mecs, non ? Ça te gêne ? »

Jesse secoua la tête, mais garda tout de même les yeux baissés. Il transpirait. Il sentit d'un seul coup la sueur dégouliner sur son visage, dans son cou, au creux de ses reins. Son estomac se souleva. Il ne se sentait pas bien. Il n'aurait pas su dire pourquoi, mais il ne se sentait pas bien.

Barry avait baissé son pantalon ; il tenait son sexe.

« Allez, Jesse. Putain. C'est juste un pénis ; t'en as bien un, non ?

— Je veux rentrer chez moi », souffla Jesse.

Mais alors Barry dit, d'une voix que Jesse ne lui connaissait pas : « Ça, il fallait y penser il y a une demi-heure. Avant de quitter la bibliothèque avec quelqu'un que tu n'avais jamais vu. »

À ces mots, Jesse leva les yeux. Croisa le regard de l'inconnu dont il aurait dû se méfier et comprit d'un seul coup tout ce que sa mère avait pu lui dire, toutes les erreurs qu'il avait commises, tous les malheurs qui allaient lui arriver.

Mais une autre voix s'éleva : « Qu'est-ce que vous fabriquez, les garçons ? »

Jesse se retourna et découvrit une femme juste derrière lui. Elle avait des cheveux bruns tirés en une queue-de-cheval serrée et les yeux bleus les plus terrifiants qu'il ait jamais vus. Il prit conscience de deux choses en même temps : elle lui adressait un sourire qui le mettait aussi mal à l'aise que l'attitude de Barry, et elle était armée.

Regardant Jesse, elle lui fit signe de se taire : « Chut. »

Puis elle se tourna vers l'adolescent.

« C'est quoi, cette embrouille ? demanda-t-il.

— Lilly Caniche, je présume ?

— Mais qui vous êtes ?

— Hippo le Costaud. Ça fait un moment que je t'ai à l'œil. Tu es un très vilain garçon. »

Elle leva le pistolet. L'adolescent recula.

In extremis, Jesse ferma les yeux. Se boucha les oreilles.

Ça ne l'empêcha pas d'entendre :

« Mais arrêtez. C'est quoi, ça ? Je suis juste un gosse…

— Tout le monde meurt un jour.

— J'ai rien fait. Jamais. Je voulais pas…

— Courage.

— Attendez ! Je vais arrêter, je vais changer, promis ! Je suis juste un gosse ! *Attendez*... »

Un bruit, entre claquement sec et explosion. Une fois. Deux fois.

Puis plus rien.

Jesse compta jusqu'à cinq. Ensuite, lentement, il rouvrit les yeux. Il vit les pieds de l'adolescent dépasser de derrière la benne. Il vit la femme penchée au-dessus de ces pieds.

Puis elle se redressa, glissa son pistolet dans la sacoche en cuir à sa hanche et se tourna vers Jesse.

Il gémit, recula.

Mais elle lui sourit simplement en lui tendant la main comme pour se présenter.

« Bonjour, dit-elle. On se connaît ? Ne t'inquiète pas. Je m'appelle Abigail. »

24

Je ne me souviens pas comment nous sommes rentrées du commissariat central. J'imagine que Tulip et moi avons réussi à prendre le métro. Dans le flot humain ininterrompu qui embarque en fin d'après-midi, ce n'est pas sorcier pour une femme et son chien de se faufiler sans se faire remarquer.

Nous avons certainement dû prendre la ligne orange de Roxbury à Downtown Crossing, puis la correspondance avec la ligne rouge jusqu'à Harvard Square. Le changement à Downtown Crossing a dû se faire dans une foule surchauffée, pleine de gens déjà lessivés par les événements de la journée, en pilotage automatique, qui voulaient juste rentrer chez eux.

Nous avons dû marcher douze minutes depuis Harvard Square, remonter Garden Street en longeant le parc de Cambridge Commons sous son manteau de neige, prendre Concord Avenue à gauche, Madison Street à droite après le parking de l'observatoire de l'université d'Harvard. À moins que nous ayons couru. Mais ces trottoirs ne sont pas franchement commodes ; ils étaient sans doute assez casse-gueule avec les flocons moelleux puis la bruine glacée, acérée, qui avait dû s'abattre sur nos têtes baissées et transformer le pavage de brique d'Harvard Square en une patinoire particulièrement périlleuse.

Je ne me rappelle pas ; ma mémoire me joue des tours, en ce moment. La rançon de l'oubli. L'actuel prix à payer pour me remettre d'une enfance qui aurait dû me briser. Mais je suis certainement rentrée chez moi. N'est-ce pas ? Où aurais-je pu aller sinon, en quittant le commissariat central ? Qu'est-ce que j'aurais pu faire d'autre ?

J'ai dormi. Ça, au moins, je le sais. À un moment donné, je me suis retrouvée dans ma chambre, dans mon lit, Tulip blottie contre moi, dos à dos. Je me suis réveillée une fois, j'ai vu que le réveil indiquait vingt heures et j'ai été soulagée, après les deux jours que je venais de vivre, de ne pas devoir aller au travail. Ensuite mes paupières se sont refermées et j'ai fait un rêve délirant.

Ma mère était dans le jardin. Avec une pelle. Elle creusait un trou. Il faisait nuit et il y avait de l'orage. Une pluie cinglante, un vent violent. Posée aux pieds de ma mère, une lampe-torche éclairait la pluie battante, les débris agités par le vent. De temps à autre, la pelle traversait le faible rayon jaune, miroitait dans la lumière. Elle creusait. Creusait encore.

Je me tenais à la fenêtre. Elle était haute pour moi. Je me hissais sur la pointe des pieds pour regarder dehors et ça durait depuis un moment parce que j'avais mal aux orteils et les mollets en feu, mais je ne pouvais pas détacher mes yeux de ce spectacle. La pelle qui miroitait. Creusait. Creusait encore.

Ma mère portait sa chemise de nuit préférée. Jaune pâle avec un motif de petites fleurs bleues et de feuilles vertes. La pluie la plaquait contre sa silhouette décharnée, moulait ses jambes sèches et ses bras en baguettes de tambour tandis que, courbée en deux, elle soulevait des pelletées de terre. Ses longs cheveux bruns étaient dénoués, des mèches mouillées adhéraient à ses joues caves.

La pelle creusait. Creusait encore.

Le trou était de plus en plus grand. Pas trop grand. Assez grand.

Et là, le bébé a pleuré au bout du couloir.

Ma mère l'a entendu en même temps que moi. Elle a relevé la tête. La pelle s'est figée entre ses mains. Ma mère s'est tournée vers la fenêtre. Elle a regardé droit vers moi. Elle a souri, sa bouche comme une gueule noire béante, et ses cheveux se sont transformés en serpents qui sifflaient autour de sa tête.

J'ai lâché le rebord de la fenêtre. Je suis tombée à la renverse. Je me suis cogné la tête contre une table basse, mais je n'ai pas crié. Je me suis vite relevée sur mes petits pieds et j'ai couru.

Vers le bout du couloir. Le bébé qui pleurait.

Il fallait que j'y sois la première.

Le grincement de la porte de derrière. Ma mère qui rentrait dans la petite cuisine immonde, ses pieds nus et osseux tout crottés.

Au bout du couloir. Le bébé qui pleurait.

Il fallait que j'y sois la première.

Je tirais sur mes bras, les poings serrés. Mes petits genoux piochaient aussi vite que l'avait fait la pelle de ma mère. Cours, cours, cours. Mon souffle haletant dans mes oreilles, ce martèlement dans ma poitrine. Cours, cours, cours.

« Charlie, appelait ma mère derrière moi. Allez, montre-toi, sors de là. »

Au bout du couloir. Le bébé qui pleurait.

Il fallait que j'y sois la première.

« Viens voir ta maman, Charlie. Souviens-toi, Charlie… Ne me mets pas en colère. »

Et puis j'y étais, j'ouvrais la porte du placard. Pas de berceau. Pas de couffin. Un tiroir de commode garni de couvertures, posé par terre.

Les pas se rapprochaient. Réguliers. Décidés.

« Allez, montre-toi, sors de là. »

Le miroitement de la pelle, qui creusait, creusait encore.

J'ai pris le bébé, attrapé l'amas de couvertures et j'ai couru vers la porte d'entrée. Je suis sortie en trombe dans la nuit déchaînée. Le vent qui fouettait. La pluie qui cinglait. Le ciel qui tonnait. Je ne remarquais rien. Je m'en fichais.

« Charlie. Je te vois. Charlie ! Ne me cherche pas… »

J'ai foncé droit vers les bois. Je savais où j'allais. J'avais de l'entraînement. J'avais su d'avance. Il fallait essayer. Il fallait faire quelque chose. Avec mes toutes petites mains, mes toutes petites jambes, mais avec mon cœur énorme, à deux doigts d'exploser dans ma poitrine.

« Charlie… Ne me cherche pas. »

Il fallait s'enfoncer de quelques dizaines de mètres dans les bois pour atteindre l'arbre feuillu. Un dernier arrêt pour attacher le bébé en écharpe sur ma poitrine avec la plus grande des couvertures. À ça aussi, je m'étais entraînée. Parfois je promenais le bébé comme ça dans la maison parce que alors il ne pleurait pas et que ça rendait la vie plus facile à tout le monde.

La couverture était mouillée. Le bébé était mouillé. J'étais mouillée.

La voix de ma mère, plus très loin derrière moi.

« Charlie Grant, reviens ici tout de suite. Charlene Grant, ne me cherche pas ! »

J'ai pris la branche la plus proche, basse, glissante, pas trop épaisse, je l'ai agrippée de mes deux petites mains déterminées et je suis montée dessus.

Une ascension effrénée, désespérée. Toujours monter, jamais descendre. L'arbre n'était pas immense, mais moi non plus. Si je continuais à monter, si je grimpais jusqu'au sommet comme un singe…

Ma mère souffrait du vertige. Elle pouvait me suivre dehors, elle pouvait nous suivre dans les bois, mais jamais elle ne nous suivrait dans les hauteurs.

D'un seul coup, en dessous de moi, son hurlement strident.

« Charlene Grant ! Descends ici. Tout de suite ! Tu m'entends, mademoiselle ? Charlene Grant, obéis à ta mère ! »

Je montais toujours, agile. Sans regarder en bas. Je ne voulais pas penser à la chute, à la dégringolade, au poids du bébé qui se tortillait. Je ne voulais pas voir ma mère en bas, les mains sur les hanches, qui me fusillait du regard avec ses cheveux-serpents, sa gueule noire et la pelle qui creusait, creusait encore. Pour faire le trou. Pas trop grand. Assez grand.

J'ai finalement été à court de branches. J'ai été obligée de m'arrêter, nichée dans l'embranchement ; parcourue d'un tremblement irrépressible, le visage ruisselant de pluie, je me cramponnais d'une main à une branche à hauteur de ma tête, gardant l'autre autour du bébé.

Ma mère criait toujours, mais désormais le vent emportait ses paroles. De cette altitude, elle était plus petite, plus difficile à apercevoir. De cette altitude, je pouvais la considérer sans crainte.

Elle finirait par se lasser. Elle finirait par rentrer et, couverte de boue, de crasse et de feuilles, elle se roulerait en boule sur le canapé et s'endormirait. Alors je redescendrais prudemment.

Je changerais le bébé, je l'enroulerais dans des couvertures propres que j'avais mises à chauffer sur le radiateur. Je lui donnerais un biberon froid en le tenant dans mes bras, assise en tailleur par terre.

Elle s'endormirait. Alors je la reposerais dans son nid du placard et je ressortirais pour combler le petit trou, en travaillant, comme ma mère l'avait fait, à la lueur d'une lampe-torche.

Si je m'y prenais bien, au matin, il n'y aurait plus trace de cette nuit. Tout serait effacé, un mauvais rêve qui ne se serait jamais produit. Ma mère se réveillerait de bonne humeur, elle fredonnerait peut-être, danserait avec moi dans toute la maison, étourdie de gaieté, elle embrasserait et câlinerait le bébé, et tout rentrerait dans l'ordre. Elle nous aimerait.

Pour un petit moment, en tout cas.

Je me suis encore recroquevillée entre les branches. J'ai senti la chaleur du bébé sur ma poitrine. Espéré qu'elle sentait aussi la mienne, alors que je mettais mon deuxième bras autour d'elle pour le serrer fort.

« Tout va bien, lui murmurais-je. C'est presque fini. On est presque sauvées. »

Elle ne pleurait plus. Au lieu de cela, elle me regardait avec de grands yeux marron.

Et son petit visage s'est éclairé d'un immense sourire édenté.

Elle rayonnait en me regardant, ma jolie petite sœur, Abigail.

25

D.D. arriva à l'heure au restaurant. Alex avait choisi le Legal Seafood, sur les quais, à côté de l'aquarium de Boston. Il était proche de l'aéroport, on y mangeait bien et la vue était splendide. D.D. le connaissait bien ; à une époque, elle s'y rendait à pied depuis son appartement du North End. Marcher, cela dit, était beaucoup plus facile que de se frayer un chemin dans les bouchons de l'heure de pointe.

Elle avait dû remonter la 93 à une allure d'escargot, puis suivre un dédale de bretelles de sortie dont la principale utilité était de vous obliger à vous payer trois ou quatre fois le même feu.

Le temps de rejoindre les quais, elle était tendue, sur les nerfs, et à peu près certaine d'avoir taché de sueur le chemisier de soie bleue qu'elle s'était acheté la semaine précédente en prévision des retrouvailles avec sa mère.

Il y avait un parking couvert en face du restaurant. D.D. en gravit un à un les étages jusqu'à décrocher le pompon : une place libre, tout au fond, aussi loin que possible des escaliers. Elle était en principe réservée aux véhicules de petit gabarit, mais D.D. casa prudemment sa Crown Vic dans ses limites étroites et ouvrit sa portière avec précaution.

Lorsqu'elle descendit de voiture, le froid glacial lui fit l'effet d'un coup de poignard. En quelques secondes, elle passa du sauna à la glacière.

Elle aurait dû se mettre à marcher, pour se réchauffer.

Mais elle resta plantée là, de nouveau la petite fille qui traînait des pieds pour rentrer chez elle après l'école parce qu'elle avait encore un mot de la maîtresse dans son cartable et que sa mère allait se fâcher. Pire, elle n'allait pas décrocher un mot. Les lèvres pincées, elle se contenterait de lui lancer ce regard que D.D. ne connaissait que trop bien.

Je suis une adulte, se rappela-t-elle. *Une enquêtrice de premier ordre, respectée de ses collègues et redoutée des criminels.*

Ça ne marchait pas. Elle aurait voulu, mais non.

Alors elle pensa à Alex et au petit Jack. Alex, qui l'attendait sans doute patiemment avec ses parents, qui les mettait à l'aise, les encourageait à s'extasier devant leur petit-fils. Alex, qui la regarderait entrer dans le restaurant. Qui sourirait, un sourire instantané et franc, lorsqu'elle arriverait à leur table.

Elle se mit en marche, une botte noire devant l'autre, rejoignit les escaliers, les descendit, et traversa la rue enneigée jusqu'au restaurant bondé.

Respirer un bon coup une dernière fois. Se répéter qu'une femme qui enquêtait sur des meurtres était certainement capable d'affronter un malheureux dîner avec ses parents.

Ses mains tremblaient.

Elle entra.

Alex et ses parents étaient installés tout au fond, à une table dans un coin. C'était un peu plus calme ici, mais tout de même animé pour un jeudi soir dans un des plus grands restaurants de Boston. Un serveur avait fait le coup de la chaise haute : il l'avait retournée les quatre fers en l'air pour caler le siège-auto de Jack entre ses pieds en bois. Alex était assis sur le côté droit de la banquette, les parents de D.D. en face.

Sa mère, Patsy, avait un bronzage *made in Florida*, de beaux cheveux blond platine et un visage élégamment sculpté sur lequel celui de D.D. avait manifestement été modelé. Elle portait un pantalon en lin et un pull sans manches vert d'eau sur une fine chemise blanche : un oiseau migrateur qui essayait de s'adapter au climat du nord, mais qui avait oublié combien le mois de janvier peut être froid et rigoureux à Boston. Avec sa veste sport bleu marine sur un polo rayé bleu et blanc, le père de D.D., Roy, tout aussi svelte et en forme, avait également l'air d'avoir été téléporté directement depuis un terrain de golf.

Alex, comme elle l'avait prédit, fut le premier à la repérer. Il portait un pull en cachemire bordeaux, un de ceux que D.D. préférait, sur un col roulé noir. Quand il la vit, son regard bleu s'illumina et un sourire épanoui lui plissa le coin des yeux.

D.D. chancela. Elle voulut faire un pas et manqua littéralement de tomber. Parce que là, au beau milieu de ce restaurant bruyant et noir de monde, elle réalisait que le plus bel homme de la salle était à elle. Qu'il lui souriait. Qu'il attendait patiemment, avec leur bébé et ses parents, pour elle.

Et cela la terrifia parce que chaque once d'amour qu'elle éprouvait pour lui s'accompagnait aussi, comme un amoncellement de nuages noirs qui cacherait le soleil, du sentiment qu'elle n'était pas digne de lui. Qu'un homme aussi séduisant, doué et intelligent, avait plus sa place avec des gens comme ses parents qu'avec une femme comme elle.

Une idée qui avait de quoi lui échauffer de nouveau la bile. Après toutes ces années, elle refusait de se sentir encore dans ses petits souliers. Peut-être qu'elle n'avait pas été l'enfant que ses parents auraient souhaitée, mais elle était l'adulte qu'elle avait besoin d'être et c'était ce qui comptait avant tout.

Le menton conquérant, elle traversa le restaurant à grandes enjambées.

Arriva à la table. Ouvrit la bouche pour lancer haut et fort : « Bonjour maman, salut papa, vous avez fait bon voyage ? »

Juste au moment où son biper se manifesta.

Alex fut le premier à s'exprimer.

« Un problème ? »

D.D. décrocha son biper, lut le bref message. Ferma les yeux.

« Je dois y aller.

— Tu plaisantes ? »

Les premiers mots de sa mère, et déjà elle l'agressait.

« Je suis désolée. »

D.D. fit de son mieux pour rassembler ses idées. Elle se pencha, fit une bise à sa mère, à son père.

Mais lorsqu'elle parla, elle se tourna vers Alex, dont le regard était plus facile à soutenir.

« Un autre meurtre, expliqua-t-elle.

— La même affaire ?

— Tout juste. Près de Copley Square, au moins je ne suis pas loin.

— Je ne comprends pas, intervint de nouveau sa mère.

— Je suis au milieu d'une grosse affaire, des meurtres en série. Il vient d'y en avoir un autre. Il faut que j'y aille.

— Mais... Mais... tu viens d'arriver.

— On a dû oublier de prévenir l'assassin.

— D.D. Warren...

— Maman. » D.D. l'arrêta d'un geste, s'efforça de prendre un ton neutre : « Je suis très touchée que vous soyez venus de Floride. Je sais qu'il fait froid et que vous n'aimez pas cette ville. Mais... c'est mon boulot. Je ne suis pas une enquêtrice parmi d'autres, je dirige cette enquête. C'est ma responsabilité. »

Son père prit la main de sa mère, comme pour l'apaiser. « Tu vas revenir ? »

Il y avait dans sa voix un tremblement dont elle n'avait pas souvenir. Et maintenant qu'elle y regardait de plus près, elle découvrait de nouvelles rides autour de ses yeux, de la peau qui pendait sous son menton, des taches de vieillesse sur ses mains. Soixante-dix-huit ans, se souvint-elle. Ses parents avaient soixante-dix-huit ans. Pas encore le quatrième âge, mais l'échéance se rapprochait ; combien de voyages de ce genre seraient-ils encore capables d'entreprendre ? Combien d'années encore pourraient-ils profiter d'elle et de leur petit-fils ?

« Sans doute pas pour le dîner, souffla-t-elle.

— Alors on se voit demain matin.

— Je peux être là pour un petit-déjeuner en tout début de matinée, si vous voulez, ou bien vous rejoindre pour le déjeuner, comme vous préférez.

— Je ne comprends pas, répéta sa mère, toujours réprobatrice. Il est dix-neuf heures. Tu viens de quitter ton travail, tu y retournes et tu ne pourras malgré tout pas nous rejoindre avant le petit-déjeuner ?

— Les joies de la criminelle…

— Et Jack ? Tu as un bébé maintenant. Qu'est-ce que tu fais de lui ? »

D.D. n'avait pas encore dit bonsoir à son fils. Elle avait embrassé ses parents, parlé à Alex, mais son bébé…

Elle se pencha vers le siège-auto. Jack dormait, inconscient du psychodrame qui se jouait autour de lui. Ses lèvres formaient un bouton de rose, ses poings étaient serrés sur son bidon dans son pyjama bleu. Autour de son cou, un bavoir neuf proclamait : « Quelqu'un m'aime en Floride. »

D.D. regarda ses parents : « C'est adorable, merci. »

Son biper sonna de nouveau. Elle ferma les yeux, sentit l'appel inexorable.

« Vas-y, dit doucement Alex. Ce n'est pas grave. Je m'en occupe.

— Je te revaudrai ça », articula-t-elle en silence au-dessus de leur fils endormi.

Il hocha la tête, un peu sombre – manifestement, le charme de ses parents agissait déjà sur lui.

D.D. posa ses lèvres sur le front de Jack. Elle huma l'odeur de talc, frôla ses mèches soyeuses. Et, l'espace d'une seconde, elle fut bien d'accord avec sa mère : comment pouvait-elle quitter cette merveille ?

« Je vous appelle demain matin », dit-elle à la tablée.

Elle retraversa le restaurant en se cuirassant contre le froid autant que contre le fardeau implacable de la déception de sa mère.

À vol d'oiseau, Copley Square était à un jet de pierre des quais. Mais avec les embouteillages, rendus plus inextricables encore par un réfrigérant cocktail de flocons légers et de pluie verglaçante, il fallut à D.D. près de quarante-cinq minutes pour franchir la poignée de kilomètres. Négligeant les règles de stationnement, elle se gara sur le trottoir, juste derrière un chapelet de véhicules de patrouille.

En descendant de voiture, elle tomba nez à nez avec le capitaine O., qui l'attendait déjà.

D.D. avait eu des projets pour la soirée, mais manifestement ceux de O. étaient plus plaisants. La jeune enquêtrice avait remonté ses cheveux bruns au-dessus de sa tête, où ils formaient une choucroute bouclée. Du mascara soulignait ses yeux exotiques, du rouge à lèvres grenat mettait sa bouche en valeur et, sous son large trench-coat, elle portait une robe qui lui arrivait aux genoux et une paire de bottes en cuir noir à talons aiguilles. Elle paraissait plus douce, plus ronde, plus féminine. Une allure que D.D. elle-même n'avait jamais su se donner, mais qu'un certain jeune homme avait dû beaucoup apprécier.

O. surprit son regard.

« Le biper : la contraception la plus efficace que l'homme ait jamais inventé, fit-elle remarquer avec humour.

— C'est drôle, je disais la même chose autrefois. »

O. fit l'étonnée, puisque D.D. était jeune maman.

« Les préservatifs ne sont pas non plus fiables à cent pour cent, expliqua celle-ci comme pour se défendre.

— Je tâcherai de m'en souvenir. »

D.D. claqua sa portière. Enfila ses gants en cuir noir doublés de polaire, baissa son bonnet de laine noir sur son front.

« Alors, qu'est-ce qu'on a ?

— Un gamin mort dans une ruelle. Un autre gamin terrorisé dans une voiture de patrouille.

— Je croyais que c'était lié à nos meurtres de délinquants sexuels.

— Le gamin mort était le délinquant sexuel. Le gamin terrorisé, la victime. »

D.D. assimila l'information, ouvrit de grands yeux : « Ce n'est pas le gamin terrorisé qui a tiré, si ?

— Non. Mais il a vu le tireur. Une femme seule. » O. eut un sourire sans joie. « Petite corpulence, petite arme. Des yeux bleus super bizarres, d'après le gamin, et des cheveux bruns bien serrés en une queue-de-cheval.

— Charlene Grant, soupira D.D.

— Alias Abigail. »

D.D. s'occupa d'abord de la scène de crime. Vu la densité de circulation autour de Copley Square, les services du légiste avaient déjà enlevé le corps. Pas de Neil à l'horizon, il était peut-être parti à la morgue avec le cadavre. Elle avait donné sa soirée à Phil ; le capitaine O. et elle se retrouvaient donc seules sur le pont. O. était manifestement déjà sur les lieux depuis un moment, alors D.D. fit de son mieux pour se mettre dans le bain.

En s'accroupissant dans le périmètre de la scène de crime, D.D. peina à déceler la trace légère laissée par le cadavre, comme l'empreinte d'un ange dans la ruelle couverte d'une fine couche de neige. La victime était grande. De longues jambes écartées, un bras sur le côté.

Elle ne voyait pas les contours du bras droit. Peut-être qu'il était sur la poitrine de la victime. Peut-être que la victime l'avait levé devant son visage au moment du tir. Qu'il ait été pédophile ou non, l'image la dérangea – se faire descendre comme ça, de sang-froid.

« Quel âge ? demanda-t-elle au capitaine O. qui se tenait derrière elle, grelottante dans sa robe courte et ses bottes.

— Il avait dit s'appeler Barry. Et avoir seize ans.

— Il s'en était pris à un autre gamin ?

— Un garçon de sept ans. Qu'il avait apparemment "rencontré" sur un site de jeu en ligne. Il lui avait donné rendez-vous à la bibliothèque municipale. Et ensuite il a réussi à l'entraîner dehors. »

D.D. secoua la tête. Même après les leçons de O. sur la précocité croissante des prédateurs sexuels, seize ans, c'était dur à avaler.

« On a identifié le corps ?

— Des policiers en tenue mènent l'enquête de voisinage. Il était à pied, donc il est possible qu'un habitant du quartier le reconnaisse.

— Tu parles d'une conversation à mener sur un pas de porte, marmonna D.D. Et d'une, nous avons le regret de vous informer que votre fils est mort. Et de deux, il a très certainement été abattu pendant qu'il agressait sexuellement un autre enfant. L'horreur. »

Le capitaine O. ne répondit rien ; peut-être qu'elle ressentait la même chose.

« Donc le plus âgé entraîne le plus jeune à l'extérieur et l'amène ici. »

D.D. regarda autour d'elle. Elles se trouvaient dans une ruelle où étaient stockées les bennes à ordures d'établissements voisins. Une ruelle isolée, nauséabonde. Mais pas complètement coupée du monde. Une extrémité donnait sur la rue et puis, surtout, elles se trouvaient devant une lourde porte de service en métal par laquelle le personnel sortait les poubelles.

« Je me demande s'il avait fait un repérage, se demanda D.D. à voix haute. S'il avait observé les allées et venues dans cette ruelle, s'il s'y sentait en sécurité. À moins, comme tu l'expliquais hier, que l'occasion ait fait le larron. Le petit l'avait suivi, alors l'autre a décidé de tenter le coup. »

Le capitaine O. haussa les épaules : l'agresseur était mort, elles n'avaient aucun moyen de répondre à ces questions.

« L'adolescent venait de s'exhiber quand la femme est arrivée, indiqua O. Le petit ne l'a pas reconnue et il n'a aucun souvenir qu'elle les ait suivis. Mais elle avait l'air de connaître l'adolescent, elle a laissé entendre qu'elle l'avait à l'œil depuis un moment. Elle s'est présentée comme une joueuse sur le même site Internet. »

D.D. se redressa, étonnée : « Vraiment ? Donc pendant qu'un utilisateur traquait des gamins, un autre traquait le prédateur. Et l'un comme l'autre ont été capables de retrouver leur victime dans la vraie vie ? Mais comment ? Je croyais que c'était le plus compliqué ?

— L'adolescent a sans doute ciblé le petit en fonction de l'intérêt qu'il affichait pour les Red Sox. Une fois certain que le gamin vivait à Boston, il lui a envoyé un message pour l'inviter à la bibliothèque – un lieu public, ça n'éveille pas la méfiance.

— Il l'a appâté.

— Exactement. Quant à notre Nikita aux yeux bleus, elle avait plusieurs outils à sa disposition. À sa place, j'aurais commencé par chercher le nom d'utilisateur de ma cible sur Spokeo, pour savoir quels autres sites il fréquentait. Étant donné que "Barry" avait seize ans, sa page Facebook serait sans doute sortie parmi les premiers résultats. Donc j'y aurais été, pour voir sa photo, connaître ses amis, ses loisirs, ses centres d'intérêt. Encore mieux, il y a sur Facebook un service qui s'appelle Facebook Places ou Check In. Grâce à ça, quand "Barry" envoyait un message depuis la bibliothèque municipale, le site le signalait dans son profil. Nikita pouvait donc suivre tous les déplacements de Barry et notamment savoir qu'il était à la bibliothèque municipale ce soir. À supposer qu'elle ait un smartphone, même pas besoin de se trimballer avec un ordinateur portable. Le smartphone dans une main, le pistolet dans l'autre, elle n'a plus qu'à laisser Barry lui dire où il est et ce qu'il fait. Ça supprime tout le plaisir de la traque, si tu veux mon avis. »

Dépitée, D.D. regardait la silhouette du gamin mort dans la neige.

« Mais tu dis que l'ado a trouvé sa victime sur un jeu en ligne, pas grâce au forum dont vous parliez, Phil et toi ?

— Exact. Mais AthleteAnimalz est un des principaux sites fréquentés par les enfants. Il y a des chances que nos deux premiers pédophiles aient aussi traîné dessus.

— Donc ce serait ça, le lien, pas le forum.

— Ou tout ça à la fois. Le milieu pédophile est quand même restreint. On peut raisonnablement penser que leurs chemins se sont croisés sur plusieurs sites Internet. »

D.D. voulait bien le croire. Elle releva la tête, essaya de reconstituer l'enchaînement des événements. « Le gamin de seize ans choisit le petit de sept. L'attire dans une ruelle sombre. Là-dessus… cette femme apparaît. Et après, quoi ?

— D'après notre jeune témoin, elle avait déjà le 22 à la main. Elle n'a pas trop fait attention à lui, elle s'est concentrée directement sur Barry. Surtout qu'à ce moment-là, il avait baissé son pantalon et qu'il tenait son pénis, donc il représentait une cible facile.

— Qu'est-ce qu'elle a dit ?

— Pas grand-chose. Elle a vérifié que le pseudo de l'adolescent sur le site était bien Lilly Caniche…

— Un *garçon* de seize ans se faisait appeler Lilly Caniche ?

— Bienvenue sur Internet. D'ailleurs, cette stratégie l'a servi. Si le petit garçon a accepté de le retrouver ce soir, c'est en partie parce qu'il pensait rencontrer une fille, et qui aurait peur d'une fille ?

— Quelle saloperie !

— Ensuite la meurtrière a indiqué qu'elle était Hippo le Costaud, un autre utilisateur du site. L'ado a voulu se défendre. Il a mis en avant son âge, dit qu'il allait changer. »

D.D. regarda la silhouette dans la neige : « Ça n'a pas suffi, on dirait. »

Encore ce sentiment de malaise. Seize ans. Abattu de sang-froid. Et s'il avait pu changer ? Les tribunaux ne l'auraient sans doute pas jugé comme un adulte, mais un simple citoyen s'était permis de le faire. De le juger et de l'exécuter en quelques minutes.

« La femme lui a dit qu'il avait été un très vilain garçon, elle lui a dit "courage" et elle l'a descendu.

— Comme ça ?

— Comme ça. Il faut reconnaître que notre témoin est jeune et traumatisé, mais il estime que la scène a duré en tout et pour tout trois minutes.

— "Courage", tu dis. Il y avait un message ? "Tout le monde doit mourir un jour" et tutti quanti ?

— Dans le blouson de la victime. Très probablement rédigé à l'avance parce que, d'après le témoin, elle n'a pas eu le temps d'écrire quoi que ce soit sur place. Mais il l'a vue se pencher sur le cadavre, sans doute pour glisser le bout de papier.

— Donc c'est bel et bien le même assassin. Qui peaufine sa technique. Elle ne se contente plus de supprimer des pédophiles, elle vole au secours des victimes.

— Je suis sûre que, dans son esprit, la soirée a été bonne.

— Et après les coups de feu, qu'est-ce qui s'est passé ?

— Elle s'est présentée au témoin, elle lui a dit de ne pas s'inquiéter et elle est partie.

— De quel côté ?

— Vers la gauche. Mais le garçon ne l'a pas suivie. Il est resté là encore une minute et, ensuite, il est retourné en courant à la bibliothèque, où sa mère avait prévenu le personnel qu'il était introuvable. Ils s'apprêtaient à boucler le bâtiment et on venait d'alerter la police quand il a déboulé dans les escaliers. Il était hystérique, et ça a déteint sur sa mère. Il a bien fallu cinq à dix minutes pour comprendre de quoi il retournait. Après, des agents ont été dépêchés ici et on a diffusé le signalement de la femme, sans résultat. »

D.D. n'était pas surprise. N'importe qui peut se volatiliser à Boston. C'était même pour ça que Charlene Grant avait choisi de s'y installer.

D.D. réfléchit : « Ça aurait dû la désarçonner que cet utilisateur du site ait seize ans. L'arrêter dans son élan, l'obliger à se poser des questions, quelque chose. Mais non. Donc ta théorie doit être la bonne : ça faisait un moment qu'elle surveillait sa cible, elle était allée voir sa page Facebook, peut-être même qu'il lui était arrivé de le prendre physiquement en filature. Elle n'a été étonnée ni par son âge ni par ses faits et gestes. Elle s'attendait aux deux.

— Préméditation, confirma O. Planification. Stratégie.

— Maligne. À l'aise devant un ordinateur. Patiente.

— Maîtresse d'elle-même, ajouta O. pour compléter le portrait-robot de la meurtrière. Elle tue l'adolescent et elle s'en va. Pas de dommages collatéraux, pas d'histoires avec le témoin. Je débarque, je tire, je m'en vais.

— Il est où, le témoin ?

— À l'arrière d'une voiture de police avec sa mère. On s'organise pour qu'un expert en auditions de mineurs nous retrouve au commissariat central.

— Il peut parler ? »

O. l'ignorait : « La dernière fois que je l'ai vu, il était cramponné à sa mère et ne décrochait pas un mot.

— J'aimerais essayer. »

O. hésita. D.D. la regarda.

« Quoi ?

— Tu as de l'expérience avec les enfants ?

— J'ai résolu une affaire dont le principal témoin était une gamine de quatre ans [1].

— Écoute, dit O., tu es peut-être plus vieille et plus maligne que moi, mais je travaille aux mœurs et, malheureusement, la plupart de mes enquêtes exigent d'entendre des enfants. Alors, crois-moi, tu n'as pas droit à l'erreur. Si tu influences le témoin, ce que tu lui auras suggéré s'ancrera dans son esprit. Ensuite toute

---

1. Voir Albin Michel, *La Maison d'à côté* ; Le Livre de Poche, 2010, 2012.

l'audition sera rejetée et on n'aura pas de motif pour arrêter notre suspect numéro un, Charlene machin machin Grant. Il faut la jouer fine.

— D'accord, je garderai mes questions stupides pour moi. »

O. n'avait toujours pas l'air ravie, mais elle fit volte-face dans la ruelle et retourna vers les gyrophares des voitures de police. Le petit garçon et sa mère étaient pelotonnés l'un contre l'autre à l'arrière du premier véhicule. La portière était ouverte, certainement pour éviter qu'ils se sentent prisonniers, mais cela laissait aussi entrer le froid et tous deux frissonnaient. La mère avait un gobelet en carton fumant à la main, sans doute du café, mais elle ne le buvait pas. Elle le tenait simplement, comme si elle désirait à toute force que sa chaleur lui apporte une solution.

Le petit garçon ne leva pas les yeux à leur arrivée. Il était blotti contre sa mère, sa petite silhouette presque perdue sous un blouson noir trop grand, le bonnet, l'écharpe, les moufles. D.D. eut la brève vision d'yeux sombres et d'un visage pâle aux traits tirés, puis il se détourna d'elle.

La mère enlaçait son fils de son bras gauche. Elle avait les mêmes traits pâles et la même expression hagarde que le garçon. Mais elle serrait la mâchoire et ses lèvres pincées dessinaient une ligne décidée.

« Commandant Warren », se présenta D.D.

Apparemment, ils connaissaient déjà O.

« Jennifer Germaine. »

La femme la salua d'un signe de tête ; elle n'avait pas de main libre à lui tendre. Elle donna une petite secousse à son fils, mais il ne leva pas la tête.

« Mon fils, Jesse, dit-elle après un instant.

— Comment ça va, Jesse ? » demanda D.D.

Pas de réponse.

« Tu m'étonnes ! dit-elle. Ce n'est pas mon jour, non plus. »

Il se tourna légèrement, la regarda d'un air méfiant.

« En ce moment, je devrais être en train de dîner avec ma mère. Elle est venue de Floride pour me voir. Mais j'ai dû partir. Elle n'est pas très contente de moi. Je n'aime pas ça, quand ma maman n'est pas très contente de moi. »

La lèvre de Jesse se mit à trembler.

« Mais je sais aussi qu'elle comprend, continua D.D. C'est ça qui est chouette, avec les mamans. Elles nous aiment toujours, pas vrai ? »

Jennifer resserra son étreinte autour de son fils. Il se colla un peu plus à elle.

« Je suis désolé », murmura-t-il.

Il parlait d'une voix rauque et entrecoupée. Peut-être parce qu'il était en train de pleurer, ou parce qu'il avait crié tout à l'heure.

« Pourquoi tu es désolé ? demanda D.D. comme pour bavarder.

— J'ai été méchant.

— Qu'est-ce qui te fait dire ça ? » Poser des questions ouvertes. C'est la règle en matière d'auditions de mineur – ne rien sous-entendre, ne pas influencer, ne poser que des questions ouvertes.

« Il faut se méfier des inconnus. Ne pas parler avec un inconnu sur Internet. Ne pas donner rendez-vous à un inconnu. Ne pas partir avec un inconnu. Ma maman me l'avait dit. Je suis désolé, maman. Désolé, désolé, désolé. »

Le petit garçon fondit en larmes. Sa mère lui caressa les cheveux, puis se pencha vers lui pour lui murmurer tout bas des paroles de réconfort.

« Merci d'être retourné à la bibliothèque, tout à l'heure », dit D.D.

Il releva un peu la tête.

« Tu as bien réagi. Il a fallu que tu retrouves ton chemin dans les rues de la ville, et moi j'ai l'impression qu'on s'y perd facilement, la nuit. Mais tu as réussi. Tu as retrouvé ta mère, tu as alerté la police. Vraiment courageux de ta part. Ça t'était déjà arrivé de te promener tout seul dans la ville, Jesse ? »

L'enfant fit signe que non.

« Alors, chapeau. Tu as gardé ton sang-froid. Je parie que ta maman est très fière de toi pour ça. »

Jennifer acquiesça au-dessus de la tête de son fils.

« Maintenant j'aurais besoin que tu sois courageux pour moi, Jesse. Juste encore un petit peu, d'accord ? Détends-toi, bien confortablement installé contre ta maman, et réfléchis à une ou deux choses pour moi. »

Le petit garçon hocha la tête, rien qu'un tout petit peu.

« Est-ce que tu peux nous raconter ce qui s'est passé ce soir, Jesse ? Avec tes mots. Prends ton temps. »

L'enfant ne commença pas tout de suite. Sa mère se pencha de nouveau vers lui.

« Jenny et Jesse contre le reste du monde, l'entendit murmurer D.D. Souviens-toi : Jenny et Jesse contre le reste du monde. Donne-moi la main. On peut le faire. »

Le petit garçon prit la main de sa mère. Et commença son récit.

L'histoire était assez simple. Un garçon de seize ans qui s'appelait Barry passait ses après-midi à jouer en ligne sous l'identité d'un caniche rose. Il augmentait son capital de points, se faisait remarquer. Il envoyait des messages à d'autres joueurs pour leur proposer son amitié et son aide.

Jesse avait mordu à l'hameçon.

Il pensait qu'il n'avait rien à craindre d'un caniche, d'un rendez-vous dans une bibliothèque avec ce qu'il croyait être une fille. Et voilà comment il s'était retrouvé dans une ruelle, trop effrayé pour fuir, trop anéanti pour crier.

De la femme, il ne pouvait pas leur dire grand-chose. Son arrivée l'avait surpris. Son arme l'avait terrifié. Mais il se souvenait surtout de ses yeux. Des yeux bleus très, très brillants.

« Des yeux bizarres, dit tout bas Jesse. Qui font peur, comme des yeux de chat bleus. » Il les regarda : « Je crois que c'est une extraterrestre ou peut-être un robot ou un monstre. Elle… Elle lui a fait du mal. Et… Et ça m'a fait plaisir. »

Il baissa de nouveau les yeux et s'enfouit d'un seul coup au creux des bras de sa mère.

« Je suis désolé, gémit le petit garçon d'une voix étouffée par le manteau de Jennifer. J'ai été méchant. Et puis il y a eu ce bruit et il est mort. Et j'ai été méchant et je suis désolé, désolé, désolé. Je le referai plus jamais, maman. Promis, promis, promis. »

D.D. détourna les yeux. Elle ne savait pas ce qui lui faisait le plus de peine, entre la souffrance manifeste du garçon et celle de sa mère qui refermait son autre bras autour de lui et le berçait contre elle pour le calmer, tout en sachant clairement que ce ne serait pas suffisant.

« Je voudrais le ramener à la maison, dit la femme. Il est tard. » Elle ajouta, comme si l'idée lui était venue à l'instant : « Il a école demain. »

Puis son visage se décomposa d'un seul coup, comme si elle comprenait qu'il n'y aurait sans doute pas d'école le lendemain. Que les événements de la soirée étaient plus graves que ça. Qu'ils n'étaient pas de ceux qu'une bonne nuit de sommeil suffirait à effacer.

Le capitaine O. intervint pour expliquer qu'il y aurait une audition avec un expert judiciaire et qu'elle devait avoir lieu au plus vite parce que les souvenirs des enfants sont éminemment malléables.

La mère de Jesse secoua la tête, manifestement gagnée comme son fils par l'émotion et le choc.

D.D. posa sa main sur la sienne et la serra.

« Plus qu'une heure, lui dit-elle pour la réconforter. Ensuite, vous pourrez tous les deux rentrer chez vous. Et demain ça ira mieux qu'aujourd'hui, et après-demain encore mieux. Ça s'arrangera. »

La femme la regarda.

« Je l'aime tellement.

— Je sais.

— Je ferais n'importe quoi pour lui. Je donnerais ma vie pour lui. Je faisais juste des recherches pour un devoir. On devait se quitter un quart d'heure. On l'avait déjà fait et il est assez grand pour ça. Il ne veut plus avoir toujours sa mère dans les pattes. Et je veux qu'il se sente fort. Qu'il se sente en sécurité.

— Je sais.

— Je ferais n'importe quoi pour lui.

— L'audition va l'aider, lui assura D.D. Je sais que l'idée fait peur, mais c'est en racontant son histoire que Jesse va se l'approprier. Ce sera de moins en moins quelque chose qui lui est arrivé pour devenir une histoire qu'il peut raconter, qu'il maîtrise. On l'a constaté chez d'autres enfants. Parler les aide. Garder ça en eux, beaucoup moins. »

Jenny soupira, posa sa joue sur la tête de son fils.

« Jenny et Jesse contre le reste du monde, murmura-t-elle.

— Vous êtes une bonne maman.

— J'aurais dû en faire plus.

— C'est ce que se disent toutes les mères.

— Vous avez des enfants ?

— Un bébé de dix semaines, déjà l'amour de ma vie.

— Qu'est-ce que vous feriez à ma place ?

— J'espère ne jamais avoir à le découvrir.

— S'il vous plaît… »

D.D. hésita, puis répondit aussi franchement qu'elle le put : « J'essaierais de l'aider à trouver sa propre force. Le pire est déjà derrière lui. Maintenant il s'agit de l'aider à passer le cap. Pour qu'il ne soit plus la victime, mais celui qui domine la situation. Pour qu'il se sente fort. En sécurité. »

La femme la regardait, scrutait son visage.

« On va aller au commissariat central, dit-elle finalement. On va rencontrer ce… spécialiste des auditions d'enfants.

— On va aussi demander à un correspondant de l'aide aux victimes de vous retrouver là-bas, lui indiqua D.D. Il y a des moyens de vous soutenir, vous et votre fils. N'ayez surtout pas peur de vous en servir. »

D.D. lui tendit sa carte, puis se redressa et enfonça ses mains, gelées malgré les gants, dans les poches de son blouson.

« Merci de ton aide, Jesse. Je te suis reconnaissante d'avoir répondu à mes questions. »

Le garçon ne leva pas les yeux, ne réagit pas.

Elle dit à sa mère : « Occupez-vous bien de lui.

— Comptez sur moi, commandant. Comptez sur moi. »

D.D. s'éloigna en direction de O. Elle venait de s'arrêter à la hauteur de sa collègue quand un cri de surprise retentit. Les deux enquêtrices se retournèrent et découvrirent un agent en tenue qui leur adressait des signes frénétiques depuis une voiture de police.

« Venez, disait-il. Vite ! Il faut que vous voyiez ça ! »

Après un échange de regards, D.D. et O. avancèrent à pas incertains sur le trottoir verglacé. Le patrouilleur, sa portière côté passager ouverte, les hélait avec excitation depuis l'intérieur du véhicule.

« Sur le tableau de bord, leur dit-il, pressant. Ne le déplacez pas. Je l'avais juste mis là, vous voyez, pour le déposer en salle des scellés tout à l'heure. Évidemment, j'ai allumé le chauffage et quand j'ai rejeté un œil… »

C'était le message de l'assassin, dans une pochette plastique transparente. Une feuille entière, l'écriture familière, les lettres rondes dessinées avec élégance et précision. Sauf que quand D.D. y regarda de plus près, elle découvrit d'un seul coup d'autres lettres, si petites et écrites les unes sur les autres que, de prime abord, on aurait dit une tache ou une bavure.

Elle releva brusquement la tête et fixa l'agent en tenue. « Vous avez touché à ça, vous l'avez trafiqué d'une manière ou d'une autre ? »

Elle se recula pour permettre à O de se rendre compte.

« Non, non, non, protesta aussitôt l'agent Piotrow. C'est la chaleur. Quand j'ai vu qu'il s'était passé quelque chose, j'ai pris le message et ça m'a scié : des lettres ont apparu. C'est quand j'ai posé la feuille sur le tableau de bord brûlant… »

D.D. sentit son pouls s'accélérer.

« Je pense que c'est du jus de citron, dit l'agent. Un jour, mon gosse a fait cette expérience en primaire. Ça permet d'écrire des messages secrets : les mots disparaissent quand le jus sèche, mais ils réapparaissent si on tient le message au-dessus d'une ampoule chaude. Je pense que mon tableau de bord fait office d'ampoule.

— Un message dans le message, murmura le capitaine O., toujours penchée sur la feuille. Pas la même écriture.

— Pas le même état d'esprit », répondit laconiquement D.D.

Le premier message (*Tout le monde doit mourir un jour. Courage*) était rédigé de l'écriture habituelle.

Au contraire, le message caché était bien plus petit, les lettres tassées griffonnées à la hâte et casées dans un espace grand comme une piécette.

Un ordre. Une provocation. Une supplique, peut-être.

Deux mots tout simples : *Arrêtez-moi*.

26

Bonjour. Je m'appelle Abigail.
Ne vous inquiétez pas, on se connaît.
Faites-moi confiance et je m'occuperai de vous.
Vous ne me faites pas confiance ?
Bonjour. Je m'appelle Abigail.

27

Ça faisait du bien de frapper.

J'aimais le choc gratifiant de mon poing ganté contre le sac de sable. J'aimais sentir ma jambe avant pivoter, mes hanches tourner et mon épaule rouler quand je lançais tout le poids du corps dans mon coup. Direct, direct, direct, uppercut, swing, feinte à gauche, crochet du gauche bas, crochet du gauche haut, deuxième swing, pas en V, gauche, droite, esquive rotative, uppercut, et on recommence. Frapper, bouger, frapper plus fort, bouger plus vite. Frapper.

Quatre heures trente du matin. Dehors, le noir complet. Un froid cruel. Le cœur de la nuit, loin du jour. Dans toute la ville, les gens sensés, normaux, dormaient à poings fermés dans leurs lits douillets.

J'étais toute seule au milieu d'une salle de sport ouverte vingt-quatre heures sur vingt-quatre à Cambridge et je mettais une dérouillée au sac de frappe. Ça faisait un moment que j'y étais. Assez longtemps pour que mes longs cheveux bruns soient plaqués sur mon crâne, que mon survêtement antitranspirant soit trempé et mes bras et mes jambes luisants de sueur. Quand je portais un coup particulièrement puissant, mes bras en projetaient des gouttes sur le tapis de sol bleu.

Je ne suis pas une jolie fille – ces derniers temps, ma silhouette est trop sèche, mon visage trop dur. Mais je suis forte et, à me voir dans le mur de miroirs en face de moi, j'étais fière des muscles qui donnaient du volume à mes épaules, du galbe à mes biceps, fière de mon air hargneux. Si des hommes avaient été présents dans la salle, à suivre leur propre programme d'exercices, ils n'auraient pas pu s'empêcher de faire des commentaires. De rire de mon corps en nage, de s'étonner de ma façon de tout donner, de me demander comment il s'appelait et ce qu'il avait bien pu faire pour me mettre aussi en colère.

Raison de plus de venir à quatre heures du matin pour fuir des rêves agités et une horloge interne déréglée qui, de toute façon, n'avait pas l'habitude de dormir la nuit.

Seule, je pouvais frapper aussi fort que je le voulais aussi longtemps que je le voulais.

Seule, je n'avais pas à m'excuser d'être moi.

Les filles n'ont pas la partie facile, je trouve. Que des garçons se bagarrent, se jettent les uns sur les autres, s'empoignent, tout le monde juge ça normal. Mais qu'une petite fille donne un coup et tout de suite on lui dira que ce n'est pas beau de frapper.

On encourage les garçons à devenir forts, à chercher sur leurs bras maigrichons et leur torse fin les premiers signes de développement musculaire. Les filles, dès l'âge de huit ans, se posent déjà trop de questions sur la finesse de leur taille et s'inquiètent à l'idée d'avoir cette culotte de cheval tant redoutée. Nous ne pensons pas à prendre du muscle, mais en permanence à ne pas prendre de poids.

On complimente les filles sur leur beauté, leur souplesse et leur grâce. Et la force musculaire qu'il faut dans le haut du corps pour grimper à un arbre, les muscles profonds qu'il faut pour parcourir une échelle de singe ? Sur les aires de jeux de tout le pays, les petites filles réalisent des exploits physiques. Mais leurs parents les félicitent rarement et elles finissent par passer de plus en plus de temps à essayer d'être jolies, puisque c'est ça qui leur vaut des éloges.

Jusqu'à récemment, je n'étais pas différente.

J'ai appris l'agressivité à force de sacrifices. D'entraînement, de répétition, de renforcement musculaire. Faire l'expérience de la violente douleur au cou qui suit un uppercut au menton, ou de la sensation immédiate d'avoir les yeux noyés quand on reçoit un coup de poing dans le nez. La douleur, ai-je découvert, est passagère. Tandis que la satisfaction de ne pas céder de terrain, puis de riposter furieusement, dure tout l'après-midi.

Il m'a fallu apprendre à plonger tout au fond de moi pour y retrouver cet instinct qui avait réussi à survivre à toutes ces années auprès de ma mère, cet instinct qui me permettrait enfin d'arrêter de m'excuser et de commencer à rendre les coups.

Après environ quatre mois de boxe, j'ai surpris mon reflet dans le miroir. J'ai remarqué des lignes qui se dessinaient sur mes épaules, des courbes dans mon dos. Des muscles. Résultat de mes cinquante pompes matin et soir. De mes séances de corde à sauter et de sac de frappe, de mes exercices avec la poire de vitesse. Du triplement de ma ration quotidienne de protéines parce que, j'aurai beau dire, il y a une différence entre les filles et les garçons. À la base, ils ont une masse musculaire plus importante, qu'ils augmentent plus efficacement et conservent moins difficilement. Donc, si je voulais m'étoffer, il fallait manger et manger encore. Du blanc d'œuf et des saucisses de volaille, deux cents grammes de blanc de poulet désossé, deux cents grammes de poisson, des boissons protéinées agrémentées de beurre de cacahuètes, des yaourts à la grecque enrichis de protéines en poudre.

Pour finir, mon coach m'a fait faire du « travail au pneu ». De gros pneus de tracteur bien lourds, que je devais frapper comme une sourde, retourner avant de sauter dessus. Quand j'ai franchi le cap des six mois, je m'étais à la fois asséchée et étoffée. Les gens regardaient mes bras avec étonnement quand je sortais en public. Les adolescents remarquaient ma façon de bouger, me laissaient davantage de place quand le métro était bondé. Les hommes me regardaient dans les yeux, avec un peu plus de respect.

Et ça me plaisait. La douleur physique n'est rien, je m'en suis rendu compte. Renoncer à sa peur, trouver la rage en soi et se sentir forte : voilà ce qui change tout.

Sauf quand il est deux heures du matin et qu'on rêve d'un bébé qui n'a pas pu exister, ou de sa mère infanticide qui a bel et bien existé, ou de Stan Miller et de son torse ensanglanté empalé sur des pics en fer.

Est-ce que le fait d'avoir tué faisait de moi une terreur ? Ou bien est-ce que ça me demandait encore plus de courage de continuer à marteler le sac de frappe alors que mon propre visage creusé se moquait de moi dans le miroir du fond ?

J'ai fait encore trente minutes de sac. Ensuite, je suis passée aux appareils de muscu. Enfin, le stepper, suivi de la corde à sauter. Voilà, c'était ma dernière séance avant un affrontement comme on n'en connaît qu'une fois dans une vie. Les trente-huit heures à venir seraient consacrées au repos et à la récupération. Comme une athlète professionnelle, je ne ferais rien pendant les deux jours précédant le marathon. Il fallait être fraîche et dispose pour samedi soir, vingt heures. Il fallait être prête.

Six heures du matin, les gens commençaient à arriver pour leur rituel quotidien. Je les ai laissés, je suis rentrée en titubant dans les vestiaires et je suis allée tout droit prendre une douche bien chaude, fumante.

J'y suis restée longtemps, à arroser mes muscles fourbus.

Et je me suis demandé : si j'étais si forte, si j'avais tant progressé au cours de cette dernière année, comment se faisait-il que je sois encore à ce point terrorisée par un bébé nommé Abigail ?

Je suis rentrée à pied de la salle de sport. J'ai observé les nuages que formait mon haleine dans l'air à moins quinze. J'ai regardé le soleil se hisser au ralenti au-dessus de l'horizon gris morne. J'ai croisé des étudiants qui bâillaient et des employés qui partaient prendre leur train du matin, la tête rentrée dans les épaules, et tous se dirigeaient vers l'esplanade en brique d'Harvard Square alors que je m'en éloignais.

Je gardais mes mains bien au fond de mes poches pour les réchauffer, et mes oreilles sous une écharpe marron unie. Le froid ne me dérangeait pas. Il était revigorant après ma séance de sport. Je marchais sans me presser, le corps enfin lessivé et prêt à s'écrouler sur mon lit.

Dans ces moments-là, j'étais presque capable d'admirer le monde qui m'entourait. Presque capable de sentir l'odeur puissante d'un flocon de neige sur le bout de mon nez. D'apprécier la beauté de l'aube, qui striait l'horizon de rose et d'orange et embrasait les rangées denses d'immeubles.

Je ne voulais pas mourir.

L'idée m'est venue alors que je marchais depuis un quart d'heure vers ma chambre solitaire.

J'avais des remords. Je n'étais pas quelqu'un de très bien. J'avais manigancé la mort d'un homme. J'avais fait quelque chose d'horrible à ma propre mère. Et j'avais perdu mes deux meilleures amies.

Vu comme ça, on se demande bien pourquoi je me souciais de ce qui pourrait se passer vers vingt heures le lendemain. Mais je n'étais pas prête à baisser les bras. D'accord, ma vie était un gigantesque ratage. Mais je me sentais… Je ne sais pas. Comme à la veille d'une découverte. Comme si je réalisais enfin ce dont mes bras et mes jambes étaient capables. Comme si, à vingt-huit ans, j'apprenais enfin à être moi-même.

Je voulais vivre d'autres matins comme celui-là. D'autres séances de sac de frappe, d'autres journées d'hiver vivifiantes. Je voulais promener la chienne qui n'était pas ma chienne, lisser son joli museau entre mes mains. Je voulais courir, rire et pourquoi pas, soyons fous, tomber amoureuse. Avoir des enfants. Les élever dans les montagnes, dans un endroit où chacun s'occuperait de ses affaires, mais regarderait aussi ces enfants dans les yeux en souriant.

J'ai repensé à l'agent Mackereth. À son invitation à déjeuner. Au fait que je devais tenir ma dernière permanence ce soir et sans doute ne plus jamais le revoir.

Trente-sept heures à vivre.

Qu'est-ce que j'attendais ? J'étais comme j'étais. Ce qui était fait était fait. Et dans une journée et demie, ce qui devait se produire se produirait.

Fini de s'entraîner. Fini de planifier. Fini de se préparer.

Vivre. C'était la seule chose qui me restait à faire. Pendant chacune de ces trente-sept dernières heures.

J'ai commencé à y penser. À l'envisager vraiment sérieusement.

Et là, en tournant au coin de ma rue, j'ai trouvé tante Nancy devant chez moi.

Je connais ma tante depuis près de vingt ans. C'est une femme qui a l'esprit pratique – elle se lève tôt, se couche tard et ne se ménage pas entre les deux. La vie apporte son lot de problèmes, mais aucun qui ne saurait être rapidement identifié et dûment résolu. L'huile de coude vient à bout de presque toutes les difficultés. Sinon, peut-être qu'une assiette de brownies tout juste sortis du four fera l'affaire.

Au cours des années passées ensemble, nous avons pleuré un peu, nous nous sommes parfois prises dans les bras, mais par-dessus tout nous avons ri. Ma tante est une adepte du rire ; c'est indispensable quand on gère une entreprise, surtout dans l'hôtellerie.

C'est ce que j'appréciais chez ma tante. Elle est franche comme l'or, si bien qu'elle fait partie de ces gens qui vous sont immédiatement sympathiques quand vous entrez dans une pièce.

C'était donc d'autant plus étrange que je me sente gênée devant elle, sous la véranda d'une maison de Cambridge où je ne m'attendais pas à ce qu'elle vienne un jour. Je me tenais à un bon mètre d'elle, les mains encore enfoncées dans les poches de mon blouson, le visage plus fermé que je ne l'aurais voulu.

« Charlene…, dit-elle enfin, brisant le silence la première.

— Comment… ? Quand… ?

— Il est temps, Charlene. Que tu rentres à la maison. »

Je l'ai encore regardée un moment, essayant de comprendre. Le bien-être qui suit l'entraînement s'était évanoui, laissant place à un malaise.

« Entre donc », ai-je dit enfin en sortant maladroitement les clés de ma poche.

Elle a vivement hoché la tête. Je me suis avisée qu'elle portait son long manteau d'hiver, mais ni bonnet ni gants. Ses joues généralement pâles avaient rosi sous l'effet du froid et sa silhouette menue tremblait sous son manteau.

J'ai eu des remords quand je l'ai prise dans mes bras à contretemps et que je l'ai sentie me rendre mon étreinte avec bonheur. Ça aurait dû briser la glace, nous remettre sur nos rails ; au contraire, je me sentais encore plus déboussolée. Bien sûr que ma tante savait où j'habitais. Elle était la seule personne avec qui j'étais restée en contact. J'avais même prévu de l'appeler aujourd'hui pour prendre mes dispositions au sujet de Tulip.

Seulement de la voir là. Maintenant. D'un seul coup. La veille du 21. Ça m'a foutu les jetons et je me suis aperçue, en la faisant entrer dans la maison, que je la gardais légèrement devant moi, dans ma ligne de mire.

Ma logeuse était une lève-tôt. Lorsque nous sommes entrées, elle a levé la tête de la table de cuisine. Elle était encore en peignoir à rayures roses et violettes, mais comme c'était une femme d'un certain âge, elle le portait bien. Elle a découvert la présence de ma tante (la toute première personne que j'invitais chez elle) avec une surprise non dissimulée.

J'ai fait les présentations : « Euh, Fran, ma tante Nancy. Tante Nancy, ma logeuse, Frances Beal. »

Ma tante s'est avancée pour lui serrer poliment la main et, de près, même Fran l'a vue grelotter.

« Vous avez attendu dehors par ce temps ? Mon Dieu, vous avez l'air transie ! Je vais vous faire un café. Vous le prenez comment ?

— Noir, merci. Très jolie maison.

— Elle a cent cinquante-trois ans, a spontanément indiqué Fran. Mais j'aime à penser que cette vieille demoiselle n'en fait pas plus de cent.

— Je sais ce qu'elle peut ressentir », a répondu ma tante.

Frances, en riant, s'affairait dans la cuisine, allait chercher du café. J'ai pris le manteau de ma tante, je lui ai avancé une chaise, proposé un petit-déjeuner.

Elle a décliné, mais de telle manière que je ne l'ai pas prise au mot. J'ai accroché nos deux manteaux, je suis retournée dans la cuisine et j'ai regardé ce qu'il y avait sur l'étagère à mon nom dans le garde-manger avant de finalement me décider pour du pain complet que je ferais griller.

Derrière moi, Frances reprenait sa discussion avec ma tante, à propos de la maison, de Boston, du New Hampshire, des chambres à louer versus les maisons d'hôtes. J'étais contente que cela détourne leur attention, comme ça ma tante ne voyait pas à quel point mes mains tremblaient et Fran ne remarquait pas que j'avais d'un seul coup oublié comment fonctionnait le grille-pain.

Ma tante et moi, nous nous étions parlé au téléphone pour la dernière fois deux semaines plus tôt. Elle n'avait pas évoqué l'idée de venir. Ni moi celle de rentrer. Nous avions nos habitudes. Qui supposaient de ne jamais parler du 21. C'était le fondement de notre relation, après tout : nous aimer, nous soutenir et ne jamais aborder les vérités désagréables.

Ce que j'avais vécu dans ma petite enfance était « regrettable ». Ma mère avait « mal agi ». Randi, puis Jackie, avaient connu un sort « tragique ».

C'est l'avantage avec la Nouvelle-Angleterre. Tout ce qu'on n'a pas envie d'affronter, on est très fort pour l'étouffer jusqu'à ce qu'il n'en reste plus qu'un faible écho, qu'on enferme à double tour dans un placard.

J'ai quand même réussi à prendre deux tranches de pain pour les mettre dans le grille-pain. Pendant qu'elles brunissaient, j'ai trouvé la brique de blanc d'œuf pour faire des œufs brouillés. Tant que je m'affairais devant la cuisinière, je tournais le dos à ma tante et à ma logeuse. Elles semblaient contentes de papoter, mais de temps à autre je sentais le regard de ma tante sur moi, évaluateur.

Quand les toasts ont sauté, je les ai disposés sur deux assiettes, j'ai réparti le blanc d'œuf brouillé dessus et apporté ma préparation à table.

Ma tante a quitté Frances des yeux et sa voix s'est tout de suite éteinte. Elle regardait mon cou dénudé, et Frances en a fait autant. Mes doigts se sont portés sur les bleus que m'avait laissés la rencontre de la veille avec J.T.

« Doux Jésus, a murmuré ma tante.

— Combat d'entraînement, me suis-je défendue.

— Ton cou… Tes *mains* ! »

Plusieurs de mes phalanges étaient violet vif, ma main gauche écorchée, mon poignet légèrement enflé. J'ai posé l'assiette de ma tante, caché ma main dans mon dos.

« Vous devriez voir ce que je lui ai mis, à l'autre. »

Ma tante et ma logeuse me regardaient toujours, aussi horrifiées l'une que l'autre.

« Ce n'est rien, ai-je fini par dire, plus fermement. Je me suis mise à la boxe, c'est tout. Et j'aime ça. Mange, maintenant. »

J'ai attrapé une chaise, je me suis assise à côté de ma tante, j'ai pris mon toast. Au bout de quelques instants, ma tante a hoché la tête, peut-être pour moi, peut-être pour elle-même, et elle a examiné son petit-déjeuner. Après avoir observé le toast au blanc d'œuf avec curiosité, elle en a hardiment croqué une bouchée.

« Excellent, a-t-elle déclaré après l'avoir avalée. Je n'ai jamais été fana du blanc d'œuf, mais sur des toasts, ça passe très bien.

— C'est que notre demoiselle fait attention à sa ligne », dit Fran.

J'ai regardé ma logeuse, surprise. Je n'avais pas conscience qu'elle prêtait attention à mon alimentation, mauvaise ou bonne.

« Et puis elle est travailleuse, continua Fran, comme si elle se portait garante de ma moralité auprès de ma tante. Elle fait sa permanence de nuit, rentre dormir et se tient toujours prête pour prendre son service le lendemain soir. Sérieuse, cette petite.

— Charlene a la tête sur les épaules, convint ma tante. Elle a toujours été d'une grande aide à la maison d'hôtes. Elle m'a manqué, cette année. »

J'ai pris une autre bouchée de pain ; je commençais à me sentir spectatrice de ma propre vie.

« Le bail touche à sa fin, dit Fran en se tournant vers moi. Tu restes ou tu pars ?

— Dimanche.

— Que tu me donneras ta réponse ?

— C'est ça. »

Ma tante, qui connaissait l'importance du samedi à venir, me fit les gros yeux.

« Y compris pour la chienne qui n'est pas ta chienne ? continua ma logeuse. Tu sais, celle qui est censée être dehors mais qui se trouve en fait dans ta chambre ? »

J'ai rougi. Ma tante a haussé un sourcil.

« Oui… euh… Il faut que j'en parle avec ma tante. Que je trouve une maison à Tulip.

— Mmm, dit Fran. D'ici dimanche ?

— Oui, d'ici dimanche.

— Si elle fait ses besoins ou des dégâts, ce sera pour ta poche.

— Ça marche.

— Elle me plaît », dit ma tante en parlant de Frances.

J'ai enfin souri : « Ça ne m'étonne pas. »

En conduisant ma tante dans le couloir qui menait à ma petite chambre, j'ai senti la nervosité me gagner de nouveau. Comme une ado désireuse de faire bonne impression à ses parents en leur montrant sa première chambre d'étudiante. Regardez-moi, regardez l'existence que je me suis faite, toute seule. Des draps propres, un lit au carré, les vêtements dans la penderie, tout ça, tout ça.

Tulip nous a accueillies à la porte. À voir sa tête, elle n'avait pas apprécié d'être enfermée pendant mes aventures matinales. Même si vous recueillez un chien errant, il aura toujours la rue dans le sang. Il me semblait que je la comprenais.

Elle a refusé de me faire la fête, réservant ses faveurs à ma tante, qui a posé les questions classiques – comment s'appelait-elle, de quelle race était-elle – et fait les compliments de rigueur, quelle jolie bouille, quel bon caractère.

Pendant qu'elle faisait sa cour à la chienne dont j'espérais qu'elle deviendrait sa chienne, j'ai consciencieusement rempli mon rôle d'hôtesse : refermé la porte derrière nous pour plus d'intimité, réchauffé du café pour ma tante. Nous nous sommes assises, moi au bord du lit, elle sur la seule chaise en bois et Tulip par terre entre nous. La conversation a presque tout de suite tourné court.

« Désolée que tu aies dû faire la route », ai-je dit.

Je ne la regardais pas vraiment, plutôt le sol au pied de sa chaise.

Je repensais au portrait de l'agresseur de Randi et Jackie dressé par D.D. Warren. Ce serait un intime. Dont je n'aurais pas immédiatement peur. Que j'accueillerais à bras ouverts.

Je ne pouvais pas réellement avoir peur de ma tante.

Si ?

« Est-ce que la police a de nouveaux éléments ? a-t-elle demandé.

— Sur l'assassinat de Randi et Jackie ? » J'ai secoué la tête. « Mais je suis en relation avec deux enquêtrices de Boston. Elles ont de nouvelles idées.

— Tu penses toujours que tu seras la prochaine. »

C'était une affirmation, pas une question. J'ai confirmé.

« Tu as perdu du poids, Charlene. Tu as l'air changée. Endurcie.

— Probable.

— Ça ne te vaut rien, Charlene. La vie que tu mènes aujourd'hui, ça ne te vaut rien. »

Je me suis moi-même étonnée. J'ai relevé la tête, regardé ma tante dans les yeux et demandé : « Qu'est devenue ma mère ? »

Ses yeux bleu pâle sont devenus tout ronds. Je ne crois pas que je lui aurais causé un choc plus grand si je lui avais annoncé que j'étais un homme prisonnier d'un corps de femme. Mais elle s'est reprise. Elle a tripoté ses cheveux un instant, tâté sa nuque, coincé un petit frisottis derrière son oreille.

Ses mains tremblaient. Si je paraissais plus dure que dans ses souvenirs, elle-même semblait plus vieille. Comme si le long hiver lui avait en partie ôté la volonté de se battre.

À moins qu'elle aussi n'ait passé l'année à faire un compte à rebours avant le 21. Qu'y a-t-il de plus stressant : craindre pour soi-même ou craindre pour un être cher ?

« Que crois-tu qu'elle est devenue ? dit-elle enfin.

— Elle est morte. Par ma faute. Je crois… que j'ai fait quelque chose… J'ai résisté, ou j'ai fini par exploser, j'ai perdu le contrôle. Et je l'ai blessée. Grièvement, et c'est pour ça que je ne m'en souviens pas. Je refuse de regarder la réalité en face.

— Elle n'est pas morte, Charlene. Du moins, pour autant que je sache.

— Pardon ?

— Charlene Rosalind Carter Grant, a dit ma tante, en changeant de ton, comme pour me tester.

— Je ne comprends pas.

— Est-ce que tu as envie de comprendre ?

— Pourquoi tu me poses tout le temps ce genre de questions !

— Parce que dès mon arrivée à l'hôpital, c'est ce que m'ont conseillé les médecins. Il ne fallait pas te dire ce qui s'était passé, mais t'aimer et te soutenir jusqu'au jour où tu te sentirais suffisamment en sécurité pour te souvenir toute seule.

» J'ai vécu vingt ans, Charlene, sans jamais savoir si ce serait la semaine où tu aborderais d'un seul coup le sujet ou, pire, si ce serait le jour où *elle* réapparaîtrait comme par enchantement. J'ai veillé seule. Et dans l'angoisse. Mais je l'ai fait parce que c'était ce qu'avaient recommandé les médecins. Je n'ai pas d'enfants, Charlie. Je ne savais pas ce qu'il fallait faire ou ne pas faire avec une petite fille de huit ans. Ma seule expérience éducative remontait aux années où j'avais essayé de tenir la bride à ma petite sœur et on sait toutes les deux ce que ça a donné. »

Sa voix s'est brisée, avec des accents amers que je ne lui connaissais pas. Puis j'ai remarqué que ses yeux brillaient et que cela n'avait rien à voir avec l'éclairage.

Je l'avais peinée. J'avais fait pleurer ma tante.

Immédiatement, j'ai eu envie de tout reprendre. J'étais désolée d'avoir parlé de ma mère. Désolée d'avoir quitté le New Hampshire. J'aurais fait n'importe quoi, dit n'importe quoi, je serais rentrée à la maison. Tout pour que ma tante soit heureuse. Elle était tout ce que j'avais et je l'aimais.

Et puis, aussitôt, je me suis rendu compte à quel point c'était pervers. À quelle vitesse j'étais retombée dans le piège de l'apaisement à tout prix. Aimer trop peu, serrer trop fort.

Le pire étant que ma tante n'attendait même pas de moi que je l'apaise. Le dos droit, la mâchoire crispée, elle attendait simplement ma question suivante.

« Si ma mère est vivante, ai-je osé, pourquoi est-ce qu'elle n'a jamais repris contact avec moi ?

— Je ne sais pas. » Elle hésitait : « J'ai toujours pensé qu'elle le ferait. Sinon en personne, du moins par lettre. Et plus tard, quand toutes ces absurdités d'Internet, de courriels et de Facebook sont apparues, ça m'a aussi inquiétée. Mais rien de ce que j'ai vu ni de ce que tu m'aurais dit…

— Rien, pas un seul mot d'elle », lui ai-je confirmé. J'ai pris un instant pour digérer l'information.

« Charlene Rosalind Carter Grant, a répété ma tante.

— Est-ce que je l'ai blessée ? »

Inconsciemment, mes doigts frôlaient mon côté gauche, le haut de ma cuisse, le dos de ma main. C'était plus fort que moi.

« On ne sait pas. Quand les secours sont arrivés, ils t'ont trouvée par terre, grièvement atteinte. En fait, ils ont cru que tu étais morte. » Ma tante parlait d'une voix monocorde ; cela faisait manifestement vingt ans qu'elle tournait et retournait ces phrases dans sa tête : « Aucune trace de ta mère dans la maison.

— Elle s'était enfuie ?

— La police a lancé un avis de recherche. Surtout… après les autres découvertes. » Elle s'est interrompue, me regardant toujours. Et comme je ne réagissais pas : « À ce jour, ils ne l'ont pas retrouvée, autrement je le saurais. Ta mère est sous le coup d'une inculpation, Charlene. Pour des crimes d'une extrême gravité. Ce qui explique peut-être qu'elle ne soit jamais réapparue. Je suis sûre qu'elle sait que je l'enverrais croupir en prison dans la minute. »

J'ai cillé, prise au dépourvu par sa véhémence. Je me suis rendu compte que j'avais passé l'essentiel de mon existence à craindre de devenir ma mère démente. D'où le besoin d'oublier, d'éviter, de ne pas affronter. Si je ne me souvenais de rien, je ne ressentais rien. Si je ne ressentais rien, je ne pouvais pas perdre la raison. Mais voilà que je me demandais maintenant s'il n'y avait pas chez moi des points communs avec ma tante, que rien n'abattait. Une femme qui regardait, qui voyait, qui endurait. Une survivante.

Vu la date, ça m'aurait bien plu d'être une survivante.

« Tu te souviens du jour où tu as eu ton permis de conduire ? » m'a-t-elle brusquement demandé.

Désarçonnée par ce changement de sujet, j'ai faiblement hoché la tête.

« Tu voulais qu'on écrive Charlene Rosalind Carter Grant sur ton permis. Et quand on t'a dit que c'était impossible, tu t'es mise dans tous tes états.

— Je trouvais ça ridicule qu'on ne puisse indiquer que deux prénoms. Si ça devait être une pièce d'identité officielle, mon nom officiel devait y figurer en entier.

— Mais non. »

Perplexe, j'ai regardé par terre. Et d'un seul coup, je me suis revue au centre de gestion des véhicules de Tamworth, où il fallait se rendre en personne pour récupérer son premier permis. Ça aurait dû être un moment plaisant et excitant pour une adolescente, mais moi j'étais écarlate, en nage, je suffoquais, écrasée par un poids que je ne m'expliquais pas. Ma tante me parlait, me murmurait des choses posément, à voix basse, mais je ne l'entendais pas. Ma tête était en feu, mon crâne menaçait d'exploser en mille morceaux. J'allais pleurer, j'allais hurler. Il ne fallait pas que je pleure, pas que je hurle, alors j'ai enfoncé mes poings dans mes orbites pour contenir ma douleur. Ensuite, quand ça n'a pas suffi, je suis allée me cogner la tête contre le mur, comme si cette force extérieure pouvait chasser mes tourments intérieurs. Je me suis cogné le front avec une telle violence que deux policiers d'État sont arrivés en courant, une main sur la crosse de leur arme.

Charlene Rosalind Carter Grant. Il *fallait* qu'on lise Charlene Rosalind Carter Grant sur mon permis de conduire. Il aurait été trop douloureux que ce ne soit pas le cas. Trop douloureux d'être quelqu'un d'autre.

« J'ai vomi, murmurai-je. Il a fallu que je sorte.

— J'ai fini par te raccompagner à la voiture, a continué ma tante. Je t'ai reconduite à la maison, je t'ai mise au lit. Et je suis restée debout toute la nuit en attendant que tu redescendes, que tu me parles, que tu me dises ce dont tu t'étais souvenu. Mais tu ne l'as pas fait. À sept heures du matin, tu es entrée dans la cuisine et tu m'as annoncé que, si tu ne pouvais pas avoir les deux autres prénoms sur ton permis, tu accepterais Charlene Grant. Et tu n'en as plus jamais reparlé.

— Ma migraine était passée. Je me suis réveillée… J'ai décidé qu'il ne s'agissait que de mon permis de conduire. Pas de mon nom. Alors, ça n'avait pas d'importance. Je pouvais… Ça irait. »

Ma tante m'a souri, mais tristement. Elle a caressé ma main, où les fines cicatrices blanches couraient sur des hématomes violacés tout frais.

« Tu es forte, Charlene. Si tu éprouvais le besoin d'oublier le passé pour aller vers ton avenir, je ne me sentais pas le droit de contrarier ce processus. En fait, les médecins m'avaient dit que t'obliger à affronter ton vécu avant que tu ne sois prête risquait de faire plus de dégâts qu'autre chose. Alors j'ai gardé ce que je savais pour moi. J'ai veillé. Et si c'était à refaire, je recommencerais, Charlene. Parce que je n'étais pas là quand tu avais eu besoin de moi et que je ne me le pardonnerai jamais. Mais c'est à moi de porter ce fardeau, pas à toi.

— Mon nom officiel n'est pas Charlene Rosalind Carter Grant, ai-je articulé comme une automate.

— Ce n'est pas le nom qui figure sur ton acte de naissance.

— C'est pour ça qu'au service de délivrances des permis… Ça n'avait rien à voir avec le nombre de mes prénoms. C'était mon acte de naissance. Tu me l'as montré et ça m'a mise en colère. Parce qu'il n'y avait dessus ni Rosalind ni Carter. Alors j'ai commencé à avoir mal à la tête. Et mon estomac… »

Ma tante ne disait rien.

« Mais je suis Charlene Rosalind Carter Grant, ai-je insisté, plus faiblement, sans véritable conviction. Je… Je le *sens*.

— C'est le nom que tu t'es choisi. Il n'y a rien de mal à ça. »

Alors ça m'est revenu : la liste que j'avais dressée pour D.D. Warren. Les deux noms que je m'étais irrésistiblement sentie poussée à écrire : Rosalind Grant, Carter Grant. Parce que ça me paraissait bien de les coucher sur le papier. De les voir noir sur blanc sur une feuille dans le bureau d'une enquêtrice.

D'exprimer enfin ce que je n'avais pas réussi à dire à l'infirmière.

J'ai regardé ma tante. Et j'ai senti une porte dérobée s'entrouvrir brusquement sur les recoins les plus intimes de mon esprit. Derrière cette porte, il y avait des ténèbres. Des fantômes, des monstres et des choses à faire hurler n'importe qui au milieu de la nuit.

Pourtant je me suis approchée encore. Charlene Rosalind Carter Grant. Rosalind Grant. Carter Grant.

« Le bébé pleure, ai-je murmuré.

— Je suis désolée, Charlene.

— Je voulais le dire à l'infirmière. Je ne le lui ai pas dit. »

Encore un pas. Le plancher gémissait sous mes pieds, comme un avertissement.

« J'étais trop petite. Je te le jure. J'étais trop petite.

— Chut. »

Ma tante, debout, tendait les bras vers moi. À ses pieds, Tulip a gémi, s'est assise.

« Tout va bien, Charlene. Ce n'était pas de ta faute. Ça n'a jamais été de ta faute.

— Je n'étais moi-même qu'une enfant !

— Je sais, chérie, je sais.

— *Le bébé pleure !* »

Sauf que ce bébé ne pleurait plus. Il était aussi pâle et immobile que du marbre. Les lèvres bleues tandis que je caressais sa joue froide, que j'essayais de lui faire ouvrir les yeux, que j'essayais de lui faire faire ce grand sourire radieux.

Charlene Rosalind Carter Grant. Rosalind Grant. Carter Grant.

Ma tante avait mis ses bras autour de mes épaules. Peut-être même ses mains autour de mon cou. Ça n'avait plus d'importance. Je me suis effondrée contre sa poitrine. Mourir n'était plus ma plus grande peur. C'était me souvenir.

Le bébé pleurait, au bout du couloir.

D'abord une petite fille. Rosalind Grant.

Et puis, plus tard, un petit garçon. Carter Grant.

Et puis…

Charlene Rosalind Carter Grant.

« Chut, murmurait ma tante. Si j'avais su, je serais venue. Je t'en prie, crois-moi, Charlene. Si j'avais su, je serais venue et je vous aurais *tous* emmenés. »

28

« On devrait l'arrêter. Tout de suite. Cette fille est déjà une anguille. Si elle découvre que nous sommes à deux doigts de la démasquer, elle nous filera entre les doigts. »

D.D. soupira. Massa un point lancinant dans sa nuque – pas tant le résultat du zèle policier du capitaine O. que du manque de sommeil, auquel il allait falloir ajouter un petit-déjeuner avec ses parents qu'elle n'aurait jamais dû programmer. À part ça…

Elle prit sa quatrième tasse de café noir, regarda sa main danser le mambo sous l'effet d'une overdose de café et absorba une gorgée.

« Pour quel motif ? » interrogea-t-elle sa jeune et bouillonnante collègue.

Phil hocha la tête, tout aussi dubitatif. Neil était assis à ses côtés ; toute l'équipe était réunie pour faire le point sur le meurtre de la veille et les dernières découvertes de la matinée. Les enquêtes criminelles connaissent des flux et des reflux. En l'occurrence, c'était plutôt la crue. Limite inondation, pour tout dire.

« Charlene Grant correspond au signalement de l'assassin », rappela O.

Phil secouait déjà la tête.

« Au mieux, ça justifierait qu'on la fasse venir pour une parade d'identification, dit D.D. Mais on ne peut pas s'amuser à arrêter toutes les habitantes de Boston qui ont les cheveux bruns et les yeux bleus.

— Elle possède un 22, même calibre que l'arme du crime.

— Comme des milliers d'autres gens, probablement rien que dans ce pâté de maisons.

— Analyse d'écriture, lança O. Surtout avec ce message dans le message. »

D.D. était sceptique : « J'ai transmis à Ray Dembowski les deux noms écrits à la main par Charlie et les trois messages recueillis sur les scènes de crime. Cet après-midi, il testera les messages des deux premiers meurtres pour voir s'ils contiendraient le même message caché : *Arrêtez-moi*. Ensuite il comparera le zigouigoui au jus de citron avec le message écrit à l'encre pour déterminer s'ils sont de la même main. Et pour finir, il comparera l'écriture des deux messages avec la liste de noms dressée par Charlie. Mais il n'aura pas de rapport officiel à nous rendre avant lundi, et déjà il se plaint qu'on le bouscule.

— Mobile, moyen, occasion ! s'écria le capitaine O. en levant les bras au ciel. Allez, quoi, vous n'allez pas me dire que je suis la seule à penser que Charlie est l'assassin ! »

O. avait troqué sa petite robe noire de la veille pour une tenue plus sage, un chemisier bleu clair de chez Brooks Brothers. D'une coupe impeccable, il seyait à merveille à la jeune enquêtrice aux dents longues. Il rendrait aussi très bien à l'écran, songea D.D., si d'aventure des équipes de télévision la surprenaient en train de procéder à une arrestation de première importance.

« La question n'est pas de savoir ce que nous pensons, répondit D.D., moins patiente, plus sèche. Mais de savoir ce que nous sommes en mesure de prouver. »

Neil intervint : « Je crois qu'on devrait l'arrêter. »

Il avait la mine maussade ; une fois n'est pas coutume, sa tignasse rousse était lissée sur son crâne et ses maigres épaules étaient voûtées. Il avait à peine ouvert la bouche depuis le début de la réunion, préférant contempler un point fixe sur la table.

O., s'étant enfin trouvé un allié, s'engouffra dans la brèche. « Elle risque de fuir. Si on perd trop de temps à aligner nos batteries, elle nous faussera compagnie.

— C'est pour ça qu'en règle générale on n'informe pas les principaux suspects de nos stratégies d'enquête, grommela Phil.

— Et comment elle pourrait ne pas s'en douter ? » se récria O. Montrant D.D. du doigt : « Elle veut la convoquer pour une parade d'identification. Tu ne crois pas que ça lui mettra la puce à l'oreille ?

— Je n'ai pas dit qu'on la convoquerait pour une parade, rectifia D.D. J'ai dit que c'était tout ce qu'une concordance avec un signalement pouvait nous autoriser à faire. Et maintenant, range ce doigt avant de blesser quelqu'un. »

Fusillant D.D. du regard, O. baissa la main. « Qu'est-ce qu'on peut faire d'autre ? Demander un mandat pour fouiller sa chambre, saisir son 22 ? C'est sûr, ça nous donnera des preuves. Mais, oh zut alors, elle sera au Canada avant qu'on puisse lui passer les menottes. »

D.D. soupira. Elle regarda O., regarda Neil. Avant de se tourner vers Phil.

« Cette jeunesse... », soupira-t-elle.

Le père de quatre enfants approuva. Il avait pu dormir d'une traite la nuit précédente, ce qui faisait de lui la seule personne sensée de la pièce. D.D. prit une gorgée de café pour se remonter et attaqua :

« Neil, quand est-ce que tu vas te décider à nous dire que tu as rompu avec Ben ? »

Ben était le légiste et Neil avait dû le voir la veille au soir quand il avait accompagné la dépouille de la dernière victime à la morgue.

« Pas vos oignons, marmonna son rouquin de collègue.

— Oh que si. Votre relation n'était pas à proprement parler une liaison entre collègues, mais limite. Nous collaborons avec les services du légiste. Ta rupture a des répercussions professionnelles et tu le sais. Alors accouche. Qu'est-ce qui s'est passé ?

— On fait une pause. »

Phil leva les yeux au ciel : « Oh, merde...

— Il dit que je suis trop jeune, éclata Neil. Que je manque d'expérience. Il voudrait que j'aille... faire les quatre cents coups ou une connerie du genre.

— Que tu deviennes un homme ? suggéra D.D.

— Va te faire voir !

— Ça ne résoudra pas ton problème. C'est vrai que tu es jeune, et que tu manques d'expérience. Tu es aussi un enquêteur très prometteur qui passe beaucoup trop de temps planqué derrière ses collègues. Tu veux grandir ?

— Peut-être. »

D.D. lui fit les gros yeux.

Il se redressa : « Oui !

— Alors on t'envoie à l'école nationale. Ça consolidera ta formation et ton expérience. Et comme tu es un garçon intelligent et plein d'avenir, il se pourrait même que ça te plaise.

— Quand ?

— Il va falloir que tu passes quelques coups de fil pour le savoir. De préférence avant que Phil et moi ayons envie de t'étrangler.

— Horgan sera d'accord ? »

Cal Horgan était le commissaire divisionnaire de la brigade ; il faudrait qu'il présente la candidature de Neil à l'école et, si elle était acceptée, qu'il débloque le financement.

« À ta place, je le lui demanderais très gentiment », lui conseilla D.D.

Neil fit la moue, tapota la table du plat de la main. « Ça marche. »

D.D. leva à son tour les yeux au ciel. « Ne me remercie pas. Bon, puisque tu es en phase d'acquisition de nouvelles compétences, pourquoi tu n'irais pas avec Phil interroger la famille de la victime ? »

Ils avaient finalement identifié le jeune pédophile assassiné la veille : Barry Epson, seize ans. Originaire de Back Bay. Famille aisée, quatre enfants, leur avait-on dit. Père cadre supérieur des assurances Hancock, mère connue pour pratiquer le mécénat artistique. École privée, où il n'avait pas nécessairement brillé par ses résultats scolaires, sans toutefois s'attirer de problèmes. L'ironie du sort voulait qu'il ait eu une réputation de petit génie de l'informatique.

Ses parents avaient déjà mis un avocat sur le coup. Ils pleuraient leur fils, refusaient d'admettre quoi que ce soit et l'audition prévue en milieu de matinée promettait de n'être qu'une longue, interminable entrevue déchirante, du genre de celles qui n'apportent aucune information exploitable mais vous flinguent le reste de la journée. Autant laisser la jeunesse se faire les dents là-dessus.

« L'objectif », expliqua-t-elle à Neil et dans une moindre mesure à Phil, qui connaissait son boulot, « est d'être compatissant, de n'accuser leur fils de rien et de mettre la main sur ses appareils électroniques. » Sur la fin de la phrase, elle regardait Phil, leur génie de l'informatique à eux. « Le smartphone a été saisi sur place hier soir, mais ça laisse les ordinateurs, iPad, iPod, consoles de jeux… On serait étonnés de savoir où les pervers planquent leurs données de nos jours. Le mandat de perquisition est large et je veux que vous en fassiez bon usage. On refilera tout ça à nos experts – qu'ils voient s'ils peuvent découvrir ce que Barry fabriquait exactement en ligne et, mieux encore, comment notre justicière autoproclamée a pu le suivre à la trace.

— Seize ans. Il ne pouvait pas être dans le fichier des délinquants sexuels, fit remarquer Neil.

— Non, confirma D.D. Même pas dans le fichier confidentiel des mineurs.

— Alors comment l'assassin a-t-il su…

— Charlene Grant, enchaîna tout de suite O. Elle était sûrement au courant de ses agissements parce qu'elle avait déjà répondu à des appels de ses victimes. Une preuve de plus que notre assassin possède des informations de première main, par exemple grâce à son boulot d'opératrice au commissariat de quartier.

— À moins que notre assassin n'ait appâté Barry en ligne, dit Phil sur un ton neutre. Il prenait contact avec divers utilisateurs sur le site avec les animaux. Et le premier qui lui envoyait du porno devenait sa prochaine victime.

— C'est pour ça que notre objectif, répéta D.D. à Neil et Phil, est de saisir tout le matériel électronique. Cette victime présente plusieurs différences importantes avec les deux premières. Son âge, l'absence d'antécédents, etc. Trouvez le lien avec les deux premières victimes et on pourra enfin répondre à quelques questions.

— Fouillez son téléphone portable. Cherchez dans le journal des appels à quelle date il a composé le 911 pour la dernière fois », suggéra O. avec le plus grand sérieux.

D.D. s'amusa de l'obsession de sa collègue : « Ce qui nous amène au sujet suivant : comment boucler notre enquête pour homicide en tendant un piège à Charlene Grant.

— Pas trop tôt !

— Voilà ce qu'on va faire, dit D.D. en regardant Neil et O. Vous avez tous les deux raison : nous avons affaire à un suspect plutôt ombrageux et susceptible de filer au premier parfum de soupçon. C'est pour ça qu'il faut agir avec prudence. Par exemple, on pourrait demander un mandat pour saisir son 22 au motif qu'elle répond au signalement de l'assassin. Mais, comme l'a fait remarquer O., ça nous donnerait sans doute l'arme du crime mais on perdrait l'assassin vu que Charlene prendrait le maquis. Ou alors, on peut attendre qu'elle se présente pour prendre son service à vingt-trois heures au commissariat de Grovesnor et que ses collègues saisissent l'arme pour nous. »

Le capitaine O. essayait de suivre le raisonnement : « Elle avait son arme sur elle hier, murmura-t-elle lentement, alors qu'elle arrivait du travail quand tu l'as fait venir. Ce qui signifie qu'elle doit l'avoir sur elle en permanence. Ce qui est…

— Contraire au règlement du commissariat, conclut D.D. La police de Grovesnor aura le droit de saisir son arme et par-dessus le marché d'autoriser toutes les recherches possibles, par exemple des tests balistiques pour voir si les rayures du Taurus de Charlene correspondraient à celles de six balles retrouvées sur les trois scènes de crime.

— Elle résistera, avertit O. Elle est convaincue d'avoir besoin de son arme pour le 21… c'est-à-dire demain. »

Peu importait à D.D. : « Dans ce cas, elle devrait relire plus souvent le règlement de son lieu de travail. Elle fait une erreur, on en profite.

— Bien pensé », dit finalement O.

Ce que D.D. aurait trouvé plus flatteur si la belle et jeune enquêtrice n'avait pas eu l'air aussi surprise.

« Ravie du compliment, dit-elle en rassemblant ses notes en une pile compacte avant de se lever. Il suffira juste de garder notre petit secret quand on la verra cet après-midi.

— On la voit cet après-midi ? Pourquoi ? » O. ne comprenait plus. « On n'a pas encore de nouvelles liées à la page Facebook. Les gens commencent tout juste à la liker. Pour tout dire, je ne suis pas sûre qu'on ait assez de temps d'ici vingt heures demain soir, même avec la communication virale du Web.

— Il ne s'agit pas de sa page Facebook. Mais j'ai une nouvelle pour elle. Qui vaut la peine qu'elle nous rende une petite visite. »

Neil aussi s'était levé. « Tu sais qui a tué ses amies ?

— Non. J'ai retrouvé sa mère. »

Est-ce que toutes les filles ont peur de leur mère ? Après le petit-déjeuner de D.D. avec ses parents, il y avait de quoi se poser la question. Encore maintenant, c'est-à-dire avec trois heures de recul, elle n'arrivait pas à décider quel moment avait été le plus humiliant. Peut-être celui où elle était arrivée dans le hall du Weston Hotel à Waltham et où sa mère lui avait demandé d'un air acide : « Tu n'étais pas déjà habillée comme ça hier soir, chérie ? »

D.D. n'y avait même pas songé ; elle passait beaucoup de nuits blanches au boulot et changer de tenue vestimentaire était en général le cadet de ses soucis. Elle avait expliqué cela. Il se pouvait même que son père lui ait prêté une oreille bienveillante. Ensuite ils s'étaient attablés. Sa mère avait demandé où étaient Jack et Alex. D.D. avait répondu qu'aujourd'hui Alex donnait des cours à l'école et que Jack était donc à la garderie.

Même tête de sa mère. Comme si elle suçait du citron. D'où l'énervement de D.D. : si ses souvenirs étaient exacts, sa mère n'était pas vraiment le genre femme au foyer quand elle était petite. Trop proche d'obtenir sa titularisation pour y renoncer, elle avait repris l'enseignement. D.D. était allée à la garderie. Et d'ailleurs elle se rappelait avoir adoré ça. Il y avait d'autres enfants qui roulaient-boulaient et se salissaient en se marrant comme des baleines. La garderie, c'était le nirvana. Et la maison, c'était : « Tiens-toi tranquille, ne fais pas cette tête-là, pour l'amour de Dieu, veux-tu bien arrêter de remuer une minute ? »

En général, la réponse était non. Non, D.D. ne pouvait pas être patiente, ne pouvait pas se tenir tranquille, ne pouvait pas rester en place. Encore aujourd'hui, à quarante et un an, elle passait les deux premières minutes de son petit-déjeuner à plier et déplier compulsivement sa serviette sur ses genoux. C'était ça ou hurler.

Sa mère commanda une salade de fruits. Son père demanda des toasts. D.D., des œufs Bénédicte, avec supplément de béarnaise.

Sa mère parut s'offusquer. Graisse, cholestérol : était-ce bien raisonnable de la part de D.D. de manger des choses pareilles à son âge ?

Curieusement, pas un mot n'avait franchi ses lèvres, pas une syllabe n'était sortie de sa gorge. En fait, elle n'avait même pas besoin de parler. Un simple haussement de sourcils lui suffisait à exprimer toute une gamme de jugements désapprobateurs.

Si D.D. n'avait pas été aussi profondément exaspérée, elle aurait été épatée.

Ils ne parlèrent pas en attendant leur commande. Ils étaient là, un père, une mère, une fille, qui, les années passant, ne parvenaient pas à combler le fossé qui les séparait. Et, pour finir, la colère avait laissé place chez D.D. à un sentiment d'abattement. Parce qu'ils étaient ses parents, qu'elle les aimait à sa manière, qu'elle savait qu'ils l'aimaient à leur manière… quel dommage que ça ne leur rende pas la compagnie les uns des autres plus facile à supporter.

Leurs assiettes arrivèrent. Ils mangèrent avec soulagement.

D.D. commençait à penser qu'elle sortirait peut-être vivante de ce repas quand, ayant avalé sa dernière bouchée de melon, sa mère posa sa fourchette, la regarda droit dans les yeux et dit : « C'est ça que je ne comprends pas : si Alex est assez bien pour être le père de ton enfant, pourquoi est-ce qu'il n'est pas assez bien pour que tu l'épouses ? Vraiment, D.D., qu'est-ce que vous attendez ? »

D.D. s'était figée, une fourchette pleine d'œuf Bénédicte au-dessus de l'assiette, et avait regardé sa mère avec de grands yeux. Puis, après un temps, elle s'était tournée vers son père, qui étudiait la nappe blanche avec application. Le lâche.

« Je suis contente qu'Alex te plaise », avait-elle finalement répondu à mi-voix avant de poser sa fourchette et de se précipiter vers les toilettes.

Lorsqu'elle était revenue, sa mère, l'air pincé, regardait droit devant elle. Son père avait posé une main légère sur la sienne, mais D.D. n'aurait pas su dire si c'était pour la réconforter ou pour lui demander d'être indulgente.

Ils formaient un vieux couple séduisant, elle s'en rendit compte en regagnant la table. On voyait depuis l'autre bout de la salle qu'ils étaient faits l'un pour l'autre. Et c'était peut-être bien là le problème. Ils formaient une unité. Et elle-même était constamment l'intruse, qui les regardait en spectatrice.

Elle embrassa sa mère sur la joue et sentit sa nuque raidie. Elle embrassa aussi son père et sentit le frôlement sec de ses lèvres contre sa joue. Puis elle régla la note et se sauva.

Au bout d'un moment, il faut bien admettre les désaccords, même avec ses propres parents. Intellectuellement, elle l'acceptait. Mais c'était douloureux. Ça le serait toujours.

Au moins, elle savait, tout au fond d'elle-même, que sa mère l'aimait.

Elle se demanda ce que Charlene pensait de sa mère, une femme qui lui avait infligé des sévices physiques pendant toute sa petite enfance. Au moins Christine Grant avait-elle laissé la vie sauve à Charlene, ce qui, à en croire les rapports de police que D.D. avait parcourus le matin même, n'était pas le cas avec ses deux autres enfants.

Parents et enfants. Mères et filles.

Amour, pardon.
Et homicide.
D.D. prit son téléphone et passa le coup de fil.

29

J'étais fébrile quand j'ai pris l'appel du commandant Warren. Et plus fébrile encore quand je suis partie pour le commissariat central. J'ai laissé ma tante chez moi, bien au chaud dans ma chambre avec Tulip. Épuisée comme elle l'était après avoir fait la route au petit matin jusqu'à Boston, je n'avais pas eu de mal à la convaincre de se reposer. Je lui avais dit que j'avais quelques affaires à régler avant d'aller au boulot. Inutile qu'elle sache que je venais de parler avec une enquêtrice de la criminelle. Que le commandant Warren avait retrouvé ma mère. Qu'elle avait des informations à me communiquer sur le petit frère et la petite sœur dont je ne me souvenais moi-même que depuis quelques heures. Inutile de lui parler de cette conviction croissante selon laquelle ce n'était pas un hasard si le passé était en train de me rattraper. Le souvenir de mes échecs me revenait juste à temps pour le Jugement dernier.

Onze heures, vendredi matin. Trente-trois heures avant le samedi soir. Désormais dégagé, le ciel avait pris cette nuance bleu cristal des journées où règne un froid glacial à Boston.

La luminosité me faisait mal aux yeux, m'incitait à marcher la tête basse, le dos voûté, alors que j'aurais dû bomber le torse, le regard droit, et inventorier à chaque instant le monde autour de moi. Les arbres projetaient des ombres squelettiques sur le sol blanc. Les recoins étaient boueux de neige fondue et les volumineuses congères créaient quantité d'angles morts.

Et si le tueur s'était lassé de cette date du 21 janvier comme jour de son exécution annuelle d'une jeune femme sans défense ? Peut-être s'était-il rendu compte que l'occasion serait encore plus belle le 20, quand sa troisième victime, c'est-à-dire moi-même, ne s'y attendrait pas. Vingt heures, c'était aussi un horaire arbitraire, une moyenne approximative entre les heures de décès estimées dans deux affaires d'homicide différentes. Il se pouvait que, cette année, le meurtrier préfère le matin. Ou plus tard dans la soirée du samedi, voire le dimanche à l'aube. Beaucoup de choses peuvent se passer en un an. Le tueur avait peut-être déménagé, trouvé un nouveau boulot, rencontré le grand amour, eu un enfant.

Il ou elle pouvait être en train de me suivre. En ce moment même. Peut-être qu'il ou elle le faisait depuis une semaine. Ou depuis un an : l'agent Tom Mackereth, qui m'espionnait discrètement au travail. Ou ma tante, qui avait débarqué chez moi à l'improviste après quasiment un an de séparation. Ou bien une amie d'autrefois, cette camarade de classe dont je n'avais aucun souvenir mais que je reconnaîtrais vaguement pour avoir passé la journée de la veille à feuilleter l'annuaire du lycée. Quelqu'un en qui je ne verrais pas d'emblée une menace. Quelqu'un d'assez malin, d'assez expérimenté, pour venir droit vers moi sans déclencher aucune de mes alarmes internes.

Douze mois avaient passé, et j'avais toujours plus de questions que de réponses. Surtout, je ressentais du stress : trop de nuits sans sommeil, le tic-tac du compte à rebours, si proche désormais, si incroyablement proche d'un terme éminemment intime et parfaitement abominable.

En marchant vers la station d'Harvard Square, je sursautais au moindre bruit inattendu et je me félicitais d'avoir laissé mon Taurus chez moi parce que, dans l'état où je me trouvais, j'étais un danger public.

J'aurais voulu déjà être le 21 janvier. Franchement, j'avais besoin de me battre.

Un crissement derrière moi. Des pas, rapides et lourds, qui brisaient la neige croûteuse. J'ai fait un bond de côté, en me retournant brusquement. Deux étudiants sont passés devant moi, le bas du visage dissimulé derrière d'épaisses écharpes écossaises. Voyant ma pirouette, le garçon m'a regardée d'un drôle d'air et, prenant son amie par la taille, l'a serrée contre lui au moment de passer à ma hauteur.

Mon pouls venait de revenir à la normale et mes pieds de reprendre la direction de la station de métro quand le téléphone portable a sonné dans ma poche.

Je l'ai sorti, mi-curieuse, mi-fataliste. J'ai décroché : « Allô. »

Et j'ai entendu la voix du petit Michael : « Elle l'a appelé. Hier soir. Elle avait bu, et alors elle s'est mise à pleurer, et elle l'a appelé. »

Je n'ai rien dit. Les mots me manquaient, un raz-de-marée de culpabilité et de honte déferlait dans mes veines. Michael, sa sœur, Mica, et sa mère, Tomika, la famille que j'avais cherché à sauver. Le petit Michael, à qui j'avais enlevé son père, et celui-ci, le torse ensanglanté, empalé sur des barres de fer.

« Mais il n'a pas décroché. » D'une voix monocorde et rapide, Michael continuait à déballer son histoire : « Gary, c'est notre voisin de palier, elle a répondu et elle a dit que Stan était tombé de l'escalier de secours. Elle a dit qu'il était mort.

— Qui ça, elle ? »

C'est tout ce que j'ai trouvé à dire.

« Notre voisin, Gary Tilton. Sauf qu'il est devenu une femme, alors on dit "elle" pour parler de lui, sinon il se fâche.

— Je vois.

— Charlie… est-ce que Stan est vraiment mort ?

— Oui.

— Tant mieux ! »

La véhémence de sa jeune voix m'a fait sursauter, frémir.

« Elle allait le reprendre. Elle allait nous remmener. Même pas deux jours et la vie était déjà trop dure, elle avait besoin de son homme même s'il nous cassait les doigts. Je l'ai grondée, Charlie. Je lui ai dit non. Je lui ai dit qu'elle avait promis de ne pas nous faire ça, mais elle a pleuré encore plus et elle a décroché le téléphone. Pourquoi elle est comme ça, Charlie ? Pourquoi elle ne nous aime pas plus ? »

La voix de Michael se brisa. Il ne débitait plus un flot de paroles monocordes, il pleurait, petit garçon secoué d'immenses sanglots déchirants, et moi j'étais là, adossée à une congère, et je cherchais les mots qui consoleraient un enfant tout en apaisant mon sentiment de culpabilité.

J'avais sauvé ce garçon en assassinant son père. J'avais joué les anges vengeurs. J'avais fait du mal au nom de l'espoir.

Et ce n'était pas en vain, puisque le petit Michael, tout en pleurant son père, était soulagé qu'il soit mort.

« Je suis désolée, ai-je dit finalement.

— Est-ce qu'elle va s'en remettre ? » a-t-il demandé en contenant ses sanglots.

J'ai compris qu'il ne parlait pas de sa petite sœur, mais de sa mère.

« Donne-lui du temps, Michael. Ta mère n'a jamais vécu toute seule jusque-là. Il va falloir qu'elle s'habitue.

— Elle va juste se trouver un autre connard, a-t-il prédit, non sans quelque vraisemblance.

— Vous restez là où vous êtes ou bien elle parle de revenir ? »

Je n'avais pas songé que la nouvelle de la mort de Stan pourrait encourager Tomika à retourner dans leur ancien immeuble, peut-être même à raconter aux gens ce que j'avais fait, comment je l'avais aidée.

« On ne peut pas. Ils ont évacué l'immeuble. Il faut qu'ils le réparent.

— Tu te plais dans votre nouveau logement ?

— J'aime bien le jardin. Il y a des arbres et tout. Et l'appartement est ensoleillé. Mica aime les fenêtres. Elle a passé toute la journée d'hier plantée devant. Elle a même souri.

— Tant mieux, Michael, ça me fait plaisir d'entendre ça.

— Maman dit qu'on doit pas encore payer.

— Non, vous êtes tranquilles pour un moment. »

J'avais payé d'avance les deux premiers mois de location de ce dernier étage d'une maison divisée en appartements, à deux pas d'un parc et d'une bonne école élémentaire. Je m'étais décarcassée pour trouver cet endroit dans l'espoir qu'un logement agréable et le confort d'un loyer payé d'avance aideraient Tomika à prendre conscience qu'elle pouvait vivre seule avec ses enfants et être heureuse. Mais j'avais sans doute péché par naïveté. J'étais sur le point de juger Tomika, de l'appeler pour lui ordonner d'avoir un peu de nerfs. Mais je me rappelais malgré tout avoir été une petite fille dans une grande salle des urgences, qui avait été maltraitée pour la énième fois par sa mère et qui n'avait jamais rien dit.

« Maman veut aller à l'enterrement. Elle dit que maintenant qu'il est mort, on pourrait peut-être avoir de l'argent. »

Je n'ai rien répondu. Je ne savais pas.

« Je ne crois pas qu'on devrait y aller. On est censés être partis. On devrait laisser ça comme ça. C'est plus sûr, à mon avis.

— Peut-être que tous les trois vous pourriez organiser une cérémonie entre vous.

— Non. »

La voix de Michael avait retrouvé sa dureté, comme un petit garçon aussi en colère qu'un homme.

« C'est normal qu'il te manque, Michael. Il n'était pas toujours méchant. Je parie qu'il y avait des fois où il était gentil avec toi. Je parie que tu aimais bien ces moments-là. Et que ce papa, il te manque. »

Il n'a rien répondu.

« Ma mère me caressait les cheveux, ai-je murmuré. Au milieu de la nuit, quand j'avais fait un mauvais rêve. Elle me caressait les cheveux et elle chantait pour moi. J'aimais cette maman-là. Elle me manque.

— Tu vas aller la voir ?

— Non.

— Tu… Tu as toujours peur d'elle ? »

J'aurais voulu lui dire que non. Que j'étais adulte maintenant, capable de pourchasser et dézinguer tous les fantômes dans les ténèbres. Mais je ne pouvais pas mentir à Michael.

« Oui. Tout le temps.

— Comment il est mort, mon papa ?

— Tout va bien, Michael. Tu es fort et ta mère et ta sœur ont de la chance de t'avoir. »

Le sol sous mes pieds s'est mis à vibrer, annonçant le passage d'un métro dans les souterrains.

« Il faut que j'y aille, Michael. Merci d'avoir appelé. Il se pourrait que je m'absente pendant une période. Si tu appelles et que je ne réponds pas… sache que je pense à toi, Michael. J'ai confiance en toi. Tu es fort et tu vas t'en sortir.

— Charlie… merci. »

Il a vite raccroché. J'ai rangé le téléphone dans mon sac et couru prendre mon métro.

J'ai pris soin de regarder des deux côtés avant de monter dans la rame. Je me suis assise sur un siège du fond, dos au mur, d'où je pouvais surveiller toutes les portes, observer toutes les allées et venues. J'avais ma sacoche en cuir noir posée sur les genoux, mes poings serrés dessus.

Je scrutais les visages, je soutenais les regards.

Jusqu'à ce que, un à un, chacun de mes compagnons de voyage se lève et prenne ses distances.

J'étais seule et, même comme ça, je ne me sentais pas en sécurité.

« Charlene Rosalind Carter Grant. »

Le commandant D.D. Warren avait prononcé mon nom lentement, en accordant à chaque prénom son poids et sa durée. Elle était venue me chercher dans le hall. M'avait demandé où était mon chien, où était mon pistolet, avait semblé réellement surprise, peut-être même incrédule, en apprenant que j'avais osé venir à Roxbury sans l'un ni l'autre.

Au lieu de son petit bureau, elle m'avait conduite dans une modeste salle de réunion, pourvue d'une grande table pour huit. Mais la seule autre personne présente était le capitaine O. Debout devant un immense tableau blanc, elle portait une élégante chemise bleu pâle.

Quand le commandant Warren est venue se poster à côté d'elle, je me suis rendu compte qu'elles faisaient la paire, puisque D.D. portait un haut pratiquement de la même couleur, mais en soie. Elle l'avait assorti avec un pantalon noir, alors que celui de O. était gris anthracite à fines rayures bleues et grises. Les cheveux blonds mi-longs de D.D. étaient lâchés en boucles souples qui réussissaient presque à adoucir la dureté de ses traits, tandis que la généreuse chevelure brune de O. était ramassée en un lourd chignon sur sa nuque.

Deux images coordonnées et contrastées de la femme flic. L'une plus âgée que l'autre. L'une plus sportive, l'autre plus féminine. L'une avec un regard bleu direct, l'autre un regard brun profond.

Toutes les deux professionnelles jusqu'au bout des ongles.

J'ai regretté de ne pas avoir emmené Tulip, ne serait-ce que pour avoir une amie dans la pièce.

« Charlene Rosalind Carter Grant, a répété D.D., en testant chaque mot. Pourquoi ne pas nous l'avoir dit ?

— En fait, mon passé est en pleine reconstitution. »

Elle m'a regardée avec méfiance. « Vous nous avez donné ces deux noms pour que nous fassions des recherches. Rosalind Grant, Carter Grant. »

J'ai hoché la tête.

Elle a balancé un dossier sur la table. Il a atterri avec un petit claquement sec et j'ai tressailli.

« Voilà le résultat. Rapport complet. Sœur. Frère. Mère. Vous l'avez déjà lu ? »

J'ai secoué la tête, regardé la chemise en papier kraft, sans faire un geste pour la toucher.

D'après ma tante, les médecins lui avaient conseillé de me laisser me souvenir toute seule. Forcer le cours de choses risquerait d'être encore plus traumatisant.

Plus traumatisant que quoi ? Que de me réveiller tous les matins en sachant que, quand je faisais des cauchemars où ma mère creusait une tombe en pleine nuit avec des serpents ondulants et sifflants sur la tête, je n'étais pas complètement dans le faux ?

Un bébé, une petite fille, parfaitement pâle et immobile. Le corps d'un petit garçon encore plus petit, presque comme du marbre. Voilà ce que j'avais passé les vingt dernières années à essayer d'oublier. Rosalind Grant. Carter Grant. La petite sœur et le petit frère que j'avais aimés et que la folie de ma mère m'avait enlevés. Les bébés qui pleuraient au bout du couloir et dont, même haute comme trois pommes, je savais que je devais les aider. En parler à une infirmière. Les emporter en courant dehors sous la pluie.

J'avais essayé à ma façon. Mais j'étais petite et vulnérable, ma mère omnisciente, omnipotente. Au bout du compte, ce que je ne pouvais plus changer, j'avais choisi de l'oublier.

Une mère folle. Un frère et une sœur assassinés.

Est-ce qu'il y avait vraiment de quoi s'étonner que j'aie la cervelle détraquée ?

Je regardais la chemise en papier kraft. Et je me disais que ce n'était pas juste que les existences de mon frère et de ma sœur puissent être réduites à un mince dossier. Ils méritaient mieux. Nous tous, nous méritions mieux.

« Pourquoi vous ? demanda sèchement le capitaine O. Vous êtes vivante. Ils sont morts. Vous devez y avoir réfléchi, avoir votre théorie sur la question. Vous étiez une bonne petite fille, bien coopérante ? Tandis qu'eux étaient de sales petits morveux…

— Taisez-vous. » J'aurais voulu l'arrêter d'un ton ferme. Ce qui est sorti tenait plutôt du murmure. Je me suis éclairci la voix, deuxième tentative : « Que vous vouliez vous défouler sur moi, c'est une chose. Mais pas sur eux. Interdiction de les attaquer. Ce n'étaient que des bébés. Ou vous les laissez tranquilles ou je m'en vais. »

Le commandant Warren regardait sa collègue d'un œil noir, manifestement d'accord avec moi. Ou peut-être pas. Peut-être que c'était encore leur petit duo gentil flic versus méchant flic. Mais c'est là que j'ai compris deux, trois choses : elles n'avaient pas besoin que je vienne au commissariat pour discuter de deux infanticides qui s'étaient produits vingt ans plus tôt dans un autre État. Et elles ne me parlaient pas non plus de la page Facebook, ni d'une stratégie pour appâter le tueur avant le lendemain soir et la fin du compte à rebours meurtrier. Non, elles avaient un dossier en papier kraft qui contenait des rapports de police remontant à mon enfance.

Elles attendaient quelque chose de moi. La question était de savoir quoi et ce que ça me coûterait.

« Quels souvenirs avez-vous ? m'a demandé Warren. De votre enfance ? »

J'ai haussé les épaules, sans quitter des yeux le dossier fermé.

« Pas grand-chose. Je ne peux pas… Je ne… » Je dus à nouveau m'éclaircir la voix, recommencer : « Je ne me souviens même pas d'un petit frère. Pas un sourire, pas un vagissement… Juste, son corps. Sa petite silhouette parfaite, complètement immobile, comme une statue. » Je me suis arrêtée, la gorge nouée. Décidément, je n'y arrivais pas. J'ai détourné les yeux des deux enquêtrices, contemplé la moquette : « Je suis désolée.

— Il est possible que vous ne l'ayez jamais vu en vie, suggéra D.D. Les services du légiste ont pris l'avis d'un anthropologue judiciaire. Vu la taille du squelette, le petit garçon était presque à terme, mais il était peut-être né prématuré de quelques semaines, ou même mort in utero. Bref, de toute manière, disons qu'il n'aura pas vécu longtemps parmi nous.

— Les garçons sont dégoûtants, ai-je dit comme un automate. Quand ils grandissent, ils deviennent des hommes qui n'attendent qu'une seule chose des filles. »

Pas des mots à moi, plutôt un fragment de souvenir auditif qui se rejouait. Je me suis ressaisie, j'ai secoué doucement la tête, comme pour effacer ces mots de mon cerveau. « Quand est-ce qu'il est né ?

— Je ne sais pas. Pas d'acte de naissance.

— Il s'appelait Carter. Ça, je le sais, même si je ne sais pas comment.

— C'était écrit sur une boîte Tupperware. »

J'ai grimacé : « Elle l'a tué. Elle a accouché, elle l'a tué, c'est ce que vous pensez. »

La plus âgée des deux enquêtrices a haussé les épaules. « Officiellement, votre mère a été inculpée pour non-déclaration de décès d'enfant et recel de cadavre. Comme la dépouille était à l'état de squelette, il n'y a aucun moyen de prouver si le bébé était mort-né ou s'il a été tué après la naissance. Mais la logique voudrait…

— À votre avis ? intervint le capitaine O., plus impérieuse. Vous avez vécu avec cette femme. Dites-nous ce qui a pu se passer.

— Je ne me souviens pas d'un petit garçon. Juste de son nom. Peut-être qu'elle me l'avait dit. Peut-être que j'ai trouvé le Tupperware. Je ne sais pas. J'ai vu le corps. Je me souviens du nom de Carter. Je l'ai pris, je l'ai intégré au mien. Une façon d'honorer sa mémoire.

— Mais vous venez de dire que vous ne vous souveniez pas de lui. »

J'ai regardé le capitaine O : « On peut se mentir à soi-même, vous savez. Savoir quelque chose sans le savoir. Les gens font ça tout le temps. On appelle ça s'adapter.

— Parlez-nous de Rosalind, demanda la jeune enquêtrice.

— Je l'aimais. Quand elle pleurait, j'essayais… Je l'aimais.

— Elle était née la première ? demanda D.D.

— Je ne sais pas. Mais elle a vécu plus longtemps. C'est ça ?

— Sans doute un an », répondit doucement l'enquêtrice.

J'ai repris ma contemplation du sol. Impossible de faire le point. Mes yeux noyés transformaient la moquette berbère bleu-gris en un océan mouvant de regrets.

« J'étais aux urgences, murmurai-je. Ma mère m'avait fait manger une ampoule broyée. J'étais aux urgences, je vomissais du sang et il y avait cette infirmière, qui avait l'air gentille. Et je me rappelle avoir pensé qu'il fallait que je le lui dise. Si seulement je pouvais lui dire pour le bébé. Mais je ne pouvais pas. Je ne l'ai pas fait. Ma mère m'avait bien dressée. »

Les enquêtrices n'ont rien dit.

« Je ne comprends pas, ai-je ajouté après un moment. Ma tante est gentille, elle est normale. J'adore les chiots et les chatons et je n'ai jamais joué avec les allumettes. Et pourtant ma mère, ma propre mère… Elle m'a fait des choses horribles dans le seul but d'attirer l'attention. Et, avec tout ça, j'étais encore celle qui avait de la chance. »

Le capitaine O. s'est jetée sur cette phrase : « C'est comme ça que vous vous voyez ? Comme quelqu'un qui a eu de la chance ? »

Je l'ai regardée. « Non, mais vous êtes complètement tarée ! »

Stupéfaite, la jeune enquêtrice a ouvert de grands yeux, mais D.D. s'est interposée, une main sur l'épaule de sa collègue.

« Ce que nous essayons toutes les deux de comprendre, a-t-elle expliqué avec un regard appuyé vers O., c'est comment vous avez survécu à une enfance aussi tragique et quels retentissements elle a pu avoir sur votre situation actuelle. »

Je l'ai regardée à nouveau, déboussolée, perdue. « Je ne sais pas comment j'ai survécu. Je me suis réveillée dans un hôpital, ma tante m'a emmenée et depuis j'ai fait de mon mieux pour ne pas regarder en arrière. Les rares choses dont je me souviens me sont généralement apparues en rêve, donc elles ne sont peut-être même pas réelles. Je ne sais pas. Je n'ai pas voulu savoir. Les huit premières années de ma vie ont été consciencieusement effacées de ma mémoire. Et si ça veut dire que les vingt suivantes ressemblent aussi à du gruyère, eh bien, c'est comme ça. Je vous laisse le plaisir de radoter sur votre premier jour d'école, le chien que vous aviez à neuf ans ou la robe que vous portiez au bal de fin d'année. Moi, c'est autre chose. »

Les deux enquêtrices me regardaient avec scepticisme.

« Vous espérez vraiment nous faire gober ça ? » Méchant Flic avait repris la parole la première : « Vous avez effacé toute votre enfance de vos souvenirs ?

— En fait, j'ai effacé presque toute ma vie de mes souvenirs. Je n'ai aucune mémoire. Je ne sais pas comment vous dire ça autrement. Qu'il s'agisse de la première semaine de ma vie ou de la dernière. Je ne sais pas. Je ne ressasse pas les choses. C'est peut-être anormal, mais ça a marché. Je me lève tous les matins. Alors que, dans mon souvenir de mon bref séjour à l'hôpital avant que ma tante vienne me chercher, je ne voulais plus me lever. J'étais vivante, et ça me décevait profondément.

» Huit ans, murmurai-je. Huit ans, et déjà j'aurais voulu être morte.

— Parlez-nous de vos cauchemars, dit D.D.

— Parfois je rêve d'un bébé qui pleure. Et ce rêve-là a l'air bien réel. Mais hier soir j'ai rêvé que ma mère creusait une tombe en plein orage. Et que ses cheveux étaient pleins de serpents qui sifflaient en me regardant, et que je prenais un bébé dans le placard du couloir avant de m'enfuir avec lui. Sauf que dans la réalité la chevelure de ma mère n'était pas en serpents, sans compter qu'une petite gamine ne pourrait jamais grimper à un arbre avec un bébé dans les bras et puis, dans le rêve, le bébé s'appelait Abigail, alors qu'évidemment c'était Rosalind.

— Abigail ? » reprit vivement le capitaine O. Le commandant et elle échangèrent un regard : « Parlez-nous d'Abigail. »

Je secouai la tête, massai mes tempes où naissait déjà une migraine : « À vous de le faire. Vous avez trace de l'existence d'une certaine Abigail ? J'en ai parlé à ma tante et elle m'a dit que non. Qu'il n'y avait que deux bébés. Rosalind et Carter. Pas d'Abigail.

— Aucun acte de naissance, vous vous souvenez ? Aucun moyen d'être sûrs. » D.D. me regardait avec autant d'intensité que le capitaine O. « À quoi ressemblait Abigail dans votre rêve ?

— À un bébé. Elle me souriait. Avec de grands yeux marron.

— Des yeux marron, m'interrompit le capitaine O. Pas bleus ?

— Je ne sais pas. Dans mon rêve, ils étaient marron. Mais… peut-être. Tous les bébés ont les yeux bleus à la naissance, non ?

— Mais dans votre souvenir, ils étaient marron, insista D.D. Des yeux bleus peuvent virer au marron, mais pas l'inverse. »

Je secouai la tête ; je ne comprenais pas les deux enquêtrices et leur air grave.

« Ma tante m'a parlé de deux bébés, c'est tout ce que la police a retrouvé.

— Il est possible qu'il y en ait eu d'autres, fit remarquer D.D. d'une voix douce. D'après le rapport de police, votre mère déménageait souvent et passait rarement plus d'un an au même endroit. Ça l'a sans doute aidée à dissimuler ses grossesses et ça a empêché les gens d'être trop curieux. Bien sûr, les enquêteurs ont fouillé ses précédents logements, mais elle a pu enterrer d'autres cadavres, s'en débarrasser dans les bois, ce genre de choses.

— Qui ferait une chose pareille ?

— Une psychopathe. Le syndrome de Münchhausen par procuration est un complexe narcissique : la femme regarde son enfant comme un objet et lui fait du mal pour s'attirer de la compassion. L'infanticide n'est pas tellement différent. Elle a dû voir ses grossesses comme une gêne, peut-être même considérer un nourrisson comme un rival qui lui volerait la vedette. Et elle a agi en conséquence.

— Qu'est-ce que vous en pensez, *Abigail* ? demanda le capitaine O.

— Pardon ? »

Le commandant Warren regarda O. avec un froncement de sourcils, puis se retourna vers moi : « Vous avez essayé de retrouver votre mère ?

— Non. » J'hésitai, me palpai le flanc. « Je, hum, je supposais qu'il lui était arrivé malheur. Je sais que j'ai fini à l'hôpital, grièvement blessée. Ensuite ma tante est arrivée. Je n'ai plus jamais revu ma mère et ma tante n'a jamais abordé le sujet. Je pensais… Je pensais que je lui avais peut-être fait quelque chose.

— La police a reçu un appel du 911 pour qu'ils interviennent à votre adresse. Ils vous ont retrouvée, couverte de sang. La suite des recherches a conduit à la découverte de deux boîtes en plastique contenant des restes humains dans le placard du couloir. Un mandat a été délivré contre votre mère, mais elle n'a jamais été arrêtée.

— Mais vous disiez que vous l'aviez retrouvée.

— Alors, comme ça, vous avez discuté avec votre tante ? intervint O., sollicitant mon attention. Elle est là, en visite ? Ou bien vous lui avez parlé au téléphone ?

— Elle est là…

— Où ça ?

— Dans ma chambre…

— Quand est-elle arrivée ?

— Ce matin.

— Et hier soir ?

— Quoi, hier soir ?

— Où êtes-vous allée après avoir discuté avec nous ? Vous avez parlé avec votre tante, vous êtes sortie avec des amis, vous avez promené le chien ?

— Je suis rentrée chez moi. J'avais travaillé la nuit d'avant et je n'avais pas dormi. J'étais morte de fatigue.

— Est-ce que votre propriétaire était chez elle ? reprit D.D., ramenant mon attention vers elle. Est-ce qu'elle vous a vue entrer ou sortir, est-ce qu'elle peut répondre de votre emploi du temps ?

— Je ne sais pas. Attendez. Non. J'avais Tulip et Tulip n'a pas le droit d'entrer, mais comme il faisait trop froid dehors, je suis rentrée en douce avec elle par-derrière.

— Autrement dit, personne ne vous a vue rentrer. »

De nouveau le capitaine O.

« C'est le principe, de rentrer en douce.

— Et ce matin ? »

Au tour du commandant Warren.

« Je suis ressortie à quatre heures…

— Du matin ?

— Je n'arrivais pas à dormir. J'ai l'habitude de travailler de nuit, vous vous souvenez ? Je suis allée à la salle de sport.

— Donc, à quatre heures du matin, des gens vous ont vue, conclut le capitaine O. Mais pas avant.

— Je ne sais pas ! »

Je renonçais.

« Mais si, vous savez. Vous ne vouliez pas être vue et vous avez réussi. » Le commandant Warren. « Conclusion : personne ne vous a vue.

— *Vous disiez que vous saviez où était ma mère !*

— C'est vrai.

— Où ?

— Ça lui arrivait de vous appeler Abigail ? »

Le capitaine O.

« Quoi ? Non. Je m'appelle Charlene. Charlie. Ce n'est pas parce que j'y ai ajouté deux autres prénoms que je ne sais pas lequel est le mien.

— J'avais pourtant cru comprendre qu'il y avait plein de choses que vous ne saviez pas, railla le capitaine O.

— Je veux savoir où est ma mère !

— Dans le Colorado, répondit D.D.

— Vous avez une adresse ? »

D.D., en m'observant. « Si on veut.

— Donnez-la-moi.

— Ne vous inquiétez pas, elle n'ira nulle part. »

Silencieuse, j'ai regardé les deux enquêtrices avec une méfiance accrue. « C'est une prison ? On a fini par l'arrêter ? » Puis, un quart de seconde plus tard : « Non, si elle avait été arrêtée, il y aurait eu un procès et on m'aurait contactée. On m'aurait demandé de témoigner. » Encore une hésitation, ça turbinait dans mon cerveau : « Un hôpital psychiatrique ? Elle a craqué, fini par laisser voir sa folie et on l'a internée.

— Vous pensez qu'elle est folle ? demanda le capitaine O.

— Elle m'a martyrisée. Elle a tué deux bébés. Bien sûr qu'elle est folle !

— Vous ne vous en souveniez même pas. Alors vous êtes quoi, vous ? »

Arrêtée net dans mon élan, je regardai la jeune enquêtrice. Et enfin je compris : pendant toute cette discussion, le capitaine O. n'était pas horrifiée par les agissements de ma mère, mais par moi.

La petite fille qui avait vécu le pire et qui s'en souvenait à peine. Celle qui avait au moins eu la chance de se promener librement dans une maison pendant que son petit frère et sa petite sœur vivaient et mouraient dans une penderie. Celle qui avait ensuite volé le nom de ces bébés morts.

Toute ma vie, j'avais craint d'avoir fait du mal à ma mère. Et voilà que j'aurais voulu pouvoir revenir en arrière précisément pour lui faire du mal. Peut-être que si j'avais agi ainsi, j'aurais au moins eu un moment dans ma vie qui vaille la peine que je me le rappelle, un souvenir réconfortant.

« Elle est morte, m'informa le commandant Warren. À Boulder, sous le nom de Jane Smith. Je pense qu'elle a dû prendre un nom d'emprunt après la nuit où elle vous a poignardée…

— Pardon ? »

Les deux enquêtrices se turent, me regardèrent. Une main posée sur mon flanc, j'ouvris de grands yeux en comprenant.

Le capitaine O. fut la première à parler : « Sérieusement ? Vous avez été poignardée et vous avez aussi oublié ça ?

— J'étais à l'hôpital. On m'avait retiré l'appendice, d'autres… choses. Je me souviens des médecins qui parlaient. » Je haussai les épaules, à nouveau consciente de mon ineptie, de la profondeur de l'imbécilité que je m'étais imposée : « J'ai compris qu'on m'avait ouvert le ventre et recousue. » Nouveau haussement d'épaules : « Quand on a huit ans, est-ce que la raison d'une telle opération a vraiment de l'importance ? »

Le capitaine O. secoua la tête.

D.D. s'éclaircit la voix : « D'après le rapport de police, il y a eu une dispute dans la maison. Vous avez fini poignardée. Votre mère a dû s'enfuir puisqu'il semblerait que c'est vous qui avez composé le 911. »

Ce qui expliquait peut-être la profession que je m'étais choisie. Comme quoi on peut vraiment savoir et ne pas savoir en même temps.

« Les médecins ont pu vous rafistoler, mais votre mère est restée introuvable. Vu sa bougeotte perpétuelle, je me suis dit qu'elle avait dû quitter la région sans tarder. Et que, pour disparaître aussi longtemps de la circulation, elle avait dû prendre un pseudonyme. Alors j'ai cherché dans les États voisins, et puis de plus en plus loin, une femme à peu près de cet âge-là et correspondant au signalement de votre mère, y compris la tache de vin en forme d'ananas sur la fesse droite. Grâce à un programme fédéral, les descriptions de tous les restes humains non identifiés ont récemment été compilées dans une banque de données nationale. J'ai trouvé mon bonheur dans le Colorado. Il faudrait évidemment que vous nous fournissiez un échantillon d'ADN pour confirmation, mais, en plus de la tache de vin, le corps portait deux tatouages : deux prénoms, Rosalind et Carter, au-dessus du sein gauche.

— Je la déteste. » Les mots avaient franchi mes lèvres avant que je puisse les retenir. Mais une fois prononcés, je ne les ai pas retirés : « Comment elle a osé ? D'abord, elle tue ses bébés et ensuite elle se tatoue leurs prénoms sur le cœur ? Comme si elle les avait *aimés* ? Comme si elle méritait de les garder auprès d'elle ? »

Je m'étais levée et je faisais les cent pas dans la salle de réunion. Les poings fermés, j'avais envie d'un sac de frappe. Envie de transpercer le mur de placo d'un coup de poing. Avec un peu de chance, je serais tombée sur un montant en bois et je me serais fracassé le poignet. Au point où j'en étais, la douleur physique aurait été la bienvenue.

« Comment elle est morte ?

— On ne sait pas. Le décès remontait à un moment quand on a retrouvé le corps et il a été difficile de statuer officiellement sur la cause. Mais d'après la note des services du coroner, la mort était très probablement liée aux complications d'un alcoolisme à un stade avancé, une défaillance hépatique, par exemple.

— C'est douloureux ? Elle a eu mal ? Ses derniers instants ont été horribles, se sont déroulés dans d'atroces souffrances ? »

Le capitaine O. ouvrait de grands yeux. Elle me dévisagea, comme fascinée, et se pencha vers moi.

« Vous êtes en colère.

— Sans blague !

— Vous vous sentez impuissante ?

— Parce que je ne l'ai pas étranglée de mes propres mains !

— Vous voudriez pouvoir changer le passé ? Revenir en arrière. Vous sauveriez votre frère et votre sœur, cette fois-ci ?

— Oui !

— Vous pourriez peut-être sauver d'autres enfants. Faire en sorte qu'ils n'aient pas à souffrir comme vous et vos frère et sœur.

— Ce n'était pas juste. Elle m'a maltraitée, elle les a étouffés et personne ne nous a aidés. Personne n'a levé le petit doigt !

— Comment savez-vous qu'elle les a étouffés ? intervint le commandant Warren.

— Enfin, je suppose. Normalement, c'est comme ça que les femmes s'y prennent, non ? »

Le capitaine O. reprit sa battue : « La police vous a laissée tomber.

— Oui.

— Mais vous travaillez avec des flics maintenant. Vous savez que, dans la plupart des cas, ils sont pieds et poings liés.

— Oui.

— Je pense à tous ces appels que vous devez recevoir, nuit après nuit. Des petits garçons frappés par leur père, des petites filles maltraitées par leur nourrice. Qu'est-ce que vous pouvez faire, vous ou quelqu'un d'autre ? Prendre leur nom et leur numéro. "D'accord, petit, ta vie est un enfer, attends je le note." Je parie que quand vous rentrez chez vous le matin, vous êtes comme une pile électrique, ça vous démange d'agir. Vous vous dites que vous n'êtes pas flic, que vous n'avez pas les mains liées. Vous savez tirer, frapper, courir. Vous pouvez modifier le cours des choses. »

Enfin, j'ai vu le piège à deux doigts de se refermer. Enfin, je me suis tue. J'ai frénétiquement rembobiné dans ma tête l'interrogatoire pour essayer de me rappeler ce qu'elles m'avaient posé comme questions exactement et ce que j'avais répondu. Mais, avec ma mémoire défaillante, c'était peine perdue.

Le capitaine O. menait toujours la charge, en avant toute ! « Quand avez-vous décidé qu'au moins un de ces salopards méritait de mourir ? Comment avez-vous choisi votre cible ? Un appel auquel vous avez personnellement répondu, une affaire qui a retenu votre attention ? Peut-être une conversation entre collègues, des agents qui débriefaient une situation rencontrée pendant le service. Ils n'avaient pas pu faire grand-chose et ça les faisait chier, et vous, vous écoutiez, vous vous *souveniez*. Vous saviez ce que vous auriez préféré ne pas savoir… la maison de votre mère, les boîtes dans le placard, le fait que personne ne vous avait aidée.

— Je ne sais pas de quoi vous parlez.

— Qu'est-ce que ça vous a fait de savoir que vous aviez *enfin* réussi à sauver un enfant ? Un vrai shoot de bonheur, sûrement. Vous pouvez nous en parler, vous savez. C'est vrai que nous travaillons dans la police, mais nous sommes aussi des femmes. Nous comprenons ce que vous faites, pourquoi il faut que ce soit fait. »

J'ai rassemblé mes esprits, la tête haute, les épaules en arrière. Le capitaine O. me fouillait du regard. Je me suis obligée à la regarder dans les yeux.

« Vous ne me connaissez pas.

— Oh que si ! La question, c'est de savoir à quel point vous vous connaissez vous-même.

— Je m'en vais. »

J'ai attrapé ma sacoche.

« Vous fuyez.

— Vous avez un mandat ?

— Éluder. Fuir. C'est votre spécialité.

— *Je n'étais qu'une gamine.*

— Alors comment savez-vous qu'ils ont été étouffés ? »

Ça m'a soufflée ; les mains crispées sur la lanière de ma sacoche, j'étais toujours à deux doigts de fuir, mais d'un seul coup ce n'était plus à moi que le capitaine O. s'adressait. Elle s'adressait à D.D.

« J'ai étudié le syndrome de Münchhausen par procuration. Je n'ai jamais rencontré le moindre cas où la mère aurait martyrisé un enfant pour attirer l'attention sur elle et tué les autres en cachette. Dans plusieurs affaires, en revanche, la mère avait fait tout un plat de sa grossesse. Elle l'avait exploitée pour qu'on s'occupe d'elle. Et ensuite, quand le bébé était né, elle l'avait étouffé en pleine nuit avant de crier à la mort subite du nourrisson. Tragédie, déluge de manifestations de soutien, les voisines qui apportent des bons petits plats : on voit bien l'intérêt que pourrait y trouver une femme ayant une telle configuration psychologique. Comment elle se sentirait même incitée à récidiver.

» Mais je n'ai jamais entendu parler d'une mère victime de ce syndrome qui aurait eu secrètement recours à l'infanticide. Où sont dans ce cas la dose de plaisir, les manifestations de soutien, la satisfaction émotionnelle ? Ça me conduit à me demander ce que Charlene a oublié d'autre. Ce qu'elle a pu faire d'autre.

— Jamais je n'aurais…

— Regardez-moi dans les yeux, Charlene. » Le capitaine O., contournant brusquement la table, s'approcha. « Regardez-moi dans les yeux et dites-moi que vous n'avez jamais tué. »

J'ai ouvert la bouche. Je me suis ravisée. Et quand je l'ai rouverte, le mot qui est sorti n'était pas celui que j'attendais.

« Abigail.

— Quoi, Abigail ?

— Abigail », ai-je répété avec tristesse.

Et j'ai tendu la main, comme pour toucher quelqu'un qui n'était même pas là.

« Charlene… », a commencé le commandant Warren.

Mais je n'ai pas attendu d'en entendre davantage. Elles n'avaient pas de mandat. Elles ne pouvaient pas m'arrêter, pas me mettre en garde à vue.

Confusément, je comprenais que c'était peut-être ma toute dernière chance.

Un an de préparation intensive. J'ai toisé mes adversaires, puis j'ai tourné les talons et je me suis enfuie.

30

« Bien joué : après cette discussion, elle ne va jamais se douter qu'on la soupçonne. Subtilité. Tact. Mise en confiance. Je te parie que Charlene est en train de rentrer nous confectionner des bracelets d'amitié. Tu ne crois pas ? » railla D.D.

Renfrognée, le capitaine O. prit une chaise et se laissa tomber dessus.

« C'est elle. Tu le sais. Tu as vu sa tête ? "Dites-moi que vous n'avez jamais tué, Charlene." Elle ne pouvait pas. *Elle ne pouvait pas !*

— Merde, il va falloir affecter une voiture de patrouille à sa surveillance. Sauf qu'on n'a ni preuve qu'elle est suspecte ni budget pour un patrouilleur. Merde et remerde. »

D.D. prit à son tour une chaise, s'assit. La chemise en papier kraft était devant elle. Elle ne l'ouvrit pas. Elle avait examiné les photos de scène de crime à cinq heures du matin, pendant la première nuit qu'elle passait loin de son bébé.

Curieusement, ce n'étaient pas les petits squelettes qui l'avaient bouleversée. Les phalanges grosses comme des grains de riz. Les os du crâne du petit garçon, pas encore soudés, effondrés en un tas de pétales de rose jaunis.

La petite fille s'était plus ou moins momifiée, sa peau délicate comme un emballage plastique autour de sa frêle silhouette, et son squelette avait donc été mieux conservé. De prime abord, on aurait dit une poupée macabre, cheveux bruns en prime. Ce n'était qu'en y regardant de plus près qu'on se rendait compte que cela avait été un vrai bébé, qui avait entre douze à dix-huit mois et qui avait dû s'asseoir, marcher à quatre pattes, faire ses premiers pas.

Non, ce n'étaient pas ces cadavres si cruellement petits qui avaient pris D.D. aux tripes. C'étaient les couvertures. Rose pâle à pois rose foncé pour elle, oursons bleu marine sur fond bleu ciel pour lui. D'abord Christine Grant avait assassiné ses enfants. Ensuite, elle les avait enveloppés dans leurs couvertures. Il y avait quelque chose de profondément maternel dans ce geste.

Quelque chose… d'incroyablement dérangé.

Treize heures : D.D. se ressentait de sa longue nuit. Elle n'avait pas envie de rouvrir ce dossier. Elle avait juste envie de rentrer chez elle retrouver Jack et serrer fort son bébé dans ses bras.

Elle repoussa la chemise, se pinça l'arête du nez et essaya de décider de la marche à suivre.

« Je crois que Charlie est Abigail », dit le capitaine O.

D.D. rouvrit les yeux et lança un regard vitreux à sa collègue de la brigade des mœurs. « Plaît-il ?

— Comme la fameuse Sybil. Tu te souviens de cette affaire-là ? Une gamine à laquelle sa mère infligeait des sévices à répétition tellement abominables qu'elle s'était créé des personnalités multiples pour se protéger. »

D.D. la regardait.

« Apparemment, Charlene a subi des sévices abominables à répétition. Peut-être qu'il s'est produit le même phénomène, à un détail près : elle ne s'est pas contentée de prendre les noms des enfants morts, elle a aussi créé une personnalité pour chacun d'eux. Donc, par exemple, cette Abigail dont elle nous parlait…

— Le bébé aux yeux marron.

— Dans la vraie vie, oui. Mais quand la mère de Charlene a tué ce bébé, Charlene a… absorbé… Abigail. Une personnalité protectrice. Ce n'est pas Charlene qui tue des délinquants sexuels. C'est Abigail. Ce qui nous donne une tueuse brune aux yeux bleus qui se balade dans tout Boston pour assassiner des délinquants sexuels en se présentant sous le nom d'Abigail. Et tiens, tiens, tiens. Les messages cryptés. Peut-être que c'est Abigail la maniaque qui a écrit *Tout le monde doit mourir un jour*, avec cette écriture impeccable, et que c'est Charlene, cette petite partie d'elle-même qui sait que c'est mal de tuer, qui a rapidement griffonné le second message : *Arrêtez-moi*. Un appel à l'aide. Un seul bout de papier, deux messages différents, pour deux personnalités différentes. »

D.D. regarda la jeune enquêtrice. Fit la moue. La regarda encore.

« On est en plein mélodrame télévisuel. »

Le capitaine O. n'était pas de cet avis : « La plupart des fictions ont un fond de vérité. Les troubles dissociatifs de l'identité sont une maladie psychiatrique reconnue et diagnosticable. D'ailleurs, tu vois une autre explication au message crypté et au fait qu'un clone de Charlene descend des pédophiles aux quatre coins de Boston en se présentant sous le nom d'Abigail ? »

Dit comme ça.

« Non. Tu sais quoi : si tu rappelais Charlene pour lui demander d'avoir la gentillesse de revenir pour un examen psychiatrique ? Avec l'affection qu'elle te porte en ce moment…

— La méthode douce ne donnait rien, prétendit O. avec raideur.

— Vraiment ? Quand est-ce que tu l'as essayée ?

— Oh, je t'en prie, venant de la reine des garces…

— La reine des garces ?

— À ta place, je prendrais ça comme un compliment.

— Rassure-toi, c'est le cas. Seulement notre *stratégie* pour cet entretien était de ne *pas* effrayer le suspect. En tant que collègues, nous sommes censées nous épauler, pas nous mettre des bâtons dans les roues.

— Ça a marché, estima O. avec aplomb. Elle commence à craquer. Tu l'as entendue : pas d'alibi pour le meurtre d'hier soir. Et c'est clair, elle se sent impuissante, elle voudrait sauver d'autres enfants, les flics ne peuvent pas en faire assez, etc. Elle a envie de nous le dire. Maintenant, il ne s'agit plus que de l'amener au point où elle se sentira mieux en nous avouant ce qu'elle a fait plutôt qu'en le refoulant.

— Possible », marmonna D.D., moins convaincue. Elle prit un crayon, tapota la surface polie de la table en érable avec la gomme. « Si une partie du passé de Charlie fait d'elle une tueuse, médita-t-elle à voix haute, quelle autre partie fait d'elle une cible ?

— Qu'est-ce que tu veux dire par là ?

— Je veux dire par là que nous avons deux enquêtes qui convergent vers un seul et même individu : Charlene Rosalind Carter Grant. Histoire d'embrouiller un peu plus la situation, elle semble être l'auteur d'une série de meurtres, tout en étant la future victime potentielle d'une autre série. Elle liquide des pédophiles, mais compte les jours qui lui restent à vivre avant son propre assassinat. Il y a là-dedans une sorte de logique perverse, mais que je n'arrive pas encore à décoder.

— Son passé n'a peut-être rien à voir avec l'assassinat de ses amies. »

D.D. était sceptique : « Tu veux dire qu'elle a juste le don d'attirer les psychopathes ? D'abord sa mère et ensuite un inconnu qui décide par hasard de tuer ses proches ?

— Tu es sûre que la mère est morte ?

— Avec le double tatouage Rosalind et Carter, ça me semble certain à cent pour cent. Il pourrait y avoir d'autres cadavres environ du même âge et répondant au même signalement. Peut-être même des cadavres avec la même tache de vin en forme d'ananas. Mais un cadavre qui aurait le même âge, le même signalement, la tache de naissance et un tatouage en mémoire de deux bébés morts…

— D'accord, d'accord. La mère est morte. Mais alors repense à ce qu'a dit Charlene : comment sa mère a-t-elle pu devenir folle à lier alors que tout le monde a l'air tellement normal dans la famille ? Sauf que si Charlene descend des pédophiles dans tout Boston, elle n'est pas si normale que ça, hein ?

— Et donc peut-être que sa tante ne l'est pas non plus ? murmura D.D.

— Une fois établi qu'il y a deux folles dangereuses dans la famille, pourquoi pas une troisième ? À se demander à quoi ressemblent les réunions de famille.

— J'ai lu un truc un jour à propos d'une famille où il y avait deux frères tueurs en série. Le comble, c'est qu'ils tuaient indépendamment l'un de l'autre. Deux carrières meurtrières parallèles.

— Les affaires de cousins qui tuent en bandes ne manquent pas non plus. Il faudrait vraiment songer à élaguer quelques arbres généalogiques.

— Tu te renseignes sur la tante ? demanda D.D. en repoussant sa chaise.

— Je fais les recherches sur ses antécédents. Et vu qu'elle est à Boston, ce serait le moment de l'auditionner en personne. Et toi, tu vas faire quoi ?

— Rentrer chez moi. Dormir un peu. »

D.D. avait envie d'être présente à l'audition de la tante. Mais elle parvenait à peine à garder les yeux ouverts et elle en arrivait au point où être absurdement grincheuse nuisait plus qu'autre chose à la situation. Elle avait fait remarquer à son équipe que cette enquête était un marathon et non un sprint. Suivre son propre conseil ne serait peut-être pas plus mal. Pour une fois.

D'autant que le lendemain, ce serait le 21. Le jour du grand jeu. Aucun doute, elle voulait être reposée pour jouer cette partie.

« Je vais dormir quelques heures et ensuite aller chercher Jack à la garderie, décida D.D. à voix haute.

— Tu reviens bosser ? demanda O.

— Peut-être après le dîner. D'ici là, il se peut qu'on ait reçu des nouvelles de l'expert en écriture. Et un compte rendu de Neil et Phil sur leur entrevue avec la famille de notre troisième victime. Oh, et il faut que je contacte le commissariat de Grovesnor pour faire en sorte qu'ils saisissent le pistolet de Charlene. Une chose est certaine, dit D.D. en se levant et en regardant sa montre. Pour Charlene Grant, le temps est désormais compté.

— Ça, tu l'as dit. »

31

Vingt et une heures, vendredi soir. Plus que vingt-trois heures.

Soleil couché. Températures en chute libre. Ciel d'encre.

Ma tante était partie, elle avait pris une chambre d'hôtel pour la nuit. Tulip était partie là où allait la chienne qui n'était pas ma chienne. Je tournais en rond dans ma petite chambre. Je chargeais et déchargeais mon pistolet.

Je pensais à ma mère. Je m'efforçais de me souvenir de deux petits bébés, un frère et une sœur, qui n'avaient jamais eu la moindre chance dans la vie. Manifestement, je m'étais trop peu servie de ma mémoire pendant le plus clair de mon existence pour pouvoir la ranimer comme par magie. J'ai essayé d'imaginer une maison, un jardin, un animal domestique. Une femme, une odeur, quelque chose, n'importe quoi qui m'évoquerait mon ancienne vie.

Pour finir, je me suis envoyé deux aspirines et j'ai boxé dans le vide devant mon miroir.

La femme en face de moi avait les traits tirés. Une gorge couverte d'hématomes violets. Des cheveux bruns lissés en arrière. Des yeux bleus de folle.

Je ressemblais à ma mère, à vingt ans de distance.

Abigail, m'avait appelé le capitaine O. *Abigail*…

J'ai frappé le miroir. Subitement. Rapidement. Un, deux, trois, boum, boum, boum. Je l'ai fracassé à mains nues. Et ensuite j'ai regardé les fragments brisés tomber en cascade sur le parquet, en une pluie argentée.

Et l'espace d'un instant…

La cuisine. Des rayons de clair de lune argenté. Un feu qui léchait les murs.

Ma logeuse, Frances, a frappé à la porte.

« Ça va ?

— Désolée. Euh… un accident. Pas de problème. Tout va bien. »

J'ai regardé mes doigts ensanglantés. Un tesson de verre s'était planté dans le dos de ma main gauche. Je l'ai retiré. J'ai léché le sang qui perlait.

Et ensuite, même si j'allais être en avance d'une heure, je suis partie travailler.

L'agent Mackereth m'a mis le grappin dessus dans le parking. Il venait de garer sa voiture de patrouille. Il a ouvert sa portière, il est descendu, il m'a aperçue sur le trottoir mal éclairé derrière lui et, au lieu de se diriger vers la chaleur du commissariat, il est venu vers le froid de la rue où j'arrivais à pinces de la station de métro.

« Charlie. »

Sa voix avait déjà des accents d'avertissement.

Je me suis arrêtée net, un lampadaire derrière moi, un devant moi. Bien campée sur mes appuis, le pied gauche en avant, une main gantée sur le rabat de ma sacoche.

Mackereth m'a vue adopter cette posture et s'est arrêté à trois mètres de moi ; sa main droite est descendue vers son arme de poing et il a basculé le poids de son corps en avant, prêt à bondir. Nous sommes restés comme ça pendant quinze, vingt bonnes secondes, lui dans le halo d'un lampadaire, moi dans celui du suivant. Aucun de nous n'avait d'avantage ni de handicap.

« Tu es armée ? m'a-t-il finalement demandé.

— Pourquoi cette question ?

— Je le sais. Un coup de fil reçu aujourd'hui. Shepherd t'attend à l'intérieur pour te confisquer le 22. Qu'est-ce que tu as fait, Charlie ? »

Je n'ai pas répondu à sa question, je réfléchissais déjà à toute vitesse. La police de Boston, forcément. Les enquêtrices avaient compris ce que j'avais fait à Stan Miller. Le capitaine O. l'avait pour ainsi dire reconnu en essayant de m'extorquer des aveux. J'ignorais comment, mais elles étaient en train de reconstituer le puzzle. Peut-être que Tomika s'était confiée à une amie d'amie. Peut-être que quelqu'un m'avait vue entrer non pas une mais deux fois dans l'immeuble ce soir-là.

C'était peut-être écrit. Une fille comme moi, avec une enfance pareille. Ça n'avait peut-être jamais été qu'une question de temps avant que je cède à la violence meurtrière.

Comment savez-vous qu'ils ont été étouffés, Charlie ? Comment ?

Je le savais, c'est tout. Le petit corps pâle de Rosalind, douillettement enveloppé dans une couverture à pois rose pâle. Elle adorait cette couverture. Elle en avait serré la laine polaire soyeuse dans ses petits poings, elle en avait sucé le bord en satin.

Je l'avais enveloppée. Après.

Occupe-toi du bébé, Charlie. Ne la laisse pas pleurer. Il ne faut pas la laisser pleurer. *Sinon, maman va s'en prendre à nous deux.*

Oh, mon Dieu, qu'est-ce que j'avais fait ?

« Charlie ? »

L'agent Mackereth. Qui n'avançait pas d'un pouce, la main droite toujours à hauteur de la taille. Trois mètres entre nous. Une voiture passa, puis une autre. Ma main tremblait sur ma sacoche en cuir, même si je n'aurais pas su dire pourquoi.

« Je vais mourir demain. Vers vingt heures. On va m'étrangler et je ne résisterai pas. Aucune trace d'effraction, aucune trace de lutte. J'accueillerai la mort à bras ouverts. »

L'agent Mackereth m'observait.

« Je tire bien. Je me bats bien, je cours vite. Je ne veux pas mourir comme mes amies. Je me suis déjà trop fait piétiner dans la vie. Si je dois partir demain, je veux emporter le tueur avec moi.

— Charlie…

— J'ai besoin de mon pistolet. Je sais que tu ne me fais pas confiance. D'ailleurs, tu ne me connais même pas. Mais j'ai besoin de mon pistolet. Encore une journée. Vingt-trois heures. Non, trente-six. Si le jour se lève dimanche matin et que je suis encore en vie, la police de Boston pourra l'avoir. Je te le remettrai. Je te laisserai le leur apporter personnellement. J'accepterai toutes les conséquences. C'est promis.

— Qu'est-ce que tu as fait, Charlie ?

— Randi est morte. Jackie est morte. Personne ne sait ni pourquoi ni comment et encore moins qui a fait le coup. Mais c'étaient mes meilleures amies, Tom. Je les aimais trop, je m'en rends compte maintenant. Mais elles ne s'en sont jamais plaintes. Elles m'ont aimée en retour et j'ai une dette envers elles. Demain, à vingt heures, un tueur ou une tueuse va venir s'en prendre à moi et je vais lui faire payer. C'est tout ce qui me reste, Tom. Je n'ai plus de raison de vivre. Juste une raison de mourir. »

Il a fait un pas vers moi.

« Et si je te demandais de me donner ton sac ? m'a-t-il dit posément, la main sur son étui.

— Je t'en prie, non.

— Tu saignes.

— Sans doute.

— Où est ta chienne ?

— Elle n'a pas laissé de message. »

Il a soupiré. Il n'a pas baissé la main, mais ses épaules se sont relâchées : « Je ne sais pas quoi faire avec toi. »

Je n'ai rien dit, je l'ai laissé se débattre avec ses réflexions.

« Regarde-moi en face, Charlie. Regarde-moi en face et dis-moi que tu n'as pas fait ce dont la police de Boston te soupçonne. Je fermerai les yeux. Je partirai, je ferai comme si je ne t'avais pas rencontrée. »

Je l'ai regardé en face. Je n'ai pas dit un mot.

Il a soupiré, avec accablement cette fois-ci. On lisait une vraie tristesse dans son regard.

« Je t'aimais bien, Charlie.

— Moi aussi, je t'aimais bien.

— J'aurais dû m'en douter, faut croire. J'ai la sale manie d'être attiré par les accidentées de la vie. Ma sœur dit que j'ai envie de jouer les héros. »

Je n'ai pas pu m'empêcher de sourire : « J'ai la sale manie d'en vouloir toujours plus que je ne peux avoir. On est assez fidèles à nous-mêmes.

— Ça n'a rien d'une fatalité.

— Je ne sais pas fonctionner autrement. »

Il a fait encore un pas vers moi. Deux mètres cinquante entre nous. Puis deux mètres, un mètre cinquante. À bonne distance de frappe. Un simple pas en avant et je pouvais lui en coller une, une droite plongeante à la tête. Ou simplement ouvrir la sacoche et faire feu.

J'ai pensé à Randi. À Jackie. Je me suis demandé si leurs derniers instants avaient ressemblé à ça. Si elles s'étaient exhortées à résister ou si elles avaient simplement attendu que ce soit fini.

L'agent Mackereth s'est finalement arrêté, pratiquement nez à nez avec moi, et la vapeur de nos haleines s'est mêlée dans l'air glacial de la nuit. Il avait toujours la main sur la crosse de son arme – pas pour dégainer, pour la protéger.

« Dix-sept heures, Charlie.

— Dix-sept heures ?

— C'est l'heure à laquelle je passerai te chercher. Demain soir. Je suis au courant pour tes amies. Je me suis renseigné de mon côté. Si quelqu'un veut te tomber dessus, il nous trouvera tous les deux en face de lui. »

Sans rien dire, je scrutais son visage. Son expression déterminée, ses yeux bleus résolus.

« Dimanche matin, a-t-il continué avec fermeté, tu me donneras ton 22, comme promis. »

J'ai hoché la tête.

« Après, je ne pourrai plus t'aider. »

Nouveau hochement de tête.

« Tu m'as sauvé la vie, l'autre nuit, Charlie. Je crois que je te dois ça. Mais à partir de dimanche matin, considère qu'on est quittes. »

Sa main a bougé. J'ai cru qu'il allait me frôler la joue. J'ai peut-être même anticipé la caresse de ses doigts gantés sur ma peau glacée. Ou le contact de ses lèvres chaudes sur ma bouche. Ou la pression de son corps, puissant et ferme, contre le mien.

J'ai froid, me suis-je dit, et puis j'ai compris que c'était juste que je me sentais trop seule.

L'agent Mackereth a tourné les talons. Il s'est éloigné.

J'ai encore attendu une minute, debout dans la pénombre, luttant contre l'envie de le rappeler.

Sa silhouette aux épaules carrées est entrée dans le commissariat. Derrière moi, une autre voiture est passée à vive allure. J'ai attendu que la rue soit dégagée, le parking désert.

Et j'ai ouvert ma sacoche. J'en ai sorti mon Taurus 22 semi-automatique, je l'ai enveloppé dans mon écharpe et je l'ai enfoui dans un monticule de neige sous un buisson épineux en bordure du parking.

En tirant avec mon 22 dans l'appartement de Stan, je m'étais associée à sa mort. Autrement dit, si le commandant Warren mettait la main sur mon Taurus, on m'enverrait en prison. J'aurais peut-être dû le leur donner. Au point où j'en étais, j'aurais peut-être été plus en sécurité en prison.

Mais je me suis souvenue de Tulip, ce matin-là : loin d'être reconnaissante de la chaleur de la chambre, elle avait simplement été irritée de son enfermement. Certains d'entre nous ne sont pas faits pour la claustration. Nous préférons tenter notre chance à découvert.

Vingt et une heures et des poussières.

J'ai refermé ma sacoche en cuir noir, j'ai bombé le torse et je suis partie prendre mon dernier service.

32

« Chou blanc.

— Comment ça, chou blanc ? Fouillez son sac, confisquez son arme et l'affaire sera pliée. »

Il était vingt-trois heures trente. D.D. était chez elle, elle donnait son biberon du soir à Jack. Il était blotti contre sa poitrine, petit paquet chaud à peu près de la même taille et de la même forme qu'une bouillotte, et ils se balançaient ensemble dans le rocking-chair. Un petit moment d'intimité familiale, donc ça n'avait pas raté : son portable avait sonné.

« J'ai interrogé Charlene Grant à la seconde où elle a franchi la porte, continua Dan Shepherd, lieutenant au commissariat de Grovesnor. Je lui ai dit qu'on m'avait signalé qu'elle venait avec une arme sur son lieu de travail et que c'était contraire au règlement. Elle m'a répondu qu'il y avait erreur : c'était avec un chien qu'elle était venue. Et ça ne se reproduirait plus.

— Oh, c'est pas vrai !

— Elle m'a laissé inspecter son sac. Pas de 22, commandant. Retour à la case départ.

— Voilà ce qui arrive quand on fout en l'air une audition, murmura D.D., plus pour elle-même que pour Shepherd. Tu bluffes, tu fous la trouille au témoin, résultat : tu repars bredouille. Le capitaine O… je vais lui faire tatouer “Je t’avais prévenue” à l’envers sur le front, comme ça elle n’aura plus qu’à se regarder dans le miroir avant les interrogatoires.

— Je vous demande pardon ?

— Je pensais à voix haute. Vous avez retrouvé le planning de Charlene ? »

Cet après-midi-là, quand D.D. avait appelé Shepherd pour l’informer qu’un membre de son personnel civil était peut-être armé, elle en avait profité pour lui demander de vérifier l’emploi du temps de Charlene au moment des deux premiers meurtres. Douglas Antiholde avait été tué le 9 décembre. Ils attendaient encore confirmation de la date exacte du décès de la seconde victime, Stephen Laurent, mais ça devait tourner autour du 11 ou du 12 janvier.

« Charlene a travaillé dans la nuit du 9 décembre, indiqua Shepherd.

— Prise de service à vingt-trois heures ?

— C’est ça. Vingt-trois heures, sept heures. »

D.D. hocha la tête contre le combiné, replaça légèrement Jack dans ses bras pour être plus à l’aise. Antiholde avait été tué en fin d’après-midi, début de soirée. Ça laissait tout le temps à Charlene de le dégommer et d’être quand même à l’heure au boulot.

« Elle a aussi travaillé dans la nuit du 11 janvier et elle a fait des heures sup jusqu’à midi.

— Treize heures d’affilée ?

— Le maximum, c’est seize.

— Mince, on dirait nos horaires.

— Le centre opérationnel n’est pas fait pour les mauviettes. En même temps, le soir du 12, elle ne travaillait pas, ça explique sans doute qu'elle ait travaillé si tard.

— Je vois. »

Il allait falloir qu'elle rappelle le légiste, Ben, pour qu'il précise le jour et l'heure du décès de Laurent. Vu où se trouvait le commissariat de Grovesnor, Charlene n'avait pas pu rejoindre son quartier avant treize heures, et encore.

Donc, en l'état actuel des choses, Charlene n'avait aucun alibi pour le premier et le troisième meurtre, mais il restait un point d'interrogation pour le deuxième.

D.D. avait poursuivi bien des suspects pour moins que ça. Elle revint à la question qui l'occupait de manière plus immédiate. « Vous l'aviez déjà entendu dire qu'elle venait avec une arme au travail ?

— Bien sûr que non. J'aurais tout de suite mis le holà.

— Elle parle souvent de son passé, de son enfance ?

— Commandant, la permanence de nuit s'effectue en solo. Par définition, ça décourage les bavardages oiseux.

— Et les autres agents en service ?

— Ils sont payés pour patrouiller, pas pour traîner au commissariat.

— Et les pauses ? Le dîner, le cinquième repas, je ne sais pas comment vous appelez l'en-cas du milieu de la nuit ? »

Elle essayait de reconstituer l'emploi du temps de Charlene, cherchait à quel moment elle aurait pu, disons, filer en douce et commettre un meurtre ni vu ni connu.

« Une pause de trente minutes pour se restaurer. La plupart apportent leur repas et le mangent dans leur voiture de patrouille ou, dans le cas de Charlene, à son bureau.

— C'est tout ? Pour une permanence de huit heures ?

— Deux pauses de quinze minutes ; la moitié de nos agents en profitent pour s'en griller une. Pas Charlene, si je me souviens bien. Elle soigne sa condition physique.

— Et si elle doit aller aux toilettes ?

— Elle se met en code 10-6 et prend une pause.

— Mais si elle est seule à assurer la permanence, qui répond aux appels ?

— L'officier de garde, en général un sergent en tenue.

— Donc il y a bien quelqu'un qui travaille avec elle la nuit.

— Exact. Mais le sergent est installé dans la salle principale, tandis que le standard est une petite pièce fermée – une sorte d'ancien placard envahi d'écrans, de téléphones et de radios.

— Est-ce que vous le sauriez, si elle avait quitté le standard ? Si par exemple elle avait pointé à son arrivée, mais qu'elle était sortie du commissariat ?

— Impossible.

— Pourquoi ? D'après vous, le sergent et elle ne peuvent même pas se voir.

— Mais ils peuvent s'entendre. Charlene est la référente de tous les agents en patrouille. Donc non seulement ils la contactent pendant leur service, mais elle-même les contacte si elle ne les entend pas sur les ondes. Elle appelle leur numéro de patrouille, vérifie qu'on sait bien où se trouve chaque agent. 926 au central, 926 au central, ce genre de choses. À quand remonte votre dernière patrouille, commandant ?

— Un petit moment.

— Ça ne s'arrête jamais, sur les ondes. Même de nuit, le travail de Charlene consiste à parler et à écouter. Et nos casques ne sont pas performants au point qu'elle puisse recevoir depuis le parking, et encore moins depuis la rue.

— Donc, quand Charlene est à son poste, elle est à son poste.

— C'est ça. »

D.D., la moue pensive, réfléchissait. Ça se tenait, et de toute façon cela ne la disculpait en rien.

« Je peux vous poser une question ? demanda Shepherd.

— Allez-y.

— Pourquoi cette enquête sur notre opératrice ? Vous savez, je n'ai pas l'occasion de travailler en direct avec Charlie, mais je peux vous dire qu'elle est compétente. Fiable, digne de confiance, elle prend soin de nos agents. Les gens l'apprécient.

— D'après elle, aucun de vous ne la connaît.

— Les nuitards ne sont pas des animaux sociaux.

— Vous avez vérifié ses antécédents ?

— Ça va de soi.

— Des choses notables ?

— Elle avait une bonne recommandation du Colorado…

— Pardon ?

— D'Arvada, dans le Colorado. Son premier emploi d'opératrice. »

D.D. fut parcourue d'un frisson : « C'est loin de Boulder, Arvada ?

— Qu'est-ce que j'en sais. Je suis de Revere. »

D.D. réfléchissait à toute allure. La mère de Charlene, ce cadavre non identifié retrouvé à Boulder. En apprenant la nouvelle ce matin, Charlene n'avait même pas signalé qu'elle avait vécu dans le Colorado. Bizarre, non ?

D'autant que, au cours des dix dernières années, sa mère et ses deux meilleures amies étaient toutes mortes. Une seule et même femme, Charlene Grant, avait laissé dans son sillage trois cadavres dans trois États différents. Vu de chez D.D., c'était plutôt risqué de la connaître ces temps-ci. Ça augmentait vos chances de passer prématurément l'arme à gauche, et le pire ce serait que Charlene, avec sa mémoire capricieuse, ne se souviendrait même pas de vous.

On peut savoir sans savoir, avait dit Charlene. Mécanisme d'adaptation pour surmonter une enfance difficile.

Personnalités multiples, dont chacune ne se souvenait que d'un fragment du puzzle, avait répliqué O. Ça expliquait la mémoire lacunaire de Charlene, les messages cryptés contradictoires, l'apparente capacité de cette fille à pleurer certaines victimes tout en commettant d'autres meurtres.

D.D. tournait et retournait les déclarations de Charlene et la théorie de O. dans sa tête, et rien de tout cela ne lui plaisait.

« Je veux ce pistolet, murmura-t-elle avec frustration.

— Désolé, commandant. J'ai fait de mon mieux.

— Je sais, je sais. »

D.D. posa encore quelques questions, parla un peu boutique, puis, n'obtenant rien de plus, mit un terme à la conversation.

Jack dormait, le biberon sur le côté, en pyjama. Elle se leva du rocking-chair, posa le biberon sur la table basse et prit un moment pour serrer son fils contre elle.

Elle chassa l'affaire de ses pensées. Mit de côté Charlene Rosalind Carter Grant, les assassins de pédophiles et les tueurs de meilleures amies.

Elle tint son bébé dans ses bras. Respira son parfum suave, lait maternisé, talc, innocence des nouveau-nés. Elle regarda la petite poitrine de son fils se soulever et s'abaisser en rythme. Admira sa frimousse chiffonnée, ses dix minuscules doigts parfaits, ses deux poings détendus.

Elle s'émerveilla de ce petit miracle : son enfant.

Puis elle déposa un baiser délicat sur son front plissé, l'installa dans son transat et se servit un verre d'eau juste avant que son portable ne resonne.

Elle regarda l'écran. Le capitaine O. Elle répondit.

« Prophétie autoréalisatrice, dit-elle en guise de préambule. D'abord tu juges toi-même que ton suspect est farouche et ensuite tu lui fous la trouille, histoire qu'elle se dérobe. Félicitations. Charlene est allée au travail, mais elle n'a *pas* emporté son 22.

— Oh que si ! » annonça O. d'une voix triomphale.

D.D. prit le temps de boire une autre gorgée d'eau en essayant de comprendre quel épisode elle avait raté.

« Comment tu le sais ?

— Je l'ai suivie.

— Tu as suivi Charlene Grant ?

— Plus exactement, je l'ai attendue sur le parking du commissariat de Grovesnor. Comme ça, s'ils avaient réussi à confisquer son arme, j'aurais pu l'emporter tout de suite au laboratoire d'analyses.

— À vingt-trois heures un vendredi ?

— J'avais appelé Jon Cassir, l'expert en balistique, pour lui demander de rester. »

D.D. tiqua de nouveau. Ces méthodes de bulldozer l'agaçaient, lui donnaient envie de remettre la jeune enquêtrice à sa place. Mais elle s'abstint. O. avait bien fait de prendre les devants. Rien à redire à une stratégie agressive quand on a affaire à un tueur en série. À vrai dire, autrefois D.D. aurait eu exactement la même idée.

Au lieu de quitter le travail pour aller retrouver son bébé. Oui, elle avait dit qu'elle reviendrait après le dîner, seulement Alex était visiblement épuisé après ces dernières nuits, elle-même était fatiguée suite à sa nuit blanche, sans parler de son petit-déjeuner avec ses parents, et donc l'idée de s'occuper de Jack lui avait davantage souri que celle de reprendre la voiture pour retourner à Roxbury. Elle pouvait travailler depuis chez elle, et aussi appeler ses parents pour arranger les choses. Ben voyons !

« Donc j'étais au commissariat, racontait O., et j'ai vu Charlie arriver de la station de métro. À ce moment-là, un patrouilleur est sorti de sa voiture et l'a abordée. Au début, j'ai cru que c'était un ami, mais elle s'est mise en garde et lui-même avait la main sur son pistolet. Comme s'il allait lui arracher son sac et qu'elle allait résister. Et puis, sans transition, il est parti. Après ça, elle a sorti son pistolet de son sac, elle l'a enveloppé dans une écharpe et elle l'a enfoui dans un tas de neige.

— Tu te fous de moi.

— Non. Alors tu penses bien qu'à la seconde où elle est entrée dans le commissariat, je suis allée chercher son 22 pour l'apporter direct au labo. J'y suis à l'instant même. Cassir espère avoir des conclusions d'ici demain matin. »

D.D. ne savait pas trop comment réagir devant ce brusque revirement de situation : « On a six balles retrouvées sur trois scènes de crime. Elles sont toutes les six en assez bon état pour chercher des concordances ?

— Non, mais Cassir a des balles utilisables pour les deuxième et troisième meurtres. Pour le premier, c'est une autre paire de manches. Les deux balles se sont écrasées en ricochant dans le crâne d'Antiholde, donc ça risque de ne pas être concluant.

— Mais on a les messages, qui font le lien entre les trois meurtres. Donc il suffirait qu'on rapproche le rayage du 22 de Charlie avec les éraflures d'une seule des balles qu'on a récupérées..., raisonna D.D. à voix haute.

— Tout juste. »

D.D. hocha la tête. O. avait bien bossé. Et D.D. avait tort de lui en vouloir. À ce stade de sa carrière, elle se devait d'être un soutien, la policière expérimentée qui guidait sa collègue plus novice. Qui passait plus ou moins le relais. Bref, qui vieillissait.

« Tu as interrogé la tante ? demanda-t-elle.

— Pas encore. J'ai été trop occupée à prendre Charlie à son propre jeu. Mais j'ai bien fait, non ? »

Qu'elle ait été occupée, D.D. voulait bien le croire. Cependant, le côté obsessionnel de O. l'inquiétait un peu.

« Tu vas retourner à Grovesnor ? s'enquit-elle.

— Pourquoi ?

— Au point où tu en es. »

O. ne répondit pas, ce que D.D. prit pour un oui.

« Tu veux voir Charlie sortir du commissariat à la fin de son service, pas vrai ? La voir fouiller la neige à la recherche de son arme ? »

O. resta silencieuse.

« Elle pense avoir besoin de cette arme pour se défendre dans quelques heures, rappela D.D. Qu'est-ce qu'elle fera, tu penses, quand il aura disparu ?

— Si elle est maligne, elle se rendra. On peut la protéger – en le jetant en prison. Fais-moi confiance, l'assassin de ses amies n'aura jamais l'idée de la chercher là.

— Ta première arrestation ?

— Pas vraiment.

— C'est difficile, quand on travaille dans la brigade des mœurs, d'imaginer arrêter une femme qui fait peut-être une partie de votre boulot ?

— Fais-nous davantage confiance. On est très capables de faire notre boulot nous-mêmes. »

D.D. en était moins certaine, vu le nombre de pédophiles que, faute de preuves, elle avait dû laisser en liberté au cours de sa carrière. Mais elle termina son verre d'eau et revint à leur affaire.

« Des messages sur Facebook ?

— Plus d'un millier d'amis, indiqua O. Beaucoup de connexions depuis Atlanta et Providence, des parents, des amis des victimes. Je ne peux pas faire des recherches sur tous ceux qui postent – pour une telle charge de travail, il nous faudrait au moins une demi-douzaine d'agents. Alors je lis en diagonale pour voir s'il y aurait des messages bizarres, des commentaires déplacés. Jusqu'ici, la seule personne intéressante est l'ex de Randi.

— Il n'est pas au chaud en prison ?

— Apparemment, il a accès à Internet parce qu'il a fait partie des premiers amis. Il a écrit "Paix à son âme" et la date du meurtre.

— Connard.

— Je peux jeter de l'huile sur le feu, si tu veux… Écrire : "Au moins Randi est libérée de son salopard de mari", un truc du genre.

— Fais ça. Ce sera une bonne chose de voir sa réaction. Tu pourrais aussi regarder s'il n'y a pas des messages en provenance du Colorado ? »

En réponse à une question de O., D.D. expliqua que Charlie avait autrefois travaillé à Arvada.

« Quand est-ce que la mère est morte, déjà ? demanda O. avec excitation.

— Il y a huit ans. Il faut que je croise précisément les dates et les lieux, mais je crois que ça correspond à l'époque où Charlene bossait au centre opérationnel d'Arvada.

— Elle est morte comment ?

— Le coroner penchait pour des causes naturelles, une défaillance hépatique provoquée par un alcoolisme de longue date, mais le corps avait reposé un moment in situ avant qu'on le découvre. Donc déterminer les causes de la mort tenait plus de la divination que de la science.

— Suffocation, dit O. Un oreiller sur le visage, voilà ce que j'aurais fait.

— Tuer la mère comme elle avait autrefois assassiné ses bébés ? Dans ce cas, le coroner aurait retrouvé des indices d'asphyxie, un purpura pétéchial.

— Pas si la décomposition était suffisamment avancée. Tu le disais toi-même, ça tenait plus de la divination que de la science.

— Tu crois que Charlene l'a tuée ? » C'était une question sincère. Cette coïncidence (la mère qui meurt dans le Colorado précisément à l'époque où Charlene y travaille) tracassait D.D. Et cependant… « Charlene a posé toutes les questions qu'il fallait quand nous l'avons interrogée. Elle n'est jamais partie du principe que sa mère était morte, elle a d'abord envisagé la prison, puis l'hôpital psychiatrique et finalement la mort. Elle a même demandé comment sa mère était décédée, alors si c'est elle qui l'a tuée, qui a retrouvé sa trace à Boulder, qui est allée la voir et qui pendant cinq bonnes minutes a maintenu un oreiller sur son visage pendant que l'autre se débattait comme une furie… ça mérite un oscar. »

Le capitaine O. ne répondit pas tout de suite : « Tu l'apprécies toujours.

— Ça n'a rien à voir avec le fait de l'apprécier ou non. Je réfléchis à voix haute. Les bons enquêteurs échangent des arguments. C'est tout le sel de notre métier.

— Elle a grandi auprès d'une tueuse. Elle a peut-être vu sa mère étouffer deux bébés. À moins qu'elle ne les ait étouffés elle-même…

— Tu pousses loin tes hypothèses.

— Quoi qu'il en soit, elle a été maltraitée de façon chronique. Pense aux liens affectifs qui ne se sont jamais formés. À l'absence d'empathie. Les bonnes âmes voudraient nous faire croire qu'un peu d'amour apaise toutes les souffrances. Dans la police, on sait que ce n'est pas vrai.

— Elle prétend qu'elle aimait Rosalind.

— Ça n'a rien changé. Peut-être même que c'est la mort de la petite qui l'a fait basculer. Elle a explosé. Elle s'est violemment disputée avec sa mère et elle l'aurait tuée si celle-ci ne l'avait pas poignardée avant.

— Très hypothétique, là encore.

— Maman quitte la scène côté jardin, Charlie part dans les montagnes du New Hampshire. Nouvelle maison, nouvelles règles, nouvelle stabilité. Ça a peut-être fonctionné un certain temps. Jusqu'au jour où ses amies se sont dispersées et où cette pauvre Charlie s'est de nouveau retrouvée toute seule. Peut-être qu'elle a décidé de chercher sa mère, pour finir le boulot.

— J'aimerais vraiment avoir un témoin, une preuve quelconque que Charlie était ne serait-ce qu'au courant que sa mère vivait à Boulder.

— Saisis son ordinateur.

— Elle n'en a pas.

— Je parie que sa tante en a un. Dans le New Hampshire. Chope-le, penche-toi sur les anciens fichiers. Il y aura un courriel quelque part, une recherche sur

Internet. De nos jours, il y en a toujours. Et puis je te parie qu'elle a toujours accès à un ordinateur ; par exemple elle emprunte un des postes de dépannage de la bibliothèque municipale de Boston, elle s'en sert pour traquer les pédophiles et ensuite elle le rend à l'accueil. Comme tu le disais à Neil ce matin, personne n'est complètement déconnecté et tout le monde laisse des traces. Il suffit de continuer à creuser. Peut-être qu'il y a huit ans, Charlie a cherché sa mère, qu'elle l'a retrouvée et qu'elle l'a tuée. Et ça l'a soulagée. Justice était faite. »

D.D. ne pouvait pas contester ce raisonnement : la mort de la mère de Charlie semblait bel et bien réparer une injustice ; et elle espérait vraiment que tout le monde laissait des traces sur Internet. Elle avait parlé avec Phil juste avant le dîner : Neil et lui avaient saisi huit appareils électroniques dans la chambre de Barry. Ils espéraient maintenant que les génies de l'informatique leur dégoteraient un maximum de traces, notamment celles qui relieraient Barry aux deux autres pédophiles et celles qui permettraient de comprendre comment un « démon » aux yeux bleus, pour reprendre une expression de leur jeune témoin, avait traqué l'adolescent.

« Donc Charlene Grant aurait tué sa mère, reprit D.D., et ça lui aurait tellement plu qu'elle aurait décidé d'attendre huit ans avant de rejouer les justiciers masqués en exterminant méthodiquement les pédophiles de Boston ?

— Peut-être qu'elle n'a pas attendu huit ans. Peut-être qu'il y a eu d'autres assassinats de pédophiles ailleurs. Nous ne sommes au courant que des trois qui se sont passés sous notre nez. Sans compter que le stress est un facteur déclenchant essentiel chez les assassins, et il suffit de regarder Charlene Grant pour savoir qu'elle est un brin stressée en ce moment.

— Elle se tient à carreau jusqu'au moment où le stress dépasse la cote d'alerte et là elle charge une arme pour se défouler un peu ?

— Pourquoi pas ? Il y a pire comme raison de tuer des pédophiles…

— Toujours très hypothétique.

— C'est bien pour ça, rétorqua sèchement le capitaine O., que je l'ai suivie ce soir, que j'ai mis la main sur son 22 et que je l'ai apporté au labo. Demain, plus rien à foutre des hypothèses. On aura un rapport balistique.

— J'espère, murmura D.D., vu qu'on vient de prendre à une victime potentielle l'arme qu'elle détenait en toute légalité pour se défendre contre son assassin, et ce à la veille du grand jour.

— Oublie les autres meurtres, répliqua O., presque irritée. Tout tourne autour de Charlene. Ce qui est arrivé dans son enfance, à ses frère et sœur et à elle. Je doute même qu'elle soit une cible demain. Je parie que c'est elle, l'instigatrice de tout ça. Enfin quoi, il y a un paquet de gens qui ont subi des mauvais traitements dans leur enfance et ça ne les empêche pas de se souvenir qu'ils ont été poignardés par leur mère ou ce genre de petit détail insignifiant. Seulement Mlle Charlene prétend avoir tout oublié. Je crois que c'est son premier mensonge.

— Tu disais qu'elle était comme Sybil, je croyais, ce qui expliquerait son amnésie ; ce n'est pas Charlene qui a été poignardée par sa mère, mais plutôt sa “personnalité victime”… Rosalind. Et donc Charlene ignore réellement cet épisode. Et ce ne serait pas réellement elle qui aurait fait des cartons sur les pédophiles, mais une sorte de “personnalité protectrice”, Abigail.

— Balivernes.

— L’idée vient de toi.

— C’était juste histoire d’échanger des arguments. C’est tout le sel de notre métier, pas vrai ? »

D.D. ne comprenait pas ; O. changeait vraiment d’avis comme de chemise.

« Bon. On est au moins d’accord sur un point : il nous faut ce rapport balistique. Bravo d’avoir saisi le pistolet et de t’être arrangée avec le labo. »

D.D. sentit le malaise palpable de O. à l’autre bout du fil et ne put s’empêcher de penser à une autre enquêtrice de sa connaissance qui avait toujours été plus à l’aise face aux critiques qu’aux compliments.

« Dis-moi, reprit-elle avec autorité.

— Oui.

— Rentre chez toi. Dors un peu. On a environ sept heures devant nous avant que Charlene quitte son travail et que Jon Cassir ait les résultats des tests. Ce qui veut dire que demain sera très certainement une grosse journée. Et… » D.D. hésita : « Vu que ce sera la date anniversaire de deux meurtres, la nuit sera peut-être encore plus longue.

— Aucun problème, répondit immédiatement O. Onze heures, on arrête Charlene, treize heures elle comparaît au tribunal, quinze heures elle est en sécurité derrière les barreaux. Autrement dit, si un tueur la veut, il va falloir qu'il perce un tunnel dans les parpaings pour arriver jusqu'à elle. »

33

Bonjour. Je m'appelle Abigail.

Ne vous inquiétez pas, on se connaît.

Vous avez peur de moi ? Ou vous avez peur pour moi ?

Faites-moi confiance et je m'occuperai de vous.

Vous ne me faites pas confiance ?

Bonjour. Je m'appelle Abigail.

34

Samedi. Sept heures du matin. Plus que treize heures et des poussières.

Peut-être moins ? Peut-être plus ?

Comment savoir ? Mon service était fini, mais la personne qui devait prendre la relève ne s'était pas présentée et j'étais donc enchaînée à un bureau où les téléphones sonnaient toujours : divers habitants de Boston qui se trouvaient dans divers états de panique.

J'avais commencé mon service par toute une tapée d'accidents de la circulation. Chat contre auto. Moto contre poteau. Ado bourré numéro un contre ado bourré numéro deux.

À deux heures du matin, les bars avaient fermé et les téléphones avaient chauffé. Tina Limmer, 375 Markham Street, avait appelé pour signaler que son petit copain était un connard. Je crois qu'elle l'avait surpris en train de s'envoyer sa meilleure amie. Malheureusement, le fait d'être un connard n'était pas encore passible de sanction devant les tribunaux et j'ai donc dû mettre un terme à la conversation. Pile à ce moment-là, Cherry Weiss, 896 Concord Avenue, signalait une odeur de fumée dans la cage d'escalier de son immeuble. J'ai envoyé deux agents, et les pompiers en prime. Les agents ont arrêté deux septuagénaires bourrés qui essayaient vaillamment de prouver qu'on peut mettre le feu à un pet. Les pompiers se sont marrés, ont profité du spectacle.

J'ai enchaîné avec Vinnie Pearl, 95 Wentworth Way. Lui voulait signaler qu'il avait perdu son nez. Au terme d'une brève recherche (j'avais réussi à le guider jusqu'à la salle de bains de son appartement), il a retrouvé ledit nez dans le miroir. Le fin mot de l'histoire, c'était que Vinnie avait passé le plus clair de son vendredi à fabriquer du limoncello artisanal. D'où son deuxième appel, dix minutes plus tard, pour signaler qu'il avait cette fois perdu ses lèvres – il ne les sentait plus, toute sa bouche avait disparu.

J'ai ordonné à Vinnie de prendre quatre aspirines, trois verres d'eau, et lui ai souhaité bon courage pour le lendemain matin.

Cet appel s'est terminé juste à temps pour la première de trois rixes de bar, suivies de deux appels pour violences conjugales, puis un autre accident de voiture, 4 × 4 militaire contre trois voitures garées.

Les voitures garées avaient perdu. Le 4 × 4 n'était pas trop vaillant non plus et le conducteur rond comme une queue de pelle avait été interpellé, comme on dit, sans incident.

Vers trois heures du matin, j'ai mangé mon blanc de poulet froid et un demi-pamplemousse au bureau. À quatre heures et demie, une accalmie dans le volume d'appels m'a permis, incroyable mais vrai, d'aller aux toilettes. À cinq heures et demie, j'ai tenté de me connecter à Facebook depuis l'ordinateur du commissariat : je voulais voir la page à la mémoire de Randi et Jackie.

J'ai eu huit minutes pour m'étonner de la longue liste d'amis, de l'épanchement de souvenirs communs et de regrets doux-amers, puis l'écran s'est de nouveau illuminé : voiture contre piéton, cette fois-ci. Le piéton était blessé, mais il avait quand même pu appeler le 911 pendant que le chauffard prenait la fuite.

Randi ne s'était doutée de rien, le 21. Pour autant que je sache. La police n'avait jamais retrouvé la moindre trace de menace, de comportement suspect. Elle menait une petite vie repliée sur elle-même et son amie la plus proche était sans doute sa prof de yoga, d'après laquelle Randi n'avait rien signalé d'inhabituel. Donc, le 21, le jour s'était levé comme n'importe quel autre jour. Sortir du lit. Accomplir les gestes quotidiens. Sans avoir la moindre idée, le moindre pressentiment que ce serait son dernier jour sur terre.

Qu'est-ce qui vaut mieux ? Ne pas voir la mort arriver ou passer la dernière année comme je l'avais fait, dans un compte à rebours de chaque minute, en planifiant chaque seconde qui me rapprochait d'une menace de mort ?

Jackie avait pleuré, le matin du 21. J'en étais certaine. Elle avait dû se réveiller avec le même sentiment pesant que moi. On y était. Un an jour pour jour que Randi était morte et la police n'avait toujours aucune piste, aucun élément nouveau dans l'enquête. Notre amie d'enfance avait été assassinée sans raison et nous avions toujours plus de questions que de réponses.

Jackie avait dû commencer sa journée dans le silence, la retenue. Peut-être avait-elle mis un collier de perles en souvenir de Randi. Ou acheté des fleurs, ou écouté le groupe préféré de notre amie, Journey, en allant au travail.

Comme j'étais dans le New Hampshire, je m'étais rendue sur la tombe de Randi ce matin-là, avec un bouquet de roses jaunes acheté au supermarché. J'avais craint d'y croiser ses parents et de ne pas savoir quoi dire. Mais le cimetière était désert et je me tenais seule sur la neige compacte, grelottant dans l'air à moins dix, et je sentais les larmes couler et geler sur mes joues.

Jackie avait sans doute été préoccupée, le 21. Mais elle ne pensait probablement pas à elle-même, elle ne percevait pas cette tension persistante, cette fêlure, la peur. Ce qui expliquait peut-être qu'elle ait été dans un bar. Elle était triste, pas effrayée, elle avait dû penser qu'une sortie lui remonterait le moral.

D'après la police, elle avait rencontré une femme, ce soir-là. Une inconnue, en toute logique, puisque aucune amie ni connaissance ne s'était présentée pour témoigner qu'elle était avec Jackie pendant ses dernières heures. Donc elle était allée dans un bar, elle avait rencontré quelqu'un qui lui avait plu, quelqu'un qui semblait assez sympa, assez correct pour qu'elle l'invite chez elle.

Pas de lutte.

J'en revenais toujours à cette idée. Non seulement mourir, mais mourir sans résister.

Je ne pouvais pas imaginer ça. Quand les mains de J.T. s'étaient refermées autour de ma gorge, j'étais restée frappée de stupeur, momentanément paralysée. Mais ensuite étaient venus l'instinct de respirer, le désir de me rebeller, de me battre comme une forcenée pour avoir de l'air.

Randi était douce, mais Jackie avait toujours été opiniâtre. Une femme qui s'était battue pour devenir vice-présidente d'une grande entreprise à l'âge de vingt-six ans n'était pas une chiffe molle.

Alors que s'était-il passé, ce soir-là ? Qui avait-elle rencontré, qu'avait-il pu se produire pour qu'elle se soumette à son destin avec une telle passivité ?

Je retournais ces questions dans ma tête, comme je le faisais depuis un an. Sans trouver de réponse, juste le moyen de me cisailler un peu plus les nerfs.

Les téléphones sonnaient. Mes mains tremblaient. Et je travaillais, travaillais, travaillais, les dents serrées, le corps fébrile, et j'avais une envie folle de sentir le Taurus dans mes mains.

Sept heures du matin, huit heures, neuf heures.

À neuf heures et quart, le sergent Collins est venu à la porte du local m'annoncer que celle qui devait prendre la relève s'était fait porter pâle. On cherchait une remplaçante ; en attendant, il fallait que je tienne la baraque.

C'était un constat, pas une question. Ça fait partie du boulot : quelqu'un doit impérativement répondre au 911, donc impossible de partir avant que le suivant soit arrivé et ait posé ses fesses dans le fauteuil. Pas de remplaçante, donc pas de retour à la maison pour moi.

Dix heures, onze heures.

Mes dernières heures s'écoulaient dans la pénombre d'un centre opérationnel où je gérais les crises des autres, où je résolvais leurs problèmes.

« C'est ainsi que finit le monde, me suis-je dit en me souvenant du poème de T.S. Eliot que j'avais appris au lycée. Pas sur un boum, sur un murmure. »

Je voulais me battre. Quoi qu'il pût se passer ce soir, je voulais être celle qui aurait fait des dégâts, infligé des blessures. Que je gagne ou que je perde, le commandant D.D. Warren et son équipe trouveraient de nouveaux indices sur ma scène de crime. J'y étais déterminée.

Onze heures et demie. Shirlee Wertz est arrivée – boucles noires retenues par un bandana rouge, sac d'étudiante plein à craquer sur l'épaule. Nous avons passé en revue le journal des appels, je l'ai mise au courant pour ce poivrot de Vinnie dont le corps disparaissait par petits bouts. Après quoi, je lui ai donné mon casque, je me suis dirigée vers la porte et j'ai jeté un dernier coup d'œil en arrière.

Est-ce que ça allait me manquer ?

Je prenais deux semaines de vacances, c'était tout ce que j'avais dit à mes supérieurs. Comme ça, pas de foin autour de mon départ. Pas de questions déchirantes sur mon avenir, ma vie après le 21.

C'est drôle, mais j'avais la gorge serrée. En regardant l'écran ANI ALI, j'étais suffoquée.

J'avais aimé ce travail. Je tenais à mes agents, je savais quelle responsabilité et quel honneur c'était d'assurer leurs arrières. J'avais le sentiment qu'à mon tout petit niveau, dans cette pièce obscure, en répondant à ces téléphones, j'avais été utile pendant cette dernière année.

Onze heures quarante-cinq. Plus que huit heures et quinze minutes.

J'ai repris ma sacoche. Je suis sortie du commissariat de Grovesnor. Et je me suis obligée à ne pas regarder en arrière.

Je suis allée droit vers mon pistolet. Au bout du parking, sous le buisson épineux. Un coup d'œil à droite, un coup d'œil à gauche. Personne à l'horizon, alors je me suis baissée pour le récupérer.

Sauf qu'il n'était plus là. J'ai fouillé. Un peu plus à gauche, un peu plus à droite, puis, renonçant à tout faux-semblant, j'ai frénétiquement fourragé à deux mains dans le monticule de neige, comme un fox-terrier creuse dans la terre.

Rien.

Le pistolet avait disparu. Ne restait plus qu'un trou glacé et, autour, le sable des épandeuses et de la terre de ville.

Au loin, des sirènes ont hurlé. Une, deux, trois voitures de patrouille.

Qui avait pu le prendre ?

Je n'en avais parlé à personne. Je l'avais planqué au dernier moment, quand personne ne regardait. Comment quelqu'un avait-il pu prévoir une chose que j'ignorais moi-même ?

Mes cheveux se sont dressés dans ma nuque. J'avais compris.

L'assassin était à Boston.

Il ou elle me surveillait.

Et il ou elle avait déjà un coup d'avance.

On y était. Plus de compte à rebours.

Mon propre assassinat avait officiellement commencé.

Ça a été plus fort que moi. Titubante, je me suis éloignée du tas de neige sale, souillé. Et, désarmée, en proie à une réelle panique, je me suis mise à courir.

35

Jesse s'était réveillé le samedi matin dans le grand lit de sa mère. Elle avait roulé au bout du lit et, tournée vers le mur, un bras rejeté sur le côté, elle ronflait tout doucement. Jesse ne savait pas quelle heure il était. Sans doute plus tard que d'habitude parce qu'il faisait jour dans la chambre ; le soleil poussait et écartait les coins des stores.

Avant, Jesse se serait levé tout seul. Il serait allé à pas de loup dans la cuisine se servir un bol de céréales. Ensuite il aurait mis les dessins animés du samedi matin. Et il se serait peut-être même connecté à Internet pour rejoindre le monde d'AthleteAnimalz.

Mais là, il se serra contre sa mère endormie. Il aimait sentir son corps, chaud et doux. Il lissa la couette à fleurs rouges d'une main et contempla le mur gris en face de lui.

Il était trop grand pour dormir avec sa maman. Ses copains de classe se moqueraient de lui s'ils l'apprenaient. Malgré tout, il resterait peut-être encore une nuit. Ou deux. Ensuite ce serait la semaine d'école, ce serait plus facile. Sa mère l'avait dit. La psychologue aussi. Retrouver ses habitudes lui ferait du bien. Elles avaient toutes les deux dit ça, mais quand sa mère avait prononcé ces mots, deux petites rides s'étaient creusées sur son front, pile entre les deux yeux. Il n'aimait pas ces rides. Elles lui donnaient envie de passer la main sur le front de sa mère pour les gommer.

Il avait fait de la peine à sa maman. Pire, il lui avait fait peur et maintenant, de la même façon qu'il sursautait au moindre bruit fort, elle voulait en permanence l'avoir sous les yeux. Alors ils avaient passé toute la journée de la veille blottis l'un contre l'autre dans le canapé à regarder des émissions débiles à la télé en mangeant des cochonneries, jusqu'au moment où Jesse lui-même avait craint de se ramollir le cerveau. D'ailleurs, il le sentait réellement, son cerveau, et les verrues, les trous et les lésions qui étaient en train de se former, comme dans un cerveau de zombie, juste là dans son crâne.

Il avait reposé son Twinkie entamé et réclamé une pomme.

Sa mère avait fondu en larmes. Il avait immédiatement repris le Twinkie, mais elle le lui avait retiré, donc apparemment le problème n'était pas là.

Il avait été méchant. Voilà ce qui clochait. Il avait enfreint les règles, suivi un inconnu, rencontré un démon et assisté à la mort d'un adolescent. Et il ne savait pas comment faire en sorte que ce ne soit pas arrivé. C'était fait. Il avait été méchant. Et maintenant… Et maintenant… ?

S'il avait pu, il serait revenu en arrière, comme on rembobine une vidéo. Regardez, Jesse qui retourne à reculons vers la bibliothèque, qui remonte les escaliers extérieurs, les escaliers intérieurs, qui s'assoit avec l'inconnu dont il fallait se méfier, mais qui ensuite se relève et s'éloigne de lui, retourne en bas auprès de sa mère. Regardez, Jesse est avec sa mère. Reste là, Jesse, reste là. Sois sage et ta mère ne pleurera pas.

La police avait pris son ordinateur. Jeudi soir ou vendredi matin, pensait-il. Il s'était endormi à l'arrière de la voiture de police qui l'avait ramené chez lui après les milliards de questions qu'on lui avait posées au commissariat. Sa mère, supposait-il, l'avait porté dans ses bras jusqu'à leur appartement, au troisième, alors qu'il était beaucoup trop grand pour ça aussi. Elle l'avait déposé sur le canapé, si épuisé qu'il n'avait même bronché quand elle lui avait retiré ses chaussures.

À six heures du matin, il s'était brusquement réveillé en hurlant pour la première fois. Mauvais rêve. Il ne s'en souvenait pas, mais c'était une histoire de démon d'une maigreur effrayante avec des crocs en dents de scie et des yeux bleus trop brillants.

« Rendors-toi », avait dit sa mère. Alors il avait essayé, mais il s'était encore réveillé en hurlant une heure plus tard, et à nouveau une heure plus tard.

À neuf heures, elle l'avait laissé se lever. Bonne nouvelle : pas d'école pour lui, pas de travail pour elle. Ils allaient prendre une journée pour se refaire un moral, lui avait-elle expliqué, mais elle avait de nouveau cet air soucieux, ces deux petites rides qui lui plissaient le front, et il avait bien vu qu'elle n'était pas vraiment heureuse et qu'ils ne s'amusaient pas vraiment.

Ils étaient sortis prendre le petit-déjeuner au restaurant du coin de la rue. Au retour, elle lui avait annoncé la nouvelle : la police avait besoin de leur vieil ordinateur pour son enquête. Elle l'avait remis à l'agent qui les avait raccompagnés chez eux. Ils pourraient le récupérer quand tout serait fini, mais la mère de Jesse leur avait dit de ne pas s'embêter avec ça ; elle ne voulait plus jamais le voir.

Elle regardait Jesse en disant ça. Il n'avait pas protesté, juste hoché la tête. Elle avait poussé un petit soupir et son front soucieux était momentanément redevenu lisse. Un fardeau en moins sur ses épaules, mais un million d'autres à venir.

Jesse pensait comprendre son rôle maintenant. Il avait été méchant. Et on ne peut pas revenir en arrière, rembobiner, défaire ce qui a été fait. Il pouvait seulement essayer de réparer, de compenser en se montrant gentil, de la même manière qu'il devait boire un verre de lait pour avoir la permission de manger un Twinkie. Une bonne action pour racheter une bêtise.

L'autre soir, la dame de la police avait dit qu'ils avaient besoin de son aide. Il avait été témoin. Ils avaient besoin qu'il soit courageux, qu'il leur dise tout ce qui s'était passé. Aucune honte à avoir, rien n'était de sa faute. Il fallait simplement qu'il parle.

Jesse avait fait de son mieux. Mais il avait terriblement honte. Honte de s'être si facilement laissé entraîner dehors par l'inconnu, alors qu'il était prévenu. Honte que l'inconnu lui ait montré son sexe. Et encore plus honte à cause du démon, cette fille brune élancée qui était arrivée avec son pistolet et ses yeux trop bleus, et à cause du sourire qu'elle lui avait directement adressé, un sourire pas normal.

Le garçon était malfaisant, la femme était malfaisante et Jesse avait honte de tout ça, mais surtout du fait qu'il avait eu très, très peur et que donc il avait fermé les yeux. Presque tout le temps. Tout le temps. Pendant chaque seconde qui lui revenait par flash.

Il ne voulait pas savoir ce qui s'était passé après son départ de la bibliothèque. Il voulait que ça disparaisse, que ce soit, sinon rembobiné, du moins effacé. Une série d'images vidéo brûlées dans sa mémoire. Comme ça, il ne se réveillerait plus en hurlant. Comme ça, sa mère ne le regarderait plus d'un air douloureux.

Il retournerait à l'école et ils reprendraient leurs petites habitudes, Jenny et Jesse contre le reste du monde.

Voilà ce qu'il voulait. Plus que tout. Que sa mère et lui retrouvent leur complicité. Jenny et Jesse contre le reste du monde.

« Maman. »

Il se retourna, regarda sa mère endormie.

Elle ne bougea pas.

Il posa une main sur son épaule : « Maman.

— Mmm ? » dit-elle tout bas, mais toujours sans bouger.

Il toucha ses longs cheveux bruns, étalés sur l'oreiller. Ils ressemblaient un peu à ceux du démon, se dit-il, mais sa mère ne ressemblait pas du tout à l'autre femme. D'abord, sa mère était réelle, alors que la fille au pistolet était clairement un monstre.

Jesse poussa un petit soupir. Ça l'ennuyait de réveiller sa mère. Mais il savait ce qu'il avait à faire. Il avait été méchant. Pas moyen de rembobiner. Maintenant il allait être gentil. Réparer les dégâts, comme avec le verre de lait.

« Maman, réveille-toi. »

Sa mère soupira, se retourna sur le dos. Ses yeux cillèrent. Elle bâilla, regarda le plafond.

Il sut à quel moment elle fut réveillée, mais vraiment réveillée, parce que son visage, si doux et détendu dans le sommeil, se crispa immédiatement. Ses yeux se refermèrent, son front se plissa. Elle se tourna vers lui.

« Ça va, chéri ? demanda-t-elle, et même sa voix était tendue.

— Je t'aime, maman.

— Moi aussi, je t'aime, mon cœur. » Elle lui prit la main. « Mauvais rêve ?

— Non. Je ne veux pas manger de Twinkies aujourd'hui.

— Entendu.

— On devrait sortir. Prendre l'air.

— D'accord, Jesse.

— Je vais prendre du porridge au petit-déjeuner. Sans sucre. Nature, comme toi.

— Jesse…

— Je t'aime, maman.

— Moi aussi, je t'aime. On va s'en sortir, Jesse. Ça va aller. »

Alors il fondit en larmes. Sans savoir pourquoi. Sans le vouloir. Mais elle lui tendit les bras et il se blottit contre sa poitrine, comme quand il était petit ; elle lui caressa la tête et il redoubla de pleurs parce qu'elle était sa maman, qu'il l'aimait et qu'il voulait juste que ce soit Jenny et Jesse contre le reste du monde. Il adorait ça, Jenny et Jesse contre le reste du monde.

Pour finir, ils se levèrent. Elle lui prépara son petit-déjeuner, il mit le couvert. Ils prirent tous les deux du porridge, préparé à feu doux sur la cuisinière puisque, pour une fois, sa mère avait le temps. Il prit une première cuillère de la préparation pâteuse, ferma les yeux et avala bravement. Aussitôt, il entendit un bruit aigu de grelot.

Sa mère, qui riait. Sa mère, qui se tenait pratiquement les côtes assise à la petite table en bois, prise d'une incontrôlable hilarité devant sa mine horrifiée.

Alors il rit à son tour et en prit une autre bouchée pendant qu'elle aussi mangeait son porridge. Ce n'était pas si mauvais que ça, même sans sucre et gluant et tout. Il en remangerait peut-être un jour. Qui sait.

Après le petit-déjeuner, ils se couvrirent bien et partirent se promener dans le parc. Il faisait très froid, dans les moins douze, avait dit sa mère. Mais le soleil était de sortie, il se réverbérait sur la neige, et le ciel était si bleu que Jesse en avait mal aux yeux.

Ce fut alors que la vérité lui apparut, alors qu'il s'envolait sur une balançoire vers ce ciel bleu, si bleu.

Sous le coup de l'excitation, il lâcha tout et faillit basculer en avant au sommet du mouvement de balancier. Mais il se raccrocha aux chaînes et laissa traîner ses pieds par terre. Quand il se fut assez freiné, il sauta de la balançoire et se précipita vers sa mère.

« Je me souviens, je me souviens. Je sais quelque chose pour les enquêteurs. Il faut que tu les appelles.

— D'accord, d'accord. Qu'est-ce qu'il y a, Jesse, qu'est-ce qui se passe ?

— Ses yeux, ses yeux de démon, très bleus. Je sais pourquoi elle ressemblait à un monstre !

— Pourquoi, chéri ?

— Ce ne sont pas des vrais, maman. J'en ai déjà vu des comme ça. Dans des catalogues pour Halloween. Ils vendent des lentilles. Pour se faire des yeux de vampire, ou des yeux de zombie, mais aussi des yeux de chat. Des yeux de chat bleus. C'était ça qu'elle portait. Cette femme n'était pas vraiment un démon. C'était juste une fille avec un déguisement ! »

36

D.D. se réveilla en sursaut à six heures du matin. Pas de pleurs de bébé, pas de sonnerie de réveil, pas d'Alex en train de se préparer pour le travail. Elle resta une seconde sans bouger, analysa la situation, et comprit. Le 21 janvier. La date anniversaire de deux meurtres. Le jour où Charlene Grant avait prédit qu'elle mourrait.

Elle se leva.

Elle enfila la robe de chambre écossaise bleu marine d'Alex et alla dans la cuisine sur la pointe des pieds pour faire du café. Pendant qu'elle y était, elle regarda sur son portable si elle avait des messages. Rien.

Passant dans la salle de bains pour se laver les dents, elle fit un nouvel inventaire : cernes violets sous les yeux, teint blafard, visage où se lisait le manque de sommeil, relâchement de la peau, récent mais très net, sous le menton. Elle fit ballotter le relâchement incriminé, se dit que ce sont des choses qui arrivent à quarante et un an et, après une grimace de dépit, retourna dans la cuisine pour sa première tasse de café. Elle appela le bureau et vérifia sur sa boîte vocale qu'elle n'avait pas de message. Rien.

Elle aurait dû prendre des nouvelles de ses parents, qu'elle avait maintenant réussi à éviter pendant près de vingt-quatre heures. Ils ne devaient pas être contents. À juste titre sans doute.

Réflexion faite, le petit-déjeuner passerait d'abord.

Elle commençait à faire chauffer des gaufres après avoir préparé des œufs au bacon quand Alex entra en se traînant dans la cuisine, l'œil vitreux. Il portait un sweat gris de la FBI Academy sur le tee-shirt blanc et le bas de pyjama turquoise qu'il aimait bien mettre pour dormir. Ses joues étaient assombries par un début de barbe poivre et sel. Son sweat arborait une trace de régurgitation de bébé sur l'épaule gauche.

Ils étaient tous les deux vieux, conclut-elle. Mais, tout bien considéré, ils avaient encore de l'allure.

Elle lui servit une tasse de café.

« Tu n'as pas ta journée, aujourd'hui ? marmonna-t-il en l'acceptant avec gratitude.

— Je ne suis pas de garde. Mais, avec un peu de chance, ce sera une grosse journée pour nos meurtres en série. J'attends un coup de fil de la balistique d'une minute à l'autre. »

Elle se remplit une tasse à ras bord.

La voyant se resservir, il s'étonna : « Je croyais que tu ne voulais plus carburer au kawa.

— Ouais, mais il y a comme un truc dans les affaires de meurtre qui rend un petit noir absolument indispensable. »

Alex, qui en buvait à longueur de journée, ne la contredit pas.

Il s'attabla. D.D. lui servit son petit-déjeuner, configuration inhabituelle car la cuisine était généralement le royaume d'Alex. Encore une scène d'intimité familiale, songea D.D. La veille au soir, c'était Jack et elle, une mère et son fils. Et maintenant Alex et elle, comme mari et femme, au fond.

C'était agaçant de penser que sa mère avait peut-être raison.

Ils mangèrent dans un silence complice. Alex lut le journal et fit les mots croisés du jour. D.D. s'activa dans la cuisine, lava les assiettes, les essuya, les rangea. Son cerveau tournait à plein régime. Elle se connaissait suffisamment pour savoir qu'elle était en train de comprendre quelque chose. Mais elle ne savait pas quoi.

À sept heures et demie, Jack se joignit à la compagnie. Alex lui donna son biberon pendant que D.D. prenait sa douche. À huit heures, estimant qu'il était encore trop tôt pour déranger ses parents, elle consulta à nouveau son téléphone et sa messagerie vocale professionnelle. Rien.

Charlene Grant devait avoir quitté son poste, maintenant. Elle avait cherché son 22. Ne l'avait pas trouvé. Avait compris que la police était sur sa piste. À moins que, trop distraite par la date, le danger censé la menacer et le chagrin ravivé par le souvenir du meurtre de ses amies, elle n'ait pas pensé tout de suite à cela. Peut-être avait-elle tout bonnement paniqué.

Que fait-on quand on n'a plus qu'une journée à vivre ? On dort un peu pour se préparer à l'affrontement imminent ? On se cherche un beau gosse pour une ultime partie de jambes en l'air ? On s'autorise un dernier repas à forte teneur en graisses, sucres et calories ?

On appelle les gens qu'on aime pour leur dire au revoir ?

Sauf qu'il ne restait plus grand-monde à Charlene. À part sa tante Nancy et un clébard errant.

Rosalind Grant. Carter Grant. Un frère et une sœur, décédés.

Christine Grant. Une mère, décédée.

Charlene Rosalind Carter Grant. Alias Abigail. La femme dans l'œil du cyclone.

Le cerveau de D.D. se remit à turbiner.

À neuf heures, Alex, Jack et elle étaient propres comme des sous neufs et avaient le ventre plein. Fin prêts. Dernière consultation de la boîte vocale. Rien. Dernier coup d'œil au portable. Rien.

Alors D.D. céda et appela ses parents pour les inviter à passer. Alex accepta d'aller les chercher à l'hôtel : ils n'avaient pas loué de voiture parce qu'ils ne voulaient pas conduire à Boston. Ils étaient logés à Waltham, avait eu envie d'expliquer D.D., pas à Boston. Conduire dans Boston était un sport de combat : comme pour les sumos, il fallait être le plus gros et le plus agressif pour l'emporter. Mais à Waltham, il ne s'agissait que de naviguer tranquillement dans des rues de banlieue… Elle soupira et se jura pour la énième fois qu'elle ne deviendrait pas aussi enquiquinante avec Jack en vieillissant. En fait, elle serait sans doute pire.

En les attendant, D.D. mit Jack dans le porte-bébé et le plaça sur son ventre pendant qu'elle aspirait le tapis de l'entrée, mettait de l'ordre dans le salon.

Le séjour aurait eu besoin d'un coup de peinture. Pendant qu'ils y étaient, ils auraient sans doute dû faire recouvrir le canapé bleu délavé qui datait du temps où Alex était célibataire, et poncer le parquet. Peut-être ajouter un tapis tressé pour adoucir l'espace, une plante en pot pour ajouter une touche de verdure. Ou, encore mieux, des rideaux.

D.D. se surprit à envisager de mettre du papier peint et, reprenant ses esprits, éteignit l'aspirateur pour se sermonner sérieusement. Rien à foutre de la déco. Elle était le commandant D.D. Warren, bordel. Elle ne faisait pas dans le tissu d'ameublement. Elle enquêtait sur des meurtres.

Neuf heures quarante-cinq. Renonçant à écouter sa messagerie, elle appela directement le labo. Jon Cassir ne décrocha pas, alors elle lui laissa un message. Puis elle fit encore les cent pas avec Jack.

Le capitaine O. était convaincue que Charlie était leur redresseuse de torts. Qu'elle s'en prenait à des pédophiles pour compenser l'impuissance qu'elle avait ressentie dans son enfance, quand elle-même était martyrisée par sa mère et qu'elle n'avait pas pu sauver ces bébés. Puisqu'elle était promise à une mort prochaine, qu'avait-elle à perdre ?

Mais le capitaine O. était aussi convaincue que Charlene ne serait pas agressée, le 21. Qu'elle avait sans doute tout manigancé.

D.D. tiqua. Ces deux théories s'excluaient mutuellement. Soit Charlene avait orchestré les meurtres du 21 janvier, et donc elle n'était pas promise à une mort prochaine, soit elle se croyait sincèrement condamnée, ce qui l'autorisait à descendre des délinquants sexuels.

D.D. marchait de long en large.

Charlene était persuadée qu'elle allait mourir aujourd'hui. D.D. pouvait se tromper, mais elle en avait l'intime conviction. Ces traits tirés, ces doigts amochés, cette gorge couverte de bleus. Personne ne s'entraîne aussi dur s'il n'est pas sous le coup d'une menace réelle et imminente.

D.D. avait donc deux séries de meurtres à analyser. Le double meurtre de ses amies d'enfance, qui faisait logiquement de Charlene la victime d'un troisième. Et les meurtres par balle de trois pédophiles, peut-être abattus par Charlene qui aurait eu la mauvaise idée de jouer les redresseuses de torts pendant ses derniers jours ici-bas.

Mais, sur les lieux du troisième meurtre, Charlene s'était présentée au jeune témoin traumatisé sous le nom d'Abigail. Alors qu'elle se trimballait déjà le nom de ses frère et sœur morts. Si elle avait ressenti le besoin de donner un nom, pourquoi pas Rosalind, ou Carter, ou, comme à son habitude, toute la litanie : Charlene Rosalind Carter Grant ? Et puis d'ailleurs, quel assassin appuie sur la détente et se retourne ensuite vers les spectateurs pour se présenter ?

Un assassin dément, entendit-elle pratiquement le capitaine O. lui répondre. Un assassin qui n'est pas tout à fait une personne, mais une « personnalité dissociée ». Une femme qui n'a manifestement pas réglé ses comptes avec le passé.

La porte d'entrée s'ouvrit. Alex fit entrer ses parents.

« Où est mon petit-fils ? s'exclama la maman de D.D. avec effusion, les bras grands ouverts. C'est l'heure de se fabriquer des souvenirs ! »

Les souvenirs, pensa D.D. avec amertume. Chacun les interprète à sa façon.

Ce qui lui donna une idée fort intéressante.

Onze heures du matin. Jack s'était rendormi dans son cosy. Les parents de D.D. étaient assis dans le canapé. Sa mère parlait de la froideur de l'hiver, du temps épouvantable qu'il faisait à Boston, des embouteillages, de la grisaille perpétuelle (alors que, soit dit en passant, le soleil brillait et le ciel était bleu vif) et du déficit du système de santé, dont personne ne parlait au gouvernement, mais qui signifiait qu'aucune personne âgée n'était plus couverte correctement.

« Ne vieillissez pas, suggéra-t-elle en conclusion. C'est un enfer. On se retrouve littéralement noyé sous la paperasse. Et à la minute où on a tous ses médecins et ses médicaments bien comme il faut, ils changent les règles et il faut tout reprendre à zéro. »

Alex, assis dans le rocking-chair, avait le regard légèrement ailleurs. Il avait sa quatrième tasse de café à la main, mais à voir la façon dont il ne cessait d'en contempler le fond, ça ne marchait pas.

D.D. ne tenait plus en place. Elle ramassa les jouets de Jack. Les deux. Puis elle rajusta sa couverture. Déplaça son cosy. Apporta deux autres jouets à son bébé endormi et les posa à côté de lui dans le siège-auto. Juste au cas où.

« Alors, quand est-ce que vous venez en Floride ? dit sa mère.

— Quoi ?

— On pensait au mois de mars, continua sa mère avec un regard vers son père. Il fait doux, il y a du soleil tous les jours, c'est tellement mieux que de le passer en Nouvelle-Angleterre, chérie. C'est vrai, si vous avez de la chance, les températures vont, quoi ? enfin repasser au-dessus de zéro ? Tu pourras emmener Jack à la plage, lui tremper les doigts de pied dans la mer. Et puis, bien sûr, on aimerait faire une fête. Rien de grandiose. Juste pour que nos amis vous rencontrent, toi et Jack. Oh, et Alex, bien sûr. »

Alex tressaillit en entendant son prénom. Il leva les yeux, légèrement paniqué à l'idée de ce qu'il avait pu rater.

« On s'occupera des billets, continuait la mère de D.D. Ce sera notre cadeau à Alex et toi. Un cadeau de naissance. »

Elle rayonnait.

Debout au milieu du séjour, D.D. se cramponnait au doudou de Jack comme si sa vie en dépendait. Elle regarda Alex.

« La Floride ? demanda celui-ci d'un air hébété.

— Oui, expliqua D.D. Ils voudraient qu'on aille les voir. En mars.

— Il fait beau en Floride en mars, dit-il.

— C'est vrai.

— D'accord.

— Quoi ?

— Allons-y. En mars. Ce sera chouette de voir où vivent tes parents. »

Puis il se leva et passa dans la cuisine.

Le portable de D.D. sonna. Probablement l'unique raison qui lui épargna de commettre un triple meurtre. Le nom du capitaine O. s'affichait à l'écran.

« Il faut que je prenne cet appel, murmura-t-elle en se dirigeant au pas de course vers la chambre du fond.

— Cassir vient d'appeler, annonça O. sans préambule. Les tests balistiques sont positifs pour les deuxième et troisième meurtres. Pour le premier, la balle est trop abîmée, comme il l'avait prédit. Mais bon, deux sur trois…

— Ouais, convint D.D., dont le cerveau se remit à turbiner. Deux sur trois, j'achète. Demande un mandat d'arrêt pour Charlene Rosalind Carter Grant.

— Je suis dessus.

— Tu as regardé Facebook, ce matin ? La page que tu as créée ?

— Oui. Onze cents fans et ça grimpe encore. Pas de menaces ni de cinglés repérables au premier coup d'œil. L'ex-mari n'a plus rien posté. Une poignée de personnes qui semblent avoir été au lycée avec les deux victimes, mais impossible de savoir si elles sont psychopathes. Il nous faudrait plus de temps.

— Tu pourrais regarder leur date d'anniversaire ?

— Si ça figure sur leur profil. Ce n'est pas toujours le cas.

— Cherche un 21 janvier.

— Aujourd'hui ? Tu penses… que ce serait sa façon de fêter son anniversaire ?

— Il doit bien y avoir une raison pour que ce soit le 21 janvier, non ? Cette date ne représentait rien dans la vie de Randi, ni dans celle de Jackie, ni dans celle de Charlie. Donc elle représente quelque chose pour le tueur.

— Joyeux anniversaire ?

— Voilà », répondit D.D, et, au moment où elle disait cela, les dernières pièces du puzzle s'imbriquèrent. Sa rumination était terminée. La réponse était arrivée. « Charlene Rosalind Carter Grant. C'est ça, notre problème. Nous avons toujours pensé que cette histoire tournait autour de Charlene Rosalind Carter Grant.

— Oui.

— Mais peut-être pas. Peut-être que ça n'a rien à voir avec Charlene. Et peut-être tout à voir avec Abigail.

— Charlie est Abigail. Le rapport balistique le confirme.

— Possible. Mais ça ne répond toujours pas à cette question : notre assassin a bien pris soin de se présenter sous le nom d'Abigail. Pourquoi ?

— Elle voulait réconforter le petit garçon. Elle déteste les pervers, pas les victimes.

— Elle pouvait le réconforter sans lui donner de nom. Mais elle a bien précisé : “Je m'appelle Abigail.”

— En mémoire de sa sœur. Le bébé dont on n'a pas encore retrouvé le corps.

— Donc elle a pris comme deuxième et troisième prénoms les noms de Rosalind et Carter, mais avec Abigail… ?

— Dédoublement de personnalité.

— Pourquoi ?

— Mais qu'est-ce que j'en sais, moi ? Il me semble que c'est pour ça qu'on appelle ça de la démence.

— Et le 21 janvier ? insista D.D. Les deux meilleures amies de Charlene ont été assassinées à cette date. Pourquoi ?

— La question reste posée. Malheureusement, personne n'en connaît la réponse. Cela dit, on aura peut-être enfin de nouveaux éléments aujourd'hui.

— Je crois que les deux questions forment un tout, dit D.D.

— Quelles questions ?

— Abigail et le 21 janvier. Nous ne connaissons que Charlene Rosalind Carter Grant, tu vois. Nous n'avons fouillé que dans son passé, nous l'avons interrogée, elle. Mais Abigail ? Pourquoi ce nom, pourquoi cette date ?

— Tu suggères qu'*Abigail* serait le lien entre l'assassinat de ses amies et les meurtres de délinquants sexuels ?

— Je crois.

— Mais… » La voix de O. était hésitante : « Abigail est Charlie.

— En fait, si c'est un cas de trouble de la personnalité multiple, c'est faux. Abigail n'est qu'une partie de Charlie. Mais concrètement, ces deux-là ne se sont jamais rencontrées.

— Bon, je peux arrêter Charlie ? demanda O.

— Oui. On a le rapport balistique. Appuie-toi dessus pour obtenir le mandat. Ce ne sera pas un mal de mettre Charlene à l'ombre, mais, crois-moi, celle qu'on veut vraiment coincer, c'est Abigail. Je ne sais pas ce qui se passe, mais elle détient la clé de tout ça.

— Je m'en vais arrêter Charlene Grant, dit O. sur un ton qui sous-entendait que D.D. déraillait, elle aussi.

— Très bien. Je m'en vais me renseigner sur Abigail. On verra qui de nous deux trouve l'assassin la première. »

37

Quand la première voiture de patrouille de Grovesnor est apparue, toutes sirènes hurlantes, je me suis figée. Elle me cherchait. C'était irrationnel comme supposition, mais voilà. On peut être paranoïaque et avoir des ennemis.

Je me suis plantée au pied d'un poteau téléphonique à l'entrée de la station de métro, la tête baissée, rentrée dans les épaules, comme si je pouvais par magie disparaître dans mon gros blouson d'hiver.

Raté. Les freins ont crissé. La voiture a stoppé net à ma hauteur. J'ai évalué la distance à parcourir pour rejoindre l'escalier du métro, qui descendait sous terre. Dix, quinze mètres. J'étais petite, rapide. J'avais mes chances si je m'élançais tout de…

« Monte, a grondé l'agent Mackereth par la vitre passager. Pour l'amour du ciel, Charlie. Monte. Planque-toi. Vite ! »

J'ai ouvert la portière et je me suis accroupie par terre, sous le tableau de bord. La tête de nouveau baissée, j'espérais que mes cheveux bruns se confondraient avec le cuir noir du fauteuil pour que je passe encore plus inaperçue. Tom écrasa l'accélérateur et la voiture décolla comme une fusée, toujours sirènes hurlantes ; tout laissait à penser que l'agent était en pleine course-poursuite.

« Décris-moi ton pistolet, dit Tom, les deux mains sur le volant, le regard droit, le visage fermé.

— Hein ?

— *Décris-moi ton arme !*

— Un Taurus 22 semi-automatique. Chromé… avec une poignée en bois de rose.

— Comment, la poignée ?

— En bois de rose. »

Il grogna, tourna sur les chapeaux de roues, prit encore un peu de vitesse.

« Tom, qu'est-ce qui se passe ?

— Un appel du sergent, il y a deux minutes. On vient de lancer un mandat d'arrêt contre toi. » Il m'accorda enfin un regard. « Pour assassinats. »

J'ouvris de grands yeux. Ne dis rien.

« Tu vas vouloir m'expliquer, Charlie ? Me dire que tu n'as rien fait ? Que tu es innocente ?

— Je ne comprends pas.

— Moi non plus », constata-t-il simplement. Il avait l'air en colère. Contre lui-même, contre moi, contre cette situation – je n'arrivais pas à savoir. « Voilà ce que je ne pige pas : ça fait une demi-heure que ça bavasse à la radio à propos d'une découverte dans une grosse affaire – meurtres en série, trois pédophiles assassinés. Comme quoi ils auraient enfin retrouvé l'arme du crime. Des gars de la police de Boston disaient en rigolant qu'au lieu d'arrêter la tueuse, on devrait l'embaucher. » Tom quitta la route des yeux pour me regarder. « Je savais que c'était toi, Charlie. Forcément. La demande de confiscation de ton arme hier soir, le lieutenant qui ressort ton planning, qui passe la moitié de la nuit pendu au téléphone avec un enquêteur de Boston…

— Une minute. » Je me redressai et ma tête heurta le dessous du tableau de bord. « *Trois* meurtres ? De pédophiles ? Mais enfin…?

— C'est bien ce que je pense. Parce que je suis bien placé pour savoir qu'on n'a pas confisqué ton arme hier soir. Shepherd a fouillé ton sac : rien à te reprocher. »

Je ne dis plus rien, me contentai d'écouter.

« Donc je me suis demandé comment la police de Boston avait pu déterminer que les balles provenaient de ton arme. Et j'ai appelé le labo…

— Tu as appelé le labo ?

— Mais oui. Je tire deux ou trois fois par mois avec Jon Cassir, le responsable de la balistique. Alors je lui ai posé la question, tu vois, simple conversation entre collègues. Et il m'a dit que, oui, il avait passé toute la nuit à faire des tests pour une analyse balistique, une grosse affaire. Mais qu'il n'avait pas pu relever d'empreintes digitales, vu que la poignée était en caoutchouc quadrillé.

— En caoutchouc ? »

J'étais plus perdue que jamais.

Tom ralentit légèrement, mit son clignotant. Freinant par à-coups, il s'arrêta à un carrefour. Je me recroquevillai de nouveau en priant pour être invisible. Puis il tourna à droite, accéléra progressivement, mais éteignit sa rampe lumineuse, adopta une vitesse de croisière. Il semblait avoir une destination précise en tête, mais j'ignorais laquelle.

« Une nuit, j'ai regardé dans ton sac.

— Tu as fouillé ma sacoche ?

— Tu t'étais mise en code 10-6. Je te cherchais. Tu n'étais pas là, mais ton sac si. Alors, j'ai jeté un œil.

— C'est une intrusion dans ma…

— Dis-moi merci, Charlie. J'ai vu ton pétard. Je me rappelle avoir pensé qu'il était beau, surtout avec la poignée en bois de rose. Alors si ton arme est un 22 avec une poignée en bois de rose que, clairement, nous n'avons pas confisqué hier soir, comment se fait-il que la police de Boston pense que ce 22 avec une poignée en caoutchouc t'appartient et que, toujours plus fort, cette arme te désigne comme coupable d'une série de meurtres ?

— Pourquoi tu as regardé dans mon sac ?

— La manie d'être attiré par les accidentées de la vie, tu te souviens ?

— Mais tu ne m'as pas dénoncée.

— Je n'avais pas encore pris ma décision. À toi. Crache le morceau. »

Je ne répondis pas tout de suite.

« Je ne sais pas. Je n'ai pas abattu trois délinquants sexuels. Je ne possède qu'un seul pistolet, que j'ai caché après notre… conversation… d'hier soir. Seulement, quand je l'ai cherché il y a dix minutes, il avait disparu. Alors peut-être que la police de Boston l'a vraiment en sa possession, mais d'après toi c'est un tout autre pistolet qu'ils ont identifié comme l'arme du crime – enfin, vu le mandat d'arrêt, ils ne sont pas encore au courant. » Perplexe, je tournais et retournais le problème dans ma tête : « Je ne pige pas. »

La voiture de patrouille avait ralenti. Tom mit son clignotant, tourna à gauche. « Qui t'en veut ?

— Je ne connais personne de façon suffisamment intime pour qu'il puisse être un ami ou un ennemi. Je ne fréquente personne depuis un an. Je crois que tu peux témoigner à quel point je suis chaleureuse et sociable. »

Tom confirma d'un grognement. « Quelqu'un semble te prendre pour une tueuse. Ou plutôt, rectifia-t-il, quelqu'un veut te faire passer pour une tueuse. Parce que c'est ça, non ? Le coup monté classique. On fait analyser une arme en prétendant que c'est la tienne et voilà qu'elle est associée à trois meurtres.

— Mais ce n'est pas mon Taurus. Sur mon permis… » Je m'interrompis. Mon permis de port d'arme ne mentionnait que la catégorie que j'avais le droit de détenir, sans description détaillée d'un pistolet en particulier, ce qui aurait permis de distinguer un 22 avec une poignée en bois de rose d'un 22 avec une poignée en caoutchouc. « Ce n'est pas mon arme, répétai-je avec plus d'assurance. Et mon moniteur de tir, J.T. Dillon, peut témoigner en ma faveur. Il m'entraîne depuis un an avec mon Taurus ; il sait à quoi il ressemble. »

Tom n'était qu'à moitié satisfait : « Eh bien, au moins tu as un premier témoin à décharge. »

Je voyais ce qu'il voulait dire. En y mettant le temps et l'énergie, j'arriverais à prouver que la police de Boston se trompait : le 22 qui m'avait été attribué n'était pas le mien. Mais en attendant, j'étais déjà sous le coup d'un mandat d'arrêt et on commencerait donc par me jeter en prison. L'imbroglio ne serait démêlé que plus tard.

Mais il n'y avait pas de plus tard. Puisqu'on était le jour J, le 21 janvier. Le jour auquel je me préparais depuis un an. J'étais censée affronter mon assassin, armée et prête à en découdre. Et voilà qu'au bout d'à peine vingt minutes, je me retrouvais sans défense et en cavale.

Mais comment ? Grâce à qui ?

Lentement mais sûrement, mes neurones entrèrent en action : « Un policier a fait examiner la véritable arme du crime. Sinon ça n'aurait pas pu coller, pas vrai ? N'importe quel clampin ne peut pas se pointer au labo de la police et dire : voici l'arme de Charlene Rosalind Carter Grant. Merci de réaliser le test suivant.

— CQFD.

— Mais, par précaution, le même flic s'est aussi emparé de mon vrai Taurus. Comme ça, je ne pouvais pas le ressortir aussi sec, filer droit au commissariat central et dire : "Hé, il y a comme une erreur."

— Possible.

— Je ne comprends pas », répétai-je.

C'était atroce d'avoir l'air aussi faible, aussi désorientée.

« Qui savait que tu avais un 22 ? À part moi. D'autres agents de notre commissariat ou de la police de Boston ?

— J'ai collaboré avec le commandant D.D. Warren du commissariat central, et puis avec l'autre enquêtrice, O. Elles savent toutes les deux pour le Taurus. Warren a promis de se renseigner sur l'assassinat de mes amies, de voir ce qu'elle pourrait trouver d'ici aujourd'hui. Et O. a créé une page Facebook pour essayer d'appâter l'assassin… »

Je ne terminai pas ma phrase. La dernière fois que j'étais allée là-bas, elles m'avaient quand même posé beaucoup de questions qui n'avaient plus grand-chose à voir avec la mort de mes amies. Elles m'avaient cuisinée sur ma mère, mon enfance, la mort de mes frère et sœur. O., en particulier, n'avait cessé de revenir sur le « sentiment de frustration et d'impuissance » que je devais éprouver. Moi qui savais si bien à quel point les enfants souffrent et à quel point la police a les mains liées.

Sauf, naturellement, si j'assassinais des pédophiles aux quatre coins de la ville.

Elles pensaient que c'était moi. Ça coulait de source. Et je n'avais rien nié parce que je n'étais pas précisément blanche comme neige. Autre crime, même sang sur les mains.

Mais comment, même soupçonnée par deux enquêtrices, avais-je pu me faire piéger par au moins l'une d'entre elles ? Et laquelle ?

Ce fut là que je compris. Je sus exactement ce qui s'était passé. Je regardai Tom : « Le capitaine O. C'est elle. Putain de merde, elle veut me faire accuser de ses propres crimes. »

Tom, au volant de la voiture désormais garée, me considérait avec scepticisme. « Pourquoi ?

— Tu l'as dit toi-même. Les agents disaient en rigolant qu'au lieu d'arrêter la tueuse de pédophiles, on devrait l'embaucher. Peut-être qu'en fait elle est déjà dans la police. Une enquêtrice de la brigade des mœurs frustrée. Tu vois, la jeune débutante pleine de convictions qui découvre à sa grande déception qu'elle ne peut pas toujours prouver les faits, sauver la victime, coincer le coupable. Mais qu'elle peut, protégée par l'obscurité, l'abattre. »

Tom fit la moue, mais ne me traita pas tout de suite de cinglée.

« C'est un boulot qui peut être frustrant, convint-il. Mais pourquoi te mouiller ? Comme tu le disais, tu peux produire plusieurs témoins, moi par exemple, qui pourront confirmer que ton Taurus a une poignée en bois de rose et non en caoutchouc quadrillé. Donc, tôt ou tard, tu arriveras à prouver ton innocence et au mieux le capitaine O. passera pour une mauvaise policière ; au pire, elle sera accusée des meurtres. »

La réponse me vint aussitôt : « Mais il n'y a pas de tôt ou tard avec moi. Elle sait parfaitement que je suis condamnée à mourir aujourd'hui. Je suis carrément le pigeon idéal. On se ressemble même un peu, sauf qu'elle, elle est jolie. Mais tu vois le genre : brune, à peu près le même format. Elle sait que j'ai un 22, elle m'a même posé des questions dessus. Hier encore, elle a consacré tout un interrogatoire à me faire passer aux yeux de sa collègue pour une femme tarée sur les bords, avec une mémoire défaillante et un passé traumatisant. La parfaite justicière autoproclamée. Et, cerise sur le gâteau, dis-je en regardant ma montre, dans quelque chose comme huit heures, je ne serai plus en situation de protester de mon innocence. Morte et présumée coupable. Que demander de plus à son bouc émissaire ? »

Tom, toujours soucieux, hocha légèrement la tête. Il ouvrit sa portière. « Pas bouger », ordonna-t-il.

Je baissai la tête, obéissante, mais l'agacement s'empara aussitôt de moi. Toute cette préparation, tout cet entraînement acharné pour retrouver mon rôle de chien bien dressé ? Oh, puis merde. Je m'assis sur le siège et regardai autour de moi.

Nous étions garés au pied d'un monticule de neige devant un immeuble en brique. Pas des logements sociaux, mais pas les beaux quartiers non plus. Un quartier de la classe moyenne, où vivent les vraies gens. Je venais de comprendre quand Tom ouvrit la portière et me dit d'un air bougon : « Je risque ma carrière, là. Tu permets ? »

Je descendis de voiture en baissant la tête pour dissimuler mon visage à d'éventuels témoins. L'agent Mackereth m'avait emmenée chez lui. Il se rendait complice d'une fugitive parce qu'il pensait en son for intérieur que c'était juste.

Je le suivis docilement dans l'immeuble et montai jusqu'à un modeste appartement au troisième étage ; tous les stores du grand bow-window sur rue étaient baissés. Je plissai les yeux dans cette obscurité enveloppante avant de comprendre pourquoi il occultait toutes les fenêtres : évidemment, c'était un nuitard, il dormait le jour et vaquait à ses occupations la nuit.

Il alluma quelques lampes, lança ses clés sur le plan de travail de la modeste cuisine. L'appartement devait faire dans les cinquante mètres carrés. Un grand volume qui comprenait la cuisine et le salon et, à côté, un plus petit : la chambre et la salle de bains. De la moquette marron. Des meubles de cuisine en bois sombre avec un plan de travail en Formica doré. Un canapé beige bien rembourré dans le séjour, dominé par une télé à écran plat. Une piaule de célibataire. Rien de coquet, mais propre, fonctionnel. L'agent Mackereth menait une existence aussi simple que respectable.

« Je ne peux pas trop m'attarder, dit-il. Il faut que je reste dehors, vu le mandat d'arrêt en cours. Si j'arrête le service maintenant, le lieutenant va se douter de quelque chose.

— Merci.

— Ils vont sans doute maintenir un dispositif renforcé pendant une heure et quelques. Tout le monde sur le pont. Après, s'il n'y a pas d'avancée, on reprendra la rotation normale. On me libérera pour que je me repose avant de reprendre le collier ce soir.

— D'accord.

— Je pense que tu seras en sécurité ici. Mais il faut que tu restes à l'intérieur, stores baissés. Si tu regardes la télé, mets le son en sourdine. Un des avantages de ce quartier, c'est que la plupart des voisins travaillent, dans la journée. L'immeuble est assez calme. » Il me regarda : « Ça ira, sans ta chienne ?

— Elle a toujours mené sa propre vie.

— Tu as besoin d'appeler quelqu'un ?

— Ma tante.

— C'est ta plus proche parente ?

— Oui…

— Alors, non. C'est la première qu'ils contacteront.

— Je ne veux pas qu'elle s'inquiète…

— Elle te connaît, elle a de l'affection pour toi, peut-être même qu'elle t'aime ?

— Oui…

— Alors fais-lui confiance. Ça va se résumer à ça. Règle numéro un pour appréhender un fugitif : faire un tour dans les lieux qu'il fréquente habituellement. C'est-à-dire le commissariat et chez ta logeuse. Ensuite, interroger l'entourage. Dans ton cas, c'est assez complexe. Ta tante, c'est certain. Si tu as parlé du prof de boxe ou du moniteur de tir à d'autres personnes, ils seront les suivants sur la liste. Mais depuis douze mois, tu ne laisses pas beaucoup de traces derrière toi. Ça retardera un peu l'échéance.

— Je ne crois pas.

— Pourquoi ça ?

— Parce qu'il y a là-dehors quelqu'un d'autre, qui surveille, qui guette, qui complote déjà mon assassinat. J'étais censée être forte aujourd'hui. Fin prête, en forme, en pleine possession de mes moyens. Il est quoi ? Treize heures vingt-huit, et regarde-moi ! Grâce aux machinations du capitaine O., je suis désarmée et je me planque, la queue entre les jambes. Quand tu vas partir, ce quelqu'un va frapper à la porte. Et je vais ouvrir. En sachant que je ne devrais pas. En sachant que c'est exactement ce que Randi a fait. Exactement ce que Jackie a fait. Mais ce sera irrépressible. Parce qu'on est tous curieux, parce qu'on a besoin de réponses à nos questions, alors elle va frapper et moi, je vais ouvrir. » Ma voix monta dans les aigus. « L'assassin sera là. Ce sera peut-être le commandant D.D. Warren. Ou pourquoi pas le capitaine O. Ou bien ma tante, que je n'avais pas vue depuis un an et qui débarque à Boston hier, comme par hasard. Alors je vais ouvrir la porte en grand. Ce sera plus fort que moi. J'aurai envie de savoir ce qu'elle a à dire. Je la laisserai entrer chez toi.

» Elle dira quelque chose. Je ne sais pas quoi. Les derniers mots qu'a entendus Randi. Les derniers mots qu'a entendus Jackie. Ils doivent être captivants. Un vrai chant des sirènes. Parce que pendant qu'elle parlera, je resterai plantée là et je ne ferai pas le moindre geste quand ses mains se refermeront autour de ma gorge et que, lentement, elle commencera à serrer.

» Tu arrêteras enfin de patrouiller. Tu rentreras enfin chez toi et je serai morte sur le sol de la cuisine. Aucune trace de lutte. Aucune trace d'effraction. Juste le 21 janvier. »

Tom me regarda. Et, doucement, il me frappa le front du bas de la main.

« Pour qui tu te prends ? Blanche-Neige ? Secoue-toi un peu. »

Je clignai des yeux, sentis ma prédiction se dégonfler, faire pschitt : « Désolée. Un moment que je n'ai pas dormi.

— Sans blague. Maintenant, reviens une seconde en arrière. Tu viens de donner trois noms. Le commandant Warren, le capitaine O. et ta tante.

— Oui.

— C'était bien raisonné. Arrêtons de discuter sur des hypothèses, qu'on ait au moins une certitude sur un morceau de ce puzzle. » Tom sortit son téléphone et composa un numéro : « Jon Cassir, s'il vous plaît », dit-il. Et, quelques secondes plus tard : « Salut, Jon, c'est Tom. Dis-moi, j'ai une question à te poser. Je ne voudrais pas te mettre dans l'embarras, ni rien, mais tu sais, les tests balistiques que tu as fait cette nuit ? Eh bien, le pistolet appartiendrait à l'opératrice téléphonique de notre commissariat. Ouais, tu imagines ? On est tous sur le cul, je peux te dire. Enfin, au moins, elle descendait des pervers, hein ? N'empêche… Bref, avec les copains, on aurait des questions à poser à l'enquêteur en charge du dossier. Tu aurais un nom sur le formulaire de dépôt ? Ellen Ohlenbusch. Super. Merci, Jon. Je te tiens au courant. Okay. La semaine prochaine. Ce sera cool de se retrouver sur le stand. Salut. »

Tom referma son téléphone : « La voilà, ta réponse. C'est le capitaine Ohlenbusch. Qui a donné “ton” pistolet.

— Quelle salope. Je peux encore comprendre son besoin de tuer des délinquants sexuels, mais elle pourrait au moins en garder le mérite, quoi. Au lieu de ça, elle sacrifie ma sécurité pour protéger sa réputation. Enfin, merde.

— Il faut voir les choses comme ça : survis à cette journée et demain tu pourras la dégommer. » Tom reprit ses clés. « Inutile de le préciser : pas le fixe. » Il montrait son téléphone.

« J'ai un mobile jetable.

— GPS intégré ?

— Comme si je pouvais m'offrir ce genre de luxe avec ce que me paie le commissariat. »

Il eut enfin un petit sourire. Il se tourna vers la porte. Puis, au dernier moment, il fit un pas en arrière, se retourna, leva une main vers moi.

Je n'ai pas retrouvé mes réflexes de boxeuse. Je ne me suis même pas mise en garde. Je me suis laissé faire tandis qu'il m'attirait brutalement à lui. Ses mains sur mes épaules, ses doigts qui s'enfonçaient dans ma chair, mes mains à moi étalées sur son torse alors que ses lèvres descendaient vers ma bouche.

C'était tout sauf doux. Pas de question, pas de réconfort, pas de promesse. Juste ses lèvres, dures et même peut-être un peu en colère, mais aussi avides, demandeuses, exigeantes. Puis mes mains sont montées jusqu'à ses cheveux, ma jambe gauche s'est enroulée autour de sa hanche ; il me dévorait, mais j'étais encore plus avide, encore plus demandeuse, je voulais, je désirais et nous nous embrassions, encore et encore.

Jusqu'à ce qu'il me repousse. Il a reculé. Ses cheveux bruns en brosse étaient au garde-à-vous, il était à bout de souffle et il tendait une main devant lui, comme pour nous calmer tous les deux.

« Je n'ai pas fait ça pour ça, a-t-il dit finalement, d'une voix encore mal maîtrisée.

— D'accord. »

Je serrais les poings au bout de mes bras ballants, essentiellement pour me retenir de lui sauter dessus.

« Faut que je retourne à la voiture. Que je rende compte. Mais je ne t'apprends rien.

— Fichu central.

— Quelques heures et je te promets de revenir.

— Quelques heures et je te promets d'être encore en vie. »

Il a hoché la tête, il m'a regardée et puis…

Il est parti.

J'ai refermé la porte à clé derrière lui. Je suis restée là à me demander lequel de nous deux la vie ferait mentir en premier.

Plus que six heures et demie. Pas de pistolet. Pas de chienne. Pas de connaissance du terrain.

Tant pis. J'ai fouillé les tiroirs de la cuisine jusqu'à trouver celui qui contenait le bric-à-brac habituel. Scotch, stylo-bille, quatre grosses piles, fil de pêche, attaches pour sachets, marteau, ampoule de rechange.

J'étais sur le pied de guerre.

38

D.D. retourna au commissariat central et s'adjugea une salle de réunion pour huit. Là, côté gauche de la table, elle disposa les comptes rendus de scènes de crime. D'abord Randi Menke. Puis Jackie Knowles. Au milieu, en une longue rangée, elle plaça quatre photos de chaque assassinat, comme un alignement de sets de table.

Puis elle fit un pas en arrière et observa.

Neil entra, dit quelque chose à propos d'un témoin à rappeler. Elle grogna. Il repartit.

Phil entra, dit quelque chose à propos du fait que tout le monde partait déjeuner. Elle grogna. Il repartit.

Elle observa encore.

Elle pensait à Abigail. Un bébé mort depuis longtemps ? Une personnalité dissociée ? Un fragment de la mémoire capricieuse de Charlene Grant ? Peu importe ce qu'était Abigail, conclut D.D. L'important était de savoir *qui* elle était.

Abigail. Cheveux bruns, yeux bleus. Se présente spontanément à un témoin après avoir abattu un pédophile de sang-froid. Liée d'une manière ou d'une autre à Charlene Grant. Donc liée aussi au meurtre de ses meilleures amies ? Le nœud de l'affaire, la pièce manquante. La raison pour laquelle il y avait eu ces 21 janvier, à cette date-là.

Abigail.

D.D. observa les photos de Randi Menke et Jackie Knowles. Et plus elle observait, plus elle réfléchissait, plus elle avait la conviction d'être sur la bonne voie. C'était Abigail, l'assassin. Les photos de scènes de crime sentaient leur Abigail à plein nez.

Féminins – voilà le qualificatif qu'avait employé Quincy à propos de ces meurtres. Les salons soigneusement rangés, les coussins retapés, les sols impeccables. Les deux victimes auraient pu être en train de dormir, certes dans une position inconfortable, mais elles n'avaient pas le visage horrifié, le cou brutalement rompu, les jambes atrocement tordues.

Même sur les gros plans, les ecchymoses sur leur gorge étaient minimes, presque délicates. L'assassin avait appliqué juste la pression nécessaire.

Et les victimes n'avaient pas lutté, pas même offert un semblant de résistance.

Qu'avait pu savoir Abigail, qu'avait-elle pu faire pour être en mesure de tuer deux femmes adultes de manière aussi précise, aussi soignée, aussi… douce ?

Pas d'agression physique. D.D. marqua un temps d'arrêt, s'approcha du tableau blanc, nota cette information. Abigail ne tuait pas par goût du sang ni par cruauté. Elle ne haïssait pas ses victimes. Elle ne les torturait pas, ne les mutilait pas, ne leur infligeait aucun sévice après leur mort.

Elle entrait, faisait ce qu'elle avait à faire et nettoyait. Un crime presque clinique.

Pas d'enjeu personnel. D.D. ajouta une nouvelle ligne sur le tableau blanc.

Abigail avait tué ces deux femmes, mais il n'y avait aucun enjeu personnel pour elle. Autrement, elle n'aurait pas pu s'empêcher d'accomplir les gestes classiques qui déshumanisent les victimes (taillader le visage, s'en prendre aux mains, couper les cheveux). Ou, à l'extrême inverse, comme les tueurs qui agissent sous l'emprise d'une pulsion irrésistible et en éprouvent ensuite de la honte ou des remords, elle aurait recouvert le corps des victimes, le visage en particulier, comme pour cacher son crime. Mais tout cela ne répondait à aucun de ces deux cas de figure. Ni colère ni honte. Clinique.

Abigail avait tué deux femmes par pure nécessité. Elle avait fait en sorte que ce soit relativement indolore. Accompli son rituel de manière simple et efficace. Et ensuite elle avait fait le ménage. Peut-être par pragmatisme, là aussi : pour effacer ses traces. À moins que cela n'ait été un premier signe de remords, songea D.D. Une femme qui s'excusait auprès d'une autre. « Désolée d'avoir été obligée de te tuer, mais regarde, j'ai fait la vaisselle, retapé les coussins du canapé, passé la serpillière. »

Le mobile, voilà ce qu'il fallait à D.D. Si elle n'avait rien contre ces femmes, pourquoi Abigail avait-elle fait cela ? Par intérêt financier ? D'après les rapports de Quincy, personne n'avait gagné grand-chose à l'une ou l'autre mort. Par intérêt personnel ? Pour supprimer une prétendante à l'amour d'un homme, une rivale au boulot, la pom-pom girl qui venait de piquer la place de votre fille au sein de l'équipe ? Là encore, rien de commun entre Randi Menke et Jackie Knowles. Elles n'étaient certainement pas rivales pour l'amour d'un même homme, n'exerçaient pas la même profession, ne vivaient pas dans le même État. Elles étaient juste les amies de Charlene et même ce lien datait.

D.D. ressentit de l'agacement. Nota cette information dans une nouvelle colonne. Son agacement ne fit que croître.

Elle décida d'attaquer le problème sous un autre angle.

Oublions un instant le pourquoi. Comment ? Comment une femme seule (car D.D. était maintenant certaine que l'assassin était une femme, nécessairement, comme Quincy l'avait prédit), comment une femme seule avait-elle pu en tuer une autre avec une telle facilité ?

Était-elle plus grande et plus puissante ? Tout de même, quand on vous étrangle, vous résistez, vous griffez les mains avec vos ongles, vous donnez des coups de pied en arrière, des coups de coude. Même si on avait fait le ménage, il aurait dû y avoir des preuves matérielles considérables sur chaque victime. Contusions, lacérations, ecchymoses post mortem.

Il aurait dû y avoir des cheveux et des fibres piégés dans leurs vêtements ; des cellules de peau et même du sang sous chacun de leurs ongles. Et les ecchymoses auraient pu leur apporter quantité d'informations. D.D. en avait vu qui avaient la forme de la chevalière du criminel, d'une boucle de ceinture et même la forme d'une barrette à cheveux, clairement incrustée dans la joue de la rivale après un crêpage de chignons particulièrement carabiné.

Mais D.D. avait beau examiner les photos, encore, encore et encore, le résultat était toujours le même : rien, rien et rien.

C'était comme si Randi Menke et Jackie Knowles s'étaient simplement laissé étrangler sans réagir. Alors que la première avait eu le courage de rompre avec un mari violent. Et que la seconde était arrivée au sommet de la hiérarchie de son entreprise à moins de trente ans.

D.D. n'y croyait pas. Ces femmes savaient se battre. Alors pourquoi ne l'avaient-elles pas fait ?

L'assassin était une femme…

Drogue, se dit-elle. L'arme de prédilection de la plupart des meurtrières. Abigail avait drogué ses victimes avant de les tuer.

C'était la seule explication.

Sauf que… D.D. avait mal au crâne. Elle sortit d'abord le rapport d'analyse toxicologique sur Randi, puis celui sur Jackie. Jackie avait une alcoolémie de 0,5 quand elle était morte, ce qui était cohérent pour une femme qui avait pris un ou deux verres de vin dans un bar. Randi Menke : néant.

D.D. prit une chaise, se laissa tomber dessus et considéra les rapports d'un œil mauvais.

Phil entra. Il avait un sachet en papier kraft à la main, qu'il lui tendit. Elle avait dû répondre oui à la question du déjeuner. Manger, pourquoi pas.

« Elle les a droguées, c'est clair, dit D.D. en acceptant le sachet.

— Elle ?

— Abigail.

— Abigail ?

— La femme qui a tué Randi Menke et Jackie Knowles.

— D'accord.

— C'est la seule explication. Aucune des deux victimes n'a résisté à la strangulation manuelle. Elle les avait donc forcément déjà mises hors d'état de résister.

— D'accord.

— Sauf que les analyses toxicologiques n'ont décelé aucune drogue.

— Donc Abigail ne les a pas empoisonnées.

— Si, pourtant ! Je le sais.

— D'accord, alors voyons les choses comme ça : Abigail les a mises hors d'état de résister avec une substance indétectable par la plupart des analyses toxicologiques.

— Ce qui exclut les barbituriques, les opiacés, les narcotiques. » D.D. ouvrit le sachet, déballa un sandwich au rôti de bœuf, mordit dedans. « Donc pas d'herbe, pas de meth, pas de cocaïne, pas d'ecstasy, pas d'oxycodone, pas de vicodin… Qu'est-ce qui reste ? »

Phil prit une bouchée de son propre sandwich au thon et traduisit : « Qu'est-ce qui te rendrait passive, mais sans laisser d'empreinte chimique ?

— L'hypnose ? suggéra D.D.

— J'en doute. L'inconvénient de l'hypnose, c'est précisément qu'on ne peut pas forcer quelqu'un à agir contre son gré. Se soumettre volontairement à une strangulation va généralement à l'encontre du libre arbitre des victimes.

— J'aime à penser qu'elles se seraient réveillées pour résister, convint D.D. avant de prendre une autre bouchée de sandwich. Je ne comprends pas. Abigail a tué deux femmes, sans raison apparente. Elle n'était ni en colère ni sous l'emprise d'une pulsion, elle n'y gagnait rien d'évident à titre personnel. Elle les a juste tuées parce qu'il fallait le faire. Qu'est-ce qui est le pire, d'après toi ? Se faire assassiner ou bien que ton propre assassin ne s'intéresse pas tant que ça à ta mort ? C'est juste une tâche à accomplir, tu vois.

— Tueur à gages ?

— Il faudrait quand même que quelqu'un quelque part ait à y gagner. Je ne vois pas ce que la mort de ces deux femmes pouvait apporter à qui que ce soit. Le seul vrai lien entre elles est Charlene Rosalind Carter Grant.

— Peut-être que l'assassin y a gagné Charlene, dit Phil. Une relation avec elle, de l'attention, de l'affection, quelque chose de cet ordre.

— En fait, on pense qu'Abigail *est* Charlene.

— Ah bon ? Depuis quand ?

— La fin de matinée. Les services balistiques ont établi que le pistolet de Charlene est celui qui a tué les délinquants sexuels. Ce qui signifie qu'elle a descendu les pédophiles et, comme l'assassin s'est présenté sous le nom d'Abigail lors du troisième meurtre, Charlene est Abigail.

— J'ai la migraine, se plaignit Phil.

— Moi aussi ! »

Le portable de D.D. sonna. Elle regarda son écran ; elle craignait que ce soit sa mère, espérait que ce soit le capitaine O. qui lui annoncerait l'arrestation de Charlene. Mais c'était un numéro qu'elle reconnut pour l'avoir appelé la veille.

« Quand on parle du loup, murmura-t-elle en décrochant. Bonjour, Charlene Rosalind Carter Grant. À moins qu'en ce 21 janvier, vous préfériez que je vous appelle Abigail ?

— Ce n'est pas mon pistolet, dit Charlene de but en blanc.

— Pardon ?

— Votre rapport balistique. Il ne porte pas sur mon arme et je peux le prouver.

— Comment ?

— Grâce à vous. Vous avez vu mon arme au commissariat principal. Vous vous en souvenez ? Un Taurus 22 chromé avec une poignée en bois de rose. Le pistolet examiné cette nuit avait une poignée en caoutchouc. Ce n'est pas le mien. »

D.D. grimaça, regarda Phil, lui fit signe de lui donner un stylo et du papier. Elle griffonna rapidement : *Rapport balistique ?* Parce que en vérité elle n'avait pas encore vu le rapport final. Elle n'en avait eu que des échos.

« Vous pourriez en posséder deux, dit-elle.

— Ce n'est pas le cas. Je n'ai que celui qui est déclaré, le Taurus avec une poignée en bois de rose.

— Prouvez-le.

— Contactez J.T. Dillon, mon moniteur de tir. Il m'a aidée à acheter cette arme il y a un an et ça fait douze mois qu'il me voit m'entraîner avec.

— Ça confirme seulement que vous possédez au moins une arme avec une poignée en bois de rose. Ça ne dit pas que vous n'avez pas un deuxième 22 avec une poignée en caoutchouc. »

Il y eut un moment de silence.

« C'est à vous de le prouver, il me semble ? Repenchez-vous sur le rapport. Est-ce qu'il y a mes empreintes sur ce deuxième pistolet ? Comme ce n'est pas le mien, il n'y en a pas et vous ne pourrez pas prouver qu'il m'appartient. Je n'ai pas abattu ces trois pédophiles et vous ne pourrez pas prouver que je l'ai fait.

— Vous savez quoi : venez au commissariat et on va débrouiller cette histoire.

— Vous savez quoi : on est le 21 janvier. Mon pistolet a disparu, je pense que votre enquêtrice cherche à me piéger et il est hors de question que je m'approche du commissariat de Boston.

— Mon enquêtrice ?

— Le capitaine O. C'est elle qui a donné le mauvais pistolet. Et qui a sans doute volé mon Taurus.

— Comment ça, *votre* Taurus a disparu ? Celui avec une poignée en bois de rose ?

— Tout juste. Je l'ai caché hier en allant au travail. Je… » Il y eut un silence. D.D. entendit pour ainsi dire la jeune femme réfléchir à toute vitesse. « Quand O. et vous m'avez interrogée hier, j'ai bien vu que vous aviez l'air de penser que j'avais fait quelque chose de répréhensible. Vous me traitiez comme une suspecte, pas comme une victime. Ça m'a fichu les jetons. Je ne voulais pas me séparer de mon arme, mais je savais qu'elle était interdite au travail. Alors je l'ai cachée sous un buisson du parking, dans un tas de neige. Planquée bien au chaud. »

D.D. connaissait cette partie de l'histoire grâce au capitaine O.

« Mais quand je suis ressortie du boulot, mon pistolet avait disparu. Et après… j'ai entendu sur le scanner de la police qu'on demandait mon arrestation, et puis des discussions sur le rapport balistique. Alors j'ai appelé le labo…

— Vous avez appelé le labo de la police scientifique ?

— Voilà. J'ai appelé le labo, j'ai dit que j'étais le capitaine O. et j'ai demandé les conclusions du rapport. Dès que j'ai entendu la description du pistolet, j'ai su que ce n'était pas le mien. Sauf que le mien a aussi disparu. Vous ne comprenez toujours pas ? »

D.D. répondit, lentement : « Et si vous me le disiez vous-même ? », mais elle fut soudain saisie d'une angoisse.

Elle jeta un regard vers Phil, qui écoutait la conversation avec des yeux ronds.

« Le capitaine O. a donné la véritable arme du crime à la balistique, expliqua Charlene. Un Taurus 22 semi-automatique avec une poignée en caoutchouc. Mais ce n'est pas le mien. C'est le sien. C'est *elle* qui avait l'arme du crime. Elle qui a tué les pédophiles. Et maintenant elle veut me coller ça sur le dos. Grâce à elle, je suis désarmée, je me planque et je suis une proie facile justement le jour où on sait déjà que je suis censée mourir. À vingt heures, l'assassin de Randi et Jackie viendra m'achever et jamais la supercherie ne sera révélée. Je serai morte et le capitaine O. aura, en toute impunité, trois morts sur la conscience. Quatre, si on me compte, et personnellement je trouve qu'on devrait me compter. »

D.D. regardait le tableau blanc : « Le capitaine O. a descendu les pédophiles.

— C'est ce que je me tue à vous dire ! C'est son pistolet, pas le mien. Ses meurtres à répétition, pas les miens.

— Le capitaine O. s'est présenté au petit garçon sous le nom d'Abigail.

— C'est ça. Pour me mettre le crime sur le dos.

— Pour vous mettre le crime sur le dos ? Mais dans ce cas, pourquoi est-ce qu'elle ne s'est pas présentée sous le nom de Charlene Rosalind Carter Grant, ou Charlie ? Pourquoi Abigail ?

— Abigail est ma sœur.

— Charlene, comment le capitaine O. pouvait-elle le savoir ? »

Silence à l'autre bout de la ligne.

« Tout le monde doit mourir un jour, murmura D.D. Courage.

— Quoi ? s'étrangla Charlene.

— Qu'est-ce que ça veut dire, Charlene ? »

D.D. n'avait jamais parlé à Charlie des messages qui reliaient les trois meurtres. Leur contenu était le genre de détail qu'un bon enquêteur garde pour lui afin d'amener le suspect à l'avouer, pas une information qu'il divulgue étourdiment.

Elle entendit Charlie murmurer d'une voix absente : « Tout le monde doit mourir un jour. Courage, petite. Courage.

— Charlene ?

— Ma mère. Ma mère me disait ça.

— À vous, Charlene ? Et peut-être aussi à votre petite sœur, Abigail ?

— Oh, mon Dieu… »

Ça oui, oh, mon Dieu, pensa D.D. Elle regarda Phil. Phil la regarda et ensemble ils baissèrent les yeux vers la table, où s'étalait en technicolor un collage sur le meurtre de deux femmes.

« Charlene, reprit D.D. d'une voix impérieuse. Parlez-moi d'Abigail. Il faut vous souvenir d'elle. Parce que, je ne sais pas comment, mais elle a réussi à intégrer la police de Boston sous le nom d'Ellen O., elle a abattu au moins trois pédophiles et sans doute aussi assassiné vos deux meilleures amies. Non seulement votre sœur est en vie, mais elle vous veut du mal, Charlene. Dans quelques heures, vous serez morte si nous ne l'arrêtons pas. »

39

L'inconvénient, avec la boxe, c'est que c'est un sport relativement civilisé.

On se place bien en face de son adversaire. On ne se sert que de ses poings. On ne frappe pas en dessous de la ceinture.

Du point de vue de l'autodéfense, ce n'est pas une stratégie aussi efficace que, disons, une bagarre où tous les coups sont permis. C'est sûr, j'aurais pu apprendre d'autres disciplines qui auraient été plus adaptées pour repousser un assassin, et qui auraient aussi été plus efficaces pour une fille.

Mais, dès le début, j'ai adoré la boxe.

Je crois que j'avais attendu toute ma vie de me tenir devant mon assaillante et de l'affronter du regard.

Par chance, mon entraîneur, Dick, donnait des cours d'autodéfense pour femmes. Il m'a aussi laissé entendre qu'il avait eu une jeunesse mouvementée, où jouer des pieds et des poings semblait la réponse la plus simple à tous les problèmes de la vie. Pendant cette dernière année, après nos combats d'entraînement, il avait partagé certains de ses secrets avec moi. Et J.T. en avait fait autant. Croyez-moi, si vous avez envie de vous initier au combat de rue, demandez à un ancien des commandos de marines. À la guerre, ils pensent vraiment que la fin justifie les moyens.

Je ne m'en étais pas plainte sur le moment et je ne m'en plaignais pas davantage maintenant, alors que je procédais à mes derniers préparatifs.

Quinze heures quarante-cinq. Le jour baissait déjà.

La nuit qui tombait me protégerait. Je pourrais quitter l'appartement de Tom, gagner ma destination finale et commencer à corriger les erreurs passées. Si toutefois il n'était pas déjà trop tard.

J'ai commencé par les basiques. Un stylo-bille coincé dans l'élastique de ma queue-de-cheval, facilement accessible. Dans la commode de Tom, j'avais pris une longue chaussette de sport blanche. J'ai mis les quatre grosses piles dans le pied, j'ai fait un nœud au niveau de la cheville et j'ai fait tournoyer le tout comme une masse, pour voir. Le poids l'étirait et lui donnait une sacrée force de frappe ; ça me permettrait de faire des dégâts tout en restant hors de portée.

Avec le scotch, je me suis fabriqué un solide étui, que j'ai ensuite fixé à ma cheville. Et, dans cet étui, j'ai glissé un petit couteau-scie. Pas l'idéal, mais si j'en arrivais au point d'avoir besoin d'un couteau, c'était que je serais déjà dans la mouise. Je ne savais pas m'en servir. Je ne savais même pas si j'en aurais le cran. Mais à situation désespérée, solution désespérée.

Tout le monde doit mourir un jour. Courage.

J'ai entendu des pas dans le couloir et je me suis figée. Des petits coups rapides à la porte.

« C'est moi », a dit Tom de sa voix grave, et j'ai entendu sa clé tourner dans la serrure.

Vite, j'ai ramassé les dernières bricoles et je les ai fourrées dans les poches de mon pantalon. Déjà, ma respiration était trop saccadée, mon pouls s'accélérait. In extremis, j'ai défait les lacets de mes deux grosses bottes.

Je me redressais tout juste quand Tom est entré.

Et voilà, la partie avait commencé.

21 janvier.

Tout le monde doit mourir un jour. Courage.

J'aurais voulu croire que la terrible révélation de D.D. Warren ouvrirait les vannes de ma mémoire. Par miracle, je me souviendrais d'Abigail, ma petite sœur perdue. Par miracle, je comprendrais le rapport entre le capitaine O. et cette date du 21 janvier, et pourquoi mes meilleures amies devaient mourir. Je comprendrais même pourquoi une enquêtrice respectée s'était mise à dézinguer des pervers en laissant le même message inquiétant près de chaque corps et en cherchant à me faire accuser.

Mais non.

Dans mon esprit, Abigail restait un bébé potelé aux yeux marron, qui gazouillait, souriait. Ma petite sœur, que j'avais aimée de tout mon cœur. Et perdue. Qui était morte, croyais-je. Mais si elle était morte, j'aurais dû m'approprier son prénom, comme je l'avais fait pour les autres. Charlene Rosalind Carter Abigail Grant.

Aux yeux du commandant Warren, c'était une preuve de plus qu'Abigail était toujours en vie et que, par des détours qui nous échappaient encore, elle était devenue le capitaine O., de la police de Boston.

Cheveux bruns, yeux marron, exactement comme le bébé de mon rêve.

Mais je ne me souvenais réellement que d'un bébé, neuf mois à tout casser. Pas d'une belle créature exotique tout en chevelure et en courbes, qui menait une solide carrière d'enquêtrice à la brigade des mœurs. Une jeune policière pleine d'avenir qui ne s'en laissait pas conter et qui, d'emblée, ne m'avait pas appréciée.

Tout le monde doit mourir un jour. Courage.

Ces mots, je les reconnaissais. Ces mots, je les comprenais avec mes tripes, ils me faisaient froid dans le dos, ils m'obligeaient à redresser les épaules et à relever la tête.

La phrase préférée de ma mère. Qui prouvait, mieux que tout le reste, ce que disait Warren : Abigail était en vie.

Mais ma petite sœur ne m'aimait plus.

« Tu as tapé dans le frigo ? » m'a demandé Tom.

Il avait les traits tirés, fatigués. Il était debout depuis au moins dix-huit heures maintenant. Comme moi. Il semblait gêné, en me regardant de l'autre bout de la pièce, mais il a pris sur lui.

« J'ai bu ton jus d'orange.

— Tu as trouvé des trucs pas périmés ?

— Les cornichons n'étaient pas mauvais.

— Et le coffre-fort où je range mes armes ?

— Douze mois qu'on se croise et je ne connais toujours ni ta date d'anniversaire, ni ton animal préféré, ni le nom de jeune fille de ta mère. J'étais mal barrée pour trouver la combinaison.

— C'est bien ce que je pensais. Des appels ?

— Un. J'ai parlé au commandant Warren. Bonne nouvelle : je pense qu'elle me croit. »

Tom s'est immobilisé dans la cuisine. Il se tenait d'un côté du bar qui la séparait du salon. Moi de l'autre.

« Elle n'a pas annulé le mandat d'arrêt, a-t-il constaté.

— J'ai dit qu'elle me croyait. Pas qu'elle me faisait confiance. »

J'avais mes mains le long du corps, cachées derrière le bar. Je ne voulais pas qu'il voie qu'elles tremblaient. Qu'en réalité j'avais des frissons nerveux à l'idée de ce qui allait se passer.

Tout le monde doit mourir un jour. Courage.

« Alors, que te réserve encore sa collègue ?

— D.D. croit que c'est une sœur à moi qui avait disparu. Qu'elle veut se venger. »

Tom ouvrait de grands yeux : « Sans blague ? C'est pour ça qu'elle va te tuer ?

— C'est ce que pense D.D. » J'ai fait le premier pas de côté vers le bout du bar, passé ma main droite dans ma poche, fouillé jusqu'à trouver ce qu'il me fallait. « Mais moi, non.

— Tu ne penses pas que ce soit ta sœur ?

— Si, je suis relativement certaine que D.D. a raison sur ce point. Mais je ne crois pas qu'Abigail, O., va me tuer. Je me trompe depuis le début. Je ne suis pas la troisième cible.

— Bonne nouvelle.

— Quincy, le profileur, n'a pas arrêté de m'alerter sur le fait que nous manquions de données. Notre échantillon de victimes, si on peut dire, était trop restreint. Je ne voyais là que deux personnes qui faisaient partie d'une bande de trois inséparables, alors ça me désignait logiquement comme la prochaine cible. Mais Randi et Jackie n'ont pas été tuées parce qu'elles étaient mes meilleures amies. Elles ont été tuées parce que je les aimais. »

De l'autre côté du bar, Tom ne comprenait pas. « Tu ne joues pas un peu sur les mots, là ?

— Non, la catégorie est plus large. J'avais deux meilleures amies. Mais trois personnes que j'aimais.

— Ta tante Nancy.

— Je crois. J'ai appelé deux fois son hôtel, mais ça ne répond pas. Le capitaine O. devait l'interroger aujourd'hui. Évidemment, Warren ne connaissait pas encore la véritable identité de O. quand elle a donné cet ordre. » Encore un pas de côté. J'étais presque au bout du bar d'où, en deux pas, je pourrais me jeter sur lui.

Mes mains tremblaient de plus belle. Ma gorge se nouait, m'obligeait à déglutir, à inspirer profondément.

Tout le monde doit mourir un jour. Courage.

Après toutes ces années, ma mère revenait m'achever. C'était un peu l'effet que ça me faisait. Je ne comprenais pas encore comment, mais elle avait gagné, j'avais perdu et, vingt ans plus tard, elle me le faisait à nouveau payer.

Sauf que je n'étais plus une petite fille. Je ne partirais pas sans résistance dans la nuit bienfaisante.

J'avais appris ma leçon. J'étais prête à mourir. Mais surtout, j'étais prête à me battre.

« Tu es sûre que cette Abigail va s'en prendre à ta tante ? Tu n'as toujours que deux victimes pour ton analyse. Et si cette enquêtrice s'avère être ta sœur assoiffée de vengeance, il serait encore logique qu'elle s'en prenne à toi.

— Si elle voulait seulement me tuer, elle aurait pu le faire dès le début. Si elle avait frappé à la porte en me donnant son nom, je l'aurais laissée entrer, Tom. Je serais restée plantée là et j'aurais volontiers laissé ma petite sœur serrer mon cou entre ses mains. Mais ce n'est pas ce qu'elle a fait. Elle a agressé mes amies. Elle ne veut pas que je meure. Elle veut que je souffre. Sans doute comme elle-même a souffert.

— Ce serait pour ça, le coup monté ? Elle tue tes amies, ta tante et ensuite elle te fait jeter en prison ? »

J'ai haussé les épaules, en espérant qu'il ne me voyait pas venir tandis que je me décalais une dernière fois sur le côté : « Je crois que le coup monté ne visait qu'à gagner du temps. Comme je suis isolée et sur la défensive, c'est d'autant plus facile pour elle de s'en prendre à ma tante.

— D'accord, dit Tom d'une voix décidée. Où est-elle logée ? On y va.

— Je ne pense pas.

— Je peux appeler des renforts. On invente un prétexte. Un flagrant délit de cambriolage, un incendie, on hurle à la fin du monde jusqu'à ce que des agents débarquent en rangs serrés. Ça lui coupera l'herbe sous le pied.

— Je ne pense pas. »

Il a pris ses clés, sans prêter la moindre attention à ce que je disais, comme je m'y attendais.

« J'ai une surprise pour toi… », a-t-il commencé.

D'un bond, j'ai surgi de derrière le bar. Deux pas, demi-rotation, main gauche levée, les yeux dans les yeux de mon adversaire. Trois directs dans le nez, les doigts bien repliés, le pouce sur les doigts. Tom n'a pas bronché. Il ne s'est pas défendu contre cette attaque-surprise de la part d'une fille. Il ne s'est pas défendu contre moi.

Dernier coup. Une droite plongeante à la tête. J'ai pivoté sur la jambe arrière et bien lancé mon épaule dedans. Mon poing, alourdi par un petit paquet de pièces de monnaie, l'a touché à la tempe.

Il est tombé. D'abord à genoux, puis il a vacillé avant de finalement basculer en arrière et sur le côté. Son épaule a craqué en heurtant les meubles de cuisine en bois. J'ai frémi, j'ai fermé les yeux, mais je me suis ressaisie.

Quand on est capable d'agresser l'homme qui, trois heures plus tôt, aurait pu être votre amant, celui qui aurait encore pu être le dernier au monde à vous défendre, alors on doit bien être capable de garder les yeux ouverts et d'encaisser.

Il s'est écroulé. J'ai secoué mes mains – mes doigts et mes poignets me faisaient déjà mal après ces impacts. Mais c'est tout l'intérêt de l'entraînement : ça vous prépare à la douleur, ça vous apprend à serrer les dents.

Plus beaucoup de temps.

Tombée de la nuit. 21 janvier.

J'ai étendu Tom par terre de tout son long. J'ai pris son pouls pour m'assurer qu'il était régulier, trouvé un coussin à caler sous sa tête. Ensuite j'ai échangé mon blouson noir contre un blouson de chasse camouflage doublé en polaire que j'avais déniché dans son placard. J'ai enroulé son écharpe marron autour de mon cou et senti l'odeur de son savon et de son eau de Cologne. J'ai enfoncé un bonnet de laine marron jusqu'à mes yeux. Passé une dernière fois en revue le contenu de mes poches.

Tout le monde doit mourir un jour. Courage.

J'ai déposé un baiser sur son front. Plein de douceur. De tendresse. De regrets.

Et ensuite, parce que j'avais un cœur, que mes yeux me picotaient et que ma détermination faiblissait, je me suis écartée.

Je sais que Tom m'aurait aidée. D'ailleurs, j'aurais sans doute aussi pu trouver une alliée en D.D. Warren. Mais je ne voulais pas. Dès l'instant où D.D. m'avait appris que ma petite sœur était encore en vie et qu'elle voulait s'en prendre à moi, j'avais su ce que j'avais à faire. Les toutes prochaines heures seraient une affaire qui ne regarderait que moi.

Une affaire de famille.

J'ai laissé un mot que j'avais griffonné dans l'après-midi, de brèves excuses qui ne seraient jamais suffisantes. J'ai pris les clés de Tom et je suis sortie de chez lui.

Nouveau choc sur le parking mal éclairé : les gémissements étouffés d'un chien, de plus en plus audibles à mesure que je m'approchais de la voiture de patrouille de Tom. Là, sur le siège conducteur, quelqu'un me regardait à travers le pare-brise : Tulip.

Il avait voulu m'annoncer une surprise. Ma chienne. Tom avait cherché Tulip dans toute la ville et il me l'avait ramenée.

Peut-être bien que j'avais les yeux embués quand j'ai actionné la télécommande de la voiture, que j'ai ouvert la portière pour libérer la chienne qui était indéniablement ma chienne et que je l'ai sentie se jeter de tout son poids contre mon corps tremblant. Je l'ai prise dans mes bras et je l'ai tenue bien serrée contre moi. J'étais désolée pour elle, désolée pour Tom, désolée pour ma petite sœur, que j'aimais encore, et encore plus désolée pour ma tante, qui payait peut-être en ce moment même le prix de mes fautes.

J'ai refermé la portière de la voiture de police. Trop voyant.

Au lieu de ça, j'ai trouvé le pick-up Ram vert foncé de Tom et je l'ai ouvert. Tulip a pris place sur le siège passager.

Nous sommes parties dans la nuit.

Vingt ans après. Autrefois victime, aujourd'hui force d'intervention.

40

D.D. avait convoqué Neil et Phil dans son bureau pour une réunion de crise. Dans la demi-heure qui suivait, il allait falloir qu'elle aille voir son supérieur, le commissaire divisionnaire de la brigade criminelle, pour l'informer des derniers développements concernant les crimes qu'avait peut-être commis une collègue, le capitaine O. Elle voulait d'abord s'assurer la maîtrise de la situation.

Elle commença sans préambule : « Où est le capitaine O., qu'est-ce qu'elle a fait et pourquoi on n'a rien vu venir ? »

Phil fut le premier à prendre la parole. Étant donné qu'O. ne répondait ni à son portable, ni à son biper, ni aux messages du central qui lui demandaient de les contacter, il y avait des chances qu'elle ait pris le maquis. Ils n'avaient pas encore lancé d'avis de recherche en bonne et due forme, mais les policiers de Boston se passaient le mot : toute personne qui apercevait le capitaine O. ou sa Crown Vic devait immédiatement en aviser le commissariat central.

En attendant, Phil avait épluché son dossier. Vu la jeunesse de O. et son entrée récente dans la police, c'était une lecture rapide. O. avait rejoint le commissariat central deux ans plus tôt, après un passage dans un petit commissariat de banlieue. Une réputation de bosseuse et de dévouement sans bornes à son travail. Certes elle était un peu rigide dans ses méthodes, certes elle jouait un peu perso, mais cette spécialiste de la délinquance sexuelle avait aussi obtenu des résultats sur des affaires complexes dans un domaine complexe.

Rien en tout cas dans ses évaluations annuelles ne laissait à penser que c'était une fêlée en passe de dérailler.

« Cela dit, ajouta Phil, elle a vécu huit ans dans le Colorado, notamment à l'époque où Charlene travaillait au central d'Arvada et où on a retrouvé le corps de Christine Grant. »

D.D., assise en face de ses collègues, resta terrassée par l'information : « C'est elle. Je vous parie tout ce que vous voulez qu'O. (ou Abigail, ou Dieu sait qui) a tué sa mère. D'ailleurs elle m'a tout raconté. La façon dont elle l'a étouffée avec un coussin, comme sa mère avait étouffé ses bébés.

— Pourquoi ? demanda Neil.

— Il faudra lui poser la question quand on lui remettra la main dessus, répondit D.D. avant d'ajouter, après un instant de réflexion : Il nous faut Charlene. Il nous faut plus d'infos sur ce qui s'est passé il y a vingt ans et sur ce dernier drame qui a laissé Charlene pour morte et sa mère et sa petite sœur en fuite. C'est la clef de l'énigme. Il s'est passé quelque chose, peut-être que sa mère a lâché la rampe, peut-être qu'elle a voulu tuer Charlene au lieu de simplement la blesser.

Ensuite panique à bord, elle prend la plus petite de ses filles sous le bras et elle décampe.

— Je ne comprends pas, intervint Neil. Comment Charlene a-t-elle pu carrément oublier sa sœur ? Comment les policiers qui ont enquêté sur ce "dernier drame" ont-ils pu ne pas se rendre compte qu'il y avait une autre gamine ?

— Nous savons que Christine Grant avait deux bébés dont la naissance n'avait pas été déclarée. J'imagine qu'avec Abigail, ça faisait trois. Quant à l'enquête de police, la constatation qui m'a le plus frappée dans le rapport officiel, c'est que rien dans la maison ne laissait penser qu'une famille avait vécu là. Pas de jouets, pas de vêtements… rien. J'ai comme l'impression que maman Grant n'était pas juste une psychopathe, mais une cinglée pur jus. Incapable de s'occuper d'elle-même ou des autres. Je m'interroge de plus en plus sur la charge qui devait retomber sur les épaules de la petite Charlene, à huit ans. Tout ça pour se faire poignarder et laisser pour morte. Honnêtement, je n'irais pas lui reprocher de ne pas vouloir s'appesantir sur cette belle époque.

— Donc Christine Grant était assez maboule pour tuer deux bébés, mais assez saine d'esprit pour essayer d'en élever deux autres ? »

Neil restait clairement sceptique.

D.D. réfléchit : « O. a demandé à Charlene si elle était la plus sage. En sous-entendant que Rosalind et Carter étaient des bébés difficiles et que c'était pour ça qu'ils étaient morts. » Elle regarda ses coéquipiers. « Sachant ce que nous savons maintenant, c'est peut-être comme ça que l'histoire lui a été racontée, par leur mère. Sois sage et je te laisserai la vie sauve. Fais des caprices, pleurniche, défie-moi et…

— Sauf qu'un beau jour, Abigail s'est retournée contre sa mère, dit Phil. Tu viens même de dire qu'elle l'a sans doute tuée.

— Bien sûr. Imagine ça. Pendant huit ans, Charlene avait été la victime préférée de sa mère – cassable et réparable à l'envi. Vous croyez que maman Grant a renoncé à son syndrome de Münchhausen par procuration sous prétexte qu'elle avait perdu sa fille aînée ? Je parie qu'elle a repris où elle en était avec la numéro deux. Donc ça a été au tour d'Abigail de manger du verre pilé et de boire du détergent. De découvrir combien l'amour d'une mère peut faire souffrir. »

D.D. soupira, sa voix se fit plus lugubre : « Le syndrome de Münchhausen par procuration s'observe le plus souvent avec des enfants en très bas âge. Des nourrissons, des bébés trop jeunes pour parler et se défendre. Mais quand Abigail a grandi, il est probable qu'elle n'a plus accepté aussi facilement qu'on lui coince les doigts dans la porte. Probable qu'elle s'est mise elle aussi à jouer des sales tours. Dieu sait qu'elle était à bonne école. » D.D. se retourna vers Phil : « Voilà ce qu'il nous faut prouver : comment Abigail Grant est-elle devenue Ellen O. ? Avant d'accuser une collègue d'être l'auteur d'une double série de meurtres, vaudrait mieux qu'on sache répondre à cette question.

— Ouais, ouais, ouais, je savais que tu dirais ça. Les, disons (Phil consulta sa montre), vingt minutes que tu m'as accordées pour cette mission ne m'ont pas permis de résoudre cette énigme. À supposer qu'Ellen O. soit un pseudo, il est solidement étayé. J'ai trouvé un numéro de Sécurité sociale, un permis de conduire, un historique de crédit et son dossier de scolarité à l'université de Denver. Vu la masse et l'ancienneté des documents à son nom, je dirais qu'Abigail Grant a dû devenir Ellen O. à l'adolescence. Ça a pu se produire de plusieurs façons : adoption pleine ou émancipation de mineure avec demande de changement de nom. Voire programme de protection des témoins, pour ce que j'en sais. Je vais continuer à fouiller dans les archives du juge aux affaires familiales et autres, mais jusque-là, mauvaise pioche.

— Elle n'aurait pas de la famille ou des amis qui pourraient la balancer ? demanda Neil.

— Pas d'après sa fiche personnelle, dit Phil en brandissant une feuille de papier. Rien à la rubrique famille, et quand j'ai voulu appeler la "personne à contacter en cas d'urgence", je suis tombé sur le bailleur de son immeuble. Je crois qu'on peut dire sans risquer de se tromper qu'Abigail… O… est bel et bien seule au monde.

— Mais pourquoi tuer des pédophiles ? demanda Neil. Avec son passé familial, je comprends qu'elle s'en soit prise à Charlene, et même, pourquoi pas, aux meilleures amies de Charlene, par "désir de vengeance". Mais pourquoi les pédophiles ?

— Je verrais ça comme ça : une seule tueuse, mais deux séries de crimes, motivées par deux types de besoins différents. Ce qu'Abigail a infligé à Randi et Jackie, ce qu'elle s'apprête à faire subir à Charlene est plus intime, plus rituel à ses yeux. Avec cette manière radicale de prendre le pouvoir, elle cherche à la fois à punir la grande sœur qui l'a abandonnée et à exorciser toutes les années passées à endurer les mauvais traitements de sa mère. Les meurtres de pédophiles, en revanche, tiennent presque de la gestion du stress quotidien. Tous ces dossiers qu'elle n'arrive pas à clore. Toutes ces affaires d'enfants agressés par le pédophile fiché qui venait de s'installer au bout du couloir… O. accusait Charlene de trop s'identifier aux victimes, de ne pas supporter son impuissance. Rétrospectivement, je pense que c'était une façon de nous parler d'elle-même. Elle aussi s'identifie trop aux victimes et, depuis deux ans qu'elle fait ce boulot, elle en a marre d'être impuissante.

— Et les messages ? *Tout le monde doit mourir un jour…*

— D'après Charlene Grant, c'était une phrase de sa mère. Une sorte de mantra familial. Le plus intéressant, je trouve, c'est le message dans le message, la phrase cryptée écrite avec du jus de citron : *Arrêtez-moi*. Au début, j'ai cru que c'était peut-être une provocation du tueur. Maintenant, je me demande si ce n'était pas une supplique. Abigail a écrit : *Tout le monde doit mourir un jour*. Et le capitaine O. a ajouté : *Arrêtez-moi*. Deux messages, qui exprimaient les deux facettes de sa personnalité.

— Gentil flic, méchant flic, conclut Neil d'un air sombre.

— Exactement. »

Dire qu'elle avait été si souvent en tête à tête avec O. dans ce même bureau, à examiner ces messages soigneusement calligraphiés, l'analyse d'écriture, les dépositions des témoins. O. n'avait jamais rien laissé paraître. Le degré de compartimentation nécessaire pour en arriver à un tel niveau de dissimulation était proprement effarant.

Il correspondait aussi au profil du scripteur du message tel que défini par l'expert : une personnalité rigide, maniaque, irascible.

Le premier mouvement de D.D., après avoir raccroché avec Charlene, avait été de courir au bureau du capitaine O. pour collecter trois échantillons de son écriture. Elle les avait disposés sur une table libre, à côté des trois messages retrouvés sur les lieux des meurtres. Il n'y avait pas correspondance exacte entre les deux écritures, du moins aux yeux d'une profane comme D.D. L'écriture « naturelle » de O. était nette et précise, mais on n'y trouvait pas vraiment de lettres aplaties à la base ou parfaitement proportionnées. Peut-être avait-elle écrit les messages en s'appuyant sur une règle, ou peut-être en utilisant un pochoir, pour brouiller un peu plus les pistes. Étant donné que tous les messages disaient la même chose, il n'avait pas dû être sorcier de mettre au point ces deux phrases, à peine une poignée de mots, en s'exerçant à les écrire.

Mais la personnalité de l'auteur transpirait tout de même. Dominatrice, déterminée, psychopathe.

« Le témoin du troisième meurtre par balle a appelé ce matin, indiqua D.D. D'après la mère du petit garçon, il s'est rendu compte que les yeux de la meurtrière n'étaient pas vraiment démoniaques, mais qu'elle portait ces lentilles de contact qui font des yeux de chat bleus. Ils ont trouvé une photo dans un catalogue pour Halloween et ils sont passés la déposer il y a une heure pour qu'on visualise. »

Elle sortit la page qui avait été arrachée, la posa sous le nez de Neil et Phil.

« J'imagine qu'O. portait des lentilles pour mieux correspondre à l'allure générale de Charlene : cheveux bruns, yeux bleus…

— Mais pourquoi des yeux de chat ? demanda Phil, qui frissonna légèrement en voyant l'éventail des lentilles destinées à faire peur.

— Ça te fiche les jetons ?

— Oui.

— C'est fait pour. Souviens-toi : non seulement O. voulait que l'assassin corresponde à la description physique de Charlene, mais il fallait aussi qu'elle transforme son apparence. Imagine qu'à peine une heure plus tard elle se trouvait de nouveau face au gamin. Sauf que là elle avait du maquillage, de grosses boucles remontées sur le crâne, une jolie robe, un large trench-coat. Sur le moment, je me souviens avoir pensé qu'elle devait arriver d'un rendez-vous galant. En fait, je crois qu'elle essayait juste d'adoucir sa silhouette. Le gamin avait vu une femme maigre, le visage émacié, avec des cheveux tirés en arrière et des yeux à faire peur. Donc, dans la vraie vie, O. faisait de son mieux pour se donner l'apparence contraire.

— Mais elle n'est ni maigre ni émaciée, contesta Neil.

— Peut-être qu'elle rembourre ses vêtements. » D.D. baissa les yeux vers sa propre poitrine, qui n'était plus que l'ombre de ce qu'elle avait été pendant sa grossesse : « Mais je ne suis pas spécialiste en la matière. »

Neil le rouquin rougit légèrement, secoua la tête : « D'accord, imaginons que O. se soit fait muter ici il y a deux ans pour pouvoir tuer Charlene, comment savait-elle que sa sœur serait à Boston ? Charlene ne s'y est installée que l'an dernier.

— Elle ne le savait sans doute pas, mais ce n'était pas nécessaire. Réfléchis un peu : en s'installant à Boston, elle se trouvait en plein cœur de la Nouvelle-Angleterre. De là, on se rend facilement dans la journée dans le New Hampshire, le Rhode Island, une demi-douzaine d'autres États. Dans le cas de Jackie Knowles, elle a dû prendre l'avion pour Atlanta, mais même ça c'est l'affaire de quelques heures. Donc, où que puissent se trouver Charlie et ses autres victimes le 21 janvier, elles seraient facilement à portée de main.

— Je me suis renseigné auprès de son supérieur, intervint Phil. Ça demande confirmation, mais il semblerait que le capitaine O. ne travaillait pas le 21 janvier de l'année dernière, ni celui de l'année précédente. Officiellement, elle est en service aujourd'hui, mais on ne peut pas dire que ce soit une réussite… »

D.D. hocha la tête, prit des notes en prévision de son entrevue avec Horgan.

Neil s'interrogeait : « Pourquoi tuer Randi Menke d'abord ? Pourquoi ne pas tout bonnement tuer Charlie ?

— Je crois qu'Abigail cherche autre chose qu'une exécution rapide. Si c'était le cas, tu as raison, elle aurait pu aller dans le New Hampshire et expédier Charlene de deux balles dans le crâne, comme elle l'a fait pour les pédophiles. Je crois qu'elle veut d'abord torturer Charlene, qu'elle se sente aussi seule au monde et vulnérable qu'elle-même. Pourquoi Randi d'abord plutôt que Jackie… Il fallait bien commencer par l'une ou l'autre et Randi semblait sans doute une proie plus facile. Elle ne vivait qu'à une heure de Boston, était encore traumatisée par son ex-mari violent. J'imagine qu'O. y est allée et qu'elle a montré sa plaque en expliquant qu'elle enquêtait sur le sale type. Et en un claquement de doigts, ça lui a ouvert la porte de Randi.

— N'empêche qu'elle n'a pas résisté quand elle s'est fait étrangler, releva Phil.

— Les détails, les détails, reconnut D.D. Quant à Jackie Knowles… O. a dû prendre l'avion pour Atlanta, mais ce n'est pas la mer à boire. Elle avait peut-être fait des recherches à l'avance pour savoir où Jackie travaillait, où elle vivait, quels étaient ses restaurants préférés au vu de ses relevés de carte de crédit. Ou alors elle a juste attendu en bas du bureau de Jackie, elle l'a suivie dans le bar et elle l'a accostée. Elle lui a offert un ou deux verres et les choses se sont enchaînées.

— Elle s'est fait inviter chez Jackie, traduisit Neil. Elle a zigouillé la meilleure amie numéro deux et s'est rapprochée un peu plus de sa cible finale. »

D.D. réfléchissait : « Si on repense à la psychose de la mère, à ce que ces gamines ont subi dans leur enfance… Ce n'est pas seulement que leur mère leur faisait du mal, elle leur faisait *mal*, une torture éminemment ritualisée. C'est peut-être ce qu'Abigail comprend le mieux. Elle ne veut pas la mort de sa sœur. Elle veut qu'elle souffre et qu'elle la reconnaisse. C'est un type de relation dont elles sont toutes les deux familières. Peut-être même que pour Abigail la souffrance est synonyme d'amour. Pourquoi maman te fait-elle mal ? Parce qu'elle t'aime très fort.

— Mais dans les deux cas, Randi et Jackie n'ont pas souffert, fit remarquer Phil.

— Parce que ce n'était pas leur attention qu'elle voulait. C'était celle de Charlene. Et de fait, le mystère attaché à ces meurtres (pas de trace d'effraction, pas de trace de lutte) n'a fait qu'exacerber l'angoisse de Charlene et contribuer à capter son attention.

— Ça m'étonnerait que Charlene ait autant de chance, dit Phil.

— Oui, moi aussi. Mais elle a au moins pour elle de s'être préparée.

— On peut en dire autant de O., fit observer Neil.

— Exact. Et elle a escamoté le pistolet de Charlene. Quoique ça, ce n'est peut-être pas plus mal. Elle s'attendra à moins de résistance, au final ça pourrait servir Charlene.

— Donc maintenant c'est une course ? demanda Phil. Qui de nous ou du capitaine O. retrouvera Charlene en premier ?

— Tu n'as pas proposé de protection policière à Charlene ? s'étonna Neil.

— À elle ? Tu plaisantes, elle ne me rappelle même pas quand je laisse un message. Elle m'a contactée une seule fois, pour me raconter sa version de l'histoire. Notre point de vue à nous l'intéresse beaucoup moins. Je dirais qu'elle nous fait moyennement confiance. D'autant que c'est quand même un de nos agents qui veut la tuer.

— C'est pour ça que tu n'as pas annulé le mandat d'arrêt. Tu veux toujours qu'on la chope et qu'on la mette à l'abri.

— Je pense que ce serait plus sûr pour elle, oui.

— Mais aucune nouvelle.

— Rien. Elle est bien planquée.

— Avec un peu de chance, dit Phil, O. est en train de se dire la même chose.

— Très bien, dit D.D. en frappant la table du plat de la main. Prochaine étape : il faut que j'aille voir Horgan pour qu'il m'autorise à demander un mandat de perquisition pour l'appartement du capitaine O. Neil, je te demanderai de le mettre à exécution. Phil, je veux que tu continues à fouiller son passé. Tout ce qu'on pourra apprendre sur elle – amitiés, passions, animaux, allergies alimentaires –, tout ce qui pourrait nous éclairer sur ce qu'elle manigance et la manière dont elle pourrait s'y prendre. Je veux des dates et des faits, tac, tac, tac, et notamment la liste de toutes les armes déclarées à son nom. Pendant ce temps, j'irai parler avec son supérieur.

— Encore des questions sur son passé ? demanda Phil.

— Une intuition à confirmer.

— Tu nous en ferais profiter ? »

Elle le considéra une seconde.

« Mieux que ça, je vais même t'en accorder tout le mérite puisque c'est toi qui m'a mise sur la voie. Tu te souviens, tout à l'heure, quand je lisais les rapports d'analyse toxicologique de Randi et Jackie sans trouver la moindre trace de drogue dans leur organisme, alors qu'elles avaient forcément été droguées ? »

Il acquiesça.

« Tu m'as dit qu'il fallait que je cherche une drogue qui ne laisserait pas d'empreinte chimique. Qui ne serait pas détectée par les tests.

— Drôlement intelligent de ma part. Est-ce que j'ai aussi dit de quelle drogue il pourrait s'agir ?

— Non, mais O. l'a fait », dit D.D. en pianotant des doigts sur la table.

De toutes les pièces du puzzle, c'était celle qui la contrariait le plus. Elle avait été en contact étroit avec sa collègue sans jamais se douter de rien, même quand O. lui avait livré de petits indices sur son jeu meurtrier. Est-ce que c'était une sorte d'appel à l'aide, comme le *Arrêtez-moi* ? Ou bien est-ce qu'elle se payait simplement la tête de l'enquêtrice chevronnée qui aurait dû être plus finaude ?

« O. m'a parlé d'une affaire sur laquelle elle avait travaillé à la brigade des mœurs : un beau-père pervers qui droguait deux petites jumelles avec de l'insuline. Leur glycémie s'effondrait, elles se retrouvaient pratiquement dans le coma et incapables de se défendre. Ensuite, il faisait remonter leur glycémie en leur faisant avaler du glaçage en bombe.

» De l'insuline, continua doucement D.D. Vendue sans ordonnance. Facile à administrer, une simple piqûre à l'arrière du bras de la victime, en sous-cutané. En moins de vingt minutes, la victime était inconsciente et O. pouvait faire tout ce qu'elle voulait. Sans que l'autre soit en état de résister. »

Neil la regardait avec des yeux comme des soucoupes.

« De l'insuline, répéta-t-il. Oui, ça marcherait. »

D.D. se leva.

« Il faut qu'on localise le capitaine O., dit-elle avec autorité. Et qu'on retrouve Charlene Grant. Messieurs, nous sommes le 21 janvier, quinze heures quarante-trois. Abigail est de nouveau en chasse. Et ni la boxe ni la course à pied ne sauveront Charlene si Abigail et son insuline la retrouvent en premier. »

41

Je suis d'abord allée à l'hôtel de ma tante, à Cambridge. En femme économe, elle avait cherché les motels bon marché dans l'annuaire et vérifié les prix par téléphone avant de se décider. Comme elle avait dû se servir d'une carte bancaire pour faire la réservation, je me disais que, pour une policière, ce serait un jeu d'enfant de la retrouver. Le capitaine O. n'avait qu'à suivre la piste de ses transactions jusqu'à la porte de sa chambre et montrer sa plaque pour que ma tante l'invite à entrer.

Je me suis garée à une rue de distance. J'ai ordonné à Tulip de rester dans la voiture et je me suis approchée avec précaution, en essayant de passer inaperçue tout en guettant le moindre signe de ma tante et/ou de policiers. Le motel, médiocre établissement anonyme, formait un fer à cheval sur deux niveaux autour d'un parking central. J'ai pris les escaliers couverts pour monter à la chambre de ma tante, à l'étage. La porte était fermée, mais les rideaux de la fenêtre principale avaient été tirés afin de laisser voir une pièce dans les tons brun et or, tout illuminée, parfaitement rangée, vide. Je suis restée là une minute avant de comprendre cette mise en scène délibérée. Aucune femme saine d'esprit ne laisse les rideaux de sa chambre d'hôtel écartés histoire qu'on voie toute la pièce. Et ma tante ne laissait jamais les lumières allumées. Autant jeter l'argent par les fenêtres, vous voyez, et puis ça gaspille de l'énergie et c'est mauvais pour la planète.

Le capitaine O. Forcément. Pour que je sache que la chambre était vide. Qu'elle détenait ma tante.

Je suis retournée à la voiture de Tom, les mains bien enfoncées dans les poches de mon blouson, la tête baissée, les oreilles aux aguets au cas où des bruits de pas rapides auraient annoncé une attaque par-derrière. Mais rien. Juste l'obscurité d'un samedi soir glacial où les braves gens restaient bien au chaud dans le confort de leur foyer, heureux en famille, tandis que moi je marchais dans les rues désertes de Boston avec la certitude que j'arrivais trop tard et que j'allais le payer cher.

De toute évidence, le capitaine O. avait retrouvé ma tante la première. Mais elle ne l'avait pas étranglée au milieu de la chambre d'hôtel ; elle l'avait emmenée ailleurs. Pourquoi ?

Parce que ma tante n'était pas chez elle dans cette chambre d'hôtel. Il fallait que les victimes meurent dans le confort et la sécurité de leur propre maison.

Pourquoi ? Parce que nous n'avions jamais connu ni confort ni sécurité ? Ou pour que la terreur soit plus intense, plus insoutenable ?

Inconsciemment, ma main s'était posée sur mon côté, je massais ma cicatrice.

Et, l'espace d'un instant, j'ai presque revécu ces sensations : mes côtes, humides et poisseuses ; mes jambes tremblantes, qui voulaient fuir. Le spectacle des flammes qui léchaient un mur. L'idée que c'était bizarre d'avoir si froid devant un feu.

Sis, m'appelait une voix. *Sis !*

Désolée, j'ai dit. Désolée.

Mon portable a sonné. À quelques mètres de la voiture de Tom, j'ai répondu.

« Ça y est, tu te souviens ? m'a demandé ma sœur.

— La maison était en feu.

— Cette chère maman. Toujours le sens du mélodrame.

— Tu as étouffé les flammes.

— Sur le coup, ça m'a paru une bonne idée. »

J'ai hésité.

« Sis. Tu m'appelais Sis. »

Cette fois, elle n'a pas répondu tout de suite. Et quand elle l'a fait, sa voix était amère :

« Tu avais promis de toujours t'occuper de moi. Tu avais promis de me protéger. Mais tu n'as pas tenu cette promesse, n'est-ce pas, Charlene ? Tu m'as abandonnée. Et ensuite tu m'as complètement oubliée. Voilà comment tu aimes ta sœur, Sis. »

Je ne savais pas quoi répondre. Aucune importance, elle comblait déjà le silence : « Dis-moi, Charlene, tu es toujours un bon soldat ?

— Pourquoi ?

— Parce que tout le monde doit mourir un jour. Courage, Charlie. Courage… »

J'ai senti un frisson me parcourir l'échine. Pas seulement à cause des mots eux-mêmes, mais de sa façon de les dire. Une voix d'outre-tombe. Ma mère qui chuchotait par-delà les années.

« Je t'en prie, ne lui fais pas de mal, me suis-je forcée à dire d'une voix égale. Ça n'a rien à voir avec tante Nancy. C'est une histoire entre toi et moi.

— Donc, tu ne te souviens toujours pas.

— Qu'est-ce que tu veux ?

— Ça, tu devrais le savoir.

— Dis-moi, je viendrai te voir.

— Tu devrais savoir où je suis. »

Alors j'ai su. J'ai compris. J'ai ouvert la voiture. Je suis montée dedans, téléphone toujours vissé à l'oreille. Accablée par ce qui allait nécessairement se passer.

21 janvier. Une journée qui couvait depuis vingt ans.

« Je t'aime, Abby, ai-je murmuré à la sœur qui s'apprêtait à me tuer. Souviens-toi que, quoi qu'il arrive, je t'aime. »

Ma petite sœur m'a raccroché au nez.

J'ai longuement réfléchi à ce que je devais faire.

Toute ma vie, j'avais su au plus profond de moi-même que ma mère était folle. Certes, je ne m'appesantissais pas sur ce qui avait pu se passer précisément quand j'avais deux, quatre ou cinq ans, mais les flashs qui me revenaient de cette époque n'étaient jamais tendres ni chaleureux. Je ne revoyais pas ma mère en train de me lire une histoire dans mon lit, je ne l'associais pas à des cookies tout juste sortis du four.

Par les froides nuits d'hiver, quand le vent hurlait dans les montagnes et faisait trembler les murs sous sa fureur ravageuse, je pensais à ma mère. Un sous-sol humide, un parfum de rouille, une odeur de sang, et je pensais à ma mère. Et le jour où j'étais tombée d'un agrès dans la cour de l'école, quand mon épaule avait fait un drôle de craquement à l'atterrissage et un bruit encore plus audible quand je m'étais jetée contre un arbre pour la remboîter, j'avais pensé à ma mère.

Elle était folle au sens strict du terme. Imprévisible, instable, fragile. Le jouet d'ambitions démesurées et d'accès de désespoir plus violents encore. Elle aimait, elle haïssait. J'étais sa préférée, sa chouchoute. « Alors sois bien sage et tiens-toi tranquille » – pendant qu'elle me lâchait une boule de bowling sur le pied.

Dans le monde de ma mère, aimer, c'était faire mal. Donc plus elle me faisait mal, plus je devais me sentir adorée.

La folie est héréditaire, vous savez.

J'ai passé la majeure partie de mon adolescence terrifiée à l'idée de me réveiller un beau jour avec le besoin irrépressible de blesser quelqu'un. J'allais me mettre à frapper mes amies, à hurler sur ma tante. Au lieu de faire compulsivement le ménage de sa maison d'hôtes, j'allais saccager les chambres.

J'allais me coucher Charlene Rosalind Carter Grant et me réveiller Christine Grant, terreur des petits enfants du monde entier.

Heureusement pour moi, ça ne s'est jamais produit.

Mais je ne crois pas que ma petite sœur ait eu autant de chance.

Ma première idée a été que ma sœur avait dû remmener notre tante dans le New Hampshire, dans sa douillette maison d'hôtes nichée au cœur des montagnes Blanches. Mais c'était à trois heures de route au nord. Et puis ce n'est pas parce qu'on est folle qu'on est idiote : ma tante accueillait des clients chez elle, donc la maison risquait d'être pleine de témoins.

Bien mieux pour cette ultime réunion de famille : ma petite chambre à Cambridge. Dans une vénérable maison où ne vivait qu'une femme célibataire d'un certain âge. J'espérais pour ma logeuse qu'elle se serait absentée aujourd'hui. Mais je craignais que nous n'ayons pas cette chance.

Je me suis garée de l'autre côté de la rue, à l'Observatoire. Passé dix-sept heures un samedi soir, le parking ne contenait que quelques voitures éparpillées. La nuit était complètement tombée et les lampadaires émettaient une faible lueur qui se réfléchissait sur les congères blanches.

J'avais prévu de laisser Tulip dans la voiture, mais à la seconde où j'ai ouvert la portière, elle est sortie d'un bond en prenant mes genoux comme tremplin. Elle a décrit quelques cercles rapides dans le parking enneigé, manifestement contente de se dégourdir les pattes. Je me suis posé la question de la rattraper, de la forcer à regagner sa prison sur quatre roues, mais en fin de compte je n'en ai pas eu le cœur.

Au lieu de ça, je l'ai appelée une dernière fois, je l'ai embrassée sur le sommet du crâne et je l'ai remerciée d'être le meilleur chien du monde. Elle a poussé un petit gémissement, remué la queue, secoué son pelage blanc et sable comme pour éviter de se refroidir. Puis elle a traversé le parking au petit trot, tournant le dos à ma maison, s'élançant vers des aventures qu'elle me raconterait peut-être un jour, si toutefois j'étais encore en vie pour les entendre.

Je l'ai suivie des yeux jusqu'à ce qu'elle disparaisse au coin des immeubles en brique. Ma gorge était plus nouée que jamais. J'ai tâté les poches de mon blouson, tripoté l'écharpe serrée autour de mon cou.

J'avais passé un an à faire des plans, à me préparer, à combiner des stratégies.

Désormais, je n'entendais plus que les mots de ma mère dans un coin de ma tête : *Tout le monde doit mourir un jour. Courage.*

J'ai traversé la rue vers la maison de ma logeuse, plongée dans l'obscurité.

La rangée de fenêtres vides du rez-de-chaussée bâillait comme un sourire édenté lorsque je me suis approchée. Pas de lumière allumée sur le perron, pas de lumière dans le jardin de derrière pour m'accueillir. Peut-être que la porte d'entrée n'était pas fermée à clé. Peut-être que ma sœur se trouvait de l'autre côté et attendait que j'entre.

J'ai décidé de la prendre à revers. Elle voulait que je vienne, c'était évident. Nous avions l'une comme l'autre des choses à régler, donc je ne pensais pas qu'elle m'abattrait purement et simplement. Elle voulait parler. Je voulais écouter. Elle voulait tuer ma tante et me faire souffrir autant que possible. Je voulais qu'elle sache que j'étais désolée, que je l'aimais et que, même si je ne savais pas comment réparer le passé, même si je doutais que ce soit possible au stade où nous en étions, j'aurais voulu le faire.

J'aurais voulu que nous puissions toutes les deux repartir de zéro.

Il n'y avait aucun signe de vie dans la rue quand je me suis dirigée vers la clôture qui menait au jardin de derrière, quand j'ai ouvert le portail et que je l'ai refermé en douceur derrière moi. Désormais à l'abri des regards curieux, je me suis approchée de la porte de derrière, celle dont je me servais habituellement.

Profonde inspiration. Profonde expiration.

J'ai frappé. Trois fois. *Toc, toc, toc*.

Et dix secondes plus tard, elle a ouvert.

Derrière elle, le couloir était sombre et peuplé d'ombres, alors que j'imaginais que, dans mon dos, le ciel nocturne de Cambridge était illuminé d'une faible lueur urbaine.

Elle portait un jean noir et un pull noir moulant. Elle semblait plus svelte et plus dangereuse que le capitaine O., avec ses cheveux tirés en arrière en une queue-de-cheval serrée et ses yeux qui lançaient des éclairs derrière d'étranges lentilles de contact bleues.

En la regardant, je voyais ma mère.

En la regardant, je me voyais.

« Bonjour. Je m'appelle Abigail. »

Elle m'a montré une seringue hypodermique dans sa main droite, pointée vers moi.

« Ton bras.

— Qu'est-ce que c'est ?

— Tu es bien placée pour savoir qu'il ne faut pas poser de questions. Alors, sois sage et fais ce que je te dis.

— Non.

— Charlene Rosalind Carter…

— Notre mère est morte. Je ne reviendrai pas en arrière et tu ne devrais pas le faire non plus. Nous sommes sœurs et on ne traite pas sa sœur comme ça.

— *Ton bras*.

— Non. »

J'ai fait demi-tour.

« Si tu pars maintenant, elle meurt, m'a-t-elle dit d'une voix suraiguë. Huit. Peut-être neuf minutes. C'est tout ce qui reste à ta tante. Mais peut-être que tu t'en fous. Peut-être que c'est ta spécialité de laisser mourir ta famille, Sis. »

Elle avait employé mon ancien surnom, ce que je considérais comme une sorte de victoire. Un premier pas vers les souvenirs que nous avions toutes les deux enfouis. Si je voulais survivre aux quinze prochaines minutes, il fallait que je me souvienne d'une grande partie de mon enfance. Quant à Abigail… Je voulais qu'elle se souvienne au moins de certains moments où elle ne m'avait pas haïe à ce point. Où elle m'avait peut-être même aimée un peu.

Je me suis retournée vers elle. Elle a de nouveau pointé la seringue. Après un nouvel instant d'hésitation, j'ai tendu le bras. Elle a agi en un éclair, avant que je change d'avis, et planté l'aiguille dans la chair de mon bras à travers le blouson. Je n'ai pratiquement rien senti, une faible piqûre d'épingle, ça aurait pu être un gravillon dans le tissu de ma chemise. Elle a appuyé sur le piston et tout a été fini en un millième de seconde.

Abigail m'observait. J'ai soutenu son regard sans ciller, en m'attendant à ressentir quelque chose. Un malaise, une brûlure au fond de la gorge, peut-être un picotement dans le bras. La plupart des tours que nous jouait notre mère visaient une gratification immédiate, mais je ne sentais rien.

Abigail a hoché la tête, apparemment satisfaite, puis elle m'a obligée à lui donner mon blouson, me privant immédiatement de la plupart de mes armes artisanales, puisqu'elles étaient cachées dans mes poches. Ensuite, elle m'a fouillée et dépouillée de mon portable, mais elle n'a pas trouvé le stylo-bille coincé dans mes cheveux ni le couteau dans son étui en scotch sous mon jean effiloché, mes épaisses chaussettes en laine et mes bottes de neige éculées. Cet examen accompli, elle a ouvert la porte en grand pour me laisser entrer dans le couloir sombre.

« Randi ne l'a même pas senti, m'a-t-elle raconté comme si ça pouvait me consoler. Ton autre amie, Jackie, elle s'est retournée quand je l'ai piquée. Je lui ai dit qu'elle avait un genre d'épine coincée dans la manche de sa chemise et elle m'a crue. En revanche, tante Nancy m'a vue arriver avec. C'était voulu. Je voulais qu'elle sache. »

Passant devant ma chambre, Abigail m'a conduite dans le grand séjour, qui contenait plusieurs coins salon et la cuisine. Je ne m'étais pas trompée : ce n'était pas notre jour de chance. Tante Nancy et Frances, ma logeuse, se trouvaient toutes les deux là. Avachie dans un fauteuil à oreilles décoloré, Frances semblait pâle et affaiblie. Plus près de moi, ma tante était allongée sur le canapé fauve, les yeux fermés, et ses paupières palpitaient de manière inquiétante.

Je me suis tout de suite ruée vers elle pour prendre son pouls. Je l'ai trouvé, mais il était faible. Sa peau était moite et elle était agitée de tremblements irrépressibles.

« Qu'est-ce que tu as fait ?

— Tu veux dire qu'elle n'a jamais essayé ça sur toi ?

— Quoi ?

— L'insuline. Pour faire chuter la glycémie. Provoquer un coma, éventuellement la mort. Ou t'envoyer faire un tour gratuit aux urgences. »

Elle a prononcé ces mots avec désinvolture. J'ai compris les histoires indicibles qui se cachaient derrière, les innombrables crises qu'elle avait dû endurer aux mains de ma mère. J'aurais voulu lui offrir ma compassion. Mais je me suis dressée face à elle, les pieds bien plantés dans le sol, et j'ai plaidé ma cause.

« Je suis là, tu as ce que tu voulais. Laisse-moi donner quelques morceaux de sucre à tante Nancy et à Fran, elles n'ont pas à payer pour moi.

— Du glaçage, a répondu Abigail. C'est plus efficace. J'en ai donné à tes deux copines juste à la fin. Autrement les analyses post-mortem auraient révélé leur hypoglycémie et trahi mon petit manège. Mais avec un peu de glaçage au bon moment… Tu en trouveras une bombe derrière toi, sur le plan de travail de la cuisine. »

Son accord immédiat pour que je soigne ma tante et ma logeuse m'a prise à contre-pied. Au lieu d'être soulagée, j'étais encore plus à cran quand je me suis dirigée vers la cuisine plongée dans le noir. Alors que j'arrivais à l'îlot central, mes jambes m'ont soudain lâchée. J'ai trébuché et manqué tomber. Secouant la tête, j'ai cligné des yeux pour lutter contre un brusque accès de vertige. L'insuline commençait à faire effet. J'ai pris la bombe argentée au milieu du plan de travail et je suis retournée auprès de ma tante et de ma logeuse.

« Je t'autorise à leur en donner. Mais prends-en pour toi et je te tire une balle. »

Abigail avait rempoché la seringue. Dans sa main, elle avait maintenant un Sig Sauer de calibre 40.

« Et tu te priverais de tout le plaisir ? lui ai-je demandé d'un air dégagé.

— Je n'ai pas dit que je te tuerais. Juste que je te tirerais une balle. »

Il m'a fallu quelques instants pour comprendre comment faire marcher le pulvérisateur, vendu avec quatre douilles décoratives. Glaçage blanc, parfum vanille. Décorer un gâteau, arracher un être cher à une mort imminente. Mes mains tremblaient. Il me fallait faire un effort de concentration pour que mes doigts m'obéissent.

Je me suis d'abord occupée de ma tante, qui semblait plus mal en point. Ensuite, je suis passée à Frances et j'ai mis la douille dans sa bouche entrouverte pour y injecter du glaçage.

Ensuite je me suis écartée et ma sœur et moi les avons observées.

« Comment tu es devenue le capitaine O. ? » lui ai-je demandé.

J'étais à deux mètres d'elle, légèrement en avant, et son Sig Sauer était braqué sur mon épaule gauche. Comme aucune lampe n'était allumée, la pièce était plongée dans l'obscurité et des blocs de tailles diverses signalaient l'emplacement des meubles ou autres objets derrière lesquels s'abriter.

Je pensais que le manque d'éclairage me donnait l'avantage, puisque les lieux m'étaient plus familiers. Mais c'était quand même elle qui tenait le pistolet, et elle le maniait avec beaucoup d'aisance.

« Un client, m'a-t-elle répondu.

— Un client ? »

Ses traits restaient inexpressifs, durs. Un visage de flic, un visage de victime. Je n'avais encore jamais réalisé à quel point les deux se ressemblaient.

« Quand j'avais quatorze ans, j'ai quitté cette chère maman. Nous vivions dans le Colorado, à l'époque. Elle avait arrêté de me martyriser et elle s'était mise à me vendre. Elle n'était plus aussi jolie qu'avant, tu vois, et il fallait bien payer le loyer. Elle continuait à ramener des hommes à la maison, mais ils ne restaient plus dans sa chambre. »

Je n'ai rien dit.

« Une nuit, je me suis dit que, tant qu'à vendre mon corps, je devais être maîtresse à bord. Alors j'ai attendu le bon client (un mec plein aux as, tu vois) et je lui ai mis le marché en main : s'il m'emmenait, je deviendrais sa propriété exclusive.

» En fin de compte, j'avais bien choisi. C'était un brillant avocat, il avait beaucoup de moyens et il s'était toujours vu comme un de ces riches qui entretiennent une poulette en sous-main. J'ai obtenu d'avoir un appartement à moi et, en négociant encore un peu, une nouvelle identité – pour que ma petite maman d'amour ne puisse pas me retrouver et m'emmener, tu vois. Tout cela en toute légalité, ça va de soi, c'est l'avantage de se prostituer avec un ténor du barreau. Au bout du compte, je me suis inscrite à des cours en ligne et j'ai décroché mon diplôme d'études secondaires. Mais ça a coincé quand j'ai eu mes dix-huit ans : je voulais aller à l'université, alors que lui voulait me garder dans une cage dorée. »

Elle s'est interrompue. Sur le canapé, ma tante a gémi, ses paupières ont battu, se sont ouvertes. Elle nous a regardées toutes les deux, mais son regard était encore inexpressif. Je n'étais pas certaine qu'elle voyait quoi que ce soit.

« Quand est-ce que tu l'as tué ? » ai-je demandé sur un ton badin.

Abigail a souri : « Ce n'est pas ça, la date importante. Tu devrais la connaître, la date importante.

— Le 21 janvier.

— Tout juste. Mais pourquoi, Sis ? Qu'est-ce qui s'est passé le 21 janvier ? Dis-moi. »

Je l'observais. J'essayais de me souvenir de nos années communes, de ce passé que je m'étais tellement appliquée à oublier.

« Ton anniversaire ? »

Elle m'a regardée bizarrement.

« Non.

— Le mien ?

— Je t'en prie. Le tien est en juin. »

Frances était réveillée. Sa respiration avait changé, elle était plus régulière. Elle ne s'était pas redressée dans son fauteuil, mais je voyais bien qu'elle reprenait conscience. Je me suis demandé si Abigail aussi s'en était aperçue.

Mais ma sœur ne prêtait aucune attention à ma tante ni à ma logeuse. Elle me fixait du regard. Elle semblait, pour la première fois, hésiter.

« Tu as vraiment oublié… tout ça ? »

J'ai haussé les épaules, mi-humiliée, mi-honteuse : « La plupart des choses, oui.

— Même moi ?

— Je suis désolée, Abigail. J'ai essayé plein de fois de me souvenir, mais je te jure, je… Tu es un bébé et ensuite tu n'es plus là. J'étais absolument certaine qu'elle t'avait tuée. Comme Rosalind. Comme Carter. Ces magnifiques petits bébés, si parfaits et précieux et là…

— Je l'ai vue tuer le petit garçon.

— C'est vrai ?

— Je me souviens de tout. Il pleurait et elle a pris un oreiller. Plus grand que le bébé lui-même. Elle l'a maintenu sur lui. "Voilà ce qu'on fait aux bébés qui braillent, Abigail, elle m'a dit. Évite d'être une brailleuse."

— Tu devais toi-même être toute petite.

— Je crois que j'avais deux ans. Tu devais en avoir quatre.

— Comment tu peux te souvenir de ce qui s'est passé quand tu avais deux ans ?

— Comment tu peux avoir oublié ce qui s'est passé quand tu en avais huit ? »

Ma tante, qui s'était redressée, a bougé la main.

« Je voulais mourir. Je me suis réveillée à l'hôpital et les médecins disaient qu'ils m'avaient rafistolée, que ça avait été tangent, mais que j'allais m'en sortir. Pourtant au lieu d'être reconnaissante, j'avais envie de les tuer pour m'avoir sauvée. J'étais tellement… en colère. Tellement… déprimée. » Je me suis éloignée d'un pas de ma tante, vers la porte de derrière ; je voulais que l'attention d'Abigail me suive et se détourne des deux femmes qui se réveillaient.

« Je crois qu'il fallait que j'oublie, ai-je expliqué avec franchise à ma sœur. Je crois que c'était la seule solution pour que je me rappelle comment vivre.

— Elle t'a tuée. Elle t'a donné un coup de couteau. Ça aussi, je l'ai vu.

— Il y avait un incendie.

— Tu t'en souviens !

— Je me souviens du sang et des flammes et de m'être dit que c'était bizarre d'avoir tellement froid.

— Elle avait voulu mettre le feu à la maison.

— Après m'avoir donné un coup de couteau ?

— Oui. Elle s'en était d'abord prise à toi, mais ça je ne l'ai pas vu. Elle était remontée à l'étage pour me chercher, et puis après on était dans la cuisine, elle avait des allumettes et je ne pouvais pas m'enfuir. Elle allait nous brûler vives, mais tu es arrivée derrière elle et tu l'as frappée à la tête avec une grosse lampe ancienne.

— J'ai fait ça ? »

Elle m'a regardée et j'ai eu la récompense de voir naître un semblant d'incertitude dans ses yeux.

« Tu ne t'en souviens vraiment pas ?

— Je voudrais bien. J'aimerais bien me souvenir que je lui ai fait mal. J'ai surtout l'impression d'avoir essayé toute ma vie d'apprendre à être moi-même. Comme si elle s'était insinuée dans ma tête quand j'étais trop jeune pour résister et qu'il m'avait fallu vingt-huit ans pour découvrir ce que je pensais, pour être moi-même. Notre mère était folle, Abigail. Et nous étions trop petites pour lui résister. Mais nous sommes adultes maintenant et elle est morte. Elle n'a plus à être aux commandes. Nous pouvons être nous-mêmes. Nous pouvons enfin gagner.

— J'ai essayé de la tuer, cette nuit-là, a murmuré Abigail comme si je n'avais rien dit. Tu étais morte, enfin je le croyais. Elle se réveillait et je ne pouvais pas survivre sans toi. Je le savais, Charlie. Déjà à l'époque, je savais que je n'étais pas assez forte. Alors j'ai pris la lampe et j'ai voulu la frapper. Mais avant que je puisse réagir, elle m'a fauché les jambes, je suis tombée et, pendant que j'étais par terre, elle a pris la lampe et elle m'en a filé un grand coup. »

J'ai sursauté. J'ai senti un frisson… non, une onde de choc… parcourir mon corps. Sur le coup, je n'ai pas su si c'était l'insuline qui faisait dégringoler ma glycémie ou la remise en cause radicale d'un souvenir depuis longtemps enfoui.

« Je t'ai vue mourir, ai-je soufflé. Je… Elle… Elle t'avait tuée. Avec la lampe. Je me souviens de ça. Et je ne pouvais pas bouger. Je ne pouvais rien faire. Je ne pouvais ni lever le bras, ni hurler, ni supplier, rien. J'étais paralysée au sol, j'avais trop froid et trop chaud. Et je hurlais à l'intérieur. Je me souviens de ça. D'avoir senti tout mon corps hurler intérieurement quand tu es tombée et qu'elle s'est relevée, mais aucun son n'est sorti. Rien ne s'est passé. Je hurlais et elle était là avec la lampe, elle la levait et elle l'abattait. Elle te tuait.

» Je t'avais protégée si longtemps, Abby. Tu n'as même pas idée. Les nuits où j'avais fui avec toi dans les bois, où je t'avais cachée sous le lit, planquée dans les combles. Je n'avais pas réussi avec les autres. Je n'avais pas été assez intelligente, assez forte. Mais avec toi… quand tu as eu trois ou quatre ans, je me souviens d'avoir pensé que j'avais réussi. Je t'avais sauvée, tu étais à moi et je t'aimais. *Je t'aimais*, Abigail. »

Ma voix a faibli, s'est brisée. Mon corps s'est mis à frissonner de plus belle tandis que mes pensées se dispersaient, s'éparpillaient, refusaient de se rassembler. Je perdais pied. Glycémie en chute libre. Confusion, désorientation. Douleur. Douleur intense. Ma petite sœur était morte. Et, par une bizarrerie de mon cerveau, je ne m'en souvenais pas, mais je le savais. Je croyais avoir vu Abby mourir et cela avait provoqué en moi une cassure qu'aucun médecin n'avait pu rafistoler.

« Mais je ne suis pas morte », a dit Abigail.

Ses mains aussi tremblaient, le pistolet s'agitait. J'aurais dû agir, en profiter.

Impossible de me faire obéir de mes jambes. J'ai voulu m'appuyer contre le mur, le monde chavirait de nouveau, je cherchais désespérément un équilibre.

Je ne m'étais pas entraînée à ça, me suis-je dit. Je n'étais pas préparée à cette complication.

« J'ai survécu, a continué Abigail d'une voix rauque, à la fois pleine d'accusations et de regrets. Elle m'a emmenée et ça a été horrible, abominable, et j'ai prié pour toi toutes les nuits, Charlie. Tu étais ma grande sœur, tu avais promis de me sauver et je *priais* pour toi. Nuit après nuit. Quand j'ai eu dix ans, il y a eu le premier homme et j'ai eu *mal*. J'ai pleuré et j'ai supplié pour que tu viennes me sauver. Mais tu n'es jamais venue. Tu ne m'as jamais sauvée. Alors quand j'ai eu quatorze ans, je me suis vendue à un pervers professionnel juste pour m'en sortir. Mais ça n'a quand même pas suffi, alors j'ai dû le tuer. Mais ça n'a pas suffi non plus, alors j'ai dû la retrouver pour la tuer aussi. Je pensais que ça me soulagerait. Mais en fait ça ne suffisait toujours pas. »

J'ai dévisagé ma sœur.

« Tu as tué notre mère ?

— Bien sûr. » Elle a souri : « Dis-moi quand.

— Un 21 janvier. Tu l'as tuée un 21 janvier.

— Voilà. Enfin tu comprends. J'ai pris son oreiller et j'ai fait ça exactement comme elle me l'avait appris. »

Je me suis demandé si j'aurais dû être horrifiée. Ou reconnaissante.

« Mais… ça aurait dû être fini, à ce moment-là. Ça aurait dû suffire.

— Mais non, bien sûr, parce qu'il restait encore toi. Celle qui n'était jamais venue. Et qui ne m'avait jamais sauvée.

— Mais je ne savais même pas que tu étais en vie !

— Mais si, tu savais.

— Mais non. Comment j'aurais su ?

— Parce qu'elle a dû te le dire. »

Abigail s'était retournée pour montrer du doigt tante Nancy qui, désormais bien réveillée, nous observait toutes les deux.

« Je suis désolée, a éclaté ma tante. Charlie, je suis vraiment désolée ! »

C'est alors que Frances soudain a bondi du fauteuil et, avec un rugissement inattendu, s'est jetée sur Abigail.

Le coup de feu est parti.

Je me suis effondrée.

Ça criait. Frances, tante Nancy, Abigail.

« Sis. »

La voix d'Abigail. Ma petite sœur, qui m'appelait.

« Sis ! »

J'ai attrapé la bombe de glaçage, qui roulait sur le parquet, et j'ai rampé.

42

D.D. en devenait folle.

Dix-sept heures deux, samedi 21 janvier.

Aucune trace ni de Charlene Rosalind Carter Grant ni du capitaine O.

Au cours de l'heure précédente, plusieurs patrouilleurs étaient passés devant le domicile de Charlie à Cambridge. Pas de lumière allumée, pas de propriétaire pour venir leur ouvrir la porte. Naturellement, les collègues de Grovesnor faisaient le tour de toutes ses relations professionnelles. Mais Charlie n'était pas censée reprendre le service et elle n'avait contacté aucun des agents.

Restait donc la tante, qui avait une maison dans le nord du New Hampshire et une chambre d'hôtel quelque part dans Cambridge. D.D. avait contacté la police d'État du New Hampshire, qui avait appelé la maison d'hôtes. Nancy Grant ne s'y trouvait pas et la jeune femme qui la secondait n'avait pas eu de nouvelles aujourd'hui et elle ne l'attendait pas avant le lendemain au plus tôt.

D.D. avait ensuite consulté l'historique des transactions sur la carte de crédit et découvert un débit récent dans un motel pour petits budgets à Cambridge.

Alors elle était en train de s'y rendre – non parce qu'elle pensait y trouver Charlene miraculeusement cachée sous le lit, mais parce qu'il fallait qu'elle s'occupe.

La nuit était tombée. Le ciel était d'un noir d'encre, les températures en chute libre. On était le 21 janvier et D.D. refusait absolument de voir commettre un autre meurtre dans sa ville, sous son nez. Pas moyen. Elle était suffisamment avertie.

Elle trouva le motel sans difficulté. Un de ces établissements quelconques de la fin des années soixante-dix, un fer à cheval sur deux niveaux autour d'un parking. En furetant un peu, elle identifia la voiture de Nancy Grant, puis sa chambre à l'étage.

Trois minutes plus tard, D.D. se trouvait sur le seuil, perplexe. L'employé qui lui avait ouvert la porte semblait tout aussi déstabilisé.

« Elle est peut-être partie, expliqua le petit Asiatique chauve.

— Peut-être. »

D.D. fit le tour de la pièce, sans rien toucher. Pas d'erreur : ni bagages ni articles de toilette, pas même un pli sur le lit. Si la tante Nancy avait dormi là, elle avait fait le ménage avant de partir.

L'idée fit aussitôt courir un long frisson sinueux dans le dos de D.D.

Abigail. Forcément. La pire tueuse obsessionnelle compulsive du monde. Qui étranglait ses victimes et redonnait ensuite du volume aux coussins du canapé.

Sauf qu'aucun cadavre ne gisait au milieu de la chambre. Autrement dit, au lieu de tuer Nancy Grant, elle l'avait enlevée. Pourquoi ? Ça ne ressemblait pas à un assassin aussi attaché à son rituel de s'en écarter à ce stade de la partie.

Abigail avait besoin d'autre chose.

De quelqu'un d'autre.

Comme D.D., elle cherchait Charlene Grant.

Mais elle avait d'abord mis la main sur Nancy, qui lui servirait d'appât.

D.D. décrocha son téléphone et demanda qu'une équipe de techniciens de scène de crime examine l'hôtel.

Puis elle reprit sa voiture, quitta le parking, et les rouages de son cerveau tournaient aussi vite que les roues de sa Crown Vic.

Abigail voulait sa sœur. Abigail voulait se venger. Où aller ensuite ?

Un seul endroit semblait logique à D.D. : la chambre à Cambridge. Forcément. Mais les patrouilleurs avaient déjà vérifié. Ils étaient passés devant. Ils avaient frappé à la porte. Sans percevoir le moindre signe de vie.

Peut-être parce qu'il n'y avait que des signes de mort.

Elle venait de tourner dans la rue de Charlene quand elle aperçut du mouvement sur le trottoir.

Elle pila et le véhicule qui la suivait dut faire une embardée pour l'éviter. Le conducteur lui adressa un geste obscène. D.D. ne le remarqua même pas. Elle descendait déjà de voiture et tendait la main.

« Tulip, appelait-elle. Viens là, ma fille. Allez. Tout va bien. Ça, c'est un bon toutou. Tu te souviens de moi ? Tu es venue dans mon bureau. Je suis une amie de Charlie. »

La chienne remua la queue d'un air hésitant, puis finit par s'approcher et renifler la main de D.D. pour faire connaissance.

En retour, D.D. caressa la tête lisse de la chienne frissonnante, lui flatta les oreilles.

« Où est Charlie, Tulip ? Tu le sais ? Parce que je suis plutôt inquiète pour elle. Tu veux m'aider ? Montre-moi, Tulip. Où est Charlie ? »

Et, à la grande surprise de D.D., Tulip fit demi-tour et remonta la rue. Elle se retourna une fois, comme pour vérifier que D.D. suivait. Puis la chienne et l'enquêtrice se mirent à courir.

43

Toutes ces manœuvres défensives que j'avais travaillées pendant cette dernière année. Se baisser, esquiver, feinter, porter des coups. Bien campée sur ses appuis, tenir une arme à bout de bras et appuyer sur la détente. Courir, courir et, même chancelante d'épuisement, courir encore un peu.

On était le 21 janvier.

J'étais allongée dans l'obscurité, à moitié dans les vapes sur le parquet. J'entendais des cris. Je sentais une odeur de poudre.

Alors j'ai fait ce qui s'imposait.

J'ai porté la bombe de glaçage à ma bouche et j'en ai pris une dose.

Encore un coup de feu, puis trois ou quatre. J'ai avancé comme je pouvais, à quatre pattes, vers la mêlée.

Des gémissements, maintenant. J'ai découvert ma logeuse, Frances, par terre à côté de moi. Roulée en boule, elle se tenait l'épaule. Je sentais du sang sur le parquet, mais, dans le noir, c'était difficile d'y voir quoi que ce soit.

« Aide-moi, a-t-elle gémi de nouveau. Charlie, Charlie, aide-moi…

— D'accord, d'accord. Chut, du calme. »

Encore des ombres obscures, qui tournaient autour de moi. L'une d'elles, imposante. Abigail, toujours le pistolet à la main, mais l'air moins sûre d'elle.

« Où es-tu ? » a-t-elle crié.

Le pistolet pointé, elle visait toutes les ombres tour à tour. Je me suis figée, parfaitement immobile à côté de Frances, car je n'étais plus certaine que ma propre sœur n'allait pas me tirer dessus.

« Ça va ? ai-je demandé d'une voix aussi posée que possible. Abby ?

— Tais-toi ! Tais-toi, tais-toi, tais-toi ! Je sais que tu étais de mèche avec elle. Tu nous as lâchées pour elle, maman et moi. Très bien, si tu veux jouer à ça ! »

D'un seul coup, elle s'est retournée vers moi, le doigt sur la détente.

Je suis restée paralysée de stupeur une fraction de seconde avant d'avoir le réflexe de rouler sur le côté pour m'éloigner de Frances, vers le fauteuil à oreilles désormais vide. Je roulais encore quand Abigail a ouvert le feu, je cherchais désespérément un abri tandis que ma tante criait à l'autre bout de la pièce, derrière le trio de fauteuils le plus proche du bow-window.

« Ce n'est pas de sa faute ! s'écriait-elle d'une voix mal assurée. Elle ne savait pas. Je ne lui ai jamais dit.

— Me dire quoi ? » ai-je répondu, même si j'avais le sentiment angoissant de savoir.

Abigail a arrêté de tirer pour entendre la réponse de ma tante. Planquée derrière le fauteuil à oreilles, j'en ai profité pour jeter un œil dans la pièce et évaluer les possibilités qui s'offraient à moi.

Frances était grièvement blessée et avait besoin de soins immédiats. Abigail était toujours dangereusement armée. Quand à ma tante… je ne savais absolument pas. Mais il fallait agir vite.

« J'ai retrouvé votre mère dans le Colorado », expliquait-elle. Au son de sa voix, j'aurais dit qu'elle se déplaçait, sans doute pour mieux se mettre à couvert. « J'avais engagé un détective privé, il avait réussi à la localiser. Tu avais dix ans quand j'ai fait le voyage pour aller la voir.

— Pourquoi ? »

J'étais estomaquée au point d'arrêter de surveiller Abigail et de me tourner vers la voix de ma tante. J'avais dû me redresser légèrement parce que Abigail a balancé un autre pruneau et je me suis vite baissée pendant que le bras du fauteuil volait en éclats à côté de moi. J'ai pris une nouvelle dose de glaçage.

« Je voulais lui parler, de sœur à sœur, a dit ma tante. Elle t'avait maltraitée, sans compter ce qu'elle avait fait aux bébés… Je ne sais pas ce que je m'imaginais. J'étais en colère. Avant d'appeler la police, je voulais lui parler, lui signifier ma façon de penser. »

Abigail avançait. Pas vers moi, mais vers la voix de ma tante. Je passais de nouveau rapidement les possibilités en revue. Le téléphone ? Trop loin pour l'atteindre sans danger. Des armes ? Elle m'avait pris la chaussette pleine de piles que j'avais dans la poche de mon blouson, mais j'avais encore le petit couteau fixé à la cheville et le stylo-bille. Je n'étais pas certaine d'avoir l'estomac assez bien accroché pour poignarder ma petite sœur, aussi dérangée soit-elle. Il allait falloir me contenter du stylo-bille.

« Tu es venue à notre appartement », a dit Abigail, d'une voix maintenant presque enfantine, tout en traquant notre tante dans le noir.

« Je ne savais pas que tu serais là. Je ne savais pas que tu existais. » La voix de tante Nancy se faisait plus douce, plus lointaine. « Dans le rapport de police… rien ne laissait penser à un deuxième enfant.

— Tout ce que je possédais, je le gardais dans un sac à dos… »

Au moment même où Abigail prononçait ces mots, ils résonnaient dans ma tête. J'ai dit la fin de la phrase du bout des lèvres, si bien que nous l'avons terminée dans un silencieux unisson : « … comme un bon soldat.

— Quand je t'ai vue, a continué ma tante, je n'ai plus su quoi faire. J'avais un plan. J'allais me défouler sur ma sœur, lui dire ses quatre vérités et ensuite j'appellerais la police, qui l'embarquerait et la jetterait en prison pour le restant de ses jours. Elle ne méritait que ça ! Mais elle savait. Chrissy savait exactement ce que je comptais faire et elle avait déjà un coup d'avance sur moi. »

Des gémissements. Derrière moi. Frances de nouveau, suffoquée de douleur. L'entendre m'a donné un coup de fouet. Nous ne pouvions pas rester là, coincées dans le noir pendant qu'Abigail nous traquait avec un pistolet.

« Mais ensuite je t'ai vue, essayait d'expliquer ma tante à Abigail, et sa voix résonnait dans le noir. Et je n'ai plus su quoi faire. J'ai dit à Chrissy qu'elle était malade. J'ai exigé qu'elle se livre à la police. J'ai proposé de te recueillir, Abigail, de t'élever comme je le faisais avec Charlene. Mais Chrissy ne voulait pas en entendre parler. Elle m'a dit que je me trompais, que je n'avais rien compris. Qu'il y avait eu un petit ami dans l'État de New York. Que c'était lui qui avait poignardé Charlie, assassiné les bébés. Elle le fuyait depuis cette nuit-là et c'était pour ça qu'elle t'avait emmenée, Abigail, et qu'elle voulait échapper à la police. Pour que ce "petit ami" ne la retrouve pas. »

À l'autre bout de la pièce, j'ai vu Abigail se figer. Elle se rapprochait régulièrement de la voix de ma tante, cherchant une cible. Mais là, je l'ai vue hésiter. J'en ai profité pour retirer discrètement une de mes lourdes bottes.

« Sur le coup, j'ai failli la croire, murmurait ma tante. Et là, Chrissy a éclaté de rire. Elle m'a regardée bien en face et elle m'a dit que ce serait exactement l'histoire qu'elle servirait aux policiers. Et que pendant qu'ils se mettraient en quête du petit ami, elle demanderait à retrouver la garde exclusive de Charlie. Elle vous enlèverait toutes les deux et disparaîtrait. Je n'arrivais pas à croire qu'elle ferait une chose pareille, mais si, bien sûr. Drame et complot. Tout ce qu'elle aimait. Et tant pis si ça te faisait du mal à toi, Abigail, à toi, Charlie, ou à moi. Tout ce qui comptait, c'était que ça la serve, elle.

» Je lui ai demandé ce qu'elle voulait et elle m'a proposé un compromis. Si je n'informais pas la police que je l'avais retrouvée, je pourrais garder Charlie. Jamais elle ne me contacterait, jamais je ne la contacterais. Nous partirions chacune de notre côté avec un enfant. À l'entendre, elle était généreuse, elle me rendait service. Et moi…

» Je ne pouvais pas la laisser te reprendre, Charlie. Tu t'en sortais tellement bien. Tu avais des amies, tu étais épanouie et moi… je t'aimais trop pour te renvoyer chez elle. Alors, j'ai signé ce pacte avec le diable, Charlie. J'ai accepté ses conditions, Abigail. Je t'ai sacrifiée pour pouvoir sauver ta sœur. Et j'espérais, tout au fond de moi, qu'un jour tu pourrais me pardonner. »

La voix de ma tante avait changé, pris un accent déterminé. J'ai compris trop tard ce qu'elle allait faire. Je me suis dressée trop tard derrière le fauteuil, à l'autre bout du long salon obscur.

Au moment même où ma tante se levait de derrière le canapé et affrontait Abigail du regard.

« J'espérais, a bravement murmuré ma tante, qu'en tant que sœur tu serais heureuse qu'au moins l'une de vous en ait réchappé. »

Abigail a soutenu le regard de ma tante. L'espace d'une seconde, j'ai cru que nous allions y arriver. J'ai cru que ma sœur…

Elle a tiré. Son Sig Sauer a sursauté. Ma tante a lâché un drôle de gémissement, a basculé légèrement sur la gauche en tendant une main comme pour se retenir. Abigail a visé une seconde fois et je lui ai lancé ma botte à la tête, de toutes mes forces.

Elle l'a atteinte pile au moment où elle appuyait sur la détente. Encore un hoquet de ma tante et Abigail se retournait, pointait son pistolet sur moi. J'avais enlevé ma deuxième botte à grosse semelle et je la lui ai balancée aussi.

Je l'ai touchée à l'épaule. Pas assez fort pour la blesser. Mais ça l'a déséquilibrée. Il lui a fallu une seconde pour se remettre en position et, le temps qu'elle le fasse, j'ai attrapé trois coussins de canapé et j'ai commencé à la bombarder avec.

Elle a esquivé d'instinct. Gauche. Droite. Gauche. J'en ai profité pour traverser la pièce d'un bond.

Pas pour m'éloigner d'elle.

Pour me rapprocher, au contraire. J'ai sauté par-dessus la table basse, contourné le canapé fauve. Je me suis faufilée tête baissée vers la zone de canardage.

Elle a rouvert les yeux. Son visage brillait, blême et stupéfait dans l'obscurité, et je suis tombée dans une nouvelle faille de mémoire. Un autre moment, un autre visage blême. Une autre personne que j'avais aimée et que je voulais juste rendre heureuse.

Mais ça ne suffirait pas. Ça ne suffisait jamais. Elle me ferait du mal.

Je me suis arrêtée à trente centimètres de ma petite sœur et je n'ai pas bougé d'un pouce quand Abigail a braqué son Sig Sauer sur ma poitrine, le canon chaud contre mon sternum, à bout touchant.

« Tu aurais dû me sauver, a-t-elle murmuré d'une voix rauque.

— Je l'ai fait. Je me suis sacrifiée pour toi. Plein, plein de fois. Mais ça n'a pas suffi. Je t'aimais, Abby. Et si tu m'aimais, tu aurais dû être heureuse pour moi, comme l'a dit tante Nancy.

— Je te dé…

— Chut… »

La main de ma petite sœur tremblait. Puis son doigt s'est posé sur la détente. Alors, d'un geste vif, j'ai attrapé le stylo-bille en plastique coincé dans ma queue-de-cheval et, en le tenant horizontalement à deux mains, je l'ai abattu comme une barre de fer sur son avant-bras, juste au-dessus du poignet.

Un vieux truc de barman. Pas impressionnant à raconter. Pas impressionnant à voir. Mais ça fait un mal de chien et ensuite le stylo coupe la circulation dans l'avant-bras et toute la main s'engourdit, le poing de votre adversaire devient mou et inerte.

La main droite d'Abigail s'est ouverte, par réflexe. Elle n'a pas pu s'en empêcher, et sa bouche a dessiné un O de douleur silencieux pendant que son Sig Sauer tombait par terre avec fracas. J'ai éloigné l'arme d'un coup de pied. Elle m'a balancé un coup de poing dans la tempe.

Ensuite, elle m'est tombée dessus à bras raccourcis et je me défendais comme je pouvais quand la porte du jardin s'est brutalement ouverte et qu'un chien s'est rué dans la maison en aboyant comme un forcené tandis qu'une voix de femme criait : « Police de Boston, les mains en l'air ! »

Je ne pouvais pas mettre les mains en l'air. Abigail, qui avait fait une croix sur son pistolet, avait pris ma gorge en étau. À mesure qu'elle serrait, serrait, serrait, la pièce obscure devenait plus obscure encore. Mes mains s'agrippaient aux siennes, cherchaient une prise, s'efforçaient de trouver ses doigts, de les écarter de force, tandis qu'un feu d'artifice éclatait dans mon crâne.

Elle avait une force phénoménale dans les mains. Elle ne cherchait pas seulement à m'asphyxier. Elle faisait de son mieux pour me rompre le cou.

En reculant, j'ai buté dans la table basse. Perdu l'équilibre. Basculé sur le côté.

« Arrêtez, police ! »

Ma petite sœur était au-dessus de moi, elle serrait toujours violemment ma gorge, les yeux remplis d'une jubilation presque démoniaque. Puis ses traits se sont brouillés et ce n'était plus ma sœur. C'était le visage de ma mère que j'avais en face de moi.

Tout le monde doit mourir un jour. Courage.

J'ai arrêté de m'agripper à ses mains et je me suis mise à me battre pour de bon. Direct, direct, direct dans les reins. Uppercut au menton, droite à la mâchoire, encore et encore. Frapper, frapper, frapper. Une année d'entraînement, le combat de ma vie.

Le monde sombrait dans les ténèbres pendant que ma petite sœur démente encaissait coup sur coup, avec une détermination inébranlable, des doigts qui ne quittaient pas ma gorge.

« Abigail Grant ! Capitaine O. Écartez-vous immédiatement. Les mains en l'air ! »

Tirez, exhortais-je intérieurement le commandant Warren. Mais tirez donc. Elle ne pouvait pas, évidemment. Abigail et moi formions un tout inextricable, ses mains autour de ma gorge, mes poings au creux de son ventre, deux femmes à bout, une forme monstrueuse.

Et là, une fusée blanche et sable, Tulip, a surgi de nulle part pour se jeter sur le flanc découvert d'Abigail en grondant, en jappant.

Morsure de crocs blancs. Hurlement d'Abigail. Enfin, ma sœur a lâché ma gorge ; elle s'est écartée en chancelant et, tout en se relevant, elle a attrapé le petit corps volontaire de Tulip et l'a lancé contre le mur du fond.

Un glapissement. Puis le silence.

J'ai roulé sur le côté. Je voulais me lever. Je voulais m'en aller. Je rampais. Plus ou moins. Si on veut. Je n'arrivais pas à mettre mes mains sous moi. Je n'arrivais pas à aspirer de l'air dans mes poumons.

« Abigail Grant. Les mains en l'air. Dernier avertissement. Cessez ou je tire ! »

Tout le monde doit mourir un jour. Courage.

Ma sœur s'est tournée vers D.D. Elle avait quelque chose dans la main, un objet qui ne s'y trouvait pas avant. Le couteau. Celui que j'avais à la cheville. Il avait dû tomber pendant notre lutte.

Son regard s'est posé sur mon flanc dénudé et ça a été plus fort que moi : je me suis figée, j'ai attendu qu'elle frappe. Du sang et du feu. Peut-être que nous attendions cela toutes les deux. Un compte à régler vieux de vingt ans.

Je n'ai pas esquissé un geste pour me défendre. J'ai simplement regardé ma petite sœur. Souhaité de toutes mes forces qu'elle me regarde. Qu'elle voie la grande sœur qui l'avait sincèrement aimée.

« Ne fais pas ça. » La voix de D.D. Warren. Plus proche. Mais aussi plus douce, comme si elle sentait le vent tourner. « Pose ce couteau, Abigail. Tu es policière, tu te souviens ? *Arrêtez-moi.* Tu écrivais ça dans tes messages parce que tu sais bien ce qu'il en est. Il n'y a pas de fatalité.

— Ma mère avait raison », a murmuré Abigail à notre intention : « Les monstres sont partout. Ils viennent dans la nuit s'en prendre aux petits enfants. Sur Internet, dans la rue. Je les vois partout. J'ai essayé de me servir de ma plaque, de mon arme. Rien ne marche. Les monstres. Notre mère. Ils sont tous dans ma tête.

— O. Pose ce couteau. Je vais t'aider. Ta sœur va t'aider. On peut arranger ça. »

Ma sœur a regardé D.D. Elle a baissé les yeux vers moi.

Ce moment. Vingt ans pour en arriver là.

Ma sœur a levé le couteau.

« Je veux juste arrêter de souffrir, Charlie. Je veux juste la paix. »

Toujours à terre, j'ai poussé un cri rauque. Le commandant Warren a sauté par-dessus la table basse.

Abigail a plongé la lame dans son ventre et tiré vers le haut. Stupeur sur son visage blême. Puis elle a basculé vers l'avant, elle est tombée à genoux et elle s'est effondrée.

La voix du commandant Warren maintenant, plus forte, plus dure, qui demandait des secours immédiats, appelait des renforts. Je ne l'écoutais plus. Je ne me souciais plus d'elle.

J'étais allongée par terre avec ma petite sœur. J'ai trouvé sa main dans le noir.

« Sis ? a-t-elle murmuré d'une voix enrouée.

— Je t'aime, Abby. »

Elle a poussé un gémissement ensanglanté, sinistre, douloureux.

« Tout le monde doit mourir un jour », ai-je dit à ma sœur, pendant ce dernier instant que nous vivions ensemble.

Elle a serré ma main plus fort. J'ai serré la sienne en retour.

« Courage, Abby. Je t'aime. Courage. »

44

J'ai enterré ma sœur à côté des petits Rosalind et Carter Grant. Ils n'ont pas de grandes pierres tombales ; juste des dalles en granit, ce que ma tante pouvait offrir de mieux aux deux bébés qu'elle avait enterrés il y a vingt ans, et ce que je peux offrir de mieux aujourd'hui à ma sœur. Mais ils sont ensemble, triste trio qui repose auprès de ses grands-parents dans le cimetière de J-Town, vieux de deux cents ans. Restent deux places. Une pour ma tante et une, le moment venu, pour moi.

Le commandant Warren a découvert un blog intime dans l'ordinateur de ma sœur. Elle l'avait intitulé « Bonjour, je m'appelle Abigail » et, dans ses longs textes effrayants, elle racontait en détail le meurtre de mes meilleures amies, ainsi que ses innombrables heures passées à rôder sur Internet, à traquer les prédateurs pour venir en aide à des enfants en difficulté.

Elle avait raison, pour finir. Elle voyait des monstres partout. Et ils la submergeaient comme une marée noire, qu'aucune traque ni aucun meurtre ne permettrait d'endiguer. On a finalement découvert qu'elle avait abattu plus de trente-trois pédophiles présumés, de Boston à New York en passant par Los Angeles.

Les trois derniers n'avaient été un tir groupé que parce que la proximité de la date anniversaire du 21 janvier l'avait obligée à limiter son terrain de chasse à Boston. Jusqu'alors, elle avait prudemment réparti l'hécatombe. Elle travaillait dans la police, après tout, et faisait bon usage de ce qu'elle savait.

Mes amies Randi et Jackie n'ont pas vu leur fin arriver. Randi a ouvert sa porte à une policière et évoqué les méfaits de son ex-mari autour d'une tasse de thé avant que l'insuline ne lui fasse perdre connaissance. Jackie a rencontré une belle femme dans un bar. Autre histoire, même méthode.

Quand elles sont parties, elles n'ont sans doute même pas pensé à moi, elles n'ont pas soupçonné que leur amitié pour moi avait signé leur arrêt de mort.

Est-ce que ça devrait me réconforter ou m'affliger ?

Encore une question à laquelle je ne pourrai jamais répondre.

Le commandant Warren a demandé un test ADN sur la dépouille de ma mère, qui a confirmé une fois pour toutes l'identité du corps anonyme retrouvé dans le Colorado. Je n'y suis pas allée, quand les résultats ont été connus. En ce qui me concerne, le corps de Christine Grant peut bien rester dans une quelconque morgue ou dans une fosse commune. Je n'ai pas l'intention de le réclamer et encore moins de l'enterrer à côté d'Abigail, Rosalind et Carter. Je suis peut-être sévère. La maladie mentale est un trouble qui mérite sans doute une certaine compassion.

Je ne sais pas, je m'en fous. La police a refermé ses dossiers. Je n'éprouve pas le besoin de rouvrir les miens.

Le commandant Warren a aussi retrouvé mon Taurus 22 sur la table de chevet de ma sœur. Comme il était déclaré à mon nom, elle l'a rendu à sa légitime propriétaire. Pour autant que je sache, elle n'a pas de quoi justifier des tests balistiques, ce qui explique que personne n'ait jamais fait le rapprochement entre mon 22 et les balles retrouvées dans l'appartement d'une autre victime d'homicide, Stan Miller.

Est-ce que ça devrait me réconforter ou m'affliger ?

Encore une question à laquelle je ne pourrai jamais répondre.

Frances, ma logeuse, est restée deux semaines à l'hôpital pour se remettre de sa blessure à l'épaule. Chose intéressante, sa nièce, qu'elle n'avait pas vue depuis des lustres, est réapparue à ce moment-là et, après un bref débat, a décidé de s'installer chez Frances le temps de sa convalescence. À ce qu'il paraît, Frances est tombée dans l'alcool il y a trente ans suite au décès de son mari et de son fils de quatre ans dans un accident de voiture. Elle avait coupé beaucoup de ponts avec sa famille, où elle avait provoqué quelques dégâts. Le genre de choses qu'elle ne m'avait jamais racontées pendant les conversations que nous n'avions jamais eues.

Mais frôler la mort vous ouvre les yeux. Fran était prête depuis des années à renouer et voilà qu'en fin de compte sa nièce l'était aussi.

Je suis bien placée pour connaître ces choses-là après avoir enfin eu avec ma tante cette conversation à cœur ouvert que nous aurions dû avoir depuis longtemps. J'ai passé six semaines à son chevet dans sa chambre d'hôpital. Elle avait pris deux balles dans l'épaule. La première semaine, elle est restée entre la vie et la mort. Ça m'a donné amplement le temps de lui tenir la main et de démêler mes émotions contradictoires.

Ma tante m'avait sauvée en sacrifiant ma sœur. Les premiers jours, je suis restée bloquée sur cette idée. J'aurais voulu lui en être reconnaissante, mais j'étais aussi en colère. Comment tante Nancy avait-elle pu laisser sa propre nièce, une petite fille, avec une femme qui avait déjà tué deux bébés et torturé son autre nièce ? Ça paraissait trop inhumain, trop cruel.

Cette question a commencé à me travailler. Ma tante était pragmatique, mais jamais sans cœur.

Le cinquième jour, j'ai passé un coup de fil à d'anciens copains du centre opérationnel d'Arvada. Ils m'ont mise en relation avec des vieux de la vieille du commissariat de Boulder. Et, effectivement, ma tante n'avait pas tout dit. Oui, elle avait retrouvé la piste de sa sœur. Elle était venue dans le Colorado, elle avait vu Christine, découvert avec effarement l'existence d'Abigail. Et peut-être que, devant les exigences de ma mère, elle avait fait mine de se rendre à ses conditions.

Mais en réalité elle n'était pas partie comme ça. Elle était allée tout droit de l'appartement miteux de sa sœur au commissariat de Boulder. Manifestement, il avait fallu quelques heures pour obtenir un entretien avec un enquêteur, puis encore un peu de temps pour que la police organise l'intervention d'une unité spéciale et des services sociaux. Mais, moins de cinq ou six heures plus tard, la police avait fait une descente dans l'appartement de ma mère avec la ferme intention d'arrêter une femme recherchée pour meurtre et de secourir une petite fille.

Malheureusement, comme ma tante me l'a confié par la suite, on se devine, entre sœurs. Christine n'avait pas cru un instant que son aînée pleine de conscience morale partirait sans faire de vagues. Alors, pendant que ma tante rameutait les troupes, Christine avait fait ses bagages et pris Abigail sous le bras pour se volatiliser une nouvelle fois.

Abigail n'avait jamais pu voir ma tante revenir, ni la descente de police qui avait été organisée pour elle. Elle avait juste suivi sa mère dans une autre ville et gardé de sa tante l'image d'une femme qui l'avait abandonnée.

Ma tante avait essayé et échoué. Et si elle n'avait pas raconté toute l'histoire à ma sœur pendant ces heures tragiques à Cambridge, c'était qu'à ce moment-là elle ne cherchait pas à se justifier. Elle cherchait à retenir l'attention d'Abigail pour que je puisse m'enfuir.

Après toutes ces années, ma tante était encore prête à sacrifier sa vie pour moi.

On pourrait dire qu'elle est aussi différente de sa sœur que je le suis de la mienne, j'imagine.

Bien sûr, le 21 janvier a eu d'autres conséquences. Je n'ai pas reparlé à Tom. Voler sa voiture à un homme, passe encore, mais l'assommer, c'est apparemment beaucoup plus dur à avaler. Je comprends, évidemment. On ne peut pas fonder une relation sur la fourberie et les coups et blessures.

Mais il me manque. Dans d'autres circonstances… je me dis souvent, quand je me sens seule, quand je me sens triste. En un autre temps, un autre lieu…

Peut-être qu'un de ces quatre, je lui laisserai un message : *Je suis toujours une accidentée de la vie, si ça t'intéresse encore*.

On ne sait jamais.

En attendant, je me suis réinstallée à J-Town. J'ai retrouvé les montagnes, ma tante, le village où tout le monde me connaît par mon prénom. Tulip approuve. Elle mène l'existence heureuse d'une chienne de maison d'hôtes. Elle accueille les clients, donne la chasse aux écureuils, va et vient au gré de ses humeurs.

Moi aussi, je donne un coup de main à la maison d'hôtes, j'y travaille les week-ends où il y a du monde en attendant que ma tante se rétablisse complètement. Et pendant la semaine, figurez-vous que mon village avait besoin d'une opératrice téléphonique pour son commissariat. Je tiens la permanence de nuit, du mardi au vendredi. Et n'allez pas vous imaginer qu'il ne se passe rien dans les villages. L'autre jour encore, quelqu'un a volé une voiturette de golf et s'en est donné à cœur joie sur le parcours en répandant des zigzags d'eau de Javel sur les greens. Par chance, le brave témoin de quatre-vingt-dix ans qui m'avait appelée m'a aidée à résoudre l'énigme grâce aux morceaux d'ananas cuit que le contrevenant avait semés derrière lui.

Je fais toujours du jogging. De la boxe. Et parfois, après une longue succession de nuits blanches, je vais sur le champ de tir et je me défoule sur des cibles.

Mais j'essaie de mener une vie plus douce, plus apaisée. Je me souviens de ma sœur, dont les trente-trois meurtres ne l'ont nullement aidée à se sentir plus en sécurité. Je repense à Stan Miller et aux choix que j'ai moi-même pu faire.

Il n'y a pas que la folie qui soit héréditaire, vous savez.

La violence, aussi.

Je me suis juré de tirer le meilleur parti de cette deuxième chance dans la vie. Je resterai dans le droit chemin, me redis-je quand je prends certains appels. Je suivrai les règles, me dis-je quand un enfant pleure dans mon oreille. Je ne franchirai pas les bornes de la morale, me répété-je quand une énième femme à bout de nerfs appelle au secours en sanglotant.

Je me demande combien de temps cette résolution tiendra.

Encore une question à laquelle je ne peux pas répondre.

Pas encore.

45

Il fallut plusieurs semaines à D.D. (et plusieurs renvois d'ascenseur) pour obtenir le rapport qu'elle désirait. Quand elle l'eut enfin entre les mains, elle le lut, elle en tira les conséquences qui s'imposaient et hocha la tête avec satisfaction. Et ensuite, parce que cela n'avait pas grande d'importance, parce que cela ne pouvait pas en avoir, elle le rangea dans un dossier et rentra chez elle retrouver ses deux hommes chéris.

« Tu as l'air contente, remarqua Alex lorsqu'elle franchit la porte.

— Parce que j'avais raison.

— Ah. Ça fait souvent cet effet-là.

— J'ai reçu un rapport balistique. Qui confirme ce que je soupçonnais : Charlene Rosalind Carter Grant n'a peut-être pas tué les trois pédophiles, mais elle a bel et bien commis un meurtre. »

Alex voulut mettre une cuillerée de bouillie blanchâtre dans la bouche de Jack. Ils essayaient de lui donner ses premières céréales au riz. Pour l'instant, c'était du plus bel effet sur ses joues roses.

« Quand est-ce que tu vas l'arrêter ?

— Pas de sitôt. »

Alex essaya de faire l'avion. Jack ne se prêta pas au jeu, alors D.D. prit la relève. Elle avait encore sur elle une de ses vestes de tailleur noires préférées, mais elle se sentait en veine.

Alex se cala en arrière dans sa chaise, l'observa avec curiosité. Il était en congé, il avait passé la journée avec Jack. D'où l'expérience alimentaire, la cuisine éclaboussée, le désastre généralisé.

« D'habitude, ne pas arrêter les gens ne te fait pas plaisir », dit Alex.

D.D. rentra les joues, arrondit sa bouche en cul de poule. Par imitation, Jack dessina un O avec ses petites lèvres et elle réussit à enfourner la première cuillerée de bouillie blanche. Trop forte, se dit-elle avant d'enchaîner avec la bouchée numéro deux.

« La recevabilité juridique du rapport balistique est hautement discutable. Était-il vraiment légitime de demander l'examen d'une arme détenue en toute légalité par quelqu'un qui n'était pas suspect dans cette affaire ? Sans compter que l'arme en question a été saisie dans l'appartement d'une policière qui avait déjà tenté de faire accuser Charlie de trois de ses propres assassinats. Autrement dit, ma traçabilité ne vaut rien, donc mon rapport ne vaut rien. »

Elle fit un énorme O joyeux. Jack éclata de rire. Cuillerée numéro deux. Un tir, un panier.

« Et tu es quand même contente ?

— Parce que je le savais. La première fois que j'ai interrogé Charlie avec O., elle a eu l'air coupable comme tout. Donc, okay, ce n'était peut-être pas parce qu'elle tuait des pédophiles aux quatre coins de

Boston. Mais je savais qu'elle en faisait, des trucs, aux quatre coins de Boston.

— Quoi, comme trucs ?

— Échange de coups de feu avec un charmant monsieur, Stan Miller. Le tyran domestique du quartier. Agent de sécurité, mari violent, fan des marteaux. Découvert empalé sur un escalier de secours effondré il y a environ sept semaines. Raide mort, l'appartement en vrac après la fusillade, la femme et les deux enfants introuvables. Toujours pas retrouvés, d'ailleurs. Je pourrais m'activer un peu plus pour les rechercher, mais si j'en crois la rumeur locale, c'est sans doute aussi bien pour eux qu'ils aient disparu.

— Mais il est mort à cause de l'escalier, pas d'une plaie par balle.

— Ça aussi, ce serait un détail embêtant si je devais monter un dossier. Je peux seulement prouver qu'une personne armée du pistolet de Charlie Grant a tiré sur Stan Miller, pas que cette même personne a tué Stan Miller.

— Mais tu es quand même contente. »

Rigolard, bébé Jack projetait de la bouillie sur toute sa chaise haute et sur le visage de D.D. Et elle était quand même contente. Assise avec décontraction, elle remuait la bouillie en guettant la première ouverture.

Elle jeta un coup d'œil vers son compagnon.

« Ça me plaît de savoir le fin mot de l'histoire. Ça me plaît de savoir ce qu'a fait Charlie Grant, et il se peut que je lui aie laissé un message parce que ça me plaît qu'elle sache que je suis au courant. Cette fille s'est prise pour Zorro. Il faut qu'elle sache qu'une enquêtrice de la police criminelle la tient à l'œil. C'est mieux pour elle.

— Ah ! tu la tortures. Je comprends mieux pourquoi tu es contente.

— Je la surveille. Ça l'aidera à rester dans les clous et j'aime à penser qu'elle m'en sera au moins un peu reconnaissante. »

Bébé Jack arrêta de faire un bruit de moteur. D.D. en revint à la technique de la bouche en cul de poule et marqua, coup sur coup, deux paniers, deux autres bouchées de bouillie.

« Donc je me disais que, septembre, ce serait pas mal », dit-elle, l'air de rien.

Alex la regarda.

« Pour des vacances ? Une escapade ? » Il ferma les yeux, déglutit, la gorge nouée. « On va vraiment aller voir tes parents.

— Pas si je peux l'éviter. Mais je me dis qu'eux viendront sûrement. Ils ne peuvent pas manquer le mariage de leur fille unique. »

Elle le regarda. Il ouvrait de grands yeux, surpris, peut-être même perplexe. Le cœur de D.D. battait à tout rompre. Elle se doutait bien que ça risquait d'arriver, mais l'intensité de sa nervosité la surprenait.

« Le mariage ? répéta-t-il.

— À l'automne. Quand les feuilles changent de couleur. Ce serait joli, je pense.

— Je suis concerné ?

— Je me disais que je serais la fille en blanc… Enfin, bon, en ivoire, et que toi tu serais le garçon en pingouin. »

Il hocha lentement la tête.

« Est-ce qu'il faut que je te demande comment tu en es arrivée à cette décision ou juste que je te passe la bague au doigt avant que tu changes d'avis ?

— Bon, ça risque de nous prendre quelques semaines pour trouver la bague…

— Tais-toi. Ne bouge pas. »

Il repoussa sa chaise avec une certaine maladresse, puis sortit en titubant de la pièce, tandis que D.D. restait là, son bol de bouillie entre les mains, des gouttes de crachouillis de bébé sur la joue.

Elle se retourna vers Jack, qui agitait ses poings potelés dans la chaise haute légèrement inclinée.

« Je crois que ton père est dingo », l'informa-t-elle.

Encore des bruits d'avion.

Alex revint, avec un écrin bleu qui ne pouvait pas être autre chose.

« Non ! s'exclama D.D. en écarquillant les yeux.

— Quatorze mois. Ça fait quatorze mois que j'attends. Je t'ai déjà dit à quel point tu pouvais être têtue, agaçante, totalement exaspérante ? »

Le cœur de D.D. battait de nouveau à tout rompre. « Pas le genre de compliments auquel je m'attendais pour une demande en mariage. »

Mais cela n'avait aucune importance. Cela n'en avait jamais eu. Alex était à genoux, dans leur cuisine, leur bébé était couvert de bouillie, D.D. pleine d'éclaboussures, et tout était parfait.

« D.D. Warren, voulez-vous m'épouser ?

— Alex Wilson, voulez-vous m'épouser ?

— Oui », répondirent-ils en chœur.

Il ouvrit l'écrin et elle eut le souffle coupé : c'était un anneau incrusté de saphirs, tout à fait le genre qu'elle pourrait réellement porter. Elle eut une petite larme, il eut une petite larme et bébé Jack fit encore des bruits d'avion, alors ils le câlinèrent et l'embrassèrent aussi, jusqu'à ce qu'ils soient tous couverts de bouillie, même la bague scintillante.

« Je ne comprends pas », dit Alex, quand ils se furent remis de leurs émotions, que Jack fut plus ou moins nettoyé et qu'ils eurent fait sauter un bouchon de champagne. « Pourquoi maintenant ? Tu découvres que tu n'as pas de quoi arrêter une meurtrière et ça te décide enfin à m'épouser ?

— Non. J'ai découvert que je pouvais supporter une petite frustration professionnelle parce que aujourd'hui je n'ai pas que le boulot dans ma vie. J'ai toi, et j'ai Jack. Et puis, quand j'ai eu ce rapport entre les mains, je me suis rendu compte que je ne tenais même pas à ce que Phil et Neil soient au courant. J'avais juste envie de rentrer te le dire à toi. »

Elle regarda son fiancé, assis à côté d'elle sur le canapé, et lui dit plus bas, plus gravement : « Tu m'as fait ce que je redoutais le plus, Alex. Et il a fallu que ça m'arrive pour que je comprenne que ce n'était pas si grave.

— Qu'est-ce que j'ai fait ?

— Tu m'as changée. Toute ma vie, j'ai résisté à ça. Dans ma famille, j'étais la bête curieuse, le garçon manqué qui ne rentrait pas dans le moule. Mes parents ne me comprenaient pas, ils ne m'approuvaient vraiment pas et, là où d'autres enfants auraient fait des efforts pour obtenir l'approbation de leurs parents, j'ai choisi l'option inverse. Je me suis braquée. Et j'ai décidé que, quoi qu'il arrive, je resterais moi-même, même si ça impliquait que je sois parfois, disons… un peu irritable, un peu autoritaire. Peu importe, j'étais moi-même.

— Un peu irritable, releva-t-il. Un peu autoritaire. »

Elle sourit : « Tu n'as pas lâché l'affaire. Et tu n'as pas essayé de me changer. Tu me fais du bien, Alex. Tu es patient, tolérant, exactement le genre de père dont Jack a besoin. En t'observant, j'ai compris que je pouvais aussi être comme ça. Que c'était bien d'être patient, parfois. Et qu'un peu de tolérance rend le monde plus facile à supporter. Je ne dis pas que je ne serai plus jamais peau de vache…

— Je te fais confiance, lui assura-t-il.

— Mais je commence aussi à comprendre qu'il y a d'autres méthodes. Et que j'ai le droit d'être heureuse. Que je peux rentrer chez moi et, pour la première fois, me laisser vivre. Juste… vivre. »

Alex lui prit la main. Il la serra et ne dit pas un mot parce que c'était inutile. Il l'avait, elle, c'était l'essentiel.

« Je t'aime, Alex.

— Moi aussi, je t'aime, D.D. »

Ils mirent Jack au lit, se blottirent l'un contre l'autre sur le canapé. Envisagèrent de repeindre le salon. Regardèrent une émission sur la chaîne Histoire. S'endormirent devant des marines qui débarquaient sur une plage dans un pays lointain.

Minuit, Jack se réveilla pour un biberon.

D.D. le nourrit, puis les mit, Alex et lui, au lit.

Deux heures du matin, son biper sonna.

Elle s'habilla dans le noir. Embrassa Alex. Embrassa Jack. Accrocha sa plaque à sa ceinture, se mit en route.

Le commandant D.D. Warren. Heureuse de repartir au front.

NOTE ET REMERCIEMENTS DE L'AUTEUR

Ce que je préfère de loin dans l'écriture d'un roman, c'est le fait d'interroger des gens amusants et intéressants pour découvrir de nouvelles façons amusantes et intéressantes de terrifier mes lecteurs (et parfois moi-même !). *Arrêtez-moi* ne fait pas exception. Je suis immensément reconnaissante à :

Ellen Ohlenbusch, spécialiste en cybercriminalité, qui m'a proprement horrifiée avec son exposé factuel de toutes les manières dont on peut exploiter Internet pour traquer et maltraiter de jeunes enfants. C'est un sujet passionnant dont la plupart des parents préfèrent ne pas entendre parler, mais l'ignorance ne protège pas. Demandez donc à Jennifer, la mère de Jesse. Et, au fait, merci aussi de m'avoir permis d'utiliser votre nom. Il faut dire qu'Ohlenbusch, c'était trop beau, surtout pour une policière de Boston.

À propos des policiers de Boston… Wayne Rock. J'ai fait la connaissance de Wayne dans le cadre de mes recherches pour un autre volet des aventures de D.D. Warren, *Sauver sa peau*, il y a cinq ans. Depuis lors, Wayne a pris sa retraite, mais ça ne le met pas à l'abri de mes coups de fil. Qu'il s'agisse de procédures policières ou de détails juridiques, Wayne est toujours, à mon grand soulagement, bon dans le métier. Merci beaucoup.

En ce qui concerne le centre opérationnel de la police, je suis redevable à un certain nombre de gens, à commencer par Shannon L. Barnes du commissariat de Gardner. Je crois que les opérateurs téléphoniques sont les plus précieux et les plus méconnus des membres des forces de l'ordre. Merci de m'avoir permis de montrer ce qu'est votre métier – je regrette de ne pas avoir eu encore plus de temps et de place pour lui rendre justice.

Pour les scènes de boxe, toute ma gratitude va à Dick Kimber, trois fois champion du monde. Il a communiqué sa passion de la boxe à toute ma famille. Eh oui, monter sur le ring resserre les liens familiaux. Il m'a aussi donné de nombreux tuyaux en matière d'autodéfense, y compris le coup du stylo, dont je peux personnellement témoigner que ça fait un mal de chien. Mon avant-bras en a gardé des bleus pendant des semaines. Merci, Dick !

Comme toujours, toutes les erreurs que contiendrait ce roman sont de moi et de moi seule. Hé, il faut bien que je revendique ma part du boulot !

Pour ceux d'entre vous qui auraient flairé d'autres histoires derrière certains des protagonistes de ce roman : vous avez raison ! Le moniteur de tir, J.T. Dillon, et sa femme, Tess, ont fait leur première apparition dans *Jusqu'à ce que la mort nous sépare*. Roan Griffin, le policier de Rhode Island, a rencontré son épouse, Jillian, dans *The Survivors Club*. Pierce Quincy, ancien profileur du FBI, et sa fille Kimberly, agent spécial du FBI, sont les héros de toute une série de livres, dont *Jusqu'à ce que la mort nous sépare*, *Tu ne m'échapperas pas*, *La Vengeance aux yeux noirs*, *The Killing Hour*, *Disparue* et *Derniers adieux*. Un petit coucou en passant à l'enquêteur du FBI David Riggs, chargé des fraudes à la Sécurité sociale, qui faisait une apparition dans *La Fille cachée*. Je suis certaine qu'il a su rassembler les preuves contre l'ex-mari de Randi Menke en deux coups de cuillère à pot ; je regrette seulement qu'il n'ait pas pu le coffrer à vie. Pour de plus amples informations sur tous ces personnages, de même que sur mes autres romans, rendez-vous sur LisaGardner.com.

Quant à savoir comment un si grand nombre de mes héros se sont retrouvés dans un seul livre, tout le mérite, ou tout le tort, en revient à ma mère. Je lui avais dit que j'avais trouvé un moyen épatant de faire revenir J.T. Dillon, qui manquait à certains de mes lecteurs. Elle a poliment approuvé et signalé qu'elle-même avait très envie de revoir Griffin, rencontré dans *The Survivors Club*. Et que, maintenant qu'elle y pensait, cela faisait longtemps qu'elle n'avait pas eu de nouvelles de Quincy et Kimberly. Que devenaient-ils ?

Une fois l'agacement surmonté, je me suis rendu compte que ma comptable de mère tenait là une excellente idée. Alors ce livre t'est dédié, maman. Pour l'amour et les encouragements que tu m'as toujours prodigués, même si le fait d'avoir une fille romancière te laisse toujours aussi perplexe. Je t'aime.

À propos d'amour, ce livre est également dédié à la véritable Tulip. Adoptée dans un refuge il y a seize ans, Tulip, intelligente et douce, a vécu la belle vie au sein d'une famille attentionnée. Celle-ci a remporté le privilège de faire de Tulip l'un des personnages de ce roman lors d'une vente de charité au bénéfice de l'Animal Rescue League du New Hampshire. Comprenant que les années qu'ils avaient passées avec Tulip touchaient à leur fin, ils ont ainsi voulu fixer sur le papier son tempérament incroyable et immortaliser un des chiens les plus merveilleux qu'ils aient connus. Alors à toi, Tulip ; ton souvenir nous habite toujours.

Quant aux autres personnages dont le nom s'inspire de la vraie vie… Félicitations à Tom Mackereth et à Randi Menke qui ont remporté le tirage au sort annuel Kill a Friend, Maim a Buddy/Mate sur LisaGardner.com. En tant que lauréats, ils avaient la possibilité de donner le nom de leur choix à une victime de meurtre ou d'agression dans mon prochain roman. Ils ont tous deux choisi de donner leur propre nom. J'espère que cette incursion dans l'univers de la fiction leur aura plu. Quant à mes autres lecteurs, sachez qu'un nouveau tirage au sort se prépare. Faites un tour sur LisaGardner.com et, qui sait, peut-être gagnerez-vous l'an prochain !

Félicitations enfin à Stan Miller, qui a remporté le même privilège dans une autre vente de charité, et à Frances Beal, dont la fille Kim l'a aimablement acheté lors d'une soirée de bienfaisance en faveur du Rozzie May Animal Alliance.

Comme toujours, mon amour et ma gratitude vont à mes proches : mon mari, qui s'est habitué à avoir une épouse qui regarde dans le vide pendant de longues heures, et ma fille, qui chaque jour que Dieu fait me demande des nouvelles du livre et exige un exposé complet de ses tenants et aboutissants avant, si j'ai vraiment de la chance, de me donner son approbation. Ouf !

Enfin, mes plus sincères remerciements non pas à un, mais à deux nouveaux éditeurs hors du commun : Ben Sevier de Dutton aux États-Unis et Vicki Mellor de Headline au Royaume-Uni. C'est le début d'une belle relation.

Lisa Gardner
au Livre de Poche

Derniers adieux n° 33097

Est-ce parce qu'elle attend un enfant que Kimberly Quincy, agent du FBI, se sent particulièrement concernée par le récit incroyable et terrifiant d'une prostituée enceinte ? Depuis quelque temps, elles sont plusieurs à avoir disparu d'Atlanta sans explication, comme évaporées, et Kimberly est bien la seule à s'en préoccuper. Un serial killer s'attaquerait-il à ces filles vulnérables ? Aurait-il trouvé la clé du meurtre parfait ou s'agit-il de crimes imaginaires ? Sans le savoir, la jeune femme s'enfonce dans le piège tendu par un psychopathe. Comme pour sa mère et sa sœur, victimes autrefois d'un tueur en série, le temps des derniers adieux est peut-être arrivé pour Kimberly...

Disparue n° 31639

Sur une route déserte de l'Oregon noyée par la pluie, une voiture abandonnée, moteur en marche, un sac de femme sur le siège du conducteur. Rainie, une avocate séparée de son mari, Pierce Quincy, ex-profiler, a disparu. Dérive d'une femme au passé d'alcoolique ou conséquence d'une des redoutables affaires dans lesquelles elle s'investissait parfois dangereusement ? Un homme sait ce qui s'est passé cette nuit-là. Et lorsqu'il contacte les médias, le message est clair, terrifiant : il veut de l'argent, la célébrité. Sinon, personne ne reverra Rainie. Aidé de sa fille, agent du FBI, Pierce se lance dans l'enquête la plus désespérée de sa vie, sur la piste d'un criminel sans visage et de la femme qu'il n'a jamais cessé d'aimer.

Famille parfaite n° 34819

Les Denbe semblaient sortir des pages des magazines glamours : un mariage modèle, une belle situation, une ravissante fille de quinze ans, une demeure somptueuse dans la banlieue chic de Boston… Une vie de rêve. Jusqu'au jour où ils disparaissent tous les trois. Pas d'effraction, pas de témoin, pas de motifs, pas de demande de rançon. Juste quelques traces de pas et des débris de cartouches de Taser sur le sol de leur maison. Pour la détective privée Tessa Leoni, l'enlèvement ne fait aucun doute. Mais que pouvait donc bien cacher une existence en apparence aussi lisse ?

La Maison d'à côté n° 32688

Un fait divers dans une banlieue résidentielle de Boston passionne les médias. Sandra Jones, jeune maîtresse d'école et mère modèle, a disparu. Seul témoin : sa petite fille de quatre ans. Suspect n° 1 : son mari Jason. Tente-t-il de brouiller les pistes ou cherche-t-il à protéger sa fille ? Mais de qui ? Après *Sauver sa peau*, une nouvelle enquête particulièrement surprenante de la non moins surprenante D.D. Warren. Vous ne regarderez jamais plus une porte déverrouillée, une fenêtre entrouverte ou une page Web de la même façon...

Les Morsures du passé n° 33520

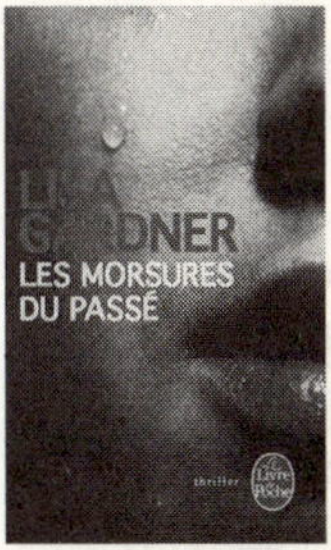

Dans un quartier populaire de Boston, cinq corps sont retrouvés. Il s'agit des membres d'une même famille. Tous une balle dans la tête, le père respire encore faiblement. De toute évidence, cet homme couvert de dettes a décidé d'assassiner les siens avant de se donner la mort. Appelée sur les lieux, l'enquêtrice D. D. Warren comprend immédiatement que l'affaire est plus compliquée qu'il n'y paraît : sur la table du dîner, six couverts avaient été dressés... Lisa Gardner excelle une fois encore dans la maîtrise d'un suspense glaçant et la construction d'intrigues complexes qui bouleverseront le lecteur.

Preuves d'amour n° 34046

Tessa Leoni, officier de police respecté, a abattu son mari en lui tirant trois balles dans le corps avec son arme de service. Elle ne supportait plus la violence de ce dernier. C'est la version qu'elle donne à l'inspectrice D.D. Warren lorsque celle-ci arrive sur les lieux. Mais, si les bleus sur le visage de la jeune femme sont irréfutables, il y a une chose que D.D. Warren ne s'explique pas : sa petite fille de six ans a disparu, et Tessa reste évasive à ce sujet. Que cherche-t-elle à cacher ? Les deux femmes vont s'affronter pour une même cause : la survie de l'enfant. Plus poignant que jamais, le nouveau suspense de Lisa Gardner, best-seller aux États-Unis, nous plonge au cœur du mensonge avec un talent vertigineux.

Sauver sa peau n° 32328

Sally, Cindy, Lucile... Depuis l'enfance, Annabelle Granger s'est habituée à devoir changer brusquement de prénom, de nom, de maison, de ville, d'histoire... sans que ses parents lui donnent la moindre explication. Bien plus tard, la découverte, dans une chambre souterraine de l'ancien hôpital psychiatrique de Boston, des cadavres de six fillettes fait la une des journaux. L'une d'elles porte un médaillon au nom d'Annabelle Granger. L'heure n'est plus à la fuite et Annabelle décide de sortir enfin de l'ombre. Mais le tueur est toujours aux aguets. Il l'attend. Depuis vingt-cinq ans. Le début surprenant d'un suspense qui ne l'est pas moins...

Tu ne m'échapperas pas n° 33368

Baskerville, dans l'Oregon, est une bourgade plutôt tranquille. Jusqu'à ce jour de mai où Rainie Conner reçoit un appel radio lui signalant qu'une fusillade vient d'éclater au collège. Quand l'inspectrice arrive sur place, le bilan est déjà lourd : des blessés et trois morts, deux fillettes et leur enseignante. Le meurtrier est arrêté, les armes à la main. Il s'appelle Dany, il a 13 ans. Son père, Shep O'Grady, est le shérif de Baskerville, le supérieur hiérarchique de Rainie. Chargée de l'enquête, Rainie doit faire vite : parents, médias et FBI font pression. Épaulée par Pierce Quincy, instructeur au FBI, spécialisé dans les fusillades en milieu scolaire, elle résiste et se demande si le garçon n'a pas été manipulé. Dans l'ombre, un homme vêtu de noir guette. Il connaît tout de la jeune adjointe du shérif, son passé, la mort tragique de sa mère, sa fragilité psychologique...

La Vengeance aux yeux noirs n° 33782

Contrainte de démissionner de son poste de shérif-adjoint de Baskerville dans l'Oregon, Lorraine Conner – Rainie – a ouvert à Portland un cabinet d'enquêtes privé. Quand Pierce Quincy, l'un des meilleurs profilers du FBI, vient la trouver, Rainie a du mal à imaginer qu'il a vraiment besoin de son aide. La fille aînée de Pierce, Amanda, vient de mourir. Un an plus tôt elle a provoqué un accident de la route qui l'a laissée inconsciente, le cerveau gravement endommagé. Quincy a des doutes sur les causes de l'accident et refuse que l'affaire soit classée. Son intuition ne tarde pas à se confirmer. À peine Rainie a-t-elle pris l'affaire en main que quelqu'un se fait passer pour Quincy, s'en prend à ses proches et tente de faire retomber sur lui tous les soupçons. Pour celui qui a juré la perte du profiler, la vengeance n'est pas un plat qui se mange froid, mais glacé...

Du même auteur
aux éditions Albin Michel :

DISPARUE, 2008.
SAUVER SA PEAU, 2009.
LA MAISON D'À CÔTÉ, 2010.
DERNIERS ADIEUX, 2011.
LES MORSURES DU PASSÉ, 2012.
PREUVES D'AMOUR, 2013.
FAMILLE PARFAITE, 2015.
LE SAUT DE L'ANGE, 2017.
LUMIÈRE NOIRE, 2018.

Le Livre de Poche s'engage pour l'environnement en réduisant l'empreinte carbone de ses livres. Celle de cet exemplaire est de :
600 g éq. CO_2
Rendez-vous sur www.livredepoche-durable.fr

PAPIER À BASE DE FIBRES CERTIFIÉES

Composition réalisée par NORD COMPO

Achevé d'imprimer en janvier 2018 en Italie par
Grafica Veneta
Dépôt légal 1re publication : janvier 2018
Édition 08 – janvier 2018
LIBRAIRIE GÉNÉRALE FRANÇAISE
21, rue du Montparnasse – 75298 Paris Cedex 06

37/2783/8